Le Livre de Poche Jeunesse

900

Maëlle Poe

Très jeune, Maëlle Poe s'est essayée au théâtre, à la peinture, à la musique, sans oublier la lecture de romans qui est devenue une passion à l'âge adulte. De cette passion est née celle, plus grande encore, de l'écriture.

MAËLLE POE

900

Ce roman comporte des scènes de violence physique qui peuvent heurter la sensibilité de certains lecteurs.

Texte intégral
Couverture : © Studio Hachette LAB
Visuels : © Shutterstock
Cet ouvrage a fait l'objet d'une première édition numérique en trois tomes aux éditions HLAB.

PARTIE 1

La réinsertion

1

Je marche le long d'une rivière au cœur de la forêt. Le spectacle est magnifique. Le soleil se lève lentement et parsème sa douce lumière dans les bois. L'herbe haute, encore humide sous mes pieds nus, me caresse agréablement et je sens chaque goutte d'eau glisser le long de mes chevilles. Le vent frais ébouriffe ma chevelure noire et je savoure dans son voyage le doux parfum de la sève.

Une voix m'interpelle.

Je n'entends pas le prénom, mais je devine qu'il s'agit du mien, et que l'on me cherche. J'accélère l'allure et me rapproche de l'endroit d'où provenait la voix. Ma robe blanche virevolte au rythme de mes pas et le décor devient flou à mesure que j'accélère.

Une femme se tient devant moi. Je m'arrête immédiatement.

Elle est tellement splendide que j'en ai le souffle coupé. Le sourire aux lèvres et le regard rempli d'amour, elle m'intime de m'approcher. C'est ma mère. Je ne reconnais pas son visage, mais je sais que c'est elle. J'en ai la certitude.

Je l'observe plusieurs secondes, curieuse. Elle porte la même robe que moi, elle me ressemble. Son teint est pâle et ses yeux sont aussi clairs que les miens. La chevelure sombre tombant sur ses épaules encadre parfaitement son visage. Un visage angélique. Je l'examine avec attention, intriguée, puis elle me tend les bras pour que je m'y blottisse.

J'hésite quelques instants, intimidée, avant de m'y lancer avec fougue.

« Il est 6 heures du matin ! Vous êtes priées de vous rendre en salle de réveil ! Les numéros 622, 714 et 912 sont tenus de regagner la salle de règlement ! »

Le haut-parleur du dortoir me réveille en sursaut. Le cœur battant à tout rompre, j'ouvre fébrilement les yeux et observe ma voisine de droite.

— 900 ? Tout va bien ? s'inquiète-t-elle tout en glissant gracieusement de sa couchette.

Je lui adresse un signe de tête distrait et quitte mon lit humide de sueur. Je viens de vivre un rêve des plus agréables – bien qu'étrange – et, en comparaison, la réalité dans laquelle je me réveille ne me ravit pas. Ce n'est pas la première fois que j'expérimente cette scène au milieu des bois, mais cette nuit je n'étais plus seule, ma mère m'y attendait.

Je lève les yeux au plafond. Je regarde l'impressionnante horloge qui surplombe l'ensemble du dortoir, affichant en chiffres l'heure exacte, et, plus bas, un décompte indiquant le temps que nous devons prendre pour nous rendre d'un point A à un point B. Celui-ci est lancé et, à présent, il ne me reste que neuf minutes et vingt-cinq secondes pour atteindre la salle de réveil. Presque toutes mes camarades sont déjà habillées.

J'accélère le rythme, encore tremblante de mon réveil agité, et me dirige vers mon casier placé au milieu des cent autres répartis aux extrémités du dortoir. Notre garde-robe n'a jamais été très variée. Presque tous nos vêtements sont noirs ou gris. Cette sobriété me convient, elle me rassure, l'uniformité apaise. J'enfile rapidement un pantalon noir et un débardeur de la même couleur. Nous sommes à peine en été et, ici, la chaleur se concentre comme dans une serre. Il me reste moins de trois minutes. Je m'attache grossièrement les cheveux et rejoins mon amie 899. Je l'observe se maquiller avec soin, fascinée par tant de concentration. Elle colore ses lèvres, puis ses joues, des quelques produits dont nous disposons à l'orphelinat. Elle semble y accorder une importance toute particulière, comme si notre apparence comptait, ici, alors que depuis notre petite enfance nous avons appris à ne pas nous en soucier.

Le décompte indique maintenant 1 minute, le temps exact nécessaire pour arriver à destination. Cette immense enceinte est celle où nous prenons nos repas et nos traitements. Elle accueille cinq interminables tables regroupant chacune les cent jeunes filles d'un même dortoir. Au centre, une table en bois installée sur une estrade nous surplombe : celle de nos mentores. Elles sont déjà assises, silencieuses, nous observant prendre place à notre tour.

L'alarme se met à sonner, les minutes sont enfin écoulées, et la régente, doyenne de notre orphelinat, prend la parole :

— Mes chères filles, aujourd'hui est le premier jour de juin et, comme vous le savez, dans un mois à compter de ce jour vous aurez toutes dix-sept ans. Dix-sept années charmantes que nous avons déjà passées ensemble. Hélas, notre grande famille va devoir se séparer, mais n'ayez crainte, nous avons trente jours pour vous y préparer.

Depuis ma naissance, je vis dans cet endroit que l'on appelle l'orphelinat. En 2020, une pandémie a ravagé l'ensemble de la population et seuls mille nouveau-nés non contaminés ont pu être sauvés par quelques rescapés. Je leur dois la vie. Nous n'avons pas de nom, nous portons tous des numéros. Cela aurait été une perte d'énergie et de temps que de nous affubler d'un quelconque pseudonyme superflu. À l'époque, il était question de sauver l'humanité et, pour cela, il fallait aller à l'essentiel.

Les filles portent des numéros allant de 501 à 1 000. Moi, je suis 900. Ma meilleure amie s'appelle 899 et, depuis ma naissance, je partage chaque moment à son côté, car nous sommes contraintes de rester dans l'ordre des numéros qui nous ont été attribués. Nous ne vivons qu'entre femmes, nous n'avons jamais vu d'hommes. Nous savons qu'ils existent et qu'ils sont les cinq cents survivants qui nous précèdent, mais il a toujours été défendu d'entrer en contact avec eux. Selon les plus curieuses, ils vivraient à un kilomètre de chez nous, dans une structure identique à la nôtre. Un copier-coller de notre propre foyer.

— Je vous prierai de bien vouloir prendre votre traitement, nous ne souhaitons pas que l'épidémie refasse surface. Votre réinsertion doit être un succès et pour cela il nous faut rester prudentes ! Mes filles, bon appétit !

Dans un mouvement de synchronisation parfaite, chacune d'entre nous avale sa pilule. Le geste reste le même, chaque fois. L'horloge affiche la même heure, chaque jour, et le silence qui suit est toujours aussi solennel. Puis l'alarme sonne de sa douce mélodie : le petit déjeuner peut commencer.

Ce matin, nous avons droit à de la confiture d'abricots sur nos tartines, le printemps nous a offert de beaux fruits cette année, après un hiver long et rude. Alors c'est sans hésiter que je me ressers, tout en veillant à ne pas en abuser. Je bois d'une traite mon verre de lait et attends patiemment la fin du repas pour connaître l'emploi du temps de la journée.

Au plafond, le décompte indique 8 minutes 32 secondes. C'est le temps qu'il reste aux autres filles pour terminer leur petit déjeuner et c'est souvent bien assez. La salle est sombre malgré le marbre blanc qui la recouvre du sol au plafond. Elle est spacieuse et les quelques fenêtres qui l'encadrent sont en permanence recouvertes de rideaux bruns opaques, nous privant de la distraction futile des jardins. Seuls de faibles éclairages encerclant le décompte horaire et les bougies à nos tables offrent un semblant de luminosité à ce premier matin d'été.

Je ne peux m'empêcher de détailler à chaque repas cette salle avec admiration. Elle est majestueuse et rien ne pourra jamais l'égaler. Au-delà de la beauté qu'elle dégage, elle foisonne de souvenirs précieux.

Mon ventre se serre, créant un spasme douloureux dans mon estomac repu. Tout ceci me manquera terriblement. Où va-t-on nous emmener ?

Cette question demeure sans réponse depuis des années. Nous n'en avons aucune idée et, quelque part, il est préférable que nous soyons maintenues dans l'ignorance. La douleur de notre départ est déjà suffisamment déchirante.

L'orphelinat est ma maison, je ne l'ai jamais quitté. Je ne sais rien du monde extérieur et je crois, au plus profond de moi, que je ne souhaite pas le connaître.

Rien ne sert d'imaginer l'avenir. Il viendra à moi bien assez vite.

L'alarme m'extirpe aussitôt de mes pensées. Au même instant, la régente s'éclaircit la voix, signe que nous devons lui porter toute notre attention.

— Ce matin, mes filles, il y a un léger changement de programme. En effet, vous allez enfin assister à votre premier cours de réinsertion. Il sera dispensé par une suppléante et moi-même. Veuillez me suivre dans la salle de conférences. Bien entendu, 501, vous ouvrez la marche.

Comme à notre habitude, nous déposons en chemin nos plateaux-repas sur des chariots. Et comme chaque fois, je plains les quelques filles punies qui se chargeront de les nettoyer. Je ferme la marche, et mon amie 899 se tient devant moi. Elle a une silhouette fine et des cheveux châtains impeccablement peignés. Je me demande une fois de plus pourquoi elle prend autant de temps à s'apprêter. Elle possède une élégance naturelle qui se passerait largement de tous ces artifices.

Nous rejoignons la salle de conférences, là où sont dispensés la majorité de nos cours. Une fois que nous sommes toutes installées, la suppléante prend la parole avec assurance :

— Mes sœurs, nous sommes aujourd'hui le 1er juin, et dans un mois vous quitterez définitivement l'orphelinat. Aussi, vous avez besoin de connaître les clefs de la réussite pour pouvoir être la meilleure génération réparatrice de notre monde. En effet, comme vous le savez, vous êtes mille jeunes adultes séparés en deux groupes. D'un côté les femmes, de l'autre les hommes. Nous vous avons élevés durant dix-sept longues années au cours desquelles nous vous avons inculqué d'importants principes : la discipline et le travail, notamment. Nous vous avons également appris à vous débrouiller seules, à gérer vos émotions. Depuis votre naissance, nous vous avons instruites, enseigné l'unité et imposé des règles d'hygiène strictes. Aussi, nous sommes fières de constater que notre première mission est un succès. Vous êtes aujourd'hui bien plus fortes et robustes que ne l'étaient vos ancêtres. Dès le plus jeune âge, il était également important de faire de vous des femmes à même de créer une communauté uniforme afin de bannir toutes les discriminations de notre monde passé. Vous êtes toutes des sœurs et vous vous devez soutien et loyauté. Maintenant que tout ceci vous a été rappelé, je vais laisser la régente poursuivre…

— Merci. Bien, mes filles, voici le plus important. Dans un mois, vous intégrerez une ville. Semblable à celles étudiées durant vos cours d'histoire. Pendant ces dix-sept années, une ville a été reconstruite pour accueillir la génération réparatrice, autrement dit : vous. Nous avons créé cinq résidences de cent appartements, chacune à des endroits différents de la ville. Pour vous éviter trop de dépaysement, nous avons pris le soin de vous loger dans l'ordre habituel de vos numéros. Vous vivrez donc au sein de la même résidence que vos camarades de dortoir. Par la suite, lorsque la réinsertion sera un succès, il vous appartiendra de prendre votre envol. Mais… ne brûlons pas les étapes. Durant la première année, vous effectuerez quelques heures de formation par semaine, afin de vous initier à votre futur métier. Le reste du temps vous appartiendra. Dans cette ville, vous serez mélangées aux hommes de l'orphelinat voisin. Vous les côtoierez si vous le souhaitez…

Elle se tait un instant et adresse un sourire complice à la suppléante. La salle de conférences reste silencieuse et l'ensemble de mes camarades a les yeux rivés sur notre mentore, bouche bée. Je reste aussi stupéfaite et terrorisée qu'elles.

Comment allais-je pouvoir vivre autrement qu'ici ? Le mot « réinsertion » était devenu tellement banal à force de nous le rabâcher depuis la naissance que j'avais sous-estimé l'impact qu'il aurait sur nos vies à présent. Mes mains sont moites et je me surprends à trembler. Est-ce de peur ? D'excitation ? Je me sens pourtant impuissante, car je ne serai jamais en mesure de m'opposer à ce qui est devenu une évidence : nous sommes la génération réparatrice, nous avons une mission, et même si je n'en ai toujours pas bien saisi le sens, j'ai confiance en mes mentores et mes mentores ont confiance en moi.

Je sors de ma nouvelle rêverie lorsque la régente reprend son discours après son long silence. Cette fois-ci d'un ton plus grave.

— Cependant, mes filles, nous ne vous avons pas tout dit. Vous n'êtes pas seules. J'entends par là qu'il y a plusieurs générations réparatrices. En réalité, il y en a trois.

Soudain, ce n'est plus le silence qui nous enveloppe, mais nos battements de cœur affolés, les exclamations à peine retenues de mes sœurs et l'agitation générale. La dernière phrase de la régente semble résonner encore dans la grande salle, se répercutant contre les murs comme un interminable écho.

Il y en a trois.

Je suis abasourdie. Le choc est tel que j'en ai perdu le souffle. Ma vue se trouble, mon ouïe s'amenuise, créant dans mon crâne un bourdonnement insupportable. J'aimerais porter les doigts à mes tempes pour apaiser cette douleur, mais je suis paralysée. Mon corps ne m'obéit plus, le temps est suspendu, à l'arrêt, comme mon cœur soudainement hors service.

Elles nous ont menti ?

Ce qui me sort de ma torpeur, c'est la main de 899 pressée contre la mienne, redonnant chaleur à mon corps vide et froid.

C'est avec une légère inspiration que je reprends connaissance, constatant enfin le trouble général qui nous entoure. Alors que l'attente est insupportable, la régente nous fait taire d'un signe discret avant de reprendre :

— Un deuxième programme a été organisé par un confrère qui ne partageait pas mes méthodes. Je prône la discipline, il prône le libre arbitre. Sachez que vous serez mélangées à cette deuxième communauté. Une communauté qui vit depuis dix-sept ans sans règles de conduite. Chaque enfant a été libre de ses choix dès le plus jeune âge. Les hommes et les femmes grandissent ensemble depuis toujours et vivent sans limites. Ces hommes et ces femmes sont vicieux, dangereux, anarchiques, et c'est à ça, mes filles, que je vais devoir vous préparer… La troisième génération, elle, est très pieuse. Elle vous ressemble sur bien des points. Cette communauté n'est pas une menace pour vous. Nous n'avons pas étudié leurs croyances, mais nous savons qu'ils ont été élevés dans la spiritualité et l'ordre. Ils sont peu nombreux et très discrets, nous pensons même que vous ne les croiserez pas les premiers mois. Voici l'essentiel, nous y reviendrons plus en profondeur lors des prochains cours. Si vous avez des questions, je serai ravie d'y répondre.

À la fin de ses paroles, le silence qui règne me paraît cette fois-ci beaucoup plus sourd et étouffant. Je n'avais jamais ressenti autant de colère auparavant. Ce sentiment nouveau s'éveille en moi avec tellement d'ardeur qu'il me faut réunir toutes mes forces pour ne pas hurler. Je n'ose observer mes camarades, mais je perçois tout de même le regard de 899 fixé sur moi avec insistance alors que je peine à le confronter. Après un long soupir peu libérateur de tant de frustration, je pose enfin mes yeux sur elle. Elle me serre la main plus fermement et ce contact me rassure aussitôt. Je ne serai pas seule. Jamais. Elle demeurera à mon côté tout au long de cette aventure.

Pour notre communauté, les liens se doivent d'être superficiels. Pourtant, 899 et moi-même avons créé une amitié bien réelle. Nous ne dévoilons rien de nos émotions ni de nos pensées, mais à force de vivre ensemble nous avons appris à nous connaître différemment. Je la devine au travers de ses regards bien plus que par ses paroles. Et tout comme moi, elle est terrorisée.

Une fille de notre dortoir lève maladroitement la main et, lorsque notre mentore lui adresse un signe d'approbation, elle prend timidement la parole :

— Je m'interrogeais… Pourquoi ne pas travailler durant la première année de réinsertion ? Que ferons-nous dans ce cas ?

Est-ce réellement le plus important après ce que nous venons d'apprendre ?

— C'est une question intéressante, 843. En effet, le but premier est de vous adapter à ce nouveau mode de vie, d'appréhender les lieux, de vous créer une identité propre. Par ailleurs, vous êtes encore trop jeunes pour participer à l'économie de cette ville et la faire tourner correctement. Pour cela, il faudra continuer de suivre un enseignement en attendant votre dix-huitième anniversaire, mais malheureusement, nous ne ferons pas partie de cette dernière phase de votre apprentissage. Le Conseil estime que notre rôle s'arrête ici.

Le Conseil.

Nous n'avons que très rarement entendu parler du Conseil et, même si les mots me brûlent les lèvres, poser une question à ce sujet me vaudrait les foudres de la régente. Ici, il y a des sujets qui doivent rester sous silence, celui-ci le premier.

J'observe le plafond au même moment, poings serrés, il reste 3 minutes avant la fin du cours. Alors que l'idée de partir d'ici m'est insupportable, je veux tout de même en savoir plus.

— J'ai moi aussi une question, lance une élève du fond de la salle.

Sa voix tremble si fort que j'en ai la chair de poule.

— Si nous ne travaillons pas, qui fera tourner la ville ? Qui sera responsable de nos enseignements ? Si nous manquons de quelque chose, où nous approvisionnerons-nous, pour nos traitements, pour la nourriture ? Retrouverons-nous les mêmes choses qu'ici ? Une bibliothèque ? Une salle de projection ?...

— Ma fille, l'interrompt calmement la régente, si vous continuez ainsi je n'aurai guère le temps de répondre à toutes vos interrogations. Bien. Soyez certaines que vous ne manquerez de rien, les membres du Conseil ont employé divers intervenants qui se chargeront de vos enseignements et de vous réapprovisionner chaque semaine. En cas de soins urgents, un hôpital a été construit dans le centre-ville et vous pourrez vous y rendre si besoin. Certaines d'entre vous sont d'ailleurs de talentueuses médecins et infirmières en devenir. Elles sauront prendre soin de vous durant leur formation. Concernant les activités de la ville, vous en trouverez bien plus que dans l'orphelinat. Malheureusement, elles seront organisées pour la plupart par la deuxième génération. Ses membres sont plus nombreux que vous et même si la majorité d'entre eux ont dix-sept ans également, une partie est plus âgée. Chez eux, quelques rares enfants ont pu être sauvés avant la contamination, et ceux-ci ont l'âge de travailler. Les plus anciens avaient six ans lorsque le programme a démarré, aujourd'hui ils en ont vingt-trois.

Après un dernier regard sur le décompte, la régente poursuit :

— Ne vous en faites pas, il nous reste trente jours pour vous préparer à ce qui vous attend, mais nous avons confiance. Nous avons fait de notre mieux pour que vous deveniez le modèle d'un futur sain et exemplaire et nous comptons sur vous pour perpétuer nos valeurs. Merci à vous, le cours est terminé.

Au même moment, l'alarme sonne et, cette fois-ci, sa mélodie me crispe, m'agace. Nous sommes toutes invitées à rejoindre la salle de réflexion.

À l'inverse de la salle de conférences qui est d'une architecture ancienne, faite de pierre et de poutres en bois, celle-ci est moderne et dispose de centaines de sièges sur lesquels nous pouvons nous reposer et enfin nous mélanger. C'est l'unique lieu où nous ne sommes pas contraintes de nous installer dans l'ordre ni de nous taire.

— D'autres générations… soupire 899, prenant place dans l'un des fauteuils.

— La régente dit qu'ils sont sans limites, qu'ils n'ont reçu aucune éducation… Qu'est-ce que ça veut dire ? Qu'ils se comportent comme des animaux ?

Je suis incapable de les imaginer. Et je m'efforce de ne pas y songer plus, car des images de violence et d'horreur me font aussitôt trembler.

— Nous en saurons plus durant ces trente jours…

Malgré le calme de sa voix, 899 ne tient pas en place. Elle gesticule sur son siège et malmène sa chevelure habituellement soignée.

— Peu importe, poursuit-elle, un sourire amer déformant ses lèvres rouges. On sera toutes les deux. Nous vivrons côte à côte comme toujours. Je serai là pour toi et tu seras là pour moi, c'est tout ce qui compte. N'est-ce pas ?

Je lui adresse un sourire. Un vrai. Sans elle, je n'y arriverais pas. On a beau nous enseigner l'indépendance, la savoir à mon côté rend l'avenir moins pénible.

Après la salle de réflexion, nous avons gagné la salle de repos pour déjeuner et prendre notre traitement. Par la suite, nous avons suivi le cours de gymnastique prévu habituellement le matin. Après la douche, nous avons dîné rapidement et enfin rejoint nos dortoirs respectifs.

Je suis allongée dans mon lit et la journée me paraît lourde d'informations. Je parviens à peine à me remettre de mes émotions. Je repense à ce qu'aurait été ma vie, sans cette épidémie, si j'avais grandi au sein de ma famille. J'avais une mère auparavant, peut-être était-elle aussi belle que dans mes songes ? Peut-être me ressemblait-elle terriblement ? Je ne le saurai jamais et pourtant je ne peux m'empêcher d'y songer. Avais-je des frères, des sœurs ? Peut-être aurais-je vécu dans une petite maison au cœur d'une forêt comme celle que j'avais tant appréciée dans mon rêve ?

2

Cette nuit, je n'ai pas rêvé. À vrai dire, je n'ai pas non plus beaucoup dormi. Le haut-parleur diffuse son annonce et, comme tous les matins, nous devons nous rendre en salle de réveil. À la fin du message, le décompte démarre, il est temps pour moi de me préparer.

Malgré le manque de sommeil, je me sens mieux qu'hier. Je fais un effort vestimentaire, comme pour m'encourager à ne pas me laisser aller. J'enfile un T-shirt noir qui laisse mes épaules dégagées, une jupe cintrée grise et attache mes cheveux en une demi-queue soignée. Je suis en avance, j'en profite pour m'observer quelques secondes dans le miroir. Mes joues sont légèrement plus creusées que d'habitude, peut-être ai-je perdu un ou deux kilos. Je pince mes pommettes pour leur apporter un peu plus de couleurs et donner l'illusion d'une fille en forme. La moindre variation de poids peut me valoir une convocation en salle de règlement, on ne plaisante pas avec notre santé.

J'aperçois 899 derrière moi. Assise en tailleur sur sa banquette, l'air perdu, elle n'est toujours pas prête. Elle paraît ailleurs, bouleversée, et lorsque je jette un œil à l'horloge, je constate avec panique qu'il ne lui reste que 2 minutes et 13 secondes pour se rendre au point de rendez-vous. Sans attendre, j'abandonne mon reflet dans la glace et lui apporte mon aide, lui préparant ses vêtements le temps qu'elle se coiffe. Des cernes bleutés encerclent ses yeux gonflés par la fatigue. Habituellement si belle et souriante, elle me paraît tout à coup éteinte. Son regard croise le mien et je lui souris, comme la veille lorsqu'elle m'avait juré que nous serions toujours là l'une pour l'autre, et je crois que ça l'apaise. Un peu.

Nous traversons en ligne les couloirs menant à la salle de réveil. Je remarque devant moi que 899 a retrouvé un peu de son entrain. Elle avance d'un pas plus sûr et son allure a de nouveau son élégance habituelle. Je sais que c'est un rôle qu'elle a décidé de jouer, et c'est nécessaire, devant nos mentores nous ne devons jamais rien laisser paraître.

La sonnerie retentit, nous sommes déjà toutes installées. Après la prise de notre traitement et de notre repas, la régente nous annonce le programme du jour. Ce matin, nous allons être « marquées ». En réalité, nous devons nous faire tatouer nos numéros sur le corps en signe de reconnaissance, au cas où la réinsertion ne se passerait pas comme prévu. Je ne crains pas particulièrement la douleur, mais l'idée de porter un numéro indélébile me paraît contradictoire avec le programme même de la réinsertion. Comment démarrer une nouvelle vie si l'ancienne nous colle à la peau ?

Nous arrivons dans la salle d'attente. Nous sommes par groupes de vingt, de 881 à moi-même. Je suis la dernière à passer et il n'y a rien de pire que d'assister à chacune des réactions de mes sœurs une fois le travail terminé. Elles sortent toutes de la petite pièce en portant les mêmes traits impassibles et énigmatiques, créant un stress supplémentaire à cette situation déjà trop anxiogène à mon goût. 899 rentre enfin dans la salle et je la suis des yeux, espérant croiser son regard une dernière fois avant notre supplice.

Une boule s'installe au fond de mon ventre, je suis la prochaine.

Je chéris l'orphelinat. Plus que tout. Et mon souhait le plus cher serait de ne jamais quitter ce lieu, mais parfois, j'ai comme l'impression d'étouffer. Cette pensée est rare, et peut-être même stupide quand on sait ce que la régente a sacrifié pour nous. Mais nous a-t-on seulement demandé un jour ce que, nous, nous souhaitions ?

Ne sois pas égoïste, 900... Il ne s'agit pas de toi, mais de l'humanité...

899 quitte la petite pièce qui m'accueillera bientôt. Elle porte son masque, indifférent et froid. Elle ne me regarde pas. Je la suis des yeux, une fois de plus, mais elle ne se retourne pas, puis je la perds de vue lorsqu'elle quitte le couloir.

Pourquoi ne m'a-t-elle adressé aucun regard ?

Je suis désormais seule. Je me surprends à gesticuler sur ma chaise. L'angoisse m'envahit, mes mains tremblent à leur tour. Pourquoi un simple tatouage me met-il dans un état pareil ?

Une voix m'appelle :

— Le numéro 900 !

La femme passe la tête dans l'entrebâillement de la porte, réajustant ses énormes lunettes sur son nez.

— Le numéro 900 ! Mademoiselle ?!

— Je... Oui. Je ne vous avais pas entendue.

— Il serait temps de vous réveiller, ricane-t-elle. Aujourd'hui est un grand jour ! Vous allez enfin être marquée ! Veuillez vous asseoir sur cette table et ôter votre T-shirt, je vous prie.

Cette femme, je ne l'avais jamais vue auparavant. Peut-être fait-elle partie des quelques rescapées travaillant au Conseil pour notre réinsertion. Malgré tout, ce nouveau visage ne m'inspire pas confiance. Aussi souriante soit-elle, je sens derrière ses fausses politesses une sorte de perfidie inexplicable. La pièce est minuscule. Tout juste de quoi installer une table d'examen, un siège à roulettes et une étagère remplie de bouteilles colorées et d'aiguilles de toutes tailles. On croirait passer la visite médicale semestrielle, sauf qu'ici l'atmosphère m'apparaît plus lourde et moins rassurante. Je m'installe sur la table, mon corps à son entière disposition, et je remarque des sangles fixées aux quatre coins.

— V-Vous allez m'attacher ?

Ma voix est tremblante, presque inaudible.

— Pas si tu restes calme et n'essaies pas de te débattre. C'est un travail minutieux, tu ne dois pas bouger.

Le ton de sa réponse accroît ma panique. Peut-être est-ce réellement douloureux ? Il faut que je chasse cette pensée, que je retrouve mon sang-froid. Elle n'a pas mis plus de dix minutes pour chaque fille, c'est un dur moment, mais il sera bientôt terminé. Au même instant, je lève les yeux, le compte à rebours se déclenche : 8 minutes.

La femme approche, ajustant ses gants de latex en un claquement sourd, et sans ménagement, s'empare de l'aiguille reliée au récipient contenant l'encre pour me l'enfoncer dans le bas du ventre. J'étouffe un cri. La douleur n'est pas insurmontable, mais ses gestes sont si brusques et indélicats que je me sens comme humiliée. Elle aurait pu faire preuve d'un peu de douceur, mais à l'inverse elle me triture la peau comme on marquerait un animal. Je crois apercevoir un léger sourire au coin de ses lèvres lorsque je ravale in extremis un sanglot et il ne m'en faut pas plus pour la détester de tout mon cœur. L'aiguille tourne dans tous les sens et me griffe le ventre à chaque passage, réveillant la douleur chaque fois que je la crois terminée. Le temps passe si lentement que j'ai la sensation d'être entre les mains de cette brute depuis déjà une heure. Une larme coule le long de ma joue et vient s'écraser sur le papier qui protège la table. Les derniers allers-retours de l'aiguille sur mon ventre sont de plus en plus insupportables. Ma peau est incandescente, ma mâchoire endolorie d'avoir trop serré les dents, et tout à coup je ne désire plus qu'une chose : fuir. Fuir cet endroit.

— Et voilà ! C'est fini ! déclare-t-elle en chœur avec l'alarme annonçant le même message.

Délivrée, je prends une profonde inspiration, comme réveillée en sursaut d'un cauchemar. Je ne daigne pas un seul instant poser mes yeux sur son travail. Je la laisse me recouvrir la peau d'un pansement et remets mon T-shirt hâtivement. Sans lui adresser un seul regard ni la moindre parole, je quitte la pièce précipitamment, pressée de mettre le plus de distance entre elle et moi.

Après quelques secondes, je ralentis l'allure, reprenant mon souffle, et pour la première fois de ma vie le besoin vital d'être seule me submerge. Sans réfléchir, je m'arrête et plaque mon dos contre le mur du couloir. Je me laisse glisser, les jambes flageolantes, pour enfin m'asseoir sur le tapis rouge. Un cocktail d'émotions m'envahit tout à coup, moi qui ai pourtant toujours su me contrôler. Je ressens l'envie de crier, de pleurer, de rire, de m'enfuir, de cogner contre les murs. Des sentiments contradictoires, signes de tant de confusion. Je contiens d'habitude ma frustration autant que possible, mais cette fois-ci elle est trop forte. Elle gagne. Alors, je me laisse dompter par la colère et la tristesse. Je leur octroie un moment de liberté et m'autorise à verser quelques larmes. Un unique instant de faiblesse. Le premier et le dernier.

Je comprends alors que je suis totalement perdue… Pour la première fois, mes certitudes se trouvent ébranlées.

Comment peuvent-elles nous abandonner ainsi ? Nos mentores. Après dix-sept années passées à notre côté, à nous élever comme leurs propres enfants, elles nous lâchent en pleine nature, nous livrant à nous-mêmes, au milieu de prédateurs incontrôlables, au cœur de l'inconnu. Nous ont-elles seulement un jour aimées ? Elles qui nous ont menti… Et comment pourrais-je, moi, continuer d'aimer celles qui nous abandonnent ? Ce tatouage est le symbole cruel d'une vie qui ne sera plus la mienne. À quoi bon me rappeler ma jeunesse si c'est pour me l'arracher ?

Je balaye le couloir des yeux. Il est sombre et vide, comme mon esprit à cet instant. Seuls des murs de pierre et un tapis rouge criard, faiblement éclairés par la lumière du plafond égrenant les heures, ornent ce tunnel infini. C'est à ce moment que je remarque avec stupeur qu'il ne me reste que dix secondes pour atteindre la salle de réflexion.

Oh non !

Un sursaut me traverse le corps. Mon cœur s'emballe, je sais que je n'arriverai pas à temps. Je n'ai jamais été en retard, j'ai toujours respecté les horaires !

Mais il est trop tard. En un son strident, l'alarme retentit, suivie du haut-parleur.

« Numéro 900, vous êtes attendue en salle de règlement immédiatement ! »

Mes yeux s'écarquillent.

Non, non, non !

Quelle sera ma sanction ?

Je voudrais disparaître, trouver un endroit où me réfugier et ne jamais en revenir. Certaines sœurs n'ont pas refait surface avant plusieurs jours après avoir enfreint le règlement et quand elles sont réapparues, subitement, elles étaient toujours changées. Pour nos mentores, la discipline passe tout d'abord par la ponctualité. Je viens d'enfreindre une règle des plus importantes.

« Numéro 900 ! Veuillez vous lever et rejoindre la salle de règlement sans plus tarder ! On ne fait pas attendre la régente ! »

Un décompte m'indique 3 minutes. Si je dépasse celui-ci, mon châtiment sera sûrement pire. Alors je me lève, prends une grande inspiration, vide mes poumons et cours le plus vite que je peux jusqu'au bureau de la régente. Je m'essouffle à chaque foulée, je sens les battements de mon cœur résonner dans mon crâne et l'air glacial que je respire me brûler la cage thoracique. J'observe au même moment le plafond et remarque qu'il me reste moins d'une minute pour atteindre mon but. Dans l'effort, mon tatouage s'enflamme plus intensément et j'essaye de faire abstraction de la douleur. J'arrive finalement devant ce qui sera mon calvaire. Au fond d'un couloir interminable, une large porte en bois patiné ornée de plaques d'acier me sépare du châtiment. Il ne me reste plus que quelques secondes pour reprendre mon souffle et je frappe enfin.

3

— Entrez, 900.

Le timbre rauque et austère de la régente me fait frissonner. Je reconnaîtrais cette voix parmi des milliers tant elle est singulière. Jamais je ne l'avais entendue avec une tonalité aussi grave. Je pose une main moite sur la poignée de la porte et me glisse, penaude, dans la pièce. La salle de règlement lui fait office de lieu de travail. Un large bureau en bois posé sur un tapis orné de motifs se dresse en plein milieu de la salle. Des étagères remplies de livres recouvrent les murs au milieu de peintures abstraites. En face du bureau, sur un siège en cuir, la régente m'attend.

— Eh bien, il vous en a fallu du temps. Pouvez-vous m'expliquer ce manquement au règlement ?

Ses longs cheveux gris encadrent un visage froid et ridé. Droite contre son dossier, elle m'observe, les mains croisées sous sa poitrine menue. Elle n'a jamais été très chaleureuse, mais elle possède toujours au coin des lèvres un sourire calme et contrôlé.

— Je… je vous demande pardon, régente, je n'ai pas vu le temps passer. Après le marquage, j'ai eu quelques vertiges, sûrement causés par la douleur. Il me fallait quelques minutes pour reprendre mes esprits.

Je tente de rester digne autant que possible, malgré les trémolos dans ma voix. Lui faire face est une épreuve. En dix-sept ans, jamais je ne me suis retrouvée en tête à tête avec elle. Elle, qui, au milieu d'une assemblée de cinq cents filles, impose déjà le respect, n'en est que plus intimidante lorsque vous devenez son seul et unique centre d'attention. Son regard, imperturbable, profond, semble se frayer un passage sous ma peau comme pour y percer le moindre de mes mystères. Et son sourire habituel s'y ajoute, comme pour appuyer le fait qu'effectivement elle sait tout de moi. J'ai beau la craindre, je la respecte tout autant. Et, quelque part, bien qu'elle n'ait jamais fait preuve d'aucune affection pour nous, je l'aime comme on aimerait une mère. Je suppose.

— Je vois… Il vous faut mieux vous maîtriser à l'avenir… Cependant, ce n'est pas la raison pour laquelle je vous ai convoquée, même si vous mériteriez tout de même d'être punie. Mais, là n'est pas l'urgence. Voyez-vous, j'ai une mission à vous confier, asseyez-vous.

Je tire une chaise à contrecœur. Je préférerais rester debout tant je ne tiens pas en place, mais pour ne pas désobéir de nouveau, je m'y installe.

— Bien, pour faire simple, j'ai besoin de quelques personnes pour me rendre des comptes. Je vous ferai savoir lesquels précisément en temps et en heure. Lors de votre réinsertion, comme vous le savez, vous serez notamment mélangées aux hommes de l'orphelinat voisin, en qui nous avons une réelle confiance, car leur éducation est tout à fait semblable à la vôtre. Seulement, vous serez également confrontées à la deuxième génération, et c'est là que vous intervenez. Je veux que vous les observiez, que vous vous mêliez à eux, que vous créiez des liens et qu'ensuite vous me fassiez un rapport complet et détaillé. Je dois savoir s'ils sont une menace. Nous ne pouvons nous permettre de laisser des personnes sans éducation et sans repères être à l'origine des générations futures. Vous ne devez en parler à personne. Vous vous immiscerez dans les moindres recoins de leur vie. Je veux savoir de quoi ils sont capables et jusqu'où va leur corruption. Bien entendu, je ne vous laisse pas le choix. En comparaison avec la punition qui vous était destinée à l'origine, croyez-moi, cette mission est un cadeau.

Je reste sans voix. Les muscles de ma mâchoire ont cédé, offrant une vue imprenable sur le fond de ma gorge. Me mêler à des gens que je ne connais pas et qui, à entendre la régente, sont une menace me donne la chair de poule. La chaleur me monte immédiatement aux joues. Comment peut-elle m'imposer une chose pareille ? Comment ose-t-elle ?

La colère que je découvrais tout juste en moi hier s'éveille de nouveau. Cette fois, elle m'enserre la gorge et m'empêche de reprendre mon souffle, d'émettre le moindre son. Des perles de sueur roulent sur mon front moite et je crains de tomber dans les pommes d'une seconde à l'autre.

Je ne veux pas les connaître !

Je ne comptais pas les approcher !

Je ferme les yeux comme pour me calmer, et soudain des milliers d'images défilent sous mes paupières. Créer liens. Moi. Avec des femmes que je ne connais pas. Créer des liens. Moi. Avec des hommes. Avec des hommes ! Je n'en ai jamais côtoyé, ni même vu de toute ma vie ! Je sens que je rougis terriblement. J'ai toujours su que cette rencontre avec le genre opposé viendrait un jour ou l'autre. Je me suis souvent demandé à quel point nous pouvions être si différents pour que l'on doive nous séparer à la naissance. Si nous étions aptes à nous entendre, s'ils se posaient beaucoup de questions à notre sujet. Quels seraient les premiers mots échangés ? J'ai quelquefois imaginé leur caractère et je n'ai jamais douté qu'il devait être aussi mesuré que le nôtre. Après tout, ces hommes sont de notre génération. Ils connaissent les mêmes règles, bénéficient des mêmes apprentissages.

Mais la deuxième génération…

Je rouvre des yeux hagards. Non ! Je ne peux pas les approcher ! Je veux rester avec mes sœurs, partager l'expérience auprès d'elles, découvrir les mystères de l'indépendance en même temps qu'elles. Je ne sais rien de cette deuxième génération. Alors comment puis-je être celle qui les surveillera ? Je suis beaucoup trop réservée pour ça ! Bien des filles de mon orphelinat auraient beaucoup plus d'audace ! La terreur s'insinue en moi et m'empêche de calmer mes idées. Que dois-je faire ? Comment convaincre la régente d'en désigner une autre ?

— Comment voulez-vous que j'y parvienne ? Vous ne nous avez jamais appris à tisser de liens ! Pourquoi moi ? Demandez à une autre fille bien plus compétente !

Ma voix est plus forte que je ne l'imaginais et je crains tout à coup d'avoir offensé la régente.

Celle-ci se lève, un sourire aussitôt plus maternel étirant ses lèvres rosées. Elle contourne son large bureau et s'arrête face à moi dans une attitude presque dominatrice. Je me sens tellement minuscule que je manque de tomber de ma chaise.

— Parce que tu es l'une des plus loyales, 900.

Ce tutoiement soudain me déstabilise encore plus.

— Tu n'en as peut-être pas conscience, mais justement, cela te donne encore plus de potentiel. Tu sais, tu es l'une de mes préférées. En dix-sept années, vous êtes peu de filles à n'avoir jamais enfreint le règlement. Je sais qu'aujourd'hui, c'était exceptionnel pour toi.

Son ton se durcit de nouveau et elle reprend le vouvoiement de rigueur :

— Sommes-nous d'accord, 900 ? Vous vous doutez que cette question est facultative et que je ne vous laisse pas le choix. Seulement, j'aimerais m'assurer que nous nous sommes bien comprises. Nous sommes-nous bien comprises, 900 ?

Après un long silence, un hochement de tête tient lieu d'assentiment tant je suis incapable de parler. Je cède comme elle se doutait que je le ferais. Je me lève et me dirige vers la sortie en espérant qu'elle ne me retienne pas plus longtemps. Je dois partir, et vite.

— Attendez ! Il faut que vos sœurs croient à une punition. Je vous en prie, avalez ces pilules, et partez vous coucher dès que vous en ressentirez le besoin. Vous avez quartier libre, conclut-elle, un sourire en coin.

Je prends les quelques billes roses qu'elle me tend sans même la regarder et les glisse sous ma langue. Je lui adresse un sourire de politesse, que je quitte à l'instant même où je lui tourne le dos. Je ferme la porte et me sens enfin libérée.

J'inspire à pleins poumons jusqu'à m'en déchirer la poitrine. D'une main tremblante, je remets en place les quelques mèches de ma chevelure plaquées contre mon front humide. J'ai quartier libre. Alors fébrilement, je prends la direction des douches.

Surveiller la deuxième génération ! J'en suis incapable !

Sur le chemin, je ne croise personne. Le couloir est sans fin et j'ai l'impression que des kilomètres me séparent de la salle des douches. Je me sens lourde, les murs bougent et le couloir tangue comme si je marchais sur la coque d'un bateau frappé par les vagues. Je remarque que j'avance à très faible allure et que mes jambes ne me tiennent plus. Je comprends enfin. Les pilules roses qu'elle m'a administrées m'ont totalement fait perdre le contrôle de mon corps. Je suis en colère et bizarrement je me surprends à rire bruyamment de mon état. Impossible de m'arrêter, je suis totalement euphorique. Mes éclats de rire ne cessent de résonner contre les murs vacillants et je réalise qu'il me faut rejoindre le dortoir au plus vite. J'ai besoin de sommeil. Mes yeux sont remplis de larmes et je sens mon sourire se crisper et disparaître soudainement pour laisser des torrents déferler sur mes joues. Voilà maintenant que je pleure. Je pleure comme si le monde entier venait de s'effondrer sous mes yeux. Mes sanglots m'empêchent de respirer, ma poitrine me brûle, mon désespoir m'arrache des cris de douleur et je suis incapable d'expliquer la raison de mes pleurs soudains. La seule chose que je sais, c'est que c'est douloureux, douloureux à en mourir.

J'arrive enfin à destination, la vision floue et les yeux gonflés par le flot incessant de mes larmes. J'atteins mon lit au milieu des centaines d'autres et m'effondre sur ma couchette…

J'ai tout juste le temps de m'installer sous mes draps et de retirer ma jupe que je sombre dans un sommeil profond et libérateur.

4

Nous sommes déjà à la veille de la réinsertion et tout l'orphelinat est en état d'alerte. Les semaines passées ont été très instructives et nous avons étudié sans relâche pour que le programme nous soit le moins pénible possible. Nous savons à quoi nous attendre et, plus les jours défilent, plus les filles semblent excitées à l'idée de vivre en toute indépendance. À l'inverse, 899 paraît réservée, presque opposée à la réinsertion. J'essaye de lui apporter mon soutien du mieux que je peux, mais je sens à travers ses sourires forcés que quelque chose de plus grave l'inquiète. Pour le moment, nous sommes encore sous la coupe de nos mentores, alors je garde en tête leurs règles et leurs principes, mais je sais qu'une fois que notre nouvelle vie aura démarré, je pourrai approfondir mon amitié avec 899 et ainsi mieux comprendre ses réserves. La régente ne m'a pas reparlé de la mission qui m'a été confiée, mais je remarque qu'elle m'observe plus qu'auparavant. Je sais qu'elle ne m'a pas oubliée et que je devrai lui rendre des comptes bien assez tôt. Cette idée ne m'a pas quittée durant ce mois. Chaque nuit, je m'endors avec cette perspective en tête et, chaque jour, je me réveille avec les mêmes appréhensions. Comment vais-je y arriver ?

Au fil des jours, j'ai appris à calmer mes craintes. Même si notre enseignement veut que nous gérions la moindre de nos émotions, nous n'avons eu que trop peu de bouleversements dans notre vie pour mettre la théorie en pratique. Mais j'y suis parvenue, jour après jour. L'idée me paraît toujours aussi insurmontable, mais je vais devoir m'y faire. Je n'ai pas le choix.

Ce matin, nous avons emballé nos quelques affaires dans des cartons ; un camion passera cet après-midi pour les déposer dans nos appartements. Je me sens plus sereine qu'il y a un mois, c'est certain. Mais je sais aussi que cette illusion sera vite balayée une fois arrivée en ville. Je perdrai tous mes moyens.

Sans nos affaires, le dortoir paraît vide et anonyme. Quand je pense que nous y avons vécu dix-sept ans ! Que deviendra l'orphelinat quand nous aurons toutes déserté les lieux ? Je ne peux imaginer cet endroit, autrefois plein de vie, livré à l'abandon. Je tente d'écarter cette vision et de chasser ces idées maussades. Je m'y suis préparée, et même si ça fait déjà quelques semaines que je me force à m'en détacher, cette image me crée un douloureux pincement au cœur.

Dans quelques minutes, il sera minuit. Nos mentores ont organisé une cérémonie pour notre anniversaire et pour la première fois nous avons l'autorisation de veiller tardivement, mais surtout de fêter cet événement. Le décompte annonce 24 minutes. Nous sommes déjà toutes en salle de réveil, vêtues de nos pyjamas gris. Nous n'avons pas encore dîné et je meurs de faim. La régente murmure à sa table avec les suppléantes puis, après quelques secondes de discussion, elles se lèvent en un mouvement synchronisé. Je les observe du coin de l'œil allumer une à une les bougies de la salle. La cérémonie va bientôt commencer. Certaines filles ayant enfreint le règlement cette semaine sont de corvée, même en ce jour précieux. Elles se dirigent tout juste en cuisine, ce qui annonce le début imminent de notre repas. La salle est silencieuse, mais semble plus animée qu'à l'accoutumée. Les pensionnaires se permettent plus de libertés : elles savent que, à un jour de la réinsertion, elles ne risquent plus de sanctions. Les filles chargées du service ressortent de la cuisine avec des plats sous cloche qu'elles déposent sur les tables devant chacune de nous. L'odeur qui s'en dégage est exquise et attise mon appétit. Les bougies éclairent la grande salle avec douceur en créant une atmosphère apaisante tandis que le décompte annonçant les dernières secondes s'éteint avant la fin, ce qui nous surprend toutes. La régente réclame le silence en un geste de la main.

— Mes filles, ce soir il n'y aura pas d'alarme, ce décompte était le dernier de votre vie. Ce discours est également le dernier que je ferai. Vous m'en voyez désolée, mais après cette cérémonie nous ne nous verrons plus. Demain, à votre réveil, des véhicules vous attendront devant l'orphelinat pour vous déposer là où commencera pour vous une nouvelle vie. Je suis ravie d'avoir partagé ces longues années à votre côté, vous avez été des filles exemplaires. Ce soir, nous fêtons vos dix-sept ans et, à la fin de ce repas, je vous convoquerai une par une pour vous remettre un présent. Gardez en tête d'où vous venez et ce que nous vous avons inculqué. Restez vous-mêmes et surtout prenez soin de vous et de vos camarades. Joyeux anniversaire, mes filles.

Après ce discours d'adieu, je ne sais plus quoi penser. Moi qui avais toujours une image idéalisée de la régente, aujourd'hui j'aborde ses paroles avec amertume et méfiance. Je ne sais plus en qui je dois avoir confiance. Si elle se préoccupait tant de notre sort, elle ne m'aurait jamais confié une mission qui pourrait me mettre en danger. Je suis la seule à rester impassible alors que presque toutes les filles ne peuvent s'empêcher de verser quelques larmes. La régente se rassied, soulève la cloche qui recouvre son plat, et toutes les pensionnaires l'imitent, moi également.

Sous les cloches se révèlent des plats des plus remarquables. Jamais nous n'avons été si bien servies. Des tranches de magret de canard fumants sont délicatement disposées sur une sauce aux marrons à l'odeur délicieuse. À côté, une farandole de petits légumes colore joliment l'assiette. En milieu de table se trouve un plat garni de différents fromages et de tranches de pains variés qu'accompagnent beurre, miel, confiture et autres mets appétissants. Aux extrémités de chaque table, d'imposants gâteaux aux fraises émoustillent nos papilles déjà bien excitées.

Seul le bruit des couverts résonne dans la salle. Un sourire complice aux lèvres, nous nous observons en train de savourer notre repas. Plus de décompte. Cette fois-ci, nous avons le temps d'apprécier chaque seconde de notre dîner sans craindre de ne pas finir avant la sonnerie. Je me surprends à attendre le dessert tandis que la plupart entament tout juste le fromage. J'hésite à me servir du gâteau lorsque je vois une des filles de mon dortoir se saisir du couteau pour en couper une part. Je me lève alors et lui tends mon assiette pour qu'elle me serve à mon tour. Le dessert est délicieux : jamais un gâteau ne m'avait paru aussi succulent. Si seulement tous les jours avaient pu être aussi beaux et insouciants qu'aujourd'hui. Ce soir, nous sommes toutes heureuses et réunies dans le même esprit : le partage. D'habitude si réservées et pudiques, aujourd'hui nous extériorisons sans retenue notre joie.

— Bien, mes filles, continuez de manger, je vais vous appeler une à une pour que vous me rejoigniez à ma table. Commençons par le numéro 501.

501 se lève, la bouche pleine, et traverse le réfectoire en direction de la table de nos mentores. Je remarque qu'elles n'échangent que quelques mots pendant que la régente fouille dans un des dix cartons posés à ses pieds. Elle en ressort un livre et le lui tend, un sourire maternel figé sur ses lèvres, pour enfin lui déposer un baiser sur le front. 501 porte le livre à sa poitrine, baisse la tête en signe de remerciement et retourne à sa place.

Cela fait déjà deux heures que le repas est terminé et nous observons chacune de nos camarades recevoir son présent. La plupart d'entre nous sont déjà exténuées, le réveil est prévu dans cinq heures et nous n'en sommes qu'au numéro 870. Les minutes s'écoulent lorsque j'entends enfin mon numéro. Je me lève de table, hésitante, et m'interroge sur ce que la régente va bien pouvoir me dire ou me donner. Je slalome entre les chaises et monte les quelques marches de l'estrade pour enfin atteindre la table où est assise confortablement la doyenne.

— Numéro 900. Quel plaisir de vous reparler, me dit-elle à voix basse. Je vous donne ceci, prenez-en soin. C'est un paquet, vous l'ouvrirez demain une fois chez vous.

Elle me tend une petite boîte en carton ayant l'apparence d'un livre de poche et m'adresse un léger sourire.

— Je vous remercie.

Je lui réponds le plus innocemment possible pour ne pas éveiller la curiosité de mes camarades.

Au moment où je m'apprête à retourner à ma place, elle m'empoigne le bras avec force et fait mine de m'embrasser sur la joue.

— Ne me décevez pas, me glisse-t-elle à l'oreille avant de poser ses lèvres humides sur ma peau.

Je savais qu'elle ne m'avait pas oubliée. Ce qu'elle m'a « offert » a un lien direct avec ce que je dois accomplir pour elle, je n'en doute pas. Arrivée à ma table, je dépose le paquet entre mes jambes et reporte immédiatement mon attention sur la suite de la cérémonie, évitant ainsi le regard des quelques indiscrètes.

5

Le haut-parleur retentit bruyamment, faisant trembler le bois de nos couchettes. La majorité des filles ont le visage pâle et marqué de cernes. Je peine à ouvrir les yeux tellement la nuit a été courte. Un bâillement bruyant sort de ma gorge et quelques larmes dégoulinent le long de mes joues. La fatigue me met dans un état de somnolence qui, je l'espère, m'aidera à appréhender la journée avec plus de facilité. Je passe rapidement mon jean et mon pull en satin, enfile mes baskets et range dans mon balluchon mes vêtements de nuit et ceux que je portais la veille. Je prends soin de camoufler le paquet de la régente parmi eux et jette un dernier coup d'œil à mon reflet dans le miroir. Je tente d'améliorer mon allure en domptant ma chevelure ébouriffée et fixe une barrette noire pour y glisser les mèches les plus rebelles. Les premières filles déjà prêtes se dirigent dans la cour où un premier bus nous attend. Je pourrais y monter, mais je constate que 899 n'est toujours pas levée.

Je m'assieds au bord de son lit en espérant pouvoir échanger quelques mots avec elle, mais son regard m'en dissuade, alors je préfère l'attendre en silence, photographiant des yeux ce que je ne serai plus jamais amenée à voir : nos lits, la vue de la fenêtre, la forêt immense, les chênes vieux de plusieurs centaines d'années à peine courbés par l'âge, les pierres blanches et froides couvrant le sol de notre dortoir, les nombreuses armoires en ferraille grinçant à chaque utilisation, les couloirs sombres tapissés de rouge et les souvenirs que toutes ces pièces renfermeront à jamais.

Le dortoir se vide peu à peu et il ne reste à présent que quelques pensionnaires retardataires. Je me demande quels seront nos liens maintenant que nous ne vivrons plus sous le même toit, si même nous continuerons de nous côtoyer. Avec 899, je n'en doute aucunement, malgré son état d'esprit actuel, mais concernant mes autres camarades je suis dans l'incertitude la plus totale.

Mon amie est maintenant habillée et à peine coiffée. Tout comme ces derniers jours, elle ne s'est pas maquillée et je crois que je suis moins inquiète pour elle. Je la sens distante, mais je n'hésite pas et lui prends la main pour traverser une dernière fois les couloirs et sortir à son côté. Elle n'émet pas d'objection, mais au contraire resserre sa poigne avec plus d'intensité que la mienne. Toutes deux, nous quittons les lieux sans nous adresser un mot et je tente de retenir mes larmes du mieux que je peux. Sans succès. J'essaye de garder le silence et de contenir mes sanglots, mais quelques plaintes étouffées m'échappent. Nous montons dans le bus et jetons un dernier regard à l'orphelinat. Je tente de mémoriser le bâtiment en espérant garder chacun de ses détails en mémoire : sa façade imposante faite d'énormes pavés de pierre grise, sa porte d'entrée en bois, sans oublier ses immenses salles de réception, ses interminables couloirs et pour finir mon lit, seul élément infime qui m'appartenait vraiment dans cet espace infini.

Le moteur gronde et le véhicule s'avance lentement vers le portail, faisant crisser les graviers à chacune de ses manœuvres. Je me demande dans combien de temps nous serons arrivées, et si les premières filles ayant embarqué ont déjà atteint la ville. Je sais d'avance que je vais passer par différents états dans la journée : l'inquiétude, l'excitation, la nostalgie, mais pour le moment, c'est la curiosité qui m'envahit et je meurs d'envie de savoir à quoi notre nouvelle vie va ressembler. Malgré la boule qui s'est installée au creux de mon ventre depuis plusieurs semaines, je ne peux attendre plus longtemps.

Cela fait déjà plus de dix heures que nous roulons et jusqu'à présent nous ne voyons rien d'autre que des chemins et des forêts à perte de vue. Le soleil s'efface peu à peu pour laisser place à la nuit et je remarque enfin de la lumière.

Mon cœur fait un bond. Ça y est, on arrive !

Plus que quelques kilomètres nous séparent de la ville, j'en suis sûre. Tout autour de nous, le paysage est vide, plongé dans le noir total. Au loin, les centaines de lumières se font plus vives à mesure que nous avançons. Ça ne peut être que là et, malgré les nombreuses directions que l'on devine au travers des phares de notre véhicule, notre trajectoire n'a pas changé. Nous roulons toujours vers ce halo lumineux. Nous suivons le chemin principal et quelques maisons abandonnées annoncent l'entrée de la ville. Plus nous nous rapprochons et plus les habitations sont nombreuses. Après quelques minutes, nous arrivons dans ce qui semble être le centre-ville. Le bus s'arrête, la conductrice nous fait signe de sortir, et à peine avons-nous posé un pied à terre qu'il redémarre, prenant le chemin du retour. Je n'ose pas regarder autour de moi. Je pose mes yeux sur 899.

— Tu es prête ? lui demandé-je en attrapant sa main moite.

— Prête…

Nous levons ensemble les yeux au ciel, admirant le fabuleux spectacle qui s'offre à nous.

Une émotion intense nous submerge toutes les deux, tant la ville nous paraît irréelle. Des bâtiments de plusieurs dizaines de mètres s'élèvent devant nous, ponctués de fenêtres éclairées que je devine immenses malgré leur aspect minuscule de là où je me trouve. Des panneaux clignotants d'une infinité de couleurs indiquent différents lieux. L'un porte le mot « Cinéma » et je me souviens que c'est ce que l'on appelait chez nous « la salle de projection ». Un autre annonce en rouge la direction de l'hôpital avec, précisée à côté, la distance à parcourir pour y arriver : 500 mètres. D'autres encore portent des noms que je ne connais pas. Le spectacle est hallucinant et les rues sont parfaitement dessinées comme sur les plans qui nous ont été présentés le mois dernier. Les réverbères bordant les trottoirs nous donneraient presque l'impression d'être en plein jour. Des guirlandes lumineuses pendent de part et d'autre et reflètent la mention « Bienvenue » répétée à l'infini. Nous sommes dans la rue principale : plusieurs magasins sont fermés, mais les noms de leurs enseignes scintillent de mille feux. Je note différents types de boutiques – alimentaires, de vêtements et d'accessoires en tout genre –, qui pour la plupart me sont inconnus. Je m'approche de l'une d'elles et devine un restaurant. Toutes ces choses sont nouvelles pour moi. Nous n'avons appris l'existence de certains commerces que depuis quelques semaines. À l'orphelinat, tout venait à nous. Enfin, tout… Je ne peux m'empêcher de laisser échapper un rire : je me rends compte que nous n'avions peut-être pas grand-chose, en réalité. Nos distractions se limitaient à la salle de réflexion dans laquelle nous pouvions discuter et parcourir les quelques livres de la bibliothèque. Parfois, nous regardions des courts métrages dans la salle de projection, dans un but purement éducatif. Nous avions le nécessaire. Ici, tout est vie et plaisir ! Les magasins que j'ai repérés et que je croyais uniques ne sont en fait que quelques-uns parmi des dizaines d'autres que je découvre à mesure que j'avance. Et beaucoup d'entre eux n'existent que pour nous divertir, bien plus que pour nous être utiles. Tout à coup, d'autres panneaux lumineux s'allument sur l'avenue. Des visages adultes se reflètent sur les écrans, et une mélodie s'échappe depuis des haut-parleurs. Un message de bienvenue tourne en boucle. Des hommes et des femmes se présentent, ils sont les formateurs de notre réinsertion. 899 et moi nous approchons de l'un des panneaux, curieuses et stupéfaites par tant de réalisme. À l'orphelinat, nos films n'avaient pas de couleurs, les visages n'étaient pas aussi nets. 899 tend les doigts vers l'écran et, une légère décharge la fait sursauter. Le visage d'un homme apparaît en gros plan et nous reculons aussitôt d'un pas, troublées. Nous avons déjà vu des hommes dans certaines de nos projections et, chaque fois, l'embarras nous gagnait. Plus encore ce soir, tant le visage de celui-ci nous paraît réel. Nous nous détournons alors, poursuivant notre exploration.

La main de 899 se détend, et j'en déduis qu'elle est autant fascinée que moi. Nos craintes n'étaient peut-être pas fondées, finalement ? Après quelques pas dans le centre-ville, nous sortons le plan de nos balluchons. Entouré en rouge est désigné l'endroit où nous devons nous rendre pour récupérer la clef de nos logements. D'après la carte, c'est tout près d'ici. En quelques minutes de marche nous débouchons devant un immense bâtiment beige tout en longueur. Est écrit en lettres d'acier sur le dessus de la façade : « Hôtel de ville ». Cette appellation me revient en tête : encore une chose que nous avons apprise récemment.

Nous entrons timidement, toujours à un centimètre l'une de l'autre. Dans le hall spacieux, tout est moderne : les aménagements font appel à des technologies que nous n'avons jamais vues à l'orphelinat. Nous savions qu'elles existent, mais elles ne faisaient pas partie de notre environnement. Des dizaines de bureaux s'ouvrent sur le hall. Nous arrivons devant un guichet vide surmonté d'un écran. Une voix sortie de nulle part nous interpelle :

— Bonjour. Quel est votre nom ou votre numéro ?

— Heu… 900, je m'exclame, gênée de devoir m'adresser à une machine.

— 900. Bienvenue. Nous allons enregistrer vos empreintes digitales, merci de placer votre index sur la plaque devant vous.

Au moment où la phrase se termine, une planche de métal s'éjecte d'un boîtier et je distingue un rond rouge sur lequel je dois poser mon doigt. Une lumière verte traverse la plaque de gauche à droite avec un sifflement désagréable. La planche se rétracte et la voix reprend :

— 900, votre empreinte est la clef de votre appartement : le même dispositif est placé devant votre porte. Vous séjournez dans le bâtiment 1, au cinquième et dernier étage, porte 4. Je vous souhaite un bon emménagement.

L'écran s'éteint un instant et se réinitialise. Je recule pour que 899 s'avance à son tour.

— Bonjour. Quel est votre nom ou votre numéro ?

6

Le plan indique que notre résidence se trouve à trois rues de la mairie.

Pour l'instant, la ville semble déserte. Nous sommes la première génération arrivée et cette idée parvient à me détendre. L'euphorie du début se dissipe pourtant peu à peu quand je réalise que bientôt les rues grouilleront d'inconnus et, qui plus est, d'inconnus dont, à en croire la régente, nous devrions nous méfier. Je ne sais à quoi m'attendre, les jours à venir m'effraient.

Les bâtiments de notre résidence sont tout aussi modernes vus de l'extérieur que le reste de la ville. Cinq immeubles de cinq étages pour accueillir les cent filles de mon dortoir. Le bâtiment 1 se situe juste à l'entrée de la résidence, c'est celui dans lequel 899 et moi-même nous trouvons. Je remercie nos mentores de nous avoir installées ici par ordre, car ma meilleure amie séjourne dans l'appartement à côté du mien : dernier étage, porte 3. Nous arrivons face à nos logements respectifs. Je comprends que nos mouvements sont détectés, car à l'instant où nous avons atteint le bout du couloir, les plaques de métal s'éjectent. 899 ne perd pas de temps et dépose son doigt au centre. Je l'imite, un cliquetis s'échappe et la porte s'entrouvre. Je regarde mon amie, stupéfaite.

— À tout à l'heure, me dit-elle chaleureusement.

Puis elle s'introduit sans hésitation dans son appartement.

Je ne doute pas de me plaire ici. Rien ne pourra me décevoir dans la mesure où, pour la première fois de ma vie, je possède un endroit à moi, rien qu'à moi. À première vue, le studio n'est pas grand, mais il est extrêmement moderne. Il me paraît comme tout droit sorti du futur, comparé au style rustique de notre orphelinat. Une énorme armoire en fer occupe l'entrée dans laquelle un lustre est suspendu. Cet espace est petit, mais dispose de tonnes de rangements, et je remarque que mes affaires y sont déjà installées. Qui s'en est chargé ? Le reste de l'appartement est situé en contrebas, il faut descendre deux marches pour y arriver. Le plafond est plutôt bas et des centaines de spots lumineux ressortent sur la peinture noire, offrant presque l'illusion d'une nuit étoilée. Encore figée, bouche bée, je contemple le salon qui sert également de chambre à coucher. Je descends une première marche et j'aperçois avec émerveillement que le mur en face de moi est en réalité une baie vitrée recouverte d'un rideau brun opaque. Je descends la deuxième et dernière marche, puis j'ouvre une porte à ma gauche qui donne sur une splendide salle d'eau d'un blanc immaculé, équipée du strict minimum. Je quitte mes baskets et j'arpente à présent le salon, pieds nus sur le sol bétonné. À seulement deux mètres des marches, face à moi, se trouve mon lit, parallèle à la baie vitrée, la tête collée au mur qui me sépare de 899, à ma droite. Il me tarde de m'allonger dans les draps ocre et de m'y reposer des jours entiers. Au pied du lit, un canapé en cuir couleur chocolat fait face à un énorme écran fixé au mur, et je comprends qu'il s'agit d'une télévision. Je sais que dans le passé la plupart des foyers en étaient équipés, mais je sais également que plus aucune chaîne ne fonctionne aujourd'hui. Peut-être est-ce pour regarder des films ? Je m'assieds sur le canapé pour tester son confort même si je sais déjà, à vue d'œil, qu'il ne me décevra pas. À ma gauche, je remarque la cuisine ouverte sur le salon, séparée par une table haute. Je prends à peine le temps de l'observer et regagne le canapé.

Tout ceci me paraît trop beau pour être vrai. J'ai été élevée dans la simplicité et cet appartement est tout sauf conforme à ce à quoi on nous a toujours habituées. Je me surprends à admirer ce lieu, mais je sais au fond de moi que je ne le devrais pas. Je devrais me sentir mal à l'aise devant tant de confort et de sophistication, mais ça m'est égal. Cet endroit me plaît.

Je me lève avec difficulté pour atteindre la baie vitrée. Je sens ma tête lourde et douloureuse de fatigue. J'ouvre les rideaux et contemple la ville. La vue est magnifique et donne sur une des rues principales. La hauteur me donne légèrement le vertige, mais un garde-fou est fixé à l'extérieur, au cas où j'ouvrirais les fenêtres, ce que je ne tarde pas à faire. L'air en hauteur est plus frais et le vent plus intense. Je prends plaisir à sentir son souffle balayer mes cheveux en arrière et je ferme les yeux un instant pour savourer le moment.

Des bruits de moteurs me tirent de ma somnolence : des dizaines de camions arrivent un à un dans la rue sur laquelle donne mon appartement. Depuis le cinquième étage, je ne distingue pas bien ce qui se passe, mais je devine qu'une foule de personnes descend des véhicules avec empressement.

— Hey ! Les mecs, on est chez nous ! Qui est prêt à célébrer ça demain soir ? Comptez sur moi pour trouver le meilleur endroit où faire la fête !

Oh ! Un garçon…

Instinctivement, je recule de plusieurs mètres, bute contre mon lit et tombe à la renverse. Mon dos est douloureux tant le choc a été brutal. Après quelques secondes, je me remets sur pied et m'approche de nouveau, la curiosité prenant le dessus sur mon embarras. J'ai les jambes tremblantes, elles me soutiennent à peine tant je suis sous le choc. Cette fois-ci je m'assieds au sol, en tailleur, observant discrètement la scène. L'homme qui avait pris la parole continue de crier des choses incompréhensibles et un autre, apparemment plus âgé que lui, lui flanque une violente claque sur le haut du crâne, ce qui, à ma grande surprise, lui vaut un rire sincère et bruyant.

À sa place, je me serais sentie humiliée et en colère. Lui continue de rire, ce qui provoque, je crois, un soupir de l'homme plus âgé. Des filles ferment la marche derrière et discutent avec enthousiasme. Leurs tenues sont tout à fait singulières, elles me paraissent très dénudées de là où je me tiens. Le garçon toujours criard slalome entre les groupes et attrape une fille sur son épaule avant de courir à l'avant, la laissant, sans scrupule, se balancer tête en bas sous les secousses de sa course. Je l'entends crier, sans savoir si c'est de rire ou de colère.

Comment peut-il la traiter ainsi ?

Je reviens à l'homme plus âgé qui a maintenant pris la tête de la marche et je remarque au même instant que ses yeux sont dirigés avec insistance dans ma direction. La tête penchée à gauche, il regarde vers le haut. Vers mon étage. Vers moi.

Oh !

Un sursaut me traverse tout le corps et je sens mon cœur cogner avec rage dans mon thorax. En une fraction de seconde, je recule et ferme le rideau brusquement. J'espère que ce n'est pas moi qu'il guettait. Cela faisait plusieurs minutes que j'observais la scène et je suis embarrassée à l'idée qu'il ait pu me surprendre à les épier longuement. Peut-être regardait-il les alentours ? Et que nos regards se sont croisés à l'instant où il a balayé l'immeuble du sien ? J'essaye de m'en convaincre.

Je m'assieds sur le lit pour reprendre mes esprits.

C'était la deuxième génération. Il n'y a pas de doutes. Je n'ai pas eu le temps de les observer suffisamment mais, à première vue, ils n'ont pas l'air si effrayants. Je crois. Ils sont simplement différents. Là aussi, j'essaye de m'en convaincre. Je me tords les doigts dans tous les sens. Je viens de voir des hommes pour la première fois. Je m'attendais à être désemparée et, même si c'est le cas, je suis également curieuse.

Après une longue douche chaude, j'enfile un de mes pyjamas soigneusement rangés dans la penderie de l'entrée. J'ai du mal à m'approprier les lieux et à réaliser que, désormais, ici c'est chez moi. Je sors de mon sac la petite boîte que la régente m'a donnée la veille et m'assieds sur mon lit. J'hésite à l'ouvrir par peur de ce que je peux y trouver. J'inspire à pleins poumons et retiens ma respiration quelques secondes avant d'expirer lentement pour me détendre. J'ouvre le petit paquet et découvre un téléphone. Je reconnais immédiatement l'objet, mais je n'en avais jamais vu en vrai auparavant. Je sais à quoi sert cet appareil, mais comment l'utiliser, c'est une autre histoire. Je l'extrais de son emballage et j'aperçois un mot au fond de la boîte.

Chère 900, si vous lisez ce mot c'est que vous tenez déjà le contenu du paquet entre vos mains. Ceci est un téléphone portable. Lisez bien la notice, sans quoi vous aurez quelques difficultés à manier l'appareil. J'espère que vous n'avez pas oublié notre marché. Chaque lundi, je vous contacterai pour que vous me fassiez part de vos informations. Il est nécessaire que vous preniez des notes toute la semaine afin de me rendre un rapport des plus détaillés. Je ne veux pas que des jeunes gens comme eux gâchent l'avenir de l'humanité. Je veux connaître leurs faiblesses, leurs vices, ce qu'ils projettent d'apporter à cette ville. Tout ce que vous pouvez savoir sur eux, je veux en être informée. Aujourd'hui, nous sommes samedi et je me doute que vous n'aurez pas grand-chose à me rapporter dès lundi, c'est pourquoi je vous appellerai le suivant.

Je reste stupéfaite à la lecture des premières lignes du message et je n'ose lire la suite. Moi qui avais pensé que cette mission ne durerait pas plus de quelques jours et qu'une simple analyse aurait suffi à la régente, je comprends qu'elle attend de moi bien plus que je ne l'imaginais. Je ne sais pas comment m'y prendre. Je viens tout juste d'arriver et je devine à ses mots qu'elle ne se contentera pas de quelques détails futiles, mais bien d'un compte rendu précis. Je n'ai qu'une dizaine de jours pour les approcher et je dois disposer d'assez d'informations pour assouvir sa curiosité ou dissiper ses doutes lors de son premier appel. Je pourrais ne pas le faire, aussi. Que peut-elle contre moi, à des centaines de kilomètres ? Comment peut-elle être sûre que je ne lui mentirai pas ?

Je poursuis ma lecture.

Si jamais vous renonciez à notre accord, sachez que des personnes vous surveillent et prendront les mesures que je leur ordonnerai de prendre. Ainsi, vous savez tout. Je vous souhaite une bonne installation et vous dis à bientôt, 900.

Je suis abasourdie par ses derniers mots : des personnes me surveillent. Moi ? 900 ? Mais pourquoi ? Que mijote-t-elle ? Moi qui pensais pouvoir échapper à ses ordres, j'ai maintenant ma réponse. Je suis coincée, obligée de m'approcher de gens que je ne veux pas connaître. Je décide d'éteindre les lumières et de me glisser entre mes draps. Il faut que j'arrête de me torturer l'esprit. Je dois le faire. Je vais le faire. Je lui fournirai tout ce qu'elle veut savoir pour en terminer une bonne fois pour toutes et vivre librement. Ce n'est pas si dur, je dois jouer un rôle. En y réfléchissant, cela fait dix-sept ans que je joue un rôle, non ? Que je garde tout au plus profond de moi comme on me l'a toujours demandé : mes chagrins, mes peurs, mes opinions. Que représentent quelques semaines de plus à feindre être celle que je ne suis pas ? Je suis déterminée. Déterminée à m'introduire au sein de leur communauté. Déterminée à obtenir leur confiance. Déterminée à en finir.

Sur ces dernières pensées, le poids de la journée m'assomme et je sombre dans un sommeil agité.

7

L'écran plat fixé au mur face à moi s'allume. Un homme à la voix rauque me tire brutalement de mon sommeil. Il a une soixantaine d'années et porte un costume noir soigneusement repassé et ajusté au centimètre près. Ce doit être un membre du Conseil. Les yeux à moitié ouverts et le reste de mes sens encore endormis, je tente de comprendre son discours. Je me redresse pour m'adosser à la tête de lit et m'étire doucement, espérant retrouver un peu de ma vivacité. L'œil un peu plus aguerri et enfin réveillée, je porte plus d'attention à ses mots.

« … bien arivés. Mes chers enfants, je me présente, je suis le professeur Carter, directeur du Conseil en charge de votre réinsertion. Il est 10 heures et je vous souhaite à tous la bienvenue. La météo annonce un temps radieux, le soleil est avec nous en cette première journée de réinsertion. Les commerces viennent d'ouvrir et je vous invite à venir les visiter. Vous serez surpris du nombre d'activités que nous avons à vous proposer. Je vous laisse les découvrir. Concernant les enseignements qui vous ont été attribués, vous êtes priés de vous enregistrer devant le centre de vos fonctions à 16 heures. Bonne journée à tous. »

L'écran s'éteint et sans plus tarder je me dirige vers la penderie pour trouver de quoi m'habiller. Ce matin, je me sens encore plus audacieuse que la veille. Je n'ai pas perdu de vue mes objectifs et je suis décidée à les atteindre. J'enfile un jean gris et un T-shirt de la même couleur dont l'odeur me rappelle tout à coup l'orphelinat. J'hésite à mettre mes baskets, mais vu la chaleur qu'il semble faire à l'extérieur, j'opte pour une paire de sandales grises. Je gagne la cuisine et remarque avec soulagement que les placards ont été préalablement remplis. Je meurs de faim, je n'ai rien avalé depuis la collation qui nous avait été distribuée pendant notre trajet, la veille. Dans le réfrigérateur, je trouve une brique de lait et m'en sers un grand verre que j'accompagne de gâteaux chocolatés. J'ouvre les rideaux puis la fenêtre et m'installe comme hier, en tailleur, devant le spectacle de la rue. Je repense à l'homme que j'ai vu la veille et qui, surtout, m'a surprise à l'épier.

Quelle réaction j'ai eue ! Je n'aurais pas pu paraître plus idiote !

Me cacher comme une enfant apeurée. Comment vais-je pouvoir approcher leur camp si je réagis avec autant de défiance ? Il va me falloir prendre sur moi, apprendre à contrôler mes craintes. Il le faut. Au nom de ma liberté.

Je trempe les derniers biscuits dans le lait que je finis d'une traite. Après avoir observé mon reflet dans le miroir, qui pour une fois révèle une fille en forme et en bonne santé, je décide de rendre visite à 899.

— Entre, je t'en prie, me dit-elle, le visage encore marqué par son oreiller.

Je la remercie et découvre un appartement tout aussi beau que le mien quoique différent par ses couleurs plus claires et lumineuses.

— Tu as eu le message, toi aussi ? demande-t-elle entre deux bâillements.

Je hoche la tête, un sourire crispé accroché aux lèvres, soudainement inquiète à l'idée de démarrer ma formation à l'hôpital. M. Carter l'a mentionné quelques minutes plus tôt et ce n'est qu'à cet instant que j'en réalise la portée. Évidemment, c'est l'une des disciplines que j'ai suivies avec intérêt à l'orphelinat. Mais aujourd'hui, pour la première fois de ma vie, je vais évoluer, seule, sans mes camarades de dortoir, pour mettre en pratique ce qui m'a longuement été appris. Une boule se forme au creux de mon ventre. Et si je n'étais pas à la hauteur de leurs exigences ? Je secoue la tête, espérant chasser mon appréhension. Pour le moment, je dois me focaliser sur les raisons qui m'ont poussée à entrer dans l'appartement de 899. Me concentrer sur ce que la régente m'a confié. J'inspire profondément et m'installe sur le tabouret du bar.

— Que dirais-tu de venir faire un tour avec moi ? Je meurs d'envie de découvrir cette ville !

Mon ton est bien trop surjoué. Heureusement, 899 ne voit que du feu à cet engouement simulé par un sourire impatient. Je n'ai pas le choix, je dois lui mentir. J'aurais aimé passer ma journée entière avec elle, cloîtrée dans l'un de nos appartements, car rien que ces deux lieux regorgent de distractions nouvelles. Des tablettes renfermant des livres et films par centaines remplissent nos étagères.

Nos placards débordent de mets curieux et inconnus qu'il me tarde de goûter. Mais j'ai d'autres projets. Des projets auxquels je ne peux échapper et auxquels il me faut mettre un terme au plus vite. Et sans elle, sans la présence de 899, je ne parviendrai jamais à approcher la deuxième génération. Depuis notre plus tendre enfance, elle est celle qui n'a jamais cessé de prendre soin de moi. À sa manière. Elle est la plus téméraire de nous deux. À l'image d'une grande sœur, bien que nous ayons le même âge. Aussi, je suis surprise de sa réponse positive à ma proposition. Elle semble même plutôt ravie à cette idée. Je craignais son refus, son humeur ayant été en dents de scie ces dernières semaines. Et à juste titre.

Je patiente sur le canapé et l'écoute fredonner quelques airs sous la douche. Je n'en reconnais aucun. Il faut dire qu'à l'orphelinat je n'écoutais que rarement les disques mis à notre disposition. Depuis sa baie vitrée, j'ai la même vue que de chez moi et je remarque seulement maintenant que plusieurs restaurants et bars longent la rue. Ils semblent pour l'instant fermés, je n'y vois personne. Le centre-ville doit être plus animé. Le moment où nous allons rencontrer les autres générations approche et je crois n'avoir jamais été aussi terrifiée. Au-delà de la curiosité qui m'anime, je ressens une profonde inquiétude. Une chance que 899 soit dans un bon jour. Avec son humeur actuelle, elle saura me rassurer et prendra les devants à ma place. Au même instant, elle sort de la salle d'eau, un sourire au coin des lèvres, et tourne à trois cent soixante degrés pour me présenter sa tenue. Elle porte une magnifique robe noire printanière et de jolies sandales de la même couleur. Je la retrouve. La 899 élégante qui aime prendre soin d'elle et qui a une aisance naturelle à en rendre jalouse plus d'une. Elle ne tient plus en place, fouille les quelques placards pour finalement s'emparer d'une pomme. Elle glisse sa main dans la mienne tout en portant le fruit à sa bouche de l'autre pour y croquer bruyamment, avant de me tirer jusqu'au palier de son appartement.

— Alors, 900 ? Que veux-tu faire en premier ? J'ai analysé le plan de la ville hier soir, on peut visiter plein de choses ! Que dirais-tu de nous promener sur la rue principale ? Il y a une tonne de magasins là-bas ! Sinon, il y a un parc qui a l'air immense. Regarde !

Puis elle pointe du bout de son index un énorme rectangle vert recouvrant près d'un tiers de la carte.

— Ou alors nous pouvons aller déjeuner, il y a un restaurant sur le toit de cet immeuble ! La vue doit être époustouflante d'en haut. Regarde ici, il y a un lac au bout du parc ! Nous n'avons jamais vu de lac. Ce doit être magnifique, n'est-ce pas ? 900 ? 900 ?

Je ne l'écoute plus. À mesure qu'elle parle, nous dévalons les marches de la résidence. Elle me tire avec excitation jusqu'à la sortie et nous nous approchons de ce que je redoute le plus : la rencontre avec la deuxième génération.

— 900 ?

— Hum… Oui, pardon. J'étais rêveuse. Écoute, je te suis. Tu as l'air mieux informée que moi, alors je t'en prie, décide de notre journée.

— D'accord ! Maintenant que nous y sommes, promenons-nous dans le centre-ville.

Malgré ma sidération, je regarde ce qui m'entoure. L'endroit est peuplé de jeunes de notre âge. J'ose à peine les observer tant cette expérience est déroutante. Certains paraissent plus âgés, d'autres plus juvéniles. Immobile, je me surprends pourtant à trembler, ma main toujours bien accrochée à celle de 899. Je manque de vomir à la vue de cette immense foule amassée. Je reste figée, dans l'impossibilité d'exécuter le moindre geste, le moindre pas. 899 me regarde avec tendresse, mais ne dit rien. Elle m'accorde cette pause dont j'ai besoin, cette rapide adaptation. Alors je balaye des yeux ce spectacle avec moins de réserve, tentant de m'accommoder aux allées et venues, aux visages inconnus et aux allures étrangères. La nausée se dissipe peu à peu, le nœud au centre de mon abdomen se relâche et, à ma grande surprise, j'esquisse un sourire. Nerveux, certes, mais un sourire quand même. En plein jour, le centre-ville est encore plus spectaculaire que la nuit. La veille, les immeubles gigantesques m'avaient coupé le souffle, mais aujourd'hui ils me paraissent encore plus impressionnants. La voie semble s'étendre sur des kilomètres si bien que j'en perçois à peine le bout. Hommes et femmes se mélangent, leur promiscuité paraissant si spontanée. Certains profitent du soleil, installés sur des bancs, d'autres visitent les boutiques une à une. J'ai l'impression d'être dans un rêve. Tout semble naturel, comme si cette ville avait déjà pris vie il y a de ça des années. Chaque individu foule le sol comme s'il l'avait déjà arpenté des millions de fois.

C'est donc chez moi, ici ?

899 émet une légère pression au creux de ma paume, ce qui me donne l'impulsion et le courage de délier mes pieds du bitume et d'enfin explorer à mon tour ma nouvelle vie. Je n'ose croiser le regard de la deuxième génération alors je laisse mes yeux errer dans le vide. Au loin, malgré ma vision encore floue, j'aperçois une grande place, sur laquelle

quelques cafés ont installé des tables en terrasse. Au centre, une magnifique fontaine entièrement faite de verre s'élève sur une dizaine de mètres. Je remarque quelques filles de l'orphelinat installées à l'une des tables qui bordent cette immense statue d'eau et devine à leur côté des hommes de notre génération. Ils sont facilement reconnaissables. Ils portent des tenues sobres comme nous et semblent sur la réserve, impressionnés. Une des filles qui s'y trouvent, 802, est de notre dortoir. Elle nous fait signe d'approcher lorsqu'elle croise le regard de 899. Moi qui tentais de les ignorer, c'est raté.

— Salut les filles ! Asseyez-vous avec nous ! Je vous présente 410, 409 et 408 ! Les garçons, voici 899 et 900.

Bon sang !

899 leur adresse un large sourire avant de les saluer. Sans le vouloir, je leur réponds presque froidement et baisse les yeux vers mes mains crispées. Mon amie tire une chaise pour que j'y prenne place tandis qu'elle part en récupérer une autre à la table d'à côté, me laissant seule pour les secondes à venir. Pendant un instant, je reste muette et un silence pénible et inconfortable s'installe.

— Tu aimes ton nouveau foyer ?

L'un des garçons vient de prendre la parole. Je sens mes joues s'échauffer, je sais que je rougis et je déteste ça. Je ne sais même pas si la question m'est adressée, mon regard restant fixé sur mes mains tremblantes.

— 900 ?

Oh !

— Heu… Oui ! réponds-je sans décrocher mes yeux de mes doigts entremêlés. Oui, j'aime beaucoup.

— Tant mieux. Vous prendrez bien quelque chose à boire ? Les chocolats chauds sont excellents !

Je hoche la tête.

— Nous prendrons ça ! C'est très bien ! s'exclame 899, tout en s'installant.

Enfin ! Elle est de retour !

Puis le garçon se lève pour aller passer commande à l'intérieur. Ma curiosité prend le dessus et j'ose alors lever le regard dans sa direction jusqu'à ce qu'il disparaisse. Je profite du sérieux de leur soudaine discussion pour observer à la dérobée les deux autres inconnus. 408 et 409, je crois. Même si, dans les quelques projections de films muets en noir et blanc j'avais déjà pu étudier les visages masculins, leurs traits plus durs et leur allure plus affirmée me paraissent cent fois plus intimidants dans la vraie vie. À cette apparence impressionnante s'ajoutent une voix grave, une odeur particulière, une réalité brute. L'homme n'est plus une image animée par un projecteur, mais un individu de chair et d'os. À mon grand soulagement, la gêne du début s'estompe. Il y a quelque chose de fraternel chez eux. Sûrement en raison de leur comportement similaire au nôtre. Leur manière pudique de boire leur chocolat, leur façon de parler pleine de sollicitude et de bienséance. Finalement, ils sont comme nous. Une fois rassurée, je balaye du regard ce qui m'entoure et j'étudie avec attention la cinquantaine de jeunes installés autour de nous. Je prends bien soin de ne croiser aucun regard et d'analyser rapidement les visages, de peur que l'on m'observe en retour. À part notre tablée, il n'y a là que la deuxième génération, du moins, je le devine, car ils sont tous tellement différents. Physiquement, chacun a ses particularités : aucun ne ressemble à son voisin. Jeans troués, baskets abîmées, derbies, joggings larges, pulls, vestes en cuir, chemises élégantes, T-shirts colorés, jupes courtes, longues, robes de soirée, rangers, chaussures à talons, bottes, pantalons en cuir, cheveux longs, colorés, courts, barbes… Chaque jeune se démarque des autres par sa tenue vestimentaire, sa coupe de cheveux. Toute une palette de couleurs y passe.

Je regarde alors mon jean gris informe et mon T-shirt gris puis j'observe l'accoutrement sombre et sans fantaisie de mes compagnons de tablée. Contrairement à nous, les membres de la deuxième génération ne se conforment pas à des codes vestimentaires stricts. Ils cultivent leurs propres goûts et je me surprends à envier secrètement cette manière d'être. En comparaison avec nous qui passons inaperçus, eux sont impossibles à ne pas remarquer. Ils semblent tous très heureux et proches les uns des autres. Je perçois de vrais liens dans leurs rapports. Démonstratifs, tactiles, taquins, leur éducation est définitivement aux antipodes de la nôtre. Mon regard passe de groupe en groupe jusqu'à tomber sur un jeune homme et une jeune femme s'embrassant fougueusement. Je baisse les yeux au même instant.

Oh ! Oui, ils sont très tactiles…

C'est une vision embarrassante et aussitôt je me sens rougir. Je lève les yeux pour observer de nouveau le couple, presque honteuse de faire preuve de tant de voyeurisme. J'ai l'impression d'être indiscrète, mais au-delà de leur démonstration amoureuse qui, elle, me perturbe, j'envie leur passion, leur insouciance.

Nos chocolats chauds arrivent. J'attrape le mien avec maladresse, encore tremblante de la scène dont j'ai été témoin et, fatalement, la moitié se répand sur mon T-shirt.

Oh non !

Gênée, je laisse échapper un grognement et l'un de mes frères me sourit.

Génial ! Je passe vraiment pour une idiote ! La journée commence à merveille !

Je quitte la terrasse précipitamment et m'engouffre dans le café à la recherche des toilettes. Je passe devant le comptoir du bar où des garçons et des filles débutant déjà leur formation s'affairent à préparer nos commandes. Je perçois le sigle lumineux au fond de la salle et m'y dirige d'un pas ferme pendant que j'agrippe le bas de mon T-shirt pour essuyer le chocolat de mon ventre.

— 900 ?

Hein ?

Je lève les yeux, sur une longue silhouette. Je le reconnais immédiatement. L'homme de la veille. Celui qui a croisé mon regard depuis ma baie vitrée sort tout juste des toilettes. J'ose à peine le regarder. Je baisse les yeux et le rouge me monte aux joues immédiatement.

Un homme de la deuxième génération… Et il te connaît. Dis quelque chose, 900 !

— Comment savez-vous ? Enfin… qui vous l'a dit ?

— Ton ventre, me répond-il, intrigué, son regard rivé au mien. C'est tatoué sur ton ventre.

— Oh… oui, c'est vrai. Je… J'avais oublié.

Il reste devant moi et m'observe, me toise de haut en bas, l'œil curieux. Trop curieux à mon goût. J'ai l'impression d'être un objet, une bête de foire. Je voudrais me cacher, mais aucune issue ne me permet de fuir. Je le contourne alors et reprends ma course initiale en direction des toilettes. Soudain, je m'arrête. La raison de cette sortie matinale me rappelle à l'ordre. Il faut que je le fasse, que je profite de cette occasion inespérée.

Allez, 900... Tu dois le faire !

Je tremble de nouveau, et mon corps est aussitôt en surchauffe. Je ralentis, hésite, et finis par me retourner vers lui.

— Heu... Attendez ! Quel est votre numéro ?

— Mon numéro ? (Un doux rire s'échappe de ses lèvres.) Tu es un peu directe, non ?

Je me vexe aussitôt. Il n'est pas moqueur, mais son ton révèle une assurance qui me perturbe. À mon grand étonnement, je m'emporte, rougissant de honte.

— Il n'y a rien de drôle ! Vous savez comment je m'appelle ! Pourquoi ne pourrais-je pas connaître votre numéro ?

Face à cette colère que je ne comprends pas moi-même, il reprend son sérieux. Je ne sais pourquoi je m'emporte. Peut-être est-ce cet air taquin propre à la deuxième génération. Ce même demi-sourire qui donne l'impression de cacher tant de choses. Il s'avance de quelques pas sans me quitter des yeux, comme étonné. Il est grand. Il doit faire plus d'un mètre quatre-vingts. Il porte un jean beige et un T-shirt noir. Comparé aux autres de sa génération, je trouve qu'il a une allure plutôt sobre, malgré une attitude tout aussi sûre et affirmée.

Il me fixe toujours, l'air grave.

— Tu veux dire par là que tu n'as pas de prénom ? Tu t'appelles 900 ? Comme le nombre ?

— C'est mon numéro, oui. C'est comme ça que je m'appelle.

— Oh... C'était donc vrai.

Rien d'autre ne sort de sa bouche. Il semble surpris. Les sourcils froncés, il me regarde avec plus d'insistance avant de poursuivre :

— Tu ferais mieux d'aller nettoyer ça au plus vite. Si tu attends trop longtemps, ça ne partira plus. Bonne réinsertion, 900.

Je reste un instant figée à le regarder partir en espérant qu'il se retourne. Rien. Je mets du temps à reprendre mes esprits. J'entre dans les toilettes et me passe de l'eau sur le visage. Je réalise alors seulement l'état dans lequel je suis.

Mince, cette situation était totalement invraisemblable ! Plus encore, je n'avais jamais été autant intimidée.

Ma première discussion avec un homme de la deuxième génération vient tout juste d'avoir lieu. Il est plus âgé que moi, ça ne fait aucun doute. Il fait partie des aînés dont la régente nous avait brièvement parlé.

A-t-il des souvenirs de l'ancien temps ?

Travaille-t-il dans ce café ?

La respiration toujours saccadée, je me félicite intérieurement de ne pas avoir trop perdu mes moyens. Après avoir éliminé la tache du mieux que je le pouvais malgré mes mains encore tremblantes, je rejoins enfin la table de ma génération.

— Tu en as mis du temps !

— Veuillez m'excuser. De quoi discutiez-vous ?

8

J'ai rejoint mon appartement depuis plusieurs minutes et je suis exténuée. La journée m'a assommée. Après avoir bu nos chocolats, nous avons visité le parc. Il est tellement vaste que nous avons mis plus de deux heures à en faire le tour. Il est étrange qu'un tel coin de nature se trouve au cœur d'une ville aussi moderne. Par la suite, nous avons accompagné les garçons qui devaient faire une course. J'ai l'impression d'avoir passé mon après-midi avec de nouveaux amis que je n'ai même pas cherché à connaître. Il faut dire que mon esprit était ailleurs et que je n'ai pas la tête à ces préoccupations pour le moment.

Peu avant 16 heures, devant aller à mon rendez-vous de formation, j'ai quitté 899 avec peine. Arpenter les rues seule jusqu'aux portes de l'hôpital a été pour moi une des pires épreuves de la réinsertion. Pour la première fois livrée à moi-même, j'ai dû réunir tout mon courage sans quoi je me serais écroulée sur place. Plus j'avançais en direction de mes futures fonctions, plus j'avais l'impression que la foule se resserrait sur moi et plus mon appréhension se transformait en une profonde angoisse. Arrivée à destination, je n'avais jamais été autant subjuguée par un édifice. Visiblement, je n'étais pas la seule. Les centaines d'autres jeunes assignés aux mêmes fonctions que les miennes fixaient l'immense dôme de bronze dans un silence empreint de fascination. Le soleil tout entier concentrait sa lumière sur chaque plaque de métal, faisant scintiller le lieu avec magie. En comparaison, l'intérieur, d'un blanc immaculé, n'avait rien de sensationnel, bien que particulièrement moderne. La plupart des instruments et machines répartis dans les différentes salles de l'hôpital m'étaient totalement inconnus. Leurs formes extraordinaires ne permettaient en aucun cas d'en deviner leur usage.

Après un court discours de l'une de nos formatrices, la docteure Anand, à notre assemblée d'élèves attentifs, suivi d'une rapide visite des lieux, nos plannings nous ont été distribués. Je ne travaille que les mardi, mercredi et jeudi et le groupe auquel j'ai été assignée ne commencera sa formation que la semaine prochaine. J'avais été aussitôt rassurée lorsque j'avais remarqué que presque l'intégralité des apprentis venait de ma génération. Il faut croire que l'altruisme ne fait pas partie des traits de caractère et des valeurs des « sans-gêne ».

Oui, les « sans-gêne ». C'est ainsi que nous avons fini par appeler la deuxième génération, à force d'observation. Et même si ce surnom peut paraître désobligeant, il leur convient à la perfection. Indirectement, c'est aussi une manière pour nous de dédramatiser la situation et de rire de nos propres inquiétudes. Car bien qu'ils semblent indifférents à notre présence, ils n'en restent pas moins dérangeants.

Je prends soin de fermer les rideaux avant de me déshabiller sur le chemin de la salle d'eau. J'ouvre le robinet et fais couler l'eau de la douche pendant que je me brosse les cheveux devant le miroir. J'ai pris quelques couleurs aujourd'hui. Le soleil a légèrement bruni ma peau et cette constatation me ravit. À l'orphelinat, nous ne sortions que rarement et nous ne profitions pas de l'été. Notre teint était définitivement blafard. Après une longue douche chaude et apaisante, je revêts une chemise de nuit et me glisse entre les draps. L'horloge annonce 19 heures. C'est une agréable sensation que de ne plus être soumise à un décompte horaire. Il ne fait même pas encore nuit, j'ai besoin de m'assoupir quelques instants et personne ne pourra m'en empêcher.

Je ferme alors les yeux et me surprends à penser à lui. L'homme du café. Je réalise qu'il ne m'a finalement pas donné son prénom en retour. Peut-être ne voulait-il pas me connaître ? Ou peut-être aurais-je dû creuser un peu plus ? Il me fallait être plus directe pour satisfaire la régente. Mais, finalement, ce n'est pas plus mal. Avec lui, je n'y serais pas arrivée. Il n'a pas mon âge et, de ce fait, m'impressionne davantage que les autres. Il m'aurait compliqué la tâche et aurait sûrement bien trop vite découvert mon imposture.

C'est en sursaut que je me réveille. Un son grave et vibrant tonne sur tous les murs. Je regarde l'horloge, les yeux gonflés de fatigue : il est 1 heure du matin. J'entends de la musique. Elle provient de la ville. Des jeunes crient et hurlent dans la rue. J'ouvre la baie et le son envahit mon appartement comme une tornade. Dehors, les bars sont ouverts et accueillent une multitude d'individus, tous de la deuxième génération. Nous n'avons pas tort de les nommer les sans-gêne, ils ne se soucient pas de nous ni de notre sommeil, visiblement.

Je me souviens que la veille un jeune homme évoquait une fête dès leur arrivée. Nous y voilà…

Et si ?

Non, 900, n'y pense même pas…

Je jette un nouveau coup d'œil en direction du vacarme de la rue, analysant la foule puis l'ambiance, tentant d'y déceler une quelconque dangerosité.

Et mince…

J'hésite. Je suis maintenant bien réveillée et je ne risque pas de me rendormir de sitôt. De toute façon, si je regrette ma décision, je n'ai qu'à faire demi-tour et je serai chez moi l'instant qui suit. C'est le moment idéal, non ? Je dois y aller.

Voilà dix minutes que je fais les cent pas dans mon petit studio, indécise, pesant le pour et le contre. Il y a plus de contre et j'en suis consciente, mais repousser le problème risque d'aggraver ma situation. Je dois rendre des comptes à la régente et notre accord commence maintenant. Je stoppe le flux d'idées noires qui me submerge, de peur de changer d'avis. J'enfile un jean noir, un T-shirt gris et mes baskets. Cette fois, je décide de me maquiller et tente de reproduire les gestes de 899 en déposant un léger trait noir le long de ma paupière, suivi de quelques touches de mascara. Les filles sans-gêne semblent toutes très apprêtées et je ne souhaite pas me faire remarquer par trop de sobriété. J'ai toujours cru qu'en étant réservée je passerais inaperçue. Au milieu de la deuxième génération, cela s'avère être tout l'inverse. Mieux vaut être excentrique si l'on ne veut pas attirer l'attention.

J'inspire à pleins poumons puis claque la porte de mon appartement. Je descends les marches sans hâte, le cœur battant de plus en plus fort. Je dois paraître sûre de moi si je veux que l'on me respecte. À l'instant où je franchis la porte de l'immeuble, je relève la tête et sors les épaules pour me donner un air affirmé. Pourtant, je ne me suis jamais sentie si vulnérable. Je n'ai que la rue à traverser pour rejoindre le trottoir d'en face et, aussitôt que j'y suis, je sens une bouffée de chaleur m'envahir. Mes sens me hurlent de faire demi-tour. Mes jambes sont en coton, mes mains crispées, et je dois réunir tout mon courage pour ne pas répondre à mon instinct.

Je longe plusieurs bars dans lesquels des jeunes gens s'amusent, dansent et rient ensemble. Quelque part, l'ambiance me rassure. Elle est certes étrange, bien trop décalée à mon goût, mais elle ne semble présenter aucun danger. J'arrive devant une porte en acier qui m'interpelle. Au-dessus d'elle scintille en bleu la mention « Club 47 ». Je choisis ce lieu. Je ne dois pas réfléchir plus longtemps. Ce n'est plus le moment de faire marche arrière, pas maintenant que je suis si près de mon but.

Alors, ignorant mes pensées indécises, je prends une grande inspiration et franchis le seuil du club. La musique est excessivement forte, ce qui m'est plus que désagréable. Dès l'entrée, des marches en verre mènent à un sous-sol où se déroule la soirée. Je les descends, d'abord hésitante, mes jambes soutenant à peine mon poids plume, puis avec plus d'assurance au fur et à mesure que je me rapproche. Une fois en bas, je ne peux m'empêcher d'émettre une exclamation de surprise. La pièce est immense ! Elle a l'allure d'un hangar, mais en plus moderne : des centaines de jets de lumière multicolores m'éblouissent par intermittences. Le plafond, d'une hauteur surprenante, est recouvert de milliers de miroirs. Levant les yeux, je croise mon reflet. Droite, immobile, cernée de toute part par des garçons et des filles allant et venant à toute vitesse, j'ai l'impression d'être comme spectatrice d'un rêve dont je ne peux m'échapper. Au milieu de la piste, une foule de jeunes dansent au rythme de la musique, que je ne connais pas. Elle en est presque agaçante, mais la deuxième génération, elle, semble l'adorer et être envoûtée. Je me dirige vers le bar à ma droite et commande un verre de jus d'orange à un apprenti avant de m'asseoir sur le seul tabouret de libre. Il fait terriblement chaud ici et j'avale avec plaisir quelques gorgées fraîches en faisant attention de ne pas m'en renverser dessus comme ce matin.

Je regarde les groupes passer, prenant soin de ne pas croiser leur regard tout en essayant d'entendre leurs discussions. Malheureusement, la musique m'en empêche. Je ne suis décidément pas à ma place. À la limite de quitter les lieux, je me persuade que rester est le seul moyen pour moi de parvenir à mes fins. Je dois rendre des comptes, je dois me rapprocher de la deuxième génération et je dois le faire seule. Je ne peux pas me permettre d'impliquer 899 et d'autres congénères sous peine d'échouer dans ma mission… Tous les jeunes traversent la salle avec agitation et je ne sais plus où donner des yeux. À dire vrai, je ne sais pas non plus où me mettre, me sentant de plus en plus comme une intruse.

Alors que j'avale une gorgée de mon jus d'orange, un homme passe son bras sur mon épaule et me fait sursauter.

Oh, Non ! Je crains le pire…

— Qu'est-ce qu'elle fait là, la bête ? Tu n'es pas dans ton étable, ce soir ?

Les quelques personnes qui l'accompagnent pouffent de rire en chœur, me toisant avec dédain.

— Bah quoi ? C'est vrai ! continue-t-il, fier de se donner en spectacle. Tu es quel numéro de série, toi ? Tu es la combientième de l'usine ?

Un frisson me parcourt le corps et je sens mon sang bouillir. Qu'insinue-t-il ? Que je ne suis qu'un animal ou qu'un vulgaire produit industriel simplement parce que je porte un numéro ? Je suis paralysée par tant de cruauté et m'enferme dans le mutisme. Jamais je n'avais été confrontée à ce genre de paroles. Jamais je n'avais été traitée ainsi. Et jamais je n'avais appris à riposter contre de telles attaques. Je le voudrais pourtant, de tout mon cœur, mais les mots ne daignent pas sortir. Au lieu de cela, je l'ignore, focalisant mon regard partout où je ne croiserai pas le sien.

— Elle est sourde, vous croyez ? s'esclaffe-t-il de nouveau auprès de ses compagnons. Je peux me faire comprendre avec les gestes si tu préfères !

Au même instant, il resserre sa prise autour de mon cou et glisse sa main dans mon dos. Ce contact me tétanise et me donne la nausée. Des frissons de dégoût me traversent. Écœurée, je voudrais m'enfuir en courant.

— Allez, détends-toi ! Bois dans mon verre, tu vas voir, tu vas adorer !

J'essaye de me contenir pour ne pas crier et contrôler ma respiration avant de prendre la parole le plus calmement possible.

— J'aimerais que vous partiez, murmuré-je à la limite du malaise.

Bravo, 900. Quel courage…

— Eh bien non, tu vois… Je suis très bien ici ! Je vais même rester un peu plus longtemps, me répond-il, l'air provocateur, tout en délogeant la fille assise sur le tabouret voisin.

— Et moi je crois que tu vas partir. Et pas plus tard que tout de suite, l'interrompt une voix derrière moi.

À ces mots, le garçon se décompose et laisse son verre sur le comptoir avant de filer rejoindre la fête.

Je ne me retourne pas, trop sonnée pour comprendre ce qui se passe. L'homme qui lui a demandé de partir prend sa place. Lui. L'inconnu de tout à l'heure, le même qui a croisé mon regard la veille. Je pose mes yeux sur lui et il me regarde avec insistance. Il paraît fou de rage. Il continue de me fixer sans dire un mot et, comme à mon habitude, je rougis. Pourquoi me met-il autant mal à l'aise ?

Je baisse la tête en espérant cacher ma gêne et m'adresse à lui avec froideur :

— Je n'avais pas besoin de votre aide.

— Ce n'est pas l'impression que j'avais. Il est temps que tu rentres, toi aussi.

Je n'ai pas l'intention de partir et je le lui fais bien comprendre en m'appuyant ostensiblement au bar tout en faisant un signe désapprobateur de la tête. Sans chercher à me convaincre davantage, il m'agrippe le bras fermement et m'entraîne jusqu'à la sortie. Je tente de me débattre en essayant d'être la plus discrète possible ; je ne veux surtout pas me donner en spectacle. Malheureusement, sa poigne est tellement puissante que mes pieds touchent à peine le sol, me forçant malgré moi à renoncer à toute discrétion.

— Lâche-moi ! crié-je, honteuse.

Il ne m'écoute pas et poursuit jusqu'en haut des marches. Une fois dehors, il ne relâche pas sa prise et me traîne jusqu'à l'entrée de mon bâtiment.

— Tu cherches quoi en venant seule ici ? gronde-t-il pendant que je remets mon T-shirt en place.

— Cet endroit est à vous ? L'entrée nous est interdite, alors ?

Je serre les mâchoires pour éviter de parler encore plus fort. Je me sens humiliée et en colère à la fois. Je tente de retenir mes larmes et contiens à peine des sanglots. J'arrive à me contrôler, mais je ne peux pas rester devant lui plus longtemps, au risque de craquer.

— Ce n'est pas ce que je dis, 900, mais c'est totalement inconscient de ta part de venir seule.

Il a le visage dur et froid. J'ai l'impression d'être une enfant à qui l'on fait la morale après une bêtise. Il me regarde comme si j'avais cinq ans et je déteste me sentir si ridicule. Je sais qu'il a raison et que cette escapade nocturne était loin d'être prudente, mais impossible de l'admettre devant lui, pas après avoir été traitée de la sorte.

— Tu n'as pas répondu à ma question, persiste-t-il en me faisant signe d'avancer. Pourquoi es-tu venue ici ce soir ?

Nous montons l'escalier de mon immeuble côte à côte et je vois au sérieux de son visage qu'il attend une réponse de ma part. Une réponse que je ne peux pas lui donner.

— Je ne sais pas.

J'ai le regard fuyant. Cette réponse ne le satisfait pas, je le sais. Ses yeux cherchent les miens comme s'ils voulaient déceler ce que je cache, alors je poursuis :

— Je… J'avais juste envie de voir votre univers. J'étais simplement curieuse.

— Je vois… murmure-t-il un sourire en coin. Maintenant que je te sais en sécurité, je vais pouvoir retourner à la fête.

Cet homme est étrange. Il passe de la colère au sourire, comme si notre altercation n'avait jamais eu lieu. Je suis devant la porte de mon appartement et il m'observe du bout du couloir, s'assurant sans doute que je rentre bien chez moi et surtout que je ne m'apprête pas à faire demi-tour. Je ne peux pas en rester là. Je ne peux pas laisser filer ce qui sera peut-être l'une des seules occasions que j'aurai de mieux le connaître et de mener mon enquête. Il n'est pas la cible idéale, je le sais. Vu son âge, il ne risque pas de se laisser berner facilement. Rien que ma présence au Club 47 lui paraissait déjà suspecte. Malgré toute la crainte qui me submerge encore, je dois le faire. Il le faut, pour la régente.

— Entre… Enfin, je veux dire, si tu en as envie.

Il semble hésiter quelques secondes, surpris d'une telle proposition, puis accepte d'un léger hochement de tête et pénètre dans l'appartement à ma suite.

— Tu veux quelque chose à boire ?

— Une bière, s'il te plaît, me répond-il tout en jetant un regard circulaire sur mon appartement.

Une bière ? C'est quoi, une bière ?

Je m'accroupis en face de mon frigo en espérant trouver une bouteille de ce nom-là. Je regarde furtivement l'homme par-dessus mon épaule et en me penchant sur la droite et surprends son léger sourire lorsqu'il se met face à la baie après en avoir écarté le rideau. Je fais le lien immédiatement. Il m'a bien vue les observer hier soir, sinon pourquoi s'en amuserait-il ? Et comment aurait-il su où j'habite ? Je me mets à sourire à mon tour et me moque presque de moi-même. Comme il doit me trouver idiote !

— Tu n'as pas de bière, c'est ça ?

Il me surprend en passant la tête au-dessus de la table haute.

— À vrai dire, je ne sais pas ce que c'est, bafouillé-je, gênée.

Ses yeux s'illuminent. Je devine qu'il retient un rire pour ne pas me vexer et j'apprécie l'intention. Il s'abaisse à quelques centimètres au-dessus de moi et scrute à son tour le contenu du réfrigérateur. Notre proximité me déstabilise. Je sens d'ici son parfum et cette odeur est perturbante. Elle ne ressemble en rien aux fragrances féminines et douces auxquelles je suis habituée. Je reste figée un instant et, très vite, je me sens sotte à demeurer immobile alors que je lui bloque le passage.

— Voilà, murmure-t-il. Tu en veux une, toi aussi ?

Je n'ose pas refuser et lui tends la main pour la lui prendre. Il ignore mon geste et examine les tiroirs de ma petite cuisine pour en sortir un instrument étrange en métal. Je comprends alors qu'il sert à ouvrir les bouteilles. Il glisse la mienne au creux de ma paume toujours tendue.

Souhaitant m'éloigner de cet homme, je m'installe sur le canapé tandis que lui s'assied sur le haut tabouret de la table. J'avale une gorgée de ce liquide inconnu et dissimule difficilement un rictus de dégoût.

Je ne m'attendais pas à ce que ce soit si amer !

— Alors, 900, les garçons de ta génération sont-ils tous aussi dérangés que chez nous ?

Les bras croisés contre son torse, il me jauge, le visage incliné vers la droite. Les sans-gêne n'ont vraiment pas conscience de leur impolitesse à observer une personne sous toutes les coutures, sans même s'en cacher, qui plus est.

— Je vois que vous ne nous avez pas étudiés avant la réinsertion, réponds-je, légèrement vexée à l'idée qu'ils ne connaissent rien de nous. En réalité, il y a deux jours, je n'avais encore jamais rencontré d'hommes de ma vie.

— Pardon ?! (Il manque de s'étouffer avec sa bière et la pose un instant.) Tu veux dire qu'en dix-sept ans tu n'as jamais fréquenté d'hommes ?

— Jamais… Notre orphelinat est… enfin *était* seulement pour les filles.

Je me sens maintenant embarrassée de lui avoir fait cette confidence. Il doit me trouver encore plus idiote qu'il ne le pensait.

— Ce doit être un effort pour toi de m'avoir invité ici. Peut-être même suis-je le premier à qui tu parles réellement ?

Il sourit et semble amusé, presque flatté.

— En effet…

Je baisse les yeux avant de les relever timidement vers lui.

Il reste à présent muet, m'observant avec curiosité. Il ne réalise pas combien il est déstabilisant de se sentir scrutée. Je ne sais plus où me mettre et cherche à me donner une contenance par des gestes maladroits. Aussi j'attrape la bouteille de bière et la termine d'une traite.

— Tu en veux une autre ? me demande-t-il.

J'acquiesce d'un signe de tête et il me l'apporte, le regard toujours insistant. Je reprends quelques gorgées et réfléchis à ce que je pourrais bien lui dire pour meubler ce silence. J'essaye, mais je ne trouve rien. Mon visage s'échauffe et j'ai l'impression de ressentir un vertige. Je me passe la main dans les cheveux pour dégager mon visage en surchauffe.

— Tout va bien ?

— Oui, oui… J'ai juste… Je ne sais pas, un peu chaud d'un coup, réponds-je en secouant mon T-shirt pour m'apporter un peu d'air.

— La bière. Il y a de l'alcool dedans. Excuse-moi, je n'ai pas pensé à te prévenir.

Tout s'explique. Je sais ce qu'est l'alcool, je sais surtout que nos mentores nous ont toujours défendu d'en consommer. L'avertissement était dérisoire sachant que nous n'en avions pas la moindre goutte à l'orphelinat. C'est le premier interdit que je franchis et, bizarrement, ça me fait rire. J'ai l'impression de ressentir les mêmes effets que le jour où la régente m'a administré ses pilules. Bien sûr, en moins prononcé ; ce jour-là, j'étais hors de contrôle.

Le goût agressif de la bière me laisse un parfum désagréable en bouche. Je me relève pour me servir un verre d'eau et manque de trébucher sur le chemin de la cuisine. Il se lève à son tour pour me rattraper, mais mes réflexes sont plus rapides. Heureusement.

— Tu ne dois pas retourner dans ce club, 900. Ni dans aucun autre bar de la ville.

Son ton est froid, mais je ne décèle aucune menace. Est-ce un conseil ?

— Pourquoi ? La première génération vous gêne ?

Son regard se fait soudainement plus doux et je peine à le soutenir ; je baisse les yeux sur mes chaussures. Et alors que je pensais avoir atteint le comble du malaise, son pouce effleure mon menton. En un geste presque tendre, il relève ma tête.

Oh ! Bon sang !

Instinctivement, je recule et vois ses sourcils se froncer. J'ose à peine le regarder tant ce contact m'a troublée.

Il ne me connaît pas ! Pourquoi me touche-t-il ?

Il passe une main dans ses cheveux noirs avant de boire une nouvelle gorgée.

— Il ne s'agit pas de moi. Ce n'est juste pas votre monde. Ne viens plus à ces soirées.

Cette fois-ci, je sens qu'il ne s'agit pas là d'un simple conseil et je me mets à trembler d'angoisse.

Qu'est-ce qui m'a pris de l'inviter ? Je suis inconsciente, ou quoi ?

À mon tour, je passe une main dans mes cheveux, espérant retrouver un semblant d'air dans cette pièce devenue soudainement étouffante. Je vois dans son regard inquiet qu'il remarque mon trouble.

— Je ferais mieux d'y aller, me dit-il en posant sa bière sur la table.

— Tu as raison.

Il s'approche de moi, trop près, et me fait maintenant face, à quelques centimètres de mon visage. Mon cœur cogne à tout rompre dans ma poitrine et, malgré mes efforts pour contenir mes tremblements, je peine à me calmer. Je préfère lorsqu'il se tient à distance. Enfin, je crois. L'effet qu'il produit sur moi me terrifie. J'esquisse un mouvement de recul, ce qui le fait s'éloigner à son tour.

— Au revoir, 900.

Sans se retourner ni attendre de réponse de ma part, il quitte mon appartement.

Je reste plantée là, comme si le temps venait de s'arrêter. Au moment même où la porte se referme, mon corps tout entier se relâche. Ce n'est qu'à cet instant que je réalise combien j'étais crispée et tendue. Je ferme les yeux et pousse un long soupir de soulagement.

Il faut que je dorme, que j'oublie cette soirée.

Je me déshabille et me glisse entre les draps, tentant désespérément d'effacer son image de mon esprit. Cet homme est un mystère total, je suis incapable de le cerner. Malgré ses quelques sourires furtifs, il a constamment le regard froid et grave, presque tourmenté. Me menaçait-il ? Malgré la crainte qu'il m'inspire, je ne peux m'arrêter là. Je dois en connaître davantage sur lui. J'ai déjà fait un premier pas. Et c'est alors que je réalise que je ne connais toujours pas son prénom…

9

Cela fait maintenant huit jours que la réinsertion a débuté. Cette première semaine a été plutôt agréable malgré la mission qui me pèse. 899 et moi avons passé du temps en compagnie de quelques filles et garçons de notre génération. Ceux que nous avons rencontrés le premier jour. Nous avons passé presque toutes nos soirées chez 899 à discuter pendant des heures entières, apprenant réellement à nous connaître pour la première fois de nos vies. Je reste tout de même toujours un peu en retrait, comme si tout ce que nous vivions n'était pas réel. Pourtant, je me suis surprise à échanger plus que je ne l'aurais imaginé. Notamment avec 410. Il me ressemble. Nous abordons cette réinsertion de la même manière. Une crainte similaire nous habite, tandis que tous les autres semblent exaltés. Il est sur la réserve, comme moi. Déstabilisé, comme moi. C'est pourquoi, à son côté, je me sens à l'aise : je sais qu'il pourrait devenir un véritable ami.

Ce soir, toutes les générations sont attendues à l'hôtel de ville dans la grande salle de conférences. Le Conseil s'est déplacé jusqu'ici pour nous rencontrer et nous distribuer nos vivres pour la semaine. Les fois suivantes, c'est 899 qui s'en chargera. Elle est assignée à la gestion des ressources de la ville. C'est elle qui s'occupera de préparer nos paniers avec l'aide d'autres apprentis. 410 et moi avons prévu de nous retrouver dans le centre-ville pour aller au rendez-vous, car mon amie a passé l'après-midi dehors avec nos camarades de dortoir. Elle s'y rendra directement.

Il est 18 heures, le rendez-vous n'a lieu que dans deux heures. Je lis un roman que j'ai commencé il y a quelques jours. Il est étrange de lire sur une tablette, il me manque l'odeur particulière des livres et le doux frottement des pages lorsqu'on les tourne. Malgré tout, ma lecture me passionne. L'héroïne s'appelle Rose. J'envie le fait qu'elle porte un nom de fleur. C'est tellement plus joli et mélodieux. Peut-être qu'un jour, moi aussi, je pourrai m'attribuer un prénom ? À l'orphelinat, les rares écrits à notre disposition relataient des faits historiques, c'est la première fois que je lis un roman, une histoire inventée de toutes pièces. Je n'ai dévoré que quelques chapitres, mais j'ai déjà plongé dedans, comme dans un rêve. Rose. Cette jeune fille heureuse entourée d'une mère aimante, d'un père dévoué et d'une grande famille. La vie que je n'aurai jamais et à laquelle je songe avec tristesse lorsque je m'endors.

Il est 19 heures. Je pose ma tablette et me dirige vers ma penderie. Je réfléchis quelques secondes aux vêtements que je vais porter et, comme à mon habitude, je sélectionne une tenue sobre et discrète. J'enfile donc mon jean noir et un pull noir. J'éteins les lumières de mon appartement et passe la porte d'entrée.

Lorsque j'atteins la voie qui mène à l'hôtel de ville, je repère immédiatement 410. J'avance rapidement dans sa direction, lorsqu'il m'aperçoit à son tour. Il effectue un mouvement de la tête, ce qui soulève sa frange avec élégance. Je ne le trouve pas particulièrement charmant, mais j'aime son caractère et sa façon de se comporter avec moi. Il est prévenant et ses gestes sont toujours raffinés et respectueux, bien loin de l'impudence de la deuxième génération. Peu importe son apparence, je devinerais entre mille qu'il a reçu une éducation identique à la mienne. Depuis que nous avons croisé les garçons de notre génération le premier jour, je décèle entre nous une sorte de solidarité, comme si nous étions tous frères et sœurs.

410 est adossé au mur et me sourit. J'espère qu'il ne m'a pas attendue trop longtemps.

— Ne sois pas si pressée, 900, la réunion des générations n'a pas encore commencé.

— Je ne voulais pas te faire attendre plus longtemps. Tu as croisé 899 ?

— Oui, elle vient d'entrer avec nos autres amis. Ils nous attendent, suis-moi.

Il me tend le bras et je l'agrippe, légèrement gênée, me laissant guider le long des couloirs de l'hôtel de ville.

Le bâtiment, immense, cache des espaces très impressionnants. Nous passons les guichets électroniques et empruntons les couloirs bondés de monde, principalement des membres de la deuxième génération. Les espaces sont d'un blanc immaculé et le plafond est d'une hauteur vertigineuse. J'observe les alentours sans regarder devant moi,

410 se chargeant toujours de m'escorter avec précaution. Une porte s'ouvre sur une étonnante salle pouvant accueillir des milliers de personnes. Des sièges rouge vif entourent une haute estrade faite de verre sur laquelle un large écran diffuse en boucle une bande-annonce de notre réinsertion. Je reconnais la ville, encore inhabitée, présentée par une voix qui vante le programme de réinsertion et l'importance de son succès pour les générations futures. Elle énumère les différents métiers s'offrant à nous pour l'avenir, félicite le Conseil de l'excellence de nos formations. Quelques silhouettes passent et j'aperçois la docteure Anand, mon instructrice. Puis, l'écran devenu noir, une phrase subsiste quelques secondes : « Pour un monde meilleur ». Et la vidéo recommence.

La plupart des générations sont déjà installées et, vu la foule amassée, je fais signe à 410 de nous asseoir : il nous est impossible de retrouver nos amis dans cette cohue.

Je ne peux m'empêcher de scruter les visages qui m'entourent à la recherche de celui qui a bien souvent croisé ma route. Je ne l'ai pas revu depuis le soir où je me suis rendue seule au Club 47. Étant donné la vitesse à laquelle il a quitté mon appartement ce soir-là, je doute d'avoir fait bonne impression.

Un homme s'éclaircit la voix.

C'est le président du Conseil, celui qui nous a contactés le premier matin au travers d'un message télévisé. 410 et moi échangeons un regard et, peu à peu, le silence s'installe dans la salle. Nous portons maintenant notre attention sur l'homme au microphone. Il paraît minuscule au milieu de cette immense salle. Comme si mes pensées avaient été entendues, un hologramme prend forme à son côté. Il s'agit d'une copie du président lui-même, quatre à cinq fois plus grande. Lorsqu'il lève une main pour ordonner le silence, l'hologramme reproduit son geste à la perfection.

— Je suis M. Carter. Comme vous pouvez le deviner, je suis le président du Conseil en charge de votre réinsertion. Je vous souhaite de nouveau la bienvenue et j'espère que cette semaine a été enrichissante pour chacun d'entre vous. Pour ceux qui n'ont toujours pas pris leurs marques, sachez que ce n'est que le début. Pour le moment, vous ne devez penser à rien d'autre qu'à vous intégrer. Nombre d'entre vous ont déjà commencé leurs enseignements, et bientôt chacun apportera sa pierre à l'édifice de notre merveilleuse ville. En attendant, découvrez-vous les uns les autres et appropriez-vous cette nouvelle vie. À l'instant où je vous parle, des camions déchargent des milliers de boxes alimentaires dans lesquels vous trouverez de quoi remplir vos placards déjà bien fournis. Dès que la réunion sera terminée, vous pourrez les récupérer à la sortie du bâtiment. N'oublions pas, il est important de ne pas revivre la même situation d'il y a dix-sept ans. Vous le savez, des particules toxiques flottent toujours dans l'air que nous respirons : c'est pourquoi nous devons continuer de vous administrer vos traitements. Dorénavant, pour plus de fiabilité, nous ne vous distribuerons plus de pilules quotidiennes comme dans vos orphelinats respectifs, mais procéderons à une vaccination tous les mois. La première aura lieu aujourd'hui et exceptionnellement dans ces lieux. Les prochaines seront organisées à l'hôpital…

Je ne l'écoute plus. La vue de toute cette foule m'hypnotise. Me retrouver au milieu de tous ces individus me déstabilise. Je n'y ai pas ma place. Autant dans la ville spacieuse je me sens libre, autant ici je me sens comme prisonnière. J'ai l'impression d'avoir tellement vécu en communauté qu'aujourd'hui j'en suis écœurée. Malgré l'apparente liberté de cette nouvelle vie, j'ai la sensation de ne pas être aussi autonome qu'on veut me le laisser croire. Des individus s'ingénient à nous indiquer le chemin à prendre, à suivre des codes précis, à nous administrer un traitement sous surveillance, à contrôler notre approvisionnement. Toute cette dépendance m'agace. J'aimerais vivre ma vie sans devoir prêter allégeance à quiconque ferait partie d'un Conseil ou serait à la tête d'un orphelinat. Il me tarde de travailler, une fois mon enseignement fini, afin de gagner seule ce que je mérite.

M. Carter poursuit son discours sur la réinsertion avec passion et conviction. Il pense peut-être nous mettre à l'aise, mais moi, il me dérange. Beaucoup d'entre nous doivent se sentir seuls et perdus depuis leur arrivée dans cette ville. Je doute que ces quelques mots à travers un microphone et un hologramme plus effrayant qu'utile puissent y changer quelque chose.

Depuis que j'ai quitté l'orphelinat, mes sentiments sont partagés. Je chéris cette nouvelle autonomie, pourtant j'ai le sentiment que tout ceci est bien trop bancal pour être une réussite. Même si ma nouvelle vie me plaît, je reste sur mes gardes. Rien n'est encore acquis. Pourquoi la régente m'aurait-elle confié une telle mission si elle ne craignait pas que les choses tournent mal ?

— 900, il faut que tu te lèves, c'est au tour de notre rangée.

— Hein ?

410 m'adresse un sourire. Il soupire avec un agacement surjoué qui me fait pouffer de rire. C'est comme s'il me connaissait depuis toujours et que mon manque d'attention ne l'étonnait plus.

— Nous devons nous rendre en salle 4 au premier étage.

Je le regarde, muette, avec de grands yeux étonnés.

— Pour la vaccination, reprend-il.

— Oh, oui. Pardon ! Je te suis !

J'agrippe de nouveau son bras et le suis docilement.

10

Cela faisait bien longtemps que je n'avais pas autant ri et je me demande si ce ne sont pas mes nerfs qui lâchent à leur manière.

410 se tient le bras en me foudroyant du regard.

— Je ne pensais pas qu'un corps aussi imposant que le tien pouvait craindre à ce point une aussi petite aiguille ! Tu te rends compte que tout le monde t'a entendu depuis la salle d'attente, 410 ?

Il ne répond pas et je descends les marches de l'hôtel de ville en essayant de contenir mon hilarité. Cette fois, c'est moi qui guide mon ami vers la file la plus courte où nous récupérons nos boxes alimentaires.

— Je suis désolée, 410. Ne te vexe pas ! C'est juste que… je ne m'y attendais pas. Tu paraissais si confiant.

Je tente de faire profil bas et baisse la tête en signe de pardon, ce qui me permet de camoufler le sourire qui persiste au coin de mes lèvres.

— Tu l'as dit toi-même, je « paraissais »… En tout cas, je suis ravi de t'avoir fait rire. C'est rare et, si j'en suis la raison, c'est un honneur !

Il feint une révérence et je ne peux plus cacher mon sourire. Boxes en main, nous marchons le long des rues en direction de nos appartements. Quelques bâtiments seulement nous séparent.

— C'est ici que je te quitte, lui dis-je. Comme prévu, on se rejoint tous chez 899 dans une demi-heure ! C'est bon pour toi ?

— C'est OK ! À tout à l'heure !

Je grimpe les marches quatre à quatre, enjouée d'être enfin débarrassée de la réunion du Conseil. La compagnie de 410 s'avère agréable. Je sais que je ne le connais que depuis peu et qu'il me reste encore beaucoup de choses à apprendre sur lui, mais je suis heureuse de m'être fait un ami.

J'arrive enfin dans mon studio. Cela fait à peine trois heures que je l'ai quitté, mais maintenant que je possède un endroit rien qu'à moi, je peine à vouloir en sortir. En quittant l'orphelinat, je craignais la solitude. Aujourd'hui, je la chéris.

Je dépose rapidement dans la cuisine les quelques denrées qui nous ont été distribuées et me repose sur mon canapé en attendant le retour de 899. Cela fait à peine plus d'une semaine que nous habitons ici et j'ai l'impression d'y vivre depuis des mois. Le temps passe à une allure fulgurante et d'ailleurs… demain, nous serons lundi. Lorsque je réalise ce qui m'attend, ma bonne humeur s'évanouit aussitôt. La régente m'appellera et je n'aurai rien à lui rapporter. Se montrera-t-elle indulgente face au court délai qu'elle m'a laissé ?

Alors que l'idée de la décevoir me crée un désagréable nœud au ventre, j'entends des bruits de pas dans le couloir, me signalant que 899 est rentrée. Je n'attends pas et me précipite à sa rencontre, soulagée de pouvoir me changer les idées.

Quelques minutes plus tard, nous sommes enfin au complet. 802 nous a rejoints presque aussitôt après mon arrivée et 410 est venu, accompagné de ses deux acolytes 409 et 408. Il est 23 heures et, dehors, les rues commencent à être envahies par la deuxième génération. La musique résonne jusque dans nos murs et, bizarrement, ça ne nous dérange plus. Nous nous y sommes habitués. Tous les six, nous échangeons sur notre journée et sur la réunion. Nous sommes unanimes : malgré sa voix douce et confiante, M. Carter dégage une arrogance dérangeante. Peut-être ne sommes-nous pas objectifs du fait de notre lassitude de l'autorité, en tout cas, nous prenons plaisir à enfin pouvoir formuler nos critiques haut et fort, sans craindre d'enfreindre un quelconque règlement. C'en est presque excitant.

— Et si on sortait, nous aussi ? propose 802.

Hein ?!

— Quoi ? C'est vrai ! Ne me regardez pas comme ça ! s'amuse-t-elle. On est peut-être des jeunes gens modèles et disciplinés, mais ça ne nous empêche pas de nous amuser !

— C'est vrai, tu as raison ! renchérit 899. Pourquoi pas nous aussi ?

410 se lève de sa chaise et intervient :

— Je ne sais pas. On ne sera sûrement pas les bienvenus. Regardez-nous.

Ses deux amis l'observent avec bienveillance et l'un d'eux argumente :

— 410, ne sois pas si inquiet. Essayons au moins une fois… Nous ne pouvons pas passer nos vies cloîtrés dans nos appartements.

410 se renfrogne mais semble étudier la question.

J'aperçois au même moment le regard insistant de 899 qui cherche mon approbation. Elle sait que mon opinion influera peut-être sur celle de 410 et je devine qu'elle attend de moi non pas mon avis, mais plutôt le sien. Ce qu'elle ignore, c'est que cette proposition me soulage presque. Même si je rêverais de rester ici, au calme, 802, 899, 408 et 409 m'offrent l'occasion idéale de poursuivre mes investigations. Grâce à eux, je pourrai peut-être rendre un rapport concluant à la régente dès demain. Alors je réponds au regard de 899 par un sourire, avant de prendre enfin la parole :

— Moi je suis pour. Allons au moins faire un tour…

Aussitôt, je comprends que 410 capitule et il finit par hausser les épaules, l'air de dire « comme vous voulez ».

— Il ne sait pas te dire non… lance discrètement 899, tout en me donnant un coup de coude.

Nous arrivons devant le Club 47. Sans surprise, c'est le lieu qu'ils choisissent pour la soirée. Comparé aux autres bars bordant la rue, celui-ci possède quelque chose de bien différent. La devanture est simple et c'est ce qui attire l'œil. Car derrière cette porte en acier, rien ne filtre. Ni musique ni voix. Rien. Le néon scintillant au-dessus annonce pourtant un club. Et mes amis sont à mille lieues d'imaginer à quel point cet endroit, s'enfonçant sous terre, est immense, irréel et bondé de monde. Je feins la curiosité moi aussi, tout comme eux, pour ne pas me trahir, mais tente malgré tout de les dissuader d'entrer. Et si je croisais de nouveau l'homme qui m'avait importunée ?

899 et 802 trépignent d'impatience et jubilent, ravies d'avoir émis l'idée de sortir. Elles poussent la porte du club dans un même geste et je suis contrainte de les suivre.

Mes amis sont tout aussi stupéfaits que je l'étais la dernière fois. J'imite leur réaction, prétendant l'admiration… Personne ne me prête attention. Une fois en bas des marches, mes amies se dirigent, tout comme je l'avais fait une semaine auparavant, vers le bar. Sans nous demander notre avis, elles commandent un verre d'alcool pour chacun d'entre nous. Apparemment, des « Blue Lagoon ». Le nom du cocktail les ayant le plus inspirées sur la carte. 410 tente de se faire entendre malgré le bruit assourdissant des basses et finit par pointer du doigt une table où nous pouvons nous installer. Nous savourons nos verres en dissimulant notre dégoût du mieux possible et je ne peux retenir un rire tant 410, lui, est incapable de cacher sa répulsion. J'observe les alentours, plus sereine que la première fois. Des centaines de jeunes de la deuxième génération sont eux aussi installés sur des banquettes de simili-cuir. Plusieurs bouteilles vides trônent sur leurs tables et nombre d'entre eux semblent ne plus être dans leur état normal. Je fais un rapide état des lieux à la recherche du garçon insultant de ma dernière visite, mais la foule est tellement dense qu'il m'est impossible de distinguer tous les visages. À mon grand étonnement, mes amies ne semblent pas déstabilisées par tant de débauche et se dirigent même vers la piste de danse. Je les observe alors, amusée.

Elles dansent sur la piste, au milieu de la salle. Dès qu'elles font un pas, l'empreinte de leurs chaussures subsiste quelques secondes sur le sol, lumineuse et colorée. 899 et 802 se sont vraiment bien trouvées. Elles sont toutes les deux débordantes d'énergie et d'enthousiasme face à tant de nouveauté. Rien ne les effraye. J'apprends tout juste à connaître 802, et même si elle ne me ressemble en rien, j'apprécie sa bonne humeur. Elle a l'allure d'une petite fille sage avec ses longs cheveux blonds et son visage enfantin. J'envie leur insouciance. Je n'aurais pas leur courage. D'autant plus qu'elles sont observées avec insistance par presque toute la boîte.

— C'est quand même un autre monde, me dit 410. Les gens sont étranges, ici… J'ai l'impression d'être entouré d'hommes et de femmes irraisonnés. Des enfants incontrôlables dans des corps d'adultes…

Il scrute un instant les lieux et reprend :

— Tu ne trouves pas cette ambiance invraisemblable ? Presque inquiétante ? Les jeunes d'ici ont l'air dérangés. Regarde-les, 900 ! Ils hurlent dans tous les sens ! Certains se battent ! Regarde ! Et…

Il s'interrompt soudain et rive son regard vers un endroit que je tente de situer. Je repère alors un couple échangeant un long baiser, non pas avec passion, mais avec impudeur et provocation. Sans gêne. Comme s'ils étaient seuls au monde. Il n'y a rien d'amoureux, rien de sentimental dans leur acte, juste une attitude presque bestiale. Comme s'ils répondaient à un besoin primaire impossible à maîtriser. Tout près, deux hommes étalent une poudre couleur charbon sur leur table en verre et, à l'aide d'une paille, en inspirent la totalité. L'instant qui suit, leurs yeux se révulsent et leur comportement tout à coup euphorique me terrorise.

Mince… Qu'est-ce que c'est ?

Quand on y regarde de plus près, oui, tous ont une attitude déroutante. Leur comportement change complètement à la nuit tombée, dans ces bars, passant de sans gêne à immoral. Tout devient exacerbé. Le lieu, magique et convivial au premier abord, semble finalement renfermer les pires travers.

410 secoue la tête et poursuit :

— Et… ça !

— Je sais, 410… Mais nous n'avons pas d'autre choix que de cohabiter avec eux. Ainsi a été élaborée la réinsertion. Nous ne pouvons ni la changer ni la recommencer. Plus vite tu t'y accommoderas et plus vite tu pourras vivre ta vie.

Je n'ai aucune conviction en ma réponse. Ses pensées reflètent les miennes et je suis tout autant horrifiée du spectacle qui s'offre à nous.

Je jette un rapide coup d'œil à mes amies, toujours sur la piste de danse, quand tout à coup un petit groupe se dirige vers elles. Je me lève, prête à intervenir malgré mon manque d'éloquence certain. J'ai déjà eu affaire à ceux de cette génération et je sais de quel genre d'humiliation ils sont capables. Maintenant que j'y suis préparée, peut-être saurai-je enfin riposter ?

Alors que j'avance de quelques mètres, à mon grand étonnement, 899 éclate de rire. Son enthousiasme est totalement communicatif puisque, l'instant qui suit, les trois sans-gêne rient à leur tour. Une fille et deux garçons. Confuse, je fais demi-tour et reprends place au côté de 410. Je ne me sens pas l'audace de me joindre à eux, je n'ai pas l'aisance de 899 ni la sociabilité de 802.

— Ne t'inquiète pas. On reste encore un peu… puis on rentre, je rassure 410.

Un long soupir s'échappe de ses lèvres et c'est avec un soulagement qu'il me remercie.

— Salut ! Moi c'est Camélia ! Vous êtes des amis de 899 et 803 ? 802 ? Heu… Je ne sais plus, décidément c'est dur de s'y faire ! C'est ça ?

La fille qui a abordé mes amies est plantée devant moi, la main tendue pour que je la lui serre. Je n'ai même pas détourné mon attention plus d'une minute et la voilà, face à moi, un immense sourire étirant ses lèvres rouges.

— 802, elle s'appelle 802. Et moi c'est 900 ! Un chiffre rond, ça devrait être plus facile à retenir pour toi, je lui réponds avec amertume en lui rendant sa poignée de main.

Elle se présente aux autres garçons et poursuit en pointant du doigt ses deux accompagnateurs.

— Lui, c'est Simon ! Et lui, David ! Ugo est par-là. Il devrait arriver, il est toujours en vadrouille, celui-là !

— Enchantée, dis-je, plus froidement que je ne l'aurais voulu.

Ses deux amis sont, à ma grande surprise, plutôt calmes, comparés aux spécimens que l'on trouve ici. Ils sont jumeaux, c'est indéniable, la ressemblance est stupéfiante. Le même sourire, les mêmes yeux noisette, des gestes identiques et synchronisés. C'est la première fois que je croise des frères et, qui plus est, des jumeaux. C'est fascinant. Ils ont de la chance, eux. Ils ont une famille.

— Ugo ! Enfin, tu es là ! Viens ! J'ai à te présenter !

11

Mon cœur rate un battement avant de galoper dans ma poitrine à toute allure. Le regard figé, la bouche entrouverte, les yeux écarquillés, je peine à retrouver une contenance. C'est lui. Encore lui. L'homme que j'ai croisé au café. L'homme que j'ai invité dans mon studio. Lui. Toi. La personne sur laquelle je craignais le plus de tomber ce soir. Et je constate qu'il est tout aussi surpris, malgré son air froid et impassible. Il détourne les yeux et serre brièvement la main à l'ensemble de mes amis. Quand vient mon tour, il me détaille avec attention, et c'est encore sous le choc que j'accueille son expression indéchiffrable. Il me tend sa main et, sans même me contrôler, j'observe ses doigts, sa paume, avant de fixer ses yeux insondables.

— Salut toi, murmure-t-il, tentant, j'imagine, de me sortir de ma stupeur.

Et il y parvient : sa voix me ramène à la réalité et, sous le regard perplexe de mes amis, je lui rends sa poignée de main.

Il s'éloigne et rejoint un autre groupe sans m'adresser un mot de plus. Il faut que je me calme et que je ne laisse rien paraître. Mes amis ne doivent pas savoir que je le connais ; alors je fais mine de sourire, d'apprécier la soirée et d'écouter Camélia se donner en spectacle devant nous. Je sens les regards de 899 et 410 me scruter avec insistance, mais je persiste à sourire, focalisant mon attention aussi naturellement que possible sur nos nouvelles connaissances.

Le malaise semble dissipé et la discussion reprend son cours. J'en profite pour le chercher discrètement des yeux. J'ai enfin un prénom à mettre sur son visage. Ugo…

Il se tient debout dans un coin de la boîte. Il discute avec une fille, ce qui me rend nerveuse. *Pourquoi ?* Nos regards se croisent : j'aimerais baisser les yeux, l'ignorer, mais il me fixe avec une telle intensité que j'en suis presque agacée. Il ne me lâche pas. Et je sens comme une pointe de colère dans ses yeux. Je perds tous mes moyens, j'ai chaud, je rougis et tente de camoufler mon trouble du mieux que je peux. Pour me donner une contenance, j'avale une longue gorgée d'un des Blue Lagoon que Camélia vient de déposer sur notre table. Il faut que je pense à autre chose. Je sais qu'il m'observe de temps à autre. Je hasarde un autre coup d'œil – en me promettant que c'est le dernier – dans sa direction. Il échange toujours avec cette fille, une magnifique brune, portant une robe rouge vif. Il semble captivé par elle et un pincement désagréable s'éveille au creux de mon ventre.

Après de longues minutes, je finis par m'impatienter.

— Allons-y ! Il est temps, je murmure à l'intention de 410.

Il m'adresse un sourire ravi et informe immédiatement nos amis.

— 900 et moi partons ! Mais restez ! Amusez-vous bien !

Je me lève et fais signe à 899. Je vacille légèrement, me rappelant les effets de la bière il y a maintenant une semaine. Je crois avoir trop forcé sur les Blue Lagoon et 410 me le confirme en me prenant la main comme pour me guider. Nous montons lentement les marches et je contrôle mes gestes pour ne pas en manquer une et finir le nez par terre, lorsque Ugo, lui, descend l'escalier, face à nous.

Il m'aperçoit et détourne aussitôt le regard. Sa mâchoire se serre lorsque ses yeux se posent sur nos deux mains entrelacées, à 410 et moi. Sans un mot, il poursuit son chemin, m'évitant comme il a su le faire toute la soirée. À quoi joue-t-il ? J'accélère le pas et fais comprendre à mon ami que je veux sortir au plus vite, mais une main m'attrape l'avant-bras.

C'est Ugo.

— Suis-moi, me dit-il avec une douceur étonnante.

Je tente de cacher mon agacement et adresse un sourire confiant à 410, visiblement dans l'incompréhension totale.

— Tu peux y aller, je ne vais pas la tuer, poursuit-il, un sourire désinvolte au coin des lèvres.

Ugo resserre sa poigne pendant que je chuchote quelques mots à 410.

— Rentre chez toi, on se voit demain.

Peu rassuré, il acquiesce malgré tout et m'adresse un regard curieux avant de tourner les talons en direction de la sortie. À peine ai-je le temps de le regarder partir qu'Ugo m'entraîne vers l'intérieur du club. Je tente de le suivre malgré ma maladresse. Emportée par sa course, je manque de me faire renverser par la moitié des jeunes de la boîte et m'excuse chaque fois que je bouscule quelqu'un. Je ne sais pas où Ugo m'emmène, je préfère surveiller mes pas pour m'éviter de trébucher.

— Assieds-toi, je reviens.

Il désigne un tabouret de bar placé dans un coin isolé du club, à l'arrière de la piste de danse. Il a un culot monstre ! Il m'ordonnerait presque de m'asseoir ici pour ensuite me laisser en plan. Je tente de garder mon calme. Ma contrariété ne doit pas me détourner de ma mission. Peut-être Ugo a-t-il des choses à me dire. Je veux savoir pour quelle raison il m'a retenue ici. Je me hisse sur le tabouret non sans difficulté. L'alcool prend décidément un malin plaisir à me torturer. Malgré tout, je reste en possession de mes moyens. J'ai encore toute ma tête, simplement, mes sentiments me paraissent comme exacerbés. Mon agacement se transforme en colère, ma curiosité en fascination. Et ma timidité semble s'effacer, légèrement, pour laisser place à un peu plus d'aplomb. Au milieu de la foule j'aperçois Ugo revenir vers moi, un verre à la main.

— Tiens, bois un peu d'eau.

J'attrape le gobelet qu'il me tend.

— Pourquoi souffles-tu le chaud et le froid, Ugo ?

— Finis de boire et on en discutera après. Tu comptais rentrer chez toi avec ce mec ?

— Quoi ?! (Je suis sur le point de m'étouffer entre deux gorgées.) Pourquoi cette question ?

— Pour rien… Sois prudente, les garçons de ta génération ne sont pas forcément les mieux intentionnés. Tu ne les connais pas.

— Tu plaisantes, là ?!

J'éclate de rire tant il est culotté.

— Parce que je devrais plutôt avoir confiance en toi ? En ta génération ? Es-tu à la même soirée que moi ce soir ? Ou suis-je la seule à constater toutes vos dépravations !?

Son regard se durcit et je me tais aussitôt. Je suis peut-être allée trop loin. L'alcool me rend bien trop directe, mais je ne vois pas de quel droit il se permet d'émettre un jugement sur ma génération quand la sienne est loin d'être un modèle de vertu.

— Ce n'est pas ce que je dis. Je ne suis pas quelqu'un de bien, 900, et je n'ai d'ailleurs jamais prétendu l'être. Nous ne sommes peut-être pas irréprochables, mais personne ici ne refoule sa vraie nature. C'est ainsi que nous avons été élevés, nous. Sans faux-semblants.

Ses yeux s'assombrissent, devenant presque effrayants.

Qu'insinue-t-il ? Que notre génération, elle, vit dans les faux-semblants ? Et que veut-il dire par « je ne suis pas quelqu'un de bien » ? Qu'a-t-il fait pour l'admettre aussi froidement ?

Je devrais le lui demander. C'est une des raisons pour lesquelles je suis ici, dans cet endroit répugnant. Je devrais m'engouffrer dans cette brèche et comprendre pourquoi il parle de lui en ces termes. Peut-être en saurais-je plus ? C'est ce que la régente veut, que j'en apprenne le plus possible sur eux. Les questions me brûlent les lèvres, mais je me ravise. Je suis incapable de les lui poser, comme si je craignais d'entendre sa réponse.

— Ugo, viens-en au fait, s'il te plaît.

Il semble réfléchir et, soudain, il s'approche de moi, lentement, sans aucune hésitation. Assise sur ce haut tabouret, ma tête est au niveau de la sienne, face à face. La proximité de nos visages me provoque un hoquet de surprise. Je préfère me tenir debout : ma petite taille me donnait une impression rassurante de distance entre lui et moi qui n'existe plus à cet instant. Mes genoux touchent à présent son ventre et je baisse les yeux lorsqu'il passe une main nerveuse dans ses cheveux courts. Je respire un peu trop fort, de gêne peut-être, et je sais qu'il l'entend. Au travers d'un souffle d'air, je sens son parfum, doux et très masculin : une fragrance de gel douche mélangé à sa propre odeur qui, elle, est indescriptible. Mon cœur cogne dans ma poitrine. J'aimerais me sauver, partir en courant, mais une petite voix dans ma tête me supplie de rester avec lui, d'écouter ce qu'il a à me dire. Il fait presque noir et seulement quelques lumières éclairent son regard par intermittences. Ses yeux brillent comme s'il souriait, mais son visage est tout aussi grave que d'habitude, voire plus. Il effectue un léger mouvement de recul et me détaille des pieds à la tête. Je vois ses yeux parcourir mon corps entier et, de nouveau, j'ai l'impression d'être mise à nu tellement son regard est perçant. Je reprends discrètement mon souffle pour retrouver mes esprits et tenter de dissimuler mon malaise. Mes joues s'échauffent de plus en plus lorsque son regard retrouve le mien. Un nœud se forme au creux de mon ventre. Cela fait plusieurs secondes qu'il est là, devant moi, muet, en m'observant, songeur, sans se préoccuper de ma gêne. Il repasse une main dans ses cheveux et, dans une mimique presque imperceptible, se mord la lèvre de frustration : il semble partagé entre colère et raison, comme s'il m'en voulait d'être revenue ici, mais qu'il ne pouvait pas me le reprocher.

— Tu es une fille bien, 900. Tu ne devrais pas être là.

Un tendre sourire passe sur ses lèvres.

Sa réflexion me laisse sans voix. La bouche entrouverte, l'air ahuri, je tente de répondre quelque chose, mais aucun mot ne sort. J'ai l'impression d'avoir été réveillée en sursaut. Confuse, je m'apprête à rétorquer et, à peine ai-je tenté de prononcer un mot qu'il assène :

— Tu devrais rentrer, maintenant.

Pardon ? Que lui arrive-t-il encore ?

Comme si son cerveau s'était lui aussi soudainement remis en marche, il reprend son air dur, presque inquiet. Il me tourne le dos et s'apprête à s'éloigner sans dire un mot de plus. Furieuse, je me lève du siège et saisis sa main pour le retenir.

— Il est hors de question que tu partes sans me donner d'explications ! Je suis restée pour toi alors que je ne te connais même pas ! Je ne bougerai pas d'ici avant d'avoir obtenu une réponse satisfaisante ! Et toi tu ne pars pas tant que tu ne te seras pas expliqué !

Je suis surprise par l'aplomb dont je fais preuve. Je ne suis même pas en colère, je me sens une fois de plus comme une enfant. Je suis vexée en fait, c'est ça, vexée qu'il me demande de partir alors que quelques secondes plus tôt il m'avait retenue, m'avait regardée comme personne ne l'avait jamais fait auparavant. Peut-être est-il ainsi avec tout le monde ? Peut-être ai-je totalement rêvé cette scène ? Qu'imaginais-je, de toute façon ? Qu'il m'offrirait sur un plateau tout ce que la régente souhaite m'entendre lui révéler ?

— Écoute, 900. C'était une erreur de te retenir. Ne reviens plus. Je ne peux rien te dire, mais tes amis et toi, vous n'êtes pas les bienvenus ici. Vous n'êtes pas en sécurité.

— C-Comment ça ? Je n'ai pas peur de quelques mecs bourrés !

Mon pouls cogne dans chacune de mes veines. Je crains les révélations à venir.

— Je ne te parle pas d'eux, répond-il, pointant du doigt une foule de jeunes à moitié écroulés sur leur banquette. Eux, ils sont inoffensifs, peut-être un peu lourds et parfois violents, mais crois-moi, ce sont des anges comparés à certains.

— Comparés à qui, Ugo ?

— 900… s'il te plaît, ne reviens plus, c'est tout. Restez discrets comme les autres de votre génération, ne vous mélangez pas à nous, ça finirait mal. Sûrement encore plus vite que ce que je crains.

— Plus vite ? Comment ça ? Je ne comprends rien, Ugo ! Sois plus clair, bon sang !

Il s'empare de ma main avec une étrange douceur.

— Fais-moi confiance. Je sais, c'est délicat de te demander ça. Vous avez de la chance d'être venus ce soir et pas d'autres. Rentre, je viendrai te voir chez toi d'ici quelques jours si tu acceptes, et je promets de répondre à toutes tes questions. D'accord ?

Fatiguée de cette soirée, je n'ai pas la force de lui soutirer davantage d'informations, aussi je me résigne et renonce à lutter. J'espère seulement qu'il tiendra parole. Les quelques mots qu'il a pu me dire ont éveillé ma curiosité, mais bien plus encore ma peur.

— D'accord.

Je ne prononce pas une parole de plus et l'abandonne, me dirigeant vers l'escalier pour enfin quitter cet endroit. Je le sens derrière moi qui m'accompagne vers la sortie et, au moment où je pose un pied sur la première marche, il se rapproche une dernière fois de moi.

— Au fait, tu connais mon prénom, maintenant, me glisse-t-il discrètement tout en repoussant délicatement une mèche de cheveux derrière mon oreille.

Après un ultime regard impassible, il pivote et part retrouver ses amis.

12

— 900 ! Ouvre ! C'est moi ! 900 ?

Mais qu'est-ce que…

— Hum… J'arrive, j'arrive ! Ne cogne pas aussi fort !

Lorsque j'ouvre la porte, 899 se tient devant moi, le sourire aux lèvres. L'œil à peine ouvert, je lui grogne quelques mots :

— Tu m'as fait peur, j'ai cru qu'il y avait une urgence.

— Eh bien, maintenant que je te vois, oui. Regarde-toi ! Tu as dormi toute la journée. Tu as vu l'heure ?

Je jette un rapide coup d'œil à l'horloge. Elle indique 17 heures. Il y a encore quelques semaines, j'aurais été totalement embarrassée de me lever si tard, mais aujourd'hui ça m'amuse et je ne le cache pas à mon amie.

— Arrête de rire ! Bon, ça t'embête si je passe la soirée avec toi ? me demande-t-elle, une lueur étrange illuminant ses yeux clairs.

Je l'observe, suspicieuse – elle fait rarement usage de cette voix timide.

— Bon, j'ai des choses à te raconter, en fait ! Et puis, depuis la réinsertion, toi et moi on s'est à peine retrouvées toutes les deux. Qu'en dis-tu ?

Je fais mine de réfléchir, les sourcils froncés, balançant la tête d'un côté et de l'autre. Je la laisse mariner un instant et éclate de rire.

— Bien sûr que tu peux rester pour la soirée ! Allez, entre ! Attends-moi sur le canapé, que je fasse un brin de toilette.

Sous la douche, le sourire ne quitte pas mes lèvres. C'est agréable d'être enfin soi-même, de se laisser aller à ses émotions. C'est tout nouveau pour moi d'entretenir ce genre de relation. D'oser enfin plaisanter, rire, aimer. C'est comme si, en quittant l'orphelinat, nos envies, longtemps enfouies, s'exprimaient enfin. Il y a quelques jours encore, nous pensions que tisser des liens était indécent, que se livrer à autrui était inapproprié. Que nous ne devions compter que sur nous-mêmes. Aujourd'hui, tout cet apprentissage est remis en question. En observant la deuxième génération, je réalise qu'au contraire il n'y a rien d'immoral à partager et éprouver du plaisir. C'est bien une des seules choses que j'admire chez eux.

Je me sèche rapidement et enfile un pyjama propre. Qu'est-ce qu'on fait, pendant une soirée entre amies ? Je sors de la salle d'eau à la recherche d'une paire de chaussettes dans les tiroirs de l'entrée et songe à ce que nous pourrions bien partager. Pourquoi ne pas préparer le dîner et nous trouver un film à regarder ? Je n'ai pas encore visionné un de ceux à notre disposition, peut-être trouverons-nous notre bonheur ? Une fois chaussée de mes confortables pantoufles, je me tourne vers mon amie.

— 899, ça te dit qu'on prépare un gâteau toutes les deux ?

— Avec grand plaisir !

Voilà maintenant deux heures que nous discutons, affalées sur mon lit. Après la confection du gâteau au chocolat, qui s'est révélée être une tâche des plus salissantes, nous l'avons glissé au four et dégusté une bonne vingtaine de minutes plus tard. Repues, nous avons abandonné l'idée de dîner.

— Tu devrais absolument apprendre à les connaître, 900 ! Je t'assure ! Camélia est extraordinaire ! Drôle, intelligente, quoiqu'un peu excentrique, je te l'accorde. Et les jumeaux, Simon et David, sont géniaux !

Je la regarde, son sourire étiré comme jamais, et, malgré ça, je ne peux partager son bonheur. Les sans-gêne ne m'inspirent pas confiance. Ils me paraissent instables. Imprévisibles.

Elle se redresse et me prend les mains.

— Je te promets, 900. Tout ce que nous a dit la régente est faux ! Complètement faux ! Oui, ils sont étranges, vraiment à l'opposé de nous, mais je t'assure, ils ne sont pas dangereux.

Je ne sais quoi lui répondre. Je l'observe toujours, dubitative. Peu convaincue par cette soudaine confiance qu'elle leur accorde. Si je lui racontais ce qu'Ugo m'avait dit, du moins, ce qu'il avait promis de m'expliquer, peut-être comprendrait-elle mes réserves. Elle pense qu'ils ne sont pas dangereux ? Si la régente me demande de garder un œil sur eux, c'est bien que...

Mince ! Bon sang ! La régente ! La régente va m'appeler, elle doit m'appeler ce soir !

Aussitôt, je me redresse, assise sur le lit, tandis qu'un frisson douloureux me parcourt l'échine.

— 900, tout va bien ?

— Je... oui... enfin... non... Je ne me sens pas très bien. Je crois que je vais vomir. J'ai mangé beaucoup trop de gâteau. Je... Je vais me mettre dans les draps. On... On se voit demain, d'accord ?

Aussitôt, je lis l'inquiétude dans son regard. *Mince...* Je ne veux pas l'affoler, elle risquerait de rester pour me veiller et la régente peut m'appeler d'une minute à l'autre !

— Tout va bien, je crois que j'ai juste besoin de repos. Ça ira...

— D'accord, capitule-t-elle, sa main réconfortante se posant sur mon épaule. Je rentre chez moi. Mais avant tout, promets-moi de bien vouloir leur laisser une chance.

— À qui ?

— À Camélia et aux jumeaux. Ils veulent nous voir demain après notre première journée de formation.

Son regard est tout à coup implorant. Elle ne partira pas sans que j'accepte et il faut absolument qu'elle quitte les lieux. Alors j'acquiesce à contrecœur, le ventre noué, craignant à tout moment que le téléphone ne sonne.

Lorsque la porte de mon appartement se referme, je me sens si soulagée qu'un long soupire m'échappe. J'aurais pu me confier à 899, lui faire part de ma mission. Elle aurait été d'une aide inestimable pour moi. Mais je ne veux pas qu'elle porte cette responsabilité. Pas pour l'instant. Pas alors qu'on me surveille… Je quitte le lit tremblante, appréhendant l'appel de la régente plus que je ne l'imaginais. Je n'ai aucune information à lui fournir. Pas une seule ! Je fouille sous mon lit à la recherche de la petite boîte qu'elle m'avait glissée dans les mains la veille de mon départ et en sors le téléphone…

Voilà maintenant trente minutes que je triture nerveusement l'appareil entre mes doigts. Peut-être qu'elle n'appellera pas ? Il commence à se faire tard. Je jette un œil à l'horloge : 22 heures. Et alors que je n'attendais plus son appel, le téléphone sonne enfin. Mon cœur palpite aussitôt. Mes mains tremblent. Je m'empare du verre d'eau posé sur ma table de nuit et avale une gorgée pour dénouer ma gorge. Rien n'y fait. La boule au fond de mon estomac persiste.

Je ne réfléchis pas davantage, et décroche.

— Bonsoir ? j'ose, d'une voix rauque et étouffée.

— 900 ! Quel plaisir de vous entendre !

Le son est si clair que j'ai la sensation d'être face à elle. Si je fermais les yeux, je pourrais la croire à mon chevet.

— Plaisir partagé, régente !

Ma facilité à feindre l'enchantement me surprend. Quelque part, je suis contente de l'entendre, comme un souvenir nostalgique de mon enfance. Cette voix grave, oscillant entre chaleur et autorité. Source autant de crainte que de bien-être. La régente. Elle est ce qui ressemble le plus à une mère pour moi. Pour nous toutes. Et comme n'importe quelle mère, même lorsqu'elle est dure avec nous-même, on ne peut s'empêcher de l'aimer.

— Je vous en prie, appelez-moi Martha maintenant.

— Oh oui, bien sûr… heu… Martha.

— Bien, 900, j'espère que vous profitez de votre nouveau mode de vie !

Malgré tout, sa voix mielleuse me donne la nausée. Jamais elle ne s'était montrée si charmante. Je déglutis péniblement avant de prendre la parole à mon tour :

— En effet, j'ai pu admirer plusieurs endroits de la ville et tout est vraiment splendide.

— Je suis ravie que la ville vous plaise. Mais assez bavardé, coupe-t-elle soudain. Alors ? Qu'avez-vous à m'apprendre concernant la deuxième génération ?

De nouveau, mon palais s'assèche. Quoi dire ? Lui mentir ? Non, je dois être franche, elle veut mon compte rendu, alors elle aura la vérité.

— Je vais vous décevoir, régente… enfin, Martha. Pour le moment, je n'ai rien à vous dire de plus que ce que vous savez déjà. Mais j'y travaille. Je me suis rapprochée d'un petit groupe de la deuxième génération. Je suis censée les revoir cette semaine, je serai sûrement plus apte à vous faire un compte rendu la semaine prochaine.

Je suis surprise de mon assurance et sa voix douce dissipe mes quelques craintes.

— Très bien, 900. Ravie que vous ayez pu établir un contact avec eux ! Si je ne me trompe pas, vous commencez votre formation à l'hôpital demain. J'aimerais que vous soyez une apprentie modèle auprès de la docteure Anand. Il se peut que j'aie besoin de vos services la concernant. Je ne vous dérange pas plus longtemps, je vous en dirai davantage quand le moment sera venu ! Bonne semaine, et à bientôt !

J'ai à peine eu le temps d'ouvrir la bouche pour lui répondre qu'elle a déjà raccroché.

La docteure Anand ? Pourquoi avoir ses faveurs ?

Je balance le téléphone sous mon lit avec rage. Moi qui pensais devoir l'informer de mes trouvailles, je dois maintenant être son pion.

13

Ce mardi, je me réveille difficilement. Totalement perdue.

Je voudrais effacer de ma mémoire la discussion échangée avec la régente, mais il m'est impossible de ne pas y penser. Ses mots m'ont hantée toute la nuit. Ses revendications, ses nouveaux ordres. Sa voix. Rien que le souvenir de sa voix suave et autoritaire me provoque des frissons. Je suis devenue sa taupe. J'ai songé à jeter ce téléphone par la fenêtre, à le brûler, à faire tout ce qui était possible pour qu'il ne soit plus en ma possession. Tout ce qui pouvait m'éloigner de l'emprise de Martha. Mais je me suis rappelé ses menaces dans la lettre qui accompagnait la petite boîte. « … des personnes vous surveillent… » Je suis prise au piège. Soit je lui obéis, soit j'en paye le prix. Alors je choisis la première option.

C'est aujourd'hui que je vais réellement faire la connaissance de la docteure Anand. Avant d'être assignée à cette soudaine mission – m'attirer ses faveurs –, j'avais hâte de la rencontrer. C'est la première fois que je mettrai en pratique mes cours avec une professionnelle. Je sais maintenant que je serai amenée à trahir sa confiance, d'une manière ou d'une autre.

Je me lève à contrecœur. Il est 7 heures et dans une heure, je dois être devant l'hôpital. Je me dirige machinalement vers la douche, repassant dans ma tête ma soirée de la veille avant que je ne chasse 899 de mon appartement. Nous avons longuement discuté de sa soirée au Club 47. Elle me paraissait heureuse, excitée de sa rencontre avec Camélia, Simon et David. Lorsque les amis de 410 ont quitté le club quelque temps après nous, elle et 802 ont passé la soirée en leur compagnie. Selon mon amie, Camélia est quelqu'un d'extraordinaire. Moi, je garde quelques doutes. Je n'ai pu retenir une grimace en l'entendant chanter ses louanges. Certes, cette fille a quelque chose de fascinant. Sûre d'elle, originale, enjouée, elle dégage une personnalité bien à elle. À en croire 899, elle possède un charisme fou. Mais derrière cette personnalité explosive, je ne vois rien d'autre qu'une fille à craindre, à éviter. Rien d'autre que des ennuis. Tout au long de son récit, j'avais pris sur moi pour ne pas l'interrompre. Je brûlais de lui dire de ne plus les revoir, de couper les liens qu'ils venaient à peine de créer. Je voulais abandonner cette stupide mission et supplier mon amie d'ignorer la deuxième génération. Mais au-delà du devoir qui m'avait été confié, je ressentais sa joie, le bonheur qu'elle éprouvait à devenir celle qu'elle avait toujours souhaité être. Malgré le conformisme dans lequel nous avions grandi, je crois que j'avais toujours senti chez 899 un besoin de s'ouvrir aux autres, un besoin de changement, de se démarquer. Alors je me suis tue. J'ai bu ses paroles jusqu'à la dernière goutte, ravalant en même temps mon scepticisme et mon appréhension des jours à venir en compagnie de la deuxième génération.

899 et Camélia ont convenu d'un rendez-vous après notre enseignement. Cette dernière et les jumeaux souhaitent nous faire découvrir le lac. Lorsque 899 m'en a informé la veille, j'aurais voulu m'y opposer, ou du moins apporter mes conditions. Était-ce vraiment judicieux de leur donner rendez-vous au beau milieu de nulle part ? Mais une fois de plus, je me suis tue. C'était le seul moyen pour moi de la faire quitter mon appartement en vitesse et c'est mon seul espoir d'en savoir davantage sur eux. J'irais moi aussi.

Alors ce matin, oui, je suis perdue. Perdue, car je me sens vulnérable. La situation m'échappe. Cette mission n'est pas faite pour moi. Comment la régente a-t-elle pu me choisir, moi, quand des centaines d'autres filles serviraient certainement mieux ses intérêts ? 899 et 802 elles-mêmes ont bien plus de cran que moi. Elles possèdent le goût de l'aventure, la soif de nouveauté. Le changement ne les effraye pas, bien au contraire. Elles seraient prêtes à sauter à pieds joints au milieu du danger, à faire confiance à n'importe qui. Non pas qu'elles soient crédules. Elles possèdent simplement une curiosité que je n'ai pas.

Tout à coup, je pense à Ugo… Ugo et ses énigmes. Ses paroles menaçantes qui tournent en boucle dans mes pensées déjà bien confuses.

Ne reviens plus, c'est tout. Restez discrets comme les autres de votre génération, ne vous mélangez pas à nous, ça finirait mal. Sûrement encore plus vite que ce que je crains.

Rentre, je viendrai te voir chez toi d'ici quelques jours si tu acceptes, et je promets de répondre à toutes tes questions.

Quand viendra-t-il ? Aujourd'hui ? Demain ? Jamais ?

Une part de moi espère qu'il ne viendra pas, la crainte de ce qu'il a à m'annoncer me nouant l'estomac sans répit. Mais l'autre part, malgré la place infime qu'elle occupe, déborde de curiosité. Faible, presque imperceptible, mais pourtant bien là, elle hurle de toutes ses forces son désir d'en savoir plus.

Je sors de la salle d'eau et cherche l'horloge des yeux. 7 h 35. La luminosité extérieure traverse les rideaux avec une forte intensité, révélant le temps radieux de cette nouvelle journée. Je me dirige vers la cuisine, attrape un verre que je remplis d'eau et saisis une pomme. Je n'ai pas faim et ma formation se termine à 14 heures, j'avalerai quelque chose de plus consistant plus tard.

Il est presque 8 heures lorsque j'atterris dans l'immense bâtiment de bronze. La docteure Anand nous attend de pied ferme, vêtue d'une blouse blanche immaculée. Sa chevelure rousse est impeccablement coiffée en un chignon travaillé. Elle tient une petite tablette et de sa main libre joue nerveusement avec son stylet. C'est une belle femme : souriante, elle inspire la confiance. Ses traits sont fins, agréables, et son regard est empli de douceur. Je l'apprécie déjà. Devant elle, des centaines d'apprentis patientent et je me joins timidement à eux, suivie par quelques autres.

— Bien, je crois que nous sommes au complet. Je vais donc pouvoir faire l'appel ! Merci de vous diriger derrière moi dès que je prononcerai votre nom. 458 ?

D'ici une heure, ma première matinée d'enseignement aura pris fin. Tout du long, la docteure Anand nous a exposé le but de nos futures fonctions. Dans un an, je serai officiellement une des infirmières de cet hôpital. Cette appellation me fait sourire. 900, infirmière. Il paraît même que je pourrai prétendre au poste de médecin dans quelques années. Elle nous a remémoré les gestes de base. Et même si nos savoirs sont purement théoriques, selon elle, nous pourrions démarrer la pratique surveillée dès le lendemain. Comme elle le dit si bien, « une blessure arrive tous les jours » et, même si pour l'instant tout est calme, ça ne le restera pas bien longtemps. Après un dernier rappel des mesures d'hygiène, de l'importance de la ponctualité et de la discipline, elle nous libère enfin. Lorsque je quitte les lieux, je salue brièvement mes camarades même si aucun d'entre nous n'a échangé le moindre mot.

J'ai rendez-vous à l'orée du parc avec 899 et, après quelques minutes de marche, je l'aperçois, assise sur un banc.

— Alors ? Ta première journée au centre de tri ? je lui demande en lui tendant la main pour qu'elle se lève.

— Pfff… Ne m'en parle pas. Il n'y a pas plus ennuyeux. On a passé la matinée à décharger des camions et à répartir les denrées dans des boxes.

— Allez, c'est trois fois par semaine. Et qui sait ? Peut-être que tu pourras changer de voie si tu en fais la demande d'ici un an.

— Ouais, on verra ça plus tard. Pour l'instant, rejoignons Camélia, David et Simon !

Lorsque j'entends ces trois prénoms, je ne peux m'empêcher de les associer à Ugo. Il est l'un de leurs amis.

Est-il possible qu'il soit présent, lui aussi ? *Mince...* Je n'avais pas imaginé qu'il puisse venir au lac. Mon ventre se tord dans tous les sens à l'idée de le revoir. Non, c'est impossible... S'il sait que l'on est là, il ne viendra pas. Du moins, je l'espère.

Au bout de plusieurs minutes de marche au cœur de l'interminable parc, nous atteignons enfin le lac. L'endroit est magnifique. Cette immense étendue d'eau forme un cercle parfait sur la rive duquel des saules pleureurs plongent gracieusement leurs branches. L'eau pourtant verdâtre est claire et quelques poissons colorés s'y épanouissent, slalomant entre les algues et les quelques rochers. J'adore ce lieu. Les générations ont l'air de l'apprécier également au vu de l'affluence. C'est étrange, un tel coin de nature au beau milieu d'une ville faite de béton et d'acier.

— 899 ? On est là !

La voix de Camélia m'extirpe de mes réflexions. Au loin, je l'aperçois, vêtue d'un treillis rouge et d'un débardeur blanc. À côté d'elle, les jumeaux se chamaillent dans l'herbe en une sorte de combat de lutte improvisé. Un soupir de soulagement m'échappe en constatant qu'Ugo n'est pas de la partie. Nous nous installons près de Camélia alors qu'elle prend 899 dans ses bras.

— Ça me fait vraiment plaisir de te revoir ! s'exclame celle-ci chaleureusement. Toi aussi, 900, même si tu es partie trop tôt l'autre soir et que je n'ai pas encore pu faire ta connaissance.

Je lui adresse un sourire faussement désolé avant de m'allonger dans l'herbe, les yeux fermés. Le soleil réchauffe agréablement mes joues et le bruit des rires et des discussions me bercent jusqu'à ce que le sommeil me submerge.

— Lâche-moi ! Mais qu'est-ce que… Arrêtez !

— Qu'est-ce qui te prend de venir me faire la causette, connard ?! J'suis pas un putain de coincé dans ton genre, c'est clair ?

Les cris me réveillent en sursaut. À peine me suis-je accommodée à la lumière éblouissante du soleil que Camélia est déjà en route vers l'altercation à quelques mètres de nous.

— Tu vas le lâcher, Jo ! C'est quoi ton putain de problème, bordel ?!

Je me lève brusquement et mon sang ne fait qu'un tour : c'est l'homme qui m'a agressée au Club 47. Il tient fermement le col d'un garçon de ma génération, ses acolytes hilares de la dernière fois toujours fièrement dressés à ses côtés.

— Te mêle pas de ce qui te regarde pas, Camélia ! T'es qu'une putain de traîtresse ! T'as de la chance d'être la pote d'Ugo, ma vieille !

Je vois les poings de Camélia se contracter. Elle prend sur elle, ça ne fait aucun doute.

— J'ai vu toute la scène, Jo ! Il t'a à peine adressé un mot ! réplique-t-elle d'un ton rempli de colère.

— C'est bien ça, le problème ! Ce petit merdeux n'a pas intérêt à adresser la parole à la deuxième génération ! T'es amnésique, ou quoi ? Ces petits cons n'ont rien à faire ici ! C'était pas prévu !

Il agrippe soudainement la gorge du garçon sous le choc. Son regard me fait trembler de tristesse. Je ne le connais pas, mais il est mon frère. Il est l'un des miens. Ma génération.

— Ta gueule, Jo ! Lâche-le ou je te jure que…

— Que quoi ? Tu vas m'en coller une ? T'es p't-être un garçon manqué, ma chérie, et p't-être même que t'arriverais à me mettre K-O, mais quand j'raconterai ça à Dam…

Avant même qu'il ne finisse, Camélia lui décoche son poing en plein visage, et Jo tombe immédiatement à terre. Un de ses comparses s'avance à son tour et les jumeaux s'approchent rapidement derrière Camélia.

— Tu veux que je t'en mette une, toi aussi ?

Elle bouillonne. La voir ainsi est effrayant. Bien que son corps soit frêle, elle a une puissance et une force qu'on ne soupçonne pas.

— C'est quoi cette merde, putain ?!

Cette voix… Bon sang, cette voix.

Je détourne le regard et découvre Ugo, le visage froid, fermé, impassible, malgré la rigidité de son corps trahissant une rage évidente. Il s'avance lentement vers Camélia et lui attrape une main.

— J'ai posé une question, répète-t-il en direction de Jo, toujours au sol, la lèvre en sang.

— La première génération, peine-t-il à répondre. Qu'est-ce que vous faites avec eux, putain ? Damien vous le fera payer.

Jo pointe du doigt le groupe de garçons encore tremblants de ma génération avant de détourner son attention vers moi. Même si je suis à une dizaine de mètres de lui, il me reconnaît immédiatement et m'adresse un sourire. Un sourire sadique. Ugo suit son regard et me repère enfin. Ses yeux sont sombres. Pourtant d'un bleu profond habituellement, ils me paraissent aussi noirs que la nuit, d'où je suis. J'ai l'impression que notre échange dure des heures avant qu'il ne rompe le contact.

— Dégage d'ici, Jo. Tu sais très bien de quoi je suis capable.

La voix d'Ugo est étonnamment calme. Même si elle reste ferme, il ne hausse pas la voix. Il lui tend même une main pour l'aider à se relever. Une fois sur ses pieds, Jo s'éloigne non sans se retourner et cracher aux pieds de Camélia. Ugo l'attrape par le cou et lui glisse quelques mots à l'oreille. Jo s'éloigne alors, penaud, marmonnant des insultes inaudibles, ses chiens de garde fermant la marche.

Soudain, je me rends compte du calme qui nous entoure. Toutes les générations présentes sont focalisées sur Ugo, Jo et Camélia qui s'approchent de nous. Camélia est encore tendue, le regard noir, la respiration suffocante de haine. Derrière elle, les jumeaux discutent et enfin Ugo s'avance avec calme. Toujours debout, figée, je l'observe discrètement. Il porte un jean brut et un T-shirt noir. La sobriété de ses tenues me frappera toujours. Il passe la main dans ses cheveux et m'adresse un regard indéchiffrable, comme toujours. Il s'approche alors de moi et je sens mes joues s'échauffer.

— Salut, murmure-t-il.

Un sourire, bien qu'imperceptible, illumine son visage.

— Salut… je réponds à mon tour, mes yeux incapables de quitter les siens.

Comme à chaque fois, c'est lui qui rompt notre échange et il se détourne vers ses amis.

— Partons, maintenant.

Sa voix rauque, pourtant calme, s'insinue en chacun de nous. Et comme si cet accrochage scellait la journée, les jumeaux remettent leur veste tout en quittant les lieux, et Camélia les imite non sans adresser une bise à 899.

Mon amie et moi sommes maintenant seules, encore choquées de l'incident qui s'est déroulé sous nos yeux.

— Tu as vu le poing qu'elle lui a mis ?

— Oh oui… je souffle, encore sous le choc. Au fait, pourquoi 802 n'est pas là ?

Le visage de mon amie s'assombrit un instant avant qu'elle ne soupire.

— Je crois qu'elle ne tient plus à fréquenter la deuxième génération. Ne me demande pas pourquoi, elle n'a rien voulu me dire…

Ce matin, c'est ma deuxième journée à l'hôpital et, par chance, je suis formée par la docteure Anand, tandis que les autres apprentis suivent le docteur Shuffler. Pour le moment, tout est calme, alors la docteure nous rabâche avec lassitude les règles de base de tout bon infirmier. Et alors qu'elle nous explique pour la dixième fois l'importance de rester professionnel et sûr de soi auprès d'un patient, elle interrompt son discours pour se concentrer sur son oreillette – par laquelle elle reçoit toutes les informations.

— Bien, mes enfants. Premiers cas ! Blessures superficielles. Quatre garçons et une fille. Rien de grave, quelques coupures et ecchymoses. Matthieu, 324, 805, 41 et Maria, vous vous occupez des jeunes hommes. 900, vous prenez en charge la fille. Apparemment, en plus de ses blessures, elle serait en état de choc. Il s'agirait d'une bagarre qui a mal tourné. Je vous observe et vous aide si jamais vous avez des questions. Suivez-moi !

Un mélange d'excitation mais surtout de stress m'envahit. Nous emboîtons le pas de la médecin avec précipitation jusqu'à l'accueil, et là, je ne peux retenir mon malaise à la vue de tout ce sang.

Des blessures superficielles, ça ?

— Ne vous laissez pas impressionner par tout ce sang, murmure-t-elle.

La fille est la première à nécessiter des soins. Je la reconnais immédiatement, elle est de ma génération. Les apprentis des urgences la tiennent à bout de bras pour l'emmener jusqu'à la docteure Anand.

— Bien, 900, emmenez-la en salle 12, vous devez désinfecter ses plaies, je m'occuperai du scanner plus tard. S'il faut la recoudre, attendez-moi, je vous rejoins d'ici cinq minutes.

Sans réfléchir, j'aide la blessée à marcher, la soutenant sous les aisselles avec un autre apprenti. Une fois dans la salle, celui-ci l'installe sur le lit et s'éclipse discrètement.

— Tu es quel numéro ? je lui demande d'une voix qui se veut des plus rassurantes.

— 700. Je… je suis 700… sanglote-t-elle.

J'essaye de rester professionnelle, comme il nous l'a été rappelé il y a encore quelques minutes, mais malgré moi, une infinité de sentiments me submergent, à m'en couper le souffle. Le chagrin, la haine, la peur, l'impuissance. J'ai les mains tremblantes et je parviens à peine à respirer. Je dois rester impassible, maîtresse de moi-même, et cette tâche est la plus difficile de toutes. Réprimant un frisson, je m'empare de l'antiseptique et de quelques compresses que je parviens difficilement à sortir de leur emballage. Le visage de 700 est tuméfié, sa pommette saigne sans interruption. Il lui faudra des points, c'est certain. Peu à peu, je reprends mes esprits, mettant en œuvre ce qui m'a toujours été enseigné. C'est ma première fois. Ma première patiente. Et c'est une agression. L'agression de ma sœur.

— Moi, c'est 900. Ne t'inquiète pas, avec moi tu es en sécurité. J'ai besoin de savoir ce qui t'est arrivé, 700. D'accord ?

Elle se met alors à pleurer de plus belle, ne parvenant pas à articuler le moindre mot. Je tente de l'apaiser par quelques caresses sur son dos. Même si je ne la connais pas, cette fille est ma sœur. Elle est de mon orphelinat. Elle est de chez moi. Là-bas, nous étions toutes des sœurs. Ici, c'est pareil.

— Allez, raconte-moi, j'insiste avec délicatesse.

— Rien, répond-elle froidement. Je suis tombée, c'est tout.

Elle ment. Pourquoi ? Bon sang, pourquoi invente-t-elle des absurdités ?!

— 700, à votre arrivée on nous a annoncé qu'il y avait eu une altercation. Tes blessures ne proviennent pas d'une chute, tu sais que je ne peux pas croire ça, n'est-ce pas ?

Soudain, elle me pousse, offensée, et je manque de m'étaler au sol.

— Et qu'est-ce que tu en sais ?! hurle-t-elle. C'est ta première semaine ici ! Tu n'es pas médecin !

La bouche entrouverte, je suis sans voix. Aucun mot ne sort. Je suis stupéfaite.

— Qu'est-ce qui se passe ici ?

Le docteur Shuffler surgit dans la pièce, ses épais sourcils gris froncés de colère.

— R-Rien, je bégaye. Je souhaitais juste connaître la provenance de ses blessures pour… pour pouvoir la soigner correctement.

Il me dévisage avec mépris, avant de se tourner vers 700.

— Si la patiente ne souhaite pas confier les raisons de son état, c'est son choix. Vous êtes en enseignement d'infirmière, je vous le rappelle. Vous êtes ici pour soigner les patients, pas pour leur soutirer je ne sais quelles informations. Maintenant, sortez ! Je m'en charge.

Abasourdie, je dévisage 700, qui fixe le sol, dos courbé, comme embarrassée. Je ne peux pas la laisser ici. Pas avec un personnage dénué d'empathie qui se contentera de panser ses plaies physiques en oubliant l'essentiel, son état de choc.

— Sortez, bon sang !

Son ton me glace le sang. Je la retrouverai, je dois savoir ce qui s'est passé.

700, je te retrouverai.

Je franchis le seuil vidée de toute force et referme la porte d'une main tremblante. Sans que je comprenne comment, des larmes dégoulinent le long de mes joues. Je retiens tout juste mes sanglots et cours aussitôt me cacher. Malheureusement, je percute quelqu'un dans mon élan.

— 900 ? Vous allez bien ? Où est votre patiente ?

La docteure Anand se tient devant moi, la blouse maintenant tachée de sang à plusieurs endroits.

— Je… oui. Le docteur Shuffler a pris le relais.

Elle m'étudie avec sollicitude et agrippe mes deux mains encore moites.

— Je vois que vous êtes bouleversée, 900, et c'est bien normal pour une première. Rentrez chez vous, vous en avez assez fait pour aujourd'hui.

— Vous êtes sûre ? je demande d'une voix que j'espère à peu près digne.

Elle sourit.

— Certaine.

14

Enfin douchée et habillée, je quitte mon appartement et prends la direction du célèbre restaurant du ciel. 410 et moi avons convenu de dîner ensemble ce jeudi midi.

Avant-hier, en rentrant de l'hôpital, j'ai mis plusieurs heures à sécher mes larmes. Cette fille, 700, ses blessures, son traumatisme, sa colère… Je n'arrive toujours pas à effacer son visage effrayé de ma mémoire. Ce qui me console, c'est de savoir, au plus profond de moi, que je la retrouverai. Je donnerais tout pour cela. J'ai besoin de savoir. Comment une fille de ma génération peut-elle se retrouver en plein cœur d'une bagarre si sanglante ?

Hier, en retournant à l'hôpital, j'appréhendais de recroiser le docteur Shuffler. Après m'avoir trouvée en larmes la veille, la docteure Anand avait décidé, à ma plus grande frustration, de m'affecter à la réserve. J'avais passé la matinée à référencer les stocks de notre service : seringues, fioles, médicaments… Ce qui ne m'avait pas empêchée d'entendre de loin l'affolement des urgences. Trois nouveaux cas d'agression, et toujours de ma génération. Je veux bien admettre que le sort s'acharne sur nous un temps. Mais je connais ma génération. Je connais notre éducation et aucun d'entre nous ne peut se trouver dans une telle situation sans raison. Je ne reprends le service que dans cinq jours et, d'ici là, je dois comprendre.

Comme à son habitude, 410 est en avance. Sa chevelure rousse flamboie sous le soleil estival. Assis sur la rambarde en acier de l'immeuble, il contemple la ville, rêveur.

— Salut ! je lui lance d'un ton enjoué.

— 900 !

Il sourit et me prend dans ses bras.

Cette soudaine proximité me gêne un instant. C'est la première fois qu'un contact avec un homme est aussi intime et, même si 410 n'est qu'un ami, je ne peux m'empêcher de trouver la situation inconfortable.

Il le ressent et me relâche aussitôt.

— Il paraît que du toit de l'immeuble, la vue est renversante ! poursuit-il. Suis-moi !

410 se rapproche alors des portes tandis que celles-ci se rétractent vers le haut pour permettre l'entrée. Un monumental escalier de verre se dresse devant nous et nous le montons en silence, admirant les lieux. Le bâtiment, sans paliers ni murs intérieurs, n'enferme que cet escalier que nous empruntons pour nous rendre sur le toit. Les murs blancs immaculés sont d'une luminosité à couper le souffle et lorsque je lève la tête j'en comprends les raisons. Le toit lui aussi est vitré. Des centaines de chaussures foulent le sol au milieu de tables et de chaises. Une fois en haut, je

réprime un sentiment de vertige en surplombant ce bitume transparent. Si la vitre se brise, c'est la mort assurée.

C'est fascinant, troublant, angoissant.

J'évite de regarder mes pieds et suis 410 qui s'arrête enfin à une table près de la rambarde bordant le toit. Effectivement, la vue est imprenable. 410 et moi-même restons silencieux, les yeux plongés sur cette ville miniature vue d'ici, et qui pourtant semble si oppressante en son cœur. Ce doit être l'un des bâtiments les plus hauts et c'est à cet instant que je réalise que nous nous situons au milieu de nulle part, au milieu du néant. Au-delà, je ne vois rien d'autre que des forêts, des plaines et des champs à perte de vue. Le contraste de cette ville ultramoderne face à la nature qui nous entoure est aussi fascinant qu'effrayant. Nous sommes seuls. Nous, les générations réparatrices. Nous vivons sur un grain de sable au milieu de l'océan.

— Alors ? demande-t-il, le sourire aux lèvres.

— C'est magnifique…

Durant les heures qui suivent, 410 et moi parlons de tout autour d'un déjeuner exquis préparé et servi par les apprentis formés par des rescapés au service du Conseil. À l'image de la docteure Anand, les formateurs se font discrets, ils se contentent de nous enseigner leur savoir sans jamais s'étaler. Sans jamais aborder le sujet de notre réinsertion. Sans jamais évoquer l'ancien temps. Parfois, je me demande s'ils sont vraiment humains. Nous ne savons rien d'eux. Qui étaient-ils, avant ? Que font-ils lorsqu'ils ne travaillent pas ? Où vivent-ils ?

Après l'excellent repas, nous nous sommes installés sur un banc, le regard toujours autant captivé par cette vue. Il m'a raconté son adolescence à l'orphelinat et je comprends qu'il a vécu notre vie à l'identique. Le même apprentissage, les mêmes règles, le même entêtement à vouloir nous garder dans l'ordre, à suivre un décompte. Mais à l'inverse de moi, je sens une pointe de nostalgie dans ses paroles. Il semble regretter sa vie passée et j'en éprouve de la peine. Plus la réinsertion avance et plus je réalise combien nous avons été privés de nos libertés. Il n'a pas encore ses repères, moi non plus, mais ça viendra, j'en suis sûre.

— Je la sens mal, cette réinsertion, admet-il, nerveux.

— Moi aussi, je murmure, les yeux dans le vague. Moi aussi…

Après avoir contemplé le magnifique coucher du soleil, nous avons pris le chemin de mon appartement, 410 ayant insisté longuement pour me raccompagner jusqu'à chez moi.

— Tu peux entrer, je lui murmure alors qu'il est planté timidement sur le seuil de mon studio.

Il s'exécute avant d'observer mon salon avec intérêt.

— C'est donc ici que tu vis, dit-il tout en déposant sa veste en lin sur le portemanteau de l'entrée. C'est très joli.

— Je te sers quelque chose à boire ? je lui demande en espérant le mettre plus à l'aise.

— Je veux bien un verre d'eau, merci.

410 est un garçon très pudique. Même si nous partageons beaucoup de moments ensemble depuis la réinsertion, je ressens parfois une gêne entre nous. Et à cet instant, elle est étrangement palpable. Je l'observe prendre place sur le canapé. Son regard vide et perdu me saute aux yeux. Il cache quelque chose et j'espère le découvrir rapidement.

— Tout va bien ? je demande tout en remplissant un verre d'eau.

— Très bien. C'est juste bizarre d'être chez toi. Enfin… tous les deux, murmure-t-il d'une voix timide tout en ricanant avec embarras. Il y a encore un mois je ne m'imaginais pas…

Un violent coup, puis deux retentissent au même instant à ma porte, coupant 410 dans son élan.

— Qui est-ce ? m'interroge-t-il, inquiet.

— Je… Je ne sais pas.

Je quitte la cuisine et me dirige fébrilement vers l'entrée, 410 me suivant de très près. Je jette un œil derrière moi, croisant son regard curieux avant d'enfin me décider à ouvrir.

Mon souffle se bloque dans ma gorge devant la silhouette qui se dessine dans l'embrasure de la porte. Les mots aussi restent coincés, tant je suis surprise par cette visite que je n'espérais plus. Je reste coite à observer ces yeux bleu marine me sonder intensément.

— Ugo, je réussis tout juste à articuler.

— 900, murmure-t-il d'une voix presque inaudible. Je dérange ?

— Non, pas du tout ! J'étais avec 410. Mais il allait partir.

À l'instant où je prononce ces mots, je sais que je vais le regretter. Moins d'une seconde s'est écoulée et je me sens déjà coupable de virer mon ami sans explication, contrariée qu'il puisse me croire capable de l'abandonner pour un sans-gêne, mais je n'ai pas le choix. Ugo est là aujourd'hui, maintenant, et je devine qu'il ne reviendra pas de sitôt si je le congédie. Et les réponses, il me les faut.

— 900, je peux te parler une minute ?

Ugo m'adresse un regard curieux.

— D'accord. Rentre et attends-moi. Je raccompagne 410 à l'escalier et je reviens.

J'attrape 410 par le bras et l'entraîne dans le couloir, après avoir fermé la porte. Soudain il se fige, m'arrêtant dans mon élan.

— Qu'est-ce que tu fais, 900 ?

410 me scrute d'un air indéchiffrable. Je ne saurais dire si c'est la colère ou la déception qui l'habite. J'aimerais tout lui expliquer, mais je ne peux pas. Contrairement à 899, 410 ne serait jamais capable d'accepter les motifs qui me poussent à me rapprocher d'Ugo et des membres de sa génération. Je cherche une explication à lui donner, mais rien ne vient. Aucune raison valable, plausible, logique ne lui conviendrait. Il me connaît de mieux en mieux, il sait à quel point j'ai du mal à m'intégrer, à quel point je redoute la deuxième génération.

— Comment sait-il où tu habites ? Il est déjà venu ici, n'est-ce pas ? Après le Club 47, tu es venue ici avec lui ?

Son regard est maintenant empli de peine et je m'en veux. Je m'en veux de le décevoir à ce point, de ne pas être cette amie fidèle qu'il pensait avoir trouvée il y a quelques jours.

Alors je lui mens.

— Non ! Non, 410 ! Il n'est jamais venu ici. Je t'expliquerai plus tard, mais tu n'as pas à t'en faire, je réponds, un sourire forcé au coin des lèvres, espérant dissiper ses doutes.

— 900, je m'inquiète. Tu comptes beaucoup pour moi et…

— Écoute, je l'interromps. Tu es comme un frère pour moi et, crois-moi, s'il y avait quelque chose d'inquiétant, tu serais le premier informé. D'accord ?

J'observe sa réaction et décèle une once de tristesse dans ses yeux vert émeraude. Je dois le laisser et couper court à notre discussion. Alors je recule, malgré moi.

— On se voit demain, je murmure, la culpabilité me prenant aux tripes.

Je le regarde un instant s'éloigner et souffle quelques instants, espérant retrouver un semblant de contenance. Lorsque je rejoins mon studio, Ugo est déjà installé sur mon canapé, une bière à la main. Il porte une veste en cuir noir qui lui donne un air encore plus inquiétant. Cet homme me fait peur autant qu'il me fascine.

— Je pensais que tu ne viendrais pas, je souffle.

— Je ne pensais pas non plus venir, répond-il tout en retirant sa veste.

Tout à coup, il se lève du canapé et se dirige vers moi, lentement.

— Encore lui, poursuit-il, le regard ancré dans le mien.

— 410… Il s'appelle 410.

Il me sourit, sans me quitter des yeux une seule seconde.

Alors je m'autorise à l'observer moi aussi. J'ai beau avoir côtoyé les hommes de loin pendant près de deux semaines, avoir passé du temps en compagnie de 410, c'est la première fois que j'en détaille un avec autant d'attention. Et tant pis s'il me trouve étrange. S'il se permet de me scruter sans gêne, je peux en faire autant. J'étudie sa silhouette en commençant par ses longues jambes visiblement musclées sous son pantalon gris anthracite. Je m'arrête un instant sur son buste, analysant sa carrure, ses épaules et son torse dessinés sous sa chemise blanche. Mon regard s'attarde ensuite sur la peau dénudée de ses avant-bras que ses manches retroussées laissent apercevoir. Puis sur sa large main, sur ses doigts fins qui enserrent sa bière. Je remonte enfin vers son visage, sa mâchoire légèrement prononcée, ses lèvres humides et, pour finir, ses yeux bleus sombres et profonds.

Il ne s'est écoulé que quelques secondes, pourtant je me sens maintenant embarrassée d'avoir assouvi une curiosité absurde avec autant d'effronterie. Mes joues s'échauffent et je retiens un rire nerveux lorsqu'il lève un sourcil, l'air de dire : « Qu'est-ce qui t'arrive ? »

Me cachant derrière la porte ouverte du réfrigérateur à la recherche d'une bière pour dissiper mon malaise, je prends la parole :

— Tu as des choses à me dire, Ugo ?

Quand je me relève pour m'emparer d'un décapsuleur, il est assis sur un tabouret à la table haute.

— Tu as des questions, 900. Moi, non. Alors, pose-les.

Je triture la petite bouteille en verre d'une main tremblante et, au bout de plusieurs tentatives, Ugo me la subtilise en effleurant mon poignet du bout des doigts avant de la décapsuler d'un geste affirmé.

— Je t'écoute, reprend-il avec plus de douceur cette fois-ci, tout en déposant la bière face à moi, sur la table, m'épargnant un nouvel effleurement embarrassant.

J'inspire profondément et démarre mon interrogatoire :

— Pourquoi ne voulais-tu pas nous voir au Club 47 ?

Sa mâchoire se crispe, il porte alors sa bière à ses lèvres avant de répondre.

— Certains membres de ma génération ne vous portent pas dans leur cœur.

— Sois plus clair.

— Ils ne veulent pas de vous dans cette ville.

Mon estomac se tord un instant et, à mon tour, j'avale une gorgée de bière.

— Ça, j'avais compris. Mais pourquoi ? je demande, contenant ma colère.

— Moi-même, je ne comprends pas… Je sais seulement qu'ils n'ont pas supporté le fait qu'il y ait d'autres générations réparatrices.

— Et qu'est-ce que ça change pour eux de ne pas être les seuls ?

Ma gorge se serre, mon pouls s'accélère et ma voix se fait de plus en plus grave. Est-ce vraiment pour cette raison stupide que ma génération subit des attaques ?

— Je ne sais pas. C'est une question d'ego, j'imagine, lâche-t-il, pensif. Quoi qu'il en soit, les questions que tu poses ne sont pas les bonnes, 900.

Je termine ma bière, décidément agacée par ses propos évasifs.

— Alors je t'écoute.

— Ce qui importe c'est ce qu'ils sont capables de faire. Notre génération compte beaucoup plus de membres que la vôtre et certains d'entre nous sont imprévisibles. Ils sont motivés par la haine depuis toujours. Nous avons grandi sans règles, 900, sans réel mentor. Les seuls adultes qui nous accompagnaient n'étaient pas des modèles à suivre. Certains étaient plus mesurés que d'autres, mais la plupart étaient des hommes violents qui n'hésitaient pas à lever la main sur les plus faibles d'entre nous. Ils pensaient que c'était là le seul moyen de nous endurcir.

Il soupire un instant, passant sa large main dans ses cheveux ébène, puis reprend :

— Ils n'ont peur de rien et sont capables du pire. Pour être clair, nos chefs vous considèrent comme des plaies et certains d'entre eux ont fait en sorte que nous vous détestions. Si vous restez discrets, comme la troisième génération, je pense qu'ils ne chercheront pas à vous provoquer, mais si vous commencez à vous intégrer à notre génération, si vous empiétez sur ce qu'ils considèrent comme leur espace, leur soif de pouvoir réveillera leur agressivité.

— « Leur espace » ? je répète, étonnée.

— Notre génération n'est pas très conventionnelle. Nous vivons d'excès, 900. Nous ne connaissons pas les petites vies sages que vous menez chaque jour. Nous vivons la nuit, d'alcool, de drogues, de fêtes, de bagarres, de défis, de violence, de sexe…

Il sourit un instant et je ne peux m'empêcher de rougir malgré la colère que je ressens.

— Pour eux, ce monde leur appartient. Les bars, les clubs, la ville tout entière au coucher du soleil. S'ils vous y voient, ils marqueront leur territoire et, crois-moi, ils ne se contenteront pas de vous mettre en garde.

Je me lève alors et déambule nerveusement à travers l'appartement, espérant trouver une issue, une échappatoire. Je dois me rapprocher de cette génération qui me répugne, me révulse, aller à l'encontre de mes convictions, me forcer à être celle que je ne suis pas, à créer des liens dont je ne veux pas. Et non seulement cette mission est insoutenable, mais elle est dangereuse !

Je m'immobilise un instant et remarque qu'Ugo, debout, sourcils froncés, m'observe d'un air indéchiffrable. Soucieux ?

— Je ne m'arrêterai pas de vivre à cause d'eux.

Ces mots m'échappent, froidement, sans réfléchir, et je m'étonne moi-même de ce sentiment soudain de révolte. En réalité, je bouillonne et découvre un trait de ma personnalité que je ne connaissais pas jusqu'alors. On s'attaque à ma génération. Cette fille, 700… Je ravale un sanglot. Il est hors de question que l'on s'empêche de vivre à cause de quelques barbares. On m'a déjà tellement dicté ma vie au millimètre près : mon heure de réveil, de dîner, de coucher, l'ordre dans lequel je devais me ranger, en passant par mon aspect physique, jusqu'à marquer mon corps d'un numéro… Je ne suis qu'un fichu numéro !

— 900… murmure-t-il en s'approchant de moi.

Le fait qu'il prononce mon numéro me fait frissonner. À cet instant, il a perdu son air froid et indifférent. Ugo paraît inquiet et, malgré le sentiment étrange que cela éveille en moi, je l'ignore, trop accaparée par la colère qui m'habite.

— Nous ne sommes même pas une menace pour vous… je soupire, retenant un sanglot.

— Je sais.

Il s'avance vers moi et sa haute stature me perturbe aussitôt. Je sais qu'il ne me fera aucun mal, sinon pourquoi prendrait-il la peine de me mettre en garde ? Cet homme me bouleverse. Il n'a pas mon âge, je le vois. Quelques années nous séparent. C'est un aîné de sa génération et c'est pour cette raison qu'il m'apparaît comme plus énigmatique encore. Il n'a pas la candeur des autres garçons, ni la désinvolture des jeunes de sa génération. Son regard me laisse penser qu'il en sait bien plus que nombre d'entre nous. Il est souvent froid, ou peut-être est-il simplement un homme réservé et distant, parfois autoritaire, du fait de son rôle d'aîné et des responsabilités que cela implique. Malgré tout, il dégage quelque chose de rassurant. Il sait se montrer prévenant et soucieux des autres. Comment peut-on susciter des sentiments si contradictoires ?

— Tu devrais y aller, je murmure dans un souffle, évitant son regard. Merci, Ugo.

— Bien.

Il n'insiste pas. Je fixe le sol bétonné, froid sous mes pieds, et entends ses pas s'éloigner petit à petit jusqu'au palier, le claquement bref et léger de la porte s'étouffant dans le silence pesant de mon appartement. Je m'installe alors dans mon lit, espérant trouver le sommeil au plus vite, mais il ne vient pas.

Quelques heures plus tard, je m'endors enfin, des yeux bleus veillant sur mon sommeil, le visage d'une femme penché au-dessus de moi m'enveloppant de son amour…

15

Nous sommes lundi et voilà plus d'un mois que la réinsertion a débuté. D'ici quelques minutes, la régente appellera et, cette fois, je ne me sens plus la force de lui répondre. Il ne se passe plus un jour sans que j'aie la boule au ventre. Pas une seconde sans que sa voix autoritaire résonne dans mon crâne, m'ordonnant de me trahir. Ses directives changent chaque semaine et me demandent toujours plus de sacrifices. Plus la réinsertion avance et plus j'étouffe. Plus j'accède à ses requêtes et plus elle devient exigeante. Quelles seront les prochaines étapes ? Jusqu'où devrai-je aller avant d'être enfin libérée ? Combien de temps vais-je rester ainsi ? Obéissante et docile, soumise à une femme qui n'éprouve aucune compassion au sort qui est réservé à sa propre génération.

Les attaques contre les miens sont presque quotidiennes, et je n'en comprends toujours pas les raisons. Du moins, aucune motivation ne me semble valable. Ils ne veulent pas de nous ? Est-ce vraiment l'unique explication ? Malgré mon enquête, pas une seule victime n'ose parler. De quoi ont-elles peur ? De représailles ? Je repense alors à 700. Il n'a pas été difficile pour moi de trouver son appartement. Nous sommes parquées dans des résidences dans l'ordre de nos numéros. Mais son studio était vide. Elle a disparu. J'aurais aimé recroiser Ugo, lui demander plus d'informations encore, de l'aide même. Mais il reste introuvable, lui aussi.

Alors ce soir, je suis incapable de me confronter à la régente. Il m'est impossible d'être son pion plus longtemps, alors que le chaos nous menace et s'empare insidieusement de la ville. Lorsque je songe à la dernière mission dont elle m'a chargée, récupérer les études de la docteure Anand, j'en ai la nausée. C'en est trop. Beaucoup trop pour moi. Quand la seule personne digne de confiance, la seule m'ayant témoigné bienveillance et compassion, devient la cible de la régente, je ne peux me résoudre à obéir aveuglément. Je ne supporte plus ceux de la deuxième génération, leur violence avérée, leur suffisance. Contre eux, je suis prête à tout. Contre la docteure Anand, non. Je démissionne. J'abandonne.

Toutes les informations ultraconfidentielles de la docteure Anand sont enfermées dans l'un des tiroirs de son bureau, à l'hôpital, solidement cadenassé. Ce mercredi, dans un élan de courage, dans l'espoir d'en terminer, de me libérer enfin du poids qui pesait sur mes épaules depuis trois semaines, j'ai profité de l'absence de la docteure Anand pour m'introduire dans son bureau. J'ai dérobé une scie chirurgicale pour sectionner le cadenas. Je me suis d'abord assise sur son siège en cuir. Son parfum de rose omniprésent dans la pièce a fait monter mes larmes : j'allais trahir la seule personne en qui j'avais réellement confiance. La tête entre les mains, j'ai attendu des minutes entières, coupable, respirant l'odeur réconfortante de cette femme, révulsée et honteuse de faire preuve d'un tel déshonneur. J'ai eu une mère un jour, avant que son ventre ne soit ouvert sur son cadavre pour me permettre de vivre. Qu'aurait-elle pensé de moi à cet instant ? Comme un signe, mes yeux emplis de larmes se sont alors posés sur un minuscule cadre retourné, face contre le bureau.

Les mains tremblantes, je l'ai empoigné, et les larmes se sont mises à inonder mes joues à la vue de la photo de la docteure Anand, à environ vingt-cinq ans, peut-être moins, sa longue chevelure rousse tombant délicatement sur ses épaules, un sourire heureux sur son visage. Un homme l'entourait par la taille, le visage tourné vers elle avec tendresse. Dans ses bras, un enfant, un petit garçon de trois ans tout au plus. Le verre du cadre était brisé. Je l'ai imaginée alors, elle, dans ce qui me semblait être une existence idéale : une maison au milieu des bois, un mari, un fils. Elle avait toute la vie devant elle, le bonheur à portée de main. Elle avait une famille et aujourd'hui elle était seule.

Séchant mes larmes, j'ai alors quitté la pièce dans la précipitation, incapable d'aller au bout.

Mon téléphone sonne tout à coup. La mélodie me fait frissonner de dégoût. Elle se prolonge, se répète inlassablement.

Je jette le téléphone maintenant silencieux de l'autre côté de la pièce et m'enfonce dans mon lit, tirant le drap jusqu'à mon cou. Je me souviens de ses menaces. Les mettra-t-elle à exécution ? Je remonte la couverture plus haut encore jusqu'à m'immerger entièrement sous le drap. Tout est dans ma tête et, pourtant, ce cocon m'apporte un peu de réconfort. Il m'offre l'illusion d'être protégée.

Sur la table de nuit, je récupère la sphère lumineuse qui me sert de veilleuse, ainsi que le roman relatant l'histoire de Rose, puis les glisse sous ma forteresse. Je relis un de mes passages préférés avant de m'endormir d'épuisement.

— 900 ! Ouvre-moi !

Camélia ? Qu'est-ce que Camélia fait là ?

— J'arrive ! je m'écrie, les yeux encore embués de sommeil.

Je me dirige maladroitement vers la porte lorsqu'un papier au sol attire mon attention.

— Ouvre ! Merde !

Tremblante, je récupère le papier et le lit.

410 pourrait être le suivant…
La prochaine fois, répondez.
M

Oh bon sang ! Martha !

— C'est bon, je t'ouvre !

J'enfouis la note dans un de mes tiroirs et déverrouille enfin la porte.

J'étouffe un cri.

— 899 ? Merde ! Que s'est-il passé ?

899 me fait face, la lèvre enflée, le corps tremblant, en pleurs dans les bras de Camélia.

— Quelqu'un a saccagé son appartement. Les jumeaux rangent le bordel à côté. Malheureusement, quand elle est rentrée, ce connard était toujours chez elle, il lui a mis un coup dans la mâchoire pour l'assommer. T'as rien entendu ?

Bon sang… C'est la régente. Tout ça, c'est ma faute !

— Non, Camélia, non, je n'ai rien entendu ! Tu penses bien que je serais sortie, j'aurais fait quelque chose.

— 900, tout va bien, m'assure Camélia, d'une voix tout à coup plus tendre. Plus de peur que de mal. Mais pour l'instant, 899 reste avec toi, elle n'a pas besoin de voir tout le foutoir de son appart.

899, encore sonnée, s'installe sur mon lit et se glisse entre mes draps.

Je pose une main maladroite sur son épaule, avec l'absurde espoir de l'apaiser un peu.

— Il ne t'arrivera plus rien, 899. Je te le promets.

16

La semaine passée fut plutôt calme. 899 occupe une grande partie de son temps libre en restant avec moi, et à mon grand soulagement elle semble s'être remise de son agression. Je crois que Camélia y est pour quelque chose. La violence est quotidienne chez les sans-gêne. Elle leur est si familière qu'elle paraît presque anodine à leurs yeux. C'est peut-être ce qui a aidé 899. Cette façon qu'a Camélia de dédramatiser ce qui est pourtant un bouleversement chez nous… Jamais je ne pourrai l'admettre, mais j'envie son courage et sa force. Je l'envie autant que je la jalouse d'avoir rendu son sourire à 899, bien mieux que je n'aurais jamais su le faire.

Aujourd'hui lundi, la régente doit m'appeler. Et après avoir passé une semaine entière rongée par la culpabilité, je crois qu'il est temps pour moi de révéler mon secret à 899. Je dois tout lui dévoiler. Je n'en peux plus de lui mentir. Alors, comme presque tous les soirs de cette semaine, j'invite 899 à partager mon dîner. Sur l'étagère de mon salon, je récupère une tablette contenant des milliers de recettes de cuisine. J'y inscris le contenu de ma box de la semaine. Fruits, légumes, conserves… Et une liste de plats m'est immédiatement proposée. Je sélectionne le premier, et aussitôt une vidéo se met en route. Elle est en noir et blanc, tout comme les projections qui nous étaient autorisées à l'orphelinat. Une femme au sourire éclatant, habillée d'un long tablier, démarre ses instructions. Je ne peux retenir un sourire à mon tour, comme en réponse au sien.

Les lasagnes sont délicieuses et j'en suis fière. 899 me félicite. Elle aussi, elle se régale, et je suis soulagée d'arriver à la faire sourire. Installées sur le canapé, nous avons le regard rivé sur l'écran face à nous. Un film d'amour, en noir et blanc lui aussi, défile sous nos yeux innocents, et j'ai l'impression d'être heureuse à ce moment-là. C'est la première fois que ce genre de film est à notre portée, et il ne se passe pas une minute sans que l'une de nous pouffe de rire. C'est à la fois gênant, bizarre et… intrigant. Arrive la scène finale, et le moment tant attendu du baiser. Il est tendre, doux et un frisson étrange traverse ma nuque. 899 rigole et je me joins à elle, secouant la tête comme pour chasser le prénom qui tout à coup s'immisce dans mon esprit.

— Est-ce que tu crois qu'on trouvera l'amour, nous aussi ? demande-t-elle.

Trouver l'amour… Nous le savons tous, c'est l'un des objectifs de cette réinsertion. Du moins, à défaut de rencontrer l'amour, il nous faudra trouver un partenaire.

On ne recrée pas une société sans s'assurer de son avenir. Il nous faudra un jour être mères, pour repeupler notre terre.

— Je ne sais pas. Je l'espère et, à la fois, je ne veux pas y penser. C'est beaucoup trop étrange.

— Je ne crois pas y arriver, moi, admet-elle.

Un sourire triste se plaque sur son visage, ses lèvres tremblent, et je brûle de la prendre dans mes bras. Une légère hésitation me paralyse, ma pudeur et mon éducation me retiennent quelques secondes, mais je désobéis à l'étiquette et l'enlace de toutes mes forces.

Au moment où ses bras se referment sur moi, je réalise combien j'avais besoin de cette étreinte. J'inspire profondément et l'air que je crois relâcher se transforme en un lourd sanglot.

— 900 ?

899 recule et ses deux paumes rejoignent mes joues maintenant inondées de larmes.

— 900 ? Qu'est-ce qui t'arrive ?

Je reconnais l'inquiétude dans ses yeux. Ses pouces glissent sous mes paupières et essuient de nouvelles larmes.

— Je dois te dire quelque choe…

À mon tour, je sèche mes pleurs et me lève. Je contourne le canapé et m'accroupis pour récupérer la petite boîte sous mon lit. Un nouveau sanglot m'échappe, et je me promets qu'il sera le dernier de la soirée. Un pincement coupable étreint mon cœur et je soupire, prête à perdre mon amie pour toujours. Je reprends place à son côté, et mon regard n'est alors plus du tout le même. Finis, les pleurs et l'appesantissement. J'inspire alors, et je lui explique tout. Depuis le commencement.

— Voilà, tu sais tout. Je t'en prie, 899, ne m'en veux pas. Je... Je n'imaginais pas qu'elle puisse s'en prendre à toi, je... Et cette mission... merde, je n'ai rien à révéler. Il n'y a rien à savoir sur eux qui changera quoi que ce soit si ce n'est qu'ils sont sans gêne, accros aux drogues, instables, immatures et surtout violents ! Mais à quoi ça sert ? D'où elle est, tu crois qu'elle bougerait le petit doigt pour nous ?! Non ! Elle s'en fiche, 899 ! Les agressions contre notre génération, notre insécurité en ville... Je lui en ai parlé, et elle ne nous vient même pas en aide !

La colère monte. Je me surprends à penser à Ugo, sans comprendre pourquoi. Merde, pourquoi, quand je suis au plus bas, je pense à lui ? Lui que je n'ai pas vu depuis maintenant un mois.

Et pourquoi suis-je tout à coup si grossière ?! Pourquoi je deviens comme eux ?

— 900. Je reste là. Je reste avec toi. On va réfléchir à ce que tu peux bien lui dire ce soir. On n'a pas de temps à perdre et certainement pas en futilités ! Rien n'est ta faute. Rien du tout, tu m'entends ? Tu es une victime comme nous tous ici. Comme moi, d'accord ? Alors ce soir on va répondre, faire comme si rien n'avait changé entre aujourd'hui et votre dernier appel, et on avisera plus tard !

D'un hochement de tête je me range à son avis et je ferme les yeux un instant, soulagée qu'elle ne m'en veuille pas, qu'elle ne me désigne pas comme responsable de son agression.

— Quoi qu'il en soit, tu n'as pas à lui mentir. Pour l'instant, sois franche. Concernant ta formatrice, la docteure Anand, dis-lui que ça avance, que tu es sur le point de récupérer ses notes.

En l'espace de quelques secondes, je suis calmée. Ses paroles me rassurent aussitôt. 899 a le don de prendre les choses en main avec assurance et décontraction. Elle a toujours été la seule à savoir m'apaiser. Il n'y a qu'avec elle que je me sens réellement en confiance. Elle ressemble parfois presque plus à la deuxième génération qu'à la mienne.

— Alors, on le mange, ce dessert ? me dit-elle en espérant faire retomber la pression et en m'adressant un sourire affectueux. J'ai cru comprendre qu'il te restait encore quelques biscuits.

C'est alors que le téléphone sonne.

Cette sonnerie stridente m'agresse immédiatement et une brûlure désagréable me tord l'estomac.

— Allez, me souffle-t-elle. Elle ne va rien te faire, cette vieille !

J'étouffe un rire crispé et décroche.

— Martha ?

« C'est son nom ? » articule en silence mon amie.

— 900 ! Quel plaisir de vous entendre de nouveau !

Une nausée monte en moi et aussitôt j'attrape le verre d'eau qui est à portée de ma main et en avale une gorgée pour me dénouer le ventre.

— Je vous écoute.

899 tente d'intercepter les paroles de la régente en collant son oreille de l'autre côté du combiné. Elle me regarde tout en gesticulant des indications que je suis incapable de déchiffrer. Je lui adresse un regard suppliant et elle arrête aussitôt. 899 voudrait me souffler les réponses, mais j'ai bien trop peur que la régente ne devine sa présence

à mon côté. Je ne supporterais pas qu'elle s'en prenne à elle de nouveau.

— Vous n'êtes pas seule, 900 ? me demande-t-elle justement.

— Si, bien sûr que si, veuillez m'excuser, je... Je regardais un film !

— Bien, 900, je vois que vous profitez de votre nouveau mode de vie.

— Je souhaitais m'excuser pour la semaine dernière, j'ai été retenue et dans l'incapacité de vous répondre.

— Oh ! Moi qui croyais que c'était délibéré !

Elle ricane et je comprends qu'elle ne croit pas un traître mot de mes excuses. Son mépris assumé me fait trembler de colère.

— Avez-vous fait ce que je vous ai demandé concernant votre formatrice ?

— J'y travaille, je pense pouvoir arriver à mes fins cette semaine. Malheureusement, un apprenti était affecté au classement de ses dossiers ces derniers jours et je n'ai pas pu m'introduire dans son bureau. Cette semaine, le champ devrait être libre.

899 m'adresse un clin d'œil que j'ignore afin de ne pas perdre ma concentration. J'entends la régente soupirer.

— Bon... Exceptionnellement, je vous laisse jusqu'à lundi prochain. Mais c'est bien parce que je vous apprécie particulièrement, 900. Vous êtes une brave fille. À la semaine prochaine, n'est-ce pas ?

— À... à la semaine prochaine, régente.

— C'est ça... Et au fait, passez donc le bonjour à 899.

Puis elle raccroche.

Mon cœur bat à un rythme effréné et, pour me soulager, je balance le téléphone contre le mur. Elle a osé faire allusion à 899. Je la hais.

Après quelques secondes de silence, nous laissons échapper l'une et l'autre un profond soupir de soulagement.

— Voilà une bonne chose de faite.

17

— 900… 900… Réveille-toi.

Hein ?!

Je m'étire longuement et, alors que je m'apprête à ouvrir les yeux, une lumière vive traverse mes paupières, me faisant ravaler de justesse une grossièreté.

— 899, les rideaux !

— Sais-tu seulement l'heure qu'il est ? Combien d'années de sommeil essayes-tu de rattraper depuis la réinsertion ? Je n'ai jamais vu une aussi grosse dormeuse que toi !

— C'est normal, je grogne, le visage sous la couverture. C'est pas comme si on avait le choix à l'orphelinat !

— Pas faux, rit-elle. Bon, j'ai une petite surprise pour toi.

— Une surprise ?

Tout à coup, je pointe un œil, intriguée.

— Tu as apprécié le film, hier ?

— Oui…

Un sourire illumine son visage et, maintenant que je suis éveillée, je prête plus d'attention à son allure. Elle est habillée, coiffée, maquillée. Elle est déjà apprêtée et indéniablement belle ainsi.

— Qu'est-ce que tu mijotes ?

— Dans un peu plus d'une heure il y a une séance de projection prévue au cinéma ! On y va !

Je sens l'excitation naître en moi, mais elle s'éteint aussitôt, étouffée par la crainte.

— C'est risqué de sortir, 899. Et si c'était nous, cette fois-ci, qui finissions à l'hôpital ?

899 s'assied au bord du lit et son regard est à la fois dur et désinvolte.

— Je m'en fous, 900. Et tu devrais t'en foutre, toi aussi. On est en plein jour, on ne risque pas grand-chose la journée. Est-ce qu'on est vraiment une génération de peureux ?

Ses derniers mots sont douloureux à entendre. Non, nous ne sommes pas une génération de peureux. Nous sommes civilisés et respectueux des autres. Mais nous n'aurions pas connu la peur si tout le monde avait été comme nous. Ou alors aurions-nous appris à vivre avec, si nous avions été comme eux ? Tout se chamboule dans ma tête et, même si ma vie serait plus simple si je restais cloîtrée chez moi, je me lève sans attendre et me rue sous la douche. Car, oui, elle a raison. Je devrais « m'en foutre » moi aussi.

Lorsque nous arrivons devant le cinéma, 899 et moi sommes émerveillées par tant de beauté. Nous ne nous étions encore jamais promenées devant l'édifice. L'architecture est particulière, comme appartenant au passé. C'est comme si la ville entière avait été construite autour de cet unique bâtiment. Ses couleurs vives, les motifs ornant la façade, le bois ancien et patiné… Tout détonne avec le gris bétonné de notre ville neuve et sans défaut.

— Ils ont recopié l'architecture des théâtres de l'ancien temps pour construire le cinéma. C'est beau, hein ? Ça n'a rien à voir avec le reste, mais c'est beau !

Camélia.

Je me retourne et son sourire satisfait me fait face. J'adresse un regard curieux à 899 qui me répond par une grimace embarrassée.

— Je les ai invités !

« Les » ?

Au même moment, je vois les jumeaux arriver, Ugo derrière eux.

Oh.

Mon cœur accélère et je me retiens de toute réaction.

— Allons-y !

899 et moi entrons dans le cinéma et l'intérieur est encore plus extraordinaire. De somptueuses fresques colorées recouvrent les murs. Je ferme les yeux, respirant l'odeur du bois et de la peinture. On croirait que ce lieu a vécu des siècles entiers et cette sensation me rend nostalgique d'une vie que je n'ai jamais connue et ne connaîtrai jamais. En entrant dans la salle de projection, nous découvrons des sièges rouge vif et un immense écran. À l'orphelinat, la salle de projection était minuscule comparée à celle-ci.

— Je suis passée chez 410, ce matin, pendant que tu dormais, m'apprend 899. Il n'a pas voulu venir…

— Oh… je parviens seulement à exprimer, déçue.

Combien de temps m'en voudra-t-il ?

Des membres de ma génération et de la deuxième sont déjà présents dans la salle, installés aux meilleures places, en plein milieu. À l'inverse, je m'assieds plus haut, vers le fond, et 899 vient à côté de moi. Camélia et les jumeaux descendent quelques marches pour rejoindre l'avant et je devine alors la déception de mon amie.

— Vas-y…

— Tu es sûre ? sourit-elle.

— Oui, rejoins-les. Moi, je préfère rester ici. Et puis, toi, tu parles trop pendant les films. Je préfère laisser à Camélia la corvée de t'écouter.

Elle rit et dévale les marches pour les rejoindre.

Au même moment, Ugo remonte l'allée et s'installe juste derrière mon siège.

Tout à coup, la lumière s'éteint et nous sommes quelques secondes plongés dans le noir complet. Je sens qu'il s'approche. Mon siège bascule légèrement vers l'arrière et je comprends qu'Ugo vient tout juste d'appuyer ses avants bras sur le dossier. Un souffle chatouille ma nuque et c'est avec stupeur que je réalise que son visage est tout près de moi. Je le devine, nonchalamment installé, le menton reposant sur ses mains.

— Salut, toi…

Je tourne légèrement la tête et je crois sentir la chaleur de ses lèvres brûler ma joue.

— Salut, je réponds dans un murmure.

— Tu vas bien ?

Chaque fois qu'il prononce une syllabe son souffle effleure ma peau et j'en suis totalement déstabilisée. Je déglutis péniblement, le cherchant des yeux dans ce noir complet.

— Oui, merci. Je vais… mieux. Même si, ici, dans cette ville, je veux dire, tout bascule.

Ma voix est légèrement tremblante, et je donne tout pour ne rien laisser paraître. Malgré moi, je repense à hier, au film que 899 et moi avons regardé ensemble. Je m'imagine cet homme et cette femme. Je revois leur baiser, tendre et passionné. Je ressens le même frisson que la veille, cette sensation à la fois trop bouleversante et pas assez.

Il soupire longuement. Je ferme les yeux, malgré moi, tournant la tête plus encore comme pour lui faire face.

— Qu'allons-nous faire ? je demande hardiment, prenant le risque de le fermer à toute discussion.

— Arrêter de nous fréquenter, sans doute. Et respecter cet engagement, pour commencer… Ça évitera ainsi d'attiser la colère de certains.

Je perçois son sourire dans son murmure. Et malgré le chaos que prennent nos vies depuis peu, je souris à mon tour.

— Alors pourquoi es-tu ici ? Avec nous ?

— J'ai l'air d'être avec vous ? N'ai-je pas le droit d'aller voir un film, moi aussi ? Il me semble que les deux sièges à côté sont vides…

Soudain, l'écran s'allume et illumine les yeux d'Ugo, dévoilant son sourire. Et lui comme moi réalisons comme nous sommes proches. Le bout de mon nez toucherait presque le sien. Et nos lèvres sont à deux doigts de se trouver. Ugo déglutit avant de sourire de nouveau. La bouche entrouverte, comme stupéfaite, je l'observe. Je détaille ce sourire et ce regard taquin bien trop rares chez lui. Et tout à coup, il me paraît si insouciant.

— Pour le film, c'est de l'autre côté, 900…

Il rit puis son regard retrouve l'écran dont je reste détournée. Je sors alors de ma stupeur et pivote sur mon siège, embarrassée. Le film démarre, une musique classique s'élance des haut-parleurs, les images défilent en noir et blanc, et le spectacle est encore plus grandiose qu'à l'orphelinat.

Tout le long de la projection, Ugo est tout proche de moi, derrière. Il n'a pas changé de position. Je l'entends rire doucement à mon oreille quand toute la salle rit aux éclats, j'endure ses soupirs autant que leurs absences, lorsque, surpris, il retient son souffle. Cet instant est hors du temps. Presque magique.

Lorsque l'écran s'éteint, un sentiment désagréable naît en moi. Comme un réveil brutal après un doux rêve. Un retour à la réalité. La lumière s'allume dans la salle, la musique se coupe. Le film est terminé. Cette fois, ce moment de paix est définitivement passé.

— Tu as aimé ? demande une petite voix près de mon oreille.

— J'ai adoré… je souffle.

— Alors on y retournera… À bientôt, 900.

Je ne me retourne pas, mais je sais qu'après quelques secondes il est déjà parti. Et je souris.

899 et Camélia me retrouvent. Elles semblent avoir passé un aussi bon moment que moi. Les jumeaux également et le sourire qu'ils m'adressent m'échauffe la poitrine. Je réalise comme c'est bon de profiter de divertissements.

Je comprends finalement qu'il n'est pas si indécent de vouloir rire, s'amuser et, plus encore, se faire des amis. Un léger pincement m'opprime la poitrine quand je pense à 410. Il n'a pas voulu venir. Je crois qu'il est en colère contre moi, et je suis incapable de le gérer.

18

— Prends ton pull en laine, 900 ! Camélia m'a prévenue que le temps pouvait être plus frais en forêt, s'exclame 899 depuis le canapé du salon.

Tout juste sortie de la douche, les cheveux encore humides, j'enfile un pantalon noir et, suivant le conseil de mon amie, passe mon pull en laine gris. Je m'observe quelques instants dans le miroir et ne peux m'empêcher de grimacer à la vue des cernes qui soulignent mes yeux bleus. La nuit dernière a été courte, j'ai veillé tard, le nez collé à ma tablette, à lire l'histoire de Rose.

Je passe mes baskets aux pieds et rejoins enfin 899, toujours assise sur le cuir de mon canapé.

— Prête ? lance-t-elle tout en mettant son bonnet beige.

— Prête, je murmure sans conviction.

— 410 nous attend en bas de l'immeuble avec 409 et 408. Ne lui en veux pas s'il est encore distant, j'ai dû insister pour qu'il nous accompagne. Il n'a rien contre toi, tu sais, je crois simplement qu'il les craint beaucoup, 900. Tu sais, ceux de la deuxième génération… Prouvons-lui qu'il a tort.

— Je sais… J'espère simplement qu'il me pardonnera de l'avoir chassé aussi brutalement de chez moi il y a quelques semaines… Ugo était là, je n'avais pas d'autre choix. Il me fallait des réponses… Pour ce qui est de lui prouver qu'il a tort, je ne suis pas certaine que l'on y parvienne, 899… Je leur fais moi-même encore difficilement confiance…

Mon amie se lève et me fait face, attrapant mes deux mains dans les siennes.

— Écoute, je comprends que tu doutes encore d'eux. Mais tu verras, 900, ils ne sont pas comme les autres… Ils sont géniaux. Camélia est… elle est unique. De toute façon, on a une mission à remplir, et c'est le meilleur moyen d'en apprendre plus sur eux, sur leurs mentors, leurs objectifs dans cette ville.

— Oui, tu as raison…

Voilà plusieurs minutes que nous patientons tous les cinq devant l'entrepôt que Camélia avait indiqué à 899. Les jumeaux et elle souhaitent nous emmener faire une escapade aux abords de la ville. Comme toujours, j'ai accepté à contrecœur, motivée par le simple fait de détenir l'information qui satisfera suffisamment la régente pour qu'elle mette fin à ma mission. Il fait maintenant nuit noire et le lieu est peu rassurant. Cet énorme bâtiment de métal, en retrait du centre-ville, est à au moins dix minutes à pied de chez nous. Et depuis les paroles d'Ugo remontant à plusieurs semaines, je n'ai pu m'empêcher de regarder derrière moi à maintes reprises pour m'assurer qu'aucun sans-gêne ne nous suivait le temps de notre trajet. Au moindre bruit, je redoutais une mauvaise rencontre.

— Bon, s'ils ne sont pas là dans cinq minutes, je rentre chez moi, s'agace 408.

409, tremblant, approuve lui aussi.

— Attendez un peu. Ils ne vont peut-être plus tarder, intervient 410 à mon grand étonnement.

Nous ne nous sommes pas adressé un seul regard depuis le début de la soirée. Entre lui et moi, l'atmosphère est pesante et je n'ai jamais été confrontée à ce genre de malaise. À l'orphelinat, nous n'avons jamais appris à partager nos émotions avec d'autres. Ne nous ont jamais été enseignées les notions de famille, d'amitié et d'amour. Nous ne connaissons que la loyauté, l'unité, la conformité. Nous savons vivre en communauté, nous tolérer, nous adapter à l'autre. Mais nous ne savons pas comment aimer. Je me sens incapable de réagir pour arranger les choses entre nous.

— C'est trop long, moi j'y vais !

— Moi aussi ! Salut ! On se voit demain !

— Attendez !

899 tente de rattraper les deux garçons, mais ils ont déjà filé à toute vitesse. Je ne peux que les comprendre, l'ambiance est inquiétante.

Après quelques minutes, des pas suivis de chuchotements se font entendre. Mon ventre se serre à l'idée que ce soit des sans-gêne malintentionnés, mais lorsque la silhouette de Camélia se dessine, précédée des jumeaux, je ressens un soulagement indescriptible.

— Enfin, vous êtes là ! chuchote 899, rassurée elle aussi. Vous en avez mis du temps !

— Vous avez vraiment un problème avec les horaires, vous ! rit Camélia avant de prendre 899 dans ses bras.

Cette affection soudaine m'embarrasse. Je refoule aussitôt ce sentiment, me promettant de garder l'esprit ouvert. Ils ne sont pas comme les autres, m'a promis 899. Heureusement, Camélia ne nous réserve pas le même accueil à 410 et moi, et se contente de nous saluer de sa voix pleine d'entrain. Je me surprends à regarder derrière eux à la recherche d'Ugo. J'avais pensé qu'il serait de la partie, qu'il avait été convié lui aussi. Et même si son absence me déçoit, bizarrement, j'en suis d'autant plus soulagée. Sa présence me déstabilise bien trop.

— Bon, on y va ! lance David en attrapant Camélia par le cou d'un geste violent.

— Lâche-moi, sale con ! crie-t-elle. Va plutôt ouvrir le hangar !

Camélia a un visage superbe. Bien qu'elle ait une allure et une personnalité brutes elle possède une grâce et une élégance naturelles surprenantes. Sa chevelure châtain coupée court, son anneau à la lèvre inférieure, sa tenue vestimentaire ample contrastent totalement avec les traits angéliques de son visage et son corps frêle. David s'empare de la poignée et fait glisser la porte dans un son assourdissant. Sa réplique, Simon, s'engouffre en premier dans l'entrepôt, muni d'une lampe torche. Dans cet espace délabré sont alignés des dizaines de cars identiques à ceux qui nous avaient déposés dans cette ville le premier jour. Ceux-là n'ont pas été utilisés depuis de longues années vu l'état dans lequel ils se trouvent. Une épaisse couche de poussière recouvre la tôle des véhicules et l'atmosphère est moite et désagréable.

— On va monter là-dedans ? interroge 899 d'un air dégoûté.

— Quoi ? Tu as peur de te salir, ma belle ? se moque Camélia. Tiens ! Attrape un chiffon et aide-moi à nettoyer les vitres !

Je perçois le petit grognement agacé de mon amie, et je ris intérieurement. Que ne ferait-elle pas pour se faire bien voir de la deuxième génération ! Au même moment, on entend une branche craquer à l'extérieur du hangar, puis deux, suivi de bruits de pas. Tout le monde interrompt ses activités. Mon cœur s'emballe et j'ai l'impression que chacun de nous a cessé de respirer.

Une silhouette se dessine à l'entrée de l'entrepôt, que je reconnais immédiatement. Ugo.

Mon cœur est prêt à exploser, je manque de m'affaisser au sol, mais résiste, les yeux rivés sur ce regard toujours aussi énigmatique.

— Tu te fous de ma gueule, Camélia ?

— Quoi ? Fais pas chier ! Si je t'avais dit que les robots viendraient, tu n'aurais jamais accepté.

— Les robots ? je demande, offusquée.

— Ouais... Désolée, 900 ! C'est pas contre vous, mais c'est comme ça qu'on vous appelle ! Allez, me fais pas croire qu'on n'a pas nos petits noms, nous aussi !

Si, les sans-gêne...

Je ne réponds pas et observe Ugo, manifestement furieux. 410 se rapproche de moi, son torse presque collé à mon dos. Au même moment, les yeux froids d'Ugo balayent le hangar et s'arrêtent quelques secondes sur mon ami. Je le sens derrière moi se raidir face au regard sombre qui le toise.

— Fais pas cette tête, Ugo, lance Simon. Personne ne sera au courant de notre escapade. Allez, viens, j'ai besoin d'un copilote et tu connais mieux cette ville que quiconque.

Mieux que quiconque ? Pourquoi donc ?

— Allez ! En voiture !

David ouvre la porte du car avec difficulté avant de nous laisser monter un par un. Ugo hésite un instant, avant de nous suivre à son tour et de prendre place à côté de David, le conducteur. À l'intérieur du véhicule, l'air est suffocant, toujours moite, mais l'odeur y est moins prononcée. Je suis 410 qui n'a pas dit un mot depuis l'arrivée de la deuxième génération. Il s'installe au fond, sur les derniers sièges, et je m'assieds avec lui.

— Tout va bien ? Enfin, je veux dire, entre nous ? je lui demande, mal à l'aise.

— Oui, 900. Tout va bien. Je n'approuve pas que vous les fréquentiez, mais je préfère être avec vous plutôt que de vous savoir seules avec eux.

Le ton de ses dernières paroles trahit sa colère et son amertume. Il ne leur fait pas confiance et j'aimerais tellement lui confier à quel point je partage son avis, combien je reste méfiante moi aussi. Mais je ne dis rien de plus. Si j'admettais mes craintes, il ne comprendrait pas pourquoi je suis ici. Et je devrais alors lui avouer les missions qui m'ont été confiées par la régente.

Le moteur vrombit, le bruit est assourdissant au départ puis plus doux lorsque le véhicule se met en route. Camélia et les jumeaux se mettent à crier en chœur et manifestent leur excitation tout au long du trajet. J'observe 899 de temps à autre, qui semble amusée par leur comportement. Je décèle de l'envie dans ses yeux pétillants. 899 est fascinée par la deuxième génération. Quelque part, j'ai l'impression qu'elle s'y identifie bien plus qu'à la sienne. Elle rit aux éclats avec Camélia, elles échangent des regards complices. Même si je crains cette fille et m'en méfie par nature, je ne peux m'empêcher d'être ravie de voir 899 heureuse et épanouie.

Quelquefois, mon regard se porte sur la chevelure ébène à l'avant du bus. Je perçois au travers des cris et des rires sa voix douce et rauque indiquer le chemin à David. Je ne sais pas pourquoi il m'intrigue à ce point. J'ai un mauvais pressentiment, il ne m'inspire pas confiance, comme tous les siens, et pourtant j'ai cette foutue curiosité qui me pousse à vouloir mieux le connaître.

Au bout d'une trentaine de minutes, David coupe le contact et s'arrête à la lisière d'une forêt.

Qu'est-ce qui m'a pris d'accepter cette soirée ?

Le silence extérieur est inquiétant. Le vent souffle, menaçant, emportant dans sa course quelques feuilles mortes qui viennent s'agglutiner sur les vitres à peine dépoussiérées du car. Simon se lève le premier, passant un énorme sac à son épaule.

— Bon ! Vous comptez camper ici ? s'amuse-t-il. Suivez-moi, bande de froussards.

Camélia sort, enjouée, 899 la suivant timidement, le sourire maintenant effacé de ses lèvres. J'ose quitter le car à mon tour, les jambes flageolantes, 410 derrière moi, et lorsque je passe devant Ugo pour descendre, je sens son regard glacial sur ma nuque.

David et lui quittent leur siège et nous rejoignent.

Après quelques minutes de marche, nous nous arrêtons au milieu d'une clairière baignant dans la lueur de la pleine lune. Sans attendre, David, Simon et Ugo s'emparent de branches épaisses, de brindilles et les disposent minutieusement sur l'herbe fraîche et humide. Simon extirpe de son sac un bidon d'essence et un briquet, et en l'espace de quelques secondes le tout s'enflamme, réchauffant l'espace agréablement. Finalement, le cadre n'est pas si angoissant. Même si, à quelques mètres de là, les arbres et la végétation désordonnée créent un sentiment d'insécurité, ici, autour de ce feu de camp, l'atmosphère est calme et rassurante.

Camélia s'installe la première près du brasier, rejointe par 899. Alors je les imite et m'assieds à mon tour en tailleur face à elles, les flammes nous séparant.

— Qui a soif ? demande Simon, en sortant une bouteille en verre de son sac.

— Moi !

— Toi, je sais, Camélia, pouffe-t-il en lui lançant la bouteille d'un geste maîtrisé.

410 s'assied à l'opposé de moi, près de 899, cette distance voulue créant chez moi un léger pincement au cœur. Il m'en veut encore.

— Attrape ! mugit Camélia face à moi avant de me lancer la bouteille au-dessus des flammes.

Instinctivement, je ramène les mains à mon visage pour me protéger et entends que la bouteille a été réceptionnée juste derrière moi. À cet instant, je devine qu'Ugo s'y trouvait et, avant que je ne puisse tourner la tête, je le sens prendre place à côté de moi, dans l'herbe. Cette proximité crée un malaise dans tout mon corps. Tous mes sens sont conscients de sa présence à quelques centimètres de moi, comme au cinéma, et je déteste cette sensation étrange, car elle est aussi agréable que terrifiante.

— Je propose qu'on joue à un jeu ! lance Camélia, enjouée comme à son habitude. Chacun pose une question à un membre de la génération adverse ou à la sienne et on est obligé d'y répondre. Quoi de mieux pour apprendre à nous connaître ?!

899 me lance un regard lourd de sens, et nous comprenons toutes les deux que c'est l'occasion idéale pour en savoir davantage sur eux.

— Je suis d'accord ! clame-t-elle en lâchant mon regard.

— Moi aussi ! je réplique à mon tour.

410 hoche la tête, bientôt imité par les autres.

— Je commence, annonce Camélia. Pour 899 : es-tu déjà sortie avec un garçon ?

Mon amie fait les gros yeux, choquée par cette question.

— T'es conne, ma pauvre ! Elles n'ont grandi qu'entre filles ! s'insurge Simon.

— Oh ! J'avais oublié !

— Trop tard, ma vieille ! T'as gâché ta question ! À toi, 899.

Camélia grimace, l'air boudeur, et fait signe à Ugo qui lui lance la bouteille déjà bien entamée.

— Hum... Simon ? commence mon amie, songeuse. Quels sont tes projets dans cette ville ?

La deuxième génération éclate de rire en entendant la question. Seul Ugo, comme toujours, est plus discret et mesuré. Il a tout de même une lueur joyeuse dans les yeux.

— M'amuser, m'amuser, m'amuser et heu... M'amuser ?

— Non, mais je veux dire, à long terme ?

— Trop tard, ma grande. Une seule question ! s'amuse Camélia à son tour. À toi, 410.

Mon ami se réinstalle plus confortablement sur l'herbe et un petit sourire se forme au coin de ses lèvres. Il replace sa chevelure rousse d'un geste nonchalant avant de planter son regard dans celui d'Ugo.

— Ugo, pourquoi étais-tu chez 900 il y a un mois ?

Un silence pesant s'installe. Mes joues s'échauffent et Camélia, la bouche grande ouverte, est sous le choc. Simon, lui, s'étouffe avec la bouteille tandis que son frère, David, sourit, les yeux rivés sur Ugo. Seule 899 est au courant et c'est sans surprise qu'elle adresse un regard noir à 410. À cet instant, je me sens trahie. Si mon explication lui semblait peu convaincante, 410 aurait dû m'en parler au lieu de me mettre dans l'embarras.

J'observe alors Ugo et remarque son sourire.

— 900 et moi… avions… plein de choses à nous dire, répond-il d'un ton provocateur.

410 perd soudainement son aplomb et se renferme aussitôt.

— À toi, 900, me souffle-t-il avec froideur.

Je comprends tout juste que c'est à mon tour et me maudis de ne pas avoir réfléchi plus tôt à ce que j'allais demander. Mais très vite, je me rappelle une interrogation qui m'a traversé l'esprit quelques heures plus tôt. Alors je me tourne timidement vers Ugo, qui se place face à moi pour recevoir ma question.

— Ugo ? je murmure.

— Oui, 900 ?

— Que voulait dire Simon par « tu connais mieux cette ville que quiconque » ? je lui demande d'une voix étrangement assurée.

Ses sourcils se froncent un instant avant qu'il n'inspire profondément.

— J'ai contribué à la création de la ville. J'ai… en quelque sorte une place au Conseil.

Mon cœur fait un bond. Une place au Conseil ? Comment ça ? Sa réponse, au lieu de me soulager, ne fait que multiplier mes interrogations.

— Mais alors, quel âge as-tu ?

— Hop hop hop ! Une seule question ! me coupe David en s'essuyant les lèvres après avoir avalé une rasade.

Dans un murmure presque imperceptible, la voix douce d'Ugo murmure « vingt-trois ans »

Vingt-trois ans. Il faisait donc bien partie de ces quelques enfants épargnés par l'épidémie.

— Ugo, à ton tour, lance Camélia entre deux chuchotements à l'oreille de 899.

Il ôte la bouteille des mains de David et ingurgite quelques gorgées avant de prendre la parole.

— 410…

À l'appel de son numéro, mon ami sursaute, comme s'il était à mille lieues d'ici.

— Quand comptes-tu dire à 900 que tu en pinces pour elle ? poursuit-il, une lueur amusée dans le bleu de ses yeux.

— Quoi ?! s'énerve 410. 900 est comme ma sœur, rien de plus !

L'assemblée pouffe de rire en chœur, 899 également, et cette hilarité me perturbe. Même si 410 a pris un malin plaisir à m'humilier tout à l'heure, je ne suis pas rancunière au point de me réjouir de son malaise.

— Stop ! Ça suffit ! À toi, David !

— OK, à moi. Camélia, as-tu trouvé une fille à ton goût chez les autres générations depuis l'insertion ?

Pardon ? J'ai bien entendu ? Je manque de m'étouffer et déglutis bruyamment tout en observant mon amie, 899, soudain tendue et raide, à côté de Camélia.

— À vrai dire, oui ! s'amuse-t-elle.

— Tu… tu aimes les filles ? demande 899.

— Oui. Ça te pose un problème ?

Mon amie rougit légèrement avant de répondre par la négative.

— Bien, à toi Simon !

— OK ! Une question pour tout le monde ! Quand est-ce qu'on va la finir, cette putain de vodka ?

Tout le monde éclate de rire avant qu'il ne lance la bouteille à 410 qui la rattrape avec maladresse.

— Vas-y, goûte ! Ça va te réchauffer !

C'est alors qu'il la débouche avant d'en avaler quelques gorgées, passant ensuite la bouteille à 899 qui à son tour la renvoie à Camélia.

Puis Camélia la fait tourner jusqu'à moi.

— Tu n'es pas obligée, murmure Ugo à ma droite. C'est assez fort.

— Ça ira.

Je porte alors le goulot à mes lèvres et fais glisser le liquide tiède dans ma bouche. Sans même réfléchir, j'avale gorgée après gorgée et bizarrement, même si la boisson me brûle de l'intérieur, cette sensation me ravit.

19

Cela fait maintenant deux heures que nous sommes autour de ce feu à discuter de tout et de rien, de cette ville, de notre enfance. À ma grande frustration, je n'ai rien appris qui puisse satisfaire la curiosité de la régente, si ce n'est que leur éducation leur a toujours permis de vivre comme bon leur semble. Rien n'est sanctionné, ni la violence, ni les comportements douteux, ils ont toujours eu carte blanche. Personne n'a fait allusion à des mentors trop sévères qui lèveraient la main sur certains d'entre eux, mais j'imagine que ce souvenir n'est pas le premier qu'ils souhaitent partager.

— Vous ne vous êtes jamais demandé comment c'était, avant l'épidémie ? demande Simon, se levant avec difficulté, la deuxième bouteille de vodka à la main.

— Si, chuchote 899. Moi je me demande souvent comment étaient mes parents. S'ils ont souffert avant de mourir, s'ils savaient que j'allais survivre, s'ils seraient fiers de moi aujourd'hui.

— Je suis sûr qu'ils seraient fiers de nous tous ! ricane David en arrachant la bouteille des mains de son frère. De superbes gosses drogués et alcoolos !

— T'es pas drôle, murmure Camélia.

— Bah quoi ?

Je les vois tituber, parfois nostalgique, puis en colère. C'est fou comme l'alcool peut nous rendre heureux l'espace d'un instant et tristes le suivant.

Au loin, plus en retrait, Ugo est installé, seul, à califourchon sur un tronc d'arbre tombé au sol. Il fume une cigarette. Je tourne la tête dans sa direction : son regard est perdu dans le vide, habité par une lueur indescriptible. Autant j'arrive à déceler lorsqu'il est contrarié ou en colère, autant les autres sentiments qui peuvent le traverser restent une énigme indéchiffrable sur son visage impassible. J'évite le regard de 410, que je sens curieux sur ma gauche, et me dirige vers Ugo. Je m'installe face à lui et, lorsqu'il m'aperçoit, il se rapproche, si bien que nos genoux se frôlent. La sensation que provoque chez moi cet infime contact m'effraye. C'est une émotion que je ne connais pas. Mon ventre se tord. Est-ce de la peur ? Je n'en ai aucune idée.

Soudain, son regard se fond dans le mien au moment où il écrase sa cigarette sous sa chaussure.

— Salut toi… murmure-t-il en passant une main dans ses cheveux.

— Salut… je réponds doucement.

Nous nous observons quelques instants, légèrement amusés, et enfin il prend la parole :

— Pourquoi cette question tout à l'heure, 900 ?

J'avale difficilement, je me sens piégée comme s'il devinait que ma curiosité était guidée par des arrière-pensées.

— Je me demandais, c'est tout.

— Tu dois avoir d'autres questions maintenant, j'imagine ? murmure-t-il de sa voix grave.

Je suis immédiatement soulagée. Un instant, j'ai cru qu'il se doutait de quelque chose.

— Non… Enfin si, à vrai dire.

— Je t'écoute. C'est le moment.

J'inspire profondément et ose lui poser la question qui me brûle les lèvres depuis plusieurs heures maintenant :

— Que fais-tu au Conseil ?

— Rien de bien passionnant. Disons que je suis l'un des plus vieux de ma génération alors j'ai mon mot à dire sur certaines choses.

— Tu savais dès le début qu'il y avait d'autres générations que la vôtre à avoir été préservées ?

Il passe une main dans ses cheveux courts et semble réfléchir quelques instants.

— Je l'ai su vers mes dix-huit ans, je crois. Le souvenir est flou. C'est à cette période que l'on m'a annoncé qu'une ville nous attendait. Très vite, j'ai vu les plans, donné mon avis sur les besoins que nous pourrions avoir, j'ai assisté à plusieurs réunions.

Ma gorge se noue. J'ai peur de ce que je risque d'apprendre, mais je poursuis mon interrogatoire :

— Dois-tu leur rendre des comptes ?

— Plus ou moins, sourit-il. Disons qu'ils attendent de moi des comptes rendus, mais je sais quelles informations donner et lesquelles passer sous silence.

De nouveau, je peine à déglutir : lui aussi est un informateur, lui aussi est coincé.

— Vous êtes combien au Conseil ?

— De ce que j'en sais, ils sont à peu près cinq cents.

— Cinq cents ? Cinq cents membres ? Mais où vivent-ils ? Dans cette ville ?

— Ça, malheureusement je n'en ai aucune idée. Je les ai toujours rencontrés en terrain neutre.

Alors qu'il était sur le point de poursuivre, une lumière éblouissante provient de la forêt, accompagnée d'un bruit de moteur assourdissant. Mon cœur s'emballe et Ugo se lève en une fraction de seconde, m'attrapant par le coude pour me ramener au centre de la clairière.

— On se casse ! crie Simon. Remballez vos affaires !

Ugo ne me lâche pas tandis que David remplit un seau à l'aide de plusieurs bidons d'eau sortis de son sac. Il en jette ensuite le contenu sur le feu qui s'éteint aussitôt, créant une épaisse fumée blanche. Tout à coup, nous sommes plongés dans le noir. Habituée à la lumière des flammes, je peine maintenant à m'accommoder à l'obscurité, malgré la pleine lune. Le bruit du moteur se rapproche et 899 s'affole. Camélia tente de la rassurer avant de la tirer dans la forêt pour prendre le chemin du retour. 410 les suit de près. Ugo me regarde un instant, sa main toujours agrippée à mon bras. De sa main libre, il attrape dans les braises une branche épaisse par son extrémité éloignée et me fait signe de le suivre. Nous marchons à l'aveuglette d'un pas rapide, suivant Camélia qui nous devance de plusieurs mètres. Je manque de trébucher sur un rondin, me prends les pieds dans les ronces, mais Ugo resserre sa poigne et me relève aussitôt. Les poumons en feu, la gorge sèche et les membres engourdis, je poursuis ma course dans la forêt, emportée par Ugo, prête à me surpasser pour ne pas le ralentir.

Au bout de ce qui me semble durer des heures, nous arrivons enfin au car. Soulagée, je reprends mon souffle et c'est à ce moment que des phares s'allument face à nous, d'une intensité aveuglante. Un homme sort d'un camion, suivi d'une dizaine d'autres. Je ne vois pas son visage tant la lumière m'éblouit. Il n'est pas très grand, mais sa large carrure est impressionnante.

— Qu'est-ce que tu viens faire ici, Damien ?! demande calmement Camélia.

— J'ai entendu dire que des membres de notre génération pactisaient avec les robots. Alors je suis venu voir ça de mes propres yeux, réplique-t-il d'un ton qui me glace immédiatement le sang.

Tremblante, je tourne les yeux vers Ugo, mais je ne perçois rien d'autre que de la haine et de la rage envers le dénommé Damien. Son regard me fait peur, il n'a jamais été aussi noir, sombre, menaçant. Sans réagir ni comprendre ce qui m'arrive, je sens sa main toujours fermement cramponnée à mon avant-bras se détendre, effleurer mon poignet avec une douceur intimidante pour enfin atteindre ma paume. Mon souffle se coupe de nouveau et je sens ses larges doigts se glisser entre les miens dans un geste tendre et rassurant.

Et tout à coup, deux sentiments m'assaillent. D'un côté, la terreur. La peur face à ces hommes, à leur carrure effrayante, à leur attitude agressive et hostile. De l'autre, le bien-être incompréhensible que me procure ce contact de nos deux mains unies.

— Ugo, je ne pensais pas que tu étais con à ce point-là.

Il ne répond pas, la mâchoire toujours crispée. Damien s'avance et je remarque qu'il porte un énorme couteau accroché à la ceinture de son treillis noir. C'est à ce moment-là que je comprends qu'il ne plaisante pas. Je manque de m'étouffer, mon cœur battant à tout rompre, les mains moites, le souffle court. Je tiens à peine sur mes jambes. Tous immobiles, nous attendons. Mon sang pulse dans mes veines, Ugo perçoit mon angoisse et resserre sa poigne avant de caresser de son pouce le dos de ma main.

J'ai envie de crier, d'éclater en sanglots.

Qu'est-ce qui m'a pris d'accepter de venir ici ? Pourquoi n'ai-je pas mis 899 en garde ?

Sommes-nous vraiment une génération de peureux ? Ma réaction est une réponse à elle seule. Je suis terrorisée. Je n'ai jamais appris à me défendre. Je ne sais pas me battre. Nous n'avons pas grandi dans la crainte, c'est un concept qui nous était étranger jusqu'alors. La seule menace contre laquelle nous devions faire face était ce satané virus. Jamais nous n'aurions pu imaginer un jour devoir nous méfier les uns des autres. Et quelque part, en négligeant cette possibilité, la régente nous a élevées en faisant de nous des proies idéales.

Je hasarde un regard en direction de Damien. Les hommes derrière lui ricanent et j'aperçois maintenant leurs visages. Leurs yeux sont injectés de sang, leur peau est blafarde, ils me font une peur atroce. Damien nous scrute un par un, s'avançant légèrement vers chacun de nous. Lorsqu'il plonge son regard dans le mien, je ne peux retenir mes larmes, ce qui l'amuse.

— Comment vous faire comprendre que vous devez vous mêler de vos putains d'affaires ? explose-t-il.

Je ne réponds pas, muette face à ce visage repoussant : les traits grossiers de Damien me font froid dans le dos. Il s'avance ensuite vers Ugo. Il se tient à quelques mètres de lui. Un regard haineux déforme encore plus ses traits et je ressens un terrible déchirement au moment où ses yeux descendent vers nos doigts entrelacés.

— Emmenez-la ! hurle-t-il dans ma direction tout en retournant à son camion.

Tout s'enchaîne très vite.

Je sens la main d'Ugo lâcher la mienne tandis qu'il écrase son poing sur la mâchoire d'un des hommes de Damien. Mon cœur est près d'exploser, je tremble de tous mes membres, il pourrait le tuer. Il va le tuer. L'homme tombe à la renverse tout en entraînant dans sa chute Camélia. Mon souffle s'accélère à la vue des autres hommes, prêts à se jeter sur nous, sur moi. Ugo se rue sur celui qui est à terre et lui assène un coup de poing dans les côtes, puis un deuxième et un troisième. En tant que simple spectatrice, je me sens impuissante, inutile, démunie. Ugo met un autre type à terre, pose ses deux mains autour de son cou et serre très fort. Je vois de la peur dans les yeux rougis de l'homme par le manque d'oxygène, mais j'y vois aussi une promesse, la promesse de se venger. Une rage indescriptible s'inscrit sur son visage, alors Ugo comprime encore plus fort ses doigts autour de sa gorge pour qu'il n'ait plus jamais l'occasion de lui offrir cette expression. Il serre de plus en plus lorsque soudain des bras m'encerclent par-derrière et m'écartent d'eux.

C'est à ce moment-là que je prends vraiment conscience de la situation : 899 en larmes, en retrait derrière 410 qui tente de se défendre face à un homme de deux fois sa taille, Camélia saisissant par la gorge, avec une haine effrayante, une femme tout aussi robuste que les hommes de Damien, les jumeaux, en transe, s'acharnant sur un autre déjà inconscient à terre, et Ugo… Ugo, à présent impuissant, retenu par deux hommes armés de couteaux. L'un immobilisant ses bras par-derrière, l'autre pointant une lame au ras de son cou. Ugo me dévisage, incapable de bouger, le souffle court, les yeux brillants d'une rage animale. Il ne me quitte pas du regard lorsque je me débats telle une enfant dans les bras d'un molosse de deux fois mon poids.

Arrivé près de leur camion, l'homme me pose à terre, me maintenant toujours fermement contre lui, la joue écrasée contre la tôle. Camélia, 410, et les jumeaux, tous à leur combat, ne prêtent pas attention à la scène qui se déroule en parallèle, à ce silence lourd de sens que seuls Ugo et moi percevons au milieu des cris. Pour lui et moi, c'est comme si tout s'était arrêté. Il ne regarde personne d'autre que moi ; je ne regarde personne d'autre que lui.

— Tu me connais, Ugo, assène Damien. Je n'aime pas les avertissements. Moi, j'agis tout de suite.

— Alors, attends-toi au pire, Damien, murmure Ugo, le souffle coupé, la lame du couteau frôlant sa gorge. Si tu la touches, je te tue.

— Ah oui ?

Sans que je le voie venir, le poing de Damien s'écrase contre ma mâchoire, déclenchant une douleur atroce, insoutenable, et la dernière chose que j'entends est le cri désespéré de 899.

20

J'ouvre les yeux. Ma mâchoire est tellement douloureuse que j'en suffoque. J'essaye d'essuyer les larmes qui coulent au coin de mes yeux, mais mes mains sont fermement maintenues dans mon dos par des cordes. Le nœud est si serré autour de mes poignets que je sens la matière rêche et râpeuse me brûler à chaque mouvement.

— Alors, le robot, on s'est pas encore pissé dessus ? T'es courageuse !

Je tente de répondre, mais aucun son ne sort de ma bouche. Elle est bien trop endolorie. J'analyse les alentours : je suis à l'intérieur d'un camion. Il roule. Quatre ou cinq personnes dont une femme me cernent de toute part. Certains sont bien amochés et la vue de leurs blessures m'est insoutenable.

— Tu sais, ma belle, on ne te laissera pas partir comme ça, murmure l'homme en approchant ses lèvres infectes de mon visage.

Son parfum me répugne, une odeur de réglisse émane de son haleine chaude et acide. Ma vision s'éclaircit et je reconnais le type qui menaçait Ugo de son arme. Aussitôt, mes sens s'affolent, mon pouls s'accélère de nouveau. Je sens une rage naître en moi à la vue de cet inconnu penché à quelques centimètres de mon visage. Sans réfléchir, et animée par un instinct animal, je lui crache au visage. L'instant qui suit, je reçois un violent coup dans le ventre et pour la première fois depuis mon réveil je m'autorise à crier.

— Ne t'avise pas de recommencer, sale pute !

Des larmes se déversent en continu le long de mes joues. Je capitule. La haine m'étouffe, me submerge et, à défaut de pouvoir agir, je pleure en silence. Je dévisage la femme, dont la lèvre supérieure est ensanglantée, sortir une petite boîte en fer de la poche de son jean. Elle l'ouvre et triture une poudre noire. Tous la regardent, comme saisis d'impatience. Elle sort ensuite une paille et la porte à son nez avant d'inspirer une partie du contenu de la boîte. D'un coup, ses yeux se révulsent et son corps tout entier se tord, pris d'effrayantes convulsions.

Que fait-elle, bon sang ?

Tour à tour, les hommes reproduisent ce même geste répugnant. La brute toujours penchée au-dessus de moi s'allume une cigarette et me recrache la fumée en plein visage.

— Tu aimes ça, ma jolie ?

Son regard est terrifiant. Cet homme est fou. Et je n'ai aucun doute sur ses intentions. Il veut me voir souffrir, je dois m'y préparer.

— Tu vois ça ? me dit-il en remontant sa manche sur son poignet.

Je secoue la tête, toujours silencieuse, observant la marque qu'il porte. Quatre points d'au moins un centimètre de diamètre sont tatoués. Quatre points qui, s'ils étaient reliés en leur centre, formeraient une croix.

— Ça, c'est ton pire cauchemar, ma belle. Plus les jours passent et plus on est nombreux.

Il ricane un instant avant de porter à nouveau la cigarette à ses lèvres.

— Bientôt, la ville sera la nôtre. Et vos petites escapades entre générations vous coûteront cher.

Un léger sanglot me coupe la respiration.

— Je t'offre le privilège d'être un peu des nôtres, vois-tu.

Il rit de nouveau.

Que veut-il dire par là ?

— Dema ! Tiens-la !

— Non ! LÂCHEZ-MOI !

En une fraction de seconde, la femme est au-dessus de moi. Elle me maintient le visage de toutes ses forces d'un côté, me dégageant le cou. Et je comprends alors avec horreur son projet. Je m'enflamme de l'intérieur, me débats de toutes mes forces, crie comme jamais je ne me suis entendue crier. J'ai l'impression que cette scène est irréelle, que je la vis de l'extérieur. Je me vois me débattre, infliger des coups de pied à qui se trouverait en face, m'agiter, convulser, brûlant mes poignets contre la corde fermement nouée. Je me vois alors hurler, écarquiller mes yeux rougis par les pleurs, lorsque la cigarette vient s'écraser au creux de mon cou. Un point. Je le sais, j'ai compris son projet. Je manque de m'évanouir, quand une deuxième fois la cigarette vient s'écraser un peu plus bas. Mon cri retentit de plus belle et je continue de lutter. Mes yeux se révulsent. Je me mords la lèvre inférieure de toutes mes forces, espérant remplacer cette soudaine douleur par une autre. Un goût de métal m'envahit la bouche et je comprends que je me suis mordue jusqu'au sang. Une troisième fois, la cigarette s'écrase sur mon cou. La douleur est insoutenable, mais je ne me débats plus. Je ne crie plus, je pleure silencieusement. Je pleure comme une enfant et, sans comprendre pourquoi, j'appelle ma mère. Je suis dans un état second, inexplicable, je suis ici puis ailleurs et je l'appelle, elle. C'est elle que je réclame comme si mon souvenir le plus réconfortant se résumait à elle. Cette femme qui n'est plus, que je ne connais pas et ne connaîtrai jamais. Je m'entends chuchoter son nom. Pourtant, je n'ai connu que son ventre, que la chaleur de mes premiers instants dans cette bulle protectrice, mais c'est elle que je cherche. Je sens un parfum citronné et je m'apaise. Ignorant ce quatrième point brûlant que m'inflige mon bourreau, symétrique aux trois autres. Ignorant cet énième coup dans les côtes, ignorant son poing en plein dans ma tempe. Ignorant tout.

Lorsque je reprends conscience, je suis à terre, seule, derrière un bosquet. Petit à petit, mes sens se réveillent et toute la douleur physique se ravive. Une douleur insoutenable. J'aimerais pleurer, mais mon inconscient bloque désormais toute manifestation de faiblesse. Je subis la douleur, l'encaisse avec toute la rage qui me reste et me lève enfin – mes poignets ne sont plus ligotés. L'idée qu'ils reviennent me chercher m'épouvante et me donne une énergie phénoménale. Derrière moi, je repère le hangar vers lequel nous nous étions donné rendez-vous quelques heures plus tôt. Je retraverse la ville, me prends les pieds dans tous les obstacles que je rencontre, mais je ne ralentis pas ma course. La nuit est bien moins noire que tout à l'heure et je devine que le jour se lève. Je vois à présent plus clairement les alentours. Sur la droite, une pancarte légèrement dissimulée indique le centre-ville à quelques centaines de mètres. Je titube et marche avec difficulté. Je regagnerai mon appartement coûte que coûte.

Une fois arrivée devant l'immeuble, je ressens un soulagement énorme. Debout, face à la résidence, je sais qu'il ne me reste que l'escalier à gravir pour me retrouver chez moi. Alors je gravis les marches une à une, chaque effort réveillant une douleur différente dans mon corps meurtri. Une fois en haut, au cinquième et dernier étage, je sens que le peu de forces qui me reste ne me permettra pas de franchir les derniers pas et c'est en voyant 899 et Camélia accourir vers moi que je comprends que mon calvaire est enfin terminé.

21

Je me réveille auprès de 899 comme tous les matins depuis onze jours maintenant. Et depuis onze jours, elle et moi n'avons pas quitté mon appartement. Nous dormons toutes les nuits ensemble, passons nos journées collées l'une à l'autre en compagnie de Camélia, parfois de 410, et même les jumeaux sont passés quelques après-midi.

Mon premier réveil a été le pire. La douleur était insoutenable, des bleus se dessinaient sur mes côtes jusque sur mon ventre. Mon visage était bouffi, l'œil droit entièrement gonflé ne m'obéissait plus et ma lèvre était rougie par la morsure que je m'étais infligée. La pire douleur était celle que je ressentais au creux de mon cou. Il porte aujourd'hui leur symbole et cette marque indélébile me rappelle cette torture chaque fois que je pose mon regard sur mon reflet dans le miroir.

Quatre points, rouge sang, témoignent de cette nuit atroce.

Une autre douleur me réveillait également chaque nuit. L'idée de recroiser Damien, ses hommes, de revivre ce cauchemar et, pire encore, l'idée de ne plus jamais revoir Ugo. Depuis cette nuit-là, il a disparu. Selon Camélia, lorsque Damien est parti en me faisant captive, mes amis ont immédiatement pris la route pour nous chercher. Ugo était hors de lui, fou de rage. Arrivé au hangar, il a quitté le car sans un mot, sans explication. Il a fui. Loin de moi. De nous.

Voilà onze jours que je dors à peine, que je m'inquiète pour ma vie, pour notre vie à tous et pour lui. Je repense sans cesse à nos doigts entrelacés et à la sensation de ce contact sur ma peau, à son regard impuissant lorsque les hommes de Damien m'ont arrachée à lui, à la caresse réconfortante de son pouce contre le dos de ma main. Je pense constamment à lui, aux raisons de son silence, de sa disparition.

Depuis cette soirée, la régente m'a contactée à deux reprises. Mes pensées étant à mille lieues de cette mission, je n'avais pas la force d'inventer de fausses informations, pas la force de m'attarder sur des explications bancales qui n'auraient servi qu'à éveiller ses soupçons. Alors je lui ai tout raconté. Sans mensonge. À ma grande surprise, elle s'est révélée plutôt réconfortante, ce qui n'a pas manqué de m'agacer au plus haut point. Bien entendu, elle n'a pas évoqué l'arrêt de ma mission, elle l'a seulement repoussée le temps que je me remette de mes blessures. Je sentais dans son discours qu'elle ne me lâcherait pas de sitôt. Et j'étais épuisée. Je voulais en finir. Plus les jours passaient et plus je la haïssais.

Assise sur le tabouret de la cuisine, j'avale les antidouleurs que Camélia m'a rapportés il y a quelques jours de l'hôpital. Je ne sais pas comment elle a mis la main dessus, mais je n'ai posé aucune question, l'envie de faire taire la douleur étant plus forte. J'observe quelques instants 899, toujours endormie en plein milieu de mon lit. La voir si paisible me procure un bonheur soudain que je ne pensais pas retrouver avant plusieurs semaines.

On cogne à la porte. Avant même que je ne m'approche de l'entrée, j'entends Camélia annoncer sa présence depuis le couloir. J'ouvre alors la porte avec confiance et la découvre tout sourire sur le palier, une pizza entre les mains.

— 900 ! Comment tu vas aujourd'hui ?

— Je vais bien ! Et toi ?

— Ça va, répond-elle calmement.

— Toujours aucune nouvelle ?

— Désolée, 900. Aucune nouvelle d'Ugo.

Je ne peux m'empêcher d'être déçue, comme tous les jours.

— J'ai apporté de quoi déjeuner, me dit-elle en ignorant mon regard inquiet. Je vais réveiller 899, je te laisse déposer la pizza dans la cuisine.

— Pas de souci ! Commencez sans moi, j'ai besoin d'une douche.

Une fois la pizza sur la table haute, je me dirige vers la salle d'eau, grimaçant encore sous la douleur. Je m'inspecte quelques secondes devant le miroir et constate que presque tous les bleus de mon visage se sont estompés. Seul celui de mon œil droit garde une couleur violacée peu flatteuse. Je me glisse sous le jet d'eau chaude de la douche et me laisse aller quelques minutes à mes pleurs. Mes larmes se mêlent à cette pluie brûlante et j'ai la sensation d'être autorisée à y déverser ma frustration, ma faiblesse, mon chagrin.

Très vite, je sors de la cabine et m'habille, jetant un dernier coup d'œil à mon reflet. Lorsque j'atteins la cuisine, 899 et Camélia sont déjà attablées, mon amie portant encore les marques de l'oreiller sur son visage angélique. Je me sers un verre d'eau.

— Mes chers enfants…

Je me retourne, le cœur battant, vers l'écran de télévision où je reconnais immédiatement M. Carter dans un costume gris.

« Il est 10 heures. Ce week-end, cela fera trois mois que votre réinsertion a débuté. Le Conseil et moi-même avons donc organisé un bal en votre honneur. Nous comptons sur la présence de toutes les générations et, bien entendu, les boutiques sont à votre disposition pour que vous puissiez être les plus élégants possible. Je reviendrai vers vous la semaine prochaine pour vous indiquer l'heure de vos convocations à l'hôpital pour vos traitements mensuels. Je vous souhaite à tous une excellente journée. »

Un bal ? Sérieusement ? La ville est à feu et à sang et ils organisent *un bal* ?!

Je soupire avant d'engloutir mon verre d'eau d'un trait.

— Ce bal s'annonce des plus excitants, s'amuse Camélia avec une décontraction que je ne comprendrai jamais.

— Dis-moi, 900. Ça te dérange si je passe la soirée chez Camélia ?

Un moment, je me demande ce qui lui passe par la tête à vouloir quitter la résidence, mais je me ravise très vite. Je repense à ses mots. Les mêmes qui m'ont hantée des jours entiers. « Est-ce qu'on est vraiment une génération de peureux ? » Non. J'ai décidé que non. Et, depuis cette soirée, plus jamais je n'en douterai.

— Bien sûr ! Tu n'as pas besoin de mon autorisation, 899 ! Je vais bien, ne t'en fais pas. Une soirée seule ne me fera pas de mal.

— Merci, murmure-t-elle, soulagée.

Je comprends alors qu'elle a besoin de souffler loin d'ici. J'ai l'impression, à cet instant, d'être un poids pour elle. Entre mes cauchemars et mon humeur des plus désagréables, je prends conscience du calvaire qu'elle a enduré à mon côté durant ces derniers jours. Je me sens tout à coup coupable. Coupable de rester là à ne rien faire, à me morfondre, fragile et sans défense, alors que je devrais reprendre ma vie là où elle s'était arrêtée. Je dois avancer, il le faut.

Après avoir à peine goûté au repas, Camélia et 899 quittent l'appartement et je ressens pour la première fois cette solitude que je redoutais tant. Un silence pesant règne au cœur de mon studio alors je décide de continuer mon livre sur l'histoire merveilleuse de Rose, la jeune fille au nom de fleur, aux parents aimants et à la vie sans nuages.

22

Quand j'abandonne mon roman, il est tout juste 21 heures et le soleil est déjà couché depuis plusieurs heures. Je me lève pour me servir un verre d'eau lorsqu'un fracas se fait entendre contre la porte de mon appartement. Tremblante, je m'approche discrètement de l'entrée, espérant découvrir ce qui se passe dans le couloir. C'est alors qu'on toque à la porte.

Et si c'était Damien ? Ou ses hommes ?

Je dois avancer. Je dois avancer. Je dois avancer. Surmonter ma peur. Il le faut. Il faut que j'avance.

Sans réfléchir davantage, de peur de changer d'avis, j'ouvre la porte. Je ne peux m'empêcher d'émettre un cri de surprise, mélange de soulagement et d'inquiétude. Devant moi se tient Ugo, l'arcade sourcilière en sang, les jointures de ses mains durement amochées.

Aucune parole ne sort. Je reste là, face à lui, sidérée.

— Je peux entrer ? demande-t-il d'une voix douce, mais pressante.

— B-Bien sûr, entre, je bégaye.

Je m'écarte de la porte pour le laisser passer et la referme avec maladresse, les doigts tremblants.

— Tu saignes.

— Ce n'est rien, murmure-t-il tout en m'observant de la tête aux pieds.

Son regard me toise de nouveau et je le vois grimacer à la vue des marques que je porte dans mon cou. Ses yeux deviennent immédiatement plus sombres, orageux.

— Qu'est-ce qu'ils t'ont fait ? gronde-t-il, les poings serrés contre les poches de son jean.

— Rien, Ugo, rien de grave.

Il sait bien que je mens. Il porte sa main à mes cheveux et je recule d'un pas.

— Laisse-moi voir, murmure-t-il en s'approchant de moi.

Mon dos est à présent collé contre la porte et je n'ai aucune échappatoire. Alors je reste là à le regarder m'observer, lever son bras avec une lenteur effrayante. De sa main, il écarte les quelques mèches de cheveux qui recouvrent le symbole marqué sur mon cou. Lorsqu'il s'approche encore pour observer les brûlures de plus près, il n'est qu'à quelques centimètres de mon visage. Son parfum me rappelle la première fois qu'il est venu chez moi, que sa proximité était telle que j'avais pu sentir son odeur derrière moi. Puis ses yeux, si proches des miens, son souffle caressant ma joue, m'évoquent cet après-midi, au cinéma. Cet instant insouciant, hors du temps. Mon cœur s'emballe lorsqu'il effleure avec douceur ma peau meurtrie.

— Je suis tellement désolé, souffle-t-il, le regard perdu, coupable.

— Ce n'est pas ta faute.

— J'aurais dû vous empêcher de prendre ce putain de car.

— Ugo, arrête.

Il se reprend et s'éloigne de moi pour rejoindre la cuisine. Aussitôt, je ressens un vide désagréable, alors je le suis. J'ai besoin de l'avoir près de moi. Ces derniers jours passés à m'inquiéter pour lui, pour sa vie, étaient insoutenables. Je l'observe et, comme d'habitude, il se saisit d'une bière. Son T-shirt gris est légèrement déchiré à quelques endroits et je peux voir sa peau griffée au-dessous. Il s'adosse contre l'évier tout en buvant sa bière, passe une main dans ses cheveux avant de me regarder de nouveau. C'est la première fois que je me fais cette réflexion, ou du moins que je m'y autorise, mais cet homme est tout simplement magnifique. Sa présence me procure un bien fou, plus que je n'aurais pu l'imaginer ces derniers jours. Alors sans réfléchir, même si je le connais à peine, je m'approche de lui, contourne la table, me plante devant sa silhouette immense puis me blottis dans ses bras, collant ma joue contre son torse.

Un instant, il reste immobile, les battements de son cœur s'intensifiant de façon perceptible, puis il me prend dans ses bras.

Oh… Ugo.

Nous restons ainsi durant plusieurs minutes et, malgré la chaleur de son corps, je ne peux m'empêcher de trembler. De soulagement ?

— Tu as froid ? s'inquiète-t-il d'une voix calme.

— Non.

Il ne dit rien de plus et ne relâche pas son étreinte qui me fait tant de bien.

— Reste ici cette nuit, je murmure.

— Si tu veux, je dormirai sur le canapé.

— Merci.

Je m'éloigne de ses bras, sa peau brûlante créant un manque instantané à mon corps las.

— Tu peux prendre une douche, je t'attends ici, lui dis-je en observant sa mine épuisée et ses blessures.

Sans un mot, il s'éclipse.

Je profite de son absence pour enfiler mon pyjama et m'installer sur mon lit, en tailleur. Les sentiments que j'éprouve me sont étrangers. J'ai l'impression d'avoir besoin de lui comme jamais je n'ai eu besoin de personne auparavant. Sa présence m'apaise, me soulage, me fait du bien. Je veux qu'il reste près de moi, j'ai besoin de son contact. Je ne veux plus qu'il parte. Et cette dépendance soudaine me terrifie.

Quelques minutes plus tard, le jet de la douche se coupe et je l'entends s'agiter dans la salle d'eau. Lorsqu'il en sort, je l'observe, rougissante. Il est totalement vêtu, mais la vision de son visage encore humide et de ses cheveux mouillés me saisit.

Je détourne le visage, mais je sens son sourire sur moi.

— Où étais-tu, Ugo ?

Il passe la main dans ses cheveux et quelques gouttes d'eau lui tombent sur le visage : l'une d'elles se loge au creux de ses lèvres dont je ne peux détacher mon regard.

Il me rejoint et s'installe sur le coin du lit.

— J'ai contacté le Conseil et j'ai passé la semaine dans l'un de leurs quartiers généraux. Je leur ai expliqué la situation.

Contrarié, il fronce les sourcils un instant avant de poursuivre :

— On est seuls, 900. Ils considèrent que cet incident ne les concerne pas. Ils n'interviendront pas pour le moment. Ils préfèrent attendre. Ils vont se réunir de nouveau d'ici quelques jours et je connaîtrai leur décision.

Cette information ne m'étonne pas. Je me sens totalement impuissante, alarmée, révoltée, mais je ne suis pas surprise. Avec les attaques répétées, les blessés arrivant en masse à l'hôpital, ils doivent être au courant depuis longtemps. S'ils avaient dû intervenir, ils l'auraient déjà fait. Depuis longtemps. Et même si j'ai l'infime espoir que les choses s'arrangent grâce au Conseil, je sais au plus profond de moi que les problèmes de cette ville, nous devrons les gérer seuls. Ugo semble garder une once d'optimisme, moi je n'y crois pas. Je ne crois plus en eux. Comme je ne crois plus en la régente.

— Ils ne font que commencer, Ugo. Les hommes de Damien sont déterminés.

— Je sais, soupire-t-il, la colère obscurcissant ses yeux azur.

— Ils sont de plus en plus nombreux.

— Je sais, 900. On va trouver une solution. Je vais trouver une solution.

Il s'approche légèrement et pose une main sur la mienne.

— Ou étais-tu ce soir ? je lui demande en observant son arcade sourcilière encore ouverte.

— Chez l'un des hommes de Damien. J'étais en colère et je voulais savoir qui nous avait vendus.

— Et alors ? Il a parlé ?

Bizarrement, je ne cherche pas à savoir s'il lui a fait du mal, si l'homme tient encore sur ses deux jambes. Ce qui m'importe c'est qu'Ugo aille bien et, à première vue, oui, il va bien. Du moins, autant que possible.

— Ce sont tes amis.

— Mes amis ?

— 408 et 409.

Mes yeux s'écarquillent et il retire sa main pour se rapprocher plus encore de moi. Il est à présent en travers de mon lit, la tête posée contre son poing, son torse frôlant mes genoux à chacune de ses inspirations.

— Les hommes de Damien les ont interceptés avant qu'ils n'arrivent chez eux. Sous la menace, ils ont parlé et indiqué où nous étions.

Ce n'était donc pas leur faute. Un soupir de soulagement traverse mes lèvres.

— Ne leur en veux pas. Les hommes de Damien feraient parler n'importe qui. Ils sont armés.

— Je ne leur en veux pas.

Il se redresse et me caresse la joue de sa main. J'enfouis ma tête plus profondément dans sa paume, espérant imprimer cette sensation à jamais.

Mes paupières s'alourdissent, et je réunis mes dernières forces pour repousser le sommeil.

— Et s'ils reviennent ? je demande, la gorge serrée.

— Je ne les laisserai pas revenir. On trouvera une solution. Peu importe le temps que ça prendra. On trouvera un moyen de les arrêter.

— Tu le promets ?

Pourquoi suis-je tout à coup si suppliante ? C'est comme si je lui déposais mon cœur entre les mains, lui confiant là ma vie. Non, je n'ai pas besoin de ses promesses. Je suis la seule maîtresse de mon destin. Je m'en sortirai par moi-même.

— Va dormir, sourit-il, je reste ici. Si tu as besoin de moi, réveille-moi.

Il se dirige jusqu'au canapé et je me lève alors pour lui apporter une couverture. J'éteins la lumière et me glisse entre les draps. Je ressens sa présence avec force et je peine à m'endormir. J'aurais voulu qu'il me rejoigne, car je sais que pour une fois les cauchemars auraient quitté mes songes. Mais jamais je n'aurais osé une telle demande. Malgré ses quelques attentions, Ugo est quelqu'un de distant, de très solitaire, et je ne veux pas me risquer à l'éloigner davantage.

Je ferme alors les yeux et me laisse bercer par le rythme de sa respiration.

23

Je me lève en sursaut, les mains moites, le front en sueur. Je jette un œil vers le canapé : il est vide. Ugo est parti.

J'ai rêvé ? Il était bien là hier soir ?

Je me prends la tête entre les mains, j'essuie mon visage humide et je me lève, paniquée. Au même moment, la porte de la salle d'eau s'ouvre et je le vois.

— Salut toi.

— Bonjour, je souffle, soulagée. Tu t'en vas ?

— Oui, je dois y aller. Il faut que je retrouve Camélia et les jumeaux, ils doivent être inquiets.

Je pense aussitôt à Camélia et à son regard triste dès que j'évoquais Ugo. Oui, elle est inquiète. Et bien plus encore.

— Tu reviendras ? je demande, penaude.

J'ai l'impression d'être une enfant, mais j'ose tout de même cette question. Ses traits sont doux, quoique remplis de culpabilité, et je crains de ne pas apprécier sa réponse.

Lorsqu'il s'approche de moi, hésitant, je comprends.

— Je ne pense pas. Écoute, 900, il vaut mieux ne pas les provoquer pour le moment. Du moins jusqu'à ce que je trouve une solution, jusqu'à ce que j'essaye de convaincre certains membres du Conseil. Tu ne vois pas tout ce qui se passe au-dehors et je ne veux pas t'inquiéter davantage, mais Damien n'en fait qu'à sa tête. Il a déjà envoyé plusieurs membres de ta génération à l'hôpital et même des membres de la nôtre. Les générations commencent à se déchirer. Je ne veux pas t'attirer d'ennuis. Je suis une cible pour lui. Bien plus que n'importe qui. Il veut me faire plier, car je suis un aîné. Il veut me rallier à sa cause, il sait que mon influence peut aider ses plans.

J'aimerais le retenir, prendre le risque de le garder auprès de moi, mais je sais qu'il a raison. Il n'est pas prudent que quelqu'un le voie passer la porte de notre résidence, pas raisonnable qu'il me fréquente après ce que nous avons vécu dans cette forêt.

Étonnamment, cet éloignement forcé me redonne des forces et provoque en moi l'envie de me battre, d'en finir. Combien de temps devrons-nous mettre entre parenthèses nos vies ? Combien de temps allons-nous rester passifs ? Moi aussi, je dois trouver une solution. Moi aussi, je dois me battre. Je dois réagir avant qu'il ne soit trop tard. Quand je regarde Ugo, je l'admire. J'admire son courage, sa détermination. Je me surprends même à envier cette violence qu'il a en lui et que je ne détiens pas. Cette rage, comme un rempart contre la peur, le rend invulnérable.

J'envie sa force et j'ignore pourtant la mienne. Ma rage à moi. Mon courage, mon audace, ma volonté. Si Martha ne nous a pas appris à nous battre, si elle n'a jamais éveillé en nous notre fougue, alors je la trouverai moi-même.

Je repense alors à ces douze jours passés à me morfondre au cœur de mon appartement, à craindre de sortir, de peur de revivre le même sort qui m'a été infligé. À ressasser les événements, à les rêver encore et encore, tremblante dans mon lit. Mais ce n'est pas moi. Je n'ai peut-être pas la capacité de combattre Damien de mes mains, mais j'ai la force de continuer à vivre sans me retourner, la force d'ignorer cette menace qui pèse sur moi. Ils ont voulu faire de moi un robot, alors j'en serai un.

Un sourire se forme au coin de mes lèvres. Je n'ai plus peur.

— Alors à bientôt, Ugo, je murmure.

Il m'observe, curieux. Je suppose qu'à cet instant, il ne comprend pas la raison de ma reddition soudaine. Pourtant, il ne me pose aucune question, se contentant d'acquiescer. Son regard s'attarde longtemps sur moi, lourd et intense. J'ai l'impression qu'on se comprend tout à coup. Qu'une promesse se scelle brusquement. Il se retourne alors, son ombre traverse mon appartement pour le quitter. Il ferme la porte sans un regard vers moi.

Ma détermination ne m'abandonne pas de la matinée jusqu'à ce que je me prépare à sortir. Ça fait plusieurs jours que je n'ai pas vu 410 et, pour la première fois, je décide de lui rendre visite. Sereine, je claque la porte de mon appartement et dévale les marches avec assurance. Je sais que je peux tomber sur des hommes de Damien, qu'ils pourraient me reconnaître, mais aujourd'hui, je suis prête à encaisser. Je marche dans les rues presque désertes. Seuls quelques membres des deux générations sont de sortie. Comparée aux premiers jours de l'insertion, cette vision est déstabilisante. Je ressens d'ici cette tension, ce déchirement tout juste naissant. Pourtant, la journée, on ne risque rien. Les hommes de Damien sont plus préoccupés à dessaouler qu'à arpenter les rues de la ville à la recherche d'une quelconque bagarre à se mettre sous le poing.

Après quelques minutes de marche, j'atteins la résidence de 410. À l'inverse de la nôtre, celle des garçons est d'un gris foncé presque noir et les immeubles semblent deux fois plus hauts. Je me rappelle qu'il m'avait précisé vivre dans le bâtiment 2. Je n'ai jamais visité son appartement et je ressens de l'excitation à l'idée de découvrir son univers. Une fois au dixième étage, je repère très vite l'entrée portant son numéro.

Je frappe trois coups.

L'instant qui suit, il m'ouvre, la bouche entrouverte d'étonnement.

— 900 ? Mais qu'est-ce que tu fais là ?

— Je me suis dit qu'il était temps que je passe te voir, moi aussi.

Je le surprends à rougir quelques instants. Il semble heureux de cette attention.

— Entre !

Je le remercie et passe la porte.

Son appartement est superbe, tout de blanc et d'inox. Il semble irréel tant il est lumineux.

— Tu as mangé ? me demande-t-il tout en se dirigeant vers sa cuisine en inox. J'ai préparé un gratin de pommes de terre pour moi, mais il y en a assez pour deux.

— Non, je n'ai pas déjeuné, et je dois t'avouer que cette odeur me donne particulièrement faim.

Il rit un instant et nous met deux couverts avant de nous servir.

— Tu vas mieux ? me demande-t-il entre deux bouchées.

— Bien mieux, et toi ?

Je suspends mon geste – alors que je m'apprêtais à enfourner une bouchée –, les yeux écarquillés, prenant conscience que depuis cette soirée terrible je ne me suis pas souciée une seule seconde de son état. Lui aussi a encaissé de violents coups, lui aussi a dû se battre pour essayer de me sauver des mains de Damien. Seulement, je ne lui ai jamais posé cette question pourtant si simple. Mes sourcils se froncent, ma gorge s'assèche. Je suis pitoyable.

— Écoute, je poursuis. Je suis désolée. Ça n'a pas dû être facile pour toi. Tu nous avais pourtant prévenus.

Il arrête de manger à son tour.

— Ça va, 900. Ne t'en fais pas. Physiquement, je n'ai presque rien eu, les jumeaux sont vite intervenus. Pour ce qui est du reste, je ne t'en veux pas. Pour tout te dire, j'ai souvent revu Simon ces derniers jours, parfois David, et vous aviez raison, 899 et toi, ils ne sont pas comme on l'imaginait.

Je lui souris, ravie de sa réponse qui me déculpabilise un peu.

« Mes chers enfants… »

La télévision de 410 s'allume sur M. Carter. Immédiatement, nous interrompons notre déjeuner pour nous lever et nous placer face à l'écran.

« Samedi aura lieu le bal, et je souhaite que toutes les générations soient présentes, sans exception. Certains des membres du Conseil et moi-même vous ferons honneur de notre présence. Ne nous décevez pas, soyez élégants et ponctuels. La soirée aura lieu dans la salle de réception de l'hôtel de ville et débutera à 19 heures. Passez un agréable mercredi. »

L'écran devient noir et nous restons quelques instants à fixer nos reflets.

— Je ne le sens pas du tout, ce bal, murmure 410.

— Moi non plus. Et cette annonce vient de me couper l'appétit.

Je le regarde un instant avant de me diriger vers sa bibliothèque. J'effleure les quelques livres qui y sont rangés et m'arrête devant une carte, dessinée au crayon de papier et accrochée au mur. Elle est remplie de virages, d'indications, d'inscriptions, de repères.

— Qu'est-ce que c'est ? je demande, curieuse.

— Oh, c'est rien. Une vieille habitude de l'orphelinat.

Il semble tout à coup gêné et, même si son malaise devrait m'en dissuader, je le questionne davantage :

— C'est un plan ?

410 s'approche alors et du bout des doigts m'explique ce que représente cette carte.

— Lorsqu'on a quitté l'orphelinat, j'étais totalement paniqué, souffle-t-il, un brin honteux. Alors, lorsque je me suis installé dans le car, le jour du départ pour la réinsertion, j'ai noté tout le chemin qu'on a parcouru jusqu'à la ville.

— Tu veux dire que tu saurais comment retourner à l'orphelinat ?

— Oui, murmure-t-il.

Je suis abasourdie.

— Mais on n'y comprend rien, à cette carte. On a roulé plus de dix heures, 410 !

— Si ! Regarde. Les deux premières heures, notre trajectoire n'a pas dévié d'un pouce et c'est lorsqu'on est passés devant cette vaste colline en forme de vague que la direction a totalement changé. On est partis à droite. Là, j'ai dessiné la colline sommairement, mais dans mon carnet j'ai ajouté d'autres points de repère comme un énorme chêne couché presque en travers de notre route.

Il s'arrête un instant.

— Continue, 410.

— Après, nous avons suivi une chaussée pavée selon un trajet tortueux, mais c'était l'unique voie recouverte de pierres, le reste n'était que végétation. Nous l'avons empruntée et c'est seulement au bout d'environ deux heures que nous l'avons quittée pour poursuivre à travers champs. Là aussi, quand nous avons dévié j'ai noté des repères et ainsi de suite jusqu'à la ville.

Je reste bouche bée. Je comprends tout à coup l'intégralité de la carte, du moins son organisation, sa logique.

— Tu te moques, c'est ça ? il rit.

— Non, bien sûr que non. C'est étonnant, c'est tout.

— Bon ! Assez parlé de ça ! Pour le bal ? Tu viens avec moi ?

Je repense au film romantique que 899 et moi avions regardé chez moi il y a plusieurs semaines. L'homme invitait la femme qu'il convoitait au bal, et la démarche semblait évidente pour l'un comme pour l'autre. 410 est-il intéressé ? Cette idée me fait rougir. Non ! Il n'est qu'un ami. Il n'est pas… Lui.

— Entre amis ?

— Entre amis.

Sur le chemin du retour, les rues sont toujours aussi désertes. Le soleil se couchera d'ici quelques minutes, alors je devine que la plupart des membres de ma génération sont déjà cloîtrés chez eux. Une fois au dernier étage de ma résidence, je m'arrête, surprise.

Devant ma porte, un paquet est déposé.

Je m'avance lentement et le ramasse d'une main avant de mettre mon doigt sur la plaque de l'entrée. Une fois la porte ouverte, je m'installe directement sur mon lit, curieuse. Sans prendre la peine de réfléchir, je défais le ruban qui entoure la boîte et l'ouvre pour y découvrir tout d'abord une enveloppe contenant une lettre, une carte magnétique et un plan.

Je lis la lettre sans attendre.

Chère 900,

Il y a quelques semaines, je vous ai confié une mission. Malheureusement, c'est un échec. Pour vous rattraper, je vous en propose une nouvelle qui est beaucoup plus importante à mes yeux. À l'intérieur de l'enveloppe, vous trouverez une carte magnétique et un plan vous permettant d'accéder à une cave. Le soir du bal, les membres du Conseil prononceront un discours, et c'est à ce moment précis que vous devrez quitter la soirée dans la plus grande discrétion. Vous vous dirigerez vers la laverie de la 4e Rue. Au fond du local, il y a une porte, la carte magnétique vous permettra d'entrer et d'accéder à la cave. Suivez les instructions au dos du plan, j'y ai indiqué le chemin à suivre ainsi que l'objet que je souhaite vous voir récupérer.

Exceptionnellement, je vous appellerai plus tard dans la soirée pour m'assurer que tout s'est passé sans encombre.

Si c'est le cas, il se pourrait que je n'aie plus besoin de vos services.

J'ai souhaité vous faire un cadeau pour vous remercier de tous vos efforts.

Je vous laisse le découvrir si ce n'est pas déjà fait.

En espérant que vous apprécierez le bal,

Martha.

Les mains encore tremblantes, je tiens la feuille entre mes doigts, relisant inlassablement les mots de la régente. Je ne saurais l'expliquer, mais même dans son écriture je ressens son mépris, son orgueil, sa suffisance. J'aimerais brûler cette lettre et l'effacer de ma mémoire. Même à des centaines de kilomètres, elle détient un pouvoir sur moi, elle me contrôle. Pourtant je me ravise, relis en boucle ses phrases, et une seule résonne dans mes pensées comme une lueur d'espoir. Un espoir maudit, dissimulé derrière des couches de risques, mais un espoir tout de même. Celui de ne plus jamais avoir affaire à elle.

Si c'est le cas, il se pourrait que je n'aie plus besoin de vos services.

Elle n'aurait plus besoin de moi. Je vais donc me mettre en danger, une dernière fois.

Je défais le papier de soie qui recouvre le fond du carton et laisse échapper un cri de surprise.

Une robe.

Une splendide robe bleu nuit est délicatement pliée, resplendissante de subtils tons irisés. Je la sors de son emballage, bouche bée, légèrement agacée à l'idée qu'elle vienne de cette horrible femme, mais ébahie malgré moi. Lorsque je la découvre entièrement, je sens mes joues s'échauffer.

Je rougis en m'imaginant la porter, car jamais je n'ai eu de vêtements si délicats, si élégants et colorés. D'une matière douce et soyeuse, son dos jusqu'aux bretelles est fait d'une dentelle finement travaillée. Seulement, cette robe n'est qu'illusion et me fait perdre soudain mon sourire. Ce n'est qu'un costume pour parfaire mon imposture. Un déguisement de plus pour tenir le rôle que j'ai toujours dû jouer.

Je relâche aussitôt la robe, la fourrant sans ménagement dans le carton que je glisse sous mon lit.

J'ai besoin de lire, besoin de m'évader. Besoin d'oublier, l'espace de quelques heures, le poids qui pèse sur mes épaules et qui pèsera bientôt sur celles de toute notre génération. Alors je me glisse entre les draps, le seul lieu où je me sente bien, dans ma bulle. Le seul endroit où j'ai toujours été à ma place. Je m'empare de mon roman et caresse de mes doigts les douces pages de cette vie parfaite dont je rêve chaque nuit.

24

Ce soir a lieu le bal.

Seule dans la salle d'eau, je fais face à mon reflet, immobile, silencieuse. Je m'examine, j'inspecte chaque parcelle de ma peau. Je constate tout ce qui a changé chez moi. Ce que j'ai perdu à jamais. Ce que j'ai gagné malgré moi. Ce visage que je ne reconnais plus et qui pourtant me ressemble bien plus que l'ancien. Cet autre visage aux expressions maîtrisées et semblable à tant d'autres de mes sœurs. Ce sourire crispé en toutes circonstances. Ce regard innocent, aujourd'hui désabusé. Il a fallu quelques semaines pour que la poupée de cire prenne forme humaine. Il a fallu un événement particulier pour qu'une vie entière d'illusions vole en éclats. Ma peau est blanche, mes traits affaissés, lassés d'avoir souri sans raison toute leur vie. Mes yeux, cernés de fatigue et de lassitude, sont incapables de lâcher mon reflet. Et cet air. Cet air que je porte, lui aussi est nouveau. Lui aussi n'aurais jamais dû voir le jour. Cet air qui ne croit plus en rien. Cet air qui sait d'avance que cette soirée sera un désastre.

— 900 ? Tu as terminé ? Camélia va arriver !

899 s'impatiente dans le salon. Déjà prête depuis plusieurs heures dans sa longue robe rouge, elle se languit de cette soirée avec une innocence et un optimisme sans faille. Comment ne peut-elle pas ressentir ce que moi je ressens ? Ce bal n'a rien de festif. Entre mon escapade forcée, les hommes de Damien et ces lâches venant du Conseil, rien ne porte à croire que la soirée se déroulera sous le signe de la paix.

— Donne-moi encore cinq minutes, je lance.

Tout juste maquillée, je m'observe une dernière fois, passant mes doigts dans ma longue chevelure brune.

Il est temps que je mette la robe. Sa robe.

Je l'enfile sans même accorder un regard au reflet qui me fait face. Machinalement, je m'y glisse, remontant délicatement la fermeture le long de ma hanche. Mes escarpins noirs enfin aux pieds, je lisse les quelques voiles de mon jupon et sors de la salle d'eau, un sourire forcé sur mes lèvres tremblantes.

— Oh ! 900, tu es splendide !

899 me détaille de la tête aux pieds, un sourire admiratif aux lèvres. Si elle avait su la provenance de cette robe, jamais elle n'aurait eu cette réaction-là. Ma meilleure amie ignore tout de ma dernière mission. Ai-je envie de l'impliquer pour cette ultime bataille ? Je me suis pourtant promis de ne pas reproduire les mêmes erreurs. Mais cette fois-ci est différente. Je le sens. Où me mènera cette carte ? Que trouverai-je ? À quel point je risque ma vie ce soir ? Si elle m'accompagnait, je risquerais la sienne.

— C'est toi qui es magnifique, je lui réplique avec un petit rire sincère.

Quelques minutes plus tard, Camélia arrive, suivie de 410. Fidèle à elle-même, elle porte un tailleur-pantalon noir. J'aurais ri de la voir arriver en robe. Quant à 410, les joues légèrement rosées, il s'approche de moi, vêtu d'une chemise bleu clair et d'un pantalon à pinces noir. Il est très élégant et cette tenue lui va à merveille. Il me tend son bras et j'y glisse le mien.

— On y va ? murmure-t-il à mon oreille.

— ON Y VA ! clame Camélia, pleine d'entrain.

Devant l'hôtel de ville, je ressens un douloureux pincement au cœur. Je presse un peu plus fort la petite pochette en soie que je tiens à la main dans laquelle j'ai mis un peu plus tôt le plan et la carte magnétique. J'inspire profondément et pénètre dans les lieux, le bras toujours fermement accroché à celui de 410. De l'intérieur, une musique presque imperceptible se fait entendre, douce et mélodieuse, de celles que j'ai entendues durant toute mon adolescence. Plusieurs instruments se mélangent en une harmonie parfaite. Nous suivons silencieusement cette symphonie qui, quelques minutes plus tard, après la traversée de nombreux couloirs sans fin, nous guide directement vers la grande salle de réception.

Magnifique, spectaculaire, tant par ses dimensions – qui de l'extérieur ne laissaient aucunement présager un aussi vaste espace – que par sa splendeur. De longs rideaux de velours noir recouvrent l'intégralité des murs. Au plafond sont suspendus d'immenses lustres de la même couleur, éclairés de bougies artificielles. Quant au sol, vitré, il est illuminé par-dessous par une lumière bleu ciel enivrante.

Ce lieu a quelque chose de féerique, d'irréel qui me laisse sans voix. D'où je suis, je n'en vois pas le bout.

Nous foulons délicatement ce sol de verre de peur de le briser et toujours muets de fascination, nous nous dirigeons vers le bar. D'un blanc étincelant, se prolongeant sur des dizaines et des dizaines de mètres, il est recouvert de centaines de coupes généreusement remplies d'un champagne rosé ainsi que d'une variété incalculable de mets. Combien de personnes sont présentes ? Quatre mille ? Cinq mille ? Plus encore ? Je ne saurais le dire tant nous sommes nombreux.

Du regard, je parcours cette foule, à la recherche d'éventuelles menaces. Ni Damien ni ses hommes, du moins les seuls auxquels j'ai pu être confrontée, ne semblent être de la partie. Un soupir de soulagement m'échappe, même si j'ai conscience que ce répit sera de courte durée. Le moment est idéal pour Damien, tous les membres de ma génération étant réunis au même endroit. À tout moment, il pourrait nous porter le coup de grâce.

— Du champagne ?

410 me tend une coupe et je n'hésite pas une seule seconde à l'accepter. Bien que l'alcool ne soit pas mon fort, je sais qu'il a, malgré ses effets, la vertu de m'apaiser, de me détendre et de m'offrir un peu plus de courage aussi. Alors je déverse le liquide pétillant directement au fond de ma gorge avant d'attraper une seconde coupe.

— Tout va bien ? me demande 410, inquiet.

— À ton avis, je murmure, le regard toujours aux aguets.

— On assiste au discours et on quitte la réception dès que possible. Si ça peut te rassurer, j'ai entendu dire de Simon et David que les hommes de Damien s'éclataient ailleurs ce soir, malgré l'insistance de M. Carter à recevoir tous les membres des générations au complet.

Je ne réponds pas. Même si je suis terrorisée à l'idée de recroiser le regard noir, animal, de Damien au milieu de toute cette foule, je le suis d'autant plus de devoir traverser la ville seule, de nuit, en quête d'un mystérieux objet pour la régente.

Tout à coup, un silence inquiétant s'empare de l'assemblée. Mon pouls s'accélère. Quelque chose est en train de se passer. Je me retourne, tendue, le souffle coupé. La musique, intense, monte crescendo et ne fait qu'accentuer la sidération de tous. Sur le qui-vive, prête à fuir, j'observe la foule et tous les regards semblent converger dans une seule et même direction, l'entrée de la salle. Je détourne les yeux à mon tour et le choc est tel que j'en fais tomber mon verre à mes pieds. Pour la première fois depuis la réinsertion, la troisième génération se montre. Pas moins de trois cents individus vêtus de costumes pourpres arpentent la salle dans une unité et une synchronisation déconcertantes. Muets, le regard dur et ancré dans le vide, ils nous font l'honneur de leur présence. Une présence pesante tant elle nous est étrangère. Ils n'interrompent pas leur parade une fois arrivés à notre hauteur. Je suis bouche bée, lorsque les sans-gêne, habituellement si provocateurs, s'écartent pour leur laisser le passage. Sans dévier les yeux de leur trajectoire, ils traversent la piste durant de longues secondes jusqu'à atteindre l'autre extrémité de l'immense salle.

Personne n'ose leur adresser une parole. La foule entière est déstabilisée.

Petit à petit, des chuchotements s'éveillent, quelques rires parfois, et enfin les discussions reprennent. La soirée retrouve son cours, peu à peu. Il est étrange comme nous nous adaptons vite à l'extraordinaire, comme nous savons oublier nos habitudes. Je ne connais rien de la vie et pourtant rien de ce qu'elle me dévoile ne m'étonne bien longtemps. Malgré tout, je ne peux résister à la tentation d'observer ces femmes et ces hommes drapés de rouge. Ils m'intriguent.

Pourquoi se montrent-ils ce soir seulement ?

Ils ne sont jamais présents. Ni durant les discours ni lors des traitements mensuels à l'hôpital. La docteure Anand dit qu'ils n'ont pas l'obligation de s'intégrer et que des intervenants se déplacent chaque mois pour leur administrer leur vaccin. Ce soir cependant, leur présence semblait souhaitée.

Pourquoi ? Le Conseil a-t-il des révélations à nous faire ? Compte-t-il enfin nous aider ?

Je jette un œil vers 899. Son regard n'a pas quitté celui de Camélia et un éclat de rire illumine son visage. Je reprends une coupe de champagne, la précédente étant brisée à mes pieds. C'est au moment où je porte le liquide à mes lèvres qu'une odeur familière s'insinue au plus profond de moi. Je n'ai pas besoin de me retourner, je sais qu'il se tient près de moi.

J'ai une conscience totale de sa présence, quelques centimètres derrière moi, comme dans ce cinéma. Son souffle, son parfum, sa chaleur. Et je ne peux patienter davantage pour me retourner et lui faire face.

Ugo…

Il porte un costume noir cintré, épousant à la perfection sa silhouette, dessinant ses muscles. Il passe une main dans ses cheveux noirs, légèrement ébouriffés sur le haut de son crâne, et m'observe, me détaille de haut en bas, une lueur dans son regard habituellement si sombre. Je baisse alors les yeux, le cœur battant fort et vite, embarrassée devant cet examen trop intense. Je repense à notre regard échangé avant qu'il me quitte au matin après avoir passé la nuit sur mon canapé. Cette promesse silencieuse qui suivait mon « à bientôt » incertain et rempli de doutes. L'effet qu'il provoque en moi est le même. J'envie ce qu'il est et je désire bien d'autres choses que je ne comprends pas encore. Il se penche un instant, frôlant mon épaule de son torse, pour saisir une coupe sur le buffet. Sa proximité me rappelle l'unique fois où il m'a serrée dans ses bras. Ce rapprochement irraisonné dont j'avais eu besoin à ce moment-là, ce contact inconscient, dangereux, que je n'aurais jamais dû provoquer.

Lorsqu'il porte la coupe à ses lèvres, j'en profite pour l'observer à la dérobée. Au milieu de tous, il détonne. Il a ce sérieux et cette prestance que les autres n'ont pas. Il me donne l'impression de nous chaperonner bien plus que de faire partie de nos vies. Il semble si loin, bien trop loin. Impossible à atteindre. Et là, alors que je le regarde, je voudrais le rejoindre, le comprendre, tout apprendre de lui. Je suis attirée par cet homme. J'ai le besoin irrépressible de percer chacun de ses secrets. Je veux que rien de lui ne m'échappe, que rien ne me soit étranger. Et, quelque part, je suis reconnaissante de la décision qu'il a prise, soulagée de ne le voir qu'à de rares occasions, car ces pensées me pétrifient. Notre amitié n'aurait aucun sens. Nous n'avons rien en commun. Il est un homme indépendant et sûr de lui, au passé couvert d'ombres. Il est un aîné, sa place est au Conseil, auprès de nos guides. Il n'a rien à faire avec moi. Il n'est pas de mon monde. Je ne suis pas du sien. Et pourtant…

Il me dévisage, soucieux, comme s'il lisait dans mes pensées, comme s'il sondait mon âme. Cet homme met tous mes sens en éveil, il me rend plus forte et plus vulnérable à la fois. Cette sensation me terrifie. Je m'écarte de quelques pas, espérant échapper à l'ivresse que provoquent en moi son parfum, ses effluves masculins. Son regard s'alourdit de nouveau puis, d'un geste impulsif, il glisse sa main dans la mienne. Aussitôt, il m'entraîne jusqu'à la sortie, d'une poigne douce, bien que décidée, comme il a toujours eu l'habitude de le faire. Et comme toujours, malgré ma raison qui me crie de résister, je me laisse embarquer. Je le suis, et quitte la salle, ma main toujours ancrée dans la sienne. Nous marchons plusieurs secondes à travers les couloirs vides puis il s'arrête net.

Il s'approche lentement de moi, mon cœur battant à tout rompre dans ma poitrine. Je recule, plongée dans l'incompréhension la plus totale jusqu'à ce que le mur blanc percute mon dos, me faisant sursauter.

— Salut toi, chuchote-t-il, son souffle se mêlant à ma respiration saccadée.

Cette fois, je reste muette. Aucun mot ne sort.

Ses yeux aux pupilles dilatées plongent dans les miens, il tente de lire à travers moi de nouveau. Il essaye de me cerner, de déchiffrer mes pensées les plus enfouies. Que croit-il deviner quand moi-même je ne comprends plus rien ? Il s'avance encore, plus proche à chaque seconde. Mes mains tremblent, comme secouées par les pulsations de mon cœur. Mes jambes sont prêtes à céder sous le poids de mes émotions. C'est alors qu'il abaisse son visage vers moi, échauffant mes joues de plus belle.

De sa main, il effleure ma pommette et caresse ma joue. Du bout des doigts, il souligne ma mâchoire puis soulève mon menton pour capter mon regard honteusement baissé.

— Je ne peux plus tenir, 900…

Et sans que je comprenne comment, ses lèvres s'écrasent contre les miennes. Tout à coup, c'est comme si mon cœur s'arrêtait de battre. Comme s'il effectuait une pause. Pour la première fois de ma vie, il se remplit d'une chaleur inconnue, étrange, comme se nourrissant enfin de ce qu'il désirait tant. Lorsqu'il reprend ses fonctions, c'est avec frénésie. Il tambourine de toutes ses forces contre ma poitrine, tordant mon ventre à chaque battement.

Ugo rompt le contact un instant, à quelques millimètres à peine de mes lèvres.

— Ça va ? soupire-t-il d'une voix rauque.

Le souffle coupé, je reste figée, acquiesçant maladroitement, puis il me sourit, et m'embrasse de nouveau. Un instant, je reste immobile, comme effrayée à l'idée de ne pas savoir répondre à cet élan. Mais mes craintes s'effacent aussitôt, car l'instant suivant, je lui rends son baiser, impétueuse et impatiente, comme une enfant découvrant l'existence d'un précieux trésor. Comme Rose dans mon roman, ou comme cette jeune femme dansant au travers de l'écran de télévision, je découvre, j'expérimente, je fonds. C'est comme si tout prenait sens. Comme si nos deux bouches étaient faites pour se trouver un jour. Pendant quelques secondes, je l'apprivoise, maladroite, et il rit, gronde, soupire, avant que je ne m'approprie complètement sa peau. Ses lèvres sont douces et caressantes. Elles ont le goût du champagne et de quelque chose de bien plus animal. Il s'approche davantage, nos deux corps rivés l'un à l'autre, ne laissant aucun espace entre nous.

Il s'arrête alors, me laissant contre le mur, suffocante, les joues brûlantes et le corps tremblant. J'ai l'impression que d'une simple brise, d'un simple souffle, je pourrais m'écrouler sur ce sol luisant. Son regard est sombre, plongé droit sur ma bouche, tandis que la sienne, encore humide, rougie par notre échange, s'étire en un léger sourire.

Il recule alors avant de me tendre la main.

— Désolé, murmure-t-il d'une voix rauque. Je sais que je t'ai dit qu'il fallait qu'on prenne nos distances, mais… c'était plus fort que moi.

Je suis incapable de répondre. La bouche entrouverte, je tente de retrouver ma respiration. De nouveau, il sourit avant de glisser ses doigts dans mes cheveux.

— Retournons à la soirée, souffle-t-il tout en me tendant une main.

Je la lui attrape, totalement muette, à mille lieues d'ici. Sous le choc, je le suis, mes membres désarticulés peinant à suivre le rythme. Il regagne la salle de réception et je reprends mes esprits seulement une fois arrivée au point de départ, en face du buffet gigantesque, 410, 899 et Camélia, toujours au même endroit à discuter autour d'une coupe de champagne.

Aucun ne nous remarque. Peut-être 410, qui a légèrement détourné le regard dans ma direction, je crois, mais tout est flou. Trop flou pour que je comprenne. Heureusement, la musique soudainement coupée me fait reprendre vie. Je me réveille et c'est pour une tout autre raison cette fois que mon cœur se remet à s'affoler.

M. Carter se tient au fond. Plusieurs écrans que je remarque tout juste projettent son image à divers points de la salle. Mes amis se rapprochent de la foule, Ugo y compris, et il a revêtu son masque impassible d'homme froid et intouchable. Son rôle d'aîné. Je fais mine d'avancer à mon tour, mais j'ai conscience que d'ici quelques secondes je devrai m'échapper. Ma pochette toujours au creux de ma main gauche est maintenant greffée à celle-ci tant j'ai peur de la perdre. Je glisse mes doigts à l'intérieur, vérifiant à tâtons que tout y est. Je sens les contours de la carte magnétique, le papier froissé du plan, et plus loin… le métal froid, pointu à son extrémité. Un frisson parcourt mon échine à l'idée que je puisse utiliser ce couteau. En préparant mes affaires plus tôt, j'avais ressenti le besoin d'emporter cette lame. Malgré toutes les raisons absurdes qui avaient traversé mon esprit à ce moment-là, je me sens tout à coup plus en danger avec elle. C'est comme si cette arme confirmait le caractère périlleux des heures à suivre.

— Mes chers enfants…

C'est l'heure. J'observe un instant mes amis, le cœur lourd. J'ai la sensation d'être une hors-la-loi, de trahir tous ceux qui me sont chers. Je porte mes doigts à ma bouche, caressant mes lèvres encore gonflées. Un frisson me traverse. Je me promets de faire vite, je me persuade que cette mission est la dernière. Je m'éloigne alors, lentement, sans bruit jusqu'à la sortie, priant pour que personne ne remarque ma fuite.

25

Dès que j'ai quitté la salle, je retire mes chaussures, les empoigne d'une main et me précipite aussi vite que je le peux vers la sortie de l'édifice. Poussée par l'adrénaline et déterminée, je remonte les couloirs interminables à toutes jambes. Une fois que je suis dehors, l'air étonnamment frais de cette nuit automnale me redonne les ressources nécessaires pour affronter les quelques centaines de mètres que je dois parcourir. Je sais où se situe la laverie, alors je ne m'arrête pas, je cours sans me retourner.

Essoufflée, la vue brouillée par le vent, je repère enfin l'enseigne clignotante. Cette fois, je m'autorise à regarder en arrière pour m'assurer que personne ne me suit. Je pénètre ensuite dans la boutique toute vitrée, ouverte de jour comme de nuit. La laverie est calme, seul mon souffle résonne dans la pièce déserte. Au fond, je remarque une porte en acier, épaisse comme celle d'un coffre-fort. Je m'empare de la carte magnétique et m'en approche. J'observe un instant cette large porte ressemblant à celle d'un bunker et voit une fente de la largeur du badge. Soucieuse, je regarde une dernière fois derrière moi avant d'insérer la carte. Un léger cliquetis, suivi d'une dizaine d'autres, me fait comprendre que l'opération a marché : la porte se déverrouille petit à petit.

Lorsque le silence revient, je dépose mes talons sur le seuil et actionne la poignée d'une main moite et hésitante. Le grincement me fait sursauter et je m'engouffre dans le passage. Le couloir est sombre, glacial. Quelques spots clignotants au plafond m'ouvrent la voie. La plupart ne fonctionnent plus, soit brisés, soit privés d'ampoule. Et c'est lorsque je commence tout juste à m'accommoder à l'obscurité que la lourde porte se referme derrière moi. Un nouveau frisson me traverse.

Courage, 900, tu peux le faire.

Sur la pointe des pieds, je continue de longer les murs de brique froids et humides et sors enfin le plan. Dans cette semi-pénombre, il m'est difficile de déchiffrer correctement les indications, alors je continue lentement, suivant l'allée étroite. Au bout de quelques minutes, je descends des marches en pierre irrégulières. Je m'enfonce vers l'inconnu et c'est à cet instant que je remarque à quel point mes mains tremblent et ma respiration est haletante. Je m'arrête quelques secondes. Le silence m'étouffe. L'atmosphère me paralyse. J'appréhende ce que je vais trouver au bout. C'est comme si ce couloir n'avait rien à faire ici, comme si cet endroit menait à un autre monde. L'escalier me paraît interminable et ce lieu en totale incohérence avec cette ville moderne et luxueuse. J'ai l'impression de traverser le cœur d'une montagne.

Allez, 900, c'est ta dernière mission.

Inspire... Expire... Fais comme si tu avais un décompte. Tu as trente secondes pour descendre ces fichues marches. Allez...

J'inspire profondément et, d'un pas plus déterminé, je me lance. Je dévale l'escalier marche après marche, le cœur battant à tout rompre.

1, 2, 3, 4, 5, 6, 7, 8...

Il semble sans fin. J'ai comme l'impression d'avoir descendu plusieurs centaines de marches, m'enfonçant dans les tréfonds de la terre, quand enfin j'arrive devant la pièce délimitée en rouge sur le plan tracé par la régente. Je ne réfléchis plus : avec nervosité j'actionne le loquet et la porte s'ouvre automatiquement. Une petite cordelette chatouille mon front luisant de sueur, alors je tire dessus, espérant actionner une lumière. Soudain, d'innombrables appliques s'allument en même temps, faisant apparaître des dizaines d'armoires poussiéreuses. Toutes, sauf une. Une seule est manifestement très souvent visitée. Elle est en bois massif, ciré, éclatant. Le meuble, que j'ouvre, est comme neuf et les livres et autres cartons qui y sont rangés sont tout aussi propres et en parfait état. J'ouvre les autres armoires et découvre que chacune possède le même nombre de cartons, de babioles et de livres. Tous méticuleusement alignés et rangés à l'identique. C'en est effrayant de précision.

C'est ici, dans cette armoire sans poussière, que se trouve l'objet qu'elle désire, je n'en ai aucun doute.

Je consulte de nouveau le plan et déchiffre les quelques lignes au bas de la page.

Étagère du milieu, sixième élément en partant de la droite.

Je caresse les différents objets en prenant bien soin de les compter plusieurs fois pour ne pas faire d'erreurs.

Au sixième, je tombe sur un livre brun. Elle voulait que je récupère un livre ?

Mon pouls s'accélère.

La régente me met en danger pour un putain de livre ?

Je l'attrape rageusement et l'ouvre sans attendre.

Mon souffle se coupe.

Je tombe sur une photo, celle d'une pensionnaire de mon orphelinat, plus jeune, à quatorze ans, peut-être quinze.

Mais qu'est-ce que ça signifie ?

J'avance dans le registre et trouve une nouvelle photo, un garçon cette fois-ci, de peut-être quatorze ans lui aussi. Je fais défiler les pages une à une et un cri de stupeur m'échappe lorsque je reconnais 899. Des larmes coulent le long de mes joues. Son visage est magnifique, innocent. Elle doit avoir quinze ans à peine. Je la reconnais aussitôt.

Plus bas sur la page, je déchiffre quelques annotations.

899 : Mary Brenson. Chicago, juin 2020.

Bon sang, mais qu'est-ce que ça veut dire ?

Sur la page de gauche, je reconnais 898, et je comprends alors que je suis la suivante. Je tourne la feuille et, avant même que mes yeux ne se posent sur mon portrait, la lumière s'éteint et je lâche le registre.

L'obscurité est totale.

La sortie ? Où est la sortie ?

Je suis prise de panique et me recroqueville, haletante, dans un coin de la pièce. Je tremble, nauséeuse.

Est-ce que quelqu'un m'a suivie ? Y a-t-il quelqu'un d'autre ici ?

Sans réfléchir, j'abandonne ma pochette, glisse la carte magnétique et le plan dans mon décolleté et attrape le couteau de ma main libre. Il est hors de question que je me retrouve coincée ici.

— 900 ?

— Merde ! UGO ? C'est toi ? Tu m'as suivie ?

Je me sens piégée, paniquée, en colère, déboussolée mais aussi sincèrement soulagée.

— Qu'est-ce que tu fais ici ?

Qu'est-ce que je fais ici ? Je suis ici pour récupérer un livre pour une femme ignoble qui m'utilise comme un robot depuis des semaines ! Qui m'a obligée à me rapprocher de toi, de vous tous ! Qui m'a menacée si je n'exécutais pas ses ordres ! Je suis ici parce que je suis désespérée ! Parce que cette réinsertion tourne au drame ! Parce que je veux m'enfuir, partir loin d'ici ! Et je suis désespérée parce que je n'ai personne ! Il n'y a personne à qui je peux faire confiance ! Le Conseil nous abandonne, la régente nous abandonne. Je viens de lire des informations incompréhensibles ! Je ne sais pas ce que je fais ici !

Je voudrais hurler ces mots mais ils restent désespérément coincés dans ma gorge, lourds et écœurants. Tétanisée, je ne suis capable de rien. Mon esprit repasse en boucle les images du registre et toutes les interrogations qui en découlent. Pourquoi ces photos ? Pourquoi cet endroit ? Pourquoi Ugo est ici ? Pourquoi ? Je tremble de plus belle et sans m'en rendre compte, je me flanque une énorme gifle. Je réalise que ce geste était presque inconscient et pourtant il me ramène exactement là où je dois être.

— Je… je t'expliquerai, mais d'abord je dois retrouver…

— On n'a pas le temps, 900 ! Il faut partir ! J'ai entendu des pas.

Je ne l'écoute plus et tâtonne le sol à la recherche de ce registre. À la recherche de ces informations insensées.

— Il faut partir, me dit-il à nouveau.

— Non, attends !

— 900 ! On doit y aller !

Sa voix est soudainement plus proche et la chaleur de son ton m'apaise, me fait ravaler les sanglots qui ne demandaient qu'à sortir. Cette fois, c'est à mon tour d'entendre du bruit. Je comprends que je n'ai pas le choix, nous ne sommes pas seuls, je dois l'écouter.

— Suis-moi.

Je sens sa main agripper mon avant-bras et je prie pour qu'il ne remarque pas la lame au creux de ma paume. Je ne réfléchis plus. Je le suis dans un silence pesant, bien trop sonnée pour assimiler les dernières minutes. Le temps me paraît long, le trajet insurmontable tant je tremble encore et, malgré la lumière tamisée de certains couloirs, Ugo ne m'adresse aucun regard. Pas une seule marque de réconfort, pas une seule parole tendre. Il ne se retourne à aucun moment.

Je reconnais le chemin, nous arrivons à l'escalier qui mène à la laverie. Son contact est de plus en plus froid à mesure que nous remontons, et quelques secondes plus tard nous nous trouvons devant la porte en acier dans laquelle j'avais inséré la carte plusieurs minutes auparavant.

— Je ne sais pas comment l'ouvrir. Alors, donne-moi la clef. Je sais que tu en as une.

Son ton est sans appel. Il est rempli de colère, de déception.

Sans adresser une seule parole, je lui tends la carte magnétique et le regarde l'insérer brusquement avant d'ouvrir la porte.

— Comme on se retrouve…

Cette voix…

Non ! Pas lui…

— Damien…

Ugo m'agrippe plus fermement. Vu la pression de ses doigts, il doit sentir chaque pulsation de mon cœur.

Encore sur le seuil, grâce à la lumière aveuglante de la laverie, je ne peux voir ce regard effroyable.

— Tu peux me dire ce que tu fais là, ma jolie ?

Paralysée, je ne bouge pas. Ugo se tient toujours devant moi tel un rempart infranchissable. Imperturbable, il fait face à Damien avec un sang-froid impressionnant. Un sang-froid que je n'aurai jamais.

— Vous êtes muets ? En tout cas, j'ai été bien inspiré de te faire suivre, Ugo. Je savais que tu cachais d'intéressants secrets. Comme cette… cave.

— Tu sais, Damien, je t'ai fait une promesse…

— OH ! On me fait tellement de promesses ! Ah, oui, c'est vrai ! Que tu allais me tuer si je la touchais, c'est ça ?

Le corps d'Ugo se tend, ses doigts glissent le long de mon avant-bras jusqu'à mon poignet et c'est alors que je comprends. Je réalise qu'il savait depuis le début ce que je gardais précieusement dans la main. Et je ne peux le laisser faire. C'est à moi que revient cette vengeance, cette responsabilité. C'est à moi de commettre cet acte irréparable. Mon cœur s'emballe aussitôt et je sens l'adrénaline couler dans mes veines, brûler mon corps tout entier. Je me défais alors du contact de sa main, claque la porte derrière moi, arrache la carte magnétique des doigts d'Ugo et vois enfin le regard de Damien s'embraser. Ses yeux sont injectés de sang, ses lèvres sèches dévoilent un sourire animal et, lorsque les cliquetis indiquant la fermeture de la porte s'enclenchent, il se rue sur nous à une vitesse affolante.

Alors, sans réfléchir, les yeux fermés, je tends ma main droite en direction de mon bourreau et me jette sur lui. J'entends un cri rauque, déchirant, empli de souffrance. Et quand je rouvre les yeux, ma main est couverte de sang.

— Putain de merde ! Suis-moi, 900 ! Ne restons pas ici !

Je ne bouge pas. Mon regard est figé sur le corps de Damien gisant au sol. Il n'est pas mort, pas encore. Ou peut-être le coup n'est-il pas fatal et va-t-il s'en sortir. Une traînée de sang s'étale sur le carrelage blanc de la laverie. Il me fixe, les yeux exorbités, vides. Derrière ses inspirations sifflantes, je l'entends articuler quelques mots :

— Je te tuerai, salope.

D'une main Ugo m'arrache le couteau et de l'autre il me saisit le poignet pour m'entraîner loin d'ici.

— Il faut qu'on quitte cette ville, 900 ! Tu m'entends ?

Je ne dis rien.

— 900 ?!

— 410… je murmure sous le choc.

— Quoi ?

— 410… Il faut qu'on trouve 410 !

Il ne cherche pas à comprendre et, main dans la main, nous courons sans pause, infatigables, dans les rues de la ville maintenant endormie.

26

— 410 ! 410 ! OUVRE !

Je suis dans un état second. Ni la colère, ni les remords, ni la tristesse ne m'animent. Seule la certitude de devoir quitter cette ville me tient encore debout. La porte s'ouvre derrière mes poings et 410, les yeux mi-clos, apparaît dans l'embrasure.

— Mais qu'est-ce que tu fais là ? On vous a cherchés partout, Ugo et toi ! Où est-il, d'ailleurs ?

— Il m'a accompagnée jusque chez toi avant de partir chercher Camélia, 899 et les jumeaux ! Écoute, j'ai besoin de ta carte.

410, ahuri, prend son temps. Un temps qui m'est précieux.

— 410 ! C'est très important ! Il me faut ta carte !

— Quelle carte, 900 ?

Je rentre chez lui sans demander son accord et me dirige dans l'urgence vers le mur de son salon.

— Je dois retourner à l'orphelinat, maintenant ! J'ai besoin de ta carte, de ton carnet ! J'ai besoin de tout ce que tu as noté ! Il faut que j'aille à l'orphelinat !

— 900 ! Tu vas m'expliquer, oui ? Et c'est quoi, tout ce sang ?

J'inspire profondément pour me calmer. Du moins, autant que possible.

— Je t'expliquerai plus tard, mais il me faut tes notes, 410. Je t'en prie.

— À une condition.

— Tout ce que tu voudras ! m'exclamé-je, résignée.

— Je viens avec vous.

Moins d'une demi-heure plus tard, Ugo revient, accompagné de 899, de Camélia et des jumeaux.

— Tiens, enfile ces vêtements. Je t'ai également apporté des bottes.

899 me dévisage, inquiète, tout en me tendant les affaires. Depuis le salon de 410, j'entends Camélia s'affoler. J'enfile, à l'abri des regards, le jean noir de mon amie ainsi que son pull blanc. En quelques secondes, j'ai déjà passé mes bottes et attaché grossièrement mes cheveux.

— Il faut que j'y aille, je déclare en sortant de la salle d'eau.

Tous les regards sont braqués vers moi et scrutent mes mains avec effroi. Je baisse les yeux et un long sanglot m'échappe à la vue de mes doigts encore couverts de sang. Je m'efforce d'ignorer la boule au creux de ma gorge et poursuis :

— Écoutez, je dois partir seule. J'ai commis une erreur et c'est ma faute. Si vous prenez la fuite avec moi, vous serez considérés comme complices.

— 900, intervient Ugo, ses trois acolytes fièrement dressés derrière lui. J'étais là moi aussi, alors je suis aussi coupable que toi.

— Et sans moi tu ne pourras jamais rejoindre l'orphelinat, surenchérit 410. Je suis le seul à pouvoir interpréter cette carte.

— Et moi, tu sais pertinemment pourquoi je dois venir, me déclare 899.

Le regard d'Ugo semble soudainement interrogateur, mais je capitule devant la détermination de mes amis.

— Alors, ne perdons pas de temps, je souffle.

Pour la première fois depuis mon agression, je me retrouve devant le hangar de la gare routière. Les jumeaux s'installent dans l'un des cars, tandis que Camélia récupère les quelques bidons d'essence entreposés près de la porte.

Ugo est déjà au volant, prêt à démarrer l'engin, et sa mâchoire se crispe lorsque 410 s'installe à côté de lui.

— Il va bien falloir que tu suives mes instructions, Ugo.

Avant de monter à mon tour, j'observe une dernière fois la ville au-delà de la large porte grande ouverte.

— Tu montes ?

899 me tend la main.

Mary me tend la main.

Je la saisis, nauséeuse, grimpe dans le car et claque la portière derrière moi. Une fraction de seconde plus tard, le car démarre. Il faut absolument que je parle à 899. Que je lui dise ce que j'ai vu. Qu'elle connaisse son… nom – si c'est bien son nom…

— Bon ! On a plusieurs heures devant nous ! Ugo, 900, vous allez nous expliquer ? s'impatiente Camélia.

— J'ai tué Damien, j'avoue, sans détour.

— Quoi ?!

410 se tourne vers moi, une expression affolée sur le visage.

— J'ai tué Damien ! je répète, paniquée.

Je mets tout juste des mots sur l'acte que je viens de commettre. J'ai tué Damien. Bon sang, j'ai tué un homme !

Le silence est pesant, j'entends tout juste les chuchotements de David et Simon à l'arrière du véhicule.

— Elle ne l'a pas tué.

Ugo daigne enfin parler. Comment ça, je ne l'ai pas tué ? Il a vu la même chose que moi ! Lui aussi a assisté à la scène. Lui aussi a vu son corps au sol, son sang se répandre tout autour de lui.

— Comment tu peux dire une chose pareille, Ugo ? Tu l'as vu comme moi ! Il était en train de mourir !

— Il n'est pas mort ! répète-t-il, plus fort cette fois.

— Comment tu peux en être sûr ? À l'heure qu'il est, il vaudrait mieux le savoir mort que vivant ! Tu sais de quoi il est capable pour se venger ! s'inquiète Camélia qui, pour la première fois, perd tout sang-froid.

— Je suis retourné à la laverie avant de prendre le chemin de ton appartement, Cam, il n'y était plus. Et de toute façon, le coup n'était pas mortel. Il va s'en tirer.

— Putain de merde, chuchote David.

Tout le monde semble paniqué à l'idée qu'il ait survécu. Moi, je suis soulagée. Une part de moi a toujours voulu le voir mort pour ce qu'il m'a fait subir, mais ce soir, ma conscience est tout à coup allégée. Je ne suis pas une meurtrière. Un rire s'échappe de mes lèvres tremblantes, je suis prise d'un fou rire nerveux. Je n'ai tué personne. Les larmes coulent sur mes joues et pourtant je ris. Je ris sans réussir à me contenir et c'est le soulagement, le stress et l'angoisse que j'extériorise.

Tous les regards sont braqués sur moi, soucieux.

899 prend mon visage en coupe, l'étreint contre son épaule et me caresse doucement les cheveux.

— Ça va aller… 900, repose-toi.

Petit à petit, je m'apaise. Ma respiration se fait plus régulière. Cette marque d'affection me calme, me donnant l'impression d'être maternée. Ce geste m'est presque familier et mes larmes se tarissent, mes sanglots cessent, je ne pense plus à rien. Les yeux fermés, je me concentre sur les gestes apaisants de 899.

27

— Il faut s'arrêter.

La voix de 410 me fait reprendre conscience.

Combien de temps ai-je dormi ?

899 maintient toujours ma tête contre son épaule, mais sa respiration s'est alourdie, son corps est détendu : elle s'est assoupie, elle aussi. Je garde alors les yeux fermés, goûtant ces quelques minutes de répit avant de revenir à la réalité.

— Pour le reste du chemin, il faut attendre qu'il fasse jour. Cette première partie, nous l'avions faite de nuit, et je me souviens parfaitement de cette route-là. Pour les kilomètres qui suivent, l'itinéraire change totalement et en pleine nuit il m'est impossible de me repérer.

— D'accord, déclare Simon à l'avant du véhicule. David et moi on sort prendre l'air.

— Je vais dormir un peu, dans ce cas, annonce Ugo qui coupe le contact du bus. David, tu prendras la suite dès les premiers rayons du soleil. Et Camélia, chuchote-t-il à son oreille en me désignant, nettoie-lui les mains.

Quelques secondes plus tard, j'entends Ugo passer près de moi dans l'allée centrale du car puis je perçois son parfum, enivrant. Ma main, suspendue dans le vide, effleure sa cuisse et j'endure un long frisson. J'ai l'envie irrépressible de l'avoir près de moi, de retrouver ses bras. Je brûle de le rejoindre, mais je sais que je l'ai déçu. Il est en colère contre moi. Peut-être même regrette-t-il notre baiser. Un nouveau frisson me frappe l'échine et les larmes me montent aux yeux. Cette simple pensée de ses lèvres contre les miennes m'est à la fois grisante et insupportable. Peut-être est-ce déjà la fin. Peut-être ne connaîtrai-je plus jamais cette sensation. Ugo n'a jamais évoqué mon escapade dans cette cave, ni à moi ni à nos amis, mais je ressens sa déception jusque dans mes tripes depuis l'instant où il m'a découverte. Il ne me regarde plus. Ne me parle plus. Je suis redevenue une inconnue à ses yeux.

Soudain, une main attrape la mienne et y verse abondamment de l'eau. Camélia exécute les ordres d'Ugo et efface les traces de sang. Je n'ouvre toujours pas les yeux. Je n'ai la force d'affronter personne. Mes réponses ont été évasives et, bien qu'ils me fassent tous confiance, moi seule connais les raisons de ce retour à l'orphelinat. Ils pensent peut-être que mon ancienne mentore me viendra en aide. Martha. La régente. Si seulement je pouvais leur donner cet espoir. Pourtant, ce n'est pas le cas. Je pars pour l'affronter, avoir mes réponses sur ce registre, sur tout ce chaos en ville. Je ne pars pas pour obtenir de l'aide, je pars pour une confrontation.

À l'aide d'un chiffon, Camélia essuie les dernières traces de sang.

— Je vais prendre l'air, moi aussi, j'ai besoin de me dégourdir les jambes, chuchote-t-elle.

Les yeux toujours clos, j'entends la porte s'ouvrir et un léger vent frais rafraîchit l'habitacle. Le car est maintenant plongé dans un silence total. Je perçois la respiration de 410 à l'avant. Il s'endort lui aussi. Je ne peux m'empêcher de tendre l'oreille, à la recherche d'un quelconque bruit à l'arrière du car. Je sais qu'Ugo occupe la dernière rangée, alors j'ouvre les yeux. 410 est allongé sur les deux sièges avant, il dort. Je me dégage de 899 en prenant soin de ne pas la réveiller et me lève. Mon regard se dirige directement vers Ugo. Son visage songeur est appuyé contre la vitre au fond du car, comme je l'imaginais.

Soudain, ses yeux rencontrent les miens.

Je reste un instant figée, tiraillée entre l'envie d'avancer, d'éliminer les quelques mètres qui nous séparent, et l'envie de fuir, de ne pas affronter sa déception. Je choisis finalement la première option et marche le long du couloir, dans sa direction, franchissant la dizaine de rangées qui nous séparent. Il ne me quitte pas des yeux. Les sourcils froncés, il me défie du regard, passant une main dans ses cheveux ébène. Sans lui demander s'il accepte ma présence, de peur qu'il ne refuse, je m'installe en tailleur près de lui.

— Je suis désolée…

Ma voix est à peine audible. Il ne me regarde plus, ne répond pas. Il détourne la tête et fait mine d'observer l'obscurité à travers la fenêtre poussiéreuse du car.

— Dis quelque chose…

Il inspire profondément et se tourne vers moi.

— Je n'ai pas besoin d'excuses, 900, mais d'une explication.

— Je… Je sais. Mais c'est tellement compliqué. Je…

— Alors explique-moi ! me coupe-t-il. Parce que je vais finir par croire que tu es une putain de traîtresse !

Son regard s'embrase. J'ai l'impression qu'il me hait, que je le dégoûte et ça me déchire le cœur. Je me sens terriblement mal, coupable. Il doit penser que je l'ai utilisé, que je l'ai trahi. Et c'est la vérité, je l'ai trahi. Mais je dois lui parler.

— Ne… Ne m'interromps pas, d'accord ?

Il ne dit rien. Il retient sa colère. Ses mâchoires se crispent, ses poings sont serrés. Son regard est rivé au mien, sévère, et je donne tout pour ne pas baisser les yeux. Je prends son silence pour une approbation, alors je me lance.

— Avant la réinsertion, la régente est venue me voir. Elle m'a imposé une mission. Elle voulait que je sois sa taupe, que je sois ses yeux dans cette ville. Elle m'a ordonné de me rapprocher de vous, de votre génération.

Ses mâchoires se serrent encore plus et je remarque la tension soudaine de ses épaules. Il se retient. Il ne dit rien. Malgré sa colère, il tient son engagement, ou du moins il respecte mon souhait. Celui de ne pas m'interrompre. De me laisser finir.

— Un peu comme toi, vis-à-vis du Conseil. Je devais lui rendre des comptes. Alors, j'ai cherché à vous connaître, à en savoir plus sur vous. Je devais la mettre au courant chaque lundi de l'avancée de mes investigations, de la progression des liens que je créais avec vous.

— Putain… souffle-t-il.

Son regard s'assombrit et, pour la énième fois, il passe nerveusement une main dans ses cheveux.

— J'ai voulu arrêter, mettre un terme à cette mission. Alors, j'ai ignoré ses coups de téléphone une première fois. Une deuxième fois. Et dans la nuit suivante, quelqu'un s'est introduit chez 899, a saccagé son appartement et s'en est pris à elle. Je dormais à côté et je ne l'ai pas entendue crier…

Un sanglot m'échappe et il glisse sa main dans la mienne.

— C'est seulement au matin que j'ai vu le mot qui avait été glissé sous ma porte. « 410 pourrait être le suivant. » Je n'ai pas compris tout de suite, jusqu'à ce que 899 tape à ma porte en pleurs. À partir de ce moment-là, je n'avais plus le choix, alors j'ai continué. Hier soir, quand tu m'as suivie jusque dans ce sous-sol, ce devait être ma dernière mission.

Les larmes se libèrent enfin et inondent mes joues.

— Et quelle était cette mission ?

Ugo contient sa colère au mieux. Sa voix est calme, mais je sens comme il se retient de ne pas craquer. Ses narines se gonflent lorsqu'il inspire brusquement, ses mâchoires se serrent, retenant certainement des mots qu'il se refuse de prononcer. Il comprend. Il réalise que tout ce qui m'a menée à lui n'était qu'un leurre, qu'une mascarade. Tout prend sens dans son esprit. Mais sait-il seulement qu'il n'a jamais été ma cible ? Que je n'ai jamais cherché à le tromper ? Sait-il combien je préférais le fuir tant j'étais effrayée par toutes les émotions qu'il m'inspirait ? Je voudrais lui dire tout ça… Lui dire que je ne me suis finalement jamais jouée d'eux. Lui expliquer que chacun des instants auprès de lui, Camélia, Simon et David a été pour moi un réel moment de bonheur et d'insouciance, quand bien même je craignais chacun d'eux. Que j'ai peut-être mis du temps à les comprendre, mais qu'aujourd'hui ils me sont précieux. Que finalement, sans cette mission, je n'aurais jamais eu le courage de faire mes plus belles rencontres. J'ai la gorge serrée, et il me faut plusieurs secondes avant de retrouver ma voix.

— Je devais récupérer un objet pour elle et j'ai échoué. Ugo, il faut que tu saches que je n'ai jamais joué un rôle avec toi.

— Ne dis rien de plus, 900. J'en ai assez entendu.

Dans ses yeux, la déception a laissé place à de la contrariété, ou à de la tristesse, je l'ignore. Ses émotions sont solidement enfermées.

— Ugo… hier soir, pendant le bal, tout était vrai pour moi.

Mes larmes ont cessé de couler, mon cœur bat à toute vitesse, mais mon corps reste immobile, désarmé. Je cherche son regard, mais il m'ignore.

— Il faut que je dorme. On a de la route à faire. Ne dis rien à Camélia ni aux jumeaux.

Ugo l'indifférent est de retour. Ugo l'aîné de cette réinsertion. Le garçon sérieux et inaccessible. L'homme autoritaire, impossible à atteindre. Plus les secondes passent et plus je le sens s'éloigner, se réfugier sous son masque imperturbable. J'ai besoin de son contact, que ses larges mains entourent mon visage, que sa bouche retrouve la mienne et me refasse vivre mon premier baiser. Un premier baiser sincère, sans arrière-pensées ni faux-semblants. Mais c'est terminé, je le sens. Car il a raison, je suis *une putain de traîtresse.*

Je me lève, retrouve ma place près de mon amie et me réinstalle au creux de son épaule, espérant retrouver le sommeil malgré ma douleur. Avant de tout expliquer aux autres, dans les moindres détails, il faudra que je parle à 899 de ce que j'ai lu, car c'est elle qui est directement concernée. Il faut que je trouve un moment, seule à seule, et vite.

28

Lorsque je me réveille, 899 a quitté son siège. Il fait jour et, malgré le temps presque hivernal, le soleil est éclatant au-dehors. J'ouvre difficilement les yeux. J'ai l'impression d'avoir dormi une éternité et, pourtant, je donnerais tout pour retourner dans l'inconscience quelques heures. Je m'étire un instant, courbaturée par l'inconfort des sièges du car, et me lève, chancelante. David est au volant et, derrière lui, Camélia, Simon et Ugo se partagent une bouteille d'alcool. Est-ce vraiment nécessaire ? J'observe un instant Ugo, une cigarette à la bouche, qui m'ignore et discute calmement avec ses deux amis beaucoup plus exubérants.

— Je te promets qu'elle est complètement folle de toi ! Elle a passé sa soirée au Club 47 à parler de toi. Ne me dis pas que tu n'as pas un petit faible pour elle ! Elle est splendide, Ugo !

Il m'accorde un bref regard avant de recracher la fumée de sa cigarette.

— Elle est splendide, oui, mais non.

— Pff ! Je t'ai connu plus aventurier que ça ! s'exclame Camélia.

Je m'installe près de 899, simple témoin de cette discussion, tandis que Camélia me repère tout juste.

— Salut, 900. Bien dormi ?

— Bien dormi, je réponds machinalement.

— Tiens ! Attrape ! Mange un peu, ça va te faire du bien !

Simon me lance une barre de céréales que j'accepte volontiers. Je prends tout juste conscience que je n'ai rien avalé depuis le déjeuner de la veille et je pourrais engloutir n'importe quoi.

— C'est vrai ! Cynthia est géniale ! reprend Camélia.

— Elle l'est, oui, murmure Ugo, l'air absent. File-moi la vodka.

Il écrase sa cigarette au sol et se met à boire sans retenue.

— On arrive dans combien de temps ? demande Simon à 410.

— Deux heures maximum, mais il va falloir s'arrêter pour remettre de l'essence.

— Je m'en charge ! clame Camélia. J'ai pris assez de bidons pour faire l'aller-retour.

Elle se lève et part en récupérer deux derrière un siège.

— Pour le retour, on verra plus tard, murmure Ugo.

Personne n'a entendu ses paroles. Sauf moi. Et il a raison. Pour le moment, il n'y a pas de retour possible. Du moins pas pour moi.

Une heure plus tard, le réservoir presque à sec, nous nous arrêtons. Le paysage est magnifique. Lorsque je descends du car, je réalise que c'est la première fois de ma vie que je pose un pied en pleine nature. L'herbe haute et humide caresse mes mollets et, malgré l'urgence de la situation, je ne peux m'empêcher de fermer les yeux quelques secondes afin d'apprécier le vent frais, et le parfum brut et floral qu'il dégage. Derrière mes paupières closes, je ressens la chaleur du soleil, douce et réconfortante, puis je rouvre enfin les yeux. Des champs d'un vert éclatant s'étendent à perte de vue et, sans même réfléchir, je me mets à courir. Je cours jusqu'à en perdre le souffle. Je me laisse aller en toute liberté, respirant avec délices chaque parfum accompagnant ma course : la sève, l'humus, les fleurs, le pollen, du moins ce que j'imagine être ces odeurs bien trop nouvelles pour moi. J'ai grandi dans un orphelinat, privée de toute sortie, de toute escapade. Rien ne m'évoque autant la liberté que cet espace infini et calme dans lequel je me sens à ma place, auquel je sais appartenir. Mes yeux parcourent la forêt que j'atteins tout juste. J'observe, fascinée, la diversité des essences d'arbres qui la compose. Soudain, dans cette immensité émeraude, je repère une silhouette blanche et lumineuse. Ce contraste avec le vert de la forêt me fascine et capte tous mes sens. L'aura immaculée s'éloigne et je bondis de plus belle. Une attirance irrésistible me pousse à suivre cette silhouette en mouvement.

J'ai comme le sentiment d'avoir déjà vécu cette scène : tout mon être tend à rejoindre cette créature.

— 900 ?

Une main m'attrape le bras et m'immobilise tout à coup. Je me débats, réprimant un vertige.

— Lâche-moi !

Mon ordre résonne avec une intensité glaçante. Je me retourne et découvre Simon. Son regard est chargé d'inquiétude.

— 900, tu vas te perdre, murmure-t-il, mal à l'aise.

— Simon, merde ! Il y avait quelqu'un !

Il glisse maintenant sa main libre sur mon autre bras qu'il caresse d'un geste qui se veut rassurant.

— Il n'y a personne.

— Si, je t'assure ! Il y avait quelqu'un ! Une femme, je crois. On aurait dit… Enfin…

— 900, crois-moi. Je t'ai suivie depuis le car et je n'ai vu personne.

Sa voix est douce, pleine de tendresse.

Je suis au bord des larmes, mais je m'efforce de les retenir.

— Assieds-toi, me dit-il.

Il s'assied à mes pieds et, me tenant toujours fermement par les bras, il me contraint à me baisser pour prendre place face à lui.

Je n'ose affronter son regard.

— 900, il faut que je te demande…

Le ton de sa voix est légèrement nerveux, aussi je garde mon regard fixé au sol pour lui laisser le courage de poursuivre.

— Qu'est-ce que tu comptes faire, une fois à l'orphelinat ?

Sa question ne m'étonne pas, mais elle me déstabilise. Curieusement, j'aurais pensé qu'on me la poserait plus tôt. J'essaye d'être sincère, sans pour autant dévoiler l'inavouable. Je m'en sens incapable.

— J'espère trouver la régente, qu'elle me donne des réponses, qu'elle m'apporte son aide.

Je perçois les incertitudes de Simon, et je voudrais pouvoir le rassurer.

— Écoute, 900, on ne vient peut-être pas du même monde, mais j'ai trouvé en vous des amis incroyables. Là où j'ai grandi, il est rare de rencontrer des gens loyaux, dévoués et honnêtes comme vous. À part Camélia, mon frère et Ugo, personne ne s'est jamais montré aussi sincère que toi et 899. Même 410, derrière sa retenue et sa réserve, a une fidélité sans faille pour vous deux. Ça remet totalement en question la vision que j'avais des relations humaines et je t'en remercie. Alors quoi que tu comptes faire dans cet orphelinat, quoi que tu espères trouver auprès de la régente, j'ai confiance en toi.

C'est la première fois que Simon s'ouvre autant à moi. Cette confidence me crée un douloureux pincement au cœur. S'il savait… Bon sang, s'il savait à quel point je l'ai trahi. Et pourtant j'aimerais tellement être cette fille honnête qu'il décrit. Sans cette mission, peut-être aurais-je réussi à être cette personne. Peut-être serais-je allée au-delà de tous mes a priori. Mais c'est faux, tout est faux. Je ravale mes sanglots et lui offre un sourire sincère bien que coupable. Je suis incapable de mentir de nouveau, alors je pèse chacun de mes mots :

— Simon, quoi qu'il arrive, quoi que je fasse, quoi que j'aie fait, tu es un réel ami pour moi. Il y a encore quelques mois, jamais je n'aurais pensé nouer une amitié aussi forte avec des membres de votre génération. Alors promets-moi de ne jamais oublier ces mots. Tu es un ami qui m'est très cher et je donnerais tout pour que ta génération et la mienne subsistent. Pour que l'on puisse vivre des jours heureux jusqu'à la fin de nos vies. Je donnerais tout. D'accord ?

Le souffle court, les mains fermement accrochées aux miennes, il me sourit. D'un sourire des plus sincères qu'il m'ait été donné de voir jusqu'alors. Un sourire qui me déchire autant qu'il me fait du bien.

— D'accord.

Sans quitter mon regard, il se lève, m'aide à me remettre sur pied et, dans un silence apaisant, me ramène jusqu'au car.

29

— Bon, j'ai remis de l'essence, on pourra faire le retour sans avoir à s'arrêter, s'écrie Camélia depuis l'extérieur.

Nous avons tous regagné le car après plusieurs heures de pause et nous n'attendions plus que son aval pour reprendre la route. Une fois que Camélia s'est installée, David reprend le volant pour la dernière heure. Celle qui me sépare de la confrontation.

— C'est ce sentier-là ! Je le reconnais parfaitement. Cet énorme conifère à notre gauche, c'est exactement celui que j'ai dessiné ! Dans à peine quelques minutes, nous arrivons.

410 est totalement euphorique et tous nos amis sont aussi exaltés. Seul Ugo, les bras croisés, le regard dans le vide, semble sur le qui-vive. D'où je suis, je perçois sa mâchoire se crisper aux mots de 410. Depuis mes aveux, il sait que la régente ne sera d'aucune aide. Il sait que notre escapade n'est qu'un faux espoir donné à nos amis, mais

il ignore à quel point les réponses que la régente peut me donner risquent d'être décisives.

— Il reste environ deux kilomètres ! s'écrie 410.

— Arrêtons-nous maintenant, décide Ugo.

410 fait volte-face, agacé.

— On est presque arrivés, on ne va pas s'arrêter là !

Ugo se lève et s'approche de lui, menaçant.

— Tu t'attends peut-être à être accueilli chaleureusement par ton éducateur, 410. Mais concernant notre génération, c'est une autre histoire. Alors, David, arrête-toi ici. On fera les derniers kilomètres à pied demain. Pour l'instant, nous devons manger et nous reposer.

Sans même attendre, David ralentit et s'écarte du sentier pour s'enfoncer dans le bois à proximité. Quelques mètres plus loin, il stationne le car derrière une large rangée de haies sauvages.

— Voilà ! Nous sommes invisibles, maintenant ! s'amuse Simon, soucieux de détendre l'atmosphère.

Le moteur se tait et un silence pesant envahit l'habitacle.

— On fait quoi, du coup ? demande Camélia.

— Le soleil ne va pas tarder à se coucher, répond Ugo. Comme je viens de le dire, on va se reposer et manger un peu avant de décider quoi que ce soit.

Son regard passe des uns aux autres, comme pour s'assurer de la coopération de chacun. Il ne se rend pas compte comme il peut être autoritaire lorsqu'il endosse son rôle d'aîné. Ses yeux s'immobilisent et s'ancrent dans les miens, me coupant le souffle. Je perçois l'ordre silencieux qu'il me communique. Son message m'était surtout personnellement adressé. C'est de moi qu'il craint la désobéissance. Et je suis incapable de lui donner tort. Bien trop déstabilisée par l'intensité de son regard, je détourne alors les yeux. Être si proche de lui sans aucune considération de sa part est une torture.

Tout le monde approuve finalement sa décision et David sort de son sac des barres chocolatées qu'il lance à chacun de nous.

Le soleil est couché depuis peu et au-dehors l'obscurité est quasi complète. 410 et les jumeaux dorment déjà tandis que Camélia et 899 chuchotent à l'avant du véhicule depuis plusieurs minutes. J'ai souhaité bien des fois me retrouver seule avec 899, mais dans ce si petit espace, les moments d'intimité sont presque impossibles à trouver. Mon seul espoir de lui parler reposait sur cette nuit, lorsque tout le monde serait enfin endormi. Si seulement elle n'était pas occupée ailleurs. Au fond, Ugo est allongé, les yeux clos. Avec ce que je me prépare à faire, j'ai besoin de le voir, de m'excuser une dernière fois. Et même s'il me repousse ou m'ignore, au moins aurai-je essayé d'arranger les choses avant qu'il ne soit trop tard. Je le rejoins à l'arrière du bus, lentement, à pas feutrés. J'ose un regard en arrière, m'assurant de ma discrétion. Ni Camélia ni 899 ne m'ont repérée, bien trop absorbées par leur discussion. Lorsque je rejoins Ugo, je reste quelques secondes immobile, hésitante, à deux doigts de faire demi-tour. Je l'observe alors, confuse. Il est étendu sur toute la longueur des cinq sièges arrière, un bras sous sa nuque et l'autre contre son torse. Un nœud s'enroule tout autour de ma gorge, m'empêchant de respirer correctement. Je voudrais m'allonger près de lui, la tête contre son torse, et me laisser bercer par chaque battement de son cœur.

Je me retiens pourtant, et m'assieds par terre, le dos contre le siège en face de lui, mon visage à quelques centimètres du sien. Son souffle lent caresse avec douceur mes joues rougies par cette proximité. Je voudrais l'embrasser, maintenant, comme la première fois. Avec ce que je m'apprête à faire dans quelques heures, il ne me pardonnerait jamais.

Cette idée me serre le cœur. Sans réfléchir davantage, je dépose un baiser sur sa bouche endormie. Mes lèvres effleurent les siennes avec prudence et je suis à la fois soulagée et déçue qu'il ne se réveille pas. Lorsque je recule et rouvre les yeux, je vois soudainement sa large main quitter son torse et, sans me laisser le temps de réaliser quoi que ce soit, elle se pose contre ma nuque et attire mon visage contre ses lèvres. Mon cœur s'accélère et un sentiment nouveau s'éveille en moi. Un besoin de lui, de nous, de quelque chose de bien plus fort.

Ugo…

Il m'embrasse intensément, comme s'il devinait tout à coup mon besoin d'être aimée et protégée. Comme s'il savait combien je désire ses bras. C'est une émotion étrange, qui tout à coup s'empare de moi. Jamais je ne m'étais imaginé vivre un tel bouleversement, jamais je n'aurais songé, il y a quelques mois, dans le dortoir à l'orphelinat, qu'une telle rencontre me ferait chavirer. Je ne pensais pas moi-même être capable de ressentir autant, aussi fort, aussi passionnément. Je ne savais pas que de tels sentiments pouvaient exister, qu'ils pouvaient être si soudains et bouleversants. Ugo renverse mon visage et sa langue rencontre la mienne avec tendresse. Au lieu d'être déstabilisée par ce contact, j'en suis au contraire soulagée. Comblée, même. Car au travers de ce baiser, je comprends qu'il me pardonne. Au moins pour quelques minutes. Le temps de cette parenthèse.

— 900, murmure-t-il, haletant. Qu'est-ce que tu m'as fait ?

Sans attendre de réponse, il rapproche de nouveau ses lèvres et reprend son baiser, plus fort encore et plus brûlant que le précédent. Il glisse sa main dans la mienne et, tout en se redressant, m'attire à lui. Je me retrouve sur ses genoux, face à lui. Notre proximité est vertigineuse. À cet instant, personne ne pourrait nous séparer tant l'idée de mettre un terme à ce moment m'est insupportable.

De mes cuisses fermement enroulées autour de ses hanches, je l'enlace encore plus fort, mes bras parcourant son dos avec délicatesse.

— Ugo, je suis désolée. Je…

Il ne me laisse pas le temps de poursuivre et m'embrasse de nouveau, agrippant ma nuque toujours dans l'espoir de me sentir plus proche. Peut-être de peur que je n'interrompe notre baiser. Soudain, je me sens partir. Partir dans un désir inconnu. Celui de l'avoir tout entier, de connaître chaque parcelle de son corps, de ressentir chacune de ses caresses sur moi. La chaleur m'étouffe, je suis partagée entre la peur et l'envie. L'envie d'être encore plus proche de lui et la peur de cette sensation qui m'est nouvelle.

Je tremble et il le ressent.

Il recule alors, et ses yeux étrangement sombres scrutent les miens avec inquiétude.

— 900, ça va ? chuchote-t-il, à bout de souffle.

Je hoche la tête timidement et son regard inquiet se radoucit. Du bout des doigts, il caresse tendrement ma joue brûlante et m'adresse un sourire. Un sourire qui m'apparaît triste.

— Viens là.

Il dégage ma chevelure de mon front et y dépose ses lèvres avant de se rallonger dos aux sièges sur lesquels il était paisiblement étendu quelques minutes plus tôt. Sans quitter mon regard, il m'attire à lui et j'installe alors ma tête contre son torse comme j'en avais tant envie. Son pouls rapide ralentit au fur et à mesure que les secondes s'écoulent et alors, comme je l'imaginais, telle une berceuse, les doux battements de son cœur m'emportent, et je m'endors.

30

Je ne saurais dire depuis combien de temps je suis assoupie, mais lorsque mon regard se pose sur la fenêtre du car, je sais qu'il est l'heure. L'horizon s'éclaircit doucement. Le ciel noir a laissé place à une lueur bleu marine et d'ici quelques minutes le soleil se lèvera. Je respire l'odeur d'Ugo, contre lequel je suis toujours paisiblement allongée. Je l'observe un instant, gravant dans ma mémoire son visage encore serein de notre réconciliation. Sa mâchoire carrée, ses lèvres rouges portant une minuscule cicatrice, sa peau mate, son souffle rauque, son corps imposant, réconfortant, ses longs cils noirs, ses larges mains… Je retiens tout.

J'aimerais embrasser une dernière fois ses lèvres, mais j'ai une peur panique de le réveiller, alors je me dégage avec délicatesse de son étreinte. Je le regarde encore, tout en m'écartant, guettant le moindre signe de réveil, mais sa respiration est toujours aussi profonde, régulière, sereine.

Sur la pointe des pieds, je remonte l'allée centrale du bus, évitant de peu la main de Camélia qui pend dans le passage, et dans un geste que j'espère discret, j'ouvre doucement la portière du véhicule.

Une fois dehors, je la referme sans bruit et frissonne, une fois confrontée à l'air glacial de la forêt. Personne n'a remarqué mon départ et j'espère revenir avant que l'un d'eux ne découvre mon escapade. Sans perdre de temps et à peine éclairée par les premiers rayons d'un pâle soleil, je reprends la direction du sentier, à quelques mètres de notre campement de fortune.

Après avoir quitté la prairie humide de rosée, je retrouve les graviers, ceux-là mêmes qui crissaient sous les pneus du car le jour de notre départ de l'orphelinat. Ce souvenir, à la fois nostalgique et éprouvant, me donne le courage de poursuivre mon chemin jusqu'à la régente. Malgré l'inquiétude qui me noue l'estomac, je ne perds pas de vue mes objectifs. Je suis prête. Cette confrontation doit avoir lieu. Je n'ai pas fait tout ce chemin pour me défiler maintenant. Je n'ai pas pris tant de risques pour me retrouver sans voix face à elle. La régente. Cette femme que j'estimais comme une mère et qui ne m'a jamais considérée que comme un appât..

Alors que je compte mes pas depuis mon départ, je repère au loin le bâtiment de pierre grise qui a marqué toute ma vie jusqu'à récemment. Cette structure impressionnante me paraît aujourd'hui minable, comparée aux bâtiments de notre ville.

Et si la régente avait quitté l'orphelinat ? Je n'avais jamais songé à cette hypothèse ! Pourquoi serait-elle restée là alors qu'il n'y a plus personne ? Vit-elle seule et recluse ?

Le calme excessif des alentours m'enlève tout espoir de confrontation. Pas un seul signe de vie.

Il y a encore quelques mois, de là où je me trouve, à peu de distance de l'orphelinat, j'aurais entendu les pensionnaires arpenter le bâtiment, entrevu des silhouettes derrière les épais rideaux aux fenêtres, senti les odeurs de cuisine déjà en fonction depuis l'aube. Du moins, c'est toujours ainsi que j'ai imaginé cet endroit de l'extérieur. C'est le souvenir que j'ai gardé de ce lieu. Peut-être ai-je enjolivé cette enfance. Peut-être ai-je fantasmé ce passé, l'imaginant débordant de vie. Peut-être n'a-t-il jamais été que froid et austère, comme aujourd'hui, aussi triste et effrayant qu'un cimetière.

Je m'approche alors discrètement, bien que presque sûre de n'être repérée par personne, et me retrouve en l'espace de quelques secondes face à l'entrée du bâtiment. Je doute que la porte soit restée ouverte, mais je tente quand même de pousser le battant. Je ne peux réprimer un hoquet de surprise lorsqu'un léger grincement se fait entendre, signe que la voie est libre. Sans hésitation, je pénètre dans les lieux familiers de l'orphelinat.

J'ai l'impression que mon souffle se coupe, que mon cœur loupe un battement et que mes jambes ramollissent, tant cet endroit rempli de souvenirs me tétanise. Je m'immobilise, sidérée, lorsque je remarque le décompte au plafond. Il est exactement l'heure à laquelle nous nous réveillions il y a quelques mois et le décompte indique le temps dont nous disposions pour nous rendre en salle de réveil. Ces souvenirs me glacent le sang.

Un frisson remonte tout le long de ma nuque.

La régente a réactivé l'horloge.

900, reprends-toi ! Le temps est venu d'avoir des réponses !

J'inspire à pleins poumons et reprends facilement, à ma grande surprise, la maîtrise de mes émotions. Je parcours les couloirs avec toute la détermination dont j'essaye de faire preuve ces dernières semaines. J'ai changé, je le sais. Je suis plus audacieuse. Rien ne pourra être pire que d'être laissée pour morte par des hommes sans scrupules, que de se faire brûler le corps, mutiler. Rien ne pourra être pire que de poignarder un être humain, peu importe qu'il soit un monstre ou non.

De nouveau, j'inspire profondément et, sans même que je le réalise, je me retrouve près de l'endroit où nous prenions nos repas et nos traitements. Je sens alors l'angoisse monter en moi. Je suis sur le point de vaciller. Je tremble et pose une main contre le mur pour ne pas chavirer. Je cherche mon souffle, mais la panique gonfle en moi. Je porte une main à ma gorge, haletante. Les larmes perlent au coin de mes yeux et je fais mon possible pour ne pas crier, ne pas m'évanouir, ne pas m'enfuir. Finalement, mes jambes n'ont plus la force de me soutenir, alors je me laisse glisser silencieusement contre le mur du couloir.

Bon sang. Qu'est-ce qui se passe ? Qu'est-ce qui m'arrive ? Pourquoi ?

Soudain, une voix rauque retentit depuis la gigantesque salle. Je reconnaîtrais cette voix parmi des milliers. Cette voix que j'ai eue quantité de fois au téléphone. Cette voix qui m'a dicté toute ma vie, qui m'a imposé le chemin à emprunter, la tenue à porter, les idées à défendre, les valeurs à privilégier, l'avenir auquel espérer.

Elle prend enfin la parole et je prie pour qu'elle ne m'ait pas vue.

— Mes chères filles…

Les larmes roulent sur mes joues sans retenue, sans contrôle. Elles me submergent tandis que mes pensées s'affolent dans ma tête.

Bon sang ! Qu'est-ce qui se passe ?

— Voilà maintenant plus de seize ans que nous évoluons ensemble, que vous êtes de jeunes filles exemplaires, respectables. Pour l'instant nous ne pouvons pas vous dévoiler grand-chose, mais dans deux mois jour pour jour aura lieu votre réinsertion, nous vous en parlerons bientôt avec plus de détails, vous le savez. Pour le moment, les suppléantes et moi-même exigeons que vous preniez vos traitements comme tous les matins.

Je plaque ma main contre ma bouche.

Je suis en plein cauchemar, je vais m'évanouir. J'ai besoin d'être sûre de ce que j'ai entendu, même si mon cœur battant, mes mains tremblantes et mes joues trempées de larmes me le confirment déjà. J'ai besoin de donner une preuve à mes yeux rougis, à mes yeux qui en ont déjà trop vu. Alors, discrètement, je passe ma tête dans l'entrebâillement de la porte et je sais que ce que j'ai entendu n'est pas une illusion. Au moment où mes yeux parcourent la salle, des centaines de filles en uniforme sombre, assises droites comme des piquets devant les tables, avalent leur traitement machinalement, fixant la régente d'un œil vide, inexpressif et sans vie.

De nouveau, je plaque ma main contre ma bouche, mais cette fois c'est pour étouffer un cri, un sanglot.

Bon sang ! Ces filles vont intégrer une ville, elles aussi ?

Mais combien sommes-nous ? Combien ?

Il faut que je me reprenne ! 900, réagis ! Ce n'est pas le moment de flancher.

À l'instant où je me relève, j'entends les talons de la régente claquer contre le carrelage, dans ma direction.

Elle arrive !

Avant même qu'elle ne quitte la salle accompagnée de son bras droit, j'ai tout juste le temps de me cacher derrière un renfoncement du couloir.

Il faut que je les suive.

Alors qu'elles s'éloignent, je les suis discrètement en priant qu'aucune n'ait l'idée de se retourner. Mon corps m'obéit, et je ne sais même pas comment j'arrive à tenir. Je passe une nouvelle fois devant la salle immense et ravale un sanglot en voyant chacune des filles se déplacer en ligne jusqu'aux salles d'éducation. Heureusement, elles n'empruntent pas la sortie donnant sur le couloir où je me trouve.

Il faut absolument que je dise tout ce que je sais à 899. L'orphelinat, le registre. Au plus vite !

Les larmes ne cessent de couler, mes jambes me soutiennent à peine, mais je trouve la force de continuer, de suivre les deux femmes pour pouvoir me retrouver seule à seule avec Martha.

Alors que je marche depuis dix minutes une trentaine de mètres derrière elles, la régente et la suppléante pénètrent dans le bureau de Martha et ne prennent pas la peine de fermer la porte. Évidemment, il n'y a rien à craindre de filles totalement passives, endoctrinées et soumises !

Alors que j'entends le canapé de Martha grincer légèrement sous son poids, je me rapproche de la porte entrebâillée.

— Je sens que cette génération sera un succès ! Elles sont plus dociles ! N'est-ce pas, Cécile ?

La voix rauque de la régente me tord l'estomac. L'entendre de si près me fait monter une nouvelle vague de larmes.

— Oui, Martha.

— Malheureusement, si les nouvelles pensionnaires sont arrivées, c'est pour une bonne raison, tu te doutes bien. N'est-ce pas ?

— Oui, Martha.

Mon ancienne suppléante semble apeurée devant notre mentore.

Comme toujours, elle marche dans son ombre, approuve chacune de ses idées, accepte chacune de ses lubies.

— Le Conseil m'a contactée il y a quelques jours. La réinsertion a été un échec. Bien entendu, nous y mettrons un terme d'ici un mois environ. Les membres des générations n'ont pas trouvé d'entente, il faudra les éliminer un par un. Le temps d'évacuer les corps, de remettre la ville à neuf, nous aurons tout juste le temps de préparer notre nouvelle génération pour la dixième réinsertion. Espérons que celle-ci réponde enfin à nos attentes.

« OH ! NON ! »

— Qui est là ?

Bon sang, j'ai parlé tout haut. J'ai crié. J'ai même hurlé de toutes mes forces.

Elle m'a entendue ! Oh non ! Je suis repérée !

Ils veulent nous éliminer, nous anéantir ! Ils veulent nous ôter la vie, à tous !

Ugo, 899, 410 ! Bon sang, il faut que je les prévienne !

Le cœur à la limite d'imploser, je cours jusqu'à la sortie, espérant me souvenir de chacun des couloirs de ce labyrinthe, priant pour rejoindre mes amis au plus vite, les informer de ce qui nous attend. Alors que je reconnais le chemin, une douleur aiguë me brûle le crâne et, d'un mouvement brusque, je suis projetée en avant et m'étale sur le carrelage froid. La régente, accroupie à ma tête alors que je suis engourdie au sol, tient ma chevelure entre ses longs doigts fins. Ses yeux sont noirs, sombres, son souffle est rapide, haletant. J'ai l'impression qu'elle va se transformer en monstre tant la colère défigure son visage. Je suis encore sous le choc, muette, et lorsqu'elle me traîne au sol, me tirant par les cheveux, je sors de mon silence pour crier à pleins poumons :

— LÂCHEZ-MOI ! AU SECOURS !

Je l'entends à peine m'ordonner de me taire tellement mes cris sont puissants, désespérés et remplis de la douleur qu'elle m'inflige.

Je sais ce qui m'attend si je me laisse faire.

Elle va me tuer. Bon sang, elle va me tuer !

Je tente de me relever, mais mes pieds glissent sur le carrelage. De mes mains, j'empoigne la sienne, toujours fermement accrochée à mes cheveux, et y plante mes ongles. Un cri strident emplit le couloir, un cri de douleur. Mais cette douleur ne lui fait pas lâcher prise. Toutefois sa course ralentit et j'en profite pour me relever en m'accrochant à elle. Enfin debout, je la saisis à la gorge de toute la force qu'il me reste. Elle me griffe le visage et tente par tous les moyens de retirer mes mains vigoureusement serrées autour de son cou. Ses yeux s'injectent de sang sous mon assaut, le souffle commence à lui manquer.

— Pourquoi nous tuer ? Pourquoi vouloir mettre fin à cette réinsertion au lieu de la poursuivre ?! je hurle à m'en brûler les poumons.

D'une voix inaudible, elle se met à rire, partagée entre son hilarité et le besoin de reprendre son souffle.

— Et c'était quoi ce putain de registre ? Pourquoi ces noms ? Ces villes ? Ces annotations sous chacune de nos photos ?!

— « Putain »… ricane-t-elle entre deux toux. Tu parles comme eux…

La haine s'insinue violemment en moi. Je serre mes doigts plus fort encore, espérant la faire taire, tandis que je désire tant de réponses. Alors que je suis en transe, emportée par la fureur, le souffle aussi rapide que celui d'un animal en chasse, Martha chuchote quelques mots avec difficulté, un sourire pervers tordant ses lèvres en un rictus effrayant.

— Tu veux… savoir co… comment tu t'appelles… ?

Soudain, je me fige.

J'ai un prénom. Moi aussi j'ai un prénom. Mes parents m'avaient choisi un prénom avant ma naissance.

Malheureusement, cette pensée me prend de court, si bien qu'elle me fait relâcher ma prise et que Martha en profite pour sortir une seringue de la poche arrière de son pantalon. Mais elle ne me laisse pas le temps de réagir, l'aiguille est déjà plantée dans mon cou.

Et je comprends qu'il est trop tard.

Je me mets à suffoquer, la scène se déroule au ralenti, je titube, tentant par tous les moyens de rester debout, mais en vain. Je me sens glisser sur le carrelage froid. Mes yeux ne quittent pas ceux de la régente, debout face à moi, un sourire de triomphe dessiné sur son horrible bouche. Mes paupières s'alourdissent, je tente de garder les yeux ouverts, je veux qu'elle sache que si elle ne me tue pas, que si je me réveille un jour, c'est moi qui l'éliminerai.

— Eh bien, 900, te voici redevenue tout à fait docile...

Je me sens partir, sa voix est lointaine. Je sais que je vais mourir, mais je veux savoir. Même si je dois rendre mon dernier souffle, je saurai, je saurai enfin qui je suis.

— En réalité, tu t'appelles...

Je n'entends plus rien. L'obscurité et le néant m'envahissent.

31

— Ugo ! Elle est ici !

Une voix, j'entends une voix.

— Camélia, occupe-toi de protéger 899. Je me charge de 900 ! Putain de merde. Qu'est-ce qui lui est arrivé ?…

Je ne sais pas où je suis. Je n'arrive pas à ouvrir les yeux, j'ai l'impression que mon crâne va exploser. Je sens qu'on me porte. Je me sens lourde et pourtant la facilité avec laquelle je suis emmenée me donne l'impression d'être aussi légère qu'une plume. Des bras forts et puissants m'entourent. J'aimerais tellement pouvoir ouvrir les yeux et associer ce parfum enivrant au visage que je sens si près du mien.

— Suivez-moi ! La sortie est ici !

— 899 ! Attends-nous, ne va pas si vite !

Cette voix chaude et douce me réveille un peu plus et l'odeur délicate et sucrée qui se dégage des lèvres si proches des miennes me donne la force nécessaire pour ouvrir légèrement les yeux.

Son visage, sa bouche, ses yeux.

Il est aussi effrayant qu'il est magnifique.

— Elle se réveille ! 900 ? Tu m'entends ?

Je suis tellement fatiguée que mes yeux se referment aussitôt. Pourquoi suis-je dans un état pareil ?

Soudain, l'air frais me fait un bien fou. Je frissonne de froid autant que de bien-être. Cette sensation est exquise.

— Ugo ! C'est bon, le car est là-bas ! Il faut qu'on prenne la route pour s'éloigner d'ici ! On décidera quoi faire une fois qu'elle sera réveillée !

J'ai l'impression d'être ballottée dans tous les sens. C'est désagréable. Où est-ce qu'on m'emmène ? Je ne ressens rien, à part les secousses qui malmènent mon corps. Pourquoi n'ai-je pas peur ? Pourquoi suis-je si passive ?

— Pose-la sur les sièges à l'arrière, Ugo ! David, c'est bon tu peux démarrer, tirons-nous avant que quelqu'un ne remarque son absence !

Je sens le tissu des sièges sous ma peau et les bras qui me soutenaient me lâcher. La surface sur laquelle je suis étendue est inconfortable et je m'entends exprimer faiblement une plainte.

— Simon, tu as de l'eau ?

Cette voix, elle est toujours là. Elle m'apaise.

Je sens le liquide frais s'écouler dans ma gorge et l'effet est exquis.

— Encore, je m'entends chuchoter.

De nouveau, l'eau bienfaisante se répand dans ma bouche et je la savoure avec délices jusqu'à ce que je ressente des chocs sur mon visage.

— Allez, 900 ! Ouvre les yeux !

Des claques, on me donne des claques. C'est tellement désagréable. J'aimerais que l'on me laisse tranquille !

— Camélia, sois plus douce !

— NON ! Il faut absolument qu'elle se réveille ! Allez ! Ouvre les yeux, 900 ! Maintenant ! Je ne m'arrêterai pas tant que tu n'ouvriras pas tes putains d'yeux !

On veut que j'ouvre les yeux ?! Mais je n'y arrive pas ! C'est trop dur !

— 900 ! Réveille-toi, merde !

Je veux que ça s'arrête, qu'on arrête de balancer mon visage de droite à gauche. Je veux juste dormir, mais pour cela, il faut que j'obéisse, que j'obtempère, juste quelques secondes. Alors, de toutes mes forces je tente de soulever les paupières, de mettre fin à cette obscurité paisible dans laquelle je veux plonger.

— C'est ça, vas-y, continue !

Avec une dernière impulsion, j'arrive à ouvrir les yeux. Tout est flou, mais j'ai réussi. J'ai réussi et le va-et-vient que subissait ma tête cesse enfin.

Les cinq visages flous qui me font face ont l'air inquiets. Je dois avoir une mine affreuse pour qu'on me regarde avec autant de sollicitude. Trois hommes, deux femmes. Je reconnais celui qui m'a portée. Son visage est sombre, troublant et scandaleusement beau.

— 900 ? Qu'est-ce qui s'est passé ? Pourquoi tu étais inconsciente dans ce laboratoire ?

Pourquoi est-ce qu'on me pose autant de questions ? Je ne vois pas en quoi ce que je faisais les concerne ! Soudain, ma vision s'éclaircit et je commence à émerger de ma torpeur.

899, c'est 899 qui me tient la main !

Et pourquoi ne prend-elle pas ma défense ?

Maintenant, je sens une main contre mon front. Une large main. À qui appartient cette main ? C'est un homme ! Comment ose-t-il me toucher ? Sans même réfléchir, j'attrape le poignet du garçon et l'éloigne aussi loin que possible.

— Ne me touche pas !

Soudain, l'homme se recule d'un pas. Visiblement choqué par ma réaction. Il a le regard dur et autoritaire, il semble en colère. Il s'éloigne encore et passe une main nerveuse dans ses cheveux ébène.

— 899… je murmure, le barrage retenant mes larmes prêt à céder tant la situation est incompréhensible pour moi.

— Oui, 900. Je suis là, tout va bien.

Elle paraît paniquée de me voir ainsi. Pourquoi semble-t-elle plus proche d'eux que de moi-même à cet instant ? Je lui attrape le bras et attire son visage près du mien. Bien que je n'aie pas l'habitude de ce genre de proximité, j'ai besoin de m'adresser à elle en toute intimité.

— Où sommes-nous ?

Elle recule et me répond plus fort que je ne l'espérais :

— Dans le car, 900, on s'éloigne de l'orphelinat.

Au même instant, je prends conscience que l'on s'éloigne de ma maison. On m'enlève ! Bon sang, j'ai été enlevée ! Je me dresse, paniquée, tremblante. D'un coup, j'ai repris toutes mes forces, je redouble de puissance. L'adrénaline me donne les ressources pour m'enfuir, il faut que je parte, que je rentre chez moi ! La régente va s'inquiéter ! Pire, elle va me punir ! Le décompte, j'ai forcément dépassé le décompte !

L'un des deux autres hommes, plus frêle, tente de m'attraper pour me calmer tant je suis affolée.

Je regarde ma camarade, cherchant son aide. Rien.

— Tu vas te laisser faire, 899 ? Te laisser enlever par ces inconnus ? Mais qui sont-ils ? Qui êtes-vous ?! je hurle, prise de panique.

Un cri sort de la bouche de la jeune femme aux cheveux courts.

— Putain, elle ne se souvient de rien.

Soudain, mon énergie s'éteint, je vais m'évanouir, je le sens, et la dernière image que je perçois, c'est le visage flou de l'homme en retrait, passant une main dans ses cheveux et qui me tourne soudain le dos.

32

Ugo

— Il faut qu'elle emménage dans l'une des maisons qui bordent la ville, qu'on la cache, elle ne peut pas revenir ! Pas dans cet état-là.

Camélia m'observe un instant, une lueur de compassion traversant ses yeux noirs.

— Ugo… T'es d'accord ?

Elle ne me quitte pas du regard. Ses yeux sombres me sondent, cherchent mon approbation. Comme si j'en avais quelque chose à foutre. Pour l'instant, rien ne m'importe. Rien ne compte à part ces dernières minutes insensées. Je n'assimile plus rien d'autre. Cam a beau attendre mon accord, mes pensées sont loin, très loin d'ici. Je revois le visage de 900… affolé, perdu. Son teint blafard, maladif. Ses yeux. Ses magnifiques yeux bleus remplis de haine.

Elle a perdu la mémoire, bon sang ! Elle ne se souvient plus de rien ! La réinsertion, la ville, Camélia, les jumeaux, 410, moi…

Elle, si innocente…

Lorsque, aux premières lueurs du jour, ce matin dans le car, j'ai remarqué son absence, j'ai su. J'ai tout de suite compris. Tout a pris sens. Sa nuit à mon côté, ses baisers empreints de désespoir, ses yeux submergés par la tristesse. Tout avait un arrière-goût d'adieu, d'excuses. J'aurais dû le sentir.

Elle avait décidé d'affronter la régente, seule.

Lorsque Camélia, les jumeaux, 410 et 899 ont à leur tour compris, il ne nous a pas fallu plus de quelques secondes pour nous décider à partir à sa recherche. Seule 899 était capable de nous escorter. Alors sans poser de questions, sans même nous concerter, nous avons pénétré dans ce bâtiment froid, vide et morbide. Une atmosphère étrange et pesante régnait au cœur de l'orphelinat. Je ne pouvais pas croire une seconde que 900 ait pu vivre ici. Une horloge affichait les secondes, les chiffres se colorant d'un rouge criard et agressif. Aucune impression de paix, de chaleur ou de sérénité dans ce lieu, mais un sentiment d'oppression dans ces couloirs placés sous surveillance, comme si un œil infaillible était constamment braqué sur nous.

Il ne nous a pas fallu plus de quelques minutes pour atteindre la petite pièce où elle se trouvait. C'est comme si la régente avait deviné notre venue et qu'elle laissait 900 à notre portée, servie sur un plateau. Elle était là, gisant sur une table en acier, le visage tuméfié et le corps presque sans vie.

Je pose mes yeux sur Camélia. À présent, tout le monde m'observe. Tout le monde attend que je prenne les choses en main, que je mette au point un plan, moi, l'aîné de notre génération. Mais bon sang, je n'ai pas de plan.

— Je suis d'accord, je murmure distraitement avant de me détourner et de prendre place à l'avant du car.

David conduit maintenant depuis près de trois heures. L'atmosphère est étouffante. J'ai l'impression que chacune de mes inspirations est pénible, épuisante. Comme si le simple fait de respirer était une épreuve insurmontable. L'ambiance est tout aussi pesante. Pas un seul d'entre nous n'a dit un mot depuis longtemps. Nos yeux errent dans le vide, d'arbre en arbre, de colline en colline, sans y prêter attention. Nos souffles bruyants, exténués, rythment le trajet. Un silence de mort nous entoure et un vide immense me consume de l'intérieur. 900 n'a toujours pas repris conscience. Le choc a dû l'assommer pour plusieurs heures encore et je prie pour ne pas être là à son réveil. Avec un peu de chance, j'aurai quitté ce putain de car à temps.

Malgré la chaleur de l'habitacle, je m'allume une cigarette et analyse l'état de fatigue de David au volant.

— Tu veux que je prenne le relais ?

— Putain… souffle-t-il avant de ralentir le véhicule et de le mettre à l'arrêt. J'attendais que tu me le proposes.

J'aspire à pleins poumons la fumée de ma clope et m'installe sur le siège conducteur. David s'empare de ma cigarette et la porte à sa bouche.

Je passe la première vitesse et le moteur se met à vrombir de nouveau. Au moins, conduire m'offre une diversion. Mes pensées se focalisent sur la route, rien d'autre. Mon seul et unique objectif : retrouver la ville, mon appartement, et m'enfiler une bouteille de whisky.

Voilà deux heures que je conduis sans pause.

410 m'indique la direction, et chaque fois que sa voix retentit, mes poings tremblants me démangent, attirés par sa mâchoire comme par un aimant. Au lieu de cela, j'agrippe le volant avec encore plus de force si bien que les fourmillements se répandent dans tout mon corps. Ses intonations timides et presque penaudes ne font qu'attiser ma colère.

Depuis quand les hommes sont-ils aussi peu courageux et fourbes, putain de merde ?

Depuis deux heures, je m'interdis de regarder dans le rétroviseur. Et pourtant, j'ai une vision claire et parfaite de *son* corps allongé sur les sièges du fond. Même si je n'y prête pas un seul regard, je devine les gestes de 899 qui s'affaire auprès d'*elle. Auprès de toi…*

Je prie pour qu'elle ne se réveille pas maintenant.

Je ne crois pas aux divinités, je laisse cette idée folle à la génération des reclus, ceux qui restent cachés et qui ne côtoient personne. Mais putain, s'il en existe, j'espère qu'on me fera quitter ce car avant que je n'affronte de nouveau *son* regard. *Son* regard vide et indifférent, totalement dénué de cet éclat qui me troublait encore la veille.

— Ça va aller ?

La voix de Camélia me tire de mes pensées et je me fais violence pour ne pas lui répondre avec agressivité, tant sa voix est doucereuse.

Depuis quand ai-je besoin qu'on fasse preuve de sollicitude à mon égard ? Je n'ai besoin de la pitié de personne. Je vais très bien.

Pour simple réponse, je lui oppose mon silence.

— Je vais m'occuper d'elle, reprend Camélia d'une voix plus assurée. D'ici quelques minutes nous arriverons aux abords de la ville, là où des centaines de maisons inhabitées ont été construites en vue de la population future. On l'installera dans l'une d'elles avec 899. Je passerai la nuit avec elles et demain les jumeaux nous apporteront de quoi tenir plusieurs semaines. Je te rejoins chez toi dans deux jours, d'ici là ne fais pas de conneries que tu pourrais regretter, s'il te plaît. Reste à l'appartement, repose-toi, ne pars pas à la recherche de Damien pour assouvir ta colère, on réfléchira plus tard. Promets-le-moi…

Même si mon sang bout, que mon cœur palpite et que je serre la mâchoire à m'en exploser les dents, je ne peux nier que l'idée de Camélia est la meilleure pour le moment. Il est clair que s'il venait à Damien l'idée de chercher dans les quartiers inhabités celle qui a tenté de le tuer, il mettrait des journées entières à trouver sa cachette.

— Ugo ! Promets-le-moi ?!

Promettre quoi ?

Ah oui, de ne pas partir à la recherche de Damien.

Vais-je vraiment tenir cette promesse ?

Je sens son regard me transpercer. Elle ne bougera pas tant que je ne lui assurerai pas que je resterai docile et inoffensif. Pour l'instant la seule chose que je recherche, c'est l'ivresse de l'alcool. Alors oui, Damien attendra.

— Je te promets, je murmure, la mâchoire soudainement engourdie de s'être relâchée.

Je l'entends soupirer de soulagement et je déteste cette réaction. À croire que je suis irréfléchi et imprévisible.

— Tu peux t'arrêter ici.

Aussitôt, je prête attention à ce qui nous entoure. Nous venons tout juste d'atteindre les quartiers inhabités.

Je stationne le véhicule et chaque parcelle de mon corps se tend lorsque 900 pousse un gémissement.

Ne te réveille pas maintenant…

J'ose un regard dans le rétroviseur tout en me promettant que c'est le dernier et je *la* vois, inerte, dans les bras de Simon, le visage enfoui contre son torse.

Ne te réveille pas maintenant…

Au bout de quelques secondes, son image disparaît du rétroviseur et je comprends qu'ils arrivent jusqu'à ma place de conducteur.

Inévitable pour passer la porte du car.

Ne te réveille pas maintenant…

— Chut ! Faites doucement, mieux vaut ne pas la réveiller dans ces conditions, murmure 410 d'une voix presque inaudible.

Son parfum s'infiltre en moi lorsque *sa* silhouette désarticulée m'effleure l'épaule.

Ne la regarde surtout pas…

Je la regarde et son visage d'ange est paisiblement blotti contre Simon. Tout l'inverse de celui que j'ai affronté il y a quelques heures. Ses lèvres rouges m'appellent et je rêve d'y déposer les miennes comme si ce simple contact allait raviver le souvenir qu'elle a de moi.

Conneries !

Soudain, la porte claque.

— On peut rentrer, maintenant ! déclare Simon, essoufflé.

Mon regard se porte quelques secondes sur les trois silhouettes féminines qui s'engouffrent dans une maison et c'est lorsque leur image se perd dans le noir que je reprends enfin mon souffle.

Putain, elle ne s'est pas réveillée.

Discrètement, nous quittons le hangar, là où nous avons laissé le car. Sans même un mot, sans un regard aux jumeaux et encore moins au robot 410, je prends la direction de mon appartement. Plus j'en approche, plus mon pas se fait rapide, si bien que je finis par courir. Je cours à perdre haleine, tout mon corps est en ébullition et ne demande qu'à exploser. Je retiens l'envie de crier, de défoncer la porte de Damien et de le cogner en plein visage, je me retiens de vomir, de me droguer avec leur sale poudre noire. Je me retiens de faire marche arrière, de retourner dans cette maison, de *l'*embrasser à pleine bouche, de *la* secouer pour qu'*elle* se souvienne. Je me retiens de contacter les membres du Conseil, de les tuer un par un pour nous avoir abandonnés en ces heures funestes. Je me retiens de courir des jours et des jours jusqu'à cet orphelinat pour torturer ce monstre qui se fait appeler régente. Je me retiens de penser, tout simplement, mais c'est impossible.

Le souffle court, je suis devant chez moi. J'ai l'impression qu'une seule seconde s'est écoulée entre le moment où j'ai quitté l'entrepôt et maintenant, le moment où je pose mon index contre la plaque de verre. La porte de mon appartement s'ouvre en grand et je ressens un soulagement indescriptible d'enfin retrouver ma solitude, mon repaire. Je reste quelques secondes sur le pas de la porte, légèrement déboussolé, comme si la seule chose qui n'avait pas changé depuis ces derniers événements était ce lieu. Je me décide enfin à entrer et, sans même me donner la peine de retirer ma veste ni même d'éclairer la pièce, j'attrape une bouteille de whisky sur le comptoir en bois du bar.

J'avale une dizaine de gorgées sans reprendre ma respiration et tous mes muscles se détendent aussitôt. Gardant la bouteille en main, je m'affale sur mon canapé en cuir et me laisse envahir par le liquide ambré qui, à mon plus grand soulagement, m'empêche de penser. Je suis juste assis là, le corps las et fracassé, mais déjà prêt à élaborer, au milieu des pensées confuses qui se bousculent dans ma tête, ce qui sera la plus impitoyable des vengeances.

PARTIE 2

L'extermination

1

Ugo

Les lumières du club scintillent autour de nous. La musique s'infiltre en moi, tambourine dans tout mon corps et pourtant je reste de marbre. Je suis figé sur mon siège, mon verre de whisky scotché à ma main droite, ma clope dans l'autre. Ma génération s'éclate, fait la fête sans retenue. Les corps s'assemblent, les langues se mélangent, le verre des bouteilles tinte quand il ne se brise pas, les voix s'égosillent, chantent, hurlent, les pas se font bruyants, lourds. L'atmosphère n'est plus qu'un mélange de fumée, de vapeur d'alcool, de métal et de poudre noire.

À ma droite, un homme trempe son poing ensanglanté dans le seau à glace de sa bouteille. En face, un autre retient sa mâchoire bouffie, le regard braqué en direction de son adversaire. Un regard meurtrier, mais pourtant vitreux. Je retiens un rire.

Sur la piste de danse, filles et garçons se trémoussent à moitié dénudés, leur démarche boiteuse, leurs cheveux ou leur visage maquillé dégoulinants de sueur. C'est donc ça, ma vie ? Une vie de débauche ?

Camélia m'observe depuis le bar. Son regard rempli de compassion m'exaspère. Elle pense sonder mon âme, lire en moi, mais elle a tout faux. Elle me croit malheureux. Non, je suis bouillant de colère, de rage. Si l'alcool n'avait pas amoindri ma force et ne m'avait pas assommé, mon verre de whisky aurait déjà pété entre mes doigts et mon poing rejoint la tempe du premier couillon qui aurait osé m'adresser un mauvais regard.

Au lieu de ça, je m'en tiens au plan. J'observe, j'attends.

Voilà maintenant une semaine que nous sommes revenus dans la ville. Une semaine que les rues sont trop calmes, que les tensions sont anormalement apaisées. Une semaine que j'erre de bar en bar, de club en club à la recherche d'informations sur Damien. Une semaine que je crains la riposte, que je redoute la vengeance, que j'attends son plan d'attaque. Avant notre départ pour l'orphelinat, son action était déjà en marche. Il s'en était pris aux robots les plus intégrés, ensuite il s'était attaqué à notre génération. À ceux qui se mélangeaient et sympathisaient.

Une semaine que tout est trop calme, une semaine que je ne *l*'ai pas revue…

— Y a rien ici, Ugo ! On se casse.

Camélia pose sa main sur la mienne et déloge mon verre avec douceur pour ne pas me froisser. Le claquement du verre sur la table basse me sort de mon état léthargique et, sans un mot, j'inspire une dernière bouffée de ma cigarette et la jette à mes pieds avant de quitter le club.

Depuis notre retour, je m'attends à un carnage, au moins à une attaque, un semblant de menace. Mais au lieu de ça, c'est le calme complet. Plus étrange encore, je reçois du soutien. Des dizaines et des dizaines de ma génération, ceux qu'on nomme aujourd'hui les sympathisants, cognent à ma porte chaque jour à la recherche d'aide, ou plutôt à la recherche d'un camp.

Beaucoup rejoignent celui de Damien, préférant basculer vers la haine par peur d'en subir les conséquences, mais ce que ce connard ne sait pas, c'est qu'une grande partie croit en moi.

En moi ?!

Je retiens un rire nerveux.

Moi, Ugo, incapable de prendre une décision. Moi, le mec paumé qui, il y a encore un mois, foulait les pavés de cette ville la tête haute avec pour seule et unique préoccupation : celle de s'emmerder jusqu'à la fin de ses jours. Aujourd'hui, je suis Camélia dans la pénombre, toujours sur les mêmes pavés qu'il y a un mois, en quête de réponses, en attente d'un secours qui ne viendra pas. Le Conseil est inexistant, indifférent à notre sort, Damien introuvable, certainement en train d'élaborer ses représailles. Les derniers jours ont été bien trop calmes, et je perçois dans l'air l'électricité précédant la tempête.

— Tu ne veux pas savoir comment elle va ?

La voix de Camélia me ramène de nouveau à la réalité et, comme chaque fois qu'elle me le demande, je secoue la tête. Je n'ai pas besoin de savoir qu'*elle* ne se souvient pas de moi ni à quel point *elle* me méprise. *Son* regard, *ses* yeux d'habitude si bleus, d'un coup si noirs. Comme si l'orage grondait en *elle*, comme si la haine qui *l'*avait submergée avant qu'*elle* ne sombre dans l'inconscience était survenue par ma faute.

J'en étais la raison, le coupable.

— Ugo… Il faut qu'on parle.

Camélia me fait signe d'entrer chez elle. Comme chacun des membres de notre génération, nous avons pu choisir la couleur dominante de notre logement. Là est l'avantage d'être nés sans règles, nous avons nos propres goûts. Même avant de visiter son appartement pour la première fois le jour de la réinsertion, je savais qu'elle choisirait le noir, et c'est bien la première fois que j'y pénètre avec amertume. Je crois que cet endroit reflète beaucoup trop mon état d'esprit pour que je m'y sente bien. Au lieu de m'apaiser, il m'enfonce encore plus dans ma colère, ma noirceur.

— Assieds-toi.

Avec nonchalance, je m'exécute, affichant le sourire suffisant qu'elle déteste.

— Il va falloir que tu te réveilles, Ugo…

— Sauf erreur de ma part, j'ai les yeux grands ouverts, Camélia…

Son soupir m'arrive en pleine face. Elle attrape une cigarette sur la table basse et, à l'aide de la télécommande, allume les dizaines de lampes qui ornent son immense salon. Je ne sais pas ce qui est le pire. L'obscurité ou l'obscurité mise en lumière.

— Ne te paye pas ma tronche, Ugo. J'ai besoin de toi.

Soudain, mon cœur que je croyais éteint se réveille brièvement et un pincement se fait sentir.

C'est moi ou les yeux de Camélia scintillent tout à coup ? Elle pleure ?

— Je ne te reconnais plus, murmure-t-elle fébrilement tout en tirant sur sa cigarette. T'es bien le seul devant qui je me permets de pleurer, putain de merde. J'suis à bout, là !

Elle se lève et c'est la première fois que je la vois trembler. Ses mains agrippent une bouteille de whisky sur le comptoir en marbre et elle en avale quelques gorgées avant de s'essuyer le visage du dos de la main. Ses larmes se mêlent au liquide ambré dégoulinant de ses lèvres et je comprends que, cette fois, je me dois d'être attentif. Camélia est brave, courageuse et tout sauf une personne fragile et influençable. Je crois que c'est pour cette raison que je dois prendre son discours au sérieux.

— Parle, Cam, je cède d'un ton qui se veut chaleureux.

— On n'a croisé aucun homme de Damien, Ugo, personne n'entend parler de lui et c'est mauvais signe ! Le Conseil se fait muet, et 900…

Mes poings se serrent de nouveau et je sais qu'elle hésite à terminer sa phrase, mais cette fois, je ne l'en empêcherai pas, alors je me tais, difficilement, l'incitant à poursuivre.

— … et 900 ne se souvient toujours de rien. Ugo, il faut se rendre à l'évidence ! Soit elle a reçu un putain de coup sur la tête, soit on lui a volontairement effacé la mémoire par je ne sais quel moyen ! Et… on sait tous les deux que les seules blessures qu'elle avait sont de simples griffures et quelques ecchymoses, rien qui révèle qu'on l'ait assommée. Je sais que tu penses à la même chose que moi, Ugo. Elle présente les mêmes signes que Joris.

— Ça n'a rien à voir, Cam ! Joris avait perdu la tête !

Je passe une main nerveuse dans mes cheveux.

Pourquoi faut-il qu'elle parle de Joris ?!

— Réfléchis, Ugo ! Il y a presque un an, juste avant la réinsertion, tu m'as dit que du jour au lendemain Joris ne savait plus parler ni marcher ! Il était devenu un putain de légume. Et ce jour-là, il voulait te parler…

Je m'en souviendrai toute ma vie, de ce jour.

— Et ce jour-là j'étais trop occupé pour l'écouter. Oui, je sais, Camélia ! Et alors ? Tu veux me rappeler à quel point j'ai été égoïste ? Me rappeler que j'ai envoyé chier mon frère quelques heures avant son accident ?

Mon cœur palpite, je suis sur le point d'exploser. J'attrape la bouteille et en avale un nombre incalculable de gorgées.

— Tu parles encore d'accident, Ugo ?

— Putain, où tu veux en venir, Camélia ?

Sa main se pose sur la mienne et la chaleur de ce contact m'anéantit un peu plus.

— Et si c'était pas un accident ? Ça se tient, Ugo ! Jo voulait absolument te dire quelque chose, une chose visiblement importante. Assez importante pour qu'il ait un « fâcheux » accident quelques heures après. Je répète, il ne pouvait plus marcher ni parler, ce sont tes mots ! La seule chose que ton frère réussissait à articuler, c'était ton prénom. Il avait l'air d'un gamin de deux ans tout au plus alors qu'il en avait seize. On retrouve 900 à l'orphelinat et lorsqu'elle se réveille elle ne se souvient plus de nous, les seules choses qu'elle se remémore, c'est sa vie avant la réinsertion, sa vie avant nous, avant toi. Comme s'il était vital que des éléments de sa mémoire soient effacés.

Quoi ? Non ! Impossible. C'est impossible !

Je me lève précipitamment du canapé, faisant vaciller la table tellement mon geste est brusque. Je veux cogner quelque part, quelqu'un, quelque chose, peu importe, il faut que je me défoule.

Et ce qui attire mon œil, ce sont ces murs noirs, ces murs qui reflètent ma propre noirceur, ma propre rancœur, ma propre haine. Sans réfléchir, j'y enfonce mon poing et le cri de Camélia n'arrête pas le deuxième, ni le troisième, ni le quatrième…

2

900

Une semaine que je mange à peine, dors à peine, respire à peine. Une semaine que des murs inconnus m'encerclent et m'oppressent. Tout m'est étranger. L'odeur du neuf qui s'échappe de chacun des meubles de cette maison, le calme inhabituel qu'il était impossible de trouver à l'orphelinat, la chaleur qui s'échappe du sol moelleux de ma chambre et… 899.

Oui. Elle est différente, plus sûre d'elle. Son caractère n'est plus le même. Pourtant, elle est la seule qui me soit familière. Il y a encore quelques jours, nous partagions la même couchette, les mêmes repas. Elle est ma sœur, mais je ne la reconnais plus. Sa douceur semble s'être envolée, ses bonnes manières, sa pudeur, sa contenance aussi. Bien qu'elle soit une énigme, elle est pourtant démonstrative comme aucune fille de l'orphelinat ne l'a jamais été. Elle n'a jamais été aussi lisible et imprévisible à la fois.

L'orphelinat me manque. L'odeur humide du bois de notre dortoir me hante la nuit lorsque je peine à dormir. Le calme plat me terrifie. Les respirations entremêlées de mes sœurs me berçaient autrefois, signe que je n'étais pas seule. Aujourd'hui, je n'ai plus personne. Perdue entre deux mondes. Celui de la réinsertion et celui de l'orphelinat que je chérissais. Tiraillée entre deux vérités. La mienne, qui est aussi celle de 899, et celle que l'on me rabâche depuis une semaine et dont je ne me souviens plus.

Qui croire ? En qui avoir confiance ? Dois-je me fier à mes souvenirs ou aux paroles de mon amie ?

Rien ne colle. Mon dernier souvenir remonte à un an, si j'en crois 899. Pourtant, pour moi c'est comme si c'était hier. Je revois encore le visage bienveillant de la régente nous intimant de prendre nos traitements et nous invitant à commencer notre repas.

Debout, devant le miroir de la salle de bains attenante à la chambre que j'occupe, je m'observe, nue. L'eau qui tombe du robinet de la baignoire couvre le silence pesant de cette maison. Je passe mes doigts sur mon numéro marqué à l'encre noire sur mon ventre : témoignage d'un souvenir que je n'ai plus. Plus haut, sur mon flanc gauche, les stries de quelques griffures se referment petit à petit : témoignage d'un souvenir que je n'ai plus. Enfin, je fais glisser mon index de ma clavicule, là où des marques de doigts m'enserrent encore, jusqu'à mon cou, où quatre points rouge sang se regroupent en une ignoble cicatrice : témoignage d'un souvenir que je n'ai plus. Autant de marques qui me rappellent chaque jour mon amnésie et qui me confirment que ma vie a perdu tout son sens.

La buée envahit peu à peu mon reflet jusqu'à ne laisser apparaître qu'une forme floue. L'image que le miroir me renvoie me semble tout à coup plus réaliste. Je referme le robinet et me glisse doucement dans la baignoire, décidant d'abandonner une fois de plus l'inconnue que je croise chaque jour dans le miroir. J'enfonce ma tête sous l'eau et la chaleur m'enveloppe instantanément. Les yeux fermés, je prie pour que quelque chose me revienne. Qu'importe le souvenir, qu'il dure une seconde, qu'il soit insignifiant ou même douloureux, pourvu qu'il me parvienne, que je retrouve un semblant d'espoir.

3

Ugo

Ce soir, nous sillonnons les salles du SimpleKing, une boîte plus en retrait du centre-ville. À force de traîner de club en club, nous commençons à attiser la curiosité de certains. Si seulement nous étions là pour écluser des verres et non glaner des informations, nos expéditions passeraient inaperçues.

Camélia et les jumeaux sont descendus au sous-sol, là où l'ambiance est plus intimiste. Au rez-de-chaussée, je slalome entre les tables à la recherche de visages connus. Même si chacun m'est familier depuis mon enfance, tous n'ont pas trempé dans les affaires de Damien, alors tous ne me sont pas utiles. Sur une table, une bouteille de whisky trône et il ne me faut pas plus de quelques secondes de réflexion pour me décider à la prendre. D'un trait, je bois de quoi retrouver un peu de vivacité. Le liquide m'échauffe la gorge et c'est bien la seule sensation qui me convient encore depuis ces dernières semaines.

En reposant la bouteille, je sens un léger picotement dans ma nuque, je m'immobilise alors quelques secondes. Je tourne la tête et perçois un regard sur ma gauche.

Je serre le poing – encore abîmé à ses jointures depuis mon accès de colère chez Camélia. Je retiens un sourire. Me battre, voilà toutefois une deuxième chose qui me convient et me motive. Une chose ridicule, mais qui pourtant m'apaise, l'espace d'un court instant.

Fin prêt à passer à l'action, je fais enfin face à un jeune homme roux qui me fixe depuis maintenant plusieurs minutes. Deux mètres nous séparent, et pourtant en une fraction de seconde je serais prêt à le mettre K-O. Entre nos deux silhouettes immobiles se faufilent des corps luisants et excités, ce qui n'interrompt en rien notre inspection mutuelle. L'homme me dit quelque chose, ses traits me sont familiers. Pas assez pour que je me rappelle son prénom, mais assez pour savoir qu'il ne passe pas inaperçu, qu'il n'est pas n'importe qui dans cette ville. Je le jauge, un sourcil levé, passant mes doigts contre mon poing rugueux. D'un geste de la tête, l'homme me fait signe de le suivre et me tourne le dos pour se diriger vers l'arrière-salle. Sans réfléchir, je lui emboîte le pas, non sans attraper la bouteille de whisky que j'avais initialement prévu de rendre à son propriétaire.

L'inconnu s'efface derrière les deux portes battantes menant à la réserve et j'y pénètre à mon tour. L'adrénaline s'éveille alors en moi, mon pouls s'accélérant immédiatement. Trois hommes se trouvent aux aguets derrière ma cible.

Je suis prêt à éclater la bouteille de whisky contre le mur pour en faire une arme redoutable, mais l'inconnu prend la parole :

— Assieds-toi.

Il me désigne un siège de la main avant de prendre place sur le canapé en face. La bouteille toujours fermement serrée dans ma paume, je m'exécute. Je suis venu ici pour des informations, pas pour me défouler.

— Je me présente. Je m'appelle Fred. Voici Stan, Rob et Mickey.

Fred, le rouquin, celui qui m'a amené jusqu'à la réserve, est sans aucun doute le chef.

Mais le chef de quoi ?

— Ugo, je réponds sans sympathie.

— On sait qui tu es… Ugo. On est peu d'enfants à avoir échappé à l'épidémie, alors nos aînés, on les connaît. D'autant plus que tu es le seul aîné à être sur la liste de Damien.

Damien… Putain de merde. Il sait des choses sur Damien.

Je feins l'indifférence, espérant avoir camouflé au mieux ma haine à l'évocation de ce nom. Sont-ils avec lui ? Des sympathisants ? Des neutres tirant profit de ce qui s'offre de plus intéressant pour eux ?

— La liste ? je demande, un sourire nonchalant s'étirant sur mes lèvres.

— La liste, oui.

Je serre toujours fermement le goulot logé dans ma main et manque de faire exploser le verre entre mes doigts.

Calme-toi, Ugo…

— Pourrais-tu être plus clair, gamin ?

Mon sourire ne me quitte pas. À leurs yeux, je dois paraître nonchalant et pourtant j'ai une envie folle d'éclater mon poing contre la mâchoire de ce Fred énigmatique et prétentieux.

— Je pourrais, oui. Mais avant ça, pourquoi ne pas boire un verre, tous les deux ?

Mon sang pulse sous ma peau. Je ressens chacun des battements de mon cœur dans mes veines.

Reste calme et prends ce putain de verre.

— Tu n'es pas mon ennemi, Ugo. Je veux seulement m'assurer de ne pas en être un pour toi non plus.

J'expire lentement, espérant chasser la colère qui monte en moi depuis plusieurs minutes.

Depuis plusieurs semaines, oui…

Fred dépose deux verres vides devant moi et me fait signe de les remplir tout en désignant du menton la bouteille que je tiens. D'un geste lent et maîtrisé, je nous sers à chacun un fond.

— Et qu'est-ce qui pourrait faire de toi mon ennemi, Fred ?

Il porte un des verres à ses lèvres, tout en feignant de réfléchir.

— Une tonne de choses, Ugo. À commencer par mon dégoût pour tout ce qui n'est pas notre génération. Particulièrement les robots. Trop intrusifs, ceux-là.

Une expression de mépris marque son visage et je me retiens une énième fois de lui flanquer mon poing dans la gueule. Mais, bien que ce soit tentant, les trois hommes, maintenant adossés au mur près de la fenêtre et loin de notre échange, m'intercepteraient avant même que j'aie posé la main sur lui.

J'avale une gorgée de whisky et m'affale un peu plus dans le canapé, l'incitant à poursuivre.

— De plus, je déteste voir notre génération sympathiser avec eux. Ils sont tout ce qu'on n'est pas. À cause d'eux, notre futur se voit compromis. Pour quoi ? Pour des règles de conduite à la con ? Un code à suivre ? J'aime ma vie telle qu'elle est. Avec sa part de violence, de drogues, de fête, d'alcool, de sexe, bref… de vie. Il est hors de question que nos enfants et que les générations à venir perdent cette liberté, cette volupté, cette empreinte unique qu'est la nôtre. Tu comprends ça ? Sais-tu à quel point notre évolution définira les siècles à venir ? Veux-tu vraiment que cette terre vierge devienne un monde aussi creux et insipide que le sont ces robots ?

C'est trop… Je vais exploser.

Lorsque ses paroles se déversent, je ne peux m'empêcher de penser à *elle* et à quel point il a tort.

À quel point ils sont beaucoup plus que ça, les robots. À quel point le monde serait plus beau sans l'esprit égoïste et dénué de principes de notre génération. Pendant combien de temps ai-je vécu dans la débauche sans me rendre compte de l'horreur qu'elle représente ?

Pendant combien de temps ai-je cru que la vie se résumait à boire, baiser et se battre inlassablement ?

Je comprends alors que ce Fred ne me sera d'aucune utilité, aussi sans plus attendre je vide mon verre, lui adresse un regard méprisant et me lève. Je ne prendrai pas la peine de me bagarrer. Je pousse alors les portes battantes menant au club.

— Mais…

Sa voix me stoppe net.

N'ai-je pas été clair ?

— Sais-tu ce qui me rend encore plus fou de rage ?

Je ne me retourne pas, les deux mains posées contre les portes, attendant malgré moi la suite.

— Damien et sa bande de vautours.

Soudain, je lui fais face.

— Je préfère encore sacrifier une part de mes principes plutôt que de laisser un petit imbécile prétentieux mettre la ville à feu et à sang. J'ai un business ici. Une boîte tout entière que j'ai obtenue à force de travail et de loyaux services au pensionnat. Toute ma jeunesse, j'ai rêvé de cet endroit et, à cause de Damien, j'ai perdu la moitié de ma clientèle. Pour la plupart, ce sont des femmes. À cause de ses attaques, qui au début je l'avoue m'ont plutôt fait marrer, notre génération reste cloîtrée chez elle, par crainte de subir sa violence. Vois-tu ? Mon idéal de vie est finalement remis en question par Damien et ses hommes, ceux de ma propre génération.

Je ferme les yeux un instant, priant pour qu'il abrège et qu'il aille droit au but. Je commence à perdre patience. Je sais me montrer calme un temps, pas indéfiniment.

— J'ai cru comprendre que tu cherchais à connaître ses plans à venir. Je peux t'aider. (Son sourire s'élargit et il m'adresse un regard victorieux.) Les informations fuitent et Damien a sous ses ordres de loyaux serviteurs que le whisky rend bavards…

4

Ugo

— On se retrouve tous chez moi après nos injections, il faut qu'on établisse un plan, ordonne Camélia depuis la file d'attente.

Voilà maintenant une heure que nous attendons en plein soleil nos traitements mensuels sur le parvis de l'hôpital. Nous formons une longue file d'attente avant d'être vaccinés à la chaîne, patientant comme de vulgaires animaux aux portes de l'abattoir. C'est une mesure obligatoire à laquelle nous ne pouvons échapper.

— Ugo.

Une élégante femme en blouse blanche, les yeux fixés sur ses notes, me fait un rapide signe de main pour que je la suive. J'adresse un regard à Camélia et lui confirme ma présence chez elle une fois nos obligations accomplies. Je pénètre dans le bâtiment et l'odeur clinique du lieu me file instantanément un mal de crâne. Ce parfum aseptisé, mélangé à de l'alcool, me rappelle de mauvais souvenirs. Joris, son accident.

— Installez-vous ici.

La femme aux cheveux roux pointe du doigt une petite pièce blanche. Elle semble contrariée, perturbée. L'œil fuyant, elle enfile ses gants de latex tout en jetant quelques regards inquiets en direction du couloir.

Qu'est-ce qui lui arrive ?

Les mains tremblantes, elle ferme la porte et ses yeux rencontrent enfin les miens.

— Ugo !

Sa voix est pressante, emplie d'une assurance qu'elle n'avait pas quelques instants plus tôt.

— Je suis la docteure Anand. Je sais que vous êtes proche de 900. Je dois vous parler, nous avons très peu de temps. Où est-elle ?

Ma mâchoire se crispe, mes poings se serrent. Si elle pense que je vais tomber dans son piège…

— Je ne suis pas votre ennemie, m'assure-t-elle calmement.

D'un geste maîtrisé, elle retire les gants stériles, et enserre mes mains de ses petites paumes.

— Je ne vous ferai pas cette piqûre.

Même si je me méfie d'elle, je ne peux pas nier ce regard sincère qui plonge dans le mien avec sincérité.

— Pourquoi ?

Toujours l'un en face de l'autre, ses mains accrochées aux miennes, nous nous observons en silence. Pas un seul bruit extérieur ne vient perturber cet instant étrange. Quelque chose chez elle m'interpelle, me pousse à lui faire confiance. Je la vois inspirer profondément, sa poitrine se soulevant sous sa blouse immaculée.

— J'ai étudié ce vaccin pendant plusieurs mois.

Son regard se porte rapidement sur la porte et, soudain, passant au tutoiement, elle se met à chuchoter :

— Ne me demande pas pourquoi. Je n'ai pas trouvé grand-chose, je sais seulement qu'il n'est en rien un remède. Vos traitements ne servent pas à contrer l'épidémie.

Mon pouls s'accélère. Une douloureuse chaleur m'envahit et je sens la rage monter en moi. J'ai chaud, je brûle de l'intérieur. D'une main moite, j'essuie mon visage humide et échauffé.

Contiens-toi, Ugo…

— À quoi sert-il ?

Ma voix est étonnamment calme. Ce n'est pas le moment d'extérioriser ma fureur, nous n'en avons pas terminé. La docteure Anand hausse les épaules avant de s'asseoir sur la seule chaise de la pièce. Le regard dans le vide, elle semble perdue, à bout de forces.

— Quelque chose ne tourne pas rond, murmure-t-elle. Le Conseil est de plus en plus agité, il mijote quelque chose, Ugo, et je ne sais pas quoi. Tu en fais partie, dis-moi ce que tu sais.

Sa voix est désespérée. J'ai l'impression qu'elle est une alliée. Une alliée dans cette guerre contre le mensonge, les complots. Qu'elle me comprend mieux que personne. Elle est une adulte et c'est bien la seule à vivre les mêmes incertitudes, la seule à se sentir si impuissante, comme nous. Seulement, je ne peux pas l'aider, je suis aussi impuissant qu'elle.

— Cela fait bien longtemps que j'ai perdu leur considération, je lui avoue.

Elle se relève, reprenant un peu de force, et de nouveau empoigne ma main encore tremblante de rage.

— Nous n'avons pas de temps. Où pouvons-nous nous retrouver ?

— Au hangar ouest, je lui réponds rapidement. Au coucher du soleil, ce soir.

Son regard retrouve sa douceur quand soudain la porte s'ouvre.

— Docteure Anand, le docteur Shuffler souhaiterait vous parler. C'est urgent. Je prends le relais.

Un homme de ma génération, dont je ne connais pas le nom, pénètre dans la petite pièce déjà bien étriquée pour deux.

— Je reviens, me lance-t-elle tout en partant.

Le garçon ne m'adresse pas un mot. Il paraît timide, peu expérimenté. Sa blouse est deux fois trop grande pour lui et la formation d'infirmier ne semble pas du tout convenir à son caractère froid et effacé.

— On t'a déjà fait ton vaccin ?

Son regard se porte enfin sur moi et, avec maladresse, il tente d'attraper la fiole sur le plateau en inox.

— Oui, je réponds froidement. Je vais y aller.

J'attrape la poignée de la porte.

— Soulève ta manche, s'il te plaît.

Surpris, je me retourne et mes yeux se posent sur la seringue qu'il tient. Pour quelqu'un qui paraissait nerveux, il ne tremble pas le moins du monde. Soudain, je remarque un tatouage sur son poignet. Le tatouage. Quatre points.

J'ai à peine le temps de réaliser ma découverte que le visage de l'homme se transforme, dévoilant un sourire triomphant. Je m'apprête à fuir, mais il lâche la seringue pour s'emparer d'un couteau et se jette sur moi.

Ce connard a mal choisi sa cible. Je retiens mes émotions depuis des jours entiers, et il m'offre là l'occasion parfaite de me défouler enfin. La lame étincelante m'éblouit un instant et, de la paume de ma main, je détourne tout juste son geste, tordant son poignet à la verticale. Un craquement résonne, suivi de son cri rauque. La main disloquée, il retient des larmes tandis que le couteau tinte contre le carrelage blanc.

Alors que je m'apprête à décharger toute ma colère sur cet homme, des cris de terreur provenant du couloir me plongent dans un état second. Comme possédé, je ne contrôle plus rien. La seule chose à laquelle je pense, c'est retrouver Camélia, les jumeaux et les mettre à l'abri.

Les hurlements se multiplient et maintenant c'est tout l'hôpital qui semble être envahi.

J'attrape le garçon par le col et, d'un coup de tête, je l'envoie valser contre le mur. Il perd connaissance, et je récupère son couteau avant de courir en direction du couloir. La scène qui se déroule devant mes yeux est d'une violence extrême. Les hommes de Damien se sont emparés de l'hôpital et toutes les générations confondues se font massacrer. Mon cœur se serre dans ma poitrine, chaque battement résonne dans mes tempes à m'en rendre sourd. Sans réfléchir, je me précipite sur un homme en train d'étrangler une fille de ses mains. Je lui balance la lame dans son flanc gauche et il relâche alors sa proie, sa douleur faisant écho à celle des autres. Mais c'est trop tard, la jeune fille ne respire plus. La vision de cette innocente gisant au sol les yeux vidés de toute vie décuple ma rage. Elle pourrait être 900. C'est l'une de ses sœurs. Un son rauque m'insuffle du courage quand j'enfonce une deuxième fois la lame en plein dans le thorax de l'homme. Une giclée de sang s'écoule de ses lèvres avant qu'il ne s'effondre au sol, sur sa victime.

Je ne peux pas rester là, je ne peux pas m'attarder sur chaque combat, je dois trouver Camélia. Alors que je traverse le couloir, au milieu des blessés et des cadavres, un coup s'abat sur ma nuque et, l'instant qui suit, je me retrouve au sol. La vision floue, je tente de me relever, mais une douleur aux côtes me paralyse. Une grosse chaussure de rangers se plante dans mon ventre, me coupant le souffle. Je respire à peine, ne vois plus rien. Des flashs de lumière dansent devant mes yeux. Lorsque, au milieu de ce flou, je repère de nouveau la chaussure de l'homme, je rassemble le peu de forces qu'il me reste pour l'agripper à temps, avant qu'elle ne m'achève d'un dernier coup fatal. Je tire sur la cheville d'un coup sec et rapide amenant l'homme face contre terre. Sa mâchoire bute contre le carrelage à ma gauche et du sang vient maculer le sol. Il grogne, à moitié sonné, et je profite de son étourdissement pour reprendre mes esprits. Je pousse sur mes avant-bras et, malgré mon corps endolori, j'arrive à me remettre sur mes deux jambes.

Je prends appui contre le mur, vacillant, la vision encore trouble, le souffle toujours court. Et alors que j'aperçois la sortie de l'hôpital, derrière moi, je reconnais une voix. Du moins au travers de ce cri suppliant et agonisant, je la reconnais. C'est celle de 410.

Bon sang, Ugo ! Va-t'en ! Va retrouver Camélia !

J'ose un coup d'œil en arrière, malgré ma raison qui me hurle de dégager de là, et lorsque nos regards se croisent alors qu'il est au sol, un homme pointant un poignard contre sa gorge, je sais que je ne peux quitter les lieux sans l'embarquer avec moi. S'il meurt, je ne me le pardonnerai jamais. J'ai beau le haïr de toutes mes forces, détester son double jeu et sa fourberie, je ne peux devenir aussi impitoyable et laisser ce type l'achever. Alors j'enjambe les quelques corps qui jonchent le sol, et d'un dernier geste qui me coûte tous les efforts du monde, j'attrape l'agresseur de 410 par le cou et le propulse violemment contre le mur blanc.

Sans ménagement, j'attrape 410 par le col et, sans m'assurer qu'il est en entière possession de ses moyens, le traîne jusqu'à la sortie.

En à peine quelques secondes, nous voilà dehors. Le souffle haché, l'esprit en pause, j'ignore le cri de 410, qui manque de s'effondrer à la vue des centaines de blessés entassés devant l'entrée de l'hôpital. D'un rapide coup d'œil, je tente de repérer la veste rouge de Camélia dans cet amas de corps, au milieu des râles, des plaintes et des sanglots. Je prie pour ne pas la voir, signe qu'elle aurait pris la fuite. Sans m'en rendre compte, je crie son nom, d'une voix désespérée, ma main toujours fermement agrippée au col de 410, maintenant muet.

Son poids se fait plus lourd.

Putain, non…

Je me retourne et le corps de 410 est soudain dénué de force. À la limite du malaise, ses yeux se révulsent. Et bien que j'en aie toujours rêvé, je n'en tire pas la satisfaction escomptée lorsque mon poing vient s'écraser contre sa mâchoire déjà bien amochée.

— Mais qu'est-ce que… ! Aaaaah !

Soudain droit comme un piquet, il reprend ses esprits.

— Il est hors de question que je te porte parce que tu n'es pas capable de supporter la vue du sang ! C'est clair ?

Il hoche la tête, retenant tout juste un renvoi de son estomac. Les yeux dans le vide, sûrement pour ne pas les poser sur ce massacre, il me suit, tel un pantin.

5

Ugo

— Camélia ! Camélia ! Merde, ouvre !

Tremblant, j'imagine le pire durant de longues secondes, avant que la porte s'ouvre enfin sur le visage tuméfié de ma meilleure amie. Mon corps tout entier se détend, des litres d'air franchissent mes lèvres alors qu'elle se jette dans mes bras.

— Putain, Ugo ! J'ai bien cru que je ne te reverrais jamais.

Ce contact, pourtant si rare entre nous, m'offre tout le réconfort dont j'ai besoin. Presque. Alors qu'elle m'étreint avec force, je ne peux m'empêcher de penser à *elle*, à *900*.

Je donnerais tout pour qu'elle soit là. Que sa douceur réconforte mon cœur en alerte. Que sa force de caractère, bien qu'enfouie, soigne la douleur que je ressens à cet instant. Que sa main enveloppe la mienne, que son parfum m'enivre. Je voudrais disparaître, avec elle, loin de tout.

Lorsque Camélia s'écarte de moi, mon corps devient tout à coup glacial. L'endorphine d'après coup. Le calme après l'adrénaline. Alors qu'elle prend la relève pour s'occuper de 410, je pénètre dans son appartement et le nombre de personnes présentes me laisse sous le choc. Une vingtaine de jeunes ont trouvé refuge chez Camélia. Je la reconnais bien là ! Les jumeaux viennent tout de suite à ma rencontre et me proposent une cigarette. Alors que je tire sur la tige et m'installe sur un siège, les douleurs de mon corps se réveillent peu à peu.

— Sers-moi un whisky, David, je demande, espérant retenir au mieux mes grimaces.

Alors qu'il me tend son verre, je ne prends pas le temps d'apprécier le liquide et l'ingère en une seule gorgée, espérant anesthésier au plus vite la douleur physique. Alors que nous encaissons chacun nos blessures dans le silence, je repère 899, au côté de Camélia – qui, après avoir aidé 410 à trouver un siège, s'est elle-même assise.

Merde, j'avais oublié que 899 aussi revenait en ville à l'occasion du vaccin. 900 est-elle à l'hôpital ?

Je vais pour me lever, mais Camélia me fait signe de ne pas bouger.

Non ! Impossible ! Ils n'auraient pas pris un tel risque.

Camélia prend alors la parole :

— Ce n'est que le début. Damien et ses hommes ont toujours eu pour projet de nous éliminer.

Les voix s'élèvent au milieu des gémissements. Notre petite assemblée de rescapés s'affole.

— On ne peut pas se laisser faire. Vous les avez vus à l'œuvre. Beaucoup ont perdu la vie aujourd'hui et d'autres sont encore blessés, regagnant comme ils le peuvent leurs appartements dans une terreur sans nom.

Le brouhaha s'éteint petit à petit. Camélia poursuit :

— Vous avez le choix. Nous avons pris la fuite ensemble, non sans nous battre du mieux possible. Ceux qui resteront ici à la fin de mes paroles auront un engagement envers nous. Les hommes de Damien nous appellent les « sympathisants » sous prétexte que nos deux générations réussissent à vivre en harmonie et plus encore…

Son regard croise rapidement celui de 899.

— Alors, qu'il en soit ainsi. Nous sommes des sympathisants et fiers de l'être. Maintenant, soit vous partez d'ici et vous demeurez neutres autant de temps qu'il vous sera possible de l'être. Soit vous restez, et alors nous riposterons, à notre manière. Chacun aura son rôle à jouer. Pour ceux qui veulent partir, la porte est ouverte.

Sa voix est calme, mais remplie de détermination. Camélia a tout d'une leader, bien plus que certains de nos aînés. Rares sont ceux de ma génération à avoir un caractère comme le sien.

Alors, joignant le geste à la parole, elle ouvre la porte de son appartement et, les bras croisés, elle attend.

— Ugo. Viens.

Dans ce silence pesant, je me lève, comprenant qu'à cet instant je dois faire preuve de solidarité. Un aîné a toujours été l'objet d'un respect privilégié au sein de notre génération. Affirmer ma place au côté de Camélia renforcera peut-être leur volonté de rester. Je suis un solitaire, je n'ai jamais voulu rallier des gens à ma cause. Mon combat contre Damien n'a toujours été à mes yeux qu'un duel qui ne regardait que nous. Aujourd'hui, je prends conscience que j'ai eu tort. Il n'a jamais été question de lui et moi. Il a toujours été question d'eux contre nous.

Alors que Camélia réfléchit depuis de longs jours à une solution pour cette ville, moi, je n'ai songé qu'à ma stupide vengeance alors qu'il s'agit là d'une révolution tout entière.

— Vous avez entendu Camélia. Ceux qui ne sont pas prêts à affronter Damien et ses hommes, rentrez chez vous. Maintenant !

Mon ton est volontairement autoritaire. Je ne souhaite pas d'indécis ici.

Quelques jeunes s'agitent et se lèvent, le regard fixé au sol, les épaules affaissées, honteux de capituler. J'étouffe un soupir, mais ne peux retenir un regard déçu envers les lâches qui passent le seuil. Ils sont traumatisés par cette dernière heure, je le sais, comme nous tous. Peut-être changeront-ils d'avis.

Huit d'entre eux quittent l'appartement et je ravale ma déception quand je vois des garçons de ma génération, des frères, si peu courageux. Nous ne sommes plus que douze. J'observe Camélia, toujours adossée au mur de l'entrée, 899 à côté d'elle, 410 sonné et avachi dans un des sièges du salon, puis David et Simon, le regard sérieux, mâchoires serrées. Soudain, mon regard s'égare vers le canapé où deux filles de la génération des robots semblent effrayées. Quelque part, derrière leurs yeux hagards, se cache une indignation évidente. Une fois la peur passée, c'est cette lueur-là qui prendra le dessus. Au sol, deux hommes de ma génération discutent. Eux, je n'ai aucun doute sur leur soutien. Leur regard rempli de rage et leurs silhouettes tendues transpirent la vengeance et je vois d'ici qu'ils seront prêts à tout pour l'obtenir. Enfin, pour finir, mon regard s'arrête sur un visage que je ne connais pas. Chloé, une fille de ma génération que j'avais rencontrée il y a quelques mois en club, lui murmure quelques mots à l'oreille. Cet inconnu m'intrigue. Il n'a pas l'allure d'un robot, mais s'il était de ma génération je le saurais.

Je m'approche alors d'eux, curieux.

— Ugo, tu es vraiment bien amoché.

Après ces mots de Chloé, mon regard s'égare vers leurs doigts entrelacés.

Avant même que je ne formule ma question, l'inconnu tend la main.

— Moi, c'est 394 !

Étonnamment, sa poigne est virile et ferme. C'est la première fois que je rencontre un robot avec une telle assurance. D'apparence, du haut de son mètre quatre-vingts, avec sa large carrure et son regard insistant, il a tout d'un homme de ma génération.

Et ce garçon-là est amoureux de Chloé.

Plus sympathisant que ça, tu meurs…

— Écoutez-moi tous ! intervient Camélia. On va s'éloigner de la ville quelque temps. Chacun aura son rôle à jouer, je vous le répète. En attendant, allez chercher des affaires chez vous, on se retrouve dans exactement une heure devant le hangar ouest.

Putain ! Le hangar ouest ! La docteure Anand !

Mon regard se pose au-dehors, le soleil se couche d'ici quelques minutes.

Faites qu'elle soit toujours en vie.

Je suis à quelques centaines de mètres du hangar. La nuit est tout juste tombée, le vent hurle entre les arbres.

Même si je ne connais pas la docteure Anand, je ressens le besoin de la savoir en vie. Comme si elle était la clef de notre combat. J'approche du monstre de métal que la lune peine à éclairer dans cette obscurité de plomb. Pour ne pas prendre de risques, je décide de contourner le bâtiment, passant par le petit sentier de pierre qui l'entoure. Tapi dans l'ombre, je tente de repérer une silhouette au travers des fenêtres poussiéreuses du hangar. Rien. Pas même le son des graviers ni le craquement d'une branche ne vient troubler le silence. Seuls les battements de mon cœur semblent résonner au milieu de ce vide.

Alors que je perds tout espoir de la revoir, une silhouette à la chevelure rousse s'élance à toute vitesse au cœur du bâtiment.

— Ugo ? Ugo, es-tu là ?

Sa voix est désespérée. Elle tremble, son regard ne cesse de se porter derrière elle.

Soudain, je réalise qu'elle n'a plus personne, que seul l'espoir de me retrouver la porte. Être un adulte ici ne signifie pas être protégé. Elle est des nôtres, maintenant. Elle ne peut compter que sur nous. Alors, je pénètre dans le hangar. Quand ses yeux croisent les miens, un soulagement déchirant remplace ses larmes. Elle pense que je peux l'aider. Et je l'aiderai.

6

900

— Écoute, 900.

899 a la lèvre fendue d'une entaille d'un rouge presque noir. D'immenses cernes violacés encerclent ses yeux d'habitude si vifs. Mais ce n'est rien. Rien, comparé à Camélia et son visage tuméfié. Je manque de vomir à la vue des marques qu'elle porte sur les articulations de ses mains. La peau de ses doigts est déchirée à plusieurs endroits et le sang ne semble pas vouloir s'arrêter de couler sur la moquette. J'observe chaque gouttelette s'écraser une à une au sol. Comme un sablier se déversant, d'une insupportable lenteur.

— Je vais avoir besoin de toi. Tu dois me faire confiance.

Le regard de mon amie est empli d'une détresse déchirante. Je ne l'ai jamais vue dans un état pareil. Je crois que je lui dois au moins d'être attentive.

— Oublie un peu tes problèmes. Je t'ai laissé des jours pour te remettre de tes souffrances. Maintenant, j'ai besoin de toi. Nous avons tous besoin de toi.

Elle tente de capter mon regard et, lorsqu'elle y parvient, mon ventre se tord de douleur. Ses magnifiques yeux expriment une infinité de supplications. Bien qu'elle se tienne droite, j'ai l'impression que tout son être est à genoux et qu'il m'implore de me réveiller.

Et je crois que je me réveille. Pour la première fois depuis mon arrivée ici, mon pouls s'emballe pour autre chose que pour mes peurs, mes doutes. Pour la première fois, je prends conscience de mon égoïsme. Je mets la parole de mon unique amie en doute alors qu'elle est la seule à pouvoir reformer le puzzle de ces derniers mois. Elle est la seule qui ne me trahira jamais.

— Nous avons tous subi une attaque aujourd'hui, 900. Nos deux générations ! Tu n'es pas la seule à souffrir. Ni à porter des marques de torture.

Ses doigts effleurent mon cou meurtri. Bien que je ne me rappelle pas ce moment, ma peau ne peut s'empêcher de frissonner au contact de la sienne. Comme si mon esprit oubliait, mais que mon corps, lui, savait. Il sait tout.

— Tes souvenirs reviendront. Mais pour l'instant, tu es avec nous. Tu fais partie de ce combat. Camélia et d'autres de nos deux générations viennent d'emménager aux abords de la ville. Cette nuit, dans une heure, ici, dans cette maison, nous nous réunirons tous. Il faut que tu sois là. Et surtout, ne prends pas peur. Dépasse tout ça, pour moi. Accueille chaque personne sans crainte, ne les ignore pas. Redeviens mon amie.

Prononcés d'une voix tremblante, au bord des sanglots, ses derniers mots s'infiltrent au plus profond de mon être. Ils me brisent le cœur.

Redeviens mon amie…

Alors, après une grande inspiration, je la prends dans mes bras. Ce contact me paraît à la fois étrange et familier. C'est comme si ce désir brûlait en moi depuis toujours, sans que je parvienne à mettre des mots dessus, et je me promets alors, de toutes mes forces, de redevenir son amie. Non pas dans un mois, ni même demain, mais maintenant.

7

Ugo

Je m'arrête un instant sur le perron de cette maison. La même devant laquelle je retenais toute ma colère, il y a maintenant presque deux semaines. Je sais qu'elle est à l'intérieur, sûrement recluse dans l'une des chambres, et je donnerais tout pour savoir à quoi elle pense en ce moment même.

Les jumeaux m'observent avec insistance, alors pour ne pas éveiller leur pitié, je me remets en marche et pénètre à l'intérieur sans même annoncer notre venue. Lorsque je m'engage dans le salon, j'ai l'impression que cette maison est inhabitée. Je ne peux pas croire que 900 y vive. Les meubles sont impeccables. Pas un seul pli ne vient déformer le canapé.

Tout le monde est là. Camélia, 899, 410, 394, Chloé, Roger et Stefan – les deux fortes têtes de ma génération –, quelques jeunes femmes. Tout le monde, sauf *elle*. La docteure Anand se tient derrière Simon et David, son immense mallette de cuir solidement serrée contre sa poitrine. Elle a tenté de sauver bon nombre de victimes à l'hôpital, mais a été forcée d'abandonner la majorité d'entre elles lorsque les hommes de Damien se sont mis à fouiller les lieux.

De nôtre côté, nous avons quitté la ville dans deux cars. L'un menant jusqu'à cette maison, l'autre nous déposant tour à tour devant ce qui sera nos nouveaux foyers. Chacun s'est approprié une maison, dissimulant du mieux possible ses traces. Le choc que nos générations ont subi s'est légèrement atténué, laissant place à une infinité de questions. Les voix s'élèvent sans crainte dans la pièce, chacun donnant son opinion sur les démarches à entreprendre.

Chaque mot que je perçois est flou et inaudible. Chaque mot, sauf…

— Est-ce que tout le monde est là, 899 ?

… *Ses* mots. Les *siens*.

Sans attendre, mon regard se dirige à ma droite, vers la cuisine. Sur *elle*. 900.

Elle est là.

Adossée contre le bar.

Elle a beau avoir chuchoté ces mots à plusieurs mètres de moi, ils me sont pourtant parvenus comme s'ils m'avaient été glissés à l'oreille.

Elle est magnifique, merde.

Habillée tout en noir, elle pourrait être invisible dans cette assemblée tachée de sang, pourtant je ne vois qu'elle. Alors que 899 acquiesce, 900 se retourne, balayant la pièce du regard jusqu'à s'arrêter sur moi. Une montée d'adrénaline vient pulser dans mon corps. Elle n'a plus ce regard de mépris. Seule la curiosité force les traits de son visage. Elle me fixe, intensément. Et tandis que ses joues se teintent de rose, son regard prend la fuite avant qu'elle ne quitte la pièce.

Bordel.

Il faut que je me reprenne.

J'inspire un instant, impassible face au regard des jumeaux.

Tout le monde est présent, presque. Camélia ne le sait pas encore, je n'ai pas eu le temps de lui faire part de mes découvertes, de nos nouveaux alliés. Même s'ils me semblent imprévisibles, leur haine envers Damien suffit à les faire accepter dans nos rangs. David a pris la peine de les prévenir avant notre départ, pendant que Simon rassemblait ses affaires et les miennes par la même occasion.

Je garde beaucoup trop de choses pour moi, ces derniers jours, autant de nouveaux éléments qui rendront Camélia folle de rage lorsque je trouverai le moment de les lui révéler. Alors que l'assemblée se calme, attendant que quelqu'un décide du plan à suivre, trois coups se font entendre à la porte. Sans attendre, quatre silhouettes, elles aussi amochées, pénètrent fièrement dans le salon.

Fred, le propriétaire du SimpleKing, ouvre la marche, ses trois acolytes Rob, Stan et Mickey fièrement dressés derrière lui, comme à leur habitude. Bien qu'ils aient dix-sept ans tous les quatre, leur orgueil et leur assurance envahissent la pièce, rendant l'atmosphère pesante pour les robots. 410 frotte ses mains l'une contre l'autre, 899 adresse un regard curieux et paniqué à Camélia, qui, elle, m'interroge d'un haussement de sourcils.

Il est temps pour moi de prendre la parole.

Je quitte le mur contre lequel j'étais adossé, en retrait, et me positionne devant la cheminée, les bras croisés contre mon torse.

— Voici Fred, Stan, Rob et Mickey. Ils sont avec nous.

Fred ricane un instant et j'aimerais lui en coller une pour son comportement hostile. Il ne me fait pas peur, loin de là. Je sais que c'est une attitude qu'il se donne, mais c'est ce genre de comportement qui force la méfiance et ici, nous n'avons pas besoin de douter les uns des autres.

— C'est dans ce quartier que nous allons vivre jusqu'à nouvel ordre. Il est à trente minutes de la ville, nous y serons en sécurité. Avant toute chose, je tiens à vous dire que nous n'accepterons aucune traîtrise. Ceux qui rejoindront le camp de Damien…

— On les détruira sans aucune pitié !

Stefan se lève et inspecte les visages un à un. Lui qui était encore discret il y a deux heures, dans l'appartement de Camélia, avachi contre le mur au côté de Roger, extériorise enfin sa colère. Avec peut-être un peu trop d'ardeur, mais je n'aurais pas mieux exprimé que lui ma pensée.

— C'est à peu près ça, je poursuis tout en lui adressant un signe de tête pour qu'il se rasseye. Demain, David, Simon, Stefan et Roger, Fred, Stan, Rob et Mickey, vous m'accompagnerez en ville. Nous ne sommes qu'une vingtaine et même si c'est déjà beaucoup, nous devons nous trouver d'autres alliés. Je suis persuadé qu'une centaine de jeunes sont reclus chez eux, terrifiés à l'idée de sortir quand d'autres cherchent à se venger. Peu importe les générations, récupérons un maximum de personnes et éloignons-les de Damien et ses hommes. Il y a ici plus d'habitations qu'il n'en faut. En attendant, je vous présente la docteure Anand.

La petite silhouette à la chevelure rousse, toujours agrippée à sa mallette, s'avance à son tour et se positionne face à moi. Lorsqu'elle prend la parole, j'ose un regard vers la porte de la cuisine, là où je m'interdisais de regarder lors de mon bref discours. *Elle* n'est plus là, mais je crois entendre des bruits de verres et de bouteilles dans l'autre pièce, signe qu'elle n'a pas totalement pris la fuite.

— Je suis médecin et également de votre côté. Je ne comprends pas ce qui arrive, ni même pourquoi autant d'horreur se déchaîne, mais ce que je sais c'est que je suis décidée à trouver des réponses. J'ai apporté là tout ce qu'il faut pour nettoyer vos blessures, je vous attendrai dans la salle de bains et…

Je n'écoute plus, trop préoccupé par les quelques bruits qui me parviennent depuis la cuisine. Toute l'assemblée est focalisée sur la docteure et, sans comprendre comment j'en suis arrivé là, je me retrouve dans l'embrasure de la porte, à *l'*observer, *elle*, 900.

Elle ne m'a pas remarqué. Ou peut-être que si, vu la tension soudaine dans ses épaules. Lentement, pour ne pas la brusquer, je pénètre dans la cuisine et referme la porte derrière moi.

Face au plan de travail, elle sort des verres du placard, des bouteilles d'alcool, de bière et de jus de fruits. La nuit va être longue, et je soupçonne 899 de lui avoir attribué cette tâche pour l'éloigner un peu de toute cette agitation.

Je m'avance encore, je suis maintenant à quelques centimètres d'elle.

Qu'est-ce que tu fous, Ugo ? Tu veux lui faire peur ou quoi ?

— Salut toi… je murmure pour annoncer ma présence, même si je pense avoir déjà été repéré.

Un léger sursaut la traverse, puis elle se retourne, le dos collé au plan de travail.

8

900

Il est là, dans la cuisine. L'homme avec qui j'ai échangé un long regard, déstabilisant et intense. Je ne me suis pas retournée et pourtant je sais que c'est lui. Comme pour me donner une contenance, je sors plus de verres qu'il n'en faut et les dépose maladroitement sur le comptoir. Ses pas sont lents et discrets, j'ai l'impression qu'un animal m'observe comme si j'étais sa proie. C'est l'effet que ça me fait et pourtant je sais au plus profond de moi que je n'ai rien à craindre.

Pourquoi ? Je n'en sais rien.

Soudain, sa voix rauque et grave me fait sursauter :

— Salut toi…

Prends sur toi, 900. Oui, c'est un homme, oui, c'est vrai qu'il n'est pas de notre génération. Mais 899 te l'a promis, tu n'as rien à craindre, ils sont différents, mais dans ton passé, tu les as appréciés.

J'inspire longuement et me retourne.

Il est très grand. Son regard est indéchiffrable. Timide ? Non. Tendre ? Je crois…

Cette lueur affectueuse me perturbe un instant, mais je ne dois pas me démonter.

— Salut, je lui réponds dans un murmure inaudible.

Sa large main se pose sur son menton et frotte sa barbe naissante.

— Je sais que tu ne te souviens plus de moi… Mais moi, si. Et je crois que j'ai besoin de te demander quelque chose.

Son autre main vient triturer ses cheveux courts et noirs. Il semble en plein dilemme, en plein combat intérieur. Il marmonne quelques mots pour lui-même que je comprends à peine tandis que moi, je reste muette, murée dans un silence gêné.

— Putain, Ugo… Qu'est-ce que tu fous ? balbutie-t-il entre deux inspirations.

Oh… C'est donc lui, Ugo.

Je me souviens d'avoir entendu son prénom…

Il s'approche de nouveau et poursuit :

— Me laisserais-tu faire quelque chose, 900 ?

Lorsqu'il prononce mon numéro, j'ai comme un électrochoc. Je ne le connais pas, mais à son intonation, à sa voix torturée lorsqu'il énonce ce chiffre, je prends soudain conscience de la réalité de mon black-out. Oui, il me connaît, peut-être trop bien, même.

Il attend, la mâchoire serrée. Je ne sais pas ce que je dois dire. Oui ? Non ?

Pourtant, je sais que je peux lui faire confiance, quelque chose chez lui inspire la sécurité, alors sans réfléchir davantage, je hoche timidement la tête, mes yeux ancrés dans le bleu des siens.

Soudain, il s'avance plus encore, et d'un geste tendre et assuré il dépose une main contre ma nuque, l'autre au creux de mon dos, et plaque mon corps tout entier contre le sien, et ce, lentement. Je crois qu'il me laisse le temps de le repousser, d'objecter, de m'enfuir. Ce que je ne fais pas. Lorsque nos deux corps sont pressés l'un contre l'autre, mon cœur explose dans ma poitrine. Comment puis-je laisser un homme dépasser cette barrière que je pensais infranchissable ?

Mon visage est enfoui contre son torse et je me surprends à inspirer longuement. Je sens le rouge me monter aux joues, mais je reste immobile, stoïque, les mains le long du corps, entre les bras d'un homme que je ne connais pas.

Je me revois étreindre 899, anéantie, implorant silencieusement son soutien. Et je le ressens, lui, pudique, maladroit, mais aussi fier. Sa détresse est presque imperceptible et pourtant elle est là. Dans son souffle lourd, dans les battements rapides de son cœur, dans la tension de son corps, lui aussi éprouvé. Ce n'est pas flagrant, mais le besoin d'amour dont il manque cruellement me bouleverse.

Alors, mes mains ballantes s'animent et je l'enlace à mon tour.

Soudain, il resserre son étreinte, comme si la tension de son corps le quittait, et un hoquet de surprise m'échappe.

Je ne sais pas combien de temps nous restons ainsi, blottis l'un contre l'autre, mais finalement il se détache, lentement. D'une main, il replace une mèche échappée de ma queue-de-cheval et me murmure un « merci » avant de quitter la pièce, me laissant seule, sous le choc.

9

Ugo

Je ne sais pas ce qui m'a pris. Pourquoi ai-je été aussi direct ? Elle qui est déjà assez bouleversée de ne pas recouvrer ses souvenirs, elle qui ne sait même plus qui je suis.

J'inspire profondément et croise le regard curieux de Camélia. Elle et 899 sont bien les seules à se demander ce qui a pu se passer dans cette cuisine entre 900 et moi. J'ignore leurs coups d'œil curieux et me concentre sur notre assemblée de sympathisants. La docteure Anand a terminé son discours et quelques blessés s'affairent déjà dans la salle de bains du premier étage.

— J'aimerais venir avec vous demain.

D'abord, je vois deux mains entrelacées avant de me confronter au regard déterminé de 394, Chloé m'adressant à son tour un sourire d'approbation.

— Tu t'en sens capable ? Nous risquons de tomber sur des hommes de Damien, je le défie.

— Il sait se battre, le défend Chloé. Si tu l'avais vu à l'hôpital, tu n'aurais aucun doute, Ugo.

Je plonge de nouveau mon regard dans celui du robot. J'ai envie de sourire quand je vois la différence entre ce jeune homme et 410. Ils n'ont rien en commun. L'un est un guerrier loyal, l'autre un animal fourbe et vulnérable. C'est sans aucune hésitation que j'accepte. 394 me tend alors sa main, et je la lui empoigne.

— Nous nous sommes installés dans la maison aux briques rouges au coin de la rue. Je serai prêt dès 6 heures du matin, demain.

— Nous partirons à 8 heures. Rejoins-nous ici.

Chloé me sourit encore et tous deux prennent la direction de la sortie. Alors que Camélia s'avance vers moi, un verre de whisky dans une main, je ne peux m'empêcher de remarquer que l'autre est dans celle de 899.

— Tiens. C'est pour toi.

Sans hésiter, j'accepte le verre qu'elle me tend et le descends d'une traite.

— Il faut qu'on parle, je murmure. Seule à seul.

899 dégage sa main un peu trop brusquement et m'adresse un sourire poli avant de quitter le salon.

— Est-ce qu'il y aurait un endroit plus calme, Cam ?

Je désigne les dizaines de sympathisants tout autour et, non sans soupirer, elle m'entraîne à l'étage, jusqu'à un petit bureau où seules deux chaises et une table meublent la pièce.

— Il ne se passe encore rien entre 899 et moi, Ugo. Enfin, tu me connais par cœur, tu sais qu'elle me plaît, elle me plaît vachement, putain ! Mais je ne vois pas en quoi ça te poserait problème.

J'ai envie d'éclater de rire, mais je me retiens. Je la laisse parler quelques secondes et me décide enfin à l'interrompre lorsque ses paroles s'emballent.

— Je ne venais pas pour parler de tes histoires d'amour, Cam.

— Oh…

Elle sourit.

— C'est plus sérieux que ça.

J'inspire profondément. Je crains qu'elle ne soit pas ravie des révélations que je compte lui faire. Mais ma loyauté a des limites. Même si certaines paroles doivent rester sous silence, quand la personne même à l'origine de ces confessions ne se souvient de rien, je me dois de les mettre en lumière. D'autant plus dans un contexte aussi critique.

— 900 travaillait pour la régente.

— Je le sais.

Camélia m'adresse un sourire mauvais. Presque déçu.

— Comment tu l'as appris ?

— 899 me parle, Ugo. Tu n'es pas le seul à t'être attaché à l'un des membres de leur génération. Je le sais depuis l'instant où 900 a perdu la mémoire. Le soir même, 899 m'a tout expliqué. Il n'y a qu'elle, depuis ce jour, qui daigne bien vouloir m'aider à comprendre…

J'inspire profondément, encaissant son reproche, coupable de ne pas avoir été présent plus tôt.

— Est-ce qu'elle, elle sait ? 900…

— Non… Mais nous l'avons déjà bien trop protégée de son passé. Il est temps qu'elle connaisse la vérité, qu'elle sache ce qu'elle a fait.

Je voudrais m'y opposer, pour protéger 900 encore un peu de son histoire.

— Ce n'est pas sa faute, Cam, tu le sais ? Elle le faisait sous la contrainte. Leur régente, à l'orphelinat, a obligé 900 à se rapprocher de nous, à nous étudier.

— Je sais que ce n'était pas sa faute… Mais je sais aussi qu'elle n'a pas tout dit. Et toi non plus.

Non… Je n'ai pas tout dit. J'ai gardé bien trop d'informations.

Une forte inspiration gonfle sa poitrine, mais elle reste silencieuse, me défiant de parler. Ou de me taire, comme je l'ai lâchement fait ces derniers jours..

— Il y a des passages souterrains dans la ville, dont l'entrée est dans la laverie, sur la rue principale. 900 avait une carte magnétique. Le soir du bal, elle s'est échappée et je l'ai suivie. Je l'ai surprise à fouiller une pièce du sous-sol remplie de livres et d'objets en tous genres. Je n'ai pas eu le temps de voir ce qu'elle observait ce jour-là, mais j'ai vu dans son regard qu'elle était terrorisée. Je suis sûre qu'elle y a vu quelque chose d'important, de grave, Cam.

Mon amie ferme les yeux quelques secondes, le souffle haletant de nervosité, puis elle se lève, pointant un doigt accusateur sur mon torse.

— Tu sais ça depuis le début ? Alors que je galère à trouver des solutions, que j'essaye de démêler toute cette histoire. La fureur de Damien, l'impassibilité du Conseil, le lavage de cerveau de 900 ! Parce que oui, Ugo ! c'est forcément un lavage de cerveau ! Tu ne peux plus le nier, maintenant ! Tout prouve qu'elle en savait trop ! Beaucoup trop ! Merde, mais t'es inconscient !

— Je sais, Cam. Je n'ai pas voulu le voir. J'ai perdu un temps précieux, mais depuis le début tu as raison. Je crois que 900 savait trop de choses et que la régente a réussi, par je ne sais quel moyen, à lui effacer ses souvenirs.

Elle se rassied, retenant la rage qui la submerge.

— T'es qu'un sale con, Ugo.

Je reste silencieux, acceptant sa colère. S'il y a bien une personne que j'autorise à me parler sur ce ton, c'est Camélia. Et pour le coup, je ne peux pas la contredire. J'étais tellement aveuglé par ma haine de cette femme, par ma fureur contre Damien, que je n'ai pas vu plus loin que ma vengeance.

— Dis-moi que tu as cette carte magnétique, souffle-t-elle.

— Pas tout à fait. Mais c'est tout comme.

Un sourcil interrogateur accentue la nervosité de son regard.

— Viens avec moi.

Sans plus attendre, je lui empoigne le bras et c'est sans protester qu'elle me suit. Je sors du bureau rapidement et ouvre toutes les chambres du premier étage jusqu'à atteindre la pièce où il se tient, non sans gémir de douleur, sur son lit.

— 410. Donne-moi la carte.

Camélia m'adresse un regard curieux, rempli d'appréhension. Je crois qu'elle comprend.

— Ugo, reviens plus tard, il souffre beaucoup de ses blessures, murmure la docteure Anand, que je n'avais pas vue.

— 410 ?! je répète avec plus de sévérité.

Une longue plainte s'échappe de ses lèvres.

— Je ne vois pas de quoi tu parles… murmure-t-il, les joues rougies par l'embarras.

— Cette petite carte magnétique que je t'ai vu récupérer dans ma veste, au retour de l'orphelinat. Dans toute cette agitation, ça aurait pu passer inaperçu, mais pas avec moi, 410. Sache juste qu'à ce moment-là tu étais le cadet de mes soucis. Aujourd'hui, c'est autre chose. Alors je ne le répéterai pas deux fois. Où est la carte ?

Je le vois fermer les yeux un instant. Je n'ai pas beaucoup de patience, mais je reste de marbre. C'est déjà en partie ma faute si cette semaine entière a été vaine, si pendant des jours j'ai laissé mes amis patauger alors que des éléments auraient pu leur apporter des réponses, ou du moins de l'espoir.

Même si j'ai gardé 410 à l'œil et que le fait qu'il soit en possession de cette carte magnétique a considérablement pesé dans la balance pour décider de le sauver la veille, il n'empêche que mon attention était focalisée sur ma petite guerre personnelle.

Aujourd'hui, je comprends tout juste que ce combat est plus grand, au-delà de ce que l'on imagine, et qu'il est temps de rattraper notre retard.

— 410 ! s'énerve Camélia. Parle !

— OK, d'accord !

Le robot s'assied dans son lit, tenant ses côtes que la docteure Anand a bandées.

— Je l'ai détruite…

— Tu plaisantes ?!

Camélia s'avance rapidement vers lui, mais je la bloque d'une main. Ça ne l'empêche pas de murmurer ces quelques phrases :

— Pour l'instant, 410, tu restes ici. Mais tu auras à t'expliquer très vite. J'espère que tout ça a un putain de sens !

Puis elle sort de la pièce en claquant la porte.

Aussitôt, je pars à sa poursuite et lui attrape le bras pour l'intercepter.

— Pas maintenant, Ugo. S'il te plaît.

10

Ugo

Le soleil est levé depuis une heure. Assis derrière le volant du car, je jette un œil à David qui, lui, conduira l'autre véhicule stationné à côté. Nous venons tout juste de récupérer les hommes présents la veille et sommes prêts à recruter le maximum de sympathisants.

Nous nous sommes fixé cinq jours entiers pour agrandir nos rangs, avant de risquer de subir une nouvelle attaque. Damien et ses hommes ont beau être nombreux, ils ont besoin de temps pour planifier leurs raids. Plusieurs jours leur ont été nécessaires pour semer le chaos de la veille. Nous savons que ceux à suivre risquent d'être calmes, mais pour combien de temps ?

Nous n'avons pas le choix, nous devons nous tenir prêts, et ce, le plus vite possible.

Alors que David m'adresse un regard, signe que nous pouvons partir, j'enclenche le contact et démarre, prêt à reprendre le chemin de la ville, plus déterminé que jamais.

— Attendez !

Camélia, le souffle court, s'élance à notre poursuite sur la rue principale de notre nouveau quartier, tapant contre la carrosserie du car. Je la repère dans mon rétroviseur et, inconsciemment, mes mains enserrent nerveusement le volant. *Il y a un problème ?*

D'un geste brusque, je tire le frein à main et les pneus crissent sur le bitume. Arrivée à notre hauteur, elle ouvre la porte et se hisse sur la première marche du car.

— 900 et moi nous joignons à vous, tu nous emmènes.

— Pardon ?

Mon ton est menaçant. Son regard a beau me lancer des éclairs, il ne m'impressionne pas.

— Ugo, je sais pas si tu as capté, mais ça n'avait rien d'une question. Alors je répète, 900 et moi allons en ville.

Soudain, furieux, je coupe le contact et attrape Camélia trop fermement, la menant hors du véhicule, loin des oreilles indiscrètes.

— Je peux savoir quelle connerie te passe par la tête, Cam ? Tu peux emmener qui tu veux ! 410, 899, mais 900, tu la laisses en dehors de toute cette merde ! C'est clair ?

D'un coup d'épaule, elle tente de se dégager, en vain.

— Merde, Ugo ! On est tous trempés là-dedans ! Tu n'es pas le seul dans ce combat ! Elle a peut-être perdu la mémoire, mais elle n'est pas idiote et encore moins invalide ! C'est elle qui a demandé à me suivre, alors si tu refuses qu'elle m'accompagne, va le lui annoncer toi-même !

D'une main rageuse, je triture mes cheveux déjà bien désordonnés, au bord de la crise de nerfs.

— Tu lui as tout raconté, c'est ça ?

Pour toute réponse, elle hoche la tête.

— Et comment va-t-elle ?

— Bien, répond-elle, me provoquant par son obstination à ne pas m'en dire plus.

Soudain, la petite silhouette de 900 se dessine dans la rue. Sa démarche est décidée et pas le moins du monde hésitante. Je n'arrive pas à détacher mes yeux des siens. Elle s'efforce de ne pas les détourner, mais je sens qu'elle est sur le point de capituler. Sa timidité me fait sourire, mais aussitôt je reprends conscience de ce qui nous attend et mon regard se durcit sans même que je le contrôle. 900 en ville, à deux pas des hommes de Damien.

Bordel…

Alors que nous stationnons dans le hangar, après avoir vérifié que la voie était libre, chacun se prépare à effectuer sa mission.

Fred, Stan, Rob et Mickey partiront à la recherche de tous les clients du SimpleKing et de leurs amis communs. Simon, David, Chloé et 394, ainsi que Camélia et 900, s'affaireront à déloger les robots reclus dans leurs appartements et à les convaincre de rejoindre notre mouvement. Stefan et Roger, eux, se chargeront de faire passer le mot aux leaders de notre génération.

— Je sais que vous souhaitez vous aussi vous joindre au recrutement, j'annonce à 900 et Camélia, mais avant ça, nous devons nous occuper d'autre chose de plus urgent.

Camélia hausse un sourcil et je déteste lorsqu'elle ne prend pas la peine d'exprimer le fond de sa pensée.

— Tu as quelque chose à dire, Cam ? je lui demande avec provocation.

— Disons que je n'approuve pas trop. 900 et moi sommes venues pour un seul et unique objectif et…

— Va aider les autres, Camélia. J'accompagne Ugo.

Soudain, mon regard se pose sur la silhouette de 900, étonnamment sûre d'elle.

Camélia secoue la tête à son tour, comme choquée par son initiative.

— Quoi ? dit 900. Je ne connais peut-être pas Ugo, mais je crois qu'on n'en est plus à se demander qui je connais vraiment ou non. Mon problème de mémoire ne doit pas entacher nos objectifs. C'est mon problème, pas le vôtre. Ugo, où allons-nous ?

Je n'arrive pas à décrocher mon regard d'elle tant je suis surpris.

— Tu verras, je lui réponds en souriant.

Bizarrement, elle me rend mon sourire et j'en suis d'autant plus abasourdi. Elle est différente. Différente même de la première fois où je l'ai rencontrée. Bien qu'elle m'ait parfois tenu tête, je perçois moins de timidité, moins de réserve. Comme si quelque chose s'était éveillé en elle.

— OK, intervient Camélia d'un ton curieux. On se retrouve ici dans deux heures.

Je lui adresse un signe de tête et la silhouette de mon amie s'enfonce au milieu des rues, au cœur des immenses bâtiments constituant notre ville.

— C'est loin ?

La petite voix de 900 me réveille soudainement.

— Non, à peine vingt minutes à pied.

Dans un silence de plomb, nous nous éloignons vers les quelques plaines qui entourent la ville. Durant de longues minutes nous restons muets, sans un regard l'un pour l'autre, jusqu'à ce qu'elle rompe ce silence.

— On se connaît bien ?

Je ne peux m'empêcher de retenir un sourire tant sa question est hors contexte.

— Je crois, oui.

Son visage se tourne rapidement vers le mien, moi je ne quitte pas l'horizon du regard, pourtant je la sens plus agitée, nerveuse.

— Genre, très proches ? poursuit-elle d'un ton curieux.

— Genre, plutôt proches, oui.

Je souris de nouveau.

Moi qui pensais il y a encore quelques jours que 900 se terrait loin de nous, fragile et apeurée, je suis totalement surpris par sa curiosité et sa spontanéité. Elle n'a jamais été si directe.

— On s'est embrassés ?

Je tourne enfin mon regard vers elle. J'ai besoin de la voir, d'observer sa réaction lorsque je lui donnerai la réponse. Elle ne semble pas gênée, bien au contraire. J'ai l'impression d'avoir face à moi une fille, une pipelette qui souhaite tout savoir sur tout.

— Oui.

Je la vois rougir légèrement puis se triturer les doigts avec maladresse. Qu'est-ce qu'elle a en tête ? Je donnerais tout pour le savoir.

Alors que nous continuons notre marche, suivant le sentier de pierres au milieu des arbres et des plantes fleuries, elle toussote légèrement.

— Et heu… Avons-nous…

Cette fois, je ne peux me retenir de rire et je devine à son regard qu'elle se vexe.

— Non ! En fait, je préfère ne pas savoir.

— Je te promets de répondre à toutes tes questions plus tard. Quand on sera tous les deux et loin de cette putain de ville. On est arrivés.

Alors qu'elle gardait le regard sur ses chaussures, sûrement pour éviter le mien, je crois qu'elle se rend enfin compte de ce qui nous entoure. Un long soupir d'admiration lui échappe et ma réaction est tout aussi stupéfaite.

J'ai déjà vu ce bâtiment sur les plans du Conseil, mais je m'attendais à tout sauf à ça.

— C'est là qu'ils vivent ? Les membres de la troisième génération ?

Je hoche la tête et nous nous arrêtons enfin, les yeux rivés au sol, devant cette immense crevasse.

À nos pieds, un escalier interminable mène en profondeur, dans un précipice, là où un immense sanctuaire, construit dans la roche, scintille sous le soleil. Il est gigantesque, plus grand que je n'aurais pu l'imaginer. Fait de pierre, sa couleur est proche de l'argent tellement la roche est lisse et luisante sous les rayons de lumière. L'édifice a la forme d'un immense triangle irrégulier dont le sommet fin et long pointe au niveau de la surface. Il est d'une hauteur stupéfiante bien qu'il soit immergé sous terre.

— Magnifique… je l'entends soupirer.

— L'escalier est raide. Tu t'en sens capable ?

— Oui, répond-elle d'un ton fébrile.

Alors, sans hésiter, je glisse mes doigts dans les siens et nous descendons les marches une à une.

11

900

Je ne sais pas ce qui m'arrive. Ugo a un effet apaisant sur moi. Pourtant, il n'est pas toujours des plus agréables ni des plus tendres, mais au moins, il ne me ménage pas, ne m'épargne pas. Je vois tout de même que ma présence dans cette ville l'inquiète, je ressens son besoin de me protéger, mais il le fait sans porter ce regard que j'ai trop vu se poser sur moi ces dernières semaines. Ce regard de pitié que Camélia et 899 ont trop souvent eu, celui qui me fait passer pour cette petite fille fragile que je ne suis pas. Et que je crois n'avoir jamais été.

Lorsque Camélia est venue me parler ce matin, je m'attendais à tout sauf à ces révélations. Durant toute ma période d'amnésie, je n'étais qu'un pion pour la régente. À l'instant même où Camélia est arrivée au bout de ses aveux, je crois que mon corps, mon cerveau et tout mon être ont enfin repris vie. J'étais déjà dans un état d'esprit combatif depuis ma discussion avec 899, mais à ce moment-là, ça a été la haine, la rage et un besoin de revanche qui m'ont submergée. Depuis, cette détermination ne me quitte plus. Je me sens presque apaisée, sereine. Car j'ai un but. J'en sais trop, trop pour que la régente m'épargne ou me laisse une seconde chance, alors à défaut de pouvoir retrouver mes souvenirs, je donnerai tout pour récupérer ces documents secrets si compromettants.

Je manque de trébucher sur une marche et, aussitôt, la main d'Ugo se resserre sur la mienne. D'une légère impulsion, il me fait retrouver l'équilibre, le regard concentré sur cet escalier traître. C'est déstabilisant de voir à quel point sa présence ne m'effraye pas, comme je me sens en sécurité près de lui.

— 900, nous y sommes, murmure-t-il.

En bas des marches, je lève la tête et j'ai l'impression de vaciller tant l'escalier est abrupt, vu d'ici. Le ciel est à peine visible, bien trop éloigné, à tel point que mon souffle se coupe un instant. Cet endroit est aussi oppressant qu'il est magnifique.

Enfoncés au cœur de la terre, sans issue hormis cet escalier sans fin, nous restons silencieux un instant, médusés par ce décor. Je remarque qu'Ugo ne m'a pas lâché la main. Bien au contraire, il la maintient avec force quand il n'y a pourtant plus de danger. Même si le ciel peine à se faire voir, le soleil, lui, concentre toute sa force sur ce site.

Nous progressons en silence sur le sol étincelant avant d'arriver enfin devant l'immense porte de l'édifice. Il règne ici un silence de mort. Bien qu'à l'orphelinat la vie soit douce et calme, cette troisième génération semble, elle, se nourrir du néant. Le lieu paraît abandonné, désert, mort.

La main d'Ugo se détend dans la mienne et je me surprends à espérer qu'il ne la lâche pas. Je repense aux questions idiotes que je lui ai posées plus tôt. Qu'est-ce qui m'a pris ? Je me sens rougir et une bouffée de chaleur gagne mon corps. Malheureusement, c'est à ce moment qu'Ugo se retourne pour me faire face. Son visage est impassible, pourtant je décèle une touche de tendresse dans ses yeux. À ma plus grande déception, il abandonne ma main mais, très vite, me caresse la joue. Ses gestes sont lents, comme la veille lorsque nous nous sommes enlacés. Et bien que je ne le connaisse pas, je comprends qu'il me laisse encore le temps de le repousser. Il m'offre la possibilité de refuser cette proximité.

Mais je ne bouge pas et accueille sa main contre ma joue.

Je me surprends même à fermer les yeux un instant lorsque le bout de ses doigts glisse dans ma chevelure, tandis que sa paume, elle, épouse parfaitement ma joue. Son autre main rejoint mon autre joue et mon cœur s'emballe. Mes jambes manquent de défaillir, alors j'inspire profondément, les paupières toujours closes.

Pourquoi est-ce qu'il ne dit rien ?

Il relève mon menton de son pouce avant de caresser ma lèvre inférieure.

— Ouvre les yeux, 900.

Je m'exécute, lentement. Trop lentement, même. J'ai peur de ce qu'il me fait ressentir. Peur de concevoir la réalité de cet instant que je crois être en train de rêver. Alors mon regard rencontre le sien. La tête levée, toujours emprisonnée au creux de ses mains, j'ai l'impression d'être éblouie. Le soleil y est pour quelque chose, mais pas que…

Un sourire étire ses lèvres que je me laisse aller à les observer. Elles sont humides, presque rouges et une légère cicatrice vient en barrer le coin supérieur. Elle est blanche comparée à son teint doré et je manque d'y poser les doigts pour en suivre le relief. Mais je me retiens. De toutes mes forces.

Ses mains brûlantes contre mon visage froid réchauffent mon corps tout entier et un frisson me traverse.

— Ça va ? murmure-t-il d'une voix rauque.

Je ne réponds pas et me contente de hocher la tête. Mes bras ballants le long de mon corps me hurlent d'approfondir ce contact, alors, comme une imbécile, je lui prends les poignets.

Immédiatement, il se détache de moi, comme s'il pensait être repoussé.

Non…

Ce n'est pas ce que je voulais.

Mais c'est trop tard, notre étrange échange a pris fin.

Heureusement, il sourit toujours, le regard ancré dans le mien.

— Ne t'éloigne pas de moi. Reste toujours à mon côté… Laisse-moi faire, d'accord ? Nous n'avons encore jamais échangé avec cette génération, personne ne les connaît.

J'en avais presque oublié le monde qui nous entoure et la mission à venir. Je hoche la tête de nouveau, incapable de prononcer le moindre mot, et pose les yeux sur cette porte, devant laquelle nous nous sommes octroyé quelques secondes de répit. Ugo frappe trois coups contre le bois. Je sursaute tant l'écho se répète et vibre contre tous les bords de l'immense crevasse qui nous emprisonne. Plusieurs secondes passent, durant lesquelles lui comme moi retenons notre souffle, puis la porte s'ouvre, laissant apercevoir un homme. Son visage est dissimulé dans l'ombre d'une immense capuche pourpre, il est impossible de distinguer ses traits.

Les mains dans son dos, le buste droit, figé, de marbre, il attend.

— Pouvons-nous parler à votre chef ? demande Ugo d'une voix solennelle.

Le mystérieux portier ne répond pas, au lieu de cela, il nous tend deux toges de la même couleur que la sienne. En quelques secondes, j'ai enfilé le vêtement par-dessus les miens et une douce odeur d'encens et d'herbes brûlées emplit mes narines. La fragrance est agréable bien que trop intense.

Je glisse la capuche par-dessus ma chevelure et Ugo en fait de même. L'homme, toujours muet, se retourne et d'un geste nous fait signe de le suivre. Mal à l'aise, je pénètre dans l'édifice à la suite d'Ugo qui, devinant mon appréhension, m'offre sa main. Aussitôt, je me sens mieux, comme si rien ne pouvait m'arriver. D'une légère pression, il caresse la peau fine de mon poignet et je me surprends à lui rendre son geste. J'inspire profondément, j'ai l'impression que ses effleurements sont tellement intimes. Alors que nos paumes sont scellées, progressivement, il glisse ses doigts dans les miens et à cet instant mon cœur s'arrête douloureusement.

Je ferme les yeux, inspire profondément l'odeur qui se dégage de mon vêtement et me focalise sur notre mission.

Ne te laisse pas perturber par ces émotions étranges et nouvelles, 900.

Alors que je vide mes poumons, j'observe enfin l'immense bâtisse qui, de l'intérieur, est si majestueuse qu'elle m'en coupe le souffle. Plusieurs centaines de mètres nous séparent du plafond. Alors que de l'extérieur, la roche était brute et inégale, en son cœur, le monastère est d'une régularité et d'une symétrie parfaites. Tout est en marbre blanc et des milliers de bougies flamboyantes reflètent sur les murs immaculés une lueur rouge orangé. Mon regard se pose sur les centaines de jeunes gens dissimulés sous leur toge. Certains sont immobiles, d'autres arpentent les allées avec lenteur. Tout est silencieux, au ralenti, comme si le temps n'existait pas. Pas même leurs pas ne résonnent dans cet espace pourtant immense. J'observe ces personnes et comprends que leur allure nonchalante est faite pour préserver ce silence, cette quiétude. Moi qui ai l'habitude d'une vie réglée par un décompte, qui ai grandi dans un cadre où la tenue et l'éducation sont fondamentales, je manque de rire nerveusement tant leur apathie me surprend, me perturbe.

J'aime pourtant l'ordre, mais ici il y en a trop. Beaucoup trop.

Voici maintenant plusieurs minutes que nous parcourons la salle à une allure molle et traînante. Ugo garde un regard fixe et dénué de curiosité. Ses yeux restent rivés sur la silhouette de notre guide. Alors que nous arrivons au cœur de la salle, celui-ci s'arrête, désignant de la main un homme arborant une longue robe blanche, brillante et soyeuse, surmontée d'une capuche finissant en un voile sur son visage.

C'est sans aucun doute le chef.

Il est assis en hauteur, droit, dans un renfoncement creusé dans la roche large de deux mètres que je devine être le seul endroit brut. Soudain, il se lève et se poste devant les quelques marches qui nous séparent. Il nous attend.

Ugo ne me lâche pas et nous allons jusqu'à cet homme mystérieux. Lorsque nous sommes face à lui, celui-ci se lève et nous fait signe de le suivre. Il se retourne et se positionne, droit comme un piquet, devant son trône de pierre et nous l'imitons. Il pose la main contre une pierre plus petite que les autres et, soudain, la roche se met à trembler, pivotant lentement à cent quatre-vingts degrés. Les murs vibrent et l'instant suivant, sans même nous être déplacés, nous nous retrouvons dans une pièce, où un bureau en marbre blanc, de vieux manuscrits et des livres, et de longues tapisseries pourpres aux dessins tribaux sont disposés dans un ordre parfait.

L'homme, toujours muet, s'installe au bureau et, d'un signe de tête, nous invite à prendre place sur les sièges bordeaux qui lui font face. J'ai l'impression d'être dans un rêve, tant la situation est irréelle.

Nous nous asseyons à notre tour et Ugo me lâche la main. Quelques secondes s'écoulent, avant que l'individu soulève son voile blanc et mette en lumière le seul visage qui nous est possible de contempler dans ce lieu.

Soudain, j'écarquille les yeux, mon cœur manque un battement.

C'est une femme.

— Vous vouliez parler au chef ? Je suis en quelque sorte ce que vous appelez chez vous un chef.

Je déglutis péniblement et observe Ugo, qui commence à plaider notre cause.

— Je suis de la deuxième génération, explique-t-il d'une voix douce et calme. Enfin, c'est ainsi que le Conseil nous a catégorisés durant la réinsertion.

— Vous êtes donc de ceux qui s'évertuent à changer le monde selon leurs règles… Je vois.

La femme sourit et l'invite à poursuivre.

— Mon nom est Ugo et voici 900, de la première génération.

Je la regarde un instant et son sourire est d'une douceur infinie. Ses longs cheveux blonds tombent en cascade le long de sa toge et, même si les traits de son visage sont marqués par le temps, cet être dégage un calme et une pureté impressionnants.

— Que puis-je faire pour vous ? murmure-t-elle d'une voix bienveillante.

— Nous ne sommes pas tous à vouloir changer le monde. Vous vivez reclus, en sécurité pour l'instant. Mais ça ne va pas durer. Le savez-vous ?

Du bout des doigts, elle pianote contre le cuir de l'un de ses manuscrits, son doux sourire ne quittant pas ses lèvres.

— Est-ce là une menace, Ugo ?

— Non ! Bien sûr que non ! Bien au contraire, nous sommes là pour vous mettre en garde.

— Hum… Hum…

Elle acquiesce dans un souffle.

— En réalité, nous aimerions que vous vous joigniez à nous.

— Ah oui ? Pourquoi me joindrais-je à vous, Ugo ?

Son regard est maintenant plongé dans le mien. Elle m'étudie, me détaille, m'hypnotise.

— Attendez... le coupe-t-elle avant même qu'il ne poursuive. J'aimerais que ce soit 900 qui m'en donne les raisons. Les femmes ont un sens de la justesse que les hommes n'ont pas.

Soudain, mon cœur s'emballe. Je manque de vaciller sur ma chaise. J'ai perdu la mémoire, je ne sais pas ce que je peux dire ou dois taire, ce qui est juste ou pas. Que dois-je déclarer ? Mon esprit est vide d'expérience et de souvenirs.

Je ferme les yeux, inspire un long moment et me lance :

— Des hommes de la deuxième génération ont commis des crimes atroces. J'ai moi-même subi leur torture il y a plusieurs mois. Nous pensions qu'il s'agissait là d'une simple intimidation, mais il y a quelques jours, lors des traitements mensuels, ils ont assiégé l'hôpital. D'innombrables jeunes en sont morts. Nous ne pouvons en évaluer le nombre, tout était trop rapide. Nous savons seulement que leur projet est en marche et qu'ils ont pour objectif d'exterminer tous ceux qui ne rejoindraient pas leur camp. Tous ceux qui ne sont pas comme eux. Et vous, la troisième génération, êtes loin, très loin d'être comme eux.

Elle me sourit, pas le moins inquiétée par mes révélations.

— Savez-vous qui nous sommes, 900 ? Je veux dire, à part nous nommer comme étant la troisième génération. Nous connaissez-vous ?

Gênée, je secoue la tête et elle inspire un instant, m'offrant un regard compatissant.

— Nous ne vivons ni pour la guerre, ni pour la haine, ni pour l'amour, ni pour la compassion, ni pour le bonheur. Nous sommes ici pour connaître la solitude et cultiver notre sagesse. Les puissances divines vous testent. Nous, elles nous embrassent chaque jour. Nous sommes déjà dans leurs bras, attendant qu'elles nous emportent avec elles. Faites de même. Ne luttez pas contre des démons extérieurs, ça n'en vaut pas la peine.

J'étouffe un sanglot tant ses paroles me perturbent. Comment peut-elle être aussi passive ? Insensible ?

— Que faites-vous du sort de toutes ces victimes à venir ? je lui demande, la gorge nouée.

— Nous prions pour elles chaque jour.

— Et qu'est-ce que ces prières leur apportent, au juste ?

— 900… murmure Ugo, d'un ton réprobateur.

— Non… Laissez-la ! Cette question est tout à fait légitime. Nous prions pour qu'ils rejoignent le monde nouveau, comme ceux avant nous, il y a dix-huit ans, qui ont péri sur cette terre. Cette épidémie nous a ouvert les yeux, ces âmes sont heureuses maintenant. C'est nous, les survivants, qui sommes les malheureux. Ce monde n'a plus rien à offrir. Nous nous sommes faits à cette idée.

— Mais… je riposte, au bord des larmes. Il peut encore être sauvé ! Tout est à notre portée pour que tout redevienne un jour comme avant.

— 900… m'interrompt-elle d'une voix mélodieuse. L'homme ne sera plus jamais comme avant. Nous sommes trop peu nombreux. Vous êtes trop peu nombreux. Cette infériorité crée des névroses, des besoins de puissance, de possession. La deuxième génération veut diriger cette terre, contrôler la réinsertion. N'est-ce pas là un signe de fin ?

— 900… On devrait y aller, souffle Ugo d'une voix rassurante. Allons-y.

— Vous auriez pu tout changer, vous savez, je finis par lui dire en me levant. Vous auriez pu transformer ce monde avant de rejoindre celui que vous convoitez tant. Peut-être que c'est votre seul objectif : mourir. Mais que penseraient vos soi-disant puissances divines si vous quittiez cette terre sans avoir tenté, ne serait-ce qu'une seule fois, de la réparer ?

Elle écarquille les yeux un instant avant de reprendre contenance et de se lever à son tour.

— 900… Il faut y aller.

La femme se dirige vers le trône et une fois de plus, actionne la petite pierre faisant pivoter le mur jusqu'à la grande salle.

Rien n'a changé, les hommes en toge se déplacent avec la même apathie et cette fois j'ai envie de hurler pour qu'ils se réveillent, qu'ils nous écoutent, mais en les observant de plus près, je ne vois rien d'autre que des formes vides.

Alors qu'Ugo descend l'escalier du trône, les muscles tendus sous sa toge, la femme me prend délicatement le bras et me glisse à l'oreille :

— Je vois qu'il y a quelque chose d'enfoui en vous. Votre esprit est bloqué par un barrage immense. Revenez me voir, 900. Je peux vous aider.

Je la regarde, perdue, dans l'incompréhension totale.

Qu'est-ce qu'elle a ? Qu'est-ce qu'elle croit voir ?

Conneries !

Je dévale les marches un peu trop rapidement avant de retrouver Ugo, à la sortie du sanctuaire. Il a déjà retiré sa toge et sa chevelure noire est ébouriffée. Je crois que je ne supportais plus de le voir dans cette tenue pourpre et à mon tour je l'enlève sans ménagement, tendant le vêtement un peu trop vivement à l'homme qui, après l'avoir pris, d'un geste lent referme la porte derrière nous.

Enfin à l'extérieur, j'inspire profondément. Retenant autant que possible la rage qui me submerge.

— Puissances divines ! Non mais n'importe quoi ! Est-ce qu'ils sont drogués ?!

Ugo me regarde avec tendresse bien que le reste de son corps soit tendu.

— Ils ont leurs croyances, 900. Il faut respecter leurs choix.

J'expire longuement et passe une main dans mes cheveux maintenant imprégnés de cette odeur de plantes.

— Je sais, je murmure. Pardon. C'est la colère qui parle. J'espérais seulement obtenir leur soutien.

— Nous nous débrouillerons très bien sans eux.

Durant le trajet du retour, l'un comme l'autre, nous ne parlons pas, trop occupés à gravir les marches nous menant hors de ce gouffre.

12

900

La journée a beau avoir été éprouvante, je ne peux retenir le sourire qui m'habite depuis maintenant deux heures. Retrouver ma liberté était la clef de mon rétablissement. Je crois que j'avais besoin de bouger, de rencontrer du monde et, bizarrement, de côtoyer le danger. Après être rentrés de notre escapade, Ugo et moi avons rejoint Camélia, consacrant le reste de l'après-midi à retrouver nos frères et sœurs et à leur porter secours.

Lorsque nous nous sommes tous retrouvés au hangar, ça a été un choc. Des centaines de jeunes attendaient d'être sauvés. Près de cinq cents sympathisants étaient réunis, déterminés à nous rejoindre et à se venger de Damien et de ses hommes. Ils étaient tous présents, venant de nos deux générations, mélangés en une seule. C'était à la fois étrange et beau. Un soulagement qui annonçait tristement la guerre. Simon et David s'étaient alors chargés de faire les allers-retours en car pour les ramener dans notre nouveau quartier.

Toute cette solidarité a réveillé quelque chose en moi. J'ai besoin de contribuer à sauver cette ville et je sens, au plus profond de moi, que j'ai la solution. Les réponses me brûlent les lèvres, me coupent le souffle, me hantent. Je le sais, j'en ai la certitude : tout est en moi.

Je ne peux m'empêcher de repenser aux mots de cette femme. La cheffe de la troisième génération.

Je vois qu'il y a quelque chose d'enfoui en vous. Votre esprit est bloqué par un barrage immense. Revenez me voir, 900. Je peux vous aider.

Ces quelques phrases ne quittent plus mon esprit. Elles tournent en boucle, me perturbent. Je sais qu'elle fabule, qu'elle pense détenir un pouvoir hors normes, et je ne suis pas naïve au point de croire une fanatique comme elle.

Camélia et 899 échangent à mon côté, dans le salon. Elles ne prennent plus la peine de relever mes absences et mes rêveries, elles en ont maintenant l'habitude.

— Au fait, 900 !

Camélia m'interpelle et un sourire étire ses lèvres rouges.

— J'ai oublié de te dire ! Ugo t'attend dans dix minutes devant la maison.

Quoi ?!

Mon cœur fait un bond. Mon ventre se serre et je peine à déglutir.

Mais pourquoi souhaite-t-il me voir ?

— Bah… Retire peut-être ton pyjama ?! Et va enfiler des vêtements un peu plus présentables non ?

— Heu…

Ouais.

Sidérée, je me dirige à l'étage, vers la salle de bains. Je m'observe quelques secondes dans le miroir et, je ne sais pas pourquoi, je m'applique à discipliner ma chevelure. Peut-être que maintenant que j'ai la certitude qu'Ugo et moi avons un passé commun, je me sens obligée de lui plaire. Pourtant, je ne le connais pas. Enfin si, peut-être un peu mieux après cette journée.

— 900 ?

La docteure Anand passe sa tête dans l'embrasure.

Je la connais peu, très peu. Toutefois, elle n'a pas manqué de me rappeler les quelques journées de formation que nous avons partagées lors de mon apprentissage à l'hôpital et dont je ne garde plus aucun souvenir. Chacune de ses attentions est remplie d'affection et c'est la raison pour laquelle je l'apprécie réellement. Cette présence maternelle nous manquait depuis la régente, même si cette dernière n'avait été rien d'autre qu'une illusion de plus dans tout ce foutoir.

— Oui, docteure Anand ?

Elle se permet d'entrer, sa petite mallette en cuir toujours fermement maintenue entre ses mains comme si elle était un prolongement de son corps, un membre à part entière.

— C'est une question qui peut vous paraître surprenante, je le sais, mais… auriez-vous gardé les vêtements qui datent de votre retour à l'orphelinat ?

Je réfléchis, sans révéler la curiosité qui me titille, mais tout est flou. Ce jour-là, j'étais encore trop vaseuse, dans les vapes. Je crois cependant avoir le souvenir de Camélia, me déshabillant dans mon lit avec l'aide de 899.

— Je crois que vous devriez voir ça avec Camélia.

Elle m'adresse un signe de tête, s'apprête à quitter la pièce mais se ravise.

— 900. Appelez-moi Célina.

Célina… Soudain, je me rends compte que les dix minutes sont sûrement déjà écoulées, alors je m'empresse de regagner ma chambre et enfile un jean ainsi qu'un pull en maille noir. Je crois que ma chevelure est en désordre, je n'ai pas eu le temps de la dompter correctement, mais qu'importe, je ne suis pas du genre à être en retard.

La ponctualité est une des règles de savoir-vivre qu'il ne faut jamais négliger.

Enfin, je crois.

En quelques secondes, je suis devant la porte d'entrée et, même si je sens quatre regards perçants depuis le salon, je ne me retourne pas et sors de la maison, non sans frissonner sous les fortes rafales.

Je repère aussitôt Ugo au bas des marches, dos à moi, fumant sa cigarette, l'air songeur. Je me racle la gorge maladroitement, plus pour lui annoncer ma présence que pour libérer le nœud qui, je le sais, ne partira pas de sitôt. Il se retourne, appuyant son dos contre un réverbère à la lumière diffuse et son regard exprime quelque chose que je ne comprends pas, mais qui m'atteint de plein fouet.

De la surprise ? De l'affection ?

C'est indéchiffrable et pourtant tellement agréable.

— Tu es prête ? il me demande tout en lançant sa cigarette sur le trottoir.

C'est au moment où il me pose sa question que je remarque le véhicule à deux roues garé face à la maison.

— C'est une moto, il déclare en souriant. Un peu cabossée et vieille, certes. Ce que l'on trouve au hangar ouest de la ville n'est jamais très moderne, bizarrement. Mais elle marche à la perfection.

Je manque de rire tant il est prévenant.

— Je sais ce qu'est une moto. J'en ai déjà vu sur certaines projections.

— Au temps pour moi. Alors ? Tu montes ?

Je descends les marches et attrape le casque qu'il me tend avant de monter sur la moto, derrière lui. Il met le contact et, alors que je m'attends à ce qu'il démarre, il s'empare de mes deux mains et les pose soigneusement sur son ventre.

— Accroche-toi, murmure-t-il.

Et c'est ainsi qu'il part, à toute vitesse, vers l'inconnu.

Les rues défilent jusqu'à ne laisser place qu'à une végétation qui n'en finit plus. Au bout d'une trentaine de minutes, Ugo s'arrête et stationne à la lisière d'une forêt. Je pourrais être inquiète face à cette immensité sombre et imprévisible, mais sa présence me rassure, tempère mes angoisses.

Il se libère de son casque et descend de moto. Alors que je suis toujours à califourchon dessus, il me tend sa main pour que je le rejoigne. Je retire ensuite mon casque et le pose sur le réservoir. Aucun de nous ne parle. Dans un long silence, loin d'être dérangeant, il me guide au cœur de la forêt, sa main, comme à son habitude, ancrée à mon poignet.

Alors que nous enjambons les quelques branches et racines, une lumière douce et blanche, à quelques mètres de là, m'interpelle.

C'est là qu'il m'emmène.

Et lorsque l'on atteint enfin notre destination, je ne peux retenir un hoquet de surprise. Le spectacle est magnifique. Nous nous trouvons face à un grand lac et la lumière que je percevais n'est autre que le reflet éblouissant de la lune sur l'eau calme.

C'est stupéfiant, magnifique, irréel.

Devant nous s'étend une longue allée bordée de roches grisâtres d'au moins deux mètres de haut et, au bout, le lac, somptueux. Cet endroit est d'une sérénité à couper le souffle. Ugo me lâche et va s'asseoir sur un rocher, ses jambes pendant dans le vide à quelques centimètres de la surface de cette étendue silencieuse. Je le suis et viens me poser à côté de lui en tailleur, lorsqu'il s'allume une cigarette.

— Tu avais beaucoup de questions en tête, aujourd'hui. Je me suis dit qu'il était temps d'y répondre, déclare-t-il, sans me regarder, expulsant la fumée de sa cigarette en direction de la lune.

Soudain, je me sens mal à l'aise. Je ressens d'ici la chaleur de mes joues et les battements anormaux de mon cœur. Je ne dois pas me défiler, c'est le moment. Il a fait ça pour moi. J'ai été trop curieuse cet après-midi, j'en paye maintenant le prix.

— Qu'est-ce qu'on était, toi et moi ? j'ose demander, d'une voix faible et peu assurée.

Ses lèvres se retroussent en un sourire discret puis il aspire une longue bouffée avant de prendre un air songeur, sérieux.

— Je ne saurais pas te dire. Dans le fond, je ne pense pas te connaître. Moi-même, je ne me connais pas. J'ai toujours pensé que, malgré tout, on se comprenait. J'aimerais pouvoir te répondre, mais moi-même, je ne le sais pas. D'abord parce que je n'étais pas dans ta tête et surtout parce que nous n'avons jamais mis de mots dessus.

Il semble perdu et, même si je ne le connais que depuis deux jours, je comprends que l'incertitude n'est pas dans ses habitudes. C'est un homme qui a un contrôle sur tout. Sa vie, ses amis, ses émotions, et je crois qu'il se rend compte que lui aussi peut perdre le contrôle.

Même s'il semble à bout, fatigué, il ne se démonte pas et poursuit calmement :

— À vrai dire, tout est confus. Cette réinsertion, le Conseil, toi, moi, les autres. Rien n'a de sens. Je crois que je divague. Ce que je sais, c'est que je t'ai connue calme, discrète, timide. Extrêmement timide, même. (Il sourit.) Puis téméraire, audacieuse, parfois même entêtée. Je te trouvais impossible à cerner. Comment une fille comme toi, si discrète et réservée, pouvait nous côtoyer et se mettre en danger seule, le deuxième soir de la réinsertion, en s'immisçant dans une de nos soirées ? Tout a pris sens le jour où tu m'as tout expliqué. La régente, tes obligations envers elle. Et malgré ça, malgré la déception que ça aurait dû provoquer en moi, je crois que j'étais surtout admiratif. Tu étais prête à tout pour épargner tes sœurs, tes amies. Ce que tu dégages n'a pas de sens. Tu as des principes que je trouve absurdes, tu es parfois d'une timidité maladive, parfois d'une audace surprenante. Et tout ça fait que je ne te cerne pas. Tout ça m'amène à une infinité de questions. Mais ça n'empêche que malgré tout, toi et moi, on se comprend. Nous nous sommes embrassés. Le soir du bal, le soir de notre départ pour l'orphelinat. J'en mourais d'envie et je n'ai pas pu me retenir, je n'ai pas réussi à me contrôler. Tu étais dans cette magnifique robe… Je m'étais promis de ne plus t'approcher, mais… lorsque je t'ai revue… tout a pris sens, cette fois. Malgré tout ce foutoir, ça, ça avait du sens…

Bon sang. Ses mots me percutent de plein fouet. Le souffle court, la bouche entrouverte, je peine à reprendre ma respiration. Chaque phrase qu'il a prononcée est gravée en moi. Il est autant perdu que moi. Malgré mon amnésie, je perçois qu'il n'est pas plus avancé, qu'il ne comprend pas plus que moi ce qui nous arrive. Ce qu'est cette réinsertion, ce que nous sommes, chacun de nous, ce que nous ressentons. Si même toutes ces fichues sensations sont vraies. Est-ce qu'il m'attire ? Oh oui. Mais est-ce qu'il m'attirait avant ? Je ne sais pas. Est-ce qu'il m'attirera après ? Aucune idée.

Il se rallume une cigarette nerveusement et se lève d'un pas vif.

Il s'en va. Il semble énervé, furieux, perdu.

Mon instinct travaille pour moi et, sans que ma raison me l'ordonne, mes jambes se mettent en marche et le suivent d'un pas déterminé.

Je ne veux pas qu'il soit en colère.

Je sais que ce n'est pas contre moi, qu'il se sent seulement impuissant de tout ce qui nous arrive. Je le sens moi aussi. Tellement. Je sais que je suis la clef de notre liberté. Que quelque chose se cache en moi et que, sans mes souvenirs, nous sommes foutus. Je veux l'aider, lui et tous les autres.

Je ravale un sanglot.

Mais moi aussi j'ai besoin de lui. Je m'en rends tout juste compte. J'en prends conscience au moment où il s'éloigne et qu'il n'est plus qu'une silhouette à peine visible dans cette sombre forêt. J'ai besoin de lui plus que jamais. J'ai peur de cette proximité, de cette alchimie entre nous chaque fois que nous sommes près l'un de l'autre. Tout ça m'effraye. Mais ce n'est rien. Rien, comparé à ce que serait ma vie aujourd'hui sans lui, sans 899, sans Camélia, sans toutes ces nouvelles personnes vers lesquelles je me sens attirée sans le comprendre.

C'est insensé. Complètement insensé. Je le connais à peine et, pourtant, j'ai l'impression que nous partageons tout. Il a raison. D'une certaine manière, nous nous comprenons. En quelques phrases. En un regard. Sans un mot.

Alors, sans réfléchir, je cours en criant son nom. Je ne le vois plus, mais me précipite dans sa direction. La moto n'est pas loin, à quelques centaines de mètres tout au plus. Je foule la terre, déterminée à le rejoindre au plus vite, et lorsque j'arrive aux abords du sentier, je le vois. Il passe une main rageuse dans ses cheveux et je reste silencieuse jusqu'à me planter devant lui. À quelques centimètres de son corps. Cette proximité me fait bouillir de l'intérieur, mais je ne recule pas et accroche son regard noir pourtant si fragile à cet instant.

— Je crois que j'ai besoin de te demander quelque chose, je lui souffle en reprenant ses mots, les mêmes qu'il m'avait murmurés le soir où je l'ai rencontré dans la cuisine de ma nouvelle maison.

Il hausse un sourcil, curieux, surpris, ne voyant pas où je veux en venir.

— Me laisserais-tu faire quelque chose, Ugo ?

Et là, il comprend. Surpris, ses yeux s'écarquillent légèrement, et il hoche la tête dans un mouvement lent. Alors, sans attendre, je plonge dans ses bras, serrant de toutes mes forces son large torse. C'est instantanément qu'il m'enlace à son tour. J'entends son souffle s'alourdir et les battements de son cœur ralentir au fur et à mesure de notre échange. Les miens s'accordent parfaitement à sa cadence et c'est dans un silence apaisant, délivrant, que nous profitons de cette étreinte.

Quelques larmes m'échappent tant cette proximité me redonne vie.

13

Ugo

Je regarde le verre dans ma main, partagé entre l'envie de goûter au liquide brun et celle de l'exploser contre le mur.

C'est bien beau d'avoir réuni autant de monde. Les centaines de sympathisants ont pris leurs quartiers dans les maisons, non loin des nôtres. Nous avons envahi la banlieue nord de la ville et la foule s'affole, s'impatiente. La première étape de notre plan est en marche, nous sommes assez nombreux pour créer une rébellion, pour récupérer la ville. La majorité est prête, sur le qui-vive. Elle ne tient pas en place et brûle de reprendre ce qui nous revient de droit. Je ne peux que les comprendre, mais dans le fond, je sens que je suis le seul à mesurer les conséquences possibles d'une telle révolte.

Il y a déjà eu des morts à l'hôpital et si je ne canalise pas les sympathisants, il y en aura d'autres. Nous ne vaudrons pas mieux que nos ennemis si nous cédons à ce genre de cruauté.

Je le sais, nous n'aurons pas d'autre choix que d'user de la violence, c'est le seul langage que Damien et ses hommes connaissent. Seulement, nous ne pouvons pas nous permettre de devenir à notre tour des meurtriers. Je ne me le pardonnerais pas.

Il y a encore plusieurs mois, je n'aurais eu aucun scrupule à les détruire. Cependant, depuis peu, ma conscience me joue des tours. Elle me force à me poser les bonnes questions. À établir des stratégies, à épargner des hommes. Comment épargner des criminels d'un sort qu'ils méritent et qu'ils n'hésiteraient pas à nous infliger ?

Parce que nous ne sommes pas comme eux. La justice n'est pas si simple. Les robots nous humanisent, lorsque nous les endurcissons. Je ne sais pas si c'est une bonne chose. Je me sens dénaturé et pourtant je n'ai jamais été autant moi-même.

Alors que les rues sont bruyantes au-dehors de la maison, ici tout est calme. Depuis cette chambre temporaire et impersonnelle que j'occupe depuis quelques jours, j'observe l'extérieur. Les deux premières générations n'ont jamais été autant mélangées. Je vois des robots traîner avec des hommes et des femmes ayant partagé ma jeunesse. Des rires retenus et réservés se mêlent aux éclats forts et bruyants de mes frères et sœurs.

Si seulement la réinsertion avait pu être ainsi dès le départ…

J'ose un regard vers la maison d'en face, là où 900 vit depuis un moment, maintenant. La lumière de sa chambre est allumée, mais aucune ombre ne se dessine derrière le rideau blanc. J'aimerais partager ma soirée avec elle. Elle, tout comme moi, reste cloîtrée. Mais c'est mieux ainsi. Je crois. Je ne sais pas.

— Ugo ?

Cam s'invite dans ma chambre. Elle s'installe sur mon lit, assise en tailleur et, dos à la fenêtre, je viens m'appuyer contre la vitre glacée.

— Il faut qu'on parle.

Son ton est bien trop sérieux.

Ce n'est pas bon signe.

— J'attends, Cam, je souffle, en passant une main dans mes cheveux.

— Une seconde, c'est une discussion que nous devons avoir à trois.

— À trois ?

Au moment où je prononce ces mots, la docteure Anand se faufile dans la pièce, son éternelle mallette de cuir à la main.

— Oui, à trois, répond-elle pour Camélia. J'ai découvert des choses inquiétantes, Ugo.

Soudain, j'inspire profondément et l'observe s'installer à son tour, appréhendant ses révélations. Elle déballe le contenu de son imposante mallette sur le matelas, étalant diverses fioles et éprouvettes. D'une petite pochette, elle sort un carnet de notes ainsi qu'un stylo, puis extrait du plus grand compartiment un appareil électronique.

— J'ai fait plusieurs analyses, déclare-t-elle, les yeux fixés sur ses notes. Camélia m'a confié les vêtements de 900. Ceux qui datent de son retour de l'orphelinat, le jour où vous m'avez expliqué l'avoir retrouvée inconsciente. J'ai étudié le sang sur ses affaires. Les premières analyses n'ont démontré rien d'anormal. Enfin, du moins, rien qui ne sorte de l'ordinaire, étant donné que chaque mois vous recevez une dose de traitement. La molécule que j'observe depuis plusieurs mois à l'hôpital, celle qui ne préserve en rien de l'épidémie, est bien présente, mais à un taux ordinaire.

— Où est le problème, alors ? je m'impatiente.

— Justement, Ugo. J'ai décidé d'analyser une autre trace de son sang et, là, j'ai été totalement abasourdie. La molécule que je ne parviens pas à caractériser depuis des mois est démultipliée. Son taux est au moins dix fois plus concentré qu'à la normale.

Je crois que je comprends où elle veut en venir, et si ce que je pressens est vrai, je risque de ne pas me contenir longtemps.

Mes articulations craquent et se tordent sous la pression de mes doigts.

— Continuez, je murmure, tremblant de rage.

— Je crois que le premier test sanguin que j'ai effectué date d'une plaie durant ses premières heures passées à l'orphelinat. Le second test provient des mêmes blessures, mais le sang recueilli venait de recevoir une dose conséquente de la substance que vous prenez depuis plusieurs mois. Et je crois que, enfin, j'en suis persuadée, cette molécule affecte votre mémoire. On a délibérément effacé la mémoire de 900. Je ne crois pas que la dose qu'elle a reçue soit contrôlée. La régente lui en a administré autant qu'elle pouvait pour la rendre aussi apathique que possible. Mais ça, on s'en doutait déjà. La seule chose qu'on sait avec certitude aujourd'hui, c'est qu'on s'attaque aussi à votre mémoire. On affecte vos souvenirs. On bloque l'accès à votre passé. Le Conseil vous cache des choses et nous en avons aujourd'hui la preuve. La menace directe n'est pas Damien et ses hommes, Ugo, mais bien le Conseil tout entier.

Je manque de m'effondrer. Je pressentais que le Conseil manigançait quelque chose. Que derrière l'indifférence, le manque de réaction de ses membres, se cachait un secret plus grand. Mais quoi ? Que veulent-ils que l'on oublie ?

Je pense immédiatement à Joris. Jo, mon frère, mon sang. Il savait bien quelque chose. Il savait tout ! 900 aussi savait tout ! Elle avait tout compris.

Putain de merde.

D'un coup sec, mon poing s'écrase sur la vitre et la brise en son centre, faisant gicler une traînée de sang écarlate.

— Ugo, merde ! Calme-toi !

— Me calmer ? je rugis. Me calmer, Camélia ? Alors qu'on est attaqués par Damien et ses hommes, voilà qu'en fait c'est le Conseil tout entier qui nous tient, nous enferme dans une histoire qui n'est pas la nôtre ! Qui tu es, toi, Camélia, au final ? Tu sais qui tu es ? Est-ce que tu me connais vraiment ? Jusqu'où remontent tes souvenirs ? Sont-ils au moins vrais ?

Alors que mon souffle s'accélère, que je deviens incontrôlable, le docteur Anand attrape ma main blessée et l'enveloppe d'un linge blanc qu'elle fixe maladroitement, tant la rage fait trembler mes gestes.

— Ugo, sanglote Camélia. Je suis tout aussi en colère et perdue que toi ! Tout nous échappe, mais regarde tout ce monde, le nombre de sympathisants avec nous, auprès de nous ! Chaque chose en son temps !

— Je vais faire payer ce professeur Carter, et nos mentors ! Tout n'est que mensonge !

Ma voix est rauque, j'ai les dents serrées à m'en exploser la mâchoire. J'attrape le verre que j'avais délaissé, il y a de ça plusieurs minutes, et le vide d'une traite avant de l'exploser contre le mur qui me fait face. La docteure Anand sursaute.

— Allez chercher Simon et David, docteure, et expliquez-leur en chemin ce que vous venez de nous apprendre, ordonne Camélia.

Alors que je tourne en rond, tentant de canaliser ma colère, Camélia attend que je me calme. Il me faut plusieurs minutes pour retrouver une respiration régulière.

— Mais qui sommes-nous ? Qu'est-ce qu'ils veulent nous faire oublier ?

— J'en sais rien, souffle Cam, les yeux dans le vague.

Au même instant, David et Simon pénètrent dans la pièce, d'un pas rageur.

— C'est quoi ce putain de bordel ? grince Simon, à la limite de la crise de nerfs.

— J'en sais rien ! tonne Camélia.

À son tour, elle sort de son état de léthargie et nous rejoint dans notre colère.

— La seule chose que je sais, les gars, c'est qu'on est ensemble ! Toi Simon, David, Ugo et moi ! Et maintenant, vous pouvez ajouter 900 et 899. C'est notre combat ! Peu importe ces révélations. Tous les six, nous allons faire payer le Conseil et les hommes de Damien. Voilà trop longtemps qu'on se laisse faire. Ce soir, sans plus attendre, on va réunir tout le monde, car il est temps qu'on lance cette putain de rébellion.

Nous nous observons tous les quatre, les yeux injectés de sang, le regard obscurci par une haine noire, les traits durcis par la colère.

— OK, je déclare. Ce soir, on établit un plan. Camélia, va prévenir 900 et 899. David et Simon, allez convoquer les autres au bout de la rue, au grand jardin. Tout le monde sans exception. Camélia, une fois que tu auras expliqué la situation à 899 et 900, je veux que tu exposes les mêmes faits à Stan, Fred, Rob, Mickey. Ils pourront nous aider concernant Damien et ses hommes. Ils ont des informations que nous n'avons pas. Moi, je m'occupe de Roger, Stefan, 394 et Chloé.

Depuis le départ, ils sont avec nous. Nous avons beau être six à nous faire confiance, il n'empêche que leur avis et leur soutien comptent. Plus on est de voix, plus les sympathisants suivront notre plan. D'un signe de tête, ils approuvent avant de quitter la pièce sans perdre de temps, me laissant dans un silence de plomb.

Au bout de quelques secondes où je tente de récupérer mon souffle, la chevelure rousse de la docteure Anand m'annonce sa présence.

— Tu… enfin, vous… Oh et puis merde ! Rentre !

Elle s'engouffre dans la chambre. Elle semble penaude, embarrassée, mais pourtant bienveillante.

— Oui, Ugo, tu peux me tutoyer. J'ai peut-être une idée.

Elle s'assied sur le lit et je l'observe, les bras croisés sur mon torse, le poing toujours enveloppé dans ce linge, maintenant rouge vif.

— Ugo, je ne sais pas quelles sont vos priorités à tous. Mais je crois qu'il est temps de soutirer des informations à

410. Je ne suis pas pour la violence et encore moins pour la torture. Mais peut-être arriverais-tu à le faire parler ? Nous n'avons pas pris le temps de l'entendre, depuis qu'il a avoué vous avoir dérobé cette carte magnétique. Il est temps, tu ne crois pas ?

Elle n'a pas tort. À force de missions et d'escapades, j'en ai oublié la trahison de 410. Mes poings rejoignent mes flancs avec une dureté de plomb. Si je croise le regard de ce robot, je risque de le réduire en miettes avant même qu'il n'ouvre la bouche pour parler. Je ne peux pas.

— Passez le mot à Camélia. Elle s'en chargera ce soir.

— Bien…

Puis elle quitte la pièce à son tour, me laissant de nouveau à mon silence.

14

900

Je n'en crois pas mes oreilles. Les révélations de Camélia s'insinuent en moi comme un poison douloureux.

J'en étais sûre. J'en savais trop. Je sais même tout.

La frustration me consume de l'intérieur. Tout est en moi, mais rien ne ressort, rien ne vient briser mon amnésie. Pourtant, je crie en silence, je hurle de toute mon âme, je supplie mon cerveau de se réveiller à son tour, mais pas une seule lumière, même infime, ne vient éclairer ces mois sombres. Entre mes jours heureux à l'orphelinat et mon réveil dans ce bus, j'ai l'impression que seules quelques secondes se sont écoulées. Une seule minute semble séparer ces deux temps. Une minute qui a duré des mois. Comment remplir ce battement de cils par une multitude d'événements ?

Je vois qu'il y a quelque chose d'enfoui en vous. Votre esprit est bloqué par un barrage immense. Revenez me voir, 900. Je peux vous aider.

Les mots de cette femme ne me quittent pas. J'expire lourdement, réduisant mes poumons à l'atrophie totale, dans l'espoir de chasser cette pensée, cette voix absurde.

— Qu'est-ce qu'on va faire ? demande 899.

Son ton est calme, bien que glaçant par tant de gravité. Plus les jours passent et plus je suis en admiration devant ma meilleure amie. Elle et son sang-froid infaillible, son self-control indéfectible. Nous n'avons jamais côtoyé la violence auparavant. Plus encore, nous chérissons la paix, plus que tout. Et là où elle aurait dû être terrorisée ne s'éveillent finalement en elle que le courage et la détermination. Peut-être est-ce ce qu'elle a toujours été, en son for intérieur. Courageuse et déterminée.

— Nous devons nous réunir dans une heure à peine, rappelle Camélia. Il est temps d'agir. D'exposer aux sympathisants nos nouvelles découvertes.

899 hoche la tête avec sérieux. Elle est prête.

— Avant ça, poursuit Cam, la docteure Anand ainsi qu'Ugo souhaitent qu'on soutire à 410 tout ce qu'on peut, avant de nous jeter dans la gueule du loup. Je vous préviens, je ne vais pas être tendre s'il ne coopère pas. Êtes-vous de la partie ?

899 se lève, sans une seule hésitation et, à mon tour, je me dresse, incapable de dissimuler la colère noire et la détermination que l'on doit pouvoir lire dans mes yeux. Je le sens, tant elles me brûlent de l'intérieur.

On m'a effacé la mémoire. Volontairement. On contrôle notre mémoire. À tous.

— Il aura ce qu'il mérite. Soit il parle de lui-même, soit nous allons le faire parler.

Mes mots m'étonnent. Moi qui suis d'habitude conciliante, parfois trop empathique, je me surprends à le détester d'avance. Je devrais pourtant le comprendre, j'ai été dans sa situation. Au service de ma mentore. Sous ses ordres. Forcée de lui obéir. Pourtant, je suis déjà en colère, car s'il ne coopère pas, il sera un traître pour de bon.

Un discret sourire naît sur les lèvres de Camélia. Un sourire que je vois rarement. Il n'a rien de sincère ni d'amical. Il est cynique et mauvais. Elle se met en condition. Prête pour l'affrontement. Je devrais me sentir inquiète, mais au lieu de cela, je la comprends, je la soutiens.

Alors que nous traversons le couloir, Camélia ouvre sans ménagement la porte de la chambre de 410, l'envoyant valser avec fracas contre le mur.

410 sursaute, à moitié éveillé. Sûrement est-il encore sous sédatifs. Espérons que ça le fasse parler.

— Il est temps pour nous d'avoir une discussion, 410.

Le corps frêle de 410 se redresse sur le lit tandis que son regard nous fuit.

— Je ne vois pas de quoi tu veux parler, Camélia.

Il grimace sous les douleurs encore vives suite à l'assaut des hommes de Damien.

Camélia reste calme, elle tente d'abord de l'amadouer. Elle lui laisse une chance de poursuivre la discussion en douceur. Elle lui offre l'occasion de coopérer.

— 410, tu me connais. Tu n'as pas de perte de mémoire. Aucune excuse. Tu sais que ma patience a des limites. Alors, si tu ne vois pas de quoi je veux parler, commence déjà par m'expliquer pourquoi tu as dérobé cette carte magnétique à Ugo.

410 rougit. Est-ce de honte ? De colère ?

— Cet objet m'a totalement intrigué ! J'ai voulu le prendre, c'est tout !

Camélia secoue la tête nerveusement, peu convaincue.

— Faut-il vraiment que je repose ma question ?

410 se lève brusquement. Comme s'il craignait de prendre un coup, il adopte une position de défense. Même s'il pense savoir à quoi s'attendre, il est certainement très loin du compte.

— J'étais curieux, répond-il sans une once de remords dans la voix.

Là, pour le coup, il a tout d'un robot.

— Et pourquoi l'as-tu détruite ?

— Je ne sais pas.

À peine a-t-il prononcé ces mots que Camélia enfonce son poing dans ses côtes, là où ses blessures sont à peine refermées.

Bizarrement, je me sens presque soulagée qu'on en vienne aux mains. Au vu de la situation, chaque obstacle, chaque personne qui nous met des bâtons dans les roues mérite de souffrir. Je crois que j'ai assez souffert, qu'Ugo, 899, Camélia et les jumeaux ont assez payé, eux aussi. Il est temps de riposter. Mais quelque part, loin enfoui en moi, je ressens la peine que l'ancienne 900 aurait éprouvée, si seulement elle se souvenait. La souffrance de celle que j'étais, se remémorant des instants partagés avec lui, 410. Celui qui, il y a quelques semaines encore, était mon ami. Un pilier dans cette réinsertion. Peut-être aurais-je compris son geste, si seulement je n'avais pas oublié qui il était ? Peut-être un jour ai-je su ce qu'il traversait ? J'étais comme lui. Une taupe, une traîtresse, une espionne. Mais pourquoi ne s'explique-t-il pas ? Pourquoi persiste-t-il à mentir ? Craint-il pour sa vie, lui aussi ?

— Qui es-tu ? Pourquoi as-tu volé cette carte ? répète Camélia, le poing en l'air, prête à cogner une nouvelle fois.

— Mais putain ! J'en sais rien ! s'écrie-t-il, les joues baignées de larmes.

Un deuxième coup s'abat, mais cette fois en plein sur sa mâchoire.

— Je peux continuer toute la nuit !

Un troisième coup de poing atteint son ventre et lui coupe la respiration. Un long râle s'échappe d'entre ses dents, suivi d'un filet de sang noirâtre. Et tandis qu'il essuie ses larmes d'une main rageuse, son rire s'élance crescendo dans la pièce.

899 me regarde, abasourdie.

— Qu'est-ce qui lui prend ? chuchote-t-elle.

Mais le rire de 410 ne s'arrête pas. À l'inverse, il gonfle, explose avec une force et une plénitude qui nous surprennent toutes. Camélia stoppe les coups, surprise, presque déstabilisée.

— Ouais, j'étais en contact avec la régente, et alors ?

Il est plié de rire et Camélia fulmine. Il poursuit :

— À la base, j'avais son mari au téléphone, il m'en avait confié un. Vous savez, le chef de notre orphelinat. Mais à force, maman me manquait, alors c'est elle qui a pris le relais !

Mon cœur s'emballe.

Maman ? Il a bien dit « maman » ?

— Ne soyez pas choquées ! s'exclame-t-il entre deux éclats de rire. Vous savez, je ne suis pas le seul à avoir papa ou maman au Conseil !

899 étouffe un cri de surprise. Elle est sous le choc et je crois que Camélia l'est tout autant. 410 se lève alors, en pleine forme. Comme si ses blessures n'avaient jamais existé.

— Vous êtes tous foutus ! 900, la régente a toujours su que tu viendrais à l'orphelinat ! Elle l'a su dès l'instant où tu m'as soumis l'idée. Grâce à ce téléphone. Tu as toujours été si naïve... D'ailleurs, 899, c'était un plaisir de saccager ton appartement et te malmener par la même occasion. Une traîtresse pareille qui rêve secrètement d'être une sans-gêne et, pire encore, qui rêve d'en baiser une !

Un douloureux sanglot échappe à 899. Elle se sent humiliée, trahie. Aussitôt Camélia s'élance sur 410, mais celui-ci sort un couteau de la poche arrière de son jean. Je reconnais ceux de notre cuisine. La lumière de la lune filtrant par la fenêtre se reflète instantanément sur la lame, faisant reculer Camélia de plusieurs pas.

— Je n'ai pas fini ! s'écrie-t-il, arborant un sourire immense. 900 ! Ma mère sait où tu es, elle sait depuis tout ce temps où tu te caches et, ne t'en fais pas, sa vengeance viendra plus vite que tu ne le penses ! Profite de tes derniers jours de sursis.

Puis précipitamment, tout en pointant sa lame dans notre direction, il sort de la chambre, à une telle vitesse qu'il ne faut que quelques secondes avant d'entendre la porte de la maison claquer bruyamment.

— Bon sang, murmure 899, avant de s'effondrer dans les bras de Camélia.

15

Ugo

Le silence est déstabilisant.

Nous sommes tous les six, Cam, 899, David, Simon, 900 et moi, debout sur la tôle dure et cabossée du toit du bus. Stationnés à l'entrée de notre quartier, nous sommes éblouis par une lune éclatante, droits comme des piquets, surplombants plus de cinq cents sympathisants agglutinés dans la rue principale du quartier, sur le point d'entendre ce que nous n'étions pas préparés à encaisser, il y a de ça moins d'une heure.

— Nous venons d'apprendre une information grave qui nous concerne tous !

La voix de Camélia porte loin. Très loin. C'est la détermination qui la pousse, l'emporte. Je la sens en colère, plus encore que lorsque je l'ai quittée, il y a une heure.

— Il faut qu'on se fasse confiance. Tous ! Si nous sommes ici, c'est à cause de Damien et de ses hommes. À cause de leur massacre. À cause de tous nos frères et sœurs que nous avons perdus. À ce jour, nous ne sommes toujours pas en mesure de les dénombrer, mais qu'importe combien il y en a. Un seul mort, c'est déjà un de trop.

Les sympathisants s'agitent, exprimant leur colère avec retenue au travers de craquements de doigts, de crachats au sol et de souffles de protestation. Pas un seul ne s'exprime de vive voix. Leur haine est palpable, malgré ce silence pesant. Nous ne sommes plus à l'heure de préparation à la révolte, mais à celle de l'action. Le moment n'est plus à l'indignation, mais au sérieux, à l'organisation, à l'unité.

— Ce qu'il faut savoir, c'est qu'une menace encore plus grande pèse sur nous : le Conseil.

L'incompréhension se lit sur leurs visages. Tous s'observent, interrogateurs, presque furieux.

— La docteure Anand, que vous avez, pour certains, déjà rencontrée, a fait une découverte invraisemblable. Le traitement que le Conseil nous administre est factice ! Totalement factice ! Non seulement il ne nous protège pas, mais au contraire, il est destiné à nous contrôler.

Soudain, des cris fusent, tous s'agitent plus encore. Certains paraissent choqués, quand d'autres s'insurgent.

— Foutaises ! hurle l'un d'eux.

— Non, malheureusement ! Ce traitement attaque notre mémoire ! Nous en avons les preuves !

Un autre s'avance furieusement, écartant sans ménagement la foule sur son passage.

— Je m'en moque, de ce traitement ! Tout ce que je veux, c'est qu'on récupère notre ville ! Le Conseil peut aller se faire foutre, peu importe ce qu'ils mettent dans mes veines tant que je peux reprendre ma vie là où elle s'est arrêtée !

— Tu ne souhaites pas avoir des réponses ? rétorque David. Tu acceptes de te faire manipuler sans broncher ? Sans même te révolter ? C'est bien lâche, pour un homme de ta génération !

Une fille se faufile à son tour et crie de toutes ses forces son mécontentement :

— Nous n'avons rien à prouver ! Si nous vous avons suivis jusqu'ici, c'est pour récupérer la ville ! Pas pour remettre en question le Conseil et nos mentors ! Quelles que soient vos preuves, ce n'est pas ça qui nous rendra notre liberté !

La situation nous échappe totalement. Camélia me jette un regard paniqué tandis que toutes les voix s'élèvent pour appuyer les arguments des quelques sympathisants qui se sont exprimés. 900 m'adresse un sourire confiant, puis elle hoche la tête de gauche à droite, l'air de dire : « N'insiste pas plus, chaque chose en son temps. » Alors je m'avance sur la tôle du car, à quelques centimètres du bord.

— OK ! OK ! je m'écrie à mon tour. Très bien !

L'assemblée se calme, prête à m'écouter, non sans m'adresser des regards furieux, frustrés.

— Alors, si ce problème ne vous préoccupe pas plus que ça, passons aux choses sérieuses. Vous êtes apparemment tous en colère, hors de vous, à bout et prêts à tout pour retrouver votre liberté. J'espère que cet état d'esprit combatif et déterminé ne vous quittera pas dans les heures à venir, car nous attaquerons Damien et ses hommes demain matin, à l'aube.

Alors que je termine ma phrase, des hurlements de guerre, de joie, de haine et d'ardeur résonnent, faisant trembler le sol, les arbres et le bus tout entier. C'est le cri de la résistance.

C'est le moment que choisit Fred, le propriétaire du SimpleKing, pour escalader le car et me rejoindre sur notre estrade improvisée.

— Écoutez-moi ! J'ai des informations qui me viennent tout droit des hommes de Damien. Ou devrais-je dire de l'un de leurs pions, pas très malin.

L'assemblée ricane avant de faire silence pour entendre la suite.

— Ils ont pris leurs quartiers au centre-ville, dans la plus grande tour d'habitation. Ils y sont tous confinés. TOUS, sans exception. Peut-être pensaient-ils qu'en se regroupant ils seraient plus forts, mais rien ne vaut l'effet de surprise. Ils sont peut-être trois cents, quatre cents tout au plus si certains ont rejoint leur cause entretemps. Alors, écoutez-moi attentivement. Il faut qu'on soit organisés. Parfaitement organisés. Camélia a prévu des numéros avec quelques indications qu'elle a notées sur des feuilles de papier. Ils vont de 1 à 100. Vous devez par vous-mêmes former des groupes de cinq ou six personnes, tout au plus. Des groupes mixtes. Une fois vos groupes formés, vous irez récupérer votre numéro auprès de Camélia. C'est simple, vous prendrez d'assaut l'appartement qui porte le numéro qui vous a été attribué, l'étage figure au dos du papier.

Tout le monde acquiesce, l'explication est précise, tout le monde l'a intégrée.

— Je n'ai pas fini ! s'exclame-t-il. Nous ne sommes pas des meurtriers ! Il est hors de question que nous semions la mort comme eux l'ont fait ! Je sais que la plupart d'entre vous réclament vengeance. Nous en délibérerons une fois qu'on aura capturé la cinquantaine de monstres à l'origine du massacre de l'hôpital. Vous savez tout comme moi que les trois quarts de ceux qui ont rejoint Damien et ses hommes l'ont fait sous la contrainte, par désespoir, même si certains sont peut-être des lâches. La peur nous fait faire les pires choix ! Mais eux ne méritent pas la mort. Croyez-moi, j'en connais beaucoup pour les avoir côtoyés dans mon club, ceux-là vont se rendre plus vite que vous ne l'imaginez !

Alors que je m'attendais à ce que tout le monde se révolte, exprime son mécontentement, à l'inverse, tous s'observent, peut-être dans l'attente que l'un d'entre eux s'oppose à cette opération presque pacifiste. Seulement, personne ne conteste. Aucune protestation ne vient troubler ce qui semble être une cohésion naissante.

— Dans une heure, la première vague rejoindra la ville. Malheureusement, vous ne dormirez pas cette nuit ! Nous en avons pour plusieurs heures avant que notre armée de sympathisants arrive à bon port, alors ne perdons pas de temps, formons les groupes !

La première vague partira d'ici dix minutes. Camélia vient de distribuer les derniers numéros. Les groupes sont tous cohérents, équilibrés. À chaque équipe, son maillon fort, robuste, ses jeunes hommes stratèges, ses jeunes femmes habiles et ses éléments rusés.

Ils ont tous été mis au parfum. Lorsque l'on intégrera la ville, les bavardages ne seront plus de mise. Si les groupes décident de stratégies, ils ont jusqu'à leur arrivée au hangar pour les établir et les mettre au point. Une fois le pied posé au sol, pas une syllabe ne doit être prononcée, pas un seul soupir, pas le moindre bruit ne doit venir troubler le silence nocturne de la ville. La discrétion est le mot d'ordre, le point fort de notre attaque.

Je sais que Fred a pris sur lui pour relayer ma requête : celle de ne faire aucune victime. Ce gars est un sanguin, un impulsif, avide de vengeance, et je crois que lui seul était capable de convaincre la foule. Si un type comme lui, connu de tous pour ses frasques et sa main leste, exige la paix et une justice sereine, alors aucun ne pouvait le contester. Il n'a pas manqué de me préciser qu'il faisait ça pour son club et par loyauté pour moi, aîné de notre génération. Mais son regard en disait long sur ce que cette concession lui coûtait.

Alors que nous sommes debout, face au premier bus, Camélia nous rejoint. Nous, notre groupe, notre équipe infaillible, celle qui nous lie depuis le début. Camélia, 900, 899, David, Simon et moi.

Les jumeaux sont muets. Concentrés comme jamais, c'est leur truc. Leur manière à eux de s'immerger totalement dans une sorte d'état second. Nous n'avons pas besoin de plan. Aucun de nous n'a pensé à en élaborer un. Nous savons. Aucune parole, aucune stratégie ne sera plus efficace que notre spontanéité, notre cohésion instinctive.

— Surtout, reste concentrée, murmure Camélia à l'oreille de 899. Si tout se passe comme prévu, tu n'auras pas à te battre. Et tu peux encore reculer, 899. Tu peux encore nous attendre ici, on viendra te chercher.

— C'est hors de question, Cam.

Mon amie souffle fort, faisant voleter les cheveux de 899.

— OK. Alors, si jamais tu dois te battre, dirige-toi vers le plus petit et surtout cogne de toutes tes forces ici. (Elle illustre ses propos en glissant ses doigts au niveau de la gorge de 899.) N'hésite surtout pas. Un coup sec, précis, du plat de la main. Il sera privé d'air et hors d'état de nuire pour un bon bout de temps.

899 hoche la tête, rougissante, et alors que j'assiste à ce cours de combat en accéléré, je sens la main de 900, silencieuse à mon côté, glisser dans la mienne. Instinctivement, j'ouvre mes doigts et viens presser les siens. Je perçois son agitation, sa crainte de l'issue possible de cette nuit.

Je l'entends soupirer ; ce geste vaut tous les mots du monde.

16

900

Il fait encore nuit, nous attendons dans un silence de plomb depuis maintenant quatre heures. La dernière vague est sur le point d'arriver au hangar. David et Simon, comme à leur habitude, sont les chauffeurs attitrés.

Voilà le cinquième et dernier aller-retour qu'ils effectuent et, d'ici quelques minutes, le soulèvement sera déclenché. Bizarrement, malgré une appréhension et une angoisse certaines, j'ai hâte qu'on en finisse. Que cette bataille s'achève et que ce soir, au crépuscule, nous puissions souffler et reprendre nos vies, presque comme elles avaient démarré. Si seulement cela pouvait être l'issue de cette nuit. Mon cœur bondit dans ma poitrine et je secoue la tête comme pour chasser ces pensées funestes. Il m'est trop difficile d'imaginer le pire. Comment pourrais-je survivre si je perdais l'un d'entre eux ? Ils m'étaient étrangers il y a peu, et pourtant, en quelques jours, ils sont devenus le centre de mon monde. Ils sont mes amis.

Nous nous sommes tous mis d'accord pour oublier le Conseil pendant les prochaines heures. Il est impossible de tout régler en même temps. Mais chacun de nous sait que ce soir, quelle que soit l'issue, le combat ne fera que commencer et le Conseil aura, lui aussi, droit à des représailles.

Alors que le car s'avance lentement, troublant le calme malgré son allure au ralenti, nous nous levons tous. Ugo ne m'a pas lâché la main de tout le trajet. Je ne veux pas rompre le contact, je veux garder son empreinte indéfiniment. J'aimerais que cette pression rassurante et agréable dure sans cesse, mais il est l'heure. L'heure de mettre de côté nos faiblesses, nos sentiments, nos craintes.

Il m'offre un regard que, pour une fois, je déchiffre. J'ai l'impression de lire dans ses yeux une tonne de promesses, une infinité de supplications. J'ai le sentiment qu'il me promet de me protéger, autant qu'il me supplie de ne pas me faire tuer. J'espère lui offrir autant de réponses dans mes yeux que je lis de questions dans les siens. Et quand il me sourit, je comprends qu'il sait. Qu'il sait que je n'ai plus peur, à quel point je suis déterminée à retrouver ses bras dans les heures qui suivent. Et c'est pour cette raison que je n'abandonnerai rien.

Alors je lâche sa main après avoir exercé une dernière pression, et nous voilà conditionnés. Nous voilà revenus au temps de l'orphelinat. Organisés à la minute près, tous dans l'ordre, du groupe numéro 100, au groupe portant le 1, les yeux fixés droit devant, marchant sans bruit, d'un pas synchronisé, tels des robots.

Quelle ironie, quand on sait que c'est ainsi qu'ils nous ont toujours nommés.

Eh oui, à cet instant je suis fière d'être un robot.

En quelques minutes à peine, nous envahissons la rue principale du centre-ville dans un silence absolu. Tous en ligne de cinq ou six individus, selon les groupes, nous nous arrêtons devant l'immeuble telle une armée au garde-à-vous, ordonnée au millimètre près.

Nous ne devons pas perdre de temps.

Aussitôt, notre groupe, ou ma famille, devrais-je dire, prend d'assaut le bâtiment d'un pas furtif en direction du dernier appartement, le numéro 100. À la chaîne, le groupe 99 nous suit, puis le 98, le 97…

Nous gravissons les marches et sommes rapidement essoufflés. Atteindre le vingtième étage nous demande beaucoup d'énergie, mais l'adrénaline nous porte et nous stimule. En quelques minutes, nous voilà devant la porte de l'appartement où doit se dérouler notre combat. L'étage entier est plongé dans le silence. Les groupes nous suivent et s'arrêtent à leur tour devant leur point d'attaque. Notre discrétion m'étonne. Sûrement que certains hommes nous ont repérés, les quelques insomniaques ne peuvent pas ignorer bien longtemps ces centaines de pas, bien que feutrés, à l'assaut de leur immense tour.

Mais bien vite, le top départ est donné. Tout le monde est en place, le groupe numéro 1 est chargé de crier en chœur dès qu'il est prêt. Et c'est lorsque leurs voix s'élèvent que David, Simon, Camélia et Ugo projettent leur pied contre la porte métallique qui aussitôt cède en un grincement fracassant. Les différentes équipes font de même et tout l'immeuble se met à vibrer, gronder. Les explosions résonnent jusque dans mon abdomen. Des cris de rage montent jusqu'à nous, jusque dans mon crâne. J'ai l'impression que tout est irréel, j'ai le sentiment que l'immeuble vacille, manque de s'effondrer sous la violence soudaine et synchronisée de nos assauts.

Et à cet instant, tout va très vite. L'heure n'est pas à la réflexion, mais à l'action.

Ugo et les jumeaux ont déjà pénétré dans l'appartement. Je repère un homme que Camélia propulse au sol en une seule frappe. Ils sont nombreux. Tellement nombreux que je ne sais pas où donner de la tête. Apparemment, nous venons de déranger un lendemain de beuverie : je me saisis d'une bouteille d'alcool vide et l'explose sur le crâne d'un homme tout juste réveillé. Bien que le sang coule à flots, la blessure est plus impressionnante qu'elle n'est grave. Dans quelques minutes, il aura repris ses esprits. Alors que je m'avance vers une femme blonde aux yeux rougis par la drogue, j'attrape au passage une deuxième bouteille et la lance à 899 pour qu'elle puisse s'en servir, à son tour, comme d'une arme.

La fille, elle, est plus vive que mon premier adversaire. Sûrement était-elle déjà réveillée et alertée par notre intrusion avant même que l'on envahisse l'appartement. Elle brandit un couteau dans ma direction, mais la manière maladroite dont elle le tient me prouve qu'elle ne sait pas s'en servir. Alors, sans réfléchir, je m'avance et la désarme d'un geste rapide et totalement calculé.

Bon sang, comment je sais faire ça, moi ?

Décontenancée, elle se met à sautiller d'un pied sur l'autre, comme pour m'impressionner. Je ne sais pas qui lui a appris cette façon de faire, mais au lieu de prendre appui sur ses jambes fléchies elle m'offre l'opportunité de la mettre au sol en un balayage sur sa cheville droite. C'est évidemment ce que je fais et, aussitôt, elle vacille et tombe.

— Est-ce que tu te rends ? je lui hurle au milieu du vacarme.

Elle hoche la tête, apeurée, déboussolée.

— Si je te vois te lever ou ne serait-ce que bouger le petit doigt, je t'assomme, c'est clair ? Tu restes ici ! Et tu ne bouges pas !

Elle ne répond pas, choquée, les yeux dans le vide.

Je suis comme dans un état second et, malgré tout, je réalise qu'une chose étrange s'éveille en moi. Mes gestes me paraissent naturels et maîtrisés, comme si mon corps agissait de son propre chef. Comme si mon instinct savait exactement quoi faire.

Alors que je reporte mon attention sur le reste de l'appartement, des cris rauques se font entendre dans la pièce au fond du couloir. Aussitôt, je cours et j'aperçois Ugo se battre contre un homme dans une chambre où des bouteilles et des seringues jonchent le sol. Dès qu'il me repère, il envoie un uppercut bien placé à son adversaire, qui aussitôt s'effondre inconscient au sol. Ugo sourit avant que son regard ne s'assombrisse brusquement. L'instant qui suit, il se précipite vers moi, me contourne et projette un homme contre le mur, m'épargnant son attaque. Une fois de plus, mes gestes sont comme indépendants de ma volonté. Mon instinct agit pour moi. Ugo maintient l'homme par la gorge et mon poing, ferme et décidé, atterrit en plein milieu de son visage.

L'homme s'écroule au sol, sonné. Ugo l'enjambe avec adresse pour me rejoindre et pose ses larges mains tout contre mes joues. Il me donne un baiser rapide sur le front avant de murmurer un « merci » légèrement troublé. Son regard paraît inquiet et je le rassure d'un sourire. Je vais bien. Bizarrement, je vais très bien.

Le sourire qu'il m'adresse en réponse me bouleverse. Même dans les pires moments, il me fait me sentir unique. C'est à la fois agréable et surprenant. Je reste un instant admirative, totalement subjuguée et ensorcelée par son geste des plus tendres et innocents. Mais, rapidement, j'en reviens au combat et me dirige à mon tour vers les chambres attenantes, que je trouve vides.

Je prête une oreille attentive aux alentours, me rapproche d'une fenêtre et hasarde un regard à l'extérieur. Même si la hauteur me donne le vertige, je m'attarde sur la vue des centaines d'hommes au pied de la tour. Voilà ce qui était prévu, mettre K-O les résistants et amener les plus dociles, ceux qui daignent se rendre, sur la chaussée.

Je cours en direction du salon et repère quatre hommes inconscients, entassés en plein milieu.

Dans un coin, au sol, cinq autres ont eu la bonne idée de capituler.

À moitié sonnés, ils sont recroquevillés, penauds, honteux.

— Cam, 899, 900 ! Emmenez-les dehors. Si l'un d'eux s'y oppose, assommez-le sans hésiter.

Je sais qu'Ugo prend la peine d'exprimer cette menace à haute voix uniquement pour dissuader quiconque chercherait à résister une seconde fois. Il va de soi que, si l'un d'entre eux se montre rebelle, il goûtera très vite au poing de Camélia. Et peut-être même au mien. Aussitôt, nous descendons les vingt étages, portées par la même adrénaline qui nous a permis de les monter.

Une fois à l'extérieur, la scène me provoque un choc. Bien que notre action soit d'une violence mesurée, il n'empêche que la couleur dominante est le rouge. Un rouge vif et sanglant. Il ne reste que les plus robustes sympathisants dans les étages. L'opération s'est bouclée en l'espace de quelques minutes seulement. Peut-être plus, je ne saurais évaluer le temps qui vient de s'écouler. Le jour est pourtant levé et le soleil brûle nos corps déjà trempés de sueur.

Comme prévu par Fred, les trois quarts des hommes de Damien sont retranchés dans un coin, assis à terre en signe de paix et de reddition. C'est ici que nous redirigeons les cinq qui se sont rendus. À mon sens, ils ne sont pas plus des hommes de Damien que je ne suis de son côté. Ils sont seulement terrorisés.

Je ne peux pas refaire l'histoire, mais je peux au moins essayer de les comprendre.

Le temps se fait long. Trop long. Ugo, les jumeaux, Stefan, Roger, 394, Fred et ses hommes ne sont toujours pas redescendus. L'inquiétude s'installe doucement. Dans cinq minutes, je retournerai dans les étages et, vu le visage crispé de Camélia, je devine qu'elle partage ma pensée.

Les sympathisants sont blessés pour la plupart. Une dizaine sont dans un état critique. C'était couru d'avance. Éviter de répandre le sang était une idée utopique. Heureusement, ils sont peu nombreux à être très mal en point et aucun mort n'est encore à déplorer. Très vite, ils ont été envoyés dans un appartement près du hangar, auprès de la docteure Anand.

899 se tient à côté de moi, épuisée et pourtant encore debout, fière et imperturbable. Plusieurs centaines d'hommes et de femmes de Damien sont à genoux, en rangs. Ils sont à demi conscients, les mains attachées dans le dos, par précaution. La chaussée est un vrai champ de bataille. Tandis qu'une centaine de sympathisants surveillent sans relâche les plus dangereux, les autres reprennent leur souffle et gardent un œil sur le reste.

J'ai l'impression de voir des enfants, une armée d'enfants apeurés et totalement dépassés par les événements. J'espère que la sentence sera clémente, équitable, et que nous saurons nous montrer justes.

Les cinq minutes sont écoulées et je ne peux plus me retenir. J'adresse un signe de tête à Camélia qui comprend immédiatement mes intentions. Sans un mot, elle me suit alors que je marche d'un pas vif vers le hall d'entrée de la tour.

— Ugo ! s'écrie-t-elle d'une voix soulagée.

Il arrive au pied des marches, à moitié sonné, mais sur ses deux jambes.

Il va bien. Le soulagement m'envahit.

Les jumeaux le suivent, ainsi qu'un grand nombre de sympathisants traînant dans l'escalier les derniers partisans de Damien, inconscients.

Le regard d'Ugo me transperce. Je ressens son émotion d'ici, même à plusieurs mètres de lui. Il exerce un pouvoir intense sur moi et je rougis. Je crois qu'il le remarque, car il sourit, mais aussitôt réprime une grimace de douleur, la légère entaille rouge vif traversant son arcade y étant pour quelque chose.

Tandis qu'il boite légèrement, je l'accueille autant qu'il recherche mon appui. Son bras s'enroule autour de mes épaules et je monte ma main vers la sienne pour la saisir. Nous sortons de l'immeuble et tout le monde semble retrouver son souffle. L'assemblée pose ses yeux sur la vingtaine de sympathisants sains et saufs qui paraissent et tous les regards expriment la gratitude, le soulagement.

— Ça va ? murmure Ugo à mon oreille.

Je hoche légèrement la tête et, soudain, je sens ses lèvres effleurer ma joue en un baiser doux et réconfortant. J'endure un long frisson.

— Moi aussi, ça va.

Alors que je n'ose tourner ma tête dans sa direction, évitant son regard, une silhouette masculine, qui se dissimule soudain à l'angle d'un bâtiment, attire mon attention.

Est-ce un sympathisant ?

Impossible !

Il me paraît suspect d'ici, et ce même à une centaine de mètres.

— Ugo, je murmure. Il y a un homme là-bas, derrière cet immeuble. Il a l'air louche.

— Je vais voir, déclare-t-il, ayant repris son masque sérieux et imperturbable.

Alors qu'il tente de traverser la rue en boitant, je me presse de le rejoindre.

— Je t'accompagne.

— Hors de qu…

Lorsqu'il croise mon regard sérieux et sans appel, il sourit et capitule.

— OK, souffle-t-il, vaincu.

Alors que nous remontons la rue, nous empruntons la première allée à gauche. En quelques secondes à peine, nous contournons l'immeuble et, alors que je redoutais le jour où je verrais son visage, Ugo murmure ce prénom maudit, avec une haine non dissimulée :

— Damien...

Putain.

Face à nous, un homme d'une imposante carrure, les yeux noirs, profonds, injectés de sang, nous étudie, un sourire carnassier déformant ses lèvres tuméfiées.

— Cette fois, tu ne t'échapperas pas, s'exclame Ugo d'une voix que je ne lui connais pas.

Soudain, j'ai peur. Je croyais que ce sentiment m'avait quittée pour de bon. Qu'il ne pourrait plus jamais m'atteindre. Je me croyais blindée, prête à tout affronter. Mais cette fois, elle est bel et bien de retour, la peur. Pas seulement à cause de Damien, de cet homme qui ne mérite aucune justice, de cet être qui mérite la mort. Mais également à cause d'Ugo et de son regard meurtrier. Ce n'est pas lui qui m'effraye, mais bien ce qu'il est capable de faire. Je crains que ce combat ne prenne jamais fin, à moins que l'un d'entre eux ne succombe, définitivement. Mon cœur martèle ma poitrine. J'aimerais respirer, mais j'en suis incapable.

Damien semble possédé. Un million de menaces s'inscrivent dans ses yeux et une seule promesse en ressort sans ambiguïté : la mort.

— Crois-tu vraiment m'avoir dans l'état où tu es ? ricane-t-il.

Cette voix, merde, cette voix. Elle s'infiltre en moi et me donne un haut-le-cœur insoutenable. Je manque de vomir mes tripes, mais seul un gémissement s'échappe de mes lèvres.

— Même à terre et à moitié mort, je t'aurai.

Le ton d'Ugo est rempli de rage. Il n'a aucun doute, pourtant moi, c'est ce sentiment qui me paralyse. Quand je vois la carrure de cet homme, de ce meurtrier, et que je vois Ugo, certes tout aussi robuste, je ne peux m'empêcher de donner raison à cette pourriture. Ugo est blessé, il est trop faible.

Soudain, ma respiration se débloque et j'inspire profondément, sous une soudaine poussée d'adrénaline, comme si ma conscience se réveillait, que mon corps reprenait vie et, surtout, comme si mon courage revenait enfin.

— Et moi aussi, je t'aurai. Bats-toi, connard !

Je suis surprise par mes mots. J'ai l'impression que mon corps ne m'appartient plus. Que je ne contrôle plus mes gestes, ma fureur. La ruelle est sombre et étroite. Les immeubles sont tellement hauts tout autour que le soleil ne nous atteint pas. Mes poings sont fermement serrés contre mes flancs, si bien que j'entends le craquement de mes doigts résonner jusque dans mes tempes.

— J'ai dit bats-toi, connard !

Je brûle de l'intérieur, me consume, et j'ai l'impression que s'éveille en moi une impulsivité nouvelle, bien plus destructrice encore que la précédente. Ugo m'observe comme si c'était la première fois. À son regard, j'ai l'impression d'être une inconnue pour lui et à cet instant je ne me reconnais plus non plus.

— BATS-TOI ! je crie.

Il n'en faut pas plus à Damien pour foncer droit sur nous. Aussitôt, Ugo m'écarte et me projette hors de portée.

J'atterris contre une poubelle en fer, à moitié couchée, la tête contre la tôle. Ma vision est floue, mais je ne ressens aucune douleur. Étourdie, je tente de me relever et, au bout de quelques secondes, j'y parviens. Ugo assène à notre ennemi plusieurs coups de poing dans les côtes, tandis que Damien s'acharne sur sa jambe blessée.

Ugo est sur le point de céder. Il tient encore debout, mais son visage est déformé par la douleur. Même s'il encaisse, il ne tiendra pas longtemps. Sans réfléchir, je me précipite dans leur direction et attrape Damien à la gorge, le projetant plusieurs mètres en arrière. Je ne m'arrête pas et, debout face à lui, mon regard ancré dans le sien, je serre son cou, du plus fort que je peux. Des gémissements de douleur m'échappent lorsqu'il me cogne dans le ventre, avant d'attraper ma gorge à son tour. Son visage, de rouge, vire au cramoisi, tellement je mets de pression dans mes doigts. Cela fait plusieurs secondes que je suis privée de mon souffle. J'aimerais me délivrer, mais je me sens partir. Toute mon énergie se concentre dans mes doigts, si bien que mon corps tout entier s'épuise, manque de s'écrouler.

C'est ce moment que choisit Ugo pour faire basculer Damien en arrière, agrippant fermement sa veste, mais malheureusement celui-ci ne me lâche pas et m'emporte dans sa chute, sa main pressant toujours ma gorge.

J'ai la sensation que ses ongles entaillent ma peau et que ses doigts s'infiltrent dans ma chair, dans mes veines, jusque dans ma trachée.

— Lâche-la ! j'entends brièvement.

Mais je sens que je perds mes forces. Si je ne respire pas dans les secondes qui suivent, je le sais, je vais mourir. Je ne survivrai pas.

— Putain de merde ! Lâche-la ! crie Ugo, loin, très loin.

J'entends de vagues craquements, une agitation immense. Le corps de Damien tressaute, se tord, mais il ne desserre toujours pas sa pression sur ma gorge. Je ne vois plus rien. L'obscurité m'enveloppe. Seule mon ouïe fonctionne encore, faiblement.

— Lâche-la ou je te tue !

Des coups se font entendre, les craquements résonnent de plus en plus et Damien gronde de douleur. Il est toujours au sol, avec moi. Il encaisse les assauts d'Ugo, mais sa prise reste aussi puissante. S'il part, ce sera avec moi. Je le sais. Il ressentira chaque douleur, chaque fracture, chaque blessure, mais il ne mourra pas seul, pas sans moi.

Je sens qu'on me secoue la tête dans tous les sens. La main d'Ugo, glacée, douloureusement froide, tente par tous les moyens de me détacher, de me libérer. En vain.

— Putain ! Non…

Sa voix n'est qu'un souffle, un murmure douloureux.

Soudain, un immense craquement résonne jusque dans mon crâne engourdi et c'est à ce moment que, dans un cri libérateur et douloureux, j'inspire d'une telle force que mes poumons me brûlent, m'arrachant des pleurs, des sanglots.

— 900 ? 900 ? Tu m'entends ? Putain, 900 ?

J'ouvre les yeux, tout est flou, mais peu à peu, son visage se dessine, s'éclaircit. Au même moment, le soleil s'infiltre dans la ruelle et j'ai la sensation de rêver. La lumière entoure le visage magnifique d'Ugo et je crois voir des larmes au coin de ses yeux. Mon imagination me joue des tours, je dois halluciner.

— Tu m'as fait peur, murmure-t-il, le souffle court.

— Il est mort ? je parviens à articuler d'une voix rocailleuse.

— Non. Mais je crois que je lui ai fracturé le crâne. Je ne voulais pas, mais… Il ne te lâchait pas, putain.

— Merci, je murmure, tandis qu'il rassemble ses dernières forces pour me porter.

17

Ugo

900 reprend doucement conscience dans mes bras. Elle est tellement légère que, même blessé et avec une jambe foulée, je parviens à rallier le point de rendez-vous. La rue est agitée. Les hommes de Damien reviennent à eux petit à petit et les sympathisants leur crachent des insultes, certains même doivent être contenus pour éviter qu'ils ne commettent l'irréparable. L'adrénaline brûle encore dans leurs veines et le besoin de vengeance est toujours bien présent, malgré notre liberté tout juste retrouvée. Seuls ceux qui se sont rendus restent muets dans leur coin.

— Ugo ! Qu'est-ce qui s'est passé ? s'écrie Camélia, paniquée.

— Damien. Il est dans la ruelle, je lui réponds, tout en lui indiquant la direction du menton. Il faut que David et

Simon le récupèrent et le ligotent. Même si je doute qu'il reprenne conscience de sitôt.

Sans attendre, Camélia part informer les jumeaux avant de s'éclipser jusqu'au hangar, tandis que je dépose 900 au côté de 899.

— Merde ! Qu'est-ce qu'il lui est arrivé ?

899 est assise sur le rebord du trottoir, en tailleur, et j'installe alors 900, déposant sa tête sur les genoux de son amie.

Aussitôt, elle pose sa main dans son dos et s'assure de son état.

— Damien. Il a tenté de la tuer une nouvelle fois.

Sans perdre de temps, je retrouve les jumeaux qui reviennent tout juste de la ruelle avec Damien. David maintient un bras, tandis que Simon accroche l'autre, traînant le poids mort de Damien, inconscient, tête ballante, les jambes raclant le sol entre mes deux amis.

— VOTRE ATTENTION ! je hurle.

Aussitôt, tout le monde s'interrompt pour se tourner vers moi et me prêter une oreille attentive. Je suis devant une grande moitié de la population, l'autre étant encore recluse chez elle. Ma voix porte, et la résonance de la rue permet de me faire entendre de tous. Les partisans de Damien sont tous alignés, à genoux, face à moi, tandis qu'un cercle s'est formé autour d'eux.

— Voici votre chef !

Je m'adresse à eux tout en pointant du doigt un Damien évanoui et défiguré, toujours maintenu par les jumeaux.

— Incapable de se battre avec vous ! Et c'est ça votre modèle ? Un lâche ? Un moins que rien qui s'enfuyait seul pour sauver sa peau ?

Les alliés de Damien me regardent, encore vaseux sous les effets de leur drogue et de nos coups. Certains crachent au sol tandis que d'autres me défient du regard.

— Vous avez de la chance ! je poursuis avec amertume. Nous, les sympathisants, ceux que vous osiez chasser et tuer, pour avoir... quoi ?... « sympathisé », avons choisi de ne pas succomber à vos délires, vos folies. Vous n'allez pas mourir.

L'indifférence se lit dans leurs yeux et à cet instant je crains de regretter ma décision.

— Vous êtes bannis de cette ville ! je clame, tandis que les sympathisants hurlent leur approbation.

Aucun ne conteste cette décision. Aucun retour en arrière n'est possible.

— Ne tentez pas de regagner la ville ! Nous n'aurons pas deux fois la même indulgence. À partir de maintenant, nous avons notre propre armée et ceux qui viendraient contrarier cette réinsertion ne subiront pas un sort si clément !

Les partisans de Damien grognent et lancent des insultes aux sympathisants, mais ils savent au fond qu'ils ne peuvent rien contre ce verdict. Ils sont trop peu nombreux à présent. C'est leur fierté qui parle et non leur bon sens. Ils seront dépouillés de leurs armes et, dans l'heure, seront emmenés aussi loin que possible de la ville.

— Maintenant, il est temps. Assommez-les !

Sans attendre, une cinquantaine d'hommes de ma génération s'approchent d'eux et, alors que ceux de Damien tentent de se débattre, chacun reçoit un coup sur la tête qui le met K-O, face contre terre. Au même instant, réglée comme une montre, un car déboule, avec Camélia au volant qui freine d'un coup sec, en faisant crisser les pneus sur le bitume brûlant.

— Vous pouvez les installer, je déclare.

Les sympathisants s'exécutent et, en dix minutes à peine, les traîtres sont prêts à quitter la ville.

— Avant de les envoyer à plusieurs heures de route de notre ville, j'aimerais que chacun d'entre vous s'assure qu'aucun d'eux ne soit un traître. Si l'un d'entre vous reconnaît un visage coupable, à l'origine de l'assaut de l'hôpital, ou d'une seule attaque depuis la réinsertion, qu'il le dénonce !

Les trois cents qui se sont rendus s'agitent, paniqués, tandis que les sympathisants les observent, un à un. Certains camouflent leur visage, plus par peur d'une méprise que par réelle culpabilité, mais je suis persuadé que certains d'entre eux cachent leur réelle implication dans les violences perpétrées contre la ville.

— Lui ! hurle une fille. Lui ! C'est lui qui a tué Becca !

Aussitôt, Stefan et Roger attrapent l'individu en question et l'assomment, avant même qu'il ne réagisse.

— Tu en es sûre ? je demande, alors que Stefan et Roger mettent en évidence son visage.

— Aucun doute, chevrote-t-elle, c'est lui ! Je le reconnaîtrais parmi des millions !

Sans attendre, les deux hommes le conduisent inconscient jusqu'au car de l'exil.

— Elle aussi ! s'exclame Chloé, alors qu'elle s'écarte de 394, visiblement bien amoché lui aussi.

Au total, treize personnes s'avèrent être finalement des sbires de Damien depuis le départ. Les autres sont juste des disciples forcés qui n'avaient pas d'autre choix que de rejoindre leur clan. C'était ça ou la torture. Lorsque l'on est seul et qu'une cinquantaine d'individus vous imposent de rejoindre leur cause, vous n'avez pas d'autre choix que d'accepter. Aucun d'entre eux n'a jamais provoqué d'attaque, ni même blessé un seul sympathisant, ils étaient simplement seuls et n'ont pas eu notre chance.

— Vous êtes tous libres, j'annonce d'une voix ferme et sans états d'âme.

Mais j'ajoute, pour que cette clémence ne soit pas interprétée comme de la faiblesse :

— Une seule autre erreur de votre part et vous serez bannis à votre tour. Nous avons noté vos noms. Même si vous n'aviez pas d'autre choix que de rejoindre Damien, certains d'entre vous l'ont peut-être fait par conviction plus que par peur, mais ça, nous ne le saurons jamais. C'est pourquoi un seul écart sera fatal et vous condamnera à l'exil. Rentrez chez vous !

Sans attendre, ils se lèvent, honteux, la peur et le soulagement déformant leurs visages. Certains courent pour retrouver leur appartement, d'autres sont encore sous le choc et traînent les pieds, les épaules affaissées, tremblants face au silence qui leur est réservé.

Personne ne les hue, ni même ne les insulte. Nous ne sommes pas aussi indifférents. Nous en connaissons certains, nous savons qu'ils ne sont pas mauvais et que c'est la peur qui les a poussés à rejoindre le côté sombre. Alors nous restons silencieux, le temps qu'ils quittent la chaussée.

Au bout de plusieurs minutes de calme et de silence, je crois que nous, les sympathisants, prenons enfin conscience de ce que nous venons d'accomplir. L'adrénaline redescend, nous sommes épuisés, mais nos sourires sont bien présents. Malgré la violence dont nous avons dû faire preuve, malgré les blessures que nous portons, nous avons réussi notre mission. Nous sommes une ville de sympathisants, où chacun mérite sa place, au même titre que son voisin. Que l'on soit un robot ou un sans-gêne, que l'on soit fêtard ou casanier, que l'on soit pudique ou exubérant, que nous ayons des envies partagées ou même des désaccords, nous pouvons vivre ensemble et, mieux encore, nous allons aimer vivre ensemble.

— Il est temps que l'on se repose, mes frères et sœurs ! s'exclame Fred tout en passant une main encore tremblante dans ses cheveux d'un roux luisant. Il est midi ! Je vous attends tous ce soir, au SimpleKing, pour fêter notre liberté !

Soudain, les cris s'élèvent, les rires, les pleurs, les acclamations. Le silence laisse place à la joie, au soulagement, à la folie…

18

900

Lorsque j'ouvre les yeux, l'horloge de l'appartement de 899 indique 20 heures passées. Il paraît que mon logement est à côté, mais lorsque j'ai retrouvé mes esprits, une fois que Camélia et 899 m'ont ramenée jusqu'à cet immeuble, j'ai refusé d'y entrer. Pour dire vrai, j'étais trop épuisée pour encaisser un nouveau choc. Retrouver des affaires qui m'appartenaient, m'approprier un lieu qui ne me dit rien, le découvrir tel que mon moi d'avant l'avait laissé aurait été trop dur à supporter. Alors, elles m'ont conduite jusque chez mon amie et nous avons partagé une sieste de près de huit heures dans son lit.

Camélia est rentrée chez elle presque aussitôt. Je crois que chacun de nous avait besoin de sommeil et de solitude. Nous n'avions pas fermé l'œil depuis la veille, l'heure n'était pas à la fête, mais bien au repos.

Les sbires de Damien ont tous été emmenés loin d'ici et les moins dangereux ont retrouvé leur liberté. Le deal a été respecté à la lettre. À cette heure-ci, Stefan, Roger et une vingtaine d'autres sympathisants volontaires conduisent ces malfrats à plusieurs heures en car de la ville avant de les relâcher dans la nature.

La voix de ma meilleure amie se manifeste dans un bâillement sonore, m'indiquant qu'elle aussi est réveillée.

— Quoi ? Il est 20 h 30 ?

Je hoche la tête, le sourire aux lèvres. Voilà bien longtemps que je ne m'étais pas sentie si sereine. Bien que nos soucis ne soient pas entièrement résolus et que le Conseil nous cache des secrets qui nous dépassent, cette quiétude retrouvée est un souffle bienvenu, une délivrance.

— Tu es prête pour fêter ça ? murmure 899, les yeux brillants de joie.

— Et comment ! je ricane, tout en me levant vivement du lit.

Il est 22 heures et je suis enfin douchée et habillée.

899 m'a prêté une de ses tenues, la plus sobre possible. Je porte un jean noir et un débardeur blanc sous une veste kaki. Voilà maintenant trente minutes qu'elle s'acharne à dissimuler les marques de strangulation ainsi que mes cicatrices avec une bonne couche de maquillage. Le résultat est spectaculaire. Même si quelques rougeurs ne s'effacent pas, je renvoie l'image d'une fille ordinaire et en bonne santé, et ce reflet dans le miroir ne m'avait pas été offert depuis mon amnésie. Les quatre points, stigmate du clan de Damien, sont entièrement invisibles et, même si ce résultat est éphémère, j'ai l'impression que, le temps d'une soirée,

on m'offre l'occasion de pouvoir être enfin moi-même. Une fille heureuse et non plus une fille torturée.

Après un trait d'eye-liner et quelques touches de mascara, je suis enfin prête à fêter notre victoire. 899 à son tour termine ses derniers préparatifs et je ne peux m'empêcher de l'admirer, comme toujours. Dans sa petite robe blanche à manches longues et à volants, je la trouve radieuse. Elle noue ses cheveux en une queue-de-cheval aérienne et la voilà prête.

C'est main dans la main que nous quittons son appartement. Apparemment, nous avions l'habitude de nous tenir ainsi durant la réinsertion et ce rapprochement physique me réjouit. Elle m'est tellement chère. Sans elle, je ne serais rien. Sans eux, Camélia, Ugo, les jumeaux, je ne serais rien. Rien du tout.

Nous ne risquons rien à nous promener de nuit et c'est le sourire aux lèvres que nous arpentons les rues. J'ai l'impression que c'est la première fois que je me permets un regard sur notre ville. Les soucis et la dangerosité occultaient ma vision, aujourd'hui je découvre tout. Tout est merveilleux, immense, irréel. Les immeubles sont spectaculaires, les commerces nous entourent par centaines et les gens flânent sereinement. La lumière diffuse des lampadaires éclaire notre ville avec tellement de douceur que l'atmosphère qui y règne est apaisante, rassurante. Les sentiments qui me traversent me font un bien incroyable. J'ai l'impression d'enfin respirer, de vivre la vie que je mérite.

Au bout de quelques minutes de marche, que j'aurais prolongées avec plaisir, nous arrivons devant le SimpleKing. La musique s'exfiltre jusque dehors et les cris et rires la couvrent presque. L'enseigne déborde de couleurs. D'ici, devant la façade, des dizaines de nuances traversent les vitres du club. Rouge, bleu, vert, blanc, rose.

La fête bat son plein et je suis impatiente d'y participer.

Toujours accrochée à 899, je pénètre dans le club et, dès l'ouverture de la porte, je suis subjuguée, en admiration totale. Des centaines de personnes sont présentes, dans une ambiance de fête. Alors que je pensais avoir tout vu, 899 m'emmène un étage plus bas là où l'atmosphère est plus tamisée, mais l'ambiance tout aussi joyeuse. Aussitôt, nous repérons Simon, David et Camélia installés autour d'une immense table basse que des canapés et fauteuils blancs entourent. C'est sans surprise que nous nous y dirigeons et, sans attendre, 899 me lâche pour se jeter dans les bras de Camélia.

— Ouh là ! Pas si fort, ricane Camélia. Je suis un peu amochée, tu sais.

— Désolée, murmure 899, rougissante.

Alors que je m'apprêtais à prendre place sur l'un des canapés, Simon m'attrape par le bras et m'écarte du groupe.

— Bon ! 900 ! Il est temps de faire enfin la fête, tu ne crois pas ?

Simon et moi avons peu échangé depuis mon amnésie. Je sais pourtant que nous avions de l'affection l'un pour l'autre. Une relation timide et pudique, un lien encore fragile, mais pourtant bien présent. Et je le ressens, chaque jour. Il me cherche du regard, parfois, comme pour s'assurer que je vais bien. Je sais qu'il garde un œil sur moi. À sa manière, prudente et respectueuse, il a toujours veillé à ce que je me sente bien, à ma place. Un sourire encourageant, un regard rassurant, un geste d'amitié. Des attentions qui valaient tous les mots du monde. En ça, il a toujours été très différent de David, qui lui, solitaire et sauvage, s'est toujours montré plus distant.

En guise de réponse, je lui adresse mon plus beau sourire. Son regard s'illumine aussitôt avant d'être traversé d'une lueur triste.

— Tu sais, 900… Avant qu'on arrive à l'orphelinat, tu m'as dit une phrase que je n'oublierai jamais. Nous avions stationné le car et tu avais couru jusque dans la forêt. Lorsque je t'ai retrouvée, tu m'as dit que, quoi qu'il arrive, j'étais un réel ami pour toi et que tu donnerais tout pour que l'on puisse vivre des jours heureux jusqu'à la fin de nos vies.

Cette confession m'arrache un sanglot que je dissimule du mieux possible.

— Tu as réussi, 900. Toi aussi, tu as tout donné pour que l'on soit heureux. Malgré ce qui t'est arrivé, tu as tout donné et tu n'as jamais cessé d'y croire. Tu es une réelle amie, toi aussi, et je n'ai pas eu l'occasion de te le dire ce jour-là. Alors, je veux que tu le saches.

Sans réfléchir, je me jette dans ses bras et le serre avec force. Il me rend mon étreinte et nous restons quelques secondes ainsi, presque déstabilisés.

— Bon, on va se lâcher, sinon j'en connais un qui ne va pas être content, murmure-t-il, tout en accompagnant son geste d'un rire sincère.

Je ris à mon tour et le suis jusqu'au bar, où il nous commande deux Blue Lagoon et plusieurs autres boissons qu'il dispose sur un plateau pour notre table. Je buvais ce cocktail, lorsqu'on s'est rencontrés pour la première fois. C'est ce qu'il m'a dit.

Très vite, nous rejoignons le groupe et aussitôt je repère Ugo, assis dans l'un des fauteuils à côté de David. Alors que je pensais être passée inaperçue lorsque j'avais contourné la table, il interrompt sa discussion et attrape ma main.

— Tu vas où, comme ça ? demande-t-il, le sourire aux lèvres. Viens…

Puis il tire sur mon bras, me projetant doucement sur ses genoux. L'intimité de ce contact me fait rougir aussitôt. Très vite, pour m'empêcher de fuir, ce que je n'avais pas l'intention de faire, il enroule ses bras autour de ma taille pour me garder prisonnière.

— Tu t'es bien reposée ? me chuchote-t-il à l'oreille tandis que je m'installe en biais, adossée contre l'accoudoir.

Je hoche la tête, soudain perturbée par la proximité de nos corps et de nos lèvres. De sa main droite, il soulève mes cheveux et vient déposer ses doigts contre mon cou. Un long frisson me traverse alors qu'il caresse une partie de ma nuque.

— Tu as mal ?

Ses sourcils se froncent un instant et, pour le rassurer, je lui souris.

— Non, je n'ai pas mal.

Alors il continue tout en posant sa main gauche sur ma cuisse qu'il effleure à son tour.

Je suis submergée de sensations et le rouge ne quitte pas mes joues. Des frissons par milliers me traversent et échauffent mon corps tout entier. Je ne comprends pas ce qui m'arrive, pourquoi je réagis ainsi à de simples gestes d'affection. Pourtant, mon ventre se tord, me brûle, ma gorge se serre, mon pouls s'emballe. Je ne crois pas qu'il remarque à quel point il me trouble, il continue sa discussion avec David, l'air de rien, tout en intensifiant ses caresses, effleurant mon cou, ce qui provoque chez moi de légers sursauts.

Qu'est-ce qui m'arrive ?

Aussitôt, je me penche vers la table basse et attrape mon Blue Lagoon, que j'avale rapidement. J'ai la gorge sèche et le liquide libère le nœud qui venait tout juste de se former. Alors que je repose le verre maintenant vide sur la table, Ugo libère ma cuisse tremblante et s'empare de son verre à son tour.

Instinctivement, perturbée par ces sensations, je me lève un peu trop précipitamment, ce qui me vaut un regard interrogateur de la part d'Ugo.

— Je reviens, je murmure.

Les autres n'ont pas remarqué mon trouble et j'en suis soulagée. Rapidement, je cherche des yeux le panneau indiquant les toilettes et m'y dirige d'un pas déterminé. Une fois dans la petite pièce blanche trop éclairée, je m'observe dans le seul miroir.

J'ai les joues rouges, les yeux brillants et les lèvres humides.

Je ne comprends pas ce qui m'arrive et pourquoi je suis autant chamboulée.

Bon sang, 900 !

Le souffle saccadé, je tente de reprendre ma respiration et humecte mon front d'eau fraîche, espérant retrouver une température corporelle normale. Au bout de quelques minutes, je reviens enfin à moi et, malgré toutes les questions que je me pose, je n'ai qu'une envie, retrouver les bras d'Ugo. Même si ces sensations sont nouvelles, elles me manquent déjà. Je ne les comprends pas, pourtant c'était tellement agréable de me sentir si proche de lui, tellement enivrant de recevoir son affection, sa tendresse. Alors je quitte la petite pièce et me redirige vers notre coin où tout le monde semble heureux, paisible. Ce spectacle me fait monter les larmes aux yeux. Ils sont mes amis, tous. Je ne peux m'empêcher de remarquer les mains de 899 et Camélia fermement unies. Je souris, plus émue encore. Camélia croise mon regard et je lis une pointe d'inquiétude dans ses yeux. Je hoche la tête, mon sourire s'étirant franchement et elle sourit à son tour avant de focaliser son attention sur celle qu'elle n'a jamais cessé de protéger.

19

Ugo

900 est de retour. J'ai l'impression qu'elle est partie depuis plus d'une heure et pourtant ça fait à peine quelques minutes. Je me surprends à sourire un instant et, lorsqu'elle revient vers moi, cette fois je lui fais une place dans le large fauteuil qui, en réalité, pouvait nous accueillir tous les deux depuis le début.

J'aime tellement sa présence que je ressens le besoin de la toucher, de la sentir constamment. Peut-être ai-je trop montré mon affection au point de l'avoir effrayée ?

Apparemment non, puisque, au lieu de rejoindre la place que je lui fais, elle s'installe de nouveau sur mes genoux, les joues légèrement rougies par cette initiative.

— Je suis désolé, je murmure.

Elle rougit de plus belle, avant de passer une main fébrile dans ses cheveux devenus humides par la chaleur ambiante.

— Non, c'est moi. T'en fais pas, j'adore être avec toi.

Sa confidence me fait sourire et me donne envie de l'embrasser immédiatement. Je ne peux m'empêcher de fixer ses lèvres. J'ai tellement envie d'y goûter de nouveau et j'ai l'impression que, le jour où j'en aurai l'occasion, la sensation sera totalement différente de la première fois. Notre relation a changé. 900 n'est plus la même et celle que je découvre et que j'apprends réellement à connaître cette fois me fait tourner la tête. Je ne pensais jamais ressentir ça un jour pour une fille et, si avant son amnésie je taisais mes sentiments, les freinais, les refoulais, aujourd'hui ils sont doublement plus forts et je ne cherche plus à les maîtriser.

J'ai toujours le regard rivé sur ses lèvres et je crois qu'elle le remarque, car elle empoigne un second verre et le vide d'un trait. Je ne sais pas où mettre mes mains et je ne veux pas la faire fuir, alors à mon tour, je récupère un verre de whisky sur la table que je sirote lentement d'une main, l'autre étant occupée à tenir mon énième cigarette de la soirée. C'est un supplice que de freiner chacun de mes désirs. Mais je me retiens, de toutes mes forces, de peur de la faire fuir.

Voilà plus d'une heure que nous discutons tous ensemble autour d'un verre. Que dis-je ? Autour de plusieurs verres ! Même si David est toujours un peu nerveux à côté de moi et qu'il n'a pas cessé de me parler du Conseil et du plan à suivre ces prochains jours, je ne peux m'empêcher de rêver à cette vie qui nous tend les bras. Je sais, au fond de moi, que toute cette soirée n'est qu'un mirage, qu'une pause entre deux combats, mais j'essaye malgré tout de profiter du moment présent. Aujourd'hui, c'est tout ce qui compte. Les responsabilités, les doutes, mon mauvais pressentiment, j'aurai tout le temps d'y songer demain.

Depuis que 900 est revenue, je prends sur moi pour ne pas la brusquer. Je rêve de la prendre dans mes bras, de l'embrasser, de lui avouer combien elle m'a manqué, combien elle m'est précieuse, mais je me retiens. Je retiens tout. Ce n'est pas dans mes habitudes de ressentir un besoin si viscéral. Je pensais détester cette sensation, moi qui m'étais toujours interdit une telle faiblesse, et pourtant j'en suis fou. L'alcool n'aide pas. Chaque fois qu'elle prononce un mot, une phrase, qu'elle respire, même, je ne peux éloigner mon regard de ses lèvres humides qui s'agitent avec grâce à quelques centimètres des miennes. C'est presque une torture, mais je préfère la frustration au rejet. Parce que, si elle me rejette, je ne me le pardonnerai jamais.

— Oh, oh ! Ugo ? Je te parle ?!

Camélia me regarde, un sourire discret étirant ses lèvres. D'un signe de tête je lui fais comprendre de répéter, avant d'écraser ma cigarette dans le cendrier en verre déjà bien rempli.

— Fred veut vous parler, il est dans la réserve.

Son regard se pose sur David et Simon qui se lèvent sans attendre. Aussitôt, 900 les imite pour me laisser me mettre debout avant de se rasseoir.

— Je reviens, je lui murmure, tandis qu'elle me regarde avec une émotion indéchiffrable, les yeux grands ouverts, perdus sur… ma bouche ?

Non, je dois rêver.

— Je t'attends. Prends ton temps.

Sans m'attarder plus longtemps, je contourne le groupe et prends la direction de l'escalier menant au rez-de-chaussée. David et Simon me suivent en silence au milieu des centaines de corps déchaînés et visiblement bien alcoolisés. Cette vision qui, il y a plusieurs jours, me mettait hors de moi, me réjouit aujourd'hui. Voilà tout ce dont nous avons besoin finalement. D'amis, de fête, de musique, de rires, d'innocence tout simplement.

Je ne prends pas la peine de frapper et pousse les portes battantes, les mêmes que j'ai franchies il y a quelques jours seulement. Dans la réserve, Fred, Stan, Rob et Mickey nous attendent, assis sur des canapés de cuir, à quelques mètres de 394, debout, adossé contre le mur du fond. Notre petite armée est presque au complet, seuls Roger et Stefan manquent à l'appel. À l'heure qu'il est, ils doivent déjà avoir abandonné les sbires de Damien et être sur le retour.

— Cette réunion sera rapide, s'exclame Fred en ouvrant une bouteille de whisky visiblement ancienne, vu la poussière accumulée sur le verre. Nous pourrons très vite retourner à la fête.

Il dispose huit shots sur une petite table basse en bois et les remplit un à un du liquide ambré. L'arôme qui s'en dégage révèle aussitôt la qualité du breuvage.

— C'est un whisky qui date de bien avant l'épidémie, murmure-t-il. Enfin, s'il y a vraiment eu cette putain d'épidémie. Richard me l'a donné pour l'inauguration de mon club. Richard est l'un de nos mentors, précise-t-il à 394. Mais je l'avais gardée pour une occasion spéciale.

Il se tait un instant et nous tend chacun un shot.

— À ces enfoirés du Conseil ! assène-t-il tout en tendant son verre.

Nous l'imitons en silence, curieux de ce qu'il a à nous dire, et après avoir trinqué, nous buvons d'une traite. Je suis tellement impatient qu'il s'explique que je n'ai même pas pris la peine d'évaluer le goût de ce précieux nectar.

— Fred, souffle David. Parle.

C'est sans attendre qu'il se lève. D'un geste nerveux, il replace sa chevelure rousse initialement plaquée par du gel.

— Le combat n'est pas fini. La docteure Anand a été claire, le Conseil contrôle notre mémoire et plus les jours passent, plus je la crois. Nous n'avons pas eu nos traitements le jour de l'attaque à l'hôpital. Seuls quelques-uns d'entre nous les ont reçus et, de ce fait, c'est la première fois de notre existence que nous n'avons pas été « soignés » durant une si longue période. Certains d'entre vous en ressentent-ils les effets ?

Malgré le bruit assourdissant des basses à l'extérieur de la réserve, le silence qui nous enveloppe est pesant. Nous nous regardons tous, attendant que l'un se manifeste, apporte les réponses que l'on attend. 394 brise le silence :

— Je n'ai pas vraiment l'impression de ressentir d'effets particuliers. J'ai seulement une impression de changement. Je ne pense pas que ça ait de rapport.

— Tout peut avoir un rapport, répond Mickey. Tout est bon à analyser. Alors, vas-y, parle !

— Je ne sais pas, reprend le robot. Au début de la réinsertion, j'étais quelqu'un de totalement différent. Puis les principes, les règles, tout ça est devenu peu à peu très dérisoire. Je ne savais pas me battre, ou du moins je ne savais pas que je pouvais mettre un mec K-O d'une seule droite. Et une droite que j'ai su placer au bon endroit, au bon moment. À l'hôpital, j'étais comme en transe. Porté par des réflexes qui n'étaient pas les miens. Ce matin, pire encore, j'avais une rage immense au fond de moi, j'ai dû contrôler mes gestes pour ne pas faire plus de mal que je n'en ai fait.

À la fin de ses paroles, je ne peux m'empêcher de penser à 900.

Putain de merde. Ils sont pareils.

— Ça a forcément un lien, murmure Simon, plus pour lui-même. Forcément…

Est-ce que j'ai changé, moi ? Mis à part ma colère que je réussis à contenir de mieux en mieux et mes sentiments naissants pour 900 que je commence tout juste à accepter ? Rien de tout ça n'est révélateur. Je suis le même, seulement je m'adapte. Qui ne change pas ? La réinsertion a un impact sur nos vies, nos habitudes. L'influence de la première génération a forcément une incidence sur nous et inversement.

Peut-être est-ce pour ça que 394 est plus impulsif et que grâce à eux je réussis à me canaliser ?

— Moi, j'ai une question à vous poser, s'exclame Fred sur un ton sérieux qui n'annonce rien de bon. L'un d'entre vous est-il capable de se rappeler un moment de son enfance ? Juste un souvenir.

Soudain, c'est le choc.

Les yeux écarquillés, Simon me regarde, tandis que David, lui d'habitude si impassible, est bouchée bée.

Bordel.

Je fouille, je réfléchis, je me triture le cerveau de fond en comble. Je creuse de toutes mes forces jusqu'à en avoir mal au crâne. La frustration me rend nerveux. Un sentiment de panique s'éveille en moi. Ma respiration devient sifflante et je tente de me contenir en serrant les poings.

Mais rien. Rien ne me vient.

La main de Simon se pose discrètement sur mon épaule et ce contact me fait contracter la mâchoire encore plus durement.

— Calme-toi, Ugo, me glisse-t-il d'une voix peu assurée.

J'inspire profondément, ce qui m'offre un apaisement bienvenu, et réitère plusieurs fois l'opération, jusqu'à retrouver peu à peu mon calme.

— OK. C'est bien ce qui me semblait, poursuit Fred avant de se rasseoir.

— Qu'est-ce qu'on fait, maintenant ? demande David hargneux, lui aussi prêt à exploser à tout moment.

Je prends enfin la parole avec un calme feint :

— Il faut établir un plan. Que l'on s'infiltre au cœur du Conseil. Que l'on ait nos réponses d'une manière ou d'une autre.

— C'est ce que j'espérais t'entendre dire, déclare Fred.

— C'est ce que j'avais toujours prévu.

20

900

— Je me souviens très bien de toi, tu sais…

Chloé me regarde, souriante, tout en balançant son pied au rythme de la musique. 394 et elle sont ensemble depuis la réinsertion. Sa chevelure blonde est étincelante sous les spots lumineux. Presque blanche. J'ai l'impression de revoir la neige qui recouvrait les forêts bordant l'orphelinat.

— Le deuxième jour de la réinsertion, précise-t-elle.

Je prête attention à ses mots. Elle me connaissait ? Personne ne m'avait jamais parlé d'elle avant que je ne la rencontre.

— Tu étais au Club 47, seule, sans personne de ta génération. Tu avais été très vite remarquée. Je crois que tu ne t'étais nullement rendu compte à quel point ta présence avait été le centre de toutes les discussions. Tu parcourais la salle de tes yeux naïfs et pourtant curieux, sans même voir que tous les regards étaient dirigés sur toi.

Je n'ai aucun souvenir de ce jour et pourtant je suis hypnotisée par ses paroles. C'est la première fois que l'on parle de moi, de celle que j'étais avant, avec autant de précision, autant de détails.

— J'étais avec Ugo, ce soir-là. Nous discutions tous les deux, au fond de la salle, lorsque son regard s'est détaché du mien. Je croyais au début qu'il était perdu dans ses pensées, comme à son habitude, puis je me suis retournée, curieuse de connaître ce qui le fascinait autant. Tu étais assise toute droite sur un tabouret, seule, et le regard qu'il a jeté sur toi m'a profondément déstabilisée. Si tu avais connu Ugo à l'époque, tu aurais compris. Il n'a jamais regardé quelqu'un comme il t'a regardée ce soir-là. Je l'ai même vu sourire, c'est te dire ! Ugo, sourire ? J'ai arrêté de parler, de toute façon il ne m'écoutait plus depuis déjà un bon bout de temps, et je l'ai observé. Durant plusieurs minutes, il ne t'a pas quittée des yeux, il n'a même pas touché à son verre et sa cigarette se consumait lentement entre ses doigts, la cendre tombant minute après minute sur le carrelage du club.

La bouche entrouverte, je bois ses paroles, fascinée par son récit. J'ai l'impression de revivre mes premiers moments avec lui et pourtant je ne me souviens de rien. Mais ses mots me bercent, me font un bien indescriptible. Lui qui connaît tellement de choses sur nous. Notre première rencontre, nos premiers mots, nos premiers regards, notre premier baiser. Je donnerais tout pour revivre ces moments, pour les connaître, les partager une nouvelle fois. Alors je me tais, je reste muette, espérant qu'elle poursuive, pour me faire revivre ce qui est effacé à jamais de ma mémoire.

— Je ne m'y connais pas vraiment en matière d'hommes, mais ce soir-là, je n'en ai aucun doute, il a eu un véritable coup de foudre. Et lorsque sa mâchoire s'est contractée, que ses poings se sont serrés à en devenir blancs, j'en ai eu la confirmation. Tu étais toujours au même endroit, perdue, fragile, mais tu n'étais plus seule. Il te maintenait contre lui et tu étais rouge de colère – ou de honte, peut-être. À ce moment-là, Ugo s'est levé en trombe, mais je l'ai rattrapé à temps. Je crois qu'il était sur le point de commettre une immense bêtise. Si je ne l'avais pas retenu, je n'aurais pas donné cher de Johan, ni de ses petits camarades, d'ailleurs… Pire encore, tu aurais eu peur de lui. Trop peur pour lui faire un jour confiance. Il n'est pas mauvais et encore moins dangereux, pourtant lorsqu'on s'attaque à lui ou à une personne qu'il aime, il devient incontrôlable. Il allait être incontrôlable pour une inconnue. Son inconnue. Toi. Ugo n'aime que peu de personnes, mais ce jour-là, il te portait déjà dans son cœur, tu y avais déjà ta place.

Je retiens mes larmes in extremis. Je suis profondément touchée par ce que je viens d'entendre. Chloé m'a offert le plus beau cadeau du monde. Alors que beaucoup tentaient de me rappeler mon passé dans les grandes lignes, il lui a suffi de quelques minutes pour me donner ce dont j'avais le plus besoin depuis mon amnésie. Me faire revivre une soirée, *la* soirée. Bien qu'elle n'ait apparemment pas été la meilleure, elle n'est plus un souvenir oublié, elle est aujourd'hui ancrée en moi, elle m'appartient de nouveau.

Chloé me sourit tendrement. C'est comme si elle avait senti ce besoin que j'avais de me réapproprier cette soirée. En quelques secondes, elle me devient précieuse et je me promets de lui rendre un jour ce cadeau.

— Merci… je parviens à articuler difficilement, tant l'émotion me prend à la gorge.

— Il t'attend, répond-elle, tout en m'adressant un signe de tête avant de s'éloigner pour retrouver 394, tout juste revenu.

Au même moment, je sens l'immense silhouette d'Ugo se rapprocher de moi, dans mon dos. Bien que je ne le voie pas, je sais qu'il est là, qu'il s'avance vers moi et me regarde.

— Suis-moi, murmure-t-il à mon oreille, son torse frôlant mon dos.

Tremblante, encore sous le choc de ma discussion avec Chloé, j'attrape la main qu'il me tend et me laisse guider. Je ne peux détacher mes yeux de sa carrure toute en longueur. Sa démarche lente est assurée et il n'a aucun mal à se frayer un chemin au milieu de tous ces corps en mouvement. Je remarque alors combien il est différent de tous. Lui, l'aîné de sa génération. Son charisme, son aura. Ugo…

Au bout de quelques secondes, il s'arrête.

Au centre de la piste de danse, il nous crée un espace rien qu'à nous. Alors que la musique suit un rythme soutenu, lui est immobile, face à moi, le regard hésitant et la mâchoire serrée. Il semble perturbé, tracassé, et je l'admire d'autant plus. J'ai l'impression d'être la seule à qui il ose dévoiler ses faiblesses.

Je reste devant lui sans bouger, mains jointes et je le regarde, essayant du mieux possible de dissimuler mon agitation. Alors que nos regards sont scellés l'un à l'autre, d'une légère caresse, il effleure ma joue avant d'attraper mes deux poignets et de les poser derrière sa nuque. Je me laisse faire, paralysée, hypnotisée par ces yeux que j'aime tant et que je pourrais contempler des heures entières. D'une main, il rapproche mon bassin du sien et m'attire tout contre lui.

Alors que la musique se fait toujours plus tonitruante et que les gens autour de nous s'agitent dans tous les sens, lui et moi nous observons toujours, dansant d'un pied sur l'autre, tout en ondulant lentement.

Ce moment est magique. Nous sommes seuls au monde au milieu de cette foule désordonnée. C'est la première fois que je le touche réellement, et je ne peux empêcher mes doigts de caresser sa nuque, sa chevelure. Je ne comprends pas mon geste et, à vrai dire, je n'essaye pas de le contrôler. La seule chose que je sais, c'est que l'envie de le toucher est irrépressible.

— Est-ce que tout va bien ? je lui demande, à quelques centimètres de son visage.

— Ça va, murmure-t-il, son souffle caressant mes lèvres d'un délicieux parfum. Nous parlerons demain, ce soir il n'y a rien d'autre qui compte. Toi, ça va ?

Alors qu'il se rapproche encore, nos lèvres ne sont maintenant plus qu'à quelques millimètres et je crois mourir tant notre proximité m'enivre, me laisse étourdie. Je suis suspendue à ses paroles, la bouche entrouverte, inhalant chacune de ses expirations, le souffle haché, le cœur battant encore plus vite que la musique.

Je n'entends plus rien autour de nous, le temps s'est comme arrêté. Seul son souffle chaud me parvient tel un murmure apaisant. Alors que nos bouches sont sur le point de se rencontrer, je lui réponds, étourdie, à bout de souffle :

— Ça va… moi aussi.

Ses yeux se ferment un instant et je perçois la chaleur de ses lèvres. Voilà plusieurs minutes que nous tournoyons lentement, nos bouches humides s'effleurant, les paupières lourdes, le regard brillant d'un désir douloureusement retenu.

— Alors, si tu vas bien, c'est tout ce qui compte.

Aussitôt, sa main posée contre ma nuque vient briser l'infime barrière qui subsistait entre nous, entre nos deux corps, entre nos lèvres.

D'une pression douce et pourtant désespérée, il écrase sa bouche contre la mienne, rapprochant son torse du mien, et à ce moment-là, je me perds dans la plus belle et la plus grisante de toutes les sensations. J'agrippe sa nuque avec plus de force, glissant mes doigts dans ses cheveux courts et dévorant ses lèvres des miennes. Un grognement rauque lui échappe et, répondant à mon geste audacieux, il me porte contre lui, faisant décoller mes pieds du sol. Je sais que personne ne prête attention à nous, tant les démonstrations de toutes sortes sont nombreuses dans cette boîte, et aussitôt, sans quitter mes lèvres, Ugo s'éloigne de la piste pour m'emmener à l'écart.

Tandis qu'il me pose sur un haut tabouret en un coin reculé de la salle, il se détache de mes lèvres et son regard brillant plonge dans le mien, ses pupilles noires dévorant son iris. Son souffle est saccadé et je lis dans ses yeux bien plus que du désir, j'y lis de l'amour, de la tendresse, de la gratitude. Il ne m'en faut pas plus pour le tirer vers moi et, à présent sur ce tabouret, mon visage à hauteur du sien, j'ai tout le loisir de découvrir ses lèvres, sa peau. Alors que je pensais ne plus pouvoir reprendre mon souffle, il caresse ma langue de la sienne et cette sensation est le coup de grâce. Il est tellement doux, tellement tendre, tellement animal à la fois que je le sais, j'en ai la certitude : je suis tombée amoureuse d'Ugo.

21

Ugo

Bordel…

Mon cœur explose dans ma poitrine. J'ai l'impression que des milliers de marteaux sont en action, à m'en couper le souffle, tandis que mes membres engourdis et mon cerveau étourdi me font presque perdre l'équilibre. Et pourtant, tous mes sens sont en éveil à cet instant, comme ils ne l'ont jamais été. Je n'ai jamais eu autant conscience de la caresse de son souffle sur mon visage, du goût de sa bouche sur mes lèvres, du sifflement de sa respiration saccadée à mes oreilles, de la vue de ses yeux brillants de désir ni du parfum de sa peau s'infiltrant dans tous mes pores.

Les lèvres rouges, gonflées et humides, elle me regarde et mes yeux ne peuvent se détacher de cette bouche entrouverte.

Si je m'attendais à ça, putain…

L'un comme l'autre, nous avons perdu les mots, la parole. Impossible de rompre ce silence qui nous enveloppe, malgré la musique assourdissante qui ne cesse de faire vibrer les murs du club.

Elle ne m'a pas rejeté...

Soudain, comme une douloureuse attaque, un assaut, une main ferme se pose sur mon épaule, faisant éclater la bulle dans laquelle 900 et moi nous étions réfugiés. Le retour à la réalité est trop soudain, trop rapide et pourtant c'est notre vie. C'est ça, notre réalité. Pas cette bulle confortable, hors du temps, avec 900 dans mes bras, mais bien dans ce chaos qui nous emprisonne et nous rattrapera toujours.

— David... Il est intenable. Il est en pleine crise de nerfs, Ugo ! On a besoin de ton aide pour le ramener chez lui ! Il n'écoute personne.

Simon semble totalement désemparé. Il manque parfois d'autorité pour gérer son frère, de quelques secondes son aîné. Ils ont beau se ressembler comme les deux mêmes reflets d'un miroir, ils sont pourtant aux antipodes l'un de l'autre. Et s'il y a bien un caractère que David partage, c'est le mien. Qui, mieux que moi, connaît l'enfer dans lequel ces crises et ces montées d'adrénaline nous plongent ?

Sans attendre, j'attrape la main de 900, qui n'a rien manqué de la conversation, et je me dirige d'un pas vif vers notre table où un David incontrôlable se tient, la main ensanglantée, tenant une deuxième bouteille prête à rejoindre le mur. Camélia me voit arriver avec inquiétude. Elle remarque tout de suite, à mon regard, qu'il lui faudra s'occuper de 900, car je suis loin, très loin, de pouvoir lui accorder de l'attention.

— On est tous des putains de robots ! hurle David, des perles de sueur dégoulinant sur son front moite.

— Dav. Calme-toi… je lui souffle, m'approchant doucement de son coin, maintenant maculé de sang, d'alcool et de morceaux de verre.

— Me calmer ? s'emporte-t-il, la voix cassée. T'es le seul qui peut comprendre ce qui nous arrive et tu bouges même pas le petit doigt ! C'est toi, l'aîné ! On est tous des putains de gamins ici ! Tu fais quoi toi, hein ?

Je m'approche encore un peu plus, jusqu'à tendre le bras pour pouvoir prendre doucement la bouteille de sa main en sang.

— David… J'ai besoin de toi sur ce coup. On ne peut pas se permettre de succomber à nos impulsions. On est tous dans la même merde, ici. Tu n'as aucun souvenir, je n'en ai aucun non plus. 900 encore moins, ni Cam, ni ton frère. On est tous dans le même bateau et tu es mon meilleur pote, Dav. Si tu me lâches maintenant et si tu perds ton sang-froid, on est foutus.

Soudain, David se met à pleurer, à bout de nerfs, s'étouffant à moitié entre ses cris, ses larmes, ses sanglots et ses hoquets de rage.

— J'ai fait un rêve, murmure-t-il d'une voix à peine audible. Il y a deux jours. Elle était belle, douce, grande, très grande. Elle me ressemblait comme deux gouttes d'eau. C'est quoi, ce putain de rêve ? Mon esprit me joue des tours, me tourmente jour et nuit ! J'ai l'impression de voir ma mère chaque fois que mes paupières se ferment et pourtant je ne l'ai jamais vue, jamais connue ! On est en train de tous devenir fous, Ugo ! Le traitement nous a tous rendus dingues, tu comprends ?

Je tourne la tête en direction de Camélia, qui retient autant que possible ses larmes. Elle est touchée, profondément choquée. C'est la première fois que David montre un désespoir si profond. Je m'attendais à le voir hors de lui, en colère, submergé de rage. À l'inverse, il est désespéré, à bout de forces.

— Dav… Rentrons chez nous. Repose-toi, s'il te plaît. Demain, toi et moi, on contactera les membres du Conseil. Je peux leur faire parvenir un message. On aura nos réponses, tu auras les tiennes.

Alors que David passe sa main valide dans ses cheveux, Camélia me tend un torchon propre visiblement récupéré au bar. Je profite de ma proximité avec David pour lui enrouler le tissu autour de la main, stoppant du mieux possible les saignements. Le linge se teinte immédiatement de rouge.

Sans un mot, je pose une main sur son épaule et d'une impulsion lui fais comprendre d'avancer.

— On se rejoint tous chez moi d'ici une heure, je murmure à l'intention de Cam.

Elle me répond d'un discret hochement de tête puis j'avance jusqu'à la sortie avec un David maintenant silencieux.

Voilà presque une heure que David et moi discutons. Je me rends compte que toutes ces nouvelles que nous venons d'apprendre le torturent bien plus que je ne l'imaginais. Pourtant, il a passé sa soirée à m'en parler et malgré mes quelques réponses, évasives, je l'avoue, je n'ai pas été suffisamment à son écoute.

J'en oublie parfois que les jumeaux et Cam n'ont pas mon âge. Même si j'ai tout juste vingt-trois ans et que seulement quelques mois les séparent de leur dix-huitième anniversaire, la différence est là. J'ai côtoyé les hommes et les femmes du Conseil tandis qu'ils grandissaient entre eux. Même si j'ai fait partie de leur vie, j'ai toujours eu une position d'aîné, puis d'adulte. Lorsque j'avais leur âge, ils n'étaient encore que des enfants. J'ai été préparé plus tôt à tout ce qui nous arrive et j'aurais dû leur apporter plus que mon amitié. Nous sommes une famille. Pour moi, ils sont ce qui s'en rapproche le plus et je donnerais ma vie pour chacun d'entre eux.

À force de compter sur David, j'en ai oublié sa vulnérabilité. Je vois en lui un homme mais, parfois, il n'est encore qu'un garçon. Même si ses moments de faiblesse sont rares, il lui arrive de craquer. Il en a le droit. Encore plus lorsque l'on vit des choses qu'aucun de nous ne devrait vivre.

— Tu te sens mieux ? je lui demande, après avoir écouté ses doutes et ses craintes depuis près d'une heure.

Il me sourit et je vois de nouveau le Dav tel qu'il a toujours été.

— J'ai pété un plomb. Je crois qu'on a enduré beaucoup en peu de temps. Je n'ai pas supporté de nous voir faire la fête alors que nos vies n'ont plus de sens. Ça me paraissait trop dérisoire.

On frappe à ma porte. Je n'ai pas même le temps de me lever que le battant s'ouvre, laissant apparaître Camélia, Simon, 899 et 900. Les quatre s'avancent, sans bruit, au centre de la pièce, au cœur même de mon salon. C'est la première fois que 900 s'invite dans mon appartement, dans mon intimité, et cette sensation me fait sourire. C'est étrange et bon.

Chacun s'installe sur un siège ou sur mon canapé noir, mais aucun ne vient rompre ce silence, excepté David, embarrassé :

— Écoutez, les gars. Ça va mieux. J'ai juste pété un câble. Il fallait que ça sorte, c'est fait ! N'en parlons plus.

— Non ! s'exclame Camélia. Au contraire, il faut en parler. Tu viens d'exprimer ce qu'on ressent tous depuis plusieurs jours. Je peux t'assurer que si ça n'avait pas été toi, ça aurait été moi ou même ton frère. On est tous à cran, David, et tu viens de nous ouvrir les yeux. On se force à célébrer une victoire qui n'aurait même pas dû avoir lieu si le Conseil avait fait son travail. On se ment au travers de sourires, de fêtes et d'alcool. Rien de tout cela n'est vrai.

David souffle un instant, caressant sa chevelure rousse de sa main valide.

— C'est vrai, Dav, intervient Simon. On doit agir. Il faut qu'on comprenne ce qu'on fait vraiment ici. Pourquoi on est tous incapables de se remémorer le moindre souvenir d'enfance. Je me creuse la tête, putain de merde, mais rien ne me revient. T'es mon frère jumeau et je ne sais même pas quelle gueule on avait quand on était petits. Je ne sais même pas ce qu'on a partagé à l'orphelinat toi et moi quand on était plus jeunes. Cam non plus. 900, n'en parlons pas. Demain, il faut qu'on passe à l'action.

— Vous avez raison, murmure 899, assise à côté de 900, songeuse. Cette mascarade a assez duré. Ugo, tu avais déjà contacté le Conseil une première fois lors de l'attaque de Damien dans les bois. Il faut le contacter de nouveau, quitte à user de la force si ses membres ne se montrent pas conciliants.

Camélia offre un sourire à 899. Moi, mon regard ne décroche pas de 900. Elle semble totalement en dehors de la discussion. À mille lieues d'ici. Son visage songeur me préoccupe. Quelque chose la travaille et je dois savoir quoi.

— J'avais réussi à les contacter parce qu'ils avaient bien voulu se montrer. J'ai pu envoyer un message depuis l'hôtel de ville et ils ont répondu à mon invitation, m'indiquant un lieu où ils pouvaient venir me chercher. J'ai eu les yeux bandés durant tout le trajet, il m'est impossible de retrouver leur planque et je doute qu'ils acceptent de me recevoir à nouveau.

— Il faut quand même essayer, murmure 900, émergeant tout juste de ses songes. Demain matin, tu enverras un message depuis les bornes de l'hôtel de ville. Il faut qu'on puisse parler à l'un d'eux, qu'on puisse s'en approcher. C'est notre seule chance. N'agissons pas tout de suite avec violence. Laissons-leur l'occasion de s'expliquer. Peut-être n'auront-ils pas besoin de menaces pour parler ?

— De toute façon, on est au point mort, souffle David. Alors, tentons la manière douce.

— Il y a au moins une chose positive dans cette réinsertion.

Camélia nous regarde tous, une lueur tendre dans les yeux.

— C'est que j'ai trouvé une famille.

À ces mots, chacun de nous esquisse un sourire.

— Moi aussi, souffle Simon. Vous êtes ma famille.

22

900

L'appartement d'Ugo est immense. Là est sûrement l'avantage d'être un aîné. Et quel avantage !

Alors que moi je me contente d'un studio, lui a une chambre et même une terrasse surplombant la ville. Si je m'attendais à un tel privilège ! Son salon est sobre dans ses couleurs. Le noir domine son mobilier quand les murs, eux, sont d'une blancheur immaculée. Et son parfum, son odeur, flotte partout dans l'air, si bien que je n'ai jamais autant respiré de ma vie. J'ai l'impression que chaque inspiration est pour moi un voyage au cœur même de ses bras.

La réaction de David, sa crise, était d'une violence inquiétante. J'ai eu tellement de peine à le voir perdre pied. Lui qui est d'habitude si sûr de lui, si fort, était d'un seul coup si abattu ! J'aurais tout donné pour prendre sa peine et la subir à sa place. Je ne pense pas être suffisamment solide pour mieux gérer mes émotions, mais j'aurais voulu lui épargner cette souffrance.

Depuis que nous avons quitté la boîte, les mêmes phrases me hantent. Elles me rappellent à l'ordre, s'obstinent à me torturer.

Je vois qu'il y a quelque chose d'enfoui en vous. Votre esprit est bloqué par un barrage immense. Revenez me voir, 900. Je peux vous aider.

Et si elle pouvait réellement m'aider ?

Et si elle avait les capacités de me faire retrouver mes souvenirs ?

Alors que je regarde mes amis, l'un après l'autre, échanger sur les plans à venir, je ne peux m'empêcher de penser que je suis peut-être la seule à pouvoir leur apporter les réponses. Bien que j'aie envie de croire le contraire, je sais au fond de moi que le Conseil ne nous apportera rien.

La seule et unique chose dont il est capable, c'est de fermer les yeux.

Je dois agir, il le faut. Je dois retourner au sanctuaire, seule. Et j'irai demain.

Leurs dernières paroles m'ont fait l'effet d'un coup de poignard en pleine poitrine. Eux aussi sont ma famille. Je réalise qu'ils sont tout ce que j'ai et que, à chaque épreuve, ils ont été à mon côté. Quels que soient les moments, oubliés ou ancrés en moi, j'ai une famille qui a toujours été prête à tout pour moi. Et cette famille, c'est 899, Camélia, Simon, David et Ugo.

On sera ensemble, quelle que soit l'issue, quelles que soient les difficultés. Jusqu'à la fin.

Alors que je m'apprête à sortir, à la suite de mon amie, de Camélia et des jumeaux, Ugo me rattrape et m'agrippe le poignet.

— Reste. Juste cette nuit.

Son regard est suppliant, même si je suis la seule à le percevoir derrière la froideur habituelle de ses yeux.

— Reste. Je serai avec Camélia, me glisse 899 pour me rassurer.

Alors sans même répondre, j'adresse un regard à nos amis et ferme la porte qui me sépare de l'escalier de l'immeuble. Tandis que je suis dos à lui, toujours face à cette porte en métal, Ugo resserre sa main sur mon poignet qu'il caresse tendrement, et m'invite à le suivre. Il ouvre les rideaux de la baie vitrée, dévoilant l'immense terrasse.

De sa main libre, il fait coulisser la vitre et, aussitôt, l'air frais balaye mes cheveux en arrière comme si le vent dansait au-dessus de nous. Doucement, il me tire vers l'extérieur et m'invite à m'asseoir près de lui sur une large banquette rouge et moelleuse.

D'ici, la vue est superbe.

Même si la ville est presque entièrement endormie, quelques lumières aux fenêtres sont encore allumées, signe que nous ne sommes pas les seuls à encore veiller. Les lampadaires éclairent les rues en continu, créant un contraste fort avec le ciel noir. D'où nous sommes, nous appartenons plus à la nuit qu'à cette ville. De là-haut, tout est calme, comme si rien ne pouvait jamais nous arriver, comme si tous nos problèmes étaient loin, trop loin pour nous atteindre.

— Et si nous ne trouvons aucune réponse ? je murmure, tout en m'installant en tailleur, le dos contre l'accoudoir du sofa.

Il s'installe comme moi, à l'opposé du canapé, pour que nous nous fassions face, pour que nos regards ne rencontrent aucun obstacle. Et lorsque nos yeux se fixent, j'ai l'impression de n'avoir jamais autant été à ma place. Bien qu'il ne soit pas de ma génération, bien qu'il n'ait pas mon âge, qu'il soit un homme parfois froid et secret, il est devenu un pilier dans ma vie. Je ne serai jamais autant chez moi qu'avec lui.

— Alors, on partira d'ici. Toi, moi, Camélia, David, Simon, 899. On quittera cette ville. On fera des centaines d'heures de route, des milliers s'il le faut, mais on fuira pour avoir une autre vie.

Je ne peux m'empêcher de sourire en entendant ces paroles.

Cette vie-là me fait rêver. Loin de tout, loin du Conseil, de cette ville, de ces mensonges. Mais nous ne pouvons pas partir sans avoir au moins essayé. Sans avoir tenté de comprendre.

Je me réveille du jour au lendemain avec des aptitudes qui ne sont pas les miennes. 394 se révèle être tout aussi transformé. 899 ressemble de plus en plus à la deuxième génération. Ugo se montre de plus en plus calme et réfléchi. Le traitement ne nous guérit pas, mais bloque nos souvenirs.

Nous changeons tous et rien de tout ça n'est normal. Nos réflexes ne nous appartiennent plus, ni nos humeurs, ni nos désirs. Partir sans comprendre, ce serait renoncer à qui nous sommes et je veux savoir qui je suis.

— Si tu savais comme j'en rêve, de cette vie, je murmure.

— Tu l'auras…

Soudain, il me tend la main, que je saisis, et il m'attire tout contre lui tandis qu'il s'étend de tout son long sur le canapé.

Cette étreinte me réchauffe instantanément. Allongée sur son torse, entre ses jambes, je sens chaque battement de son cœur résonner dans mon corps, faisant frémir chacun de mes membres. Il récupère une couverture épaisse et douce sur le dossier du canapé avec laquelle il nous recouvre presque entièrement. C'est agréable de sentir le vent frais sur mes joues tandis que mon corps bouillonne sous cette couverture. De ses deux mains, il relève mon visage et de nouveau, comme il y a de ça plusieurs heures, nos bouches se trouvent et se scellent l'une à l'autre.

Ce contact m'avait tellement manqué que je ne peux m'empêcher de gémir de contentement. Il glisse sa langue entre mes lèvres et aussitôt cette douceur me fait trembler contre lui. J'ai l'impression que des étoiles dansent sous mes paupières closes. À mon tour, je l'embrasse avec passion tandis que d'un geste ferme, mais tendre, il attrape ma nuque pour approfondir notre baiser.

J'ai tellement chaud. Je tremble, je suis à bout de souffle. Nos corps sont collés l'un à l'autre et ce moment de répit, hors du temps, me fait un bien fou.

— Merci d'être restée, murmure-t-il, le souffle court, tandis qu'il mordille ma lèvre inférieure avant de me sourire avec malice de ses dents parfaitement blanches.

Aussitôt, je ris.

Il relâche ma nuque et parcourt mon dos de ses mains puissantes et pourtant si douces, avant de déposer un dernier baiser sur mon front.

« Mes chers enfants… »

Je me réveille en sursaut, au beau milieu du… salon.

Ugo bouge à son tour et se redresse contre le dossier du canapé sur lequel nous avons dormi. Le souvenir de la veille me revient et aussitôt un sourire éclaire mon visage. Ugo et moi, nous nous sommes embrassés. Très vite, je remets mes idées en place quand je réalise soudain que le professeur Carter, le chef du Conseil, tout raide dans son costume, est en train de faire une allocution à la télévision.

« Nous venons tout juste d'apprendre l'horrible mésaventure que vous venez de subir. Malheureusement, votre réinsertion nous donne tant de travail pour en faire un succès que nous n'avons eu connaissance que trop tard de ces atrocités. Si vous saviez à quel point nous nous sentons coupables d'avoir manqué à notre devoir. »

Ugo soupire, les poings serrés contre le canapé noir. Sa mâchoire est durement contractée et je sens à la tension de ses muscles qu'il est sur le point d'exploser. Espérant le calmer un peu, j'enroule un bras autour de lui et pose ma tête sur son épaule, l'étreignant avec douceur.

« Les membres du Conseil et moi-même avons des choses à vous avouer. Nous vous devons énormément d'explications sur de nombreux sujets. Nous n'avons pas été sincères sur toute la ligne, car nous ne pouvions pas prendre ce risque au début de votre réinsertion. Mais aujourd'hui, vous êtes suffisamment intégrés pour connaître toute la vérité. C'est pourquoi je convoque chaque génération, de la première à la troisième, à l'hôtel de ville, ce matin à 10 heures pour que nous puissions enfin mettre en lumière ce qui est trop longtemps resté dans l'ombre. Tout le monde doit être présent sans exception. Merci à tous et à tout à l'heure. »

L'écran s'éteint dans un bourdonnement sourd.

— OK, je murmure. Nous allons peut-être enfin savoir.

— Je le sens pas, soupire Ugo.

Il n'a pas tort. Je doute moi aussi qu'ils nous apportent de vraies réponses. Mais peut-être vont-ils nous faire les aveux que l'on attend ?

— Mais nous devons y aller, poursuit-il, tout en se levant pour aller vers la salle de bains. C'est notre seule chance de pouvoir intercepter Carter avant qu'il ne s'enfuie loin d'ici.

Une fois qu'il a quitté le salon, j'en profite pour quitter le canapé et enfiler ma veste. J'irai à l'hôtel de ville, mais avant, je dois absolument retourner voir la cheffe de la troisième génération. Je me le suis promis et, au plus profond de moi, je sais que je dois y aller. Alors que je lace mes bottines noires, Ugo revient de la salle de bains, rapidement douché et habillé. Le temps nous manque et je devine à ses gestes précipités qu'il prévoit de retrouver nos amis avant de rejoindre l'hôtel de ville. Alors qu'il enfile sa veste en cuir, je saisis ses bras des deux mains.

— Je ne viens pas avec toi.

Ses sourcils se froncent instantanément.

— Comment ça ?

Son ton est froid et je devine qu'il appréhende ce que j'ai à lui dire.

— Je vous retrouverai directement à l'hôtel de ville. Je dois faire quelque chose avant.

— Hors de question ! dit-il en s'agitant nerveusement.

Je prends alors ses mains et glisse mes doigts entre les siens. Son regard est fuyant, mais à force d'attendre, il ose enfin affronter le mien.

— Ugo, je souffle. Je t'ai toujours fait confiance, même quand je ne te connaissais pas. S'il te plaît, aujourd'hui c'est à ton tour de me faire confiance.

Je le vois inspirer longuement. Je sais qu'il sent mal cette convocation et, à vrai dire, je ne la sens pas non plus. Je sais qu'il a peur de ne pas être avec moi lorsque les choses seront révélées au grand jour, peur que la panique de certains les pousse aux pires actes. Le professeur Carter semblait des plus sérieux dans son message et il est clair que ses révélations s'annoncent lourdes de conséquences. Ugo a ce besoin vital de me protéger, comme il protège ses amis depuis toujours, et je m'en veux de lui imposer cette frustration, mais je dois partir, je dois retrouver la seule personne susceptible de me rendre ma vie, mes souvenirs.

— Regarde-moi, j'insiste. Fais-moi confiance. Je serai là lors des révélations du professeur. Je vous rejoins, c'est promis.

— OK, répond-il, vaincu, le regard toujours aussi sombre et perturbé.

Alors que, tournant les talons, je m'apprête à partir, il attrape mon poignet et m'attire de toutes ses forces contre lui, m'enlaçant comme jamais auparavant.

Et là, dans ses bras, la seule chose que j'ai envie qu'il sache sort, s'exprime :

— Je t'aime…

De ses grands yeux bleus il me regarde, la bouche entrouverte et, sans lui laisser le temps de réaliser ce que je viens de lui avouer, je m'enfuis, dévalant les marches de son immeuble à toute vitesse.

23

Ugo

À moitié sous le choc, je continue de m'habiller, enfilant mes bottines au ralenti. Ai-je bien entendu ? Ai-je rêvé ? J'ai l'esprit totalement ailleurs. Soudain, alors que je suis sur le point de quitter mon appartement, Camélia et 899 débarquent.

— Putain, tu as entendu ?

— Eh, Ugo ! T'as vu ?

Simon et David arrivent à leur tour et tous les quatre se tiennent dans mon salon, totalement submergés par le choc. Ils ne tiennent pas en place et gravitent autour de moi jusqu'à m'en donner le tournis.

— Ouais. Ouais ! C'est bon ! J'ai vu ! Arrêtez de tourner comme ça, vous allez me faire vomir !

— Ouais, désolé, s'écrie David tout en s'installant sur l'un de mes sièges.

— OK, on ne peut pas y aller comme ça sans même établir de plan, renchérit 899. Attends ! Où est 900 ?

— Elle nous rejoint à l'hôtel de ville... j'éructe, gêné.

Un à un, ils prennent place, et je les imite.

— C'est simple, poursuit Camélia. Nous allons écouter ce qu'il a à dire, mais il est hors de question qu'il s'échappe avant d'avoir répondu à toutes nos questions. Ugo, tu connais bien la ville. Y a-t-il un endroit par lequel il serait susceptible de filer après son discours ? Si certains de nous l'y attendent, il sera bien obligé de nous faire face.

J'attrape une cigarette et l'allume sans perdre de temps, espérant apaiser mes nerfs.

— Je crois. Il y a une cave. Lors des réceptions, c'est là où tout est préparé et c'est également à cet endroit que notre approvisionnement est entreposé. 899, tu devrais le savoir, toi !

— Ouais, ouais, mais j'y ai à peine travaillé, moi. On a tous stoppé nos activités pendant les attaques de Damien et je n'ai pas été assez attentive pour remarquer une issue.

— OK. Je crois savoir où peut être l'issue, mais tout est approximatif dans ma tête. Je ne saurai qu'au moment venu, une fois dans cette cave.

David et Simon soufflent à l'unisson, visiblement découragés par mon manque de certitude.

— C'est déjà ça ! clame Camélia d'une voix optimiste. Quoi qu'il en soit, on est obligés d'improviser. On n'a pas le choix. Alors, soit on se lance et on tente le tout pour le tout, soit on y va sans rien faire.

— On tente le tout pour le tout, murmure David.

— On est d'accord ! conclut Cam. Alors, on y va !

24

900

C'est sous une douche brûlante que je décide de reprendre des forces.

J'ai moins de deux heures devant moi, alors mes gestes sont précipités, presque mécaniques. Je ne prête même pas attention à cet appartement qui, quelques minutes plus tôt, m'a reconnue en m'ouvrant ses portes grâce à mon empreinte digitale et que pourtant, moi, je ne reconnais pas. Cet incessant trou noir de ma mémoire qui me bouffe et me pousse à commettre l'insensé. Confier mes souvenirs, ma détresse à une femme que je n'ai rencontrée qu'une fois et qui ne nous a témoigné ni compassion ni solidarité.

Rapidement, je me sèche sans même adresser un seul regard à mon reflet dans la glace. Je fouille les placards et prends une tenue au hasard, que j'enfile aussi vite que je quitte l'appartement. Sur le seuil, je prends une grande inspiration et des gouttelettes d'eau parfumées dégoulinent de ma chevelure à peine essorée, roulant jusque sur mes lèvres. J'ai froid, je tremble, mais je n'y prête pas attention. Après une énième inspiration, je dévale les marches quatre à quatre, atterrissant dehors en un rien de temps.

Les rues sont calmes, désertes, et pourtant, d'ici une heure, elles seront bondées, remplies des générations désireuses de réponses, d'explications. C'est sans réfléchir davantage que je m'élance, d'une démarche rapide et déterminée, prête à retrouver le hangar, pour ensuite retracer le chemin effectué quelques jours auparavant en compagnie d'Ugo.

Même si ma marche active me réchauffe, mes tremblements ne cessent pas et, bientôt, c'est ma mâchoire qui suit le mouvement en me faisant claquer des dents. Je ne sais pourquoi je me sens si nerveuse. Est-ce le Conseil et cette convocation ? Ma rencontre avec la cheffe de la troisième génération ?

J'ai peur, un mauvais pressentiment me tord le ventre. Je crains que la cheffe ne parvienne véritablement à me rendre mes souvenirs et je redoute ce que je vais découvrir. Le temps me semble comme accéléré, et pourtant tout paraît être en pause. Comme si le vent s'arrêtait de souffler, que les arbres étaient immobiles, morts, que le soleil ne parvenait plus à percer les nuages. Comme si la ville entière était fatiguée, lasse, résignée. Qu'elle renonçait. Pourtant, moi, dans cette atmosphère, je me jure de ne pas renoncer. Je saurai ce qui se trame et, même sans l'aide de cette femme, j'aurai mes réponses, d'une manière ou d'une autre.

J'atteins rapidement le hangar et, sans m'arrêter, je poursuis ma route vers les sentiers reculés de la ville. L'air est lourd, suffocant, électrique, comme si un orage se préparait, mais le ciel est gris, pas noir. Le vent ne gronde pas, au contraire, il est inexistant. C'est dans un néant que je marche de plus en plus vite puis enfin cours, à grandes foulées sur le sentier, épuisant mes dernières ressources, vidant mes poumons de plus d'oxygène qu'il n'en assimile.

J'ai l'impression d'avoir couru pendant des heures lorsque j'arrive enfin au bord de l'immense fossé. Un vertige me surprend et je manque de tomber dans ce ravin mortel.

J'inspire, j'expire, espérant récupérer un semblant de vitalité. Chaque marche abrupte m'apparaît clairement et c'est sans traîner que je commence la descente, encore plus concentrée que la première fois. Là, il n'y a personne pour me retenir en cas de chute. Je ne peux compter que sur moi et mon habileté. Alors, d'une démarche féline et précise, j'appréhende les marches l'une après l'autre.

C'est avec soulagement que j'arrive en bas, malgré mes mains éraflées, et lorsque je pose enfin le regard sur le sanctuaire, cette fois, sans le soleil pour l'illuminer, il me paraît sombre et menaçant.

Le seul reflet dont les façades se nourrissent, c'est l'ombre des nuages, créant ainsi une ambiance morbide. Tel un caméléon, l'édifice s'adapte à l'environnement et, à cet instant, je me sens d'autant plus anxieuse. Comme si j'y voyais un signe. Le signe de rebrousser chemin au plus vite, de renoncer à cette initiative et de retrouver mes amis, ma famille.

J'y songe sérieusement lorsque, soudain, la grande porte s'ouvre, dévoilant la troisième génération. Habillés de leur toge rouge, dissimulés sous leur capuche, ils quittent leur monastère un à un, dans une lenteur et une synchronisation dérangeantes. Je suis tétanisée et, pourtant, ils passent à côté de moi sans m'adresser le moindre regard, sans détourner la tête. Ni la curiosité ni même la colère face à mon intrusion ne troublent leur défilé. Tous gravissent les marches sans difficulté et je suis stupéfaite devant tant d'apathie.

Lorsque le dernier passe la porte, je reprends contenance et me faufile in extremis à l'intérieur où règnent, avec encore plus de lourdeur que la première fois, un calme et un silence déstabilisants. J'ai l'impression de commettre un sacrilège en pénétrant dans cet édifice, habillée de mes vêtements noirs et à visage découvert, mais je me ravise vite, et c'est avec discrétion que je m'avance. Bien que je progresse avec lenteur et souplesse, mes pas résonnent contre toutes les parois, répercutant leur écho telle une multitude de ricochets.

C'est à en devenir paranoïaque. Ces sons répétitifs me donnent l'impression d'être suivie, que quelqu'un m'observe et, pourtant, je suis désespérément seule.

Malgré mon angoisse, j'avance vers le trône, là où la cheffe nous avait accueillis la première fois, derrière son long voile blanc immaculé. L'odeur d'herbes brûlées me prend à la gorge et aussitôt une odeur plus douce, plus fleurie, remplace le parfum initial.

Je connais cette fragrance, elle ne m'est pas inconnue.

— Je ne pensais pas vous revoir, 900.

C'est elle. Son parfum, le même visage, mais cette fois à découvert. La même toge, quoique paraissant plus sombre en raison du manque de luminosité.

Devant le passage secret creusé dans la roche, elle m'observe.

— Je n'y croyais pas moi non plus, j'admets.

Soudain, elle s'avance de quelques pas, abandonnant son recoin sombre et dévoilant enfin un visage souriant et toujours aussi bienveillant.

— Que me vaut votre visite ? Vous avez reconsidéré ma proposition ?

Je m'avance à mon tour, montant une première marche, attendant son approbation pour gravir les autres.

— En quelque sorte, oui.

Une étincelle illumine ses yeux et aussitôt elle se détourne pour rejoindre sa place initiale.

— Dans ce cas, suivez-moi.

Hésitante, je la rejoins.

Tout va se jouer dans les minutes à venir.

Comme la première fois, elle presse la petite pierre et le pan de mur tremble jusqu'à nous faire pivoter dans la pièce qu'elle occupe seule. Rien n'a changé. Les mêmes livres et manuscrits, le bureau et les sièges n'ont pas bougé d'un pouce.

— Installez-vous.

Sans attendre, je m'exécute, tandis qu'elle prend place face à moi.

— Avant toute chose, si vous voulez que je vous apporte mon aide, je dois comprendre.

Son visage est d'une douceur réconfortante. Comment une femme si maternelle peut-elle se montrer si indifférente au sort qui nous est réservé ?

— Si vous voulez rejoindre à temps la réunion du Conseil, il faut parler, 900.

Je prends une grande inspiration et me lance :

— Je suis retournée à mon orphelinat, car nous avions besoin d'aide. Nous voulions que nos mentors règlent ce chaos en ville, comme nous avions tenté de vous en convaincre, vous. Je ne me souviens pas de cette initiative, mais c'est ainsi qu'elle m'a été relatée. Ce que je sais, c'est que mon dernier souvenir date de cette journée-là et du moment où la régente m'a trouvée. De la réinsertion à ce jour, tout a été effacé de ma mémoire, comme si des éléments devaient absolument en être éliminés.

La cheffe sourit de nouveau, compatissante.

— Je vois. Je comprends pourquoi je ressens cette retenue lorsque je vous vois. Tout est clair. Vous comptez sur moi pour vous faire retrouver ces souvenirs, n'est-ce pas ?

— C'est vous qui m'avez assuré pouvoir m'aider. Oui, je veux récupérer mes souvenirs. Tous, du plus horrible au plus insignifiant.

Aussitôt, après m'avoir observée de ses grands yeux, elle se lève. Sans m'adresser une parole, elle fouille dans ses étagères et en sort des bougies parfumées et des herbes qu'elle brûle immédiatement, les répartissant aux quatre coins de la pièce. D'une légère pression, elle rabat une large dalle de pierre fixée au mur, dévoilant une sorte de lit où repose une couverture pourpre.

— Vous devez me faire confiance, sinon ça ne marchera pas. Levez-vous et installez-vous, ordonne-t-elle sans me regarder, pointant de son long doigt le lit de fortune.

C'est tremblante que je m'allonge sur la pierre glacée, sans poser de questions. J'ai décidé de lui faire confiance au moment même où j'ai quitté mon appartement. Dès ce matin, je m'étais promis de lui donner carte blanche pour me délivrer. Il est hors de question que je me défile. Peur ou pas, danger ou pas, c'est mon dernier recours et je ne passerai pas à côté.

— Au fait, mon nom est Séraphine, murmure-t-elle d'une voix tendre, prenante et envoûtante. Nous, la troisième génération, pratiquons l'hypnose. Je n'ai pas le temps de vous en expliquer les détails, mais je peux en quelque sorte pénétrer votre esprit.

Soudain, mes muscles se détendent, comme si elle prenait déjà possession de mon corps. À peine a-t-elle accroché mon regard, élevé la voix, que tout son être semble connecté au mien.

— Cependant, je ne peux rien voir à votre place. La seule chose que je peux faire, c'est forcer votre esprit à revivre des instants qu'il a enfouis au plus profond de lui. Vos souvenirs sont quelque part, ils ne sont pas perdus. Ils ont juste besoin d'être libérés, mais vous allez devoir lutter, car les barrières sont épaisses. Nous allons les briser ensemble, vous devez être forte, je ne peux rien faire seule. Nous devons être deux. Vous et moi.

Alors que sa voix m'entraîne, je comprends ses explications, comme si elles étaient une évidence.

Je serai forte. Oui.

Elle s'arrête de parler, mais mon esprit n'attend que sa voix pour se remettre en marche. Mes yeux sont fermement fixés au plafond de brique et j'analyse chaque courbure, chaque interstice, chaque relief.

Soudain, son visage se penche vers moi, occupant maintenant toute ma vision. D'une main, elle saisit ma nuque qu'elle soulève délicatement avant de porter une petite fiole à mes lèvres. C'est sans protester que j'avale le liquide amer, et aussitôt ma vue se trouble, mon rythme cardiaque ralentit et mes muscles deviennent amorphes.

Je suis incapable de parler et, cependant, j'essaye. J'essaye de toutes mes forces de comprendre ce qu'elle m'a fait. Son visage est souriant, mais je crains d'avoir eu tort. Je n'aurais jamais dû lui faire confiance. Je n'aurais jamais dû me risquer à une telle expérience. Elle m'a menti et maintenant je suis paralysée, incapable de me défendre, de m'enfuir. Bloquée et entièrement vulnérable, je me sens partir. Je sais que je ne m'endors pas, c'est plus profond que ça. Peut-être suis-je en train de mourir.

À cette pensée, bizarrement, je me sens soulagée et, dans l'instant qui suit, je ne vois plus rien, je n'entends plus rien, et je me sens sombrer, inexorablement.

25

Ugo

Le quartier est bondé, toutes générations confondues.

Les pieux arpentent nos rues sans même nous prêter attention. Pas un seul regard, ni même un signe ne les détourne de leur chemin. Alors, nous leur laissons le passage.

David et Simon sont inséparables, encore plus qu'à l'accoutumée. Ils sont comme concentrés avant un combat et, pourtant, cette réunion à venir n'est en rien comparable avec notre assaut de la veille. Nous ne risquons pas nos vies, mais le stress est là. Si nous n'arrivons pas à intercepter le professeur Carter, nous laisserons peut-être passer notre dernière chance d'avoir nos réponses.

Camélia tient fermement la main de 899, comme si elle craignait de la perdre dans la foule.

Moi, je pense à 900 et à ses dernières paroles. Je pense à elle et elle me manque déjà cruellement.

Je sais qu'elle m'a promis de nous rejoindre dans l'enceinte même de l'hôtel de ville, mais son absence m'inquiète. Depuis son amnésie, je ne supporte plus de ne pas l'avoir à mon côté. Nous avons déjà trop risqué, trop souffert pour nous passer l'un de l'autre.

— Nous écoutons le professeur et, dès que le discours tire à sa fin, nous descendons dans les caves, explique Camélia. Pas la peine d'y aller tous ensemble. Ugo, David et Simon vous irez tous les trois. Moi, je reste avec 899. Ça vous va ?

Nous hochons tous la tête et, lorsque nous arrivons devant l'hôtel de ville, nous comprenons l'importance des minutes à venir. Il n'y a aucun doute, tous les membres de chaque génération sont présents. Nous sommes plusieurs centaines à patienter pour entrer par les dizaines de portes. Tout le monde a répondu à la demande du professeur, pas un seul ne doit manquer à l'appel, vu la foule amassée. Ce constat prouve, avec encore plus de certitude, que les révélations à venir sont de la plus haute importance.

Le public parvient à entrer petit à petit et vient enfin notre tour de pénétrer dans le bâtiment. Je ne peux m'empêcher de nous comparer à des animaux, retrouvant l'étable, sans se poser de questions.

Les couloirs sont irrespirables, tant nous sommes nombreux. Là, nous sommes amassés les uns contre les autres et je bénis mes parents de m'avoir fait grand. Je plains d'avance Camélia et 899, vu leur petite taille. C'est tout naturellement que je tente de leur frayer un passage, retenant la pression que le reste de la foule exerce à l'arrière.

Lorsque nous atteignons la grande salle de réception, nous pouvons respirer de nouveau et c'est un soulagement de retrouver un semblant d'espace. Camélia, 899, les jumeaux et moi-même nous dirigeons rapidement vers un coin de la salle, là où le couloir menant aux caves se dissimule derrière un rideau. La décoration est presque la même que lors du bal, bien que le champagne et les petits fours ne soient plus de la partie.

Peu à peu, la salle se remplit, jusqu'à n'accueillir plus que quelques retardataires. J'observe la grande horloge métallique surplombant l'estrade et y lis 9 h 58. Dans deux minutes, le professeur Carter se tiendra là, debout, dans son célèbre costume et nous annoncera ce qui, peut-être, marquera enfin notre délivrance.

— Quoi qu'il nous apprenne, on est une famille et on sera toujours là les uns pour les autres. C'est clair ? murmure Simon.

— Ouais, renchérit son frère, à l'unisson avec Camélia.

Je leur adresse un regard lourd de promesses tandis que 899 nous renvoie un sourire crispé.

« Mes chers enfants… »

C'est quoi ce bordel ?

Un hologramme s'allume, projetant la silhouette du professeur Carter sur la grande estrade.

— Putain de merde, gronde Camélia. On s'est fait berner. Il ne vient pas !

26

900

— *900… ?*

Une voix s'insinue en moi. D'où provient-elle ?

Le néant m'entoure, l'obscurité m'enveloppe. J'ai la sensation d'être debout, dans une pièce d'un noir infini, sans contours ni frontières. Je me tiens droite, figée telle une statue de pierre, les yeux grands ouverts, rivés sur ce vide sans limites.

— *900…*

Cette voix revient, elle résonne tel un écho au-dessus de moi. Rien d'autre que ce son ne parvient jusqu'à moi dans ce silence étouffant.

— *Vous êtes au milieu de nulle part. Du néant. Seule ma voix compte. Vous ne devez écouter que mes indications. Peu importe ce que vous entendrez d'autre, qu'importe ce que vous croyez bon de faire, vous ne devez compter que sur moi.*

Cette mélodie me berce, me transporte. J'ai la sensation qu'elle s'infiltre dans chaque cellule de mon corps, ricochant sur chaque paroi, chaque organe, pulsant dans mes veines, cognant contre mon crâne.

— *Nous sommes le 1er juillet 2037, le jour de votre dix-septième anniversaire. Vous avez sûrement fêté cet événement auprès de vos sœurs, la veille de la réinsertion. Ouvrez grands les yeux, je vais compter jusqu'à dix et à l'issue de ce décompte vous devrez trouver un point lumineux dans toute cette obscurité. Il sera minuscule, presque invisible, mais vous n'avez que dix secondes pour le repérer. Observez bien l'horizon, lorsque vous le trouverez, il faudra vous en approcher le plus possible. Surtout, n'écoutez que moi. Quoi que vous viviez, ne lâchez pas. Quelle que soit la douleur, quelle que soit la peur qui s'empare de vous, ne fuyez pas.*

Sa voix retentit en moi comme un ordre, une consigne à suivre, une délivrance assurée. C'est sans effort que je me concentre, debout, dans cette pièce sombre et infinie tandis qu'elle lance le décompte.

— *Un, vos yeux s'accommodent à l'obscurité. Deux, vos jambes se meuvent et vous avancez sans crainte au milieu de ce néant. Trois, une lumière, infime, se dessine dans votre champ de vision et vous continuez d'avancer courageusement, à la recherche de ce halo.*

Je m'exécute, automatiquement. Sans me poser de questions, sans même que je m'en donne l'ordre, j'avance déjà sur ce sol invisible, en direction de nulle part.

— *Quatre, votre vision se fait de plus en plus claire, de plus en plus précise. Cinq, vous ne vous arrêtez pas et avancez encore et encore vers cette lumière.*

Mes jambes s'activent et j'ai l'impression de fouler un nuage cotonneux. J'ai la sensation d'être morte, dans un rêve. Mes pensées sont éteintes, refoulées. Seul le besoin de marcher m'envahit, comme un unique but à atteindre.

— *Six, ce halo si précieux se dessine devant vous, très loin, à des kilomètres de là. Vous le voyez, il vous apparaît comme une évidence.*

À la fin de ces paroles si apaisantes, une infime lumière, de la taille d'une pointe d'aiguille, étincelle dans mon champ de vision, telle une unique étoile en pleine nuit.

— *Sept, soudain, vous courez jusqu'à cette issue, ce point lumineux. C'est votre seul objectif, votre seule aspiration. Vous devez l'atteindre absolument, avant que je termine le décompte. Le temps est compté, il s'écoule rapidement.*

Je ne contrôle plus rien, mes jambes s'emballent, comme deux engins mécaniques incontrôlables. J'accélère encore et me propulse vers cette lumière. Elle croît au fur et à mesure de ma progression, jusqu'à devenir plus claire, plus précise.

Bientôt, elle forme un cercle aussi large qu'une porte et pourtant elle est encore loin, trop loin, hors d'atteinte.

— *Huit, vous ne vous arrêtez pas, comme hypnotisée par cette lumière. Elle est votre délivrance, votre issue.*

Ses contours sont de plus en plus éblouissants, mais bizarrement mes yeux n'en subissent pas l'éclat. Au contraire, ils s'en nourrissent, s'en imprègnent.

— *Neuf, elle est de plus en plus proche. Cette lumière vous aspire, vous appelle.*

Maintenant, le halo est aussi large et grand qu'un immeuble, que le soleil lui-même. Je ne m'arrête pas de courir, comme si ma vie était en jeu.

— *Dix, vous plongez sans crainte dans cette immense lumière, maintenant !*

Aussitôt, comme aspirée, je m'y jette, me retrouvant immédiatement enveloppée de toute part. Plus la moindre trace d'obscurité n'est perceptible. Des flashs serpentent autour de moi, comme s'ils étaient dotés de vie et de conscience. Ils s'élancent vers le ciel, telles des flèches fendant l'air à toute allure, et soudain, une pression se fait sentir au creux de ma paume. Des fourmillements parcourent mes doigts et c'est avec curiosité que je pose mes yeux sur ma main brûlante.

Immédiatement, une forme se dessine. Des doigts enroulés aux miens, puis une main tout entière. Mes yeux ne peuvent se détacher de cette image qui se construit peu à peu. Un avant-bras menu prend forme, puis une épaule et aussitôt c'est tout le corps et le visage de 899 qui se matérialisent à mon côté. Elle me regarde, son sourire tendre m'est directement adressé.

— Prête ! s'exclame-t-elle d'une voix qui me parvient de plein fouet.

L'instant suivant, elle lève les yeux au ciel et, alors que je l'imite, je suis subjuguée. La ville entière nous entoure, s'étale devant nos yeux ébahis. Les immeubles immenses et les gratte-ciel se dressent face à nous. Un sentiment de bien-être me submerge. C'est la beauté, la magnificence du lieu qui me fascine, m'émeut.

C'est ainsi qu'est la ville, qu'elle l'a toujours été : multicolore, parée de banderoles nous souhaitant la bienvenue, envahie de commerces qui scintillent, clignotent et n'attendent que nous pour prendre vie. Nos sœurs sont muettes, tout aussi fascinées.

La main de 899 se détend, elle m'adresse de nouveau un sourire et je ne peux retenir le mien. Nos regards sont fondus l'un dans l'autre et je crois lire en elle tout comme elle doit lire en moi à cet instant.

Elle est heureuse, et moi aussi.

27

Ugo

Nous sommes tous muets, interdits face à cet hologramme, cette imposture.

Camélia est rouge de colère, tremblante de rage. Tout son être trahit la frustration. Elle a les poings serrés fermement contre son torse et son regard renvoie une haine communicative. Elle est sur le point de perdre la tête et c'est la première fois que je la vois aussi survoltée.

« Je n'ai pas pu faire le déplacement jusqu'à vous, mais l'important, c'est que vous soyez tous ici pour m'entendre. »

Cette voix. La voix du professeur Carter fait naître en moi un frisson de rage, de dégoût. Cet homme déclare avoir des révélations bouleversantes à nous faire, et il n'a pas une once de courage pour s'en charger en personne. C'est derrière cet hologramme qu'il croit pouvoir nous amadouer.

— Où est 900 ? Tu nous as dit qu'elle devait arriver avant le début du discours ? s'inquiète 899.

Soudain, en entendant son prénom, un immense nœud vient me broyer le ventre. *Où est-elle, bordel ?*

Je hausse les épaules, incapable de prononcer le moindre mot, et 899 fronce alors les sourcils, visiblement inquiète.

« Nous avons appris avec énormément de tristesse la mort de beaucoup d'entre vous. Nous n'imaginions pas que des révoltes et des crimes horribles se perpétraient lors de cette réinsertion. Nous avons failli à notre mission et nous sommes réellement désolés et honteux de ne pas avoir pu vous apporter de l'aide à temps. »

Ses premières phrases sont à vomir. Je connais les membres du Conseil, je les avais prévenus, alors ils ne vont pas me faire avaler leur mensonge. Ils étaient au courant dès les premières attaques. Je m'étais rendu à l'hôtel de ville, leur avais envoyé un message pour qu'ils puissent m'entendre, m'écouter à temps pour stopper le massacre que Damien et les siens ont méticuleusement organisé.

Il ment. Il présente de fausses excuses sans l'ombre d'un remords, sans honte. Alors qu'il n'ignorait rien.

« Nous savions que des débordements pouvaient avoir lieu. Votre réinsertion était, quoi qu'il en soit, délicate et risquait de déclencher un tel soulèvement. À vrai dire, je me dois d'être transparent avec vous. Votre éducation est une supercherie. Vous n'êtes ni religieux, ni anarchistes, ni des intellectuels cartésiens. Vous êtes tout l'inverse. Vous n'êtes pas nés ainsi. Nous voulions imposer en chacun de vous une éducation aux antipodes de celles que vos parents vous ont données. Car oui, vos parents ont bel et bien existé et existent sûrement encore. »

C'est la panique. Chaque membre des différentes générations perd le contrôle, révolté par cette annonce.

Moi, c'est le choc qui me submerge. Je ne ressens plus rien. J'ai du mal à intégrer ce que je viens d'entendre. Seul mon corps réagit. Mon cœur s'agite, palpite aussi vite que mon souffle qui se hache. Mes membres tremblent, mais mon regard, mon visage, mon esprit sont éteints.

« Notre monde va mal. Les différences nous poussent aux pires crimes. Nous pensions que, en modifiant vos acquis, en déployant une éducation inverse de celle qui est enfouie en vous, vous pourriez tous vous comprendre. Nous avons étouffé votre ancienne personnalité au profit d'une autre. Les religieux d'aujourd'hui, la troisième génération, ceux qui croient en une force divine, sont des enfants de scientifiques, à l'éducation intellectuelle et cartésienne. Les anarchistes d'aujourd'hui, la deuxième génération, ont été des enfants croyants et pieux dont l'éducation était fondée sur la pudeur, la paix, le recueillement et la droiture. Enfin, la première génération, les intellectuels cartésiens et droits d'aujourd'hui, est constituée d'anciens repris de justice, d'anciens rebelles qui sont passés de maison de redressement en maison de redressement. »

Soudain, c'est le silence qui nous enveloppe. Nous sommes tétanisés, incapables de nous regarder dans les yeux. Camélia force sa main dans la mienne, tant mes doigts sont crispés contre ma paume.

« Nous pensions créer ainsi une symbiose parfaite. D'anciens croyants, devenus anarchistes, ne pouvaient que comprendre la troisième génération. Même si leurs fondations sont enfouies, inconscientes, vous auriez dû accepter cette différence, elle aurait dû vous rendre tolérants, compréhensifs. La première génération devait craindre la deuxième sans pour autant la juger, la haïr, car dans le fond, elle est composée d'anciens rebelles. C'est à ça qu'a toujours servi votre traitement. Il efface les souvenirs de votre ancienne vie, et vous fait croire que ce que vous vivez actuellement n'est autre que ce que vous avez toujours vécu. Vous n'avez pas passé plus de quelques semaines dans vos orphelinats, pas plus de quelques heures d'inconscience, tandis que nous insinuions dans vos esprits les fondements de votre nouvelle personnalité. Il n'y a aucune pandémie au dehors. Rien.

À ce moment, tout prend sens. La capacité de 900 et 394 à se battre. Notre génération de plus en plus perdue. Nos changements de comportement, nos sautes d'humeur, nos incompréhensions, notre paranoïa. Mais comment pouvaient-ils croire en la réussite d'une telle expérience ? Ils nous ont rendus dingues ! Déments ! Damien et ses sbires ne sont pas responsables de notre malheur, ils ne sont que des victimes. Le Conseil a joué avec nos vies, nos identités !

Je commence à perdre les pédales. Ma vue se trouble, mes sens s'affolent. Tout mon être est sur le point d'exploser, de rendre les armes. Jusqu'où va cette imposture ? Jusqu'où nous a-t-on menti ? Je m'appelle Ugo, mais est-ce vraiment mon nom ? Il n'y a donc jamais eu d'épidémie ? Ai-je réellement des parents ? Et Camélia ? Les jumeaux ? Tout est insensé ! Putain de merde, tout est trop irréel !

Des jeunes hommes et des jeunes femmes s'effondrent au sol, à bout. Le silence laisse bientôt place à de faibles plaintes, des sanglots sourds. C'est comme si nous n'osions pas exprimer notre bouleversement à haute voix et que chacun de nous le retenait, ravalant chaque gémissement, comme honteux d'avoir été ainsi trompé.

899 se jette dans les bras de Camélia et sa voix douce et innocente s'étouffe dans des pleurs silencieux. Simon et David à leur tour s'étreignent, sous le choc, et moi… moi, je pense à 900 et à la façon dont je vais pouvoir lui annoncer ces révélations.

28

900

Les lumières des immeubles scintillent et se tamisent peu à peu, se fondant les unes dans les autres jusqu'à recréer le halo dans lequel j'ai plongé, il y a de ça quelques minutes, ou plusieurs heures – je n'ai plus la notion du temps. Aussitôt, elles reprennent vie et les flashs s'activent, dessinant des formes et des figures impressionnantes.

Je ferme les yeux, éblouie, et soudain, des images en accéléré me submergent et s'imposent à moi. 899 hoche la tête et pose son doigt sur une plaque de métal avant de franchir une porte.

Mon appartement, des rideaux bruns, une baie vitrée, un homme, un regard.

Un paquet, un téléphone, une lettre de la régente.

Je rouvre les yeux et les flashs se multiplient autour de moi, ondulant et fendant l'air. Soudain, mon ventre est humide et brûlant à la fois. Je baisse la tête et vois une large tache brune s'étaler sur mon T-shirt gris.

— 900… ?

C'est une voix masculine. Comment est-ce possible ?

Je lève les yeux et un homme se dresse devant moi au milieu des lumières et des halos.

Oh. Il s'agit d'Ugo. C'est Ugo !

— Comment savez-vous ? Enfin… qui vous l'a dit ?

Ma voix s'élève sans que je la contrôle et, peu après, un restaurant prend forme autour de nous. Les murs se matérialisent petit à petit, un sol en parquet se dessine, puis un comptoir sur ma gauche.

— Ton ventre. C'est tatoué sur ton ventre.

Les yeux d'Ugo sont remplis de curiosité. Il m'observe tel un animal. Comme si je représentais là l'inconnu. C'est déstabilisant, mais au plus profond de moi, c'est de la satisfaction que j'en tire. Très vite, les murs s'effacent et un pincement au cœur me saisit lorsque la silhouette d'Ugo se désintègre à son tour. Les vives lumières réapparaissent, me forçant une fois de plus à fermer les yeux, imposant de nouvelles images à mon esprit.

L'enseigne scintillante du Club 47 s'affiche en premier et ensuite une centaine de scènes se succèdent à toute allure : Ugo m'éloignant d'un homme, 410 et son amitié, Camélia, les jumeaux, la régente, un appel téléphonique, 899 en pleurs, 700, le hangar, un car, de l'alcool, une forêt, Ugo, sa main dans la mienne, les phares d'un camion, une douleur, une larme, Damien.

Aussitôt, mon cœur s'accélère au rythme des images qui défilent sans interruption.

Alors qu'initialement elles ne suscitaient en moi que de bonnes émotions, bien que parfois teintées de tristesse, là, les sensations qui me submergent m'effrayent, me tétanisent.

Je me force à ouvrir les yeux, me confrontant de nouveau à ce halo lumineux qui, maintenant, tournoie, telle une tornade dévastatrice. Aussitôt, j'entends un cri, c'est le mien, je reconnais ma voix et ce qui m'entoure se met à vibrer, à se secouer, si bien que je m'écroule sur le sol dur et froid. Une odeur désagréable emplit mes narines. Une odeur de fumée, âcre et agressive.

— Dema ! Tiens-la !

Aussitôt, le visage d'un homme se dessine devant moi. Je détourne la tête et une femme me saute dessus. Le lieu est étriqué, étouffant, en mouvement. Je me trouve dans un véhicule et j'ai à peine le temps de réaliser ce qui m'arrive qu'une vive douleur me submerge soudain. Mon cou, ma peau me brûlent et une odeur de chair cramée m'envahit. Je manque de vomir et tout mon corps se débat, tente de fuir.

Je dois partir, je ne peux pas rester ici ! Il faut que je m'enfuie.

Tout ceci est faux. Tout ceci n'est pas réel.

Une deuxième douleur me coupe le souffle et je crie à pleins poumons.

J'absorbe chaque coup, chaque blessure lorsque enfin la lumière m'éblouit de nouveau. Allongée au milieu des flashs incessants qui maintenant me donnent le tournis, je crains de ne plus avoir la force de poursuivre.

Des éclats de rire résonnent.

Des blessures, un miroir, des pleurs, mon lit, mon sommeil agité, des cauchemars, Camélia, sa loyauté, son soutien, les jumeaux, leur force, 899 et sa présence réconfortante.

Une immense chaleur s'empare de moi et de nouvelles scènes défilent.

Ugo, ses bras, son étreinte, la culpabilité que je lis dans ses yeux, ses blessures, son sourire, son soutien.

J'ouvre les yeux et un goût amer et pétillant s'installe dans ma bouche. Lorsque je baisse les yeux, je découvre une coupe de champagne entre mes doigts et, aussitôt, une grande salle au décor somptueux se dévoile devant moi. Des milliers d'invités arpentent le sol de verre et, en jetant un œil sur ma tenue, je m'aperçois que je suis vêtue d'une longue robe bleu nuit.

Une main m'attrape et, tel un pantin, je suis entraînée hors de la salle de réception. Ce n'est qu'arrivée dans un couloir vide que je reconnais Ugo, dans un magnifique costume noir.

Il est sublime. Tellement beau que j'en ai le souffle coupé.

— Je ne peux plus tenir, 900…

Soudain, ses lèvres chaudes et humides rencontrent les miennes et ma peur s'envole. Je mets du temps à réaliser et, dans un automatisme, je ferme les yeux et m'empare de ses lèvres à mon tour.

Lorsque j'ouvre les paupières, la déception me submerge. Ugo a disparu, il ne reste que cette lumière blanche se voulant apaisante, mais qui, à mesure que j'avance, m'effraye.

Une pochette, une carte magnétique, un couteau, une course, une laverie, une cave, des murs froids et humides, une lumière, l'oppression, une salle, des registres, un livre.

Une immense inspiration me brûle les poumons lorsque je lis la fiche de 899.

Mary Brenson. Chicago, juin 2020.

Bon sang ! Qu'est-ce que ça veut dire ?

Je suis sur le point de tourner la page lorsque de nouveau la lumière m'enveloppe.

Obscurité, Ugo, déception, colère, cave, ascension, Damien, des yeux rouges, du sang, la fuite, le hangar, le car, David, Camélia, 410, une carte magnétique, 899, Simon, l'aurore, les plaines, les vallées, révélations, dernier baiser…

29

Ugo

Tout me paraît confus, flou. Chaque son me parvient en un horrible bourdonnement. Je ne peux pas en supporter davantage. Le professeur Carter explique les raisons qui l'ont poussé à une telle horreur sans aucune logique. Chacun de ses mots est insensé, ne veut rien dire. Il cherche seulement à justifier ses actes monstrueux, il attend peut-être notre pardon.

Tout ça n'est qu'un ramassis de conneries !

Vouloir un monde meilleur ? Nous utiliser ? Pour quoi ? Pour nous rendre plus dociles ? Plus tolérants ? Comment peut-on imposer la tolérance ?

Je commence à perdre patience. S'il était là en personne, nous pourrions intervenir ! Le forcer à nous dire ce que l'on veut réellement savoir. Ses raisons à lui ne nous importent pas le moins du monde !

Je manque de cogner mon poing contre le mur tant je veux qu'il se taise. C'est Simon qui me retient, constatant mon état. Je n'ai jamais été autant submergé par la rage. Je veux tout détruire, les tuer un à un ! Les torturer jusqu'à ce qu'ils nous expliquent ce qu'était notre vie d'avant !

Les raisons, je m'en contrefous ! Je veux savoir qui je suis, bon sang !

— Il faut qu'on sorte d'ici, murmure Camélia entre deux sanglots de rage. Je ne veux pas l'entendre ! Il faut qu'on se casse.

— Elle a raison, Ugo, s'exclame David d'une voix tremblante, tout aussi nerveux. Je ne peux plus écouter ces conneries !

Leurs voix me parviennent comme un bourdonnement sourd, presque imperceptible sous le martèlement incessant des battements de mon cœur.

— Ugo ! Putain, Ugo, réponds !

Simon attrape mon visage entre ses deux mains moites, cherchant une quelconque lucidité enfouie en moi. Je suis incapable d'émettre le moindre son lorsqu'une gigantesque claque vient s'abattre sur ma joue.

— Ugo ! Merde !

Camélia, le visage défiguré par les larmes, s'apprête à me gifler à son tour, mais j'intercepte aussitôt sa main.

— Ne fais pas ça !

— Il faut qu'on bouge !

Soudain, ma lucidité revient et je prends pleinement conscience de ce qui nous arrive.

Je veux savoir ! Je le dois, il le faut.

— Non ! On reste ici. On reste jusqu'à son dernier mot. Je veux tout savoir.

Simon, David, Camélia et 899 m'observent comme s'ils attendaient de moi une solution, mais je suis aussi sonné qu'eux. J'ai beau être un aîné, je me sens minuscule.

30

900

De nouveaux flashs me désorientent. Je ne parviens plus à discerner la réalité, à distinguer le faux du vrai. Tout est trop soudain, trop d'informations m'assaillent, se bousculent dans ma tête. Trop d'événements, tous plus déstabilisants les uns que les autres. J'aimerais dormir, j'en ai besoin. Je ne tiens plus, c'est trop pour moi. Je suis déjà en état de somnolence et pourtant je rêve de sommeil, de calme, de néant.

— *Tenez encore quelques minutes, 900. Juste quelques minutes.*

Alors que la voix me nourrit de nouveau, me réveillant légèrement, un nouveau décor m'apparaît : l'orphelinat.

Tout est brumeux, silencieux, irréel. Le décor met du temps à prendre place, à se clarifier.

Plus j'avance et plus la douleur m'envahit. C'est la peur qui me torture. Pourquoi je n'arrive pas à pénétrer dans le bâtiment ?

La peur me paralyse. Je n'y arrive pas. Je ne peux pas. Je manque de vomir, d'y laisser la vie, tant cette épreuve est un supplice. Je viens de revivre la torture de Damien, la trahison de la régente et sa mission, l'agression de 899, les révélations du registre de notre génération et pourtant le simple fait d'entrer dans l'orphelinat m'est d'une souffrance insurmontable.

Pourquoi ? Pourquoi est-ce aussi douloureux ?

J'inspire profondément et un premier pas me rapproche un peu plus de l'édifice. Au même instant, j'ai un haut-le-cœur ; c'est comme si ce simple mouvement venait de m'enfoncer un poignard dans le ventre. J'expire lentement et un deuxième pas, puis d'autres m'emmènent là où je crains d'aller. Une nouvelle incision me triture les viscères, mais je poursuis sans m'arrêter, gémissant, puis criant toujours plus fort à mesure que j'avance.

— Mes chères filles…

Mon cœur explose dans ma poitrine, brûlant chacun de mes organes.

C'est une traînée de lave qui coule dans mes veines, fait fondre ma chair, ronge mes os.

— Voilà maintenant plus de seize ans que nous évoluons ensemble, que vous êtes de jeunes filles exemplaires, respectables. Pour l'instant nous ne pouvons pas vous dévoiler grand-chose, mais dans deux mois jour pour jour aura lieu votre réinsertion…

J'étouffe un cri dans ma manche et tout mon corps ne semble plus m'appartenir. Je ressens toute ma douleur, toute ma peine, mais je suis incapable de la fuir, de l'éviter. Des centaines de filles déambulent dans l'orphelinat et aussitôt je m'éloigne avec discrétion, avant que l'on ne me repère.

Je suis silencieuse et pourtant je m'entends crier de peur, de douleur.

J'avance comme un automate. J'ai la sensation d'être enfermée dans mon moi d'avant, sans pouvoir le contrôler. Pourtant, je rêverais de hurler, de stopper ma course machinale.

— Je sens que cette génération sera un succès. Elles sont plus dociles ! N'est-ce pas, Cécile ?

— Oui, Martha.

— Malheureusement, si les nouvelles pensionnaires sont arrivées, c'est pour une bonne raison, tu te doutes bien. N'est-ce pas ?

— Oui, Martha.

La voix de Martha me répugne. Dans le lointain, j'entends mon autre moi suffoquer, perdre sa capacité de crier. Pourtant ici, je suis calme bien que sous le choc.

— Le Conseil m'a contactée il y a quelques jours. La réinsertion a été un échec. Bien entendu, nous y mettrons un terme d'ici un mois environ. Les membres des générations n'ont pas trouvé d'entente, il faudra les éliminer un par un. Le temps d'évacuer les corps, de remettre la ville à neuf, nous aurons tout juste le temps de préparer notre nouvelle génération pour la dixième réinsertion. Espérons que celle-ci réponde enfin à nos attentes.

Cette fois, mon cri se libère et tout mon corps convulse. Je tremble de partout, mes yeux se révulsent.

Martha, son regard, ses yeux, sa colère.

Elle m'attrape par les cheveux, me traîne sur plusieurs mètres.

Ses griffes, son rire, mes mains autour de sa gorge, mon désespoir.

Je dois me réveiller bon sang ! Il le faut !

— Tu veux… savoir co… comment tu t'appelles… ?

Je me fous de savoir comment je m'appelle ! Je dois me réveiller ! Il le faut ! Maintenant !

Un immense cri me submerge, et mes poumons se remplissent douloureusement lors de l'inspiration qui suit, tandis que j'entrouvre à peine les yeux. Dans un brouillard épais, je reconnais la petite pièce de Séraphine.

Plus de lumière blanche ni d'obscurité. Je suis de retour à la réalité.

Tremblante, je tente de quitter mon lit de fortune.

— 900, murmure la cheffe de la troisième génération, paisiblement assise près du lit qui me servait de table de torture.

Je ne la regarde pas, l'ignore.

Ils vont mourir. Bon sang, ils vont tous mourir.

Mes jambes manquent de lâcher sous mon poids mort, mais l'adrénaline leur donne la force nécessaire pour me tenir. Vacillante, les yeux remplis de larmes, le souffle coupé de sanglots, j'appuie sur la petite pierre qui me permettra d'atteindre la grande salle du sanctuaire.

Bon sang, Simon…

Je suis près de tomber lorsque j'atteins cette salle déserte. Tous les cierges tournoient autour de moi.

David…

Trébuchante, je dévale les marches du trône.

Camélia…

Mon cri désespéré résonne dans tout ce silence, ricoche sur chacune des parois. J'atteins l'extérieur et le ciel est encore plus orageux qu'à mon arrivée. Une nausée me saisit et je répands une mare de bile à mes pieds, un voile de larmes aveuglant mes yeux.

Ils vont mourir ! Putain ! Ils sont partis à la mort.

899… Mary…

L'escalier menant à la surface me semble infranchissable et c'est dans un cri de rage que je commence à en gravir les premières marches.

Ugo…

31

Ugo

J'ai l'impression d'être ici depuis des heures et pourtant l'horloge n'indique que 10 h 45. Certains commencent à vouloir quitter l'hôtel de ville, mais à chaque nouvelle phrase du professeur Carter, ils s'arrêtent, se ravisent et encaissent ses paroles avec un dégoût non feint. Je préfère concentrer mon regard sur l'immense horloge qui affiche les secondes et les minutes au ralenti. C'est sur cette cadence que je tente de calquer ma respiration. C'est grâce à elle que je ne perds pas totalement le contrôle.

Grâce à ce tic-tac incessant.

« Vous avez tous été très courageux, mais malheureusement la réinsertion a été un échec. »

Un échec ? Pourquoi n'en vient-il pas au chapitre que nous attendons tous ? Celui de notre passé ! Celui qui expliquerait d'où nous venons ! Qui nous sommes !

« C'est pourquoi, mes chers enfants, nous devons vous exterminer. »

Soudain, toute la salle est plongée dans une obscurité écrasante. L'image sur l'écran s'efface, les lumières s'éteignent et une odeur âcre et étouffante se met à envahir la pièce tout entière. De la fumée s'échappe et se répand de toute part, et à ce moment-là, nous comprenons tous. Nous ne sortirons jamais d'ici vivants. Nous allons tous mourir.

32

900

Autour de moi, tout est flou. Je suis encore sous l'emprise de la drogue que Séraphine m'a administrée, mais ça ne freine en rien ma course. Même dans un état second, j'ai une conscience réelle et douloureuse de ce qui est en train de se passer. Ils vont mourir. Je n'en doute aucunement. Le professeur Carter n'a rien à annoncer aux générations, il souhaitait seulement les regrouper pour pouvoir mieux les exterminer, nous exterminer.

De nouveau, mes sanglots résonnent contre les marches abruptes menant à la surface. J'ai à peine atteint la moitié de mon ascension qu'une deuxième nausée me force à m'immobiliser. Mon corps tout entier se tord sous les contractions de mon ventre. C'est un liquide jaune et acide, semblable à celui que j'ai ingurgité il y a quelques minutes, qui macule la roche sèche et poreuse. Plus mon estomac se libère et plus ma vision retrouve de sa clarté, malgré mes yeux inondés de larmes.

Lorsque mes hoquets prennent fin, je reprends ma progression avec difficulté, gravissant les marches une à une. J'ai l'impression de vivre en plein cauchemar. Mon corps ne m'appartient plus, ma gorge me brûle, mon crâne manque d'exploser. Mes pieds glissent sur la roche à une vitesse que je ne maîtrise pas, mes doigts agrippent chaque prise possible pour accélérer ma course vers l'hôtel de ville.

C'est dans un souffle libérateur que je regagne enfin la surface. Avant même que je ne puisse ressentir un quelconque soulagement, mes jambes se meuvent et foulent l'herbe humide. Je n'ai presque plus de souffle. Mon cœur cogne contre ma poitrine et résonne jusque dans mon crâne endormi. Jamais je n'aurais pensé pouvoir avoir autant d'endurance. L'adrénaline me porte et me bouscule. Malgré mon état second, je ne cesse d'entendre, comme un son étouffé, mes cris, mes pleurs et mes sanglots. Ils fendent l'air, me déchirent la gorge, me coupent le souffle, mais je ne m'arrête pas.

La ville approche. La vue brouillée par mes larmes, je reconnais tout de même le hangar, lieu de plusieurs souvenirs qui me reviennent, m'appartiennent à nouveau. Je me revois partir pour la forêt, accompagnée de 899, 410, Camélia, les jumeaux et Ugo. Je repère l'endroit où j'ai repris connaissance, blessée, torturée par Damien et ses affidés.

D'une main rageuse, j'essuie mon visage trempé et détourne mes yeux de ce lieu que je dépasse avant de m'enfoncer dans la ville. Tout est silencieux, trop calme. Les rues sont vides, mortes.

Comme des fantômes, m'apparaissent maintenant, en de subtils halos, toutes les générations confondues. La place où se tenaient des milliers de jeunes il y a plusieurs mois est aujourd'hui déserte. Pourtant, je revois chaque visage de mon premier jour de réinsertion. 410, 409, 408, nos premiers contacts avec des garçons. 802, une sœur de notre dortoir. Le couple installé sur l'une des tables s'embrassant avec passion, les bandes d'amis riant sans retenue. Les éclats de voix, les soupirs, les manifestations de joie, les sourires… Ugo. Son jean beige, son T-shirt noir, son regard curieux et son sourire.

Une nouvelle vague de larmes me submerge, mais très vite je la refoule, passant ma manche déjà humide sur mes yeux. Je n'ai pas freiné ma course, bien au contraire. Plus j'avance et plus ma force s'accroît. Toute cette adrénaline me nourrit, me soutient, me prépare au pire, même si ma conscience est brisée. La douleur ne me quitte pas, elle me transperce. À chaque pas je tremble de plus belle. Cette peur immense me tue à petit feu. Il m'est impossible de les perdre. Je ne peux pas les perdre. Je ne peux pas !

33

Camélia

« C’est pourquoi, mes chers enfants, nous devons vous exterminer. »

Je suis tétanisée. Cette dernière phrase résonne et tourne en boucle dans ma tête, au milieu des cris lointains, couverts par les battements incessants de mon cœur. Ces cris, ces horribles cris me donnent envie de vomir. Je veux qu’ils cessent, qu’ils arrêtent d’être si forts, qu’ils me laissent tranquille. Jamais je n’avais entendu de plaintes si désespérées, si déchirantes.

Ma vision s’accommode à peine à l’obscurité et la seule chose qu’il m’est donné de voir, au milieu de cette fumée, est un chaos sans nom, un véritable champ de bataille. Des milliers de corps s’entremêlent, se poussent, se bousculent, se marchent dessus. C’est chacun pour soi. Tout le monde cherche à sortir.

— Les portes sont verrouillées ! hurle un jeune homme, tandis que les cris et les pleurs reprennent de plus belle. Nous sommes coincés !

J'observe au ralenti la scène qui se déroule devant mes yeux, parcourant la salle du regard, hébétée.

Je vais mourir. C'est la fin.

Je détourne la tête et mon regard se pose vaguement sur Ugo, mon meilleur ami, mon grand frère. Il tient le visage de David entre ses mains, tandis que Simon pose son front contre la tempe de son jumeau. Ils sont tous les trois prêts à mourir, échangeant sûrement là leurs dernières paroles.

Mes yeux se détournent de cette scène déchirante. Elle leur appartient, c'est leur moment, leur dernier.

Je commence à ressentir les effets du gaz. La gorge me pique, mes respirations se font de plus en plus pénibles. Je réalise tout juste que mon corps est dépourvu de force, qu'il est sur le point d'abandonner la partie. Je respire lentement, pour retarder le moment fatidique.

Alors que je me laisse glisser contre le mur, la main accrochée à la mienne se trouve brutalement arrachée à moi.

Bon sang ! 899 !

Un homme l'a percutée de plein fouet pour se frayer un passage. Elle s'étale de tout son long contre le sol en verre avant que sa tête ne cogne contre le mur.

899 !

Alors que je me croyais faible et vidée de toute force, je rampe jusqu'à elle, déterminée. Je ne dois pas mourir maintenant, pas sans la rejoindre. Cette dernière volonté se transforme en une bataille perdue d'avance et pourtant je rampe, toussant entre chaque expiration, gémissant de douleur. Maintenant, ce n'est plus seulement ma gorge, mais mes poumons qui me brûlent, me torturent.

Elle me voit et son doux visage n'exprime rien d'autre que de la tristesse. Je ne vois pas de peur dans ses yeux, seulement du désespoir. Tremblante, elle me tend sa main et, d'une dernière impulsion, je la rejoins, saisissant ses doigts. À moitié assise, le haut du dos contre le mur, elle tire sur mon bras pour que je m'approche d'elle.

Lorsque j'observe ses yeux, ses magnifiques yeux qui n'ont eu de cesse de plonger dans les miens durant des mois, une unique larme dévale ma joue. Ces yeux qui, quoi qu'elle puisse dire, trahissaient ce que jamais elle n'avait osé avouer. Sa bouche, bien que tremblante, est la plus belle que j'aie jamais vue. Sa peau, blafarde aujourd'hui, est la plus douce, la plus soyeuse qu'il m'ait été donné de toucher.

— Ne pleure pas, murmure-t-elle entre deux toussotements douloureux.

— Je ne pleure pas, lui dis-je en souriant, tandis qu'une deuxième larme vient rejoindre la première.

Sa main caresse la mienne et je manque de m'effondrer.

Tout est fini. Tout est terminé avant même que nous ayons commencé.

— Fais-le… gémit-elle.

Faire quoi ?

Mais lorsque son regard humide et désolé rencontre le mien et que sa bouche dessine un timide sourire, un sourire faux, triste, désespéré, mais pourtant infiniment tendre, je comprends.

Alors je m'avance et c'est le corps secoué de sanglots et de tremblements que je pose mes lèvres sur les siennes.

À cet instant, mon désespoir me brûle, me consume plus encore que ce gaz, cette fumée meurtrière.

C'est là notre premier et dernier baiser.

Il est brut, violent, dur. La passion n'a pas sa place dans ce chaos. L'empreinte de ses lèvres est si forte contre les miennes que je ne ressens plus que cette sensation qui surpasse la douleur, la peur, les regrets.

Ses larmes se mêlent aux miennes, donnant à notre baiser une saveur salée, amère. Cet arrière-goût qui n'aurait jamais dû être là.

— Merci, murmure-t-elle dans un souffle.

— Je t'aime, 899. Depuis le premier jour.

— Moi aussi…

34

Ugo

Tout est flou. La pièce est enfumée, l'air irrespirable. Les cris ne cessent de résonner contre mon crâne, mais ma force ne m'a pas quitté. Nous devons sortir, il le faut. Je ne mourrai pas sans avoir tenté l'impossible.

Un hurlement plus proche, plus perçant me percute. David, c'est David. Dans ce brouillard, je repère sa silhouette à quelques mètres de moi. Dans toute cette panique, nous nous sommes éloignés de quelques pas, mais mes amis sont là, pas loin, je le sais. Lorsque je l'aperçois, je retiens un sanglot de rage. Son visage est rouge, ses yeux gorgés de sang. Les larmes ruissellent sur ses joues écarlates. Son corps tout entier tremble, il est hors de contrôle, en crise de panique.

— David ! je hurle, attrapant son visage entre mes mains, le forçant à me regarder droit dans les yeux. David ! Regarde-moi !

Il pleure de plus belle, terrorisé, totalement submergé par la peur, la douleur, la rage, l'angoisse.

— Regarde-moi, putain !

Telles deux billes vides, ses yeux plongent dans les miens. Il me voit sans me regarder. Un voile couvre le vrai David, l'emprisonne.

— C'est ça, je m'écrie d'une voix forte. N'écoute que moi, Dav, c'est clair ? On va sortir d'ici ! Il faut que tu te calmes. Il faut que tu te reprennes. J'ai besoin de toi. Ton jumeau a besoin de toi !

À l'évocation de son frère, une lueur apparaît dans ses yeux sombres. Je tends ma main vers un Simon déboussolé, sous le choc, et l'attrape par le col pour le ramener jusqu'à nous. Simon retrouve aussitôt ses esprits. Bien que tremblant et dépourvu de force, il colle son front contre le visage de son frère.

— Reprends-toi, David, murmure-t-il à son oreille. On a besoin de toi. Il faut qu'on vive, c'est clair ?

Pour toute réponse, David hoche la tête, les yeux grands ouverts, fixés sur ma bouche.

— Tout est verrouillé, suffoque-t-il.

Plus fermement, je maintiens son visage et le secoue d'un geste brusque.

— On va trouver une solution, Dav !

De nouveau, il hoche la tête, les yeux remplis de désespoir.

— Occupe-toi de lui, je murmure à l'intention de Simon. Asseyez-vous le plus près possible du sol, vous aurez plus de facilité à respirer, et couvrez-vous le nez avec n'importe quoi !

Sans attendre de réponse, je les abandonne et repère aussitôt Camélia et 899.

À quelques mètres de nous, adossées contre le mur, elles s'étreignent.

900...

De les voir ainsi, la réalité me revient de plein fouet.

Je ne la reverrai plus. Plus jamais.

Je ne dois pas me laisser distraire, et pourtant, c'est son visage qui se dessine devant mes yeux aveuglés par la fumée. Ses longs cheveux noirs, ses yeux, sa silhouette frêle.

Un long râle m'échappe et je ressens une telle rage que le premier objet qui me tombe sous la main se retrouve propulsé contre un mur, quelques mètres plus loin. Son visage ne me quitte pas, il ne veut pas s'effacer et une colère encore plus immense s'empare de moi lorsque ses lèvres murmurent ces fameux mots, ceux auxquels je n'ai pas su répondre ce matin. Cette putain de phrase, ce « je t'aime » qui résonne encore dans ma tête.

Soudain, alors que je parviens à retrouver un semblant de calme, je réalise. Mon cœur s'emballe, s'affole aussitôt.

Une image danse devant mes yeux. Une image qui me fait tellement mal que j'en ai le souffle coupé.

Non... Je n'ai pas vu ce que je pense. Non ! C'est impossible !

J'ose un nouveau regard vers Camélia et c'est tout mon corps qui se retrouve anéanti, à bout de forces. Mes muscles se tétanisent. J'ai l'impression de sentir mon cœur se déchirer, toute chaleur m'abandonner.

— Je suis tellement désolé, je m'entends chuchoter. Pardon, pardon.

Je me frappe le crâne et hurle de rage, de désespoir, tournant en rond, essuyant mes larmes de mes poings. Alors que je suis sur le point de vaciller, d'abandonner mon rôle, la main de Camélia caressant celle de 899 me vaut un sursaut de révolte.

On doit sortir d'ici. Je dois sauver ceux que je peux.

Alors je m'approche, tremblant, vers mon amie, ma sœur, ma Camélia.

— Il faut qu'on sorte, Camélia. Tu dois la laisser.

Elle relève le visage, ses cheveux courts sont luisants de sueur et, lorsque ses yeux rencontrent les miens, je crois que mon sang quitte mon corps. Un froid glacial m'enveloppe tant son regard est vide.

— Aide-moi à la porter, sanglote-t-elle. Aide-moi à la sortir d'ici.

Sa voix éteinte me vaut un frisson d'effroi et, malgré moi, je laisse échapper une larme.

— Je suis tellement désolé, je parviens à lui murmurer. Tellement désolé.

D'une faible inspiration à l'abri de mon avant-bras, je tente de recouvrer mes esprits et agrippe Camélia.

— Non ! hurle-t-elle en se libérant de ma poigne.

Du bout des doigts, je caresse sa joue rouge et baignée de larmes et je ne peux m'empêcher de lui sourire. Un sourire qui dévoile combien je l'aime, combien je suis désolé.

— C'est fini, Camélia, je murmure d'une voix étouffée, tout en délogeant ses doigts de ceux de 899, devenus raides et froids. Elle n'est plus avec nous. C'est fini…

Ma voix est douce, mais pourtant ferme. Je m'efforce de ne pas laisser entrevoir ma peine. 899 est morte. Bon sang, elle est morte.

D'une nouvelle inspiration, je tente de chasser la crise de panique qui est en passe de me submerger. Les yeux de Camélia errent dans le vide. Elle ne réagit plus, se contente de se laisser faire et j'en profite pour glisser un bras sous ses genoux, l'autre sous son aisselle avant de l'éloigner du corps glacé de 899.

Alors que je la dépose à côté de David et Simon, c'est avec lenteur que je rejoins la meilleure amie de 900, sa sœur. Les jambes tremblantes, je m'accroupis, observant une dernière fois ce visage. Les paupières closes, elle semble sourire faiblement. Elle paraît en paix, libérée, enfin sereine. Malgré mon désespoir, j'écarte sa chevelure qui recouvre partiellement son visage, afin de mettre en lumière ses doux traits.

Lentement, je l'allonge dans une position que j'espère confortable pour son corps sans vie. Ce geste est tellement dérisoire que je manque d'en rire, à bout de nerfs.

— Je suis désolé… je lui murmure à l'oreille. Tu as été courageuse, 899. Je ne te remercierai jamais assez pour tout ce que tu as donné à Camélia, à 900.

J'ose un dernier regard sur son visage et aussitôt c'est une colère infinie qui me submerge. Une chaleur étouffante s'empare de moi, me consume et c'est porté par une rage animale, inégalée, que je rejoins le cœur de la salle, là où la foule s'entasse, panique, manque d'air et meurt à petit feu.

35

900

Mes plaintes ne cessent de me brûler les poumons tant ma course effrénée me fatigue. Il ne me reste que quelques centaines de mètres à parcourir avant de rejoindre la rue qui me mènera jusqu'à l'hôtel de ville. Une courte distance et, pourtant, j'ai l'impression qu'elle est interminable.

J'atteins enfin l'intersection au bout de la rue principale.

Mes larmes n'ont pas cessé de couler. Elles se déversent sans interruption, et même le vent ne parvient pas à les sécher. Alors que j'arrive enfin dans la longue voie menant droit à l'hôtel de ville, mes foulées se font de plus en plus longues. L'immense édifice se dessine tout au bout comme un minuscule château de cartes, tant il paraît loin et fragile.

Un cri perçant de rage m'offre un second souffle, une nouvelle impulsion, et tout mon corps se retrouve emporté, propulsé avec encore plus de ferveur. Je peux y arriver, je vais arriver à temps !

Alors que je pleure, que mes sanglots fendent l'air, que ma douleur me détruit, je me retrouve paralysée devant l'hôtel de ville. Mon cœur s'arrête dans un battement douloureux, lorsque, à l'unisson, soudainement, comme une détonation, des milliers de cris déchirants explosent au cœur du bâtiment.

— UGOOO !

Mes sanglots me torpillent le ventre, me bloquent la respiration. Je monte les marches, les jambes tremblantes, exténuée. Ugo… 899… Camélia…

Je pleure à m'en étouffer. Je crois mourir.

Ces éclats de voix, ces plaintes.

Je m'écroule sur une marche.

Je n'ai plus de souffle, l'air ne passe plus, les cris ne s'arrêtent pas et s'intensifient, s'infiltrent en moi. Ils envahissent mon crâne, je crois devenir folle. Chaque voix s'élève, insoutenable, et j'entends chacune d'elles. La sensation de cet écho dans mon crâne me tord de douleur et de rage. C'est le bruit de la souffrance qui résonne entre ces murs.

Je dois les faire sortir. Je dois y arriver !

Dans un état second, je gravis les dernières marches, à moitié aveuglée par mes larmes. Tous mes sens sont à vif. Les hurlements me détruisent, m'empêchent de respirer.

J'atteins l'une des portes principales et, alors que je tente de l'ouvrir, une énorme chaîne maintenue par un cadenas m'en empêche.

Bon sang… Non !

Tremblante, suffocante, je cours vers une autre porte, mais elle est tout aussi verrouillée, impossible à forcer.

— Aidez-nous ! hurlent des voix depuis l'intérieur. Ouvrez les portes !

— Je ne peux pas ! je sanglote. Je ne peux pas…

Je n'arrive plus à respirer. Je m'effondre au sol, le dos contre la porte, tandis que les cris m'assaillent. Ils me tuent et à mon tour je crie. Je hurle à m'en déchirer la gorge. C'est trop douloureux, trop horrible.

Tout ceci est surréaliste, dites-moi que je suis en plein cauchemar, que je vais me réveiller !

Je ferme les yeux et tente de respirer entre deux plaintes, mais les cris ne cessent pas, ils me détruisent, alors je pose mes mains sur mes oreilles, souhaitant désespérément que tout s'arrête, que la réalité revienne, que ce cauchemar s'arrête.

Mais ce n'est pas un cauchemar. Ils sont tous en train de mourir.

36

900

Malgré mes mains tremblantes sur mes oreilles, le vacarme des cris résonne dans mon crâne de manière insoutenable. Je suis totalement paralysée, prisonnière de mon état de choc. Tout mon corps se tétanise sous l'air glacial de cette journée funeste.

Je suis seule. Il ne reste plus que moi. Je ne peux rien pour eux. Rien pour 899, Camélia, David, Simon, Ugo.

— Je suis désolée ! Pardonnez-moi. Pardon, pardon, je hurle en direction des voix de plus en plus faibles, qui derrière cette grande porte me supplient de les sauver, de les libérer de cet enfer.

Je ne peux pas les sauver. Je ne peux rien faire pour tous ces malheureux. Bon sang, je ne peux rien faire.

— 900 ! 900 ! crie une voix plus claire, plus perceptible que les autres.

Alors que mes yeux sont toujours clos, que mes doigts glacés sont toujours plaqués sur mes oreilles, une immense claque s'abat sur ma joue. Cette agression violente me sort immédiatement de ma torpeur et je découvre aussitôt le visage de Séraphine qui me hurle de la suivre.

— 900 ! AIDEZ-MOI ! hurle-t-elle, m'assénant une seconde claque, plus forte, plus percutante encore que la première. Il faut trouver une scie, une pince coupante, une hache, peu importe ! Nous devons les sortir de là !

Sans me ménager, elle tire sur l'une de mes mains et parvient péniblement à me relever.

— Prenez cette rue ! Je vais sur l'artère principale ! Faites tous les commerces, 900 ! Vous aurez le temps de vous appesantir sur votre sort d'ici quelques heures ! Là, vous devez tout faire pour les sauver ! Vous devez tout faire !

Ses mots me percutent avec encore plus de puissance que ses claques. C'est comme si elle m'offrait un dernier espoir, l'impulsion dont j'avais besoin.

J'étais sur le point d'abdiquer alors qu'ils peuvent encore être sauvés ! Leurs cris se font toujours entendre, leurs poings n'ont pas cessé de cogner contre les portes. Ils sont en vie, je peux encore les sauver !

Soudain, je suis portée par une détermination que je pensais éteinte, submergée par une chaleur que je redoutais m'avoir quittée à jamais. Malgré mes efforts incessants durant cette dernière heure, mon corps se retrouve regonflé de force, de puissance et de hargne.

— Je ne vous abandonne pas ! Je suis là ! je hurle. Tenez bon ! Accrochez-vous !

Alors que Séraphine est déjà loin, mes jambes s'élancent sans même que j'en prenne conscience, dévalant les marches quatre à quatre, foulant avec assurance le bitume. Mon esprit s'éveille à son tour et à cet instant, cette seconde, je n'ai jamais été aussi en colère, aussi déterminée.

Je dois trouver une solution ! Je vais trouver !

Mes pas m'entraînent dans les rues désertes. Je m'arrête devant la première boutique et c'est sans réfléchir que j'y pénètre, tremblant de tous mes membres, parcourant rapidement du regard chaque élément du lieu.

Des vêtements, des bijoux, des accessoires inutiles... Non !

Je me détourne et repars en courant dans la rue, balayant du regard les boutiques, analysant chaque enseigne, chaque nom, chaque lettre clignotante.

Laverie, épicerie, bar, coiffure, librairie.

Je déchiffre les noms à toute vitesse.

Vêtements, club, bar, salon de thé, café, restaurant.

Je cours, ne m'arrête pas. Je n'entends plus rien, les battements de mon cœur résonnent dans mes tympans.

Horlogerie, réparation, outillage.

Bon sang ! Outillage !

Lorsque je vois ce mot clignoter en rouge sur la devanture d'un magasin, je crois m'entendre hurler...

C'est là ! C'est ici !

Essoufflée, pleurant de rage, je pénètre dans le magasin en bousculant tout sur mon passage. De mes mains tremblantes, je balance tout au sol, tout ce qui m'est inutile.

Fil de fer, marteaux, vis, clous.

Je zigzague entre les rayons jusqu'à trouver enfin ce que je cherche.

Un immense éclat de rire nerveux, désespéré, secoue mon corps lorsque j'attrape l'énorme pince coupante posée sur une étagère.

Très vite, je repère une scie que j'empoigne de ma main libre et je rebrousse chemin sans perdre de temps.

De nouveau, j'ai l'impression que des kilomètres entiers me séparent de l'hôtel de ville et pourtant ce ne sont que quelques centaines de mètres. Le temps semble s'arrêter, me torturer par sa lenteur. Tout est une question de secondes. Une seconde de trop et il sera trop tard.

D'une longue inspiration étouffée, suivie d'un hurlement libérateur, je me force à contrôler mes jambes épuisées, mes bras affaiblis. Je donne tout ce que j'ai pour ignorer ce que mon corps semble réclamer – du repos.

Non ! Il n'aura pas droit à cette pause ! Bien que je n'en puisse plus, que je me torde sous la douleur, je préfère mourir d'épuisement plutôt que de renoncer, de les abandonner tous.

— J'arrive ! je hurle. Je suis là !

Lorsque je monte les marches de l'hôtel de ville, Séraphine semble épuisée, à bout de forces. Elle s'est emparée d'un extincteur et s'époumone chaque fois qu'elle le projette contre le cadenas indestructible.

— Tenez bon ! crie-t-elle.

Mais ça ne fonctionne pas, le verrou ne cède pas sous les coups.

— Poussez-vous ! je hurle à mon tour.

Lorsqu'elle me voit, ses mains lâchent l'extincteur qui s'abat sur le sol en un bruit fracassant, avant de rouler et de dégringoler les marches.

— Essayez avec la scie ! je m'écrie avant de lui tendre l'outil.

D'un regard que je ne lui connaissais pas, elle me fixe avant de récupérer in extremis la scie que je viens de laisser échapper.

Je me dirige vers une autre porte et place la pince coupante sur l'anneau en acier du cadenas. Les cris ont cessé. L'hôtel de ville est horriblement calme. Seuls quelques plaintes et toussotements étouffés se manifestent encore.

— On est là, dis-je en sanglotant, tandis que j'exerce de toutes mes forces une pression sur les deux manches de la pince. On est là !

Éreintée, tremblante, je ne parviens pas à faire céder le cadenas.

— Aidez-moi ! je hurle en direction de Séraphine, tout aussi impuissante.

Elle se précipite vers moi pour se positionner dans mon dos.

— Tenez l'un des deux manches ! À trois, on appuie ensemble de toutes nos forces !

Son souffle est sifflant, haché, court, mais elle ne perd pas sa détermination.

— Un, deux, trois ! je hurle.

J'inspire profondément, gonfle mes narines, ferme les yeux, durcis ma mâchoire, et à l'aide d'un cri inhumain qui semble résonner contre chaque mur de la ville, s'infiltrer dans chacune des rues, je presse sur la manche, puisant dans toutes mes ressources, libérant mon désespoir.

Et lorsque retentit soudain le bruit sec de l'acier sectionné, je crois m'évanouir.

Séraphine me retient tout juste avant que mes jambes ne cèdent et que je ne m'effondre au sol.

À travers ma vision floue, je l'aperçois retirer la chaîne et, à cet instant, tout va très vite. Les deux portes battantes s'ouvrent en un fracas assourdissant, libérant des dizaines d'individus en panique qui déboulent d'un lieu que je ne reconnais plus. Aussitôt, Séraphine me tire sur le côté, m'évitant de justesse d'être piétinée à mort. Assise par terre, les yeux dans le vague, j'observe les gens sortir, criant, toussant, en même temps que la fumée épaisse se répand peu à peu dans le ciel de notre ville.

— Cette porte est ouverte ! crie Séraphine. Sortez ! Sortez tous !

Bon sang… C'est un carnage. Tout le monde se bouscule, se marche dessus, et assistant à la scène, je ne peux plus retenir mes pleurs.

Une dizaine de corps jonchent l'entrée et se font piétiner. Les yeux grands ouverts, les traits témoignant des souffrances effroyables subies, ils semblent m'observer, me hurler en silence que je n'ai pas été assez rapide, que j'ai perdu trop de temps.

Ils sont morts. Bon sang, ils sont morts. Combien ? Combien n'ont pas survécu ?

899 ? Ugo ? Camélia ? David ? Simon ?

Des membres des trois générations sortent, courent, rejoignent la rue avant de s'étaler sur le bitume, à bout de forces. Mais aucun des miens n'est là. Aucun.

Des jeunes me bousculent, me percutent et c'est lorsque Séraphine hurle, d'une voix lointaine et étouffée, que je réalise ce que je viens de faire.

Je viens de rentrer dans le bâtiment.

37

Ugo

Je ne sais pas quoi faire. Bordel ! Je ne peux pas les sauver !

Je tourne en rond, je cours, j'inspecte chaque coin de la salle. Aucune porte franchissable, aucune issue, aucun objet permettant de forcer l'une d'elles. Rien. Rien pour nous sauver.

Je cogne de mes poings chaque porte, chaque issue, hurlant de toutes mes forces. Rien ne cède, rien.

Alors je continue, encore et encore. Jusqu'à m'écrouler d'épuisement.

J'abandonne, je n'ai plus de force. L'espoir m'a totalement quitté. C'est terminé.

Je suis impuissant. Moi, Ugo, je n'ai pas pu sauver mes amis, ma famille. J'ai échoué. Plus les minutes passent, plus les cris s'éteignent pour laisser place à un silence, à peine troublé par les plaintes et les pleurs. Un silence sinistre. Nous nous sommes fait une raison. La panique s'est transformée en une résignation étrange. La lutte est terminée. La fin commence.

D'une démarche lente, l'esprit totalement ailleurs, j'observe au loin David, Simon et Camélia. Adossés au mur, jambes étendues, ils sont silencieux, à deux pas de la mort. David tient fermement le bras de son frère tandis que Camélia observe la scène, les yeux dans le vide, éteints.

Je ne peux pas me résoudre à les rejoindre. Je ne peux pas. C'est au-dessus de mes forces. Je préfère mourir seul plutôt que d'accepter cette dernière défaite, plutôt que d'admettre mon échec. Camélia voulait sortir, elle m'a demandé de quitter l'hôtel de ville quelques minutes avant le massacre. Je ne l'ai pas écoutée. Par ma faute, 899 est morte et nous allons connaître le même destin.

Alors je marche, je marche. J'erre dans cette vaste pièce enfumée. Je resterai debout jusqu'à la fin, jusqu'à ce que mon corps ne tienne plus, décide de mon sort. Les corps sans vie se multiplient, je perçois les derniers souffles de certains, les faibles sanglots des autres. C'est long, trop long.

J'aimerais que notre mort soit rapide, mais elle traîne. Elle nous nargue, joue avec nous. Elle nous torture.

900… Son « je t'aime »…

Sa voix tourne en boucle dans ma tête, mais elle ne m'est plus douloureuse. Au contraire, elle me berce, me permet d'accepter mon sort. Elle résonne dans mon esprit en une douce mélodie, évoquant l'image de son visage, ses traits, ses yeux.

Je ferme alors les paupières, toujours debout au milieu de cette vaste salle, notre tombeau, et je donne tout pour ressentir à nouveau ses bras autour de mon torse. Pour me remémorer ce souvenir d'il y a quelques heures où son souffle se mêlait au mien, où sa joue s'écrasait contre ma poitrine et où ses lèvres pressaient les miennes. Ce fut tellement bon. Infiniment apaisant. Tellement apaisant que sa voix me paraît maintenant plus claire, plus perceptible.

Mais son ton a perdu de sa douceur, il n'est plus aussi calme et harmonieux.

Non, il est effroyable, désespéré.

— Ugo !

Et lorsque j'ouvre les yeux, j'ai à peine le temps de réaliser ce qui m'arrive que son corps, le sien, 900 tout entière, de sa silhouette menue jusqu'à ses yeux clairs remplis de larmes, ses mains douces, ses bras fins, sa bouche, tout son être se précipite sur moi à m'en faire vaciller.

Bon sang ! J'ai la sensation de rire, de pleurer, de crier et pourtant je suis sous le choc, muet, tétanisé, comme fondu dans ses bras si précieux, si doux, si réconfortants.

— Ugo ! Ugo ! gémit-elle, couvrant ma bouche stupéfaite et immobile de dizaines de baisers. C'est ouvert ! C'est ouvert ! Il faut que vous sortiez d'ici !

C'est lorsque je réalise qu'elle est bien réelle, qu'il s'agit bien d'elle, que mes bras se referment enfin sur son corps, pressé tout entier contre moi, l'emprisonnant de toutes mes forces, capturant chacune de ses courbes, me nourrissant de son odeur, des battements de son cœur, savourant tout son être, ce que je ne pensais plus jamais retrouver.

— Il faut sortir ! Il faut qu'on sorte maintenant ! répète-t-elle avant de hurler dans toute la salle : Les portes d'entrée sont ouvertes ! Sortez tous ! Vite !

Soudain, je reprends conscience, la réalité me submerge, m'éclate en pleine gueule, et pourtant je suis passif. Camélia, David, Simon agonisant au sol et 899, sa meilleure amie, sa sœur, morte. Alors que 900 ne cesse de crier, bousculant les corps les plus tétanisés, réveillant nos âmes choquées, s'affairant à remettre sur pied les plus faibles, moi, je reste paralysé.

899 est morte. Elle et des centaines d'autres. Pourquoi, moi, suis-je encore debout ? Pourquoi mon corps est-il toujours chaud, en vie ? Pourquoi moi et pas eux ?

Figé au milieu de cette salle, je parcours des yeux chaque recoin, chaque corps sans vie, incapable d'agir, d'apporter mon aide. David tente de raisonner Camélia. Il veut la forcer à gagner la sortie, mais elle ne bouge pas, ne l'écoute pas, n'entend rien. Son regard est aussi vide que le mien et pourtant je n'ai pas le droit, moi, d'être si apathique. Ce n'est pas moi qui ai perdu celle que j'aime. 900 est en vie, elle est là, puissante, déterminée à nous sauver jusqu'au dernier. Elle nous a libérés, je ne l'ai pas perdue, je suis en vie, David, Simon, Camélia, ils sont là.

Pourra-t-elle continuer ? Sera-t-elle la même lorsqu'elle prendra conscience que son amie, sa sœur, elle, ne s'en est pas sortie ? Par ma faute.

Au même instant, je dirige mon regard vers 899, à plusieurs dizaines de mètres de là. Je vois son visage serein, doux, apaisé. Son demi-sourire, ses yeux clos, son corps délicatement installé, comme si elle ne faisait qu'un simple somme. Je l'observe avec plus de recul maintenant, tandis que 900 s'avance doucement vers elle. En quelques secondes, elle comprend, je le sais, elle n'ose pas s'approcher, elle ne veut pas.

Et le moment que je redoutais le plus arrive. Les genoux de 900 cèdent. Elle tombe par terre et son cri désespéré fend l'air, me transperçant au plus profond de mon être. Je n'entends plus que ce cri, son cri. Sa meilleure amie, sa sœur, elle l'a perdue. Elle n'a plus que nous.

Soudain, une lourde masse me propulse vers l'arrière et mon corps tout entier percute l'un des murs.

— C'est ta faute ! hurle Camélia, les yeux remplis de larmes. On aurait dû sortir ! Tu aurais dû m'écouter !

Ses mains s'abattent sur ma poitrine et c'est presque avec soulagement que je reçois ses coups. Dans mon ventre, mon torse, ma mâchoire, mes côtes. J'encaisse tout avec désespoir, stoïque, droit, ne pliant pas sous la douleur. Je le mérite. Je mérite chaque bleu, chaque blessure, chaque cicatrice à venir.

Je garde les yeux braqués sur elle. Je suis ailleurs, comme si ce corps pourtant vivant comme jamais ne m'appartenait plus et renfermait un esprit mort.

— Espèce de connard ! hurle-t-elle de nouveau, crachant sa haine, déversant son chagrin.

Alors qu'elle s'apprête à projeter son pied en plein dans mon ventre, elle réalise tout juste qu'il y a quelqu'un à mes pieds, à quelques centimètres de moi. Une toge rouge recouvre l'homme agonisant, le visage à demi dissimulé sous sa capuche maculée de sang.

— Joris ? hurle-t-elle. Joris !

Quoi ? Qu'est-ce qu'elle vient de dire ?

— Joris ! Putain ! Joris, lève-toi !

Qu'est-ce qu'elle dit ?

— Ugo ! hurle-t-elle, m'assénant une gifle surpuissante. C'est ton frère ! C'est Joris ! Emmène-le dehors ! Maintenant !

Et là, soudain, je reprends vie.

38

900

Nous ne sommes plus que cinq cent trente-deux. Cinq cent trente-deux âmes épuisées et sans voix, tenant à peine sur nos pieds face à un cimetière improvisé. Deux jours. Il nous a fallu deux jours entiers pour transporter les morts jusqu'aux abords de la ville, creuser des trous dans la terre, et nous voilà, une poignée de survivants maudits, debout face à ces fosses qui renfermeront bientôt des corps innocents.

Nous avons récupéré tout ce qu'il nous fallait. Des pioches, des pelles, des outils, des armes potentielles, des vêtements et de la nourriture avant de rejoindre le quartier que nous occupions déjà avant le massacre, celui où nous nous étions réfugiés avant l'assaut contre Damien et ses affidés. Tout s'est fait machinalement. Nous nous sommes à peine concertés. Nous savions que, avant d'agir, nous devions enterrer notre peine en même temps que nos pertes humaines. Nos gestes comme nos décisions ont été instinctifs. Se laisser aller à la tristesse n'avait pas sa place, du moins pas encore. Chacun d'entre nous gardait une impassibilité sans faille, contenant ses larmes jusqu'à la nuit tombée, où nous exprimions notre chagrin en solitaire, une fois notre chambre vide retrouvée.

Nous ne retournerons jamais en ville, si ce n'est pour y chercher une piste nous menant au Conseil et le détruire, définitivement. En attendant leur prochaine attaque, nous nous sommes organisés. Des équipes d'une vingtaine de survivants montent la garde à tour de rôle à l'entrée du quartier, pour nous avertir en cas de danger. Ainsi, nous sommes préparés à fuir à n'importe quel moment. Nous sommes prêts.

Mais pour l'instant, nous sommes surtout à découvert. Au milieu de ce cimetière immense.

Le silence nous prend aux tripes. L'herbe verte et humide est parsemée de milliers de tas de terre tout juste retournée. Les arbres nous entourent par centaines, tandis que le vent souffle fort, très fort, mélangeant nos souffles et baignant la nature environnante du parfum si significatif de la mort. Mais nous sommes anesthésiés. Personne ne se plaint de cette odeur, pas plus que de la fatigue, ni même du besoin de vengeance immédiat.

Cinq cent trente-deux survivants en colère. Cinq cent trente-deux âmes maudites. Cinq cent trente-deux innocents forcés à formuler des adieux.

— Nous n'imaginions pas que nos vies résultaient d'une telle imposture. J'étais moi-même convaincue que cette réalité était la mienne. Moi, Séraphine, guide de la troisième génération, je croyais du plus profond de mon être à une divinité, à l'existence d'êtres suprêmes, à un monde meilleur au-delà de cette vie. Vous pensiez, vous, être nés dans vos pensionnats respectifs, orphelins dès la naissance. Vous avez obéi à un instinct qui n'était pas le vôtre et tenté de me mettre en garde, mais je ne vous ai pas écoutés. Je le sais, je sais maintenant qu'il n'y a plus de première, ni de deuxième, ni de troisième génération. Il n'y a que nous. Nous qui avons une famille quelque part, des parents, des frères, des sœurs, des amis. Seulement, à ce jour, nous sommes notre propre famille. Une famille en deuil, submergée par le chagrin, anéantie, mais plus forte que jamais. Je vous promets que nous retrouverons nos vies et qu'à partir de ce jour plus personne ne se mettra en travers de notre chemin. À Liam, Joseph, Steeve, Maria, Stefan, 434, Michel, 567, Rita, Drake, Lakhdar, Jim, Sophie, Sofia, 901, 748, Luc, Diane, 1, Victoria, Laurie, 46...

À chaque prénom ou numéro que Séraphine énonce, les tombes se remplissent petit à petit de terre. De toute part, sur cet immense champ de morts, les fosses se referment.

— *394*, Victor, Leslie, 565, 354, Salim, Michael, 44, 465, Bobby, 935, Harry, Abdou, 1 000, Lindsay, Louis, 665...

Ça y est, le silence se brise. Les cris, les pleurs, les sanglots, le chagrin. Tout s'exprime enfin sans retenue, sans pudeur. Camélia, Ugo, David, Simon et moi restons pourtant silencieux. De son pouce, Ugo caresse froidement mon poignet, tandis que Simon serre sa paume contre ma nuque. Camélia, elle, logée dans les bras de David, m'offre un regard aussi vide que celui que je lui rends.

— Lucia, Line, Loïc, 66, 22, Gilles, 500, Ben, Leïla, Linda, Sandra, Viviane, 682, Laure, Kelly, John, 954...

Le soleil sombre peu à peu. C'est comme si lui aussi leur disait adieu, comme s'il nous avait attendus pour les accompagner, les emporter avec lui dans la nuit noire. Derrière les quelques nuages, il projette sa lumière rouge et vive. Ses derniers rayons chauds et apaisants. De larges halos baignent ce cimetière, illuminant une dernière fois chaque corps, encore en attente de trouver la paix.

La paix arrive, elle est proche, je vous le promets.

— Cindy, Bart, 771, 843, Jim, 12, Cédric, Salim, 23, Alex, Pamela, *899*...

À cet instant, les doigts de Simon se raidissent contre mon dos, tandis que les lèvres d'Ugo embrassent ma main. Alors que j'ose un regard vers le bas, vers cette fosse devant laquelle nous nous tenons tous les cinq, je la vois. Je la regarde enfin. Allongée, sereine, et aussi belle que les premiers jours.

Je t'aime, ma sœur, je t'aime tellement fort.

Camélia est silencieuse, comme chacun de nous.

Les yeux rivés sur son visage, je ne veux rien perdre de sa mise en terre. Je veux voir cet instant. Je veux qu'il soit gravé en moi, ne plus jamais l'oublier.

Aussitôt, Ugo libère ma main et s'empare de la pelle plantée dans le sol. La bouche de 899, ses longs cheveux châtains, ses pommettes saillantes, ses longs cils se retrouvent parsemés de terre par une première pelletée, puis une deuxième, une troisième...

Je mémorise tout. Chaque détail de cet instant horrible, insoutenable. J'enregistre tout. 899 avalée par la terre, ensevelie, froide et seule, à mille lieues de chez elle, pour l'éternité. Ces images, ce moment, ce déchirement, voilà ce qui me guidera vers la vengeance.

899, Mary, ma sœur… Pars sereine, sois tranquille, je te vengerai.

Je me retourne alors et quitte cet endroit, sans même attendre que tout soit terminé, quand, au même instant, Camélia me rejoint sans un mot, glissant sa main dans la mienne, prenant la fuite avec moi.

Adieu…

PARTIE 3

La révolution

1

900

Simon, allongé à même le sol, la tête posée sur mes genoux, les yeux rivés au plafond, libère un long soupir qui semble faire sursauter chacun de nous, nous sortant de nos pensées les plus douloureuses. Ugo est assis à mon côté, dos au mur, son bras enroulé autour de mes épaules tendues. Je suis comme fondue tout contre son torse, rêvant secrètement de m'y enfouir pour toujours, cachée du monde extérieur, loin de la réalité. Camélia est allongée sur le lit depuis des heures, réfugiée sous l'épaisse couverture.

899 est morte.

Je me le répète en boucle dans mon esprit et, pourtant, chaque fois cela me paraît plus invraisemblable. Plus douloureux. David, lui, est assis à une extrémité de cette étroite chambre, endormi. Du moins, il semble l'être.

Une semaine. Une semaine s'est écoulée depuis le massacre de l'hôtel de ville. Une semaine que 899 est morte. Une semaine que nous survivons tous, prisonniers de cauchemars, de notre haine, de notre tristesse et d'un besoin irrépressible de vengeance. Nous avons rejoint la périphérie de la ville, incapables de retourner sur le lieu de nos pires tourments. La ville n'est plus la nôtre. Elle ne l'a d'ailleurs jamais été. Ses bâtiments, ses rues, ses commerces. Tout ceci a toujours été faux et est aujourd'hui à jamais détruit, anéanti. Nous avons chacun une famille, des parents, peut-être même des frères, des sœurs, et lorsque nous serons prêts, nous obtiendrons justice et nous retrouverons nos vies.

Nous ne sommes plus que l'ombre de nous-mêmes. Comme si nous étions morts en même temps qu'eux et que nos corps reposaient eux aussi dans les profondeurs de la terre, dans la clairière.

Je n'ai la force de rien, comme incapable de réfléchir, ni même de retourner au combat. Pourtant, je désire tant cette vengeance, plus encore que de découvrir qui je suis. Mais le chagrin, la perte de 899, la peur du lendemain et le traumatisme de cette journée funeste me paralysent, m'empêchant de respirer, me tuant à petit feu. Le Conseil a fait naître en moi une terreur que je n'imaginais pas connaître un jour.

Il n'y a pas que 899 qui nous a quittés. 394, le fiancé de Chloé, et Stefan, le meilleur ami de Roger, sont morts eux aussi. Je voudrais dormir. Dormir des jours entiers pour oublier. Je voudrais ne plus penser, ne plus voir 899, Mary, chaque fois que je ferme les yeux. Je voudrais pouvoir reprendre mon souffle, respirer enfin. Je voudrais retrouver mon innocence. Tout recommencer. Mais c'est impossible. Nous n'avons pas d'autre choix que de subir notre chagrin tout en luttant pour nos vies. Nous ne pouvons commencer notre deuil, car nous n'avons pas ce temps. Je sais des choses. Je connais les secrets de la régente. Nous allons mourir, nous aussi. Si hier a échoué, demain nous rattrapera. Je dois parler. Je dois leur dire. Ce n'est que le début.

J'étouffe un dernier sanglot. J'ai les poumons en feu, le corps tremblant, les yeux gonflés de fatigue et de chagrin. Je me relève, essuyant rageusement mes larmes.

— Je te vengerai… je murmure, consciente d'être entendue de mes amis. Je te promets de ne plus pleurer. Cette fois-ci est la dernière. Ma sœur…

Ma dernière larme est pour elle, comme un ultime adieu. Elle est une promesse muette de tout ce que 899 sait de moi. De nous. Une promesse pour nos rêves d'amour et de bonheur. Un serment éternel.

2

Ugo

— J'ai retrouvé mes souvenirs, annonce froidement 900.

Séraphine, la docteure Anand, Fred, Rob, Stan, Mickey, Roger, Chloé, Camélia, David, Simon et moi-même sommes regroupés dans le salon que 900 et Camélia partageaient avec 899 il y a de ça encore un mois et aucun d'entre nous n'ose l'interrompre.

— Je suis retournée voir Séraphine… poursuit-elle non sans difficulté. Avant le massacre. Grâce à l'hypnose, j'ai retrouvé tous mes souvenirs.

900 a beau être épuisée, absente comme chacun d'entre nous depuis une semaine, elle est toujours aussi magnifique à mes yeux. Et sa beauté, sa force, son courage ne font que renforcer ma culpabilité. Elle a perdu sa sœur par ma faute et elle tient toujours debout, gardant la tête toujours

plus haute… Elle mérite mieux que mes bras fautifs. Je hais son amour, parce que je ne le mérite plus.

— Le registre. Celui que j'ai dû récupérer pour la régente dans les caves de la ville, je sais ce qu'il contenait.

900 inspire profondément. Son ton est froid, glacial et je comprends, à cet instant, que je dois laisser ma culpabilité de côté. J'aurai tout le temps de me haïr une fois que nous nous serons tous vengés.

— Nos identités, à tous. Du moins, celles de la première génération. Nous étions tous dans ce registre. Du numéro 1 au 1 000. Nous avions tous un prénom, un nom, une adresse. 899. 899 s'appelait Mary Brenson, elle est née dans une ville du nom de Chicago.

— Oh putain… souffle David.

Je n'aurais pas mieux dit.

L'assemblée s'agite de plus en plus, animée par une colère difficile à dissimuler tant nous sommes à bout. Je ressens cette chaleur familière fourmiller aux extrémités de mes doigts avant de recouvrir tous mes membres de frissons douloureux.

Mary Brenson… Mary Brenson… Bon sang.

J'inspire longuement, avec une nervosité difficile à contenir, espérant me libérer de cette rage qui comme toujours m'effraye tant elle m'est parfois incontrôlable, et lorsque mon regard croise celui de Camélia, c'est comme un électrochoc. Ses yeux humides sont vides, dénués d'éclat. Elle encaisse les paroles de 900 sans réagir, comme si elle n'en comprenait pas le sens. Ou n'y accordait aucun intérêt.

— Ce n'est pas tout, poursuit-elle. Avant que vous ne me trouviez inconsciente à l'orphelinat, j'ai vu… J'ai vu cinq cents autres filles. Elles allaient avoir dix-sept ans et la régente les préparait à la réinsertion.

— Tu plaisantes ? s'écrie Camélia. C'est quoi, ce délire ? C'est pas possible !

Bon sang !

Alors que je pensais le pire derrière nous, que les révélations du professeur Carter, le massacre de l'hôtel de ville étaient les informations qui signaient la fin, le coup de grâce, je réalise à cet instant que nous n'en sommes qu'au début. Notre guerre ne fait que commencer et nous ne connaissons rien, absolument rien, de nos ennemis.

— Non. Nous étions la neuvième tentative de réinsertion. Il y en a eu huit avant nous et tout porte à croire que nos prédécesseurs ont été exterminés. Les membres du Conseil vont revenir, ils reviendront pour finir ce qu'ils ont commencé, car la nouvelle réinsertion doit démarrer bientôt. C'est une question de jours.

Bordel…

— Nous devons les arrêter avant, murmure Séraphine, brisant le silence tendu. Ugo, c'est toi l'aîné de ta génération, tu gardes le souvenir d'avoir travaillé avec les membres du Conseil. Que sais-tu sur eux ? Où pouvons-nous les trouver ?

La voix de Séraphine est calme, posée, bien que pressante. Elle ne veut pas perdre de temps et elle a raison.

— J'ai été contraint de suivre le même traitement. Cette même pilule, quand il ne s'agissait pas d'une piqûre. Ma mémoire est aussi trouble que celle des autres. La seule chose que je sais, c'est que j'ai été transporté les yeux bandés au sein de leurs quartiers.

Séraphine se lève, songeuse, un sourire dessinant ses lèvres roses. Je sais ce qu'elle a en tête. Je comprends très vite son projet. Alors je ne perds pas de temps et j'accède à sa requête silencieuse.

— Je suis d'accord pour que vous m'hypnotisiez à mon tour.

— Es-tu sûr ? s'interpose 900 d'une voix douce. Je veux dire… Peut-être que certaines choses méritent d'être oubliées.

Séraphine et moi nous observons quelques secondes. Elle sait que c'est la seule solution, notre seul espoir de retrouver les hommes qui ont tué nos proches.

— Nous devons savoir où se trouvent leurs quartiers. Nous devons les attaquer avant qu'ils ne le fassent. Notre seul moyen de les débusquer, c'est de connaître leur position. Sans ça, nous sommes déjà morts.

Simon m'offre un regard bienveillant, exprimant son soutien infaillible avant d'intervenir à son tour :

— C'est la meilleure solution. N'attendons pas que le traitement ne fasse plus effet. Ça fait plus d'un mois maintenant que nous n'avons pas été vaccinés et aucun souvenir réel ne revient. Prenons les choses en main. Ugo est le seul à avoir su où se trouvait le Conseil, j'en suis persuadé. Même si tu avais les yeux bandés, tu te remémoreras peut-être certains détails. Nous songerons plus tard à retrouver nos souvenirs à tous, avec ou sans l'aide de Séraphine. Ugo est la priorité.

Après de tels arguments, plus personne ne semble vouloir s'exprimer. Nous sommes au point mort, et cette première piste nous offre enfin notre premier espoir de vengeance.

— Ce soir. La maison au coin de la rue… c'est là que je me suis installée avec la docteure Anand. Je vous y attendrai.

— Ugo ? souffle Camélia d'une voix blanche.

Alors qu'il ne reste que 900, les jumeaux et moi, Camélia glisse ses doigts autour de mon poignet. Elle et moi n'avons échangé aucune parole depuis le massacre de l'hôtel de ville. Elle ne m'a adressé que quelques regards noirs, sombres et accusateurs durant de longs jours avant de laisser place à une indifférence totale. Je n'étais plus qu'un fantôme. À ses yeux, j'étais mort, moi aussi. Aussi, lorsque mon prénom sonne dans sa voix, si froide soit-elle, tout mon corps se tend, conscient que les minutes à venir risquent d'être dures, difficiles à encaisser. Je la suis, malgré mon besoin de m'enfuir, de repousser cet instant pourtant inévitable où Camélia me portera le coup fatal, la dernière claque avant que je ne m'effondre définitivement.

Lorsque nous rejoignons le premier étage et que nous pénétrons dans la chambre dans laquelle ce traître de 410 se remettait de ses blessures – des blessures qui, si j'avais su, auraient mérité de lui être fatales –, Camélia m'offre un regard indéchiffrable. Elle a retrouvé un certain éclat dans les yeux. Malgré ses traits austères et exténués, son corps accablé, elle semble revivre peu à peu. Peut-être que l'action, la vengeance la réveillent doucement.

— Je te demande pardon, lâche-t-elle d'une voix presque inaudible.

Mon cœur semble se briser dans ma poitrine, écrasé dans un étau. Je suis sans voix, incapable de répondre.

— Je t'ai tout mis sur le dos. J'avais besoin d'en vouloir à quelqu'un, mais tu n'as rien à voir avec sa mort, Ugo. Le Conseil, le professeur Carter, ce sont eux les responsables. Je t'en prie, Ugo, pardonne-moi. Je ne veux pas te perdre toi aussi, sanglote-t-elle.

— Toi... je parviens à dire, contenant ma peine. Toi, pardonne-moi. J'aurais dû t'écouter. J'aurais dû te faire confiance. Je suis tellement désolé. Je m'en veux tellement. Je...

Puis, avant même que je puisse terminer ma phrase, Camélia plonge dans mes bras, serrant de toutes ses forces mon torse, écrasant sa joue sur ma poitrine.

— S'il te plaît, Ugo. Redeviens le leader que tu étais. On a besoin de toi, nous tous. J'ai besoin de toi. Tu n'es plus toi-même depuis le massacre. Nous non plus, je le sais, mais tu n'existes plus, tu n'es plus que l'ombre de toi-même et sans toi nous sommes tous perdus. Je t'en prie, ne culpabilise plus. Cesse de te torturer, reviens-nous. Si tu veux vraiment te faire pardonner, même si à mes yeux tu n'as rien à expier, redeviens celui que tu étais. C'est toi qui dois nous conduire à la vengeance, à la liberté. Toi et toi seul.

Sa voix se brise et j'ai l'impression de reprendre vie tout à coup. Ses mots s'infiltrent au plus profond de moi jusqu'à me submerger. Camélia compte sur moi. Elle a besoin de moi. 900 aussi, David, Simon. Au même moment, mes poings se relâchent pour la première fois depuis le massacre. Mon souffle à son tour se calme. Mes épaules s'affaissent et un long soupir, fort, pesant, de plusieurs secondes, me ramène à la réalité, me dépose sur le seuil même de notre combat.

Mon sentiment de culpabilité ne s'envole pas, mais il s'éteint, se tarit peu à peu, pour quelque temps. Il m'accorde cette dernière bataille, ces derniers instants de répit. Mon besoin de protéger ceux que j'aime l'étouffe, le combat petit à petit jusqu'au jour où rien de plus fort ne pourra le faire taire. Le jour où je leur aurai rendu leur vie. Il reviendra ce jour-là et pas avant.

Alors, je passe mes bras autour de Camélia et l'enlace à mon tour, espérant lui insuffler ma force, elle qui malgré les épreuves n'a jamais vraiment perdu la sienne. Et nous restons plusieurs secondes ainsi, silencieux et infiniment heureux de pouvoir être là, l'un pour l'autre.

— Il ne s'est toujours pas réveillé, murmure Camélia d'une voix inquiète. La docteure Anand dit que c'est normal. Que les sédatifs qu'elle lui a donnés durant plusieurs jours l'ont plongé dans un lourd coma. Il en avait besoin pour se remettre, tout comme les quinze autres blessés.

Trois sont pourtant déjà morts, je ne peux m'empêcher de penser.

Joris est endormi sur ce lit depuis une semaine maintenant. Nous l'avons transporté, inconscient, hors de l'hôtel de ville et très vite il a été pris en charge par la docteure Anand, qui s'en est occupée comme de son propre fils.

Mon frère était là. Tous ces mois, il était à quelques kilomètres, dans ce sanctuaire. Peut-être l'ai-je même croisé sans le savoir le jour de ma visite. Peut-être était-il l'un de ces hommes sous une toge pourpre, arpentant le lieu d'un pas lent, à quelques centimètres de moi.

Il avait toujours été là, Joris.

— Je suis sûre qu'il se réveillera, m'assure 900.

Et c'est à cet instant que Camélia décide de nous quitter, nous laissant une intimité que nous avons rarement eue ces derniers jours… Elle me manque. Elle me manque terriblement.

Nous avons passé des jours à partager la même pièce avec Simon, David et Camélia, n'échangeant que de brèves paroles, retenant nos gestes d'affection, le cœur refroidi par tant d'horreurs. Comment pouvions-nous nous aimer alors que nous souffrions de nos pertes ? Comment nous autoriser le bonheur quand le simple fait de respirer nous rongeait de culpabilité ? Nous étions en vie. Ils étaient morts. Le moindre désir d'amour, la moindre quête de bonheur nous paraissaient dérisoires. Sans même nous concerter, nous nous l'étions interdit.

— Est-ce que tu crois encore en l'avenir ? me demande-t-elle avec précaution, son regard fuyant le mien.

Cette question réveille mes angoisses les plus profondément enfouies. L'avenir… Elle est mon avenir. Elle est la raison pour laquelle je brûle de me battre. Elle, mon frère, Camélia et les jumeaux. Je n'ai pas d'autre choix que de croire en l'avenir. Je n'ai pas d'autre choix que de m'y accrocher de toutes mes forces. Car je leur rendrai à tous leur liberté. Quoi qu'il m'en coûte.

— Oui, j'y crois, j'affirme, sans ciller, les yeux profondément ancrés dans les siens.

Je soutiens son regard, sûr de moi, imperturbable. Je veux qu'elle comprenne qu'elle peut compter sur moi, qu'elle réalise que je n'ai pas peur. Que je crois en la vie, en l'avenir. Je veux qu'elle ne doute pas une seule seconde de notre survie.

900 ravale un sanglot. Je vois comme elle est vulnérable à cet instant. Ses yeux ronds plongés dans les miens semblent me transmettre tant de supplications. Elle est si fragile tout à coup. Si belle. À fleur de peau.

— Je me souviens de notre après-midi au cinéma, murmure-t-elle, d'une voix presque inaudible. Tu étais derrière moi, tout le long du film. C'était à la fois étrange et...

— J'aurais voulu que tu sois dans mes bras ce jour-là, je l'interromps malgré moi. Je voulais que... qu'il n'y ait que toi et moi...

— Je crois que j'espérais la même chose...

J'inspire profondément, comme si cet aveu me coûtait. Et je réalise comme il est difficile de confier ses pensées. Pourtant, ma bouche brûle d'en dire bien plus. Des mots par centaines butent tout contre mes lèvres, luttant pour sortir et se libérer enfin. Elle les a dits, elle, pourtant... Ce matin-là. Ces mots que je suis incapable de lui retourner. Quelque part, ils sonneraient comme des adieux si je devais lui avouer mes sentiments maintenant. Alors je reste silencieux, les gardant pour plus tard... Priant pour qu'un « plus tard » existe.

— Tu te rappelles ce que tu m'as dit ce jour-là ?

Je secoue la tête, avançant d'un pas dans sa direction.

— Tu m'as dit qu'on y retournerait, un jour... On ne se connaissait pas vraiment et, pourtant, ça ressemblait à une promesse.

— J'aurais aimé tenir cette promesse... je souris, malgré ma tristesse.

Je me rappelle ce jour. J'avais surpris une discussion entre Camélia et Simon. Il m'avait suffi de les entendre parler de 900 pour prêter plus d'attention à leur échange.

À ce moment, je n'avais pas totalement conscience de tout ce qu'elle provoquait en moi. J'étais simplement curieux, et étrangement intrigué par elle. Elle semblait fragile et téméraire à la fois. Inconsciente, craintive, prenant des risques inconsidérés. Son regard me défiait et me craignait tout autant. Je ne voulais rien manquer d'elle. Alors, j'ai accompagné Camélia, David et Simon au cinéma. Conscient qu'il valait mieux ne pas me montrer trop proche de la première génération. J'avais aimé croiser son regard surpris devant ce bâtiment aux mille couleurs. J'avais adoré m'installer une rangée derrière elle, pour m'approcher une fois la salle plongée dans le noir. J'avais béni ces deux petites heures, hors du temps et de l'espace, où j'avais la sensation qu'il n'existait qu'elle et moi. Je crois que c'est ce jour-là que j'ai compris…

Cette époque me paraît si lointaine. 900 était encore heureuse. Du moins, elle ne paraissait pas aussi abîmée qu'en cet instant.

J'avance plus encore et capture son menton entre mes doigts pour relever son visage. Nos regards se percutent, comme toujours, accompagnés d'un silence que, ni l'un ni l'autre, nous n'arrivons à briser. C'est comme si nous étions chaque fois plus surpris de l'effet que nous produisons l'un sur l'autre. Elle me rend fou.

900 a le souffle coupé. Je l'entends déglutir, tout à coup embarrassée.

Je ne sais plus à quand remonte notre dernier moment seul à seule. Je crois qu'il n'y en a pas eu depuis le massacre. Elle dort avec Camélia, et nous passons nos journées tous les cinq sans jamais nous séparer. Et maintenant, seul avec elle, c'est comme si je respirais enfin…

— Embrasse-moi, chuchote-t-elle, les joues rougies et le regard triste. S'il te plaît…

Alors, avec un faible sourire, je colle mon front au sien. Mes doigts rejoignent sa nuque et je respire profondément son odeur. Je ferme les yeux quelques secondes, imaginant un tout autre décor autour de nous. Pas cette chambre, ni ce quartier. Pas ce monde. Pas cette vie. Juste nous. Hors du temps.

Elle inspire à son tour et sa main vient caresser ma joue, le bout de son doigt effleurant la cicatrice juste au-dessus de ma lèvre, là où son regard aime parfois s'égarer. Je soupire, me retenant de passer ma langue sur son pouce et d'en mordiller la chair. À la place, je resserre mes doigts sur son menton et rapproche ses lèvres des miennes.

— Tu es magnifique… je murmure.

Elle émet un hoquet de surprise et je l'embrasse, d'abord lentement, goûtant sa bouche, savourant la douceur de ses lèvres, comme pour rattraper ces nombreux jours où nous n'avons pas osé nous toucher. Puis, très vite, j'intensifie notre baiser, incapable de retenir mon besoin irrépressible d'elle. Je glisse une main dans son dos, pressant ma paume contre ses reins, pour la rapprocher plus encore de moi. Elle est douce, timide et curieuse. Elle n'a jamais embrassé personne avant moi, je le sais, du moins, je crois. Ou peut-être que je l'espère… Ce dont je suis sûr, c'est que ses baisers me rendent fou, que sa langue, douce et tendre, est un supplice, et qu'il me faut faire preuve d'un grand contrôle pour ne pas la plaquer contre le mur de cette chambre et lui ôter tous ses vêtements. Je dois me contrôler encore plus quand un doux gémissement lui échappe et que son petit corps se presse contre le mien sans qu'elle réalise l'effet qu'elle produit.

Je perçois que son souffle s'accélère, que ses gestes s'intensifient. Elle se blottit tout contre moi, caressant ma nuque, puis mes épaules qu'elle agrippe fermement. Je l'enlace alors, fort, entre mes bras, réfrénant mon désir pour ne pas la brusquer, profitant de tout ce qu'elle me donne.

Je ravale un soupir, et interromps notre baiser à contrecœur. Quelque part, j'ai l'impression de profiter d'elle. 900 est anéantie, elle serait prête à tout pour oublier la perte de 899.

Les doigts de ma main libre se referment soudain et mon poing se serre fort contre mon jean. J'ai une envie dingue de poursuivre notre baiser, mais mon sentiment de culpabilité me rappelle à l'ordre, douloureusement. Chaque fois que je pense à 900, ses lèvres, sa peau, mon besoin urgent de me rapprocher d'elle, je songe également à 899. À sa mort. Si j'avais écouté Camélia, nous aurions quitté l'hôtel de ville à temps, et 899 serait encore en vie…

— Elle me manque… souffle-t-elle comme si elle lisait dans mes pensées.

— Je sais…

Ma gorge se serre. J'ai l'impression que l'air me manque tout à coup.

— Tu te crois coupable de sa mort… Camélia m'a tout expliqué. Elle ne pensait pas une seule seconde ce qu'elle t'a dit ce jour-là… Et je ne pense pas un seul instant que tu sois coupable. Tu es la plus belle personne que j'aie jamais rencontrée et, si tu pouvais te voir au travers de mes yeux, tu comprendrais.

De longues secondes s'écoulent et je suis comme sidéré. Je ne mérite pas sa compassion, pas plus que son pardon. Elle semble attendre une réponse de ma part, mais je suis incapable de prononcer le moindre mot.

Alors elle dépose un baiser sur ma joue avant de reculer en direction de la porte.

— Je sais que tu as besoin de temps... Prends-le. Reviens-moi quand tu seras prêt... Et quoi qu'on apprenne ce soir, de ta séance avec Séraphine, murmure-t-elle, les doigts frôlant l'encadrement de la porte, on s'en sortira.

Puis elle part, me laissant à cette solitude que je redoute tant et qui pourtant m'est nécessaire aujourd'hui.

Je m'installe sur la petite chaise près du lit de Joris et pose ma main sur son épaule immobile.

Il ne manque plus que toi, Joris. C'est à ton tour de te réveiller.

3

Ugo

Le soleil se couche lentement, baignant la pièce d'une couleur rouge sinistre. Je n'ai pas quitté le chevet de Joris depuis plusieurs heures. Je lui ai beaucoup parlé. De mes peurs, de mes angoisses, de mes rencontres depuis cette réinsertion. Je ne sais même pas s'il m'entend, si même il me connaît, si ses souvenirs m'incluent, moi, son frère.

J'ai longtemps réfléchi auprès de lui, relevant toutes les aberrations de cette réinsertion, du projet du Conseil.

Rien n'a de sens et plus vite je serai avec Séraphine, plus vite je serai fixé. Et ce, quelles que soient les découvertes. Alors sans plus attendre, observant une énième fois le coucher de soleil, je replace la couverture sur le corps immobile de Joris, enfile ma veste et quitte cette chambre.

Je partage ma maison avec Simon et David depuis un mois maintenant, depuis l'attaque de l'hôpital, et lorsque je passe devant leur chambre avant de dévaler l'escalier menant au rez-de-chaussée, je perçois leur regard troublé brûler ma nuque. Eux aussi, bien qu'ils ne le montrent pas, craignent les révélations à venir. Autant mon implication au Conseil que les informations que Séraphine puisera en moi. Tout se joue sur ce que mon passé cache. Notre seul espoir de vengeance et de liberté repose sur moi et ce dont je serai en mesure de me souvenir.

Pourvu que je n'aie pas participé à tout ça.

Lorsque je franchis la porte d'entrée, l'air frais s'infiltre en moi, me caressant du crâne jusqu'à l'extrémité de mes doigts crispés. Je hasarde un regard vers la maison d'en face, séparée de la mienne par la rue faiblement éclairée où les deux cars et deux camions sont stationnés, prêts à nous évacuer au moindre incident suspect. La lumière de sa chambre est allumée. 900 est seule pour une fois, et je brûle d'envie de la rejoindre pour effacer sa peine, l'empêcher de penser, de se torturer, juste l'espace d'un instant. Elle ne montre rien, elle, à l'inverse de moi. Elle a la capacité de faire semblant, quand moi je n'ai plus la force de me cacher. Plus je la vois et plus je réalise combien elle est forte, tout comme Camélia.

Je remonte la rue à vive allure, passant devant les maisons calmes remplies de survivants. Rien à voir avec les jours qui ont précédé notre assaut contre Damien et ses sbires. Ces jours-là, le quartier était certes en deuil des pertes de l'hôpital, mais il n'en était pas moins vivant. Animé par un seul désir : anéantir Damien. Nous étions tous hors de nous, en vie, prêts à combattre, et les rues subissaient notre fougue. Tout baignait dans une ambiance étonnamment joyeuse quand aujourd'hui tout est mort.

Le soleil est maintenant totalement couché et la nuit noire m'apporte un certain réconfort, comme si le temps était suspendu. Je sais que ce semblant de répit n'est qu'une illusion et que chaque minute improductive est un pas de plus vers l'inévitable projet du Conseil. À n'importe quelle heure, il peut nous attaquer et terminer ce qu'il a commencé. Et pourtant, j'ai l'impression de pouvoir souffler lorsque le soleil s'efface au profit d'une lune blanche et bienveillante.

En quelques minutes à peine, je rejoins la maison de Séraphine et de la docteure Anand. Elle est identique aux autres, sauf par sa couleur, d'un orange brique. Je remarque que je tremble lorsque je rejoins le perron et, après une longue inspiration, je cogne mon poing contre le battant en bois. Dans un doux grincement, la porte s'ouvre, dévoilant Séraphine habillée d'une élégante robe blanche similaire à la toge qu'elle portait au sanctuaire.

— Je t'en prie, entre, sourit-elle, désignant d'un geste du bras le salon de son foyer temporaire.

Pour toute réponse, j'obtempère, lui adressant un regard que j'espère chaleureux.

— Je ne sais pas si 900 t'a expliqué com…

— Elle ne m'a rien expliqué, je l'interromps. Reprenez de zéro avec moi.

Elle m'adresse un sourire tendre avant de refermer la porte. Alors que je pénètre dans son salon, à la décoration aussi sommaire que le nôtre, je remarque que quelques fioles trônent sur la petite table basse en bois, ainsi que des bougies et des herbes.

Séraphine ne perd pas de temps et énumère ce qu'elle attend de moi. Ne pas lutter. Respecter ses consignes et obéir à chacun de ses ordres. Il ne lui reste que trop peu d'élixir. Je n'ai pas le droit d'échouer. C'est mon unique chance de retrouver la mémoire et la tâche s'annonce compliquée. Vu mon âge, il est fort probable que mon amnésie soit tenace et mes souvenirs trop enfouis.

Ensuite elle fait brûler les herbes, ce qui embaume toute la pièce. Elle éparpille les cendres avant d'éclairer le lieu de quelques bougies parfumées. Sans plus attendre, pressé d'en finir, je m'installe sur le canapé, croisant mes chevilles, les paumes à plat sur le cuir glacé.

— Bois ça, ordonne-t-elle en me tendant une fiole à la couleur orangée. La composition est forte, plus forte que celle que j'utilise habituellement. Si nous voulons aller le plus loin possible, c'est le seul moyen. Détends-toi.

J'inspire profondément, gonflant douloureusement ma poitrine et, après un bref décompte, je porte le liquide à mes lèvres. Alors que la gorgée s'immisce en moi, l'effet est immédiat. Mes paupières se ferment et mes muscles se relâchent si bien que je crois entendre la fiole glisser entre mes doigts et atterrir sur le parquet.

Plus rien n'a de sens. Mon corps est mort, inerte, comme paralysé, et c'est un vide oppressant qui, soudainement, m'enveloppe, me capture.

— *Je suis là*, murmure une voix familière. *C'est moi, Séraphine. N'écoute que moi, Ugo. Moi et moi seule. Le travail que j'effectue avec toi sera des plus complexes alors aie confiance en moi.*

Cette voix, sa voix, résonne en moi, gronde dans mon corps comme si elle provenait de mon propre ventre. J'ai les paupières toujours closes, la sensation d'être mort, loin de toute réalité, et en même temps j'ai l'impression d'être debout, sur pied.

— *Tu es dans une immense salle, Ugo, une salle infinie, si grande que tu n'en vois pas le bout opposé.*

Au même instant, sans fournir d'effort, je m'autorise à ouvrir les yeux, la pièce se matérialise, interminable. Le sol me vaut un vertige, car il est constitué d'une vitre transparente, me séparant du vide, du néant.

— *Avance, Ugo, sans crainte. Rien ne peut t'arriver ici, il n'y a aucun danger.*

Toujours de manière incontrôlée, j'exécute les ordres, perturbé de ne pouvoir me maîtriser. Cette voix me contrôle, me façonne. Je suis sa marionnette.

Alors j'avance, d'abord doucement, avec hésitation, puis plus rapidement.

— *Lorsque tu te sentiras prêt, Ugo, je veux que tu coures, aussi vite que possible, pour rejoindre le fond de la salle. Il te paraît impossible à atteindre pour l'instant, mais plus tu puiseras dans ta force, plus le but te semblera proche.*

Aussitôt, mon corps est violemment propulsé vers l'avant, poussé par une force invisible. Mon pouls s'emballe, mes membres se déploient, se libèrent et parcourent la salle avec agilité et fureur. Alors que j'avance, sans réfléchir, j'aperçois une silhouette, un homme, qui lui aussi court à ma rencontre. Il semble déterminé, déterminé à me percuter de tout son poids, à me confronter, me réduire en miettes, m'anéantir. Il fonce droit sur moi, sans même craindre le choc.

— *Quand tu visualiseras un mur, Ugo, je veux que tu plonges dedans. N'aie pas peur ! Quoi que tu voies, plonge, il n'y a aucun danger !*

L'homme est impressionnant de rapidité. Son corps s'élance avec grâce, défiant l'apesanteur, surpassant ses propres capacités physiques. Il est à plusieurs centaines de mètres de moi et plus nous courons l'un vers l'autre, plus ses traits se précisent. Et je crois devenir fou lorsque je réalise qu'il s'agit de moi. C'est un miroir. Le mur, le bout de la pièce, n'est rien d'autre qu'un immense miroir dans lequel mon reflet s'agite, s'approche à toute vitesse.

Je continue ma course effrénée, quelques dizaines de mètres me séparant d'un choc puissant quand en parallèle je me sens frémir, perdre mon souffle.

— *Je t'ai dit de plonger, Ugo ! Tu ne percuteras pas le mur ! Plonge !*

Et alors qu'il ne me reste que quelques mètres à franchir, mon reflet me paraît clair, défini. Je vois mes yeux bleus scruter mon reflet, mes sourcils se froncer et ma bouche s'entrouvrir dans un cri de rage, avant que je ne fonce dans ce miroir fragile.

Aussitôt, le mur de glace se désintègre, explosant en des millions d'éclats qui flottent dans l'air autour de moi sans me blesser. À cet instant, tout est ralenti, et plus aucun sol ne me soutient. Je suis en apesanteur, au milieu d'une infinité de débris de verre reflétant ma bouche tremblante, mes yeux ébahis, mes poings serrés… Mais je ne me reconnais pas dans ces minuscules parties de moi. J'aimerais recoller chaque fragment du miroir pour pouvoir m'observer, me scruter, car rien, rien ne me ressemble. Et, comme si mes vœux avaient été entendus, un morceau se met à trembler, attirant les milliers d'autres particules comme un aimant surpuissant, reconstituant, en quelques secondes, l'immense miroir dans lequel je viens de plonger.

J'observe alors mon reflet, la bouche grande ouverte, sous le choc. Mon visage, c'est le mien, c'est bien moi. À l'âge de quatorze ans. Au même instant, je remarque une main calleuse posée sur mon épaule frêle et, lorsque je pivote pour en connaître le propriétaire, tout se met à vaciller. Un décor prend forme.

Une maison, blanche, de plain-pied, immense, se trouve sur ma gauche et, lorsque je baisse les yeux, de l'herbe parfaitement tondue caresse mes pieds nus. Un rire d'enfant s'invite jusqu'à moi et, sur ma droite, je vois un petit garçon, plus jeune que moi, neuf ans, peut-être moins. Il s'amuse et dévale un toboggan jaune avant de sauter sur une balançoire. Joris, c'est Joris, mon frère.

Je suis au milieu du jardin d'une maison, très grand. Tellement grand qu'il a l'allure d'un parc, celui d'une ville, presque, accueillant des jeux par dizaines, un potager de la taille d'un champ et des fleurs à perte de vue resplendissantes sous un soleil éclatant.

Je sens ce poids sur mon épaule et reconnais immédiatement l'empreinte d'une main, la même qui pressait déjà mon épaule quelques secondes auparavant. Il ne m'en faut pas plus pour me retourner et, là, le paysage reste le même, le monde ne vacille pas, il ne s'efface pas, ne tourbillonne plus, il reste identique.

Et lorsque je fais face à la silhouette, je m'entends crier de rage. Pourtant, je suis de marbre, pire encore, je souris et enlace l'homme de toutes mes forces.

— Papa ! m'entends-je crier à l'unisson avec Joris qui abandonne sa balançoire pour partager notre étreinte.

Malgré tout, malgré la chaleur ignoble que je ressens dans tout mon corps, malgré le bonheur écœurant qui me submerge, je m'entends au loin, hurler, grogner.

Le professeur Carter. Mon père. Bill.

4

Ugo

Le regard du professeur Carter, mon père, est vide, totalement dépourvu d'émotion. Je me sens me débattre quand, en parallèle, la tristesse me submerge autant que la peur.

— Je dois vous parler, mes garçons, déclare-t-il froidement. Rentrez à la maison et rejoignez-moi dans le salon.

J'aimerais ne pas m'exécuter, je donnerais tout pour ne pas le suivre, pour ne pas l'entendre, mais mes gestes passent outre à ma volonté. Je suis enfermé dans un corps qui décide pour moi, parle pour moi et ressent à ma place. Sans même m'en rendre compte, je suis au cœur d'un immense salon écru, carrelé au sol et baigné d'une lumière aveuglante. Cet homme, mon père, a plus d'argent qu'il n'en faut. Chaque élément de la maison témoigne de son prestige. Il est riche, oui. Je le sais, à ce moment même, je sais qu'il est un homme de pouvoir. J'ai beau être jeune, à cet instant, j'ai conscience de ce que représente mon père pour le monde. Il est la deuxième plus grande richesse mondiale. Il est l'un des hommes ayant le plus de pouvoir sur cette terre. Il est indestructible.

L'instant suivant, je suis assis sur un large canapé brun, Joris à côté de moi, ses pieds ne touchant pas le sol.

— Votre mère… souffle le professeur Carter, mon père. Elle a été assassinée. Maman ne reviendra plus.

Et tous les murs volent en éclats. La scène se désintègre sous mes yeux et le temps défile tandis que je perçois les pleurs de Joris, ses sanglots interminables et ma voix, ma voix faible qui ricoche dans mon crâne tandis que je lui murmure que tout ira bien.

Une immense douleur, comme jamais je n'en avais ressenti auparavant, me prend aux tripes, et malgré mon corps inerte entouré de ces murs tourbillonnants, je me sens trembler, crier, hurler sous la douleur.

— *Continue, Ugo…* murmure une voix.

Une voix que je ne parviens plus à situer. Un murmure lointain.

— *N'abandonne pas maintenant. Tes douleurs doivent revenir. Tu es plus fort que tu ne le penses.*

Un cri fend l'air, le mien, je le reconnais. Je me débats, pourtant je suis immobile, prisonnier d'un décor vertigineux.

— C'est ainsi que tu te venges ?! je m'entends hurler d'une voix plus grave, moins juvénile que l'instant d'avant. Ce n'est pas de cette manière que reviendra maman ! Elle est morte ! Accepte-le !

Ma voix est tranchante. Je hurle de rage et aussitôt l'image accompagne mes cris. Dans un bureau, mon père, le professeur Carter, la tête entre les mains, est rouge de colère. Il est fou. Il est devenu complètement fou. Ses yeux sont hagards, injectés de sang, prêts à sortir de leur orbite.

— L'humanité ne mérite pas de vivre tant qu'elle ne s'accommodera pas des différences. Les hommes trompent, détruisent, tuent. Ils ne sont pas dignes de vivre. AUCUN n'en est capable, et moi, moi j'y arriverai ! J'y parviendrai !

Tout son corps tremble. Il semble possédé. Animé par la folie, la colère. Il me fait peur, je ne le reconnais plus. Une bataille se réveille en moi à cet instant et de nouveau je ressens le besoin de partir, de quitter cet endroit, je ne peux pas continuer.

— Tu as déjà bousillé mon frère ! je crie à m'en briser la voix. Tu l'as rendu fou !

Soudain, il s'approche, l'air hagard. J'aimerais reculer, tuer cet homme de mes mains, mais je suis sidéré, incapable de faire le moindre geste. Il glisse ses mains moites dans les miennes et je crois vomir, mon être tout entier est submergé par le dégoût, pourtant, j'ai juste peur, peur pour lui, peur pour Joris, peur pour moi.

— Ton frère n'a jamais compris pourquoi je faisais tout ça. Ton frère était trop jeune, mais toi, tu sais, hein, Ugo ? Toi, tu as toujours su. Tu m'as toujours compris. Tu étais tellement proche de ta mère, tu étais son préféré, tu l'as toujours été. Tu sais combien elle mérite ce que je fais. Elle mérite que le monde change pour elle. Sa mort ne doit pas être vaine. Tu le comprends, n'est-ce pas ? Ugo, je dois mettre un terme à cette première réinsertion ! C'est un échec, ça ne fonctionne pas. La paix, la paix…

sanglote-t-il. La paix n'a pas triomphé. Je dois l'arrêter. Je dois changer les doses, le fonctionnement, je dois tout revoir, la prochaine sera la bonne.

Il ne s'arrête pas de parler. Ses mots n'ont pas de sens, aucun. Ce sont là les paroles d'un fou. D'un homme qui a perdu toute lucidité. Cet homme n'est plus mon père. Mon père est mort en même temps que maman. Je ne peux pas le laisser faire. Non, non, non. Je dois l'arrêter.

Ma vision se trouble immédiatement. L'émotion est trop forte, trop dure à encaisser. La bataille qui se livre en moi me tiraille de toute part. Je suis partagé entre deux sentiments. Deux ressentis similaires et pourtant opposés. Je veux le tuer, le faire souffrir autant que je lui en veux, personnellement, de me détruire. Je suis face à un inconnu et l'instant suivant face à mon père. À chaque seconde, les positions changent, s'interposent, se calquent.

C'en est trop. Trop pour moi.

Tout est bouleversant, insoutenable quand soudain un vertige me fait sombrer, me plongeant dans une épaisse fumée noire. Mon pouls ralentit. Cette douce pulsation, presque infime, imperceptible, m'enveloppe au cœur d'un cocon soyeux, tendre.

— *Je lui ai administré une trop forte dose !* s'écrie une voix lointaine, trop lointaine pour que j'assimile les mots. *Docteure Anand ! Aidez-moi ! Il est en train de faiblir !*

La chaleur me submerge, je suis tellement bien, à ma place, là où je mérite d'être.

— *Ugo ! Ugo !*

Malheureusement, cette sérénité est de courte durée. Je sens que l'on me malmène. Mes joues me brûlent, ma peau me démange. On tente de me garder en vie.

— *Je crois qu'il revient. Il revient…*

La douleur que je tentais de fuir avec désespoir me revient.

Tout revient. Tout. Je suis de retour, au même endroit.

Je crois vomir, mais je suis incapable de gérer la douleur.

— Je dois mettre un terme à cette première réinsertion, mon fils. Il le faut.

Et là, tout va très vite. Le décor est replanté. Tout est à l'identique. Le bureau, cette salle dépourvue de fenêtre et mon père, toujours aussi fou, incontrôlable, sa main coupable et meurtrière dans la mienne.

Je ne me maîtrise pas et je ne saurais dire qui a dicté cette action – si c'est le jeune homme que j'étais ou bien moi, mon esprit actuel –, mais mon poing se projette contre sa mâchoire et alors je fuis, je fuis en dehors du quartier général. Je m'apprête à les mettre en garde, moi, Ugo, du haut de mes seize ans, je m'apprête à prévenir ces jeunes gens de leur mort certaine. Des jeunes gens qui ne me connaissent pas et que pourtant moi je connais par cœur au travers des caméras de la ville.

Alors je cours, je cours à en perdre haleine et, pour la première fois, je me sens en accord avec le garçon que j'étais. Sa force de conviction, son audace, sa soif de justice, sa hargne, je partage tout avec lui. Alors je cours sans même vouloir sortir de cette transe qui m'anime. Au diable le cocon protecteur d'il y a quelques minutes, le jeune Ugo mérite de poursuivre son but. Il doit y arriver, il va y arriver. Alors, à côté de moi, bien que nous ne formions qu'un, il traverse d'immenses salles remplies d'une foule curieuse, surprise de me voir dans un tel état de fureur.

— Arrêtez-le ! hurle la voix de mon père.

Et tous se lancent à ma poursuite, tentant tant bien que mal d'attrapper le jeune garçon agile que je suis. Certains se jettent sur moi, mais je les évite, un par un, et gagne l'escalier aussi abrupt qu'une échelle qui me sépare de ma délivrance, de mon but. Je gravis chaque marche et, à son sommet, soulève une trappe de la taille d'une bouche d'égout, l'issue la plus proche me permettant de quitter le quartier général. Et lorsque je me hisse à l'extérieur, à peine ai-je le temps d'apercevoir l'enseigne d'une laverie que des bras puissants m'agrippent les chevilles et me font tomber, mon corps percutant chaque marche avec fracas.

— Je suis désolé, mon fils. Je croyais pouvoir te faire confiance. Je promets de ne jamais te faire de mal. Mais toi aussi, tu devras tout oublier. Oublier même que je suis ton père, oublier que la vie en dehors existe.

Une aiguille, la douleur revient, puis le néant.

Le noir m'enveloppe et je suis à bout de souffle. Je manque d'air.

— *Poursuis, Ugo, encore un peu.*

L'obscurité s'enroule autour de moi, me caresse, m'enveloppe comme un drap de soie. Une voix murmure quelques mots :

— Tu as bien dormi ?

Aussitôt, le drap noir me quitte, me laissant sous le choc.

Une fille aux yeux d'un vert sombre et parsemé de taches dorées m'observe. Elle est à demi nue, portant pour seul vêtement une chemise, la mienne.

— Tu n'es pas très bavard, ce matin…

Un lit, je suis dans un lit. Le sien.

— Je viens tout juste d'émerger, Leslie, et je n'ai jamais été très bavard, je grogne, encore endormi.

Rapidement, je me redresse et un petit studio se matérialise. Un canapé se trouve en face de moi, tandis que Leslie s'affaire dans la cuisine.

— Je sais… Pas d'attache. Le bel Ugo n'aime pas s'engager. Mais, ça ne t'empêche pas de parler. Tu es si… sérieux.

Alors qu'elle saute sur le lit, les coussins volent et s'éparpillent tout autour de moi, jusqu'à gonfler et ne devenir plus qu'une immense masse blanche voluptueuse. Aussitôt, des dizaines, des centaines de flashs me parviennent. Des images, des mots, des phrases, des odeurs, des sons. Tout est mélangé, rien n'a de sens.

— Bonne réinsertion à tous.

Un homme, un ami, plusieurs, même. Un autre. Une réinsertion. Une troisième. Une piqûre. Un bal. Des rires. Des voix. Une salle enfumée, des cris, des plaintes. Des pleurs. De la violence, trop de violence, beaucoup trop. Des meurtres, des morts. Des survivants. Le Conseil les débauche, les tue un à un.

Tout recommence sans cesse. Sans ordre précis, sans organisation, tout défile. Des visages par centaines, des étreintes. Une succession infernale de visions et de sentiments me percute à la vitesse d'un éclair.

J'en perds le souffle, je ne sais plus quoi assimiler, quoi retenir, quelle est ma vie. Je ne sais distinguer le rêve de la réalité. Rien n'a de sens. Bon sang, plus rien n'a de sens.

Je me sens alors convulser, mon cœur s'emballe avec hargne dans ma poitrine, brûle tout sur son passage. Mes veines, chacun de mes organes, mon corps tout entier.

— *Réveille-toi, Ugo ! C'est bon ! Réveille-toi !*

Cette voix est trop lointaine, je l'entends à peine. Elle n'est qu'un souffle, un murmure parmi les cent autres qui me torturent, m'appellent, rient, crient, pleurent.

— Réinitialisez-le pour la nouvelle réinsertion !

— *Ugo ! Réveille-toi !*

— Salut, moi c'est Denver, tu es Ugo, c'est ça ?

— Votre réinsertion a été un échec.

— *Je vais compter jusqu'à trois, Ugo, et à trois tu te réveilleras. Concentre-toi sur ma voix et uniquement la mienne.*

— Réinitialisez-le.

Les voix s'immiscent dans mon crâne, viennent de toute part, se superposent, s'emmêlent et résonnent avec force, m'empêchant de penser.

— Aidez-moi !

— Votre réinsertion, mes chers enfants, a été un échec.

— *Un, tu n'entends que ma voix, plus rien ne compte à part ma voix.*

— Un échec.

— Ugo ! Sauve-moi !

— Nous devons, malheureusement, vous exterminer.

— *Deux, le décor qui t'entoure s'efface peu à peu et te ramène au calme, à la sérénité.*

— … vous exterminer.

Les autres voix s'éteignent doucement, laissant peu à peu la place à cette unique voix, familière, bienveillante et libératrice.

— Tu es mon meilleur ami, Ugo, un frère.

— *Trois, tu inspires profondément et reviens à la réalité. Ouvre les yeux.*

Et dans un calme, un silence effroyables, j'exécute son ordre.

Je suis vidé de toute force. Séraphine et la docteure Anand m'observent. Toutes deux semblent inquiètes, perturbées. Je crois voir Simon près de moi, mais je n'en suis pas sûr tant ma vision est floue, et je comprends très vite que c'est parce que je pleure. Moi Ugo, je pleure, en silence.

— J'ai tout vécu. Tout. Chaque réinsertion, chaque extermination. Je les ai tous connus. Tous. Ils étaient ma famille, eux aussi… Mes amis… je souffle d'une faible voix. J'ai été le pion de mon père. Il est mon père. Le professeur…

— Aidez-moi à le bouger, s'exclame Séraphine d'un ton pressant.

Sans même comprendre ce qui m'arrive, deux bras glissent sous mes aisselles et me portent jusqu'à une chambre, où un lit m'attend. Je suis sous le choc, incapable d'exprimer quoi que ce soit d'autre, jusqu'à ce que, très vite, le sommeil m'enveloppe et me libère de ce cauchemar.

5

900

Il est près de 2 heures du matin lorsque l'on frappe à la porte avec fracas. Une dizaine de coups, puis une nouvelle salve, plus urgente encore. Rapidement, j'enfile un jean et un sweat-shirt quand j'entends Camélia dévaler les marches quatre à quatre. Je sors à mon tour de ma chambre aussi vite que possible et rejoins l'entrée, là où Simon, livide, est tétanisé.

— Qu'est-ce qui se passe ? gronde Camélia, la voix enrouée, sûrement d'avoir trop pleuré.

— Ugo… murmure Simon, sa séance d'hypnose est terminée, mais Séraphine lui a administré une dose trop forte de son putain d'élixir ! Les souvenirs sont revenus en masse, il était à bout de forces, mais c'est pire que ce que l'on pensait.

Simon a débité sa phrase sans même reprendre son souffle. Malgré moi, je tremble, obsédée par la furieuse envie de retrouver Ugo, maintenant.

— Il a vécu chaque réinsertion. Toutes !

Soudain, c'est comme si je me prenais une immense claque en pleine figure.

Oh bon sang... Ugo.

J'aimerais retenir mes larmes, mais elles se déversent sans que je puisse les contrôler. J'avais pourtant juré d'avoir versé les dernières.

— Il n'a pas eu le temps de nous raconter, il était trop épuisé, sous le choc. Mais il a tout vécu. Autant les réinsertions que chaque extermination.

— Comment ça ? s'impatiente Camélia, tout aussi stupéfaite et tremblante que Simon et moi. Pourquoi est-il encore en vie ? Comment c'est possible, bordel ?!

Simon inspire profondément et son regard s'ancre dans le mien. À cet instant, je ne comprends pas pourquoi c'est moi qu'il observe, et pourquoi il me jauge avec autant de tristesse.

— C'est son fils, murmure-t-il.

Et là, je comprends. Je réalise.

— Le fils de qui ? s'écrie Camélia. Sois plus clair, bon sang !

Elle se lève alors et s'empare de son paquet de cigarettes posé sur l'un des meubles du salon. Simon en profite pour entrer et s'affaler dans le canapé.

— Du professeur Carter... je souffle.

Ma voix est inaudible et pourtant je l'ai dit.

Immédiatement, le paquet de cigarettes atterrit au sol en silence, avant que Camélia, à son tour, ne s'écroule sur le canapé auprès de Simon.

Je les y rejoins et c'est ainsi que nous restons, en silence, incapables d'émettre la moindre phrase, le moindre mot, pas même un son. C'est dans cet état de choc absolu que je finis par me lever pour aller en direction de la cuisine où je m'empare d'une bouteille de vodka. Le regard totalement dans le flou, j'apporte au salon trois verres généreusement remplis et les dépose devant chacun d'entre nous. Sans même nous regarder, nous avalons d'une traite le liquide salvateur. Celui qui, l'espace d'un soir, nous empêchera de trop penser.

— Réveillez-vous ! s'exclame une voix dure et froide. Je dois vous parler.

C'est dans un sursaut douloureux que j'ouvre les yeux, mon dos me tiraillant de partout. Et pour cause, je suis sur le canapé, Camélia dort contre ma cuisse tandis que Simon est négligemment allongé sur le tapis de notre salon.

Et cette voix, elle appartient à Ugo.

Rapidement, je me redresse en position assise et son visage me frappe de plein fouet. Il est magnifique. Tellement beau que je retiens tout juste les larmes de couler de nouveau. Mais son regard, son expression, ce n'est pas lui. Il est ailleurs, fermé, enragé.

Je sais qu'il tente par tous les moyens de dissimuler ses émotions, mais derrière son impassibilité, je vois tout. Je vois combien il souffre, combien il est en colère, combien il est perdu, déboussolé, à bout. J'aimerais capter ses yeux, lire en lui, lui transmettre d'un regard tout l'amour que je lui porte, mais il m'évite. Il tente du mieux possible de ne pas me confronter. Il observe tout le monde, sauf moi.

— Je dois vous dire en détail ce que j'ai vu. Sans rien oublier. Chaque événement a son importance.

Camélia, à moitié dans les vapes, se lève d'une seule impulsion et va chercher un carnet et un stylo. Simon, quant à lui, se dresse lentement, essayant tant bien que mal de dissimuler la bouteille de vodka vide qu'Ugo a pourtant déjà repérée.

— David ne va pas tarder à venir, annonce-t-il avant de quitter la pièce pour rejoindre la cuisine, seul.

Nous sommes à présent tous les cinq installés dans le salon. Seul Ugo est debout, face à nous. Je sais qu'il donne tout pour ne pas trahir son état de nervosité. Je devine derrière ses poings crispés qu'il se retient de ne pas les éclater contre un mur, que derrière son stoïcisme il a besoin de fuir, de bouger, d'évacuer.

Mais il intériorise, comme toujours.

— Je me suis revu jeune, très jeune. Autre part qu'ici. La vie existe ailleurs, j'en suis sûr. Du moins, elle existait à l'époque. Le professeur Carter est mon père et je crois que vous êtes tous déjà au courant vu votre état à tous ce matin. Je n'ai besoin d'aucune pitié, juste de vengeance, alors, rangez ces regards, je ne veux pas les voir.

Son ton est froid, glacial, presque menaçant. Je ne le reconnais plus. J'aimerais l'aider, le soulager, mais je ne crois pas en être capable alors qu'il me repousse sans cesse.

— On n'en a rien à faire que ce soit ton père, Ugo. Tu n'es pas comme lui. De la pitié, on n'en a pas, intervient Camélia d'un ton sec et dépourvu de compassion, ce qu'Ugo souhaite. Toi, tu en as pour lui ?

— Aucune. Je le tuerais de mes mains.

Simon se lève rapidement, comme si rester immobile lui était insupportable. Moi, à l'inverse, je suis incapable d'effectuer le moindre geste.

— Ne parlons pas encore de le tuer. Dis-nous ce que tu sais d'autre.

— Il nous annonçait la mort de notre mère, poursuit-il avec froideur. C'est ce qui l'a poussé à mener cette expérience sur nous. Elle a été assassinée. Pourquoi ? Par qui ? Je n'en sais rien. Tous mes souvenirs ne sont pas revenus. Certains seulement. Je sais juste qu'il est fou. Déterminé à créer un monde parfait.

David est comme moi, sous le choc. Depuis quelque temps, il n'est plus que spectateur de nos vies. Il est là sans vraiment l'être. L'écoute sans jamais donner son avis. J'ai d'abord été inquiète, avant que Camélia ne m'assure que c'était normal et que, quand viendra le jour, il sera là, prêt pour nous venger.

— J'ai tenté de l'arrêter lorsqu'il estimait que la première réinsertion était un échec. J'ai tenté de mettre les générations en garde, mais il m'a devancé et m'a intégré à son programme. Depuis, j'ai participé à chacune d'entre elles. Chaque réinsertion. Chaque extermination. Les huit dernières. À chaque échec, il me réinitialisait et je repartais de zéro sans plus aucun souvenir des mois précédents. Voilà ce qui me concerne moi, mais qui n'a pas d'importance pour la suite.

— Bien sûr que si, ça a de l'importance ! s'écrie Camélia, survoltée. À part cette vie, tu as vécu huit vies, certes courtes, mais huit vies différentes ! Tu as rencontré des gens, tu as tissé des liens. Peut-être même des liens précieux, forts, fraternels, et ils sont morts. Ces personnes sont toutes mortes ! Bien sûr que ça a de l'importance ! Ugo, je suis tellement désolée ! Je sais que tu ne veux pas de pitié, mais je veux que tu l'entendes : je suis désolée. Je n'imagine pas ce que tu as vécu.

La mâchoire d'Ugo se contracte terriblement.

— Ça n'a pas d'importance. Je ne garde aucun souvenir de mes anciennes rencontres.

À cet instant, je sais qu'il ment. Je le sais. Son regard est fuyant et la lueur humide dans ses yeux prouve combien il se retient de ne pas sombrer. Tout son être dégage un désespoir déchirant. J'aimerais le prendre dans mes bras, le serrer fort, lui voler sa tristesse pour la subir à sa place.

Il se souvient de tout.

— Ce qui compte, c'est ce qui peut nous mener jusqu'à la vengeance.

— Alors je note, se reprend Camélia.

— Des caméras couvrent tout le centre-ville mais, heureusement, pas nos quartiers actuels. Elles se concentrent dans les commerces, les rues et même nos appartements. Alors nous ne pouvons pas y retourner. Pas sans établir un plan d'action.

Bon sang… Nous étions surveillés tout ce temps. La régente, le Conseil, ils nous épiaient, nous étudiaient tous.

— Et un plan, tu en as un, c'est ça ? intervient David, à la surprise générale.

— Oui, j'en ai un, acquiesce Ugo. Un plan qu'il faut rapidement mettre en application. Il en dépend de nos vies. Nous avons déjà trop attendu.

Et aussitôt, le sourire de David illumine son visage, provoquant celui d'Ugo.

— Je n'ai pas fini. Je sais où se situe le quartier général du Conseil, je sais comment y accéder.

Mon pouls s'emballe aussitôt et je ressens une chaleur immense s'infiltrer en moi.

Mary. Mary, on y est presque.

— Maintenant, il n'y a plus qu'à nous exposer ton plan, souffle Simon, le visage encore pâle de notre abus d'alcool de la veille.

En à peine une heure, nous sommes réunis, au complet.

La docteure Anand a pris place auprès de Séraphine, sur le canapé. Les deux seules vraies aînées, adultes, à nos côtés dans cette bataille. Fred, Rob, Stan et Mickey les inséparables du SimpleKing sont tous les quatre adossés au mur qui nous sépare de la cuisine. Roger et Chloé, qui ont eux aussi perdu des êtres chers lors du massacre de l'hôtel de ville, sont venus malgré leur épuisement, leur tristesse.

C'est ainsi que débute notre vengeance. Dans cette pièce vide, impersonnelle et froide. À nous treize, nous allons rendre à ces centaines d'autres survivants leur vie, leur liberté.

C'est dans un silence pesant que Camélia, Ugo, David, Simon et moi nous dressons devant la cheminée, face à ces quelques regards éteints et pourtant désireux d'action.

— Nous avons un plan d'action, lance Ugo d'une voix autoritaire.

Après notre discussion de cet après-midi, Ugo nous a fait promettre de ne pas dévoiler son lien de parenté avec le professeur Carter. Aucun d'entre nous n'a contesté. Certains le prendraient pour un traître, d'autres risqueraient de ne pouvoir lui faire entièrement confiance. Et pour les jours à venir, nous avons besoin que chacun des survivants nous suive sans l'ombre d'une hésitation.

— Comme vous le savez, j'ai retrouvé partiellement mes souvenirs avec l'aide de Séraphine. Certains d'entre vous souhaitent peut-être solliciter son savoir-faire, mais pas aujourd'hui. Ni demain, d'ailleurs. 900 nous a tous annoncé il y a deux jours que plusieurs réinsertions avaient déjà été menées avant la nôtre et nous savons aujourd'hui qu'elles finissent toutes de la même manière : une extermination totale des générations. Leur projet a échoué et ce n'est pas la première fois. Durant la sixième réinsertion, un groupe d'individus a échappé au massacre, comme nous aujourd'hui. Ils se sont cachés dans un bâtiment de la ville et y sont restés plusieurs semaines jusqu'à ce qu'une milice armée les débusque et les tue un par un. Ils vont venir pour nous, ce n'est qu'une question de jours, peut-être même d'heures.

Le visage de Fred se décompose. Ses nerfs sont à vif et, lorsque mes yeux errent dans cette pièce, je constate que tous les visages portent la même expression. À bout, submergés de colère, mais empreints malgré tout de détermination, d'audace et d'impatience.

— Alors, ce plan ? Il arrive ? souffle Roger en même temps que la fumée de sa cigarette, prêt à venger Stefan, celui qu'il considérait comme un frère ou peut-être plus encore.

— Nous allons quitter le quartier. Tous. Les cinq cent trente-deux survivants et mon frère. Le Conseil sait déjà que nous vivons ici, ils nous ont déjà repérés, j'en ai la certitude. Ils sont méthodiques, organisés. Ils attendent que nous ne soyons plus sur le qui-vive pour nous attaquer par surprise. Nous devons quitter nos maisons dans l'heure, dans la plus grande discrétion. Nous abandonnons les camions et les cars ici et nous devons laisser les lumières allumées, mettre en marche nos postes de musique, il ne doit y avoir aucune trace de fuite. Ils doivent penser que nous sommes toujours là, reclus chez nous. Cette ruse peut paraître idiote et vraiment prévisible, mais c'est une première option. S'ils plongent droit dans notre piège et lancent une offensive ici comme je l'espère, nous pourrons envahir au même moment le quartier général du Conseil. Et pour débusquer le professeur Carter, nous devons nous assurer que ses hommes de main sont occupés ailleurs. Du moins, la majorité d'entre eux.

— Attends ! l'interrompt Fred. Ton plan, bien que bancal, peut marcher. Mais le quartier général du Conseil, tu peux me dire comment on va le trouver ?

Ugo lui offre un sourire franc, presque animal, et Fred comprend aussitôt, une lueur brillant dans ses yeux verts impatients.

— Je sais où il est, s'exclame Ugo, plus pour en informer les autres, qui n'auraient pas encore compris jusqu'où ses souvenirs remontent.

Pour la première fois depuis le massacre, je vois nos sourires s'épanouir. Voilà ce qui nous anime : l'action.

— Nous allons installer un campement au plus proche de la ville. Je sais où s'arrête leur périmètre de surveillance : au hangar. Au-delà, il n'y a plus aucune caméra. Un kilomètre plus loin, il y a des champs à perte de vue, c'est là qu'on va. On a plusieurs heures de marche devant nous et pour éviter de nous faire repérer, au cas où le Conseil aurait des éclaireurs, on doit faire des détours, ce qui rallonge le trajet. Dès qu'ils attaqueront ce qu'ils croiront être notre quartier, on prendra d'assaut le Conseil. Il se trouve sous la ville. Depuis le départ, il était sous nos pieds.

— OK ! J'en suis ! s'exclame Fred en frappant vigoureusement dans ses mains. Avec Stan, Rob et Mickey, on va frapper à chaque porte du quartier. Dans une heure, on sera tous sur le départ.

— Chloé, Roger et moi, on se joint à vous, lance Camélia qui, sans perdre de temps, se dirige vers la porte d'entrée.

— Attendez, nous interrompt Ugo qui, d'un simple souffle, capte à nouveau notre attention. Prenez des armes, des couteaux, peu importe, et dites à chaque survivant de prendre des provisions et quelques affaires personnelles. Docteure, Séraphine, prévoyez votre artillerie médicale de secours. On ne sait pas quelle sera la tournure des choses.

Il s'arrête quelques secondes et s'approche de la docteure Anand avant de lui glisser quelques mots à l'oreille. Tant bien que mal, je tente d'intercepter ses paroles, en vain. À la place, j'observe la réaction du médecin et son froncement de sourcils ne me dit rien qui vaille.

Ugo… Pourquoi me maintient-il loin de tout ?

Après quelques secondes, je la vois hocher la tête, hésitante, alors qu'Ugo reprend sa place, comme si de rien n'était.

— 900 et Simon, poursuit-il, prenez la moto et récupérez tous les bidons d'essence dans les camions et les cars, quitte à les siphonner si on en manque, et rejoignez-nous ensuite, David et moi, au bout de la rue. Dans une heure exactement, tout le monde devra être dehors et prêt à combattre. À tout à l'heure.

6

Ugo

David et moi sommes enfin seuls, de retour dans notre maison. Je sais que malgré une certaine absence ces temps-ci, preuve de ses tourments, David possède une force incroyable, inébranlable. Son esprit stratégique est précieux et seul lui peut m'aider à mettre en place mon plan parallèle. Celui qui nous permettra de gagner du temps avant que les troupes ne se rendent compte de notre subterfuge. Si jamais, bien sûr, le Conseil mord à l'hameçon.

— Il y a quelque chose qui m'échappe, lance-t-il, tout en remplissant un sac d'affaires pour son frère et lui. Comment allons-nous savoir si les hommes du Conseil ont quitté la ville ? Et après ça ? Comment savoir s'ils ont atteint notre quartier fantôme ? Qui nous dit qu'ils ne vont pas nous débusquer avant même que nous ayons mis la main sur ton… le professeur Carter ? Ton plan est complètement dingue, Ugo. Nous ne savons pas combien de temps la voie sera libre.

J'attendais. J'attendais impatiemment cette question. David est le plus méthodique d'entre nous. Il ne dit pas grand-chose, mais il observe, analyse et identifie très vite les risques. Je les avais identifiés, moi aussi. Rien ne nous garantit que nous aurons assez de temps entre le moment où ils remarqueront notre piège et celui où ils rebrousseront chemin jusqu'à la ville. Mais c'est là que lui et moi intervenons.

— Toi et moi, David, nous les ralentirons. On ne quitte pas le quartier, on reste là.

Lorsque nous sortons de la maison, Joris couché sur une civière que portent deux jeunes gens robustes, une centaine de personnes est déjà dehors, prête à déserter le quartier. Il est presque impossible de discerner leur appartenance aujourd'hui. La troisième génération a délaissé ses toges au profit de vêtements classiques, tout aussi passe-partout que la première génération, qu'il est est aujourd'hui impossible de repérer au milieu de la deuxième. Nos anciennes différences sont aujourd'hui réunies en un mélange homogène, car nous savons qu'elles ne nous définissaient pas, bien au contraire, elles nous dénaturaient. David et moi sommes silencieux, les bras chargés de sacs de provisions et d'effets personnels, comme tous les autres survivants. Le quartier n'est pas plus bruyant qu'à son habitude, chacun a compris que la discrétion était vitale. Lorsque nous commençons notre marche, les regards que l'on m'adresse sont une réelle torture. Les survivants ont confiance en moi. Ils me confient leur vie, aveuglément. J'ai l'impression d'être leur seul espoir et pourtant mon plan est incertain, risqué, presque suicidaire.

Un garçon tient dans ses bras une fille. Il m'observe, me sonde. Ses yeux sont d'un noir profond, aussi sombre que les ténèbres, lorsque soudain, alors que je suis pris d'un vertige, un visage familier se superpose au sien. Un visage que j'ai déjà vu et qui m'était pourtant inconnu il y a vingt-quatre heures encore.

Tu es mon meilleur ami, Ugo. Un frère.

Bon sang !

Aussitôt, je détourne les yeux, incapable de regarder plus longtemps ce mirage. J'ai le souffle coupé, mon cœur tambourine douloureusement dans ma poitrine et je manque de m'écrouler au sol lorsque je réalise que j'hallucine, que je deviens fou.

— Ugo ?

Je comprends tout juste que je suis immobile au beau milieu de la rue, incapable d'avancer davantage.

Je suis paralysé.

Bon sang. Pourquoi ai-je fait ça ?!

J'inspire profondément et adresse à David un regard que j'espère rassurant.

— Ça va… je souffle.

Puis je reprends la route, priant pour que David n'insiste pas, ne cherche pas à comprendre ce qui m'arrive.

Je n'aurais jamais dû récupérer mes souvenirs. Jamais.

Les images ne me quittent plus depuis la veille. Chaque visage, chaque rencontre, chaque ancienne génération. Ils me hantent, me font souffrir. Je ressens aujourd'hui leur manque. Un besoin d'eux que je n'avais jamais perçu avant.

Denver, Denver… Il était mon meilleur ami. C'est lui, son visage, ses yeux aussi noirs que ceux du garçon que j'ai croisé qui me hantent. Il était là, avec moi, tout du long, lors de la troisième réinsertion. Je me souviens de tout. Chaque moment passé avec lui. Chaque instant, jusqu'au dernier. Celui où nous étions dans cette immense salle enfumée, dans l'hôtel de ville, où il m'a murmuré ces mots avant de rendre son dernier souffle.

Tu es mon meilleur ami, Ugo. Un frère.

Je me souviens d'avoir hurlé durant des heures. Tous, ils étaient tous morts. Des milliers de corps sans vie, achevés par ce gaz étouffant et qui pourtant, moi, ne m'a jamais tué. Denver était dans mes bras, les yeux clos, une larme encore brillante séchant lentement sur sa joue. J'ai assisté à chaque exécution. J'ai attendu, conscient de tout, témoin de chaque carnage, que le Conseil procède à son nettoyage. Parfois quelques heures après, parfois des jours, alors que moi, je restais là, sans comprendre pourquoi moi, j'étais vivant, et pas eux. Pourquoi j'étais immunisé alors qu'ils étaient tous morts.

Puis j'étais transporté sous sédatif et, lorsque je rouvrais les yeux, de nouvelles personnes m'entouraient, excitées autant que moi à l'idée de rejoindre la ville, de quitter nos pensionnats, de retrouver la liberté. Une nouvelle réinsertion débutait.

Malgré moi, une larme dévale ma joue et tant pis si David la remarque. Je ne tiens plus, une infinité de sentiments me persécutent, m'assaillent. Ma gorge est tellement serrée que je peine à avaler, à reprendre mon souffle.

Je vais devoir vivre avec ça toute ma vie. Si je m'en sors. C'est bien la seule chose qui m'anime, me maintient debout : les sauver. J'ai échoué les premières fois, je réussirai aujourd'hui. Si mon père est fou, moi je suis lucide. Trop lucide. Je sais tout. J'aimerais oublier, mais c'est trop tard.

David et moi sommes arrivés sur l'une des grandes artères menant à la ville, tout juste à la limite de notre quartier, là où nous avons fait nos rondes certaines nuits. Le seul chemin possible pour nous atteindre en plein cœur. Autour, il n'y a que des forêts, des bois impraticables.

C'est ainsi que la ville a été dessinée. Au-delà, à plusieurs kilomètres, des quartiers sont éparpillés dans les bois. On ne peut y accéder que par les routes principales. Il est donc impossible pour les survivants de retourner vers le hangar par ce chemin. Si les troupes du Conseil sont en marche pour nous attaquer, elles nous débusqueront sans peine. Nous serions à découvert. Alors je dois ordonner aux survivants de passer par les bois.

David et moi, par précaution, nous nous dissimulons derrière un large taillis, déposant, le souffle court, nos sacs.

— OK, et maintenant ? demande-t-il. Toi et moi, on va rester là ? Et s'ils attaquent dans un mois ?

David m'observe, fatigué d'avoir transporté sur plusieurs centaines de mètres des charges aussi lourdes. Son épuisement est autant physique que psychologique. Dans le fond, qu'importe nos souvenirs, nos démons, nous sommes tous à bout de forces.

— Ils vont bientôt nous attaquer. La prochaine réinsertion devrait avoir lieu d'ici quelques jours et, tant que nous ne serons pas morts, ils ne pourront pas la commencer. Crois-moi, David, le professeur Carter tient à ce que son plan fonctionne, il est prêt à tout pour mener à bien son projet, il ne retardera pas ses plans pour quelques survivants obstinés.

Pour toute réponse, il hoche la tête.

Alors que je m'allume une cigarette, je crois que pour la première fois depuis la veille je me sens enfin détendu. Ce besoin, bien que nocif, m'offre un réconfort éphémère. Le soleil est étincelant au-dessus de nous et je me plais à penser que nous ne sommes pas les seuls à le voir, ce soleil. Qu'il illumine chaque parcelle de la terre, qu'il réchauffe quiconque traverserait ses rayons réconfortants. Malgré moi, je ne peux m'empêcher de penser à elle. À 900. À combien elle me manque, même quand elle est là, pas loin. L'éviter est une torture, mais comment faire autrement ? Plus les jours passent et plus les événements me détruisent. Je suis incapable de lui donner ce qu'elle souhaite sans la faire souffrir à son tour.

Comme pour enfoncer le couteau dans la plaie, j'entends sa voix résonner non loin, suivie de celle de Simon. David se lève et va à leur rencontre, lorsque j'ose enfin les regarder, tirant une nouvelle bouffée de cigarette pour me donner du courage.

Elle est belle. Malgré tout ce qu'on endure, elle ne perd pas son charme, sa beauté pure. Même épuisée, elle reste magnifique. Simon pousse la moto, la faisant avancer maladroitement sans avoir actionné le moteur. Des bidons d'essence ont été sommairement fixés sur le siège par des sangles, tandis que 900, elle, porte un sac à bout de bras. Elle m'offre un regard affectueux lorsqu'elle me repère derrière les arbres et c'est avec difficulté que je le lui rends, emprisonnant ses yeux des miens. Elle me sourit et je l'imite, avant qu'elle ne détourne le regard. En quelques secondes à peine, elle est là, devant moi, accompagnée de David et Simon. Comme toujours, elle n'est qu'à quelques mètres et j'ai l'impression qu'elle est loin. Tellement loin de moi. Tout me pousse à la rejoindre, à la serrer dans mes bras. Je voudrais revenir à cette soirée, au Club 47. Être de retour sur cette piste de danse, 900 dans mes bras. Revivre cette soirée, sur la terrasse de mon appartement, alors que nous dominions la ville. Elle, allongée auprès de moi, moi observant les étoiles. Notre vie était déjà chaotique. Nous venions tout juste de nous battre contre Damien et ses sbires, célébrant notre victoire, sans jamais réaliser combien elle était dramatique. Notre monde n'avait déjà plus de sens, mais au moins nous étions encore sains et saufs. Nous avions encore un avenir… encore quelques rêves.

— Merci… je parviens tout juste à prononcer lorsqu'ils déposent tous deux les bidons à terre.

Alors que je ne pensais pas être autant à cran, David prend Simon à part, s'éloignant de plusieurs mètres. Je sais qu'il lui annonce que nous restons et je dois moi aussi en informer 900, alors j'inspire profondément et me lève du tronc d'arbre sur lequel j'étais installé.

— 900… j'amorce.

Prononcer son nom me vaut un frisson. Je ne lui ai pas adressé la parole de la journée. Depuis notre baiser de la veille. Elle semble tout aussi surprise puisqu'un léger sursaut la traverse avant qu'elle ne se retourne pour me faire face. Lentement, j'avance vers elle et ses yeux tristes me frappent de plein fouet.

— Tu dois les emmener par les bois et contourner la voie sur plus d'un kilomètre pour ne pas être repérée. Installez-vous dans les champs derrière le hangar, mais surtout ne passez pas devant.

Elle s'avance à son tour et à présent seuls quelques centimètres nous séparent. Je ne vais pas tenir longtemps. Je ne peux pas.

— Tu ne viens pas ? demande-t-elle d'une voix angoissée.

— Non… Je dois rester ici pour les retenir le plus longtemps possible.

Elle hoche la tête, le regard fixé sur ses chaussures.

Je ne sais pas quoi faire, bon sang !

D'un doigt, je lui relève le menton et l'oblige à me regarder.

— Une fois là-bas, vous devez faire des tours de garde. Si les troupes du Conseil attaquent, elles passeront forcément par le chemin du hangar. Je veux que tu fasses partie de ce groupe, 900, tu sauras si quelque chose est suspect, anormal.

— D'accord, consent-elle d'une voix lasse. Autre chose ?

Elle me traite comme un étranger. Pour la première fois, elle me renvoie mon indifférence en pleine gueule. Et je comprends. Je comprends combien c'est frustrant, je réalise à quel point c'était douloureux qu'elle ne se souvienne pas de moi. Je prends conscience que je lui fais vivre ce que moi-même j'ai enduré lorsque la régente lui a effacé ses souvenirs.

De l'indifférence.

— La laverie… Tu t'en souviens maintenant, n'est-ce pas ?

— Oui.

— Devant, juste devant, 900. La bouche d'égout, c'est une entrée directe pour aller vers le quartier général du Conseil.

Soudain, ses yeux s'écarquillent. Elle est sous le choc.

— C'est par là qu'il faudra entrer. Allez-y nombreux, aussi vite que possible avant qu'ils ne puissent vous barrer la route. Et… s'il te plaît… reviens vivante.

Sa bouche s'entrouvre, elle est surprise par ma dernière phrase. La seule depuis plusieurs jours qui démontre que je tiens encore à elle. Elle qui doit en douter aujourd'hui, tant j'ai du mal à lui avouer mes sentiments.

Bien sûr que je tiens à toi, 900… Si tu savais…

— Toi aussi, soupire-t-elle. Reviens tout court. Reviens, Ugo…

Sa voix douce et tremblante vibre douloureusement en moi. Je sais ce que ces quelques mots sous-entendent. Je comprends le message caché derrière. Elle ne me demande pas seulement de revenir vivant. Non, elle me demande simplement de revenir. Revenir à moi. Revenir auprès d'elle.

Alors je la prends dans mes bras, espérant puiser en elle le plus de force possible. Je m'offre ce moment, ce réconfort inespéré avant une bataille inévitable à l'issue incertaine.

Je reviendrai, j'ai seulement besoin de temps.

900 s'écarte de moi, et m'étudie de son regard suppliant.

— J'ai peur… confesse-t-elle. J'ai peur de ne plus jamais te revoir…

J'ai conscience de la faire souffrir. Moi et ma putain de culpabilité.

— Je…

Mes mots restent coincés. Je suis incapable d'émettre un son de plus.

J'inspire profondément, serrant les poings, me faisant violence pour que ma voix fonctionne enfin.

— Tu es la meilleure chose qui me soit arrivée…

Elle écarquille les yeux et j'ai la sensation que ma révélation la brise en morceaux. Une larme lui échappe, elle inspire difficilement. Alors je n'hésite pas un seul instant et l'enlace. Son corps se blottit contre moi, son visage se réfugie dans mon cou, ses lèvres embrassant ma peau. C'est bon. C'est douloureux. C'est peut-être la dernière fois que je la vois…

7

900

Nous sommes tous prêts à partir. Les jeunes hommes et jeunes femmes les plus robustes sont à l'avant et se chargent d'escorter les derniers malades, notamment Joris, le frère d'Ugo, toujours inconscient sur sa civière de fortune, tandis que le reste du groupe attend, calmement, le signal pour commencer notre périple de plusieurs heures. Nous avons abandonné David et Ugo sur la voie. Je n'ai pas protesté, à l'inverse de Simon, qui lui a été plus dur à convaincre. Je n'ai posé aucune question. J'ai confiance en Ugo et David et je sais qu'ils resteront prudents, quoi qu'ils aient prévu.

Aucun des survivants ne s'interroge plus que ça. Ils ont confiance, eux aussi. Ils savent que l'heure n'est pas aux doutes ni aux remises en question, mais bien à l'action. Ils suivent le mouvement, les règles, sans protestation, et je crois reconnaître dans leur regard une certaine hâte. Tout le monde veut se venger et retrouver sa liberté. Nous avons fini de nous cacher.

La docteure Anand nous rejoint, essoufflée, à l'avant du cortège, les bras chargés de sacs et bien entendu de sa fameuse mallette en cuir. Malgré moi, je ne peux m'empêcher de lui adresser un regard suspicieux. Je sais qu'Ugo lui a confié une mission, il ne s'en est pas caché lorsqu'aux yeux de tous il lui a murmuré quelques mots à l'oreille.

Mais quelle est cette mission ? En quoi pouvait-elle lui être utile ?

J'aimerais assouvir ma curiosité, mais pourquoi poserais-je des questions quand tout le monde suit le mouvement sans objecter ?

Je dois me plier à cette règle moi aussi et ne pas interférer.

— Il faut prendre par ces bois, j'indique à Fred. On en a pour environ six heures de marche et mieux vaut rallonger un peu le trajet si on veut être le plus discrets possible. Je connais le chemin.

Fred m'adresse un regard entendu et l'instant suivant, d'un simple signe de la main, fait comprendre au groupe qu'il est temps de partir. Et c'est ainsi, dans un silence parfait, que nous quittons notre quartier, définitivement.

Cela fait bien trois heures que nous marchons sans pause.

Camélia et Simon sont à l'arrière avec Roger et Mickey. Ils s'assurent que personne ne s'arrête ou ne ralentit le cortège. Nous ne devons surtout pas nous éparpiller ni dévier de notre trajectoire. Pour l'instant, la première étape du plan se passe sans encombre. Les plus solides se relayent pour porter les malades et Fred, lui, est déterminé à nous mener à destination. En l'absence d'Ugo, il mène le jeu, et de manière efficace. Une vingtaine de survivants ont été chargés de sillonner les alentours pour s'assurer qu'aucun piège ne nous attend sur le trajet. Ils sont les seuls à pouvoir s'éloigner des rangs. Toutes les trente minutes, ils reviennent, un à un, nous confirmer que la voie est libre. Si l'un d'entre eux ne revient pas, c'est le signe que le plan tourne mal. J'ai l'impression de vivre une guerre, une vraie. L'ordre et l'organisation sont stricts et militaires et chacun d'entre nous est prêt à combattre.

Malgré nos sacs, nous avons les mains libres, prêts à dégainer nos armes sommaires. Des couteaux, des pelles, des barres de fer. Chacun a choisi ce qui le mettait le plus en confiance. Moi, c'est un couteau. Une fine lame étincelante, logée entre mon pantalon et ma ceinture. Dans mon dos, fourré dans mon sac, un pied-de-biche dépasse, la courbure de l'acier épousant parfaitement ma paume, l'angle de prise étant parfait si jamais je devais m'en servir dans la seconde.

Chloé marche à côté de moi. Ses yeux sont sombres, mais heureusement pas totalement éteints. Elle souffre, silencieusement. 394 était tout pour elle. Aujourd'hui, elle est seule. Même si nous sommes là, avec elle, que nous partageons sa tristesse, nous ne sommes pas aussi chers à son cœur que l'était 394. Je n'ose pas imaginer vivre sans Ugo, Camélia, Simon et David. Je ne sais pas si la mort de 899, Mary, aurait été surmontable si je ne les avais pas eus.

À cet instant, je me rappelle ses mots, la veille du massacre. Chloé m'avait offert le plus beau cadeau : un souvenir. Nous étions au SimpleKing, ma mémoire était sombre, je réapprenais à aimer, à vivre, lorsqu'elle m'a décrit l'un de mes premiers moments avec Ugo. C'est comme si j'avais vécu la scène, comme si je m'étais réapproprié un peu ma vie. Je décide, à ce moment, de ne jamais la laisser tomber. Elle a peut-être perdu 394, mais elle nous a, nous. Alors, doucement, je déloge ma main de ma poche et la glisse doucement dans la sienne.

Elle me lance un regard surpris avant de me sourire et de presser ma main.

La forêt est dense et presque impraticable depuis plusieurs minutes maintenant. Je jette un regard en arrière et vois que les visages initialement déterminés ont perdu de leur lueur impatiente. Nous sommes fatigués, à bout de forces. Nous qui étions silencieux depuis le début de notre marche sommes maintenant aussi bruyants qu'un troupeau en pleine chasse. Nos pieds traînent sur le sol, nos pas sont lourds. Nous ne prenons plus la peine d'éviter les obstacles qui nous trahiraient. Des branches craquent sous nos pieds chaque seconde, les feuilles sont sauvagement écartées de notre route. Nous avons perdu notre discrétion et notre rapidité. Les sacs semblent peser des tonnes sur nos dos courbés. Malgré tout, personne ne réclame de pause. Il ne nous reste qu'une heure de marche. Une seule heure et nous serons enfin arrivés à destination. Alors nous encaissons. Nous ravalons notre fatigue, notre épuisement, et poursuivons sans broncher.

Une heure, rien qu'une.

La main de Chloé n'a pas quitté la mienne depuis que je la lui ai prise il y a plusieurs heures. Parfois, lorsque je ferme les yeux quelques secondes, j'imagine qu'elle appartient à 899. Je l'invente près de moi dans cette dernière bataille, cette même main qui a longtemps pressé la mienne. Le jour de notre départ de l'orphelinat, lorsque nous quittions ce lieu que nous pensions regorger de souvenirs. Le premier jour de la réinsertion, lorsque nous sommes descendues du car et que nous avions, bouche bée, admiré cette ville, cet endroit censé devenir notre lieu de vie. Notre première sortie en ville, lorsqu'elle m'a tirée jusque sur la chaussée, excitée, heureuse de pouvoir enfin vivre sa vie. Toutes ces nuits où nous partagions le même lit alors que je me remettais des blessures de Damien et de ses brutes. À chaque étape difficile, sa main épousait la mienne. Elle a toujours été là, à mon côté, 899, Mary.

Mes yeux s'humidifient un instant, mais malgré tout je souris. Amèrement, mais je souris quand même. Je n'y serais jamais arrivée sans elle et aujourd'hui je me dois de m'en sortir, pour elle.

— ARRÊTEZ-VOUS !

Deux éclaireurs courent à notre rencontre, essoufflés, paniqués.

— STOP ! hurlent-ils en chœur.

Soudain, je m'affole. Il y a un problème. Un gros problème.

D'un geste rapide, je retire ma main de celle de Chloé et empoigne fermement le couteau maintenu à ma ceinture. Ils sont encore loin, près de cent mètres nous séparent d'eux lorsque, levant le bras, Fred fait signe à tout le monde de s'arrêter.

L'instant suivant, le groupe entier est figé, inquiet.

— Ils… ils arrivent ! bafouille le premier éclaireur.

— Comment ça ? Explique-toi ! le presse Fred.

Le deuxième nous rejoint et semble plus calme, plus apte à parler.

— Une dizaine de camions du Conseil est en chemin vers notre quartier. Ils sont déjà en route, ils arrivent. Nous n'aurons pas le temps ! Il nous reste près d'une heure de marche ! Il faut qu'on se cache, ils ont des jumelles, ils observent chaque recoin de la forêt !

Oh… Bon sang. David, Ugo.

— Vous ont-ils vus ? demande Fred d'une voix un peu trop autoritaire.

— Non ! Non… Je ne crois pas, je sais pas !

— Où sont les autres éclaireurs ? poursuit Fred, avec plus de calme cette fois-ci.

Celui qui est le plus paniqué reprend la parole, non sans trembler :

— Ils… ils se sont tous cachés. On doit aussi se cacher ! S'ils nous repèrent, on est morts !

Et en l'espace d'une seconde, tout va très vite. Des bruits de moteurs se font entendre à plusieurs centaines de mètres de là et alors Fred hurle avant que les troupes du Conseil ne puissent nous entendre :

— COUCHEZ-VOUS !

Et dans un immense fracas, les centaines de corps épousent le sol d'une seule impulsion. En une fraction de seconde, nous voilà tous tapis dans le feuillage de la forêt. Aucun de nous ne semble respirer, comme si nos simples souffles risquaient de nous trahir. Le bois est soudainement silencieux. Seul le bruissement du vent caressant les branches et les feuilles semble troubler ce calme pesant. Discrètement, je tourne la tête et mon cœur s'emballe lorsque je repère à près d'un kilomètre, au-delà des arbres, sur la grande route, le cortège envoyé par le Conseil. Une dizaine de camions avance à faible allure. Des hommes ont pris place sur les toits, scrutant les moindres recoins de la forêt. Parfois à l'œil nu, parfois à l'aide de jumelles.

Bon sang, c'est trop tard. Ils vont nous voir.

Et même si nous avions une chance de passer inaperçus, nous n'aurons jamais le temps de rejoindre le quartier général du Conseil. Ils remarqueront notre supercherie avant même que nous n'atteignions la ville.

Une heure, il reste une heure de marche. C'est trop long. En moins de trente minutes, ils seront dans notre quartier et, lorsqu'ils prendront conscience que nous n'y sommes plus, ils rebrousseront immédiatement chemin. Nous avons une heure de marche, et ils seront de retour au même instant.

C'est impossible.

Le bruit des moteurs est maintenant lointain, ce n'est plus qu'un faible bourdonnement.

Nous n'avons pas été vus, mais nous sommes en sursis.

Et alors que je suis sur le point de perdre espoir, Fred se lève avec rage.

— LAISSEZ TOUTES VOS PROVISIONS ICI ! hurle-t-il. NE PRENEZ QUE VOS ARMES ET COUREZ ! COUREZ AUSSI VITE QUE VOUS POUVEZ JUSQU'À LA VILLE ! ON N'ABANDONNE PAS !

Je suis à peine sur mes pieds que Fred empoigne le tissu de ma veste.

— Cours, 900 ! Mène-nous au quartier général du Conseil, maintenant !

C'est comme une claque que je reçois lorsque son regard déterminé plonge dans le mien. Fred ne plaisante pas. Il n'a pas l'intention de se laisser crever ici ni de fuir jusqu'à une mort certaine.

Et je réalise que moi non plus.

Alors sans même lui répondre, j'abandonne d'un coup d'épaule le sac de plusieurs kilos posé sur mon dos, empoigne le pied-de-biche et cours. Je cours sans plus réfléchir, me faufilant entre chaque arbre, esquivant chaque branche. Le paysage se floute tout autour et seul un point imaginaire droit devant moi me paraît clair, limpide. De toutes mes forces, je m'élance, sautant chaque obstacle, foulant le sol de mes bottes boueuses et c'est après plusieurs minutes de transe que je réalise que mes pas ne sont pas les seuls à fouetter le sol à cette allure folle. Plus d'un millier d'autres jambes suivent ma cadence, s'élancent, martèlent la terre humide.

La guerre a commencé. Et dans quelques heures, nous serons morts ou sauvés.

Ugo… Je compte sur toi pour les ralentir et pour me revenir en vie.

8

Ugo

— Tu as terminé ? je demande lorsque David revient, en sueur, à notre camp de fortune, dissimulé derrière les arbres qui bordent notre quartier.

D'un hochement de tête, il acquiesce, trop épuisé pour répondre de vive voix.

— J'espère que tu sais ce que tu fais, souffle-t-il enfin, après s'être assis sur un tronc d'arbre. Toi, tu as fini ?

— Je crois, si la docteure Anand ne s'est pas trompée…

Je sors de ma poche une cigarette que j'allume immédiatement. Le ciel est entièrement dégagé et le soleil étincelle au-dessus de nous. De toute la journée, il ne nous a pas quittés, nous offrant sa douce lumière réconfortante. D'une longue inspiration, je tire sur ma cigarette avant de recracher la fumée en l'air, créant un unique nuage blanc dans ce ciel vide. Je me demande jusqu'où cette fumée est capable de voyager. Peut-être traversera-t-elle des milliers et des milliers de kilomètres, qu'elle atteindra la civilisation, si elle existe toujours quelque part.

Depuis l'hypnose, je ne peux m'empêcher d'imaginer le monde extérieur, loin, très loin d'ici. Alors qu'avant nous pensions être seuls et que notre unique combat se limitait à maintenir à flot la ville, aujourd'hui tout est flou. La vie existe. Elle n'a jamais cessé d'être. Le monde a toujours avancé. Sans nous.

De là où nous sommes, nous entendons la musique de nos habitations. L'illusion est presque parfaite, on croirait ne jamais avoir quitté le quartier, seule l'absence de voix pourrait nous trahir. Je reconnais la mélodie d'une chanson. Camélia adorait danser dessus lorsque nous étions en club. J'espère qu'elle retrouvera goût à la vie, elle qui d'habitude en déborde.

— Et maintenant ? s'interroge David tout en avalant une barre de céréales.

— On attend… un jour, deux, peut-être plus.

Je sais que David déteste l'inconnu. Attendre est l'une des pires choses que je puisse lui demander. Mais d'un autre côté, il est le seul, malgré sa fragilité, à pouvoir m'accompagner dans cette mission.

Il sera méthodique et courageux.

Nous risquons nos vies et je sais que David n'improvisera pas, qu'il suivra le plan à la lettre. Personne d'autre que lui n'aurait pu m'accompagner, être mon binôme. Personne.

Sauf Denver…

À l'instant où son nom traverse mes pensées, j'ai la sensation de perdre mon souffle. Mon cœur s'accélère, ma respiration s'affaiblit, je vois flou.

Denver… Il était mon meilleur ami. Et on l'a tué.

On ?

Mon père. *Mon père* l'a tué.

— Tu l'aurais adoré… je murmure, sans savoir pourquoi ces mots franchissent mes lèvres.

— Qui ? demande David, maintenant allongé dans l'herbe, les yeux braqués sur le ciel bleu.

— Denver…

Soudain, il se redresse calmement et me fait face, plantant son regard dans le mien.

— La troisième réinsertion… Denver. Il était comme toi.

David pousse un long soupir et ses traits témoignent de son étonnement, de sa tristesse.

— Tu te rappelles tout, hein ?

Pour toute réponse, je hoche la tête et, de nouveau, il souffle avant de passer une main nerveuse sur sa nuque.

— Je suis sûr que je l'aurais adoré comme un frère, répond-il avec conviction. Je n'ai connu aucun de ceux des réinsertions passées et pourtant c'est comme s'ils étaient de ma famille. Je suis sûr qu'il y avait une Camélia dans toutes ces réinsertions, une fille aussi forte et exubérante qu'elle, puis des frères, comme Simon et moi, une 900, timide, parfois craintive, mais si courageuse, une 899, curieuse et pleine de vie. Qu'il y avait de l'amour entre les générations, une Chloé folle amoureuse d'un 394. Une jolie brune aux cheveux courts amoureuse d'une « robot » au sourire d'ange. Des fortes têtes aussi, des Stan, des Fred, des Mickey, des Roger, des Stefan. Des amitiés aussi intenses que la nôtre, des soirées joyeuses et insouciantes. Il y avait forcément un Damien là aussi, un même homme qui, rongé par ces expériences scientifiques, a lui aussi pété les plombs. Il y avait forcément un garçon comme nous, à chaque fois. Et c'est pour tous ces frères qui ne s'en sont pas sortis que nous allons réussir cette mission et sauver ceux qui peuvent l'être. C'est notre seul moyen de rendre justice à tous ces « nous » du passé. Car j'en suis sûr, s'ils avaient pu, ils auraient agi de même pour toi, moi et tous les autres.

Les mots de David me vont droit au cœur. Oui, il y avait de tout à chaque réinsertion. Chacun de nous se serait reconnu en l'un d'entre eux. David se serait vu en Denver…

— Merci… je parviens tout juste à articuler.

Plusieurs heures se sont écoulées durant lesquelles ni David ni moi ne nous sommes encombrés de paroles. Nous avions seulement besoin de calme, de quiétude. C'est devenu en quelque sorte notre rituel avant chaque combat. Une espèce de méditation où rien d'autre que le vide ne traverse nos esprits. Nous ne pensons à rien. Ni à ce qui nous attend, ni quand la bataille viendra à nous. À la place, nous observons le ciel, puis les arbres qui semblent le frôler de leurs branches. Nous écoutons le vent. Ses murmures et ses hurlements.

Le soleil commence tout juste à décliner et la température semble avoir perdu plusieurs degrés. En temps normal, nous aurions allumé un feu, si nous n'avions pas craint d'être repérés. Alors nous encaissons nos frissons et enfilons chacun un sweat-shirt, mangeant de temps à autre une barre de céréales, ou fumant une cigarette lorsque l'ennui se fait sentir.

Les autres devraient arriver bientôt, dans une heure, peut-être moins. Je me force à ne pas songer à ce qui pourrait leur arriver.

Peut-être ai-je pris la mauvaise décision en restant ici ?

Je pensais me sacrifier, tout tenter pour les sauver, mais dans le fond, peut-être que c'est eux qui se sacrifient réellement. Si l'armée du Conseil les intercepte, il ne restera plus que nous. David et moi. Cette pensée me donne une nausée soudaine et l'angoisse s'insinue en moi.

J'ai peut-être fait une connerie en les laissant seuls. Bon sang, une énorme connerie…

Alors que je me lève d'un coup, soudain perturbé par mon immobilité, que je fais les cent pas pour chasser ce sentiment de culpabilité qui tente par tous les moyens de me faire flancher, je réalise que j'ai certainement pris la mauvaise décision. Et je le réalise parce que j'entends le vrombissement de moteurs, d'une multitude de moteurs.

Ils sont là… Ils sont là et en avance, beaucoup trop en avance…

— David, je murmure, alors qu'il comprend que notre combat va être lancé. Je crois qu'il y a un changement de plan. Les autres ne seront jamais arrivés à temps si nous ne ralentissons pas suffisamment les troupes du Conseil. Fais ce qui était prévu et rentre en ville par la forêt. Moi… Je dois les ralentir, jusqu'au bout, jusqu'à ce qu'elles m'en empêchent.

— Ugo… Je crois que tu n'as pas bien compris ce que je t'ai dit plus tôt. Tout ce qu'on s'apprête à faire, *ils* l'auraient fait pour nous. Si tu dois mourir ce soir, je mourrai avec toi.

9

900

Je ne sens plus mes jambes. J'ai beau souffrir, je ne m'arrêterai pas, je ne ralentirai pas. C'est ça ou nous mourrons tous. Fred est à côté de moi, aussi déterminé que possible. Il n'est pas fatigué, lui, il est seulement en colère, prêt à jouer sa vie, comme nous tous. Je reconnais l'homme menaçant et sans pitié qu'Ugo m'avait décrit il y a quelque temps. Cet homme qui gérait le SimpleKing, qui semblait tout aussi dangereux et sauvage que Damien, mais qui peu à peu a délaissé sa haine au profit d'un caractère plus mesuré. Fred a su se montrer pacifique durant de longues semaines, se soumettant aux méthodes d'Ugo sans jamais les remettre en question. Je sais que je ne devrais pas, car ce n'est pas réellement lui, cet homme sauvage et impitoyable, mais à cet instant, je suis ravie de le voir réendosser ce rôle, car la pitié n'a plus sa place aujourd'hui.

Camélia et Simon nous ont rattrapés, ils veulent être en première ligne, lorsque nous pénétrerons dans la ville et affronterons le Conseil.

Roger, Stan, Rob, Chloé et Mickey sont à nos côtés, eux aussi.

Nous formons une ligne presque parfaite, dans cette forêt, nous surpassant sans jamais nous plaindre. La ville n'est pas loin, je le sens. La végétation est moins dense, et après plusieurs minutes, je repère le hangar, au loin.

Et c'est un soulagement. Un soulagement inespéré. Je devrais pourtant avoir peur, être totalement paralysée puisque l'issue, favorable ou pas, est proche, mais bizarrement je ne peux m'empêcher de sourire.

On aura peut-être le temps.

Le plan est simple. Ugo a été clair. Nous ne devons pas les tuer, à moins qu'eux-mêmes ne tentent de nous tuer. Même si c'est ce que l'armée du Conseil prévoit à l'heure actuelle, nous, nous ne sommes pas des meurtriers. La priorité est de mettre la main sur leurs documents. Tout ce qu'on pourra trouver sera utile. Une carte, des registres, une preuve de la vie extérieure, des informations sur nos familles, notre passé. Ensuite viendra la phase de l'interrogatoire. Tous leurs affidés ne sont pas des soldats, Ugo se souvient d'un groupe de scientifiques et certains parleraient sous la menace d'une arme.

Espérons avoir ce temps. Ces minutes fugaces qui peut-être nous permettront de quitter cet endroit, définitivement et en vie.

Mon cœur tambourine dans ma poitrine. J'ai l'impression d'entendre mon sang pulser dans mes artères, de ressentir le liquide brûlant dans chacune de mes veines.

L'adrénaline, dirait la docteure Anand, et si c'est bien cet état second dont il est question, j'espère qu'il ne me quittera pas pour les heures à venir.

— À gauche ! je hurle d'une voix éraillée alors que nous dépassons tout juste le hangar. Retrouvons la rue !

Personne ne répond. Le groupe se contente de suivre, tout le monde est concentré, déterminé. La peur n'a plus sa place.

Martelant désormais le bitume froid et dur, nos milliers de pas semblent faire trembler la ville et plus rien d'autre que cette cadence parfaite ne parvient à mes oreilles. Rien.

Lorsque nous atteignons le centre-ville, je crois que nous ralentissons tous, sous le choc. Nous courons toujours, la différence de rythme est presque imperceptible, mais moi je la sens.

La ville est intacte, entièrement remise à neuf.

Le jour où nous l'avons quittée, après le massacre de l'hôtel de ville, les rues étaient encore sens dessus dessous depuis notre première fuite lorsque Damien avait pris l'hôpital d'assaut. Nous avions tous dévalisé les magasins, emportant le plus de vivres avec nous. Certaines vitrines étaient brisées, le verre éparpillé jusque sur les routes. Les chaises des cafés étaient renversées, les tables couchées. Des tasses traînaient encore, de même que des cendriers remplis de cigarettes humides. Les poubelles regorgeaient de déchets, les pavés étaient tachés de sang. Tout n'était que chaos.

Aujourd'hui, c'est comme si rien de tout ceci n'avait eu lieu.

Et à cet instant, je ne peux m'empêcher de songer au chaos qui avait sûrement précédé notre propre réinsertion. Des cadavres gisaient peut-être au sol quelques jours auparavant, à l'endroit même où j'avais pris mon chocolat chaud, lors de mon premier jour en ville. Des cris, des pleurs, d'ultimes inspirations avaient certainement résonné à quelques centaines de mètres d'ici, dans l'hôtel de ville, la veille, peut-être une semaine avant notre arrivée.

C'est un profond sanglot qui franchit aussitôt ma gorge. C'est peut-être aujourd'hui notre fin à nous et les prochains, à leur tour, n'en sauront rien.

— 900 ! On va où ? hurle Fred alors qu'il accélère encore.

Soudain, je reprends mes esprits. Sa voix me recentre. Au diable le passé, qu'importe le futur, ce qui compte c'est ce que nous devons accomplir, maintenant !

— À droite !

Et au moment où nous dépassons les derniers immeubles et bifurquons, d'assourdissantes détonations retentissent et des balles fendent l'air dans notre direction.

— DEMI-TOUR ! crie Fred.

En une fraction de seconde, la foule s'arrête et nous sommes tous immobiles, les immeubles au croisement de deux rues faisant office de boucliers.

Une douzaine de survivants sont à terre. Ils ont été touchés.

Je ne comprends plus rien, tout est flou, je reconnais certains visages, qui peu à peu perdent de leur lueur. Ils meurent, lentement, à quelques mètres de nous, au beau milieu de la route, là où quelques secondes plus tôt nous nous trouvions à découvert. Je voudrais dépasser le carrefour, aller chercher les corps, mais à mon tour je finirais sur ce sol, une balle logée dans ma chair.

Soudain, c'est comme si la vérité rejaillissait. Le sang retrouve les rues de la ville, parce que finalement cette cité maudite en a toujours été couverte. Qu'importe le nombre de fois où elle sera lustrée, nettoyée, elle ne se nourrit que de ça, de notre sang.

— 900, partez en un petit groupe jusqu'au quartier général du Conseil. Nous allons les ralentir, on vous rejoint, décrète Fred alors qu'il s'empare du sabre attaché à sa ceinture.

Camélia entend elle aussi le message et informe aussitôt Simon, Mickey, Rob, Roger, Chloé et d'autres survivants. Une nouvelle rafale de coups de feu retentit, mais aucune balle ne nous atteint, à l'abri des immeubles.

Ils arrivent.

— La laverie, Fred… La laverie sur la rue parallèle, la bouche d'égout juste devant est une entrée vers le quartier général du Conseil. Bonne chance.

Je lui adresse un regard déterminé et aussitôt je rebrousse chemin en courant. Je dois trouver un autre moyen de parvenir jusqu'à cette bouche d'égout. Camélia et Simon me suivent, accompagnés d'une dizaine d'autres survivants. Alors que nous avons parcouru près de cinq cents mètres en sens inverse, les coups de feu reprennent, mais cette fois sans interruption. Les cris fusent, les plaintes, les pleurs, les hurlements de souffrance, mais je ne me retourne pas, je ne dois pas, sinon je perdrais pied.

Pas de pitié, 900. Pas de pitié.

— J'ai entendu que tu parlais de la laverie, 900 ! Si on veut l'atteindre, il faut prendre le grand immeuble, là, m'indique Camélia sans ralentir, tout en pointant du doigt une immense tour. C'est le seul que je connaisse qui a un escalier de service de l'autre côté qui nous mènerait à la rue parallèle.

D'un regard, je lui fais comprendre de nous y guider. Elle s'élance alors encore plus rapidement, prenant la tête de notre troupe. Les cris n'ont pas cessé, au contraire. Plus les secondes passent et plus ils sont forts, puissants, et résonnent jusqu'à nous. Nous nous éloignons et pourtant ils s'accentuent, sans cesse. Je lutte pour ne pas me retourner. C'est un supplice de ne pas leur venir en aide alors que, manifestement, ils ne s'en sortent pas et succombent sous les salves de tirs de plus en plus proches.

Un long grincement s'ajoute aux sons sur lesquels j'étais focalisée, et c'est lorsque j'observe Camélia que je réalise qu'elle vient de nous ouvrir un passage dans l'immeuble. Une fois que nous sommes tous dans l'entrée, la porte claque derrière nous et aussitôt nous sommes confrontés au lourd silence. C'est égoïste et, pourtant, c'est un soulagement, une bénédiction que de ne plus entendre la souffrance.

— Par ici ! lance Camélia tandis que ses pas résonnent bruyamment.

Face à nous, un escalier mène aux étages et c'est à bout de forces que nous l'empruntons.

— Nous devons juste atteindre le premier !

En quelques secondes à peine nous arrivons dans un couloir vide ponctué d'une demi-douzaine de portes. Sans attendre, Camélia et Simon enfoncent l'une d'elles d'un coup de pied et aussitôt le verrou cède, dévoilant un studio parfait, immaculé, vierge de tout passé, fin prêt pour accueillir un membre de la prochaine réinsertion. Sans réfléchir, ignorant mes pensées les plus obscures, celles qui me poussent à imaginer les souvenirs dont, finalement, cet appartement regorge, je pénètre à l'intérieur.

— Ils nous voient forcément ! prévient Camélia. N'oubliez pas, ils ont des caméras partout ! Nous devons y arriver avant qu'ils n'envoient une nouvelle équipe pour nous !

Simon ne prend pas la peine d'ouvrir la fenêtre : il la brise à l'aide d'une chaise. Alors que je jette un regard dehors, je repère l'escalier de service. Simon, lui, inspecte méticuleusement les alentours avant de nous faire signe de sortir.

— La voie est libre, pour l'instant.

Camélia est la première à sauter et elle atteint déjà l'escalier extérieur. Très vite, je l'imite et dévale une à une les marches rouillées. Un dernier saut de près de deux mètres est inévitable pour rejoindre la rue et, lorsque Camélia s'élance, je ne réfléchis pas et me réceptionne à mon tour sur le bitume. Aucun de nous ne flanche, ni même ne doute. Tout le monde saute de l'escalier et enfin nous sommes tous dans la rue de la laverie.

En un coup d'œil, je la repère. Je reconnais tout. Son enseigne clignotante « 24 h/24, 7 j/7 ». Je me rappelle l'intérieur et le corps de Damien gisant dans son sang. Je ne m'attarde pas sur cette pensée et m'active, cours jusqu'à la bouche d'égout, l'accès au quartier général du Conseil. Nous sommes fatigués, nos muscles sont douloureux et pourtant nous continuons de courir. Mieux vaut la souffrance plutôt que de ne rien ressentir du tout.

En quelques secondes nous voilà devant la large plaque.

Rob n'attend pas et glisse ses doigts dans les orifices, mais sans grande surprise, elle ne se dégage pas. Simon vient en renfort, Stan aussi, sans plus de succès.

— Attention ! crie Chloé lorsqu'au même moment on tire sur nous.

Mon cœur, que je ne pensais pas pouvoir s'emballer encore davantage, se met à tambouriner dans ma poitrine. Nous allons mourir, c'est terminé.

— TON PIED-DE-BICHE ! s'écrie Camélia alors qu'une seconde rafale nous frôle de justesse.

Une vingtaine de gardes pénètre la rue. D'un geste rapide et tremblant, je lance à Camélia l'instrument et, d'une lourde impulsion accompagnée d'un cri bestial, Camélia parvient enfin à ouvrir la bouche d'égout.

— Allez-y ! grogne Simon alors que, avec peine, il retient la plaque d'acier.

Un à un, nous nous glissons dans le petit espace, en sautant, vivement motivés par le son assourdissant des balles venant de la rue. Et enfin Simon ferme la marche.

Nous avons tous les yeux braqués en l'air, sur ce trou, cette unique issue connue et qui maintenant est cernée par des gardes. Simon s'empare précipitamment du pied-de-biche et le cale dans un des orifices afin de bloquer l'entrée de l'intérieur. Un long soupir de soulagement franchit mes lèvres. Nous allons devoir trouver une autre sortie, et vite, mais nous sommes en vie et avons atteint notre destination. C'est tout ce qui compte.

— Plus un geste !

Non…

Un à un, nous détournons les yeux de la bouche d'égout et faisons volte-face.

Une dizaine de gardes pointent leurs armes sur chacun de nous, et le professeur Carter, dans son célèbre costume noir, se dresse fièrement en plein milieu.

— C'est terminé, tonne-t-il.

10

Ugo

— Fais ce que tu as à faire, David. On n'a pas beaucoup de temps. Si tu ne réussis pas, on est foutus. N'interviens pas dans le quartier sans être sûr. Observe d'abord, de loin.

David s'empare de la lourde hache et me lance un regard dont je comprends sans peine la signification. Nous n'avons aucun mot à nous dire, nous savons. Nous savons qu'il s'agit peut-être là d'un adieu.

— Toi ? murmure-t-il d'une voix rauque et dure.

— Je les ralentis, comme prévu.

Alors que nous sommes tapis dans l'herbe, à quelques mètres de nous, sur la route, les camions approchent, lentement.

— Ils ont des jumelles, chuchote David. Ne bouge surtout pas.

J'étais déjà immobile, mais aussitôt, j'arrête de respirer, de peur que le gonflement de ma poitrine ne fasse trembler une brindille.

Une fois que le dernier camion est passé, nous savons qu'il est temps.

— Prends soin de toi, mon frère, souffle David.

Sans attendre de réponse, il s'élance dans la forêt et atteint l'immense chêne, celui auquel il a grimpé au préalable pour en taillader partiellement le tronc et le recouvrir de tissus imbibés d'essence. S'il réussit sa mission et parvient à abattre l'arbre complètement, pour qu'il se couche en plein milieu de la route, et qu'il a le temps de l'enflammer, l'armée sera bloquée. Les camions ne pourront pas faire demi-tour, du moins pas avant d'avoir maîtrisé l'incendie et déplacé le tronc.

Les moteurs se sont éteints, nous n'avons plus beaucoup de temps.

J'inspire profondément, gonflant mes poumons de peut-être ses dernières réserves d'air, m'empare du caisson qui contient une vingtaine de bouteilles et longe la route en courant, par la forêt qui la borde, sous le couvert des arbres. Le verre sonne au creux de mes mains et j'ai l'impression qu'à chaque tintement de bouteilles un garde va me repérer et surgir de nulle part. C'est lorsque j'approche de notre quartier que j'entends le claquement des portières.

Les gardes sortent un à un, ils quittent leurs véhicules, c'est le moment.

Mes membres tremblent, non pas de peur, mais parce que je suis sur les nerfs. Voilà ce qu'ils préparaient tous, sans pitié, sans une once de remords.

Derrière la première maison, j'entrepose le caisson et m'empare de quatre bouteilles. Lentement, je me faufile contre le mur, silencieusement, foulant l'herbe un instant, puis le gravier et, enfin, le bitume de notre quartier. Le dos scellé au mur, je passe une tête à l'angle pour les observer. Aucun ne me repère, ils traversent la rue principale lentement, arme à la main, prêts à tirer. Un duo de gardes se poste devant chaque habitation, attendant que toutes les positions soient tenues et le signal pour intervenir.

Si nous étions là, comme ils semblent le penser, nous aurions déjà pris conscience de leur présence ! Pourquoi s'encombrer d'une organisation pareille quand le chaos et l'improvisation seraient tout aussi efficaces ?

Je ne cherche pas à comprendre et, lorsqu'ils sont suffisamment éloignés, je me dirige vers la dernière rangée de camions, celle qui est plus proche de l'extrémité de la rue. Heureusement, la vingtaine de véhicules stationnée devant me permet de circuler sans être vu. Je hasarde un coup d'œil derrière moi et je remarque plus loin, en hauteur, les épaisses branches du chêne s'agiter sous les coups de David.

Dans quelques minutes, il en viendra à bout. Du moins, je l'espère.

Je m'avance vers un premier véhicule et, comme dans mes souvenirs, il n'y a pas de vitre arrière.

Alors que je tente de distinguer les gardes, je comprends qu'il ne me reste que très peu de temps avant qu'ils ne passent à l'action et comprennent notre subterfuge.

Un dernier regard en arrière : David est sur le point de terminer sa mission.

Durant quelques secondes précieuses, je reste immobile. Seul mon regard oscille entre le grand chêne et la position des gardes, inlassablement.

C'est mon tour… Il est temps.

Je m'empare du chalumeau et d'une des bouteilles que la docteure Anand a préparées pour moi, j'inspire profondément, ferme les yeux et, après une demi-seconde durant laquelle ma vie entière défile, j'enflamme le tissu, celui dont l'extrémité est plongée dans la bouteille remplie d'essence.

Alors que le chiffon prend feu, je me focalise sur ma cible, cette unique fenêtre qui, de là où je me trouve, me paraît minuscule, et puis, avec une force maîtrisée, je lance mon projectile.

La bouteille atteint sa cible et immédiatement un premier véhicule s'enflamme sous l'explosion du verre. Il n'est plus question d'hésiter. J'ai beau entendre les gardes crier, courir vers moi, je ne m'arrête pas, allume une deuxième mèche, lance la bouteille dans un camion, puis une troisième, une quatrième, une cinquième.

Très vite, c'est un incendie meurtrier qui se dresse devant moi. D'ici quelques minutes, le feu brûlera les moteurs et les camions exploseront, détruisant tout l'entourage.

Faites qu'il y ait le plus de dégâts possible. C'est tout ce qu'ils méritent.

Je ne m'arrête pas et envoie encore plus de bouteilles, autant que possible. J'ai chaud, trop chaud. Les flammes, à quelques mètres de moi maintenant, me brûlent la peau. Une couche de sueur me recouvre et bientôt je n'arrive plus à respirer. J'étouffe, je suffoque, mais ne m'arrête pas, surtout pas. Une dizaine de gardes approchent, je les vois derrière le voile tourbillonnant des flammes, dans cette ondulation de l'air bouillonnant qui donne l'impression d'être ivre tant l'image est informe.

— Tuez-le ! ordonne un garde, tout en me pointant de sa main gantée de blanc.

Et cette fois, je rentre entièrement dans le combat. La moitié des camions est sur le point d'exploser, alors je recule et oublie cette première cible pour me focaliser sur la plus importante, eux, les gardes. J'enflamme un nouveau morceau de tissu et de toute ma rage, non sans hurler de colère, je balance de toutes mes forces la bouteille en direction de la horde de gardes lancés à ma poursuite.

Aussitôt, le verre se brise à leurs pieds et explose, enflammant deux hommes sous mes yeux. Leurs cris sont horribles, emplis de souffrance, et pourtant ils me réjouissent. Bon sang, ils me font sourire, me redonnent vie.

— Pour Denver ! je hurle d'une voix brisée, alors qu'une deuxième bouteille les atteint, faisant tomber une demi-douzaine d'hommes, brûlant la combinaison des autres. Pour 899 !

J'ai chaud, j'étouffe.

— Pour TOUTES les générations ! je gémis, à bout de forces, alors que les flammes commencent à me faire vaciller.

Je balance encore des bouteilles jusqu'à ce que la caisse soit vide. Qu'il ne me reste plus rien pour me battre.

Au travers des flammes, je vois les gardes tenter de contourner ce rideau de feu. Je recule, titubant, au ralenti, incapable de courir, ni même de marcher, lorsqu'un immense fracas fait trembler le sol. Le son est si assourdissant que je dois porter mes mains à mes oreilles, et c'est lorsque le silence s'installe soudainement que je comprends. David a réussi.

Ma vue est trouble, mon corps me brûle, vidé de ses forces, et pourtant j'ose me retourner, dos aux gardes qui, je le sais, arrivent. Et je ne peux retenir mon rire, un rire de soulagement, en voyant l'immense chêne couché en travers de la route.

Les flammes l'enveloppent lui aussi, sur plusieurs mètres de hauteur, et alors que mes mains sont toujours fermement plaquées sur mes oreilles, une dizaine d'explosions encore plus assourdissantes fendent l'air et aussitôt une chaleur insupportable s'infiltre jusqu'à moi. Je manque d'étouffer, une fumée noire et épaisse m'entoure. Je ne regarde pas ce qui se passe derrière moi, ni même si les gardes sont proches, je m'en moque. J'observe ce chêne, à terre, qui peu à peu se retrouve brouillé par la fumée sombre des cadavres des camions.

Et alors, derrière le chêne, plus loin, je vois son visage. David.

Il m'offre un sourire que je lui rends. Mon sourire en dit sûrement long sur l'immense respect que je lui porte.

Un merci silencieux. Une éternelle reconnaissance, muette.

Et il le sait : pour moi, c'est trop tard, mais pas pour lui.

J'entends les gardes courir dans ma direction, leurs pas lourds et menaçants fouettant le sol avec force, puis enfin je sens une arme braquée contre ma nuque.

Des voix, des hurlements.

— À genoux !

Je m'exécute, dos à eux, le regard toujours ancré dans celui de David, impuissant à plusieurs centaines de mètres de moi, camouflé dans la forêt. D'un signe presque imperceptible, je secoue la tête. Et il comprend. Il sait qu'il ne doit pas intervenir.

Aide-les. J'articule, un sourire aux lèvres, alors que les gardes sont tous derrière moi, attendant sans doute l'ordre de presser la détente.

— Achevez-le !

La voix de l'homme est impitoyable, sans appel, et alors, à genoux, je ferme les yeux, me réfugiant derrière la douce obscurité de mes paupières brûlantes. Et tout s'imprègne en moi. Tout. Le rire de Camélia, les cris de David lorsqu'il se bat avec Simon pour chahuter, me demandant de désigner le plus fort des deux, la voix de Denver, la musique du Club 47, le tintement de nos verres remplis de whisky lorsque nous trinquons tous ensemble, les murmures de 899 lorsqu'elle s'adresse à Camélia, et 900… Sa voix, ses yeux, son parfum. J'inspire profondément et c'est comme si elle était là. Malgré l'odeur âcre de l'essence, du sang, de la chair brûlée, c'est elle que je respire.

J'aurais aimé tout mettre sur pause, quelques secondes… Qu'importe ma mort si je sais qu'elle a pu sauver ceux que j'aime. Seulement, j'aurais au moins voulu dire adieu. Je donnerais tout pour arrêter le temps, un instant, et courir, courir à en perdre haleine jusqu'à la ville, retrouver ceux que j'aime, serrer dans mes bras Camélia, Simon et embrasser 900, l'embrasser comme jamais, pour qu'elle comprenne enfin ce que je n'ai jamais osé lui dire. J'aimerais l'étreindre de toutes mes forces, regarder une dernière fois son visage angélique et je jure, je jure sur tout ce que j'ai de plus cher qu'ensuite j'aurais repris le chemin inverse, j'aurais couru jusqu'à ce quartier, j'aurais retrouvé ma place, à genoux, j'aurais posé ma nuque contre le métal glacial du canon de cette arme et attendu que l'homme appuie sur la détente.

Je n'aurais pas tenté de me sauver, ni même de fuir pendant ce temps suspendu, j'aurais seulement dit adieu, juste ça, avant de reprendre cette place.

Un cliquetis se fait entendre et le métal froid s'enfonce un peu plus dans ma peau. Encore quelques secondes, et je pourrai enfin dormir, en paix.

J'inspire alors profondément, serre mes paupières lorsque soudain le coup part.

— NON !

Je halète, transpire, tremble, m'écroule au sol, mais je ne suis pas mort. *Bon sang, je ne suis pas mort.*

— Qu'est-ce qui te prend ! hurle l'homme qui tenait l'arme entre ses doigts impitoyables.

— C'est le fils du professeur ! Si je n'avais pas dévié ton geste, c'est toi qui serais mort ! Il le veut vivant ! Comme toujours !

11

900

— Suivez-nous, ordonne le professeur Carter d'un air absent.

Ni le sadisme ni la folie ne se lisent sur son visage. Quand nous, mains en l'air, tétanisés face à cette dizaine de gardes impitoyables, sommes emplis de rage et de terreur, lui est d'une indifférence glaciale. Finalement, peut-être est-ce ça, la folie ? L'absence d'émotion.

Leurs armes à feu pointées sur chacun d'entre nous, les gardes reculent pour nous laisser le passage dans le couloir. Les murs sont d'un blanc éclatant, aussi nets et propres que l'infirmerie à l'orphelinat. On croirait avoir pénétré dans un hôpital tout juste construit tant il est intact. L'ambiance est oppressante. Aucune issue n'apparaît dans ce couloir sans fin. Je n'ose pas regarder Camélia, ni même Simon ou Chloé, je crains de perdre pied.

Tout est terminé. Nous sommes tous emmenés à l'abattoir. Dans quelques minutes, il n'y aura rien, plus rien. Je ne verrai plus cette silhouette vêtue d'un costume noir, dos à nous, à la démarche sereine et détendue. Cet homme sans pitié, sans une once de remords, qui, je le sais, nous tuera de la manière la plus horrible qui soit.

Je n'entendrai plus jamais le rire de Camélia ni les paroles de réconfort de Simon. Je ne reverrai plus jamais Ugo, l'homme de ma courte vie.

Chloé va retrouver 394, Camélia et moi 899, Mary. De toute façon, c'était notre destin. Dès le départ, nous étions voués à mourir. Qu'importe le nombre de fois où nous le contournerons, ce destin funeste nous rattrapera toujours. C'est ainsi, tout avait toujours été prévu, orchestré, planifié. Ce n'était pas une question de courage, de guerre, de combat, mais seulement de temps. Quoi que nous fassions, ils sont plus forts, ils nous manipulent, nous contrôlent, de la naissance à la mort.

Lorsqu'il y avait encore une troisième génération, je ne croyais pas en leur divinité. Cette entité inconnue qui, selon eux, régnait sur tout. Aujourd'hui, à cet instant, je comprends que, d'une certaine manière, elle existait réellement. Seulement, depuis le départ elle portait un nom. Le professeur Carter.

Faites que les autres soient épargnés.

J'ai beau marcher lentement, mon cœur, lui, s'emballe. J'ai peur, terriblement peur. Le silence est pesant, lourd. Je n'entends même plus nos souffles, ni nos pas épuisés claquant contre le carrelage blanc. Je n'entends plus rien, comme un avant-goût de ce qui m'attend.

Camélia est à côté de moi. Son corps habituellement tendu est aussi las que le mien. Depuis l'instant où le professeur Carter nous a encerclés, nous sommes muets, sous le choc, déjà vaincus. Comme si, dans nos traitements, au contrôle de nos souvenirs se mêlait la renonciation à la lutte, une impossibilité de nous battre contre le Conseil lui-même. Est-ce possible ? Aucun n'a tenté de sauver sa peau. Mais nous le savons, ça ne ferait que précipiter notre mort. Toutes les armes sont pointées sur nous. Un geste de notre part et tout s'éteint.

Mais dans le fond, ne vaut-il pas mieux avancer l'heure fatidique plutôt que de l'attendre ? Ne vaut-il pas mieux plonger dans le vide avant que quelqu'un ne décide à notre place de nous y jeter ?

Alors que nous avançons toujours dans ce couloir interminable, la main de Camélia se glisse dans la mienne, me ramenant à une réalité que je tentais de fuir, d'occulter.

Les adieux.

Je n'ai pas la force de dire adieu et pourtant, je le sais, c'est exactement ce que Camélia me transmet lorsqu'elle presse ses doigts sur ma main. Pourtant, elle ne me regarde pas. Moi non plus, d'ailleurs. Un frisson me parcourt de part en part et, maintenant, c'est la main de Simon qui rejoint mon autre main.

Tous les trois, nous sommes scellés. À cet instant, nous ne formons plus qu'un. Nous avons tout fait en restant unis. Nos premiers jours de réinsertion, notre combat contre Damien, contre le Conseil, contre la régente. Notre mort aussi, nous la subirons ensemble.

— Entrez ici ! ordonne le professeur.

Au même moment, il appuie sur un large bouton rouge, et aussitôt une longue porte vitrée coulisse et s'ouvre sur une vaste salle d'un blanc tout aussi éclatant que le couloir.

Et c'est le choc. Fred et près de trois cents survivants sont déjà présents, en sang. Ils n'ont pas réussi. Ils n'ont pas pu les ralentir dans la rue. Eux aussi ont été pris au piège.

Camélia, Simon, Chloé, moi et le reste de notre petite équipe sommes tétanisés, incapables de pénétrer dans la salle, ce laboratoire. Les survivants sont tous épuisés, à bout de forces, à un pas de la mort. Certains succombent sous nos yeux à leurs blessures. Du sang, il y a du sang partout. La salle qui paraissait pourtant d'un blanc immaculé est maintenant débordante d'un rouge effrayant. Je l'imagine, il y a quelques minutes encore, parfumée d'une odeur aseptisée. À cet instant, elle pue la mort, la fin.

Soudain, une large main s'abat dans mon dos et me pousse avec force, me propulsant malgré moi dans cette salle, ce tombeau en devenir. Un petit gémissement de surprise, de choc, franchit mes lèvres et aussitôt Camélia est malmenée à son tour, suivie de tous les autres, qui contre leur volonté sont faits prisonniers ici. Dans la seconde qui suit, la porte vitrée se referme derrière nous et cette fois, nous sommes réellement pris au piège, incapables de sortir.

Fred nous adresse un regard désolé. Stan, Mickey et Rob sont auprès de lui. Ils murmurent dans leur coin. Certainement des adieux. Le reste de la salle n'est que gémissements de douleur, pleurs et râles d'agonie. Camélia et Simon ne m'ont toujours pas lâché la main. Nous sommes tous les trois pétrifiés, les yeux braqués sur cette scène surréaliste.

— Mes chers enfants…

La voix du professeur Carter me fait sursauter, me réveillant brutalement. Je suis soudainement consciente de tout. Je me retourne et je remarque l'immense baie vitrée qui nous sépare d'une quarantaine de gardes, de scientifiques et du professeur.

— Vous avez montré beaucoup de courage, mais c'était inutile, bien qu'amusant. Vous devez mourir. Il n'est pas question de vous, ne soyez pas si égoïstes. Vous n'avez pas réussi la réinsertion, vous avez échoué, est-ce si compliqué pour vous de laisser la place aux autres générations ?

Nous sommes sous le choc. Est-il réellement sérieux ?

Comment les hommes qui l'entourent peuvent-ils être aussi indifférents à de telles folies ?

Égoïstes ? Nous sommes *égoïstes* ? Sont-ils tous fous ?

Alors que le professeur poursuit son discours, j'ai la sensation qu'il ne regarde que moi. Comme si chaque mot, chaque phrase, chacun de ses souffles m'étaient personnellement adressés.

Un petit sourire se forme sur ses lèvres. Il semble satisfait, fier de lui.

Tout mon corps est tendu, crispé, tremblant.

Cet homme, il a tué 899.

Je m'en veux, je m'en veux tellement !

Pourquoi étais-je aussi apathique il y a encore quelques minutes ?

J'aurais dû le tuer ! Qu'importe si dans la seconde suivante une balle m'achevait, j'aurais dû tout tenter dans ce couloir. Tout faire pour lui planter la lame de mon couteau dans le dos ! J'aurais dû, bon sang j'aurais dû le tuer.

Je retiens tout juste mes sanglots, mais mes larmes, elles, se mettent à déverser toute la frustration que je ressens à cet instant. Je vais mourir, je le sais depuis le début. Pourquoi n'ai-je pas vengé 899 ? Pourquoi ? Je lui avais pourtant promis… Je lui avais fait la promesse…

Je suis sur le point de m'évanouir. Mes deux mains se relâchent et je crois que Camélia et Simon le perçoivent.

— 900, pas maintenant, murmure Simon. Pas maintenant. L'honneur jusqu'au bout.

Et alors que je commence à voir flou, à perdre mon souffle, que mes jambes sont sur le point de céder, j'entends un cri.

Le *sien*.

— Lâchez-moi !

Et soudain, c'est comme une claque en plein visage. Ugo de l'autre côté de la vitre, maintenu par des gardes, tente de se débattre, de se libérer.

— Ugo ! s'inquiète le professeur Carter.

Et je suis sous le choc. Le regard du professeur n'est plus le même. Il vient de changer du tout au tout. Il est comblé, heureux, soulagé et… vulnérable.

— Ugo… Tu es sain et sauf ! se réjouit-il, s'approchant de lui avec appréhension.

— Ne me touche pas ! hurle Ugo d'une voix rauque et animale.

Ses yeux n'ont jamais été aussi menaçants. Je remarque à peine la réaction des survivants, stupéfaits de cette scène impossible qui se déroule sous leurs yeux.

Ils ne comprennent pas. Ils doivent se sentir trahis. Ugo, de l'autre côté de la vitre, du côté de nos bourreaux, recevant l'amour du professeur, un amour inconditionnel.

Quelque chose leur échappe et ils le réalisent très vite.

— As-tu vu Joris ? demande le professeur Carter. Mon fils, dis-moi que tu sais où est ton frère !

Et là, alors qu'il prononce ces deux mots fatidiques, « mon fils », des gémissements de surprise emplissent notre prison blanche. Camélia, Simon et moi-même ne disons rien, ne donnons aucune explication. Il n'y en a pas à donner. Pas dans ces circonstances. Alors, dos aux survivants, nous restons face à la grande baie vitrée qui nous sépare du Conseil, nous observons la scène.

Et lorsque les yeux d'Ugo croisent les miens, j'ai l'impression d'être à nouveau sur le point de perdre connaissance. C'est de la tristesse qu'il porte en lui, un désespoir déchirant, une culpabilité écrasante.

Non, Ugo, tu ne dois pas t'en vouloir... Ne t'inquiète pas, tu oublieras tout.

— Je ne sais pas où il se trouve, grince-t-il, tentant de toutes ses forces de contrôler sa rage.

— Ne t'en fais pas... Nous le retrouverons, je te le promets.

La voix du professeur Carter manque de me faire vomir tant elle est mielleuse, douce, paternelle. Il ne voit pas combien son fils le hait alors que c'est pourtant flagrant, évident !

Comment peut-on être père et en même temps responsable de milliers de meurtres d'enfants ?!

Alors qu'il se détourne d'Ugo, le professeur glisse quelques mots à l'oreille d'un de ses scientifiques.

— Bien, il est temps. Préparez le gaz ! ordonne alors l'homme à la blouse blanche.

Et là, tout le monde s'agite. Les survivants se mettent à crier, à hurler, à cogner contre les murs, et moi, je reste de marbre, mon regard plongé dans les yeux de celui que j'aime.

— Attendez ! Laissez-moi les voir… supplie Ugo d'une voix étranglée, tremblante. J'ai toujours pu dire au revoir, à chaque extermination. Ne m'enlevez pas ça. Je vous en prie.

Un sanglot m'échappe tant le visage d'Ugo me bouleverse. Il est brisé, complètement anéanti.

Son père lui adresse un regard compréhensif, d'amour.

— Tu peux leur dire au revoir, concède-t-il. Mais, Ugo, quoi que tu tentes dans cette salle, tu le sais, j'activerai le gaz et tu es le seul qui peut y survivre, tu y es immunisé. Je ne voudrais pas que tu sois témoin, une nouvelle fois, de la mort de tes amis. Même si… tu oublieras tout d'ici quelques minutes.

Le professeur pose une main sur l'épaule d'Ugo, qui sursaute et lui murmure quelques mots que je tente de capter.

— Il faudra d'ailleurs me dire comment tu as récupéré tes souvenirs… Dépêche-toi ! Tu as une minute.

La seconde d'après, le professeur Carter pose son poing contre le bouton rouge et aussitôt les portes vitrées s'ouvrent, tandis que les gardes armés maintiennent leur position, prêts à tirer.

Mes sanglots me coupent le souffle lorsque Ugo court dans ma direction et plonge dans mes bras tremblants. Aussitôt, je m'effondre. Son corps est pressé contre le mien avec force. J'ai l'impression d'étouffer et pourtant je revis, je revis une dernière minute avant de mourir. Il m'enlace avec puissance. C'est tout son amour, tout son être qui s'imprime en moi, une dernière fois. Je perçois son souffle haché et chaud dans mon cou. Sa poitrine tremble contre moi. Ses mains agrippent mon pull désespérément tandis que son cœur s'emballe.

— Je suis désolé, tellement désolé, 900. Ma chérie, pardonne-moi.

Sa voix est brisée, désespérée, et je me déteste d'avoir échoué.

J'ai tout gâché. Je l'ai laissé s'éloigner de moi, je l'ai abandonné. J'ai abandonné tout le monde. Et je l'aime, je l'aime tellement, mais malheureusement, je ne suis pas la seule ici à l'aimer inconditionnellement. Il va survivre et nous, non.

Alors que de terribles pensées me traversent l'esprit, je me mets à trembler de nouveau, libérant une dernière larme.

Il va survivre. Nous allons mourir.

Le professeur Carter donnerait tout pour ses fils. Il n'a plus qu'eux. Ils sont les seuls témoins, la seule preuve que sa femme a bel et bien existé.

— Non, Ugo… je murmure. C'est moi qui suis désolée.

Et là, je fais la chose la plus stupide que j'aie jamais faite.

Je dépose un baiser sur ses lèvres, doux, léger, coupable, puis d'un geste soudain, bestial, je retourne Ugo, lui envoie un coup brutal dans les genoux, les faisant céder lourdement contre le carrelage blanc, m'empare de mon couteau et le pointe contre sa gorge.

— Libérez-nous ! Ou je le tue ! je hurle de toutes mes forces, ma voix résonnant cruellement contre les murs qui nous emprisonnent.

Aussitôt, le regard du professeur Carter s'affole de l'autre côté de la vitre, avant qu'il ne se ravise et éclate de rire. Un instant, je suis déstabilisée, mais très vite je me reprends, et la rage qui s'insinue en moi au moment où il me regarde me donne le courage de tenir bon.

— 900… ricane-t-il, d'une voix sereine. Je vous connais très bien. Je vous ai observée tant et plus. Vous êtes folle amoureuse de mon fils ! Jamais vous ne feriez une chose pareille.

Soudain, la panique, le stress, la peur, la rage et ce que je m'apprête à commettre me font à mon tour éclater de rire. C'est nerveux, totalement hors de mon contrôle, mais je craque. Je craque en riant, en riant aux éclats.

— Oh si ! Croyez-moi, professeur ! Je le tuerai s'il le faut !

Il n'en croit pas un mot. Son regard n'a pas perdu de son amusement. Au contraire, il trouve ce spectacle réjouissant.

Ne me forcez pas à le faire, putain !

— Je ne crois pas une seule seconde à votre cinéma.

Bon sang… Ugo, pardonne-moi.

J'inspire profondément, gonflant douloureusement mes poumons, regarde le professeur Carter droit dans les yeux et plante la lame sur la gorge d'Ugo. Une larme brûlante m'échappe, lorsqu'un liquide chaud et épais se déverse sur ma main, celle qui lui tient la gorge. Je crois tourner de l'œil, mais je tiens bon. Je reste debout, fière, droite, apparemment imperturbable.

Intérieurement, je rassemble toutes mes forces pour ne pas sombrer. Sur la silhouette du professeur se superposent mes traits, ceux que la vitre qui nous sépare me renvoie, et je lutte pour ne pas baisser les yeux et assister au massacre que je commets de mes mains. Si j'abaisse ne serait-ce qu'un peu le regard, je verrai le reflet de l'homme que j'aime, sur cette vitre, la gorge en sang, et au bruit insupportable de ses étouffements se joindrait alors l'image.

— Arrêtez ! hurle le professeur Carter. Arrêtez tout de suite !

Mais je ne m'arrête pas. Au contraire. Je continue, lentement, de trancher la gorge d'Ugo, sous les yeux de son père.

— Non ! Arrêtez ! crie-t-il, les yeux écarquillés, le souffle court. Arrêtez !

Je ne m'arrête toujours pas…

— Les portes ne sont toujours pas ouvertes ! je m'exclame d'une voix froide, inflexible, tout en poursuivant l'incision.

Soudain, le professeur panique. Il est hors de lui, sous le choc, terrifié.

J'ai l'impression que seuls lui et moi partageons cette scène, si bien que je n'entends pas les cris derrière moi, ni même les pleurs de Camélia.

Le professeur Carter est en plein dilemme, tremblant, hésitant, mais je crois voir dans ses yeux qu'il comprend. Il sait que, malgré tout l'amour que je porte à son fils, je n'hésiterai pas à le sacrifier. Non pas pour ma vie, mais pour celle de tous les survivants.

J'ai l'impression que des heures s'écoulent, durant lesquelles lui et moi ne nous quittons pas des yeux. Lentement, je continue de faire glisser la lame sur la peau de celui que j'aime. Je tente de mettre en pratique mes connaissances en médecine. J'essaye de doser au mieux mes gestes, pour ne pas le tuer. J'essaye, bordel ! Mais je crois que je suis trop violente, trop barbare. Le liquide coulant sur mes doigts tremblants me paraît bien trop abondant. Le pouls d'Ugo est de plus en plus faible. Je ne maîtrise plus rien du tout.

Je me concentre pour ne pas entendre les gémissements d'Ugo, ses souffles rauques, mais malgré ma volonté d'occulter cette horreur, ses inspirations hachées ne cessent de gronder en moi. Ugo s'étouffe dans son sang et il l'accepte. Il ne se débat pas, ne tente pas de m'arracher cette lame. Il le pourrait, pourtant. Avec sa force, il serait capable de me désarmer même agonisant, à bout de forces. Mais il ne le fait pas, il a compris, il sait.

Je continue de verser le sang d'Ugo quand, soudain, le professeur Carter abat son poing sur le bouton rouge. Et c'est à cet instant seulement que je réalise que mon cœur explose dans ma poitrine, que mon souffle est aussi lourd, rauque et bruyant que celui d'un animal. Je ne suis plus moi-même.

Les portes s'ouvrent mais je ne perds rien de ma hargne. Ce n'est pas fini.

— Dites à vos hommes de poser leurs armes ! je hurle tout en obligeant Ugo, suffoquant, bataillant avec ses inspirations, à se relever.

Ma lame est toujours contre sa gorge, dans sa chair, et lorsque j'ose un regard vers lui, je manque de vomir à la vue du sang qui recouvre son T-shirt.

— Écoutez-la… capitule Carter, vaincu.

Et aussitôt, les gardes abaissent leurs armes et les posent au sol.

— Camélia, Simon, Fred, récupérez-les !

Il leur faut un temps pour comprendre, puis, très vite, ils s'exécutent, et la situation s'inverse.

Cette fois, c'est nous qui pointons des armes sur eux.

— 900, vous allez peut-être sortir d'ici, oui, mais l'extermination aura lieu, d'une manière ou d'une autre.

— Dirigez-nous vers la sortie ! Seul !

— Ça ne sert à rien, soyez raisonnable !

— MAINTENANT !

De nouveau, le professeur capitule et les gardes sont tenus à distance. Nous devons faire vite, très vite, avant que d'autres hommes ne viennent et ne renversent une nouvelle fois la situation. Nous n'avons que peu de temps.

Il s'engouffre, seul, mains en l'air, dans un couloir et nous le suivons.

— Attendez ! Un médecin ! Appelez un chirurgien ! Faites venir une civière ! Appelez votre équipe de scientifiques !

Sans même que j'insiste, le professeur Carter décroche un boîtier de sa ceinture et le porte à ses lèvres.

— N'oubliez pas ! je m'empresse de lui dire. Si vous tentez de prévenir des renforts, je le tue ! Je n'hésiterai pas à finir ce que j'ai commencé !

Il me lance un regard frustré, rempli de promesses de vengeance, avant de passer l'appel au travers de son boîtier.

— Un chirurgien, une civière et l'équipe de médecins sont attendus à la sortie de l'aile ouest.

Nous continuons de marcher, ma lame toujours plaquée contre la gorge d'Ugo. Je sais qu'il lutte pour ne pas s'effondrer. D'ici quelques minutes, il perdra connaissance et mourra si nous ne faisons rien. Il a perdu trop de sang. Beaucoup trop. Sa respiration n'est plus qu'un mince filet d'air, il s'étrangle. Sur tout notre parcours, une traînée rouge vif macule le sol. Nous devons faire vite !

Après des minutes qui me semblent interminables, un escalier se dresse devant nous, une large porte, à son sommet, nous séparant de la sortie. Je hurle :

— Ouvrez cette porte !

Le professeur Carter n'hésite pas une seule seconde et s'approche d'un levier au pied des marches.

— Camélia ! Simon ! Fred ! Et tous ceux qui ont des armes ! Assurez-vous qu'aucun garde ne nous attend derrière !

Une vague de survivants armés se met alors à courir et à gravir les marches, et lorsque la porte s'ouvre, je suis soulagée de les entendre confirmer que la voie est libre.

— On est sûr que tout est OK ? je ne peux m'empêcher de demander.

— Il n'y a personne ! répond Simon.

OK… bon sang.

— Que ceux qui n'ont pas d'arme sortent ! Immédiatement !

Et à cet instant, tout va très vite, le sol gronde, tremble sous mes pieds immobiles, et en quelques secondes le couloir se vide.

Il n'y a plus qu'Ugo, perdant son sang, Camélia, Fred, Stan, Rob, Simon, Mickey et Roger.

Je tremble, l'adrénaline commence à me quitter peu à peu. Il ne reste pas beaucoup de temps. Nous ne pouvons pas attendre éternellement. Nous pourrions partir, laisser Ugo aux mains de son père. Nous savons qu'il serait pris en charge immédiatement, qu'il s'en sortirait. Mais je dois attendre, je dois tout faire pour le ramener avec nous. Sa vie n'est pas auprès d'eux. Même si je viens de le trahir, qu'il est peut-être déjà condamné, nous sommes sa famille. Nous et personne d'autre !

Camélia me regarde gravement. Je sais qu'elle pense comme moi. Qu'il faut que nous laissions Ugo ici si les secours tardent trop. Alors que je suis sur le point d'accepter, de capituler, de lourds pas précipités se font entendre dans le couloir, et aussitôt, un profond soulagement me submerge.

Une vingtaine de médecins sont là. L'un d'eux porte une civière, deux autres, une immense malle. Ils semblent tous abasourdis, sous le choc.

— Qu'est-ce qu'on fait là, professeur ? s'étonne l'un d'eux.

— Demandez-lui, grogne Carter tout en me désignant du menton.

— Qui est chirurgien ici ? je demande d'une faible voix, la vision floue, à deux doigts de m'effondrer.

— Je suis le docteur Stone. Je suis chirurgien, dit l'homme à la civière.

— Venez ici !

Le docteur Stone lance un regard au professeur Carter qui lui fait comprendre d'obtempérer. Il s'exécute et se poste derrière Fred qui, sans même hésiter, braque le canon de son arme dans son dos.

— Vous… Nous aurons besoin de la malle. J'ai tout mon nécessaire dedans.

J'adresse un regard à Roger qui, aussitôt, va chercher la lourde malle et la rapporte en la traînant au sol.

Très vite, de nouveaux pas se font entendre, suivis de cris. Et cette fois, ce ne sont pas des scientifiques, mais bien des gardes, qui approchent.

Simon me regarde, longuement, avant de poser ses yeux sur le corps livide et à bout de forces d'Ugo. Il ne peut retenir une larme avant de se tourner à nouveau vers moi.

Je fixe alors des yeux le professeur Carter avec une insistance calculée, avant de revenir sur les deux émeraudes de Simon.

Et il comprend.

J'ai tout juste le temps de hocher la tête qu'il réagit.

En une fraction de seconde, il tire le professeur par le col et braque son arme sur lui.

L'instant suivant, les gardes sont là, prêts à faire feu.

— Tirez et je le tue ! s'exclame Simon d'une voix que je ne lui connais pas.

Alors, de nouveau, les gardes posent leurs armes, voyant l'ordre silencieux de leur chef pris au piège.

— Dans quarante-huit heures, je clame avec les dernières forces qu'il me reste, observant droit dans les yeux chacun des médecins, nous voulons voir l'un d'entre vous, non armé, seul, près du hangar ouest ! Si vous nous tendez une embuscade, nous tuerons le professeur.

Tous sont silencieux, m'observant avec curiosité et crainte. Leurs regards se portent sur mes mains ensanglantées puis descendent sur le corps d'Ugo.

— Si vous tentez quoi que ce soit auprès des générations en attente de réinsertion, enchaîne Camélia d'une voix menaçante, si nous apprenons qu'il leur est arrivé quelque chose, nous tuons le professeur. Nous n'avons plus rien à perdre, sachez-le ! Plus rien ! Alors, écoutez-nous et vous le retrouverez peut-être vivant.

Puis, sans même attendre de réponse, nous grimpons les marches, la gorge d'Ugo toujours sous mes mains, le professeur Carter et le docteur Stone menacés par nos armes.

Et lorsque nous retrouvons enfin l'air libre, que la porte se referme derrière nous, je ne vois plus rien. Ma vision est floue, brouillée par mes larmes. Je lâche enfin Ugo.

— Occupez-vous de lui ! je hurle entre mes sanglots à l'intention du docteur Stone.

Et alors que Fred, Stan et Camélia viennent pour porter Ugo et l'allonger sur la civière, je m'écroule au sol.

— Qu'est-ce que j'ai fait, putain ?... Qu'est-ce que j'ai fait ?...

Ma vision se trouble et malgré le vent, notre liberté retrouvée, je ne parviens pas à courir, à suivre Camélia, Simon, Fred et tous les autres survivants. Je suis incapable même de marcher. Mes jambes ne me soutiennent plus, ma respiration s'affaiblit.

Et l'instant suivant, tout est noir, je perds connaissance.

12

900

Tout est sombre et silencieux. J'ai beau avoir les yeux grands ouverts, l'obscurité me cerne de toute part.

Quel jour sommes-nous ? Où suis-je ?

Mes mains tremblent lorsque je tente de me mouvoir. Mais de douloureuses courbatures m'empêchent de bouger. Un drap me recouvre. Il est frais, doux, léger et pourtant je ne parviens pas à m'en défaire tant mes membres sont lourds.

J'entends gémir et il me faut un instant pour réaliser qu'il s'agit de mes propres plaintes. Une respiration courte, bruyante, à quelques mètres de moi, me fait comprendre que je ne suis pas seule dans cette pièce. J'essaye de nouveau de bouger et une lourde expiration de soulagement franchit mes lèvres lorsque je parviens enfin à libérer une main de ce drap. À tâtons, je palpe ce qui m'entoure, tâchant de reconnaître un élément familier.

La petite table de nuit de ma chambre de notre quartier aux abords de la ville ? La lampe et son abat-jour en tissu ? Le mur au papier peint rêche ?

Rien. Je ne reconnais rien.

Seule une masse froide et dure glisse sous mes doigts. Un mur de pierre ?

Bon sang… Où suis-je ?

Je tends encore plus le bras, étirant mon muscle endolori, et alors que mes doigts rencontrent une main froide et immobile, je crie.

Une porte s'ouvre et aussitôt une lumière douce et bienvenue emplit la pièce.

— 900 !

Camélia entre, elle me regarde, horrifiée, avant de poser les yeux sur la silhouette que je viens de toucher.

— 900… tout va bien, m'assure-t-elle, s'avançant calmement jusqu'à moi. Nous sommes dans le sanctuaire de la troisième génération. Nous sommes en sécurité.

Elle paraît fatiguée, presque absente.

Elle s'assied sur le lit dans lequel je suis prisonnière, hésite quelques secondes, puis finalement s'empare de ma main.

— Tu… tu as fait ce qu'il fallait, 900…

Quoi ? Mais… De quoi parle-t-elle ?

— Qu'est-ce qui s'est passé ?

Et alors que ma voix cassée résonne contre les murs froids, je me souviens que nous ne sommes pas seules. Qu'une autre personne gît sur un lit, à côté de moi. J'entends le long soupir de Camélia et j'ose enfin un regard vers ma gauche, et là, c'est comme une gifle en plein visage que je reçois. Pire encore, un coup en plein dans la poitrine. Ma respiration s'accélère, je m'agite, tremble sur le lit. Je dois sortir ! Me lever ! Voir comment il va !

— Je l'ai tué ! je sanglote. Bon sang, Camélia. Je l'ai tué !

Ses bras puissants m'agrippent rapidement, m'immobilisant contre sa poitrine, et alors je perds tout contrôle. Je pleure à chaudes larmes, tremblant contre son T-shirt blanc. Camélia ne desserre pas son emprise, probablement par peur que je ne saccage tout, et tente par tous les moyens de capturer mon visage entre ses paumes.

— 900, calme-toi ! Il n'est pas mort !

Je l'entends et pourtant mes larmes ne tarissent pas. Pas plus que mes plaintes et mes tremblements.

— Tu as fait ce qu'il fallait, 900… Tu as eu le courage que personne n'a eu. Sans toi, nous serions tous morts aujourd'hui.

Camélia ne s'arrête pas de parler, et je réalise qu'en même temps elle me berce, balançant son buste d'avant en arrière, ses bras fermement enroulés autour de moi.

— Nous savons tous que tu ne voulais pas le tuer… Mais c'était la seule solution. Nous sommes tous responsables, autant que toi. Ni Simon ni moi n'avons tenté de t'arrêter. Dès l'instant où tu as plaqué le couteau sur sa gorge, 900, j'ai su que c'était la seule solution. Nous ne pouvions pas tous sortir vivants. Regarde la poignée de survivants que nous sommes… Sur près d'une dizaine de réinsertions, il n'en reste qu'à peine trois cents. C'est Ugo, mon meilleur ami, mon frère, mais mieux valait deux cent quatre-vingt-dix-neuf survivants qu'un seul. Et même si c'était Ugo qu'il fallait sacrifier.

Peu à peu, je me calme, mais Camélia ne s'arrête pas de me bercer et ça me soulage, tellement.

— Ce n'est pas par égoïsme, que tu l'as fait. Ni pour cette même raison que Simon et moi-même ne sommes pas intervenus. Nous donnerions chacun notre vie pour lui. Toi, moi, Simon. Tu sacrifierais ta propre vie si c'était pour sauver la mienne, je le sais et je ferais la même chose pour toi, mais il n'était pas question de nous, 900 ! Il était question de centaines de survivants. Le choix égoïste aurait été de laisser tous ces innocents mourir, juste pour que l'homme que tu aimes survive. Tu nous as tous sauvés et je peux te jurer que nous te sommes reconnaissants, nous avons conscience du sacrifice que tu as fait pour ça, des risques que tu as pris. Tu les as pris à notre place, pour nous. Ne t'en veux pas, c'est derrière nous maintenant. Ugo est en vie, il dort, il a été opéré dès notre arrivée ici. La docteure Anand veille sur lui, toutes les heures elle s'assure de son état. Ça prendra du temps, mais il se remettra.

Mes pleurs se sont arrêtés, je n'ai plus de force. Doucement, Camélia me libère.

— Donne-moi sa main… je parviens tout juste à articuler.

Camélia m'adresse un sourire triste et pourtant reconnaissant avant de s'approcher d'Ugo, enveloppé jusqu'au torse d'un drap identique au mien. C'est lorsque je l'observe plus attentivement que je réalise que le souffle que je croyais entendre n'est autre qu'une machine qui, reliée à ses poumons par un long tube en plastique, l'aide à respirer.

Une dernière larme s'écoule, dévale ma joue et lentement atterrit sur mon oreiller. Les yeux d'Ugo sont clos. Ses paupières ne tressaillent pas, elles sont immobiles. Si son torse ne se soulevait pas de temps à autre, je le croirais mort.

Pourtant, il n'a jamais été aussi beau. Malgré son teint pâle, son bandage blanc autour du cou et la fine couche de sueur couvrant sa peau si dorée habituellement, il reste magnifique, parce qu'il est en vie, tout simplement.

Alors que j'avais déjà oublié ce que je lui avais demandé, Camélia met la paume froide d'Ugo dans la mienne. Dans cet espace vide, qui sépare nos lits, nos deux mains sont jointes. J'espère que quelque part, au fin fond de ses rêves, au plus profond de son inconscience, il sent ma main serrer la sienne, qu'il comprend, au travers de mes caresses, combien je suis désolée.

Camélia m'adresse un dernier sourire avant de quitter la pièce et de nous laisser, Ugo et moi.

Et alors que je presse sa main, la merveilleuse sensation de son pouls pulsant contre ma chair m'offre le soulagement dont j'avais besoin pour sombrer enfin.

Je ne sais pas combien de temps j'ai dormi, ni même s'il fait nuit ou jour, mais cette fois, lorsque j'ouvre les yeux, j'ai les idées claires. Je prends conscience de tout. Réellement. D'Ugo, souffrant à mon côté, de ce que je lui ai fait subir, de la douleur, de la peine. De notre tentative ratée dans le quartier général du Conseil, des survivants morts sous les balles des gardes. Du professeur Carter et du docteur Stone, captifs l'un et l'autre. Des quarante-huit heures nous séparant de la négociation avec le Conseil.

Bon sang ! Quarante-huit heures !

Il ne m'en faut pas plus pour me relever en sursaut. Je dois absolument rejoindre Camélia.

C'est lorsque je tente de me remettre debout que je remarque que la main d'Ugo est toujours dans la mienne. Alors que je pose mes deux pieds au sol, que je me lève enfin, je m'approche lentement de lui, observant de son visage ce que l'obscurité me permet de distinguer. Sa bouche, entrouverte, déformée par le tuyau qui la traverse. Ses traits inexpressifs, vides. C'est la première fois que je le vois si éteint, dénué de toute expression. Lui déjà si impassible la plupart du temps n'a jamais été aussi vide d'émotion.

Je tente de libérer sa main de la mienne lorsque je réalise que ce n'est pas moi qui le tenais depuis mon endormissement, mais bien lui. Ses doigts sont désespérément accrochés aux miens, si bien que ses phalanges sont encore plus blanches que sa peau déjà trop blafarde.

Il sait que je suis là.

J'ai honte. Honte d'avoir tenté de le tuer. Honte de l'avoir utilisé comme monnaie d'échange. Sait-il au moins que c'est à moi qu'il se raccroche ? À moi, la seule personne qui n'aurait jamais dû le trahir ?

Les larmes me montent de nouveau aux yeux, mais je dois les retenir. Nous n'avons pas beaucoup de temps et je ne sais pas si les quarante-huit heures sont déjà écoulées. Sans même le regarder, je dépose un baiser sur le dos de sa main et parviens à me libérer de ses doigts. J'inspire alors profondément et quitte la pièce, qui est maintenant entièrement emplie de son odeur si particulière, si réconfortante.

Très vite, la lumière m'aveugle et il me faut plusieurs secondes pour m'y accommoder et repérer les environs. Un interminable couloir de pierre s'étend sur plusieurs centaines de mètres, éclairé par des torches. J'avance lentement, et tous les cinq pas je passe devant deux portes, une à droite et une à gauche. Je devine alors qu'elles renferment les dortoirs de la troisième génération. Je n'arrive pas à croire que cet espace, aussi vide et impersonnel, ait pu accueillir presque dix générations. Comment cet espace immaculé peut-il contenir tant de souvenirs ?

Aucune marque, aucun signe ne témoigne d'une vie passée entre ces murs. Est-ce parce que cet endroit aussi a été remis à neuf par le Conseil en vue d'accueillir la nouvelle génération ?

— Camélia ? je hasarde en plein milieu du couloir. Simon ?

Une porte grince, s'ouvrant sur Simon, visiblement tout juste éveillé.

— 900… murmure-t-il d'une voix rauque et ensommeillée.

— Simon…

Sa chevelure rousse est ébouriffée sur le haut de son crâne et de gros cernes assombrissent ses yeux d'habitude si lumineux. C'est la première fois que je vois Simon ainsi. J'ai presque l'impression de reconnaître David – le plus torturé des deux, le plus sombre. Alors que je pense à son frère, un lourd poids écrase ma poitrine. Je fais le lien. Je réalise tout juste. David était avec Ugo et seul Ugo est revenu.

— Oh mon Dieu, Simon ! David… Oh non !

Je plonge dans ses bras et aussitôt il m'arrête.

— Non, 900, il va bien lui aussi ! Je savais qu'il me rejoindrait dans les champs derrière le hangar, c'est ici qu'on était tous censés se retrouver. Il y était, il m'attendait.

Mon souffle se libère et le sourire de Simon, si beau, si bienveillant, provoque le mien immédiatement. Cette fois, c'est lui qui me prend dans ses bras.

— Merci... soupire-t-il. Les choses ont changé, 900. L'indulgence, les sentiments, ils sont là, mais ils ne devaient plus décider pour nous. Tu as fait ce qui était le plus juste pour tout le monde. Alors, merci. Merci d'avoir eu le courage que je n'ai pas eu.

Simon recule et pose ses deux mains sur mes épaules, abaissant le menton, captant mon regard du sien.

— Je t'admire pour ce que tu as fait. Allez, viens, Camélia et David sont déjà réveillés, ils doivent sûrement nous attendre dans la grande salle du sanctuaire.

Pour toute réponse je hoche la tête, et alors Simon et moi prenons la direction de la grande salle, son bras sur mes épaules. Les couloirs me rappellent ceux de l'orphelinat tant ils sont interminables, mais heureusement, très vite, nous atteignons la salle. Une trentaine de survivants sont déjà présents et, vu les premières lueurs du jour filtrant au travers des quelques ouvertures dans la pierre, je devine qu'il doit être à peine 6 heures du matin.

La salle est comme dans mon souvenir. Immensément haut, des cierges vacillants par milliers et projetant leurs ombres contre la pierre beige et granuleuse. Tout est comme avant. Les longues allées, les bancs, les marches menant au trône, le renfoncement dans le mur donnant sur la pièce secrète de Séraphine. Tout, sauf ceux de la troisième génération et leur toge, leur démarche lente et si particulière. Aujourd'hui, ils sont indétectables parmi les première et deuxième générations.

Lentement, bras dessus bras dessous, Simon et moi rejoignons le petit groupe de lève-tôt. Tous me regardent avec de grands yeux hagards que je n'ose affronter.

— Vous êtes là ! s'exclame Camélia, empoignant la main libre de Simon. Suivez-moi, le réfectoire est juste ici.

Camélia repère aussitôt mon malaise et nous conduit loin de la petite foule matinale. Nous dévalons un escalier en colimaçon avant de rejoindre une salle souterraine tout en long, au plafond étonnamment bas. Des dizaines de rangées de tables en bois se succèdent et plus loin, contre le mur du fond, toutes nos provisions sont empilées à même le sol. C'est par là que nous nous dirigeons, lorsque je remarque David. Et à l'instant où ses yeux rencontrent les miens, je me prépare à encaisser sa colère. Ugo est un frère pour lui, son meilleur ami. Il serait compréhensible et mérité qu'il m'en veuille. Mais à la place, je récolte un sourire, un vrai, tendre, sincère, terriblement authentique. Le genre de sourire que je ne lui avais plus vu depuis bien longtemps.

— Alors ? Qu'est-ce que vous voulez manger ? clame-t-il avec entrain.

Il m'adresse un clin d'œil et je sais que, pour lui, ce simple signe signifie beaucoup. Il est le plus réservé des jumeaux, le moins démonstratif, et je sais qu'au travers de son sourire il me fait comprendre qu'il est content de me revoir et que, malgré le risque que j'ai pris, j'ai sauvé son frère, Simon.

Et moi aussi, je suis heureuse qu'il soit sain et sauf.

— On a des barres chocolatées, des gâteaux aux céréales pour le sucré. Du pâté ? Du cassoulet ? Des raviolis ? De la salade de fruits ? Des pommes de terre en sauce ? débite Simon.

Je retiens un rire à ce menu étrange.

— Prends un peu de tout. On a besoin de force ! conseille Camélia, hilare.

C'est la première fois que je la vois sourire depuis la mort de 899. Elle aussi retrouve un peu de bonheur.

Outre la masse de provisions à terre, des dizaines de boxes de nourriture trônent sur une des tables. Du pain, des fruits mûrs, de la confiture, des biscuits et quelques conserves au contenu moins appétissant.

— Bon, 900, déclare Camélia. Il faut te mettre au parfum. Tu dois avoir des centaines de questions !

En réalité, non. Ugo est en vie, pour l'instant c'est tout ce qui compte. J'espérais encore quelques heures d'insouciance, avant de replonger en plein cœur de notre vie chaotique, mais je sais que ce désir était utopique, irréaliste. Alors je tends l'oreille, engloutissant mon déjeuner sans même me soucier du goût infect.

— Tu as dormi un peu plus de vingt-quatre heures. Enfin, tu étais surtout à bout de forces… Un groupe est parti dans la forêt pour retrouver la docteure Anand, Séraphine et les blessés. Ils sont revenus. Joris va d'ailleurs beaucoup mieux, la docteure Anand dit qu'il devrait bientôt se réveiller. Depuis tout ce temps, le professeur Carter et le docteur Stone ont les yeux bandés, un chiffon dans la bouche, et sont ligotés dans le bureau de Séraphine. Pour nous, c'était le meilleur endroit. Ils ne savent pas comment ils sont entrés, alors, même s'ils parvenaient à se libérer de leurs liens, ils ne sauraient pas comment sortir de cette pièce secrète. Avec Fred, on a pris la décision de ne pas les interroger tout de suite. Nous n'avons aucune pitié. Il faut les affamer, les fatiguer. Nous ne les interrogerons que quelques heures avant de retrouver leur médiateur ce soir au hangar.

Après avoir saucé les dernières traces de jus dans mon assiette avec un morceau de pain que j'enfourne, je lance un regard interrogateur à Camélia.

— C'est tout ?

— Comment ça, c'est tout ?

— Non… Je veux dire, vous avez un plan pour ce soir ? Vous avez listé nos recommandations ? Et s'ils attaquent ? Ont-ils des caméras ici aussi ? Peut-être nous observent-ils ? Le sanctuaire, c'est un piège à lui tout seul. Ils n'ont qu'à l'encercler et nous sommes foutus !

— C'est le but… intervient une voix derrière moi.

Aussitôt, je reconnais le ton dur et impitoyable de Fred qui s'installe à son tour autour de notre table.

— C'est le but, sur le long terme. Lorsque vous êtes venus voir Séraphine il y a quelques semaines, que vous lui avez demandé son aide pour combattre Damien et ses hommes, elle n'a pas souhaité se battre à vos côtés, mais ça ne l'a pas empêchée de prendre ses dispositions.

— Ses dispositions ?

Fred s'empare d'une barre chocolatée et la fourre dans sa bouche avant de poursuivre :

— Elle a fait creuser un tunnel. Enfin, disons surtout qu'elle a rouvert un passage depuis longtemps condamné, une sortie souterraine. Elle est encore bloquée par des éboulements, mais dans quelques jours elle sera libre, j'ai mis une vingtaine de gars dessus. Si les gardes nous attaquent, nous pourrons nous enfuir, et j'espère bien qu'ils nous attaqueront, un jour ou l'autre. Mais avant ça, nous devons savoir comment rentrer chez nous, si nous avons réellement un foyer quelque part. C'est de ça qu'il doit être question ce soir. Il nous faut nos réponses, et peu importe les moyens à employer pour les obtenir, j'en prends la responsabilité. Concernant les caméras...Oui, peut-être nous observent-ils en ce moment même mais, heureusement pour nous, ils ne peuvent pas nous entendre. Nous avons fouillé le tunnel et à cet endroit il n'y a rien. Absolument rien. Il n'y a aucun recoin, aucun objet susceptible de renfermer une caméra. Que de la roche bien trop friable pour y cacher quoi que ce soit. Ils ne peuvent pas voir ce que nous préparons.

Son ton est sans pitié et, malgré moi, je souris. Il n'a pas peur de se salir les mains et je suis prête à le suivre, quoi qu'il fasse. De toute façon, mes mains sont déjà coupables et traîtres, je n'ai plus rien à perdre.

— Qu'est-ce que tu proposes ? je demande.

— De rendre le professeur Carter moche, très moche. J'ai peur qu'ils n'aient pas encore bien compris à qui lui et ses alliés avaient affaire, et ce, même après ton petit numéro sanglant dans leurs locaux, 900.

Ces derniers mots me provoquent une bouffée de chaleur immédiate. Il est bien le seul à revivre ce moment avec autant de détachement. Pourtant, il a raison. Comme l'a si bien dit Simon tout à l'heure, les sentiments et l'indulgence ne doivent plus décider pour nous.

— Alors... reprend-il. Nous devons nous montrer déterminés et ça commence par casser la gueule à ce putain de professeur. Sans pitié. Là, ils verront que nous ne plaisantons pas et que, s'ils ne se montrent pas coopératifs, nous passerons à l'acte et tuerons leur chef.

— Je suis d'accord, souffle Camélia. Si vous saviez combien mes doigts me démangent. Je veux en être ! Je veux lui foutre mon poing dans la gueule ! C'est le minimum que je puisse faire… pour elle…

Ces deux derniers mots étaient à peine chuchotés et pourtant ils résonnent en moi comme s'ils m'avaient été hurlés aux oreilles.

Pour elle…

— Je veux en être, moi aussi, j'annonce.

Maintenant, nous nous trouvons tous les trois, Fred, Camélia et moi, devant le renfoncement du mur qui, d'ici quelques secondes, nous guidera dans la pièce secrète de Séraphine et donc tout droit vers le professeur Carter. Aucun de nous n'a prononcé un mot. Camélia tremble d'impatience à côté de moi, Fred est tendu, comme à son habitude. Je repère très vite la petite pierre à actionner et, sans attendre, j'y appuie mon poing. Le mur tremble, gronde, et aussitôt la pierre pivote, nous déposant dans le bureau tant attendu.

Nous sommes toujours aussi silencieux lorsque les deux silhouettes bâillonnées s'agitent, ligotées sur leur chaise, sous nos yeux. Le docteur Stone est tombé à la renverse et je ne saurais dire depuis combien de temps il souffre, dans cette position, les mains liées derrière le dossier et écrasées sous son poids. Aucun ne nous voit ni même n'est en mesure de parler. Seuls les gémissements du docteur tentent de franchir son bâillon. Mais il ne nous intéresse pas. Nous ne sommes pas venus pour lui.

Lentement, nous approchons, et alors que nous arrivons à hauteur du professeur Carter, Camélia s'empare du foulard qui recouvre ses yeux et le retire brusquement. Le professeur cligne plusieurs fois des paupières, sûrement pour s'accommoder à la lumière dont il était privé depuis bientôt quarante-huit heures maintenant. Il ne porte pas un regard suppliant sur nous. Au contraire, c'est avec condescendance qu'il nous observe.

Je ne suis pas sûre qu'il garde cette expression encore longtemps.

Camélia le toise, impassible, avant d'ôter le chiffon de sa bouche.

— Vous comptez me torturer, c'est ça ? Pour avoir des réponses ? ricane-t-il.

Sa chevelure est en désordre, son costume est froissé et taché de sueur. Il peut nous faire croire qu'il ne craint pas le sort qu'on lui réserve, mais ses poignets rougis par la friction des cordes témoignent de son agitation et de son désir désespéré de se tirer d'affaire.

— Oh… Non… souffle Camélia, cynique.

— Ah… Vous me connaissez bien dans ce cas. La torture ne marche pas avec moi. Quoi ? Vous allez menacer de tuer mon fils de nouveau, c'est ça ? Pour des réponses qui ne vous serviront à rien puisque, quoi qu'il arrive, vous mourrez !

— Non, non… Vous ne comprenez pas, professeur. Nous ne voulons pas de vos réponses. Nous n'attendons rien de vous, déclare Camélia sans se démonter. Ah si… peut-être de vous entendre crier. J'aimerais beaucoup vous entendre crier, me supplier.

Elle s'arrête un instant, étudie longuement le chiffon humide entre ses doigts et hoche la tête en signe de négation.

— En fait, non. Même de vous entendre crier, je m'en fous. Rien, en fait. Nous n'attendons vraiment, vraiment rien de vous.

Et dans un sourire, elle serre sa paume autour du chiffon et le replace dans sa bouche. De ses doigts, elle enfonce bien le tissu lorsque soudain elle se met à crier. Le professeur Carter vient de planter ses dents dans sa chair et c'est à cet instant que les hostilités commencent. Camélia propulse son poing contre la mâchoire du professeur et, aussitôt, un filet de sang macule le tissu visible dans sa bouche ouverte. Elle ne s'arrête pas là et lui adresse un deuxième coup, au même endroit, un râle de douleur lui échappant malgré lui. Les yeux exorbités, la mâchoire serrée, il tente de se contenir, mais son instinct de lâche est plus fort que sa fierté. Alors, il gémit, encore et encore.

Camélia parvient à s'arrêter à temps pour nous laisser notre petite part de vengeance. Arrive mon tour. Je ne m'attarde pas longtemps. Seul un coup me suffit. Il est libérateur, presque réconfortant. Et lorsque son nez craque sous mes doigts, je souris, pour elle. Pour eux. Carter est soudainement pris de nausées, sa respiration se coupe et un gémissement presque suppliant lui échappe. La seule satisfaction de ce son, cette plainte d'enfant, de gamin effrayé, me suffit pour reprendre mon souffle, pour me libérer un peu.

Je recule alors, caressant mon poing avant de l'essuyer contre mon jean, pour me défaire de son sang, de son poison. Une émotion vive monte en moi. Le chagrin s'éveille tout à coup, mélangé au soulagement. Un soulagement bien trop dérisoire, après une vengeance qui ne répare rien. La souffrance de Carter ne ramènera jamais 899. Rien n'effacera le passé, ni nos sacrifices. Un frisson me traverse et me glace le sang. L'image d'Ugo, inconscient, gisant sur son lit me provoque haut-le-cœur. Camélia glisse sa main dans la mienne et ce simple geste me ramène à la réalité.

— Je finis le travail ! souffle Fred. Laissez-moi seul avec lui.

Alors je fuis. Je quitte cette pièce étriquée et chargée de colère. Je n'attends pas Camélia, et cours. Je cours vers le seul lieu où je me sens vraiment à ma place. Auprès de lui.

Lorsque je pénètre dans notre chambre, je me sens bizarrement apaisée. Il a beau être immobile, loin, très loin de notre réalité, son odeur, elle, est partout. Elle flotte dans l'air et c'est une preuve de plus qu'il est en vie. Je sais que la docteure Anand est passée. Son bandage autour du cou est tout juste changé et son visage est plus lumineux.

— Je suis tellement désolée… je m'entends murmurer d'une voix cassée. J'espère que tu sauras me pardonner.

J'avance doucement vers son lit et ne cesse d'observer son torse qui, lentement, se soulève et s'abaisse. Je sais qu'il est aidé d'une machine, que peut-être si on la lui retirait il ne serait pas en mesure de respirer, mais je chasse rapidement cette idée. Il me suffit de lui prendre la main et son pouls s'infiltre en moi, m'offrant une preuve de plus qu'il est bien là. Oui, il est là. Ugo est en vie.

Je m'approche plus encore et me fraye un passage sous son drap chaud. Il a les mains froides, glacées, et pourtant tout son corps recouvert par le tissu est brûlant. Je m'allonge alors, posant doucement ma tête contre son torse. Là, je ne sens pas seulement son cœur, mais je l'entends. Je l'entends se battre et lutter.

Il ne m'en faut pas plus pour que ce rythme lent, tenace, me berce et m'emporte vers un état second, quelques instants, dans un monde où Ugo et moi, nous pourrions être heureux.

13

900

Le soleil étincelle au-dessus de nos têtes. Pas un seul nuage ne nous apporte un semblant d'ombre. Oui, c'est une belle journée. Le calme qui nous entoure parvient presque à nous apaiser. Le doux vent nous caresse la peau, les cheveux, charriant l'odeur des fleurs et de la sève. C'est presque drôle, hilarant, le contraste entre nos cœurs endeuillés et la vie, qui pour notre terre continue, comme si elle n'avait jamais recueilli en son sol des centaines de cadavres innocents.

Ne devrait-elle pas être en colère ?

Non. Elle nous offre, comme réconfort, son soleil et sa lumière vive, son ciel bleu pur, son vent frais et sa quiétude.

Fred, Stan, Rob, Mickey, David, Simon et Roger tiennent entre leurs mains les armes que nous avons subtilisées aux gardes du Conseil. Aucun ne tremble. C'est comme s'ils avaient combattu toute leur vie. Même si le professeur Carter représente une monnaie d'échange de poids, rien ne nous garantit que les gardes ne tenteront pas de nous abattre.

Nous devons être prêts.

Une seconde équipe, armée elle aussi, coupe par les champs pour nous couvrir en cas d'attaque. Nous avons l'air organisés et pourtant nous ne savons pas réellement si nous sommes prêts. Il n'est plus question de combattre les affidés de Damien, qui malgré leur folie, leur colère, étaient des rivaux aussi peu entraînés que nous. Là, il s'agit du Conseil. Un groupe d'adultes aguerris, d'hommes et de femmes intelligents, sans pitié, accoutumés à la mort, habitués à la donner.

Camélia est à côté de moi et nous ouvrons la marche, l'équipe armée nous suivant de très près.

Elle et moi n'avons plus peur. Nous en avons déjà trop vu.

Quoi qu'il arrive, nous sommes tous voués à mourir. Plus rien ne nous retient. Aucune action ne nous paraît aujourd'hui risquée, bien au contraire, le moindre choix, la moindre décision peut nous sauver.

Alors que nous sommes à près de cent mètres du hangar, deux silhouettes apparaissent à l'entrée. Devant la lourde porte métallique, un homme à la peau ébène et une femme à la courte chevelure brune patientent nerveusement.

— Venez jusqu'à nous ! hurle Camélia.

Il est hors de question que nous approchions plus encore. Qui sait si une armée ne se cache pas derrière le bâtiment. Au moins, d'ici, nous avons une vue imprenable sur ce qui nous entoure.

Il leur faut quelques secondes pour nous repérer et, lentement, l'un et l'autre avancent dans notre direction, non sans jeter quelques regards suspects aux alentours.

À cet instant, nous sommes tous tendus, sur le qui-vive. À n'importe quel moment, un garde peut surgir et tirer une balle sur l'un d'entre nous. Même à une centaine de mètres, il est certain qu'il toucherait sa cible. Ils sont surentraînés.

— Mettez vos mains en l'air ! ordonne Camélia.

Aussitôt, ils s'exécutent.

Mickey rejoint la femme avant de pointer son arme sur sa nuque. Elle n'a pas peur. Au contraire, elle nous défie du regard. Elle est âgée, soixante ans, peut-être plus, et sa condescendance me rappelle cruellement celle de la régente.

Alors que je détache mon regard de cette femme arrogante, j'analyse maintenant l'homme qui l'accompagne. Il n'a pas plus de trente ans et lui, à l'inverse, semble paniqué. Il a beau s'efforcer de ne rien laisser paraître, ses mains tremblantes et sa mâchoire agitée le trahissent. Je décide :

— Lui ! On le garde en otage, on va l'emmener avec nous.

— Bien ! déclare Fred tout en l'agrippant par le pull.

— Dois-je retourner à mes quartiers ? suggère la femme d'une voix neutre, quoiqu'un peu trop confiante.

— Non. Pas tout de suite, je lui réponds. Attendez ici quelques minutes encore.

Malgré moi, je lui souris. Un sourire que l'on pourrait penser chaleureux dans d'autres circonstances. Pourtant, il est tout ce qu'il y a de plus menaçant.

Quelques pas se font entendre derrière nous et si je n'étais pas aussi sûre de moi, de nous, je prendrais mes jambes à mon cou. Mais je sais que c'est le second groupe qui arrive. Mon regard ne lâche pas celui de la femme qui me fait face, l'arme de Mickey toujours pointée sur sa nuque. Elle me regarde, elle aussi. Elle sait qui je suis. Je me souviens de l'avoir vue lorsque nous étions dans ce laboratoire, prêts à succomber sous leur gaz meurtrier. Elle sait de quoi je suis capable et pourtant elle semble encore dubitative, pas tout à fait convaincue de ma détermination.

Elle va être servie.

Et je n'ai pas besoin d'attendre plus encore pour voir son visage si bien maîtrisé se décomposer.

— Que lui avez-vous fait ?

Je ne me retourne toujours pas. Je n'ai pas besoin de voir la scène dont elle est témoin à quelques mètres derrière moi.

Je sais qui se tient, inconscient, sous bonne garde. Je n'ai pas besoin de le voir, ma mémoire est intacte. Je sais que la partie droite de son visage est entièrement bouffie. Je sais que son bras gauche est brisé dans un angle impossible. Je sais également que de longues cicatrices maculent chaque partie visible de son corps.

Voilà ce qu'est devenu le professeur Carter.

Il y a encore quelques mois, je n'aurais pas supporté une telle vision d'horreur. Aujourd'hui, je n'en ai rien à faire. Je ne suis ni ravie ni horrifiée. J'y suis indifférente.

— Je vous trouve un peu trop confiante, vous n'avez pas encore bien saisi à qui vous aviez affaire, j'annonce, alors que le professeur reprend peu à peu conscience, gémissant faiblement.

— Ne le tuez pas. S'il vous plaît.

— Vous me suppliez, maintenant ? Pourquoi ?

Son regard perd peu à peu de son assurance et ses épaules s'affaissent légèrement.

— Nous avons besoin de lui.

— Ah ?

— Il ne s'agit pas seulement de vous ! s'exclame-t-elle.

— Oh. Veut-il votre mort à vous aussi ?

— Non. C'est…

— Alors il s'agit uniquement de nous. Allez dire à tous les membres du Conseil que, lorsque votre médiateur reviendra, je l'espère en un seul morceau, il vaudrait mieux pour vous que vous accédiez à chacune de nos requêtes. Nous n'avons pas peur de nous salir les mains, je crois que vous l'avez maintenant constaté. La moindre réticence de votre part et le professeur Carter mourra. C'est aussi simple. Avez-vous compris ?

— Vous ne réalisez pas…

— Avez-vous compris ?

— Parfaitement, capitule-t-elle.

— Sachez que vous pouvez le retrouver vivant. Si nous avons nos réponses, nous vous le rendrons. Je n'ai qu'une parole. Tentez de nous attaquer, et il sera le premier à mourir. Rentrez, maintenant.

Je ne lui laisse pas le temps de répondre et lui tourne le dos. Je joue un rôle, celui de la fille insensible, sans pitié, alors je marche, seule, en direction du sanctuaire, suivie par mes amis, silencieux. Je sais qu'elle nous observe, qu'elle se laisse le temps pour trouver une autre issue, un autre moyen de nous avoir, mais je sais aussi que, après avoir pesé tous les éléments, elle se rendra bien vite à l'évidence. Il n'y a qu'une seule solution pour que le professeur reste en vie : m'écouter.

C'est dans un silence identique à celui du trajet aller que nous entamons le retour. Pas même notre otage n'exprime un mot, un gémissement. À l'inverse, il semble se faire petit, minuscule, comme si son mutisme, sa discrétion, pouvait nous le faire oublier, le rendre invisible. Malheureusement pour lui, nous n'attendons qu'une seule et unique chose.

Rejoindre le sanctuaire et l'interroger.

Je ne connais pas cette salle. Durant le peu de temps que j'ai passé ici, dans le sanctuaire, je crois ne pas avoir visité plus de la moitié du lieu tant il regorge de recoins insoupçonnés. C'est dans cette pièce que l'homme du Conseil, assis, ligoté sur sa chaise, fuit nos regards à tous.

David, Simon, Camélia, Fred et moi sommes prêts à l'interroger.

Séraphine a souhaité se joindre à nous. Elle a beau jouer de l'hypnose et en connaître les subtilités, elle n'est pas en mesure de la pratiquer sur elle-même. Aussi, elle a des questions. Beaucoup de questions. C'est pourquoi elle commence :

— Quel est votre prénom ?

La voix de Séraphine est calme et douce comme à son habitude. Même dans les pires moments, elle sait se montrer pacifique. Bien qu'elle n'ait plus de croyances, elle n'a pas pour autant perdu sa spiritualité. Chez elle émane toujours une force tranquille que j'envie.

— Daniel.

Ses yeux sont d'un noir profond et l'espace d'un instant je crois reconnaître ce même éclat sombre et abîmé qui nous anime tous.

— Nous ne souhaitons pas vous faire de mal, Daniel, poursuit Séraphine. Ne nous forcez pas à obtenir nos réponses dans la douleur quand nous pouvons les trouver dans le partage et la discussion. J'ai besoin de savoir si vous comptez parler. Vous êtes venu jusqu'à nous pour négocier. Sommes-nous sur la même longueur d'onde, Daniel ? Je dois le savoir tout de suite.

Pour toute réponse, il hoche la tête de haut en bas.

— Bien… Qui suis-je, Daniel ? Je m'appelle au moins Séraphine ?

Alors qu'il frotte sa joue contre son épaule pour en essuyer la sueur, il inspire profondément.

— C'est bien votre nom. Vous n'avez pas souhaité le changer.

Hein ?!

— Que dire par là ? j'interviens, sans réfléchir.

— Séraphine fait partie du Conseil. Elle a choisi de se joindre à nous, en toute connaissance de cause. Elle a seulement souhaité oublier.

Alors que l'interrogatoire a commencé, sans violence, je sens que les réponses à venir risquent de se faire sur un autre ton. Il y a dans le regard de l'homme, dans ses traits soucieux, une infinité de sentiments, de non-dits qui, je le comprends, peuvent nous atteindre de plein fouet.

— Oublier quoi ?

— Oublier que les générations devaient mourir en cas d'échec. Elle a accepté de rejoindre le programme. Elle savait ce que les générations encouraient, elle voulait seulement qu'on lui enlève ce souvenir. Qu'on lui efface de la mémoire chaque extermination si elle devait un jour en vivre une. Peut-être aviez-vous peur de faire machine arrière, une fois mise devant le fait accompli ?

Cette dernière phrase lui était directement adressée et elle est autant que nous sous le choc.

— Vous… vous voulez dire que j'ai accepté une telle cruauté ? Que j'ai été, à un moment donné, au courant de tout ça ? clame-t-elle d'une voix effrayée, perdue. C'est impossible, non, non, je ne suis pas comme ça.

Je ne sais pas quoi dire. Cette première révélation est déjà trop dure à encaisser. Que penser de cette femme aujourd'hui ? Si, à l'époque, elle a accepté, n'est-elle pas tout aussi coupable que le Conseil ? Bien qu'aujourd'hui elle soit de notre côté, il n'empêche qu'elle savait, elle a su.

— Je n'ai pas pu laisser faire une chose pareille ! C'est impossible ! se défend-elle.

— Croyez-vous que nous pouvons tous nous comporter ainsi sans raison, Séraphine ? Il n'y a que le professeur Carter qui soit fou. Un fou qui a de l'argent, plus que n'importe quel homme sur terre.

— Parlez, bon sang ! s'énerve-t-elle.

— Votre fille était malade, Séraphine, elle allait mourir alors qu'elle n'avait que cinq ans. Le professeur Carter vous a trouvée et promis de la guérir en l'intégrant à un programme médical test très prometteur. Il pouvait sauver votre fille. Et c'est ce qu'il a fait. En échange de votre mission. Et vous avez accepté, Séraphine. Comme chacun d'entre nous. Peu importait le prix à payer tant que nos proches pouvaient vivre. Pourquoi croyez-vous que je suis ici ? Me croyez-vous heureux, satisfait, comblé par vos morts à tous ? Certains au Conseil ont déjà fait marche arrière et ils l'ont payé de leur vie, la leur et celle de leur famille. Croyez-vous être les seuls à être pieds et poings liés ? Vous voulez sauver ceux que vous aimez ? Pour nous, c'est pareil !

Oh, bon sang !

Alors que son bref monologue se termine, je sens la main de Simon presser mon épaule.

A-t-il perçu mon faible sursaut ? Ou est-ce lui qui réclame un réconfort ?

En réponse, je serre sa main, fort, et je perçois son lourd soupir derrière moi.

C'est donc ça ? Ils agissent tous sous la menace ? Comment un homme peut-il sacrifier des milliers de vies pour n'en sauver qu'une ?

— J'ai… une fille ?

La voix de Séraphine rompt notre silence de mort

— Et un garçon, un mari, des frères. Vous les avez quittés il y a dix ans maintenant.

En quelques secondes, la carapace de Séraphine éclate en morceaux. Elle pleure, tremble, suffoque.

C'en est trop, beaucoup trop. Tout le monde ne peut pas être impliqué, non !

— Qu'en est-il de la docteure Anand ? je crache nerveusement, redoutant la réponse.

— Elle ne sait rien du programme. Le professeur Carter avait besoin de certains spécialistes et il manquait de médecins bénévoles. Enfin, « bénévoles », vous m'avez compris, comme je vous l'ai dit rien n'est réellement gratuit. Il a enlevé la docteure Anand il y a onze ans, elle a subi le même traitement que vous.

Je ne peux retenir un long soupir de soulagement.

Elle ne nous a pas trahis. Elle est de notre côté.

— Pourquoi êtes-vous ici ? Qu'est-ce qui valait à ce point que vous acceptiez de collaborer avec le professeur Carter et que vous participiez à ces exterminations ? l'interroge Simon dont la main presse rageusement mon épaule.

— Je pensais que tout le monde aurait réagi comme je l'ai fait. Je le pensais avant de vous voir, 900. Vous voir sacrifier l'homme que vous aimiez pour sauver les vôtres. Je n'ai pas fait ce choix. J'ai choisi de laisser des milliers de jeunes mourir pour sauver mon frère. Il a été condamné à la peine de mort pour un crime qu'il n'avait pas commis. Pour une simple erreur de jugement, il a vu sa vie basculer du jour au lendemain. Le professeur m'a fait la même proposition qu'à Séraphine. Ma soumission, contre la liberté de mon frère. C'est tout ce qui comptait pour moi.

Une larme lui échappe et l'espace d'un instant j'ai de la peine pour cet homme. Un court, très court instant.

— Croyez-vous être le seul à avoir un frère ? Vous osez dire que le seul fou au Conseil est le professeur Carter lui-même, mais vous avez tort ! Vous êtes tous fous ! Tous complètement dingues ! je hurle en m'approchant dangereusement de lui. Qui sommes-nous ? Dites-le-moi ! Qui sommes-nous ?!

L'homme déglutit bruyamment et ses yeux se posent quelques secondes sur le couteau que je porte à la taille. Si pour le faire parler je dois l'utiliser, je n'y réfléchirai pas à deux fois.

— Vous savez de quoi nous sommes capables, Daniel ! Qui sommes-nous ?! Racontez-nous tout !

Ma voix est méconnaissable. Je suis en colère. Une colère tellement dévastatrice que je ne me reconnais plus. J'ai l'impression que mon ton a baissé de plusieurs octaves tant ma gorge est nouée, tendue. Je me retiens de toutes mes forces pour ne pas le tuer, pour ne pas répondre à cet instinct violent qui réclame vengeance.

Non ! La justice viendra.

J'inspire, j'expire lourdement.

Mais nous devons d'abord obtenir nos réponses.

J'inspire de nouveau, lentement, et expire.

— Racontez-nous tout ou j'utilise ce couteau, je gronde, retenant mes tremblements.

La peau ébène de Daniel me paraît soudain plus pâle et de nouveau il peine à déglutir. Il a beau participer à un programme immonde, impitoyable, il reste un lâche, un homme peureux caché derrière un fou au pouvoir incommensurable. Il ne connaît rien de la violence, de la mort, bien qu'il soit celui qui l'observe chaque jour sans bouger.

— Vous avez été enlevés, un à un, il y a maintenant plus d'un an, avoue-t-il enfin. Le professeur Carter a dressé une liste de profils d'individus qu'il souhaitait voir intégrer son programme. Une centaine de prospecteurs travaillent pour lui et, chaque année, vous êtes des milliers d'enfants à disparaître. Nous avons créé un traitement pour vous faire oublier vos vies en vous implantant de nouveaux souvenirs. Le traitement vous gardait dociles, vous n'étiez pas censés vous poser de questions. Mais vous le savez, il n'y a jamais eu d'épidémie. Rien. La vie continue, d'une certaine manière, pour vos familles.

— D'où venons-nous ? demande Camélia, l'air absent.

— Des États-Unis.

Hein ?!

— D'où ?! interroge Simon.

— Des États-Unis. C'est un immense pays d'Amérique, composé de plusieurs dizaines d'États. C'est de là que vous venez tous.

— Comment y retourner ? grogne Fred, lui aussi à deux doigts de perdre son sang-froid.

— Vous ne pouvez pas…

Il n'en fallait pas plus à Fred pour se jeter sur l'homme et lui empoigner le col. La chaise bascule légèrement sous son assaut et Daniel tremble plus encore.

— Je… Vous… Nous sommes sur une île, en plein milieu de l'océan. Cette île appartient au professeur Carter.

— Si vous avez réussi à faire venir des milliers de gosses sur cette île, ne me dites pas qu'il n'y a aucun moyen de les en faire partir ! cingle Fred d'une voix menaçante. Par quel moyen avons-nous atteint cette île ?

Daniel ferme les yeux. Peut-être croit-il disparaître ? S'évaporer ?

Malheureusement, lorsqu'il rouvre les paupières, il comprend qu'il n'a pas d'autre choix, d'autre issue, que de parler.

— Un cargo.

— Un quoi ? demande Simon, s'avançant à son tour de notre otage couvert de sueur.

— Un bateau, un immense bateau.

— Où est-il ?

Cette fois, Simon agrippe sa mâchoire de ses doigts tremblants pour forcer notre otage à le regarder dans les yeux.

— Il n'est pas amarré ici, répond-il d'une voix à peine audible.

Et lorsque Simon s'empare de sa propre lame, Daniel s'agite.

— Chaque mois, il rejoint l'île pour apporter des marchandises ! Il ne reste que quelques heures avant de repartir pour Seattle !

— Où ?

— Seattle ! Une ville de l'État de Washington, aux États-Unis !

Je suis sous le choc. C'est impossible. Toutes ces révélations sont incroyables, invraisemblables !

Comment ? Comment passer d'une vie que nous pensions détruite pour tous à un tel scénario ?

Il y a encore quelques semaines, nous pensions avoir toujours vécu dans nos orphelinats et pensionnats respectifs. Nous étions persuadés d'être les seuls survivants, persuadés d'être les seuls capables de recréer une société. Nous pensions faire partie d'une mission vitale, unique. Mais tout, tout depuis le départ, n'est qu'un leurre. Rien, rien n'est jamais arrivé. La vie existe ailleurs, elle suit son cours, sans nous. Nous, des enfants, des adolescents, des jeunes adultes, arrachés à nos familles, à nos amis.

Comment une chose pareille peut-elle se produire dans l'indifférence générale ?

C'est impossible !

Qui suis-je ? Où ai-je vécu ? Qui est ma mère ?

À cet instant, je me remémore mes rêves à l'orphelinat. Cette femme, brune, à la chevelure longue comme la mienne. Sa robe blanche, son sourire, son parfum citronné.

Bon sang. Et si c'était elle ? Et si elle avait réellement existé ?

Et cette forêt ? Cette maison dans les bois ?

Si tout ceci avait été réel ?

J'ai chaud, trop chaud. Ma peau me brûle, ma respiration s'accélère.

Je dois savoir ! Je veux savoir qui je suis !

— Comment savoir d'où nous venons ? je lâche, dents serrées, pointant mon couteau sous sa gorge.

Je sais qu'il coopère, qu'il ne nous a pas une seule fois obligés à utiliser la manière forte, mais à cet instant je ne veux pas de mensonges, pas un seul. Alors j'utilise la menace. Quelque part, ça me fait du bien. Ça me fait du bien de savoir que sa vie se joue peut-être sur sa réponse. Ça me soulage de savoir que lui aussi a peur. Pourquoi serions-nous les seuls à voir notre vie menacée ?

Son regard me donne satisfaction. Oui, il a peur. Comme nous.

— Il y avait des registres. Ils… ils ont été détruits. Tout était écrit.

Aussitôt, il ferme les yeux, craignant sûrement que je ne mette ma menace à exécution en plantant la lame dans sa gorge. Il m'a vue le faire, il sait que j'en suis capable.

J'appuie le couteau contre son cou. Cette fois, je sais que je ne ferai rien. Je ne le tuerai pas, je ne suis pas une meurtrière. Jamais je ne tuerai gratuitement. Mais lui, lui n'en sait rien. Aussi, il s'agite et s'empresse de parler :

— Mais vous pouvez récupérer vos souvenirs ! Tous ! Une pilule ! Nous avons une pilule !

— Expliquez-vous ! clame David, qui intervient pour la première fois.

Depuis le début de l'interrogatoire, il est adossé au mur de pierre et, malgré l'étroitesse de la pièce, j'avais oublié sa présence.

— Nous l'avons créée dans le dos du professeur Carter pour assurer nos arrières si un jour nous étions confrontés à une rébellion comme celle-ci. Nous savions que cela pouvait arriver. Je peux vous la donner ! Je vous la rapporte ! Je vous le promets !

Cette fois-ci, il est trop coopératif. Peut-être a-t-il simplement peur pour sa vie, mais cette pilule, qui nous dit qu'elle n'est pas mortelle ?

Daniel cache quelque chose, c'est certain.

— Croyez-vous vraiment que nous allons tomber dans votre piège ?

Ses yeux s'écarquillent et il comprend qu'il est démasqué.

— Cette pilule est mortelle, n'est-ce pas ?

— Non, non, non ! Je vous le jure !

Cette fois, je presse la lame contre sa peau avec force, sans pour autant faire couler le sang. Pourtant, il suffirait de peu pour lui entailler la chair.

— Écoutez… Je vous l'ai dit ! Nous l'avons créée pour assurer nos arrières. Autant pour nous protéger du professeur Carter que de vous.

— De nous ? siffle Simon avec rage. Depuis quand sommes-nous une menace ? Nous ne souhaitons qu'une seule chose ! Sortir d'ici !

Camélia intervient :

— Vous nous pensiez assez stupides pour avaler cette putain de pilule ? Un énième moyen de nous tuer ?

— Non, non ! Elle ne vous tuera pas ! Elle vous rendra véritablement vos souvenirs. Seulement, elle vous fera oublier toute la réinsertion. C'est de cette manière que nous nous sommes protégés ! Tout vous reviendra ! Votre enfance, votre jeunesse, vos familles, votre foyer, vos amis, vos vies tout entières jusqu'au jour où nous vous avons enlevés. Dès l'instant où vous avalerez ce comprimé, il ne se sera écoulé qu'une seule seconde entre votre enlèvement et votre retour. Vos deux années ici seront alors effacées, évaporées.

Oh…

Camélia ? 899 ? Simon ? David ? Ugo… Évaporés ? Rayés de ma mémoire ? Une nouvelle fois ? Définitivement ?

Il ne m'en faut pas plus pour que ma colère se dissipe, transformée en une tristesse profonde, douloureuse. Mes membres lâchent, la lame logée au creux de ma paume tombe et tinte contre le sol de pierre. Je vais m'effondrer, je le sais. Alors je fuis. Je pars, quitte la pièce sans un mot. Je ne veux plus entendre cet homme. Je ne peux pas. C'est trop dur. Et lorsque je rejoins le couloir, je cours. Je cours de toutes mes forces.

Je ne peux pas choisir ! Si ce comprimé existe, si nous parvenons à rejoindre ce bateau, si j'ai réellement eu une vie, une vraie, je veux m'en souvenir ! Je veux connaître ma mère, mon père, mes frères, mes sœurs ! Je veux me souvenir d'eux et les revoir comme si rien ne s'était jamais passé ! Je ne veux pas avoir à retrouver des inconnus ! Des inconnus qui portent mon souvenir, qui sont ma chair, mon sang et qui pourtant ne m'évoquent rien.

Mais je ne peux pas non plus oublier cette année, cette courte vie. Elle est à moi, c'est la mienne. Même si j'ai perdu des amis et que j'ai vécu la torture, la douleur, le chagrin, j'ai trouvé une famille en 899, Camélia, Simon,

David. Mes meilleurs amis, mes piliers. Et l'amour. Le vrai, le grand. Ugo. Ma force.

J'ouvre la première porte qui se présente et c'est avec soulagement que je constate qu'elle donne sur une chambre vide.

Je m'allonge dans le seul lit. Ce lit qui n'est pas le mien.

Je pense alors à celui qui m'attend depuis plus d'un an. Ce lit dans lequel j'ai rêvé durant seize années. Celui qui porte mon empreinte, mon parfum, mes rires, mes pleurs. J'ai un endroit à moi. J'ai toujours eu un endroit à moi. Un foyer. Il existe, il est bien réel. Je ne connais pas ma famille, mais je pleure pour elle. Qui sont-ils ? Me pleurent-ils, eux aussi ?

Je repense à 899. Non, putain, à Mary. Elle n'a jamais été ce numéro. Ces putains de chiffres ! Mary ! Mary Brenson ! Chicago ! Sa ville… Son foyer… Là où elle aurait toujours dû être.

Je pense à elle et je souffre, terriblement. Elle n'aura jamais su. Elle avait une vie. Elle avait tout. Et elle n'aura jamais su.

Et moi aussi. Moi aussi j'ai un putain de nom. Moi aussi je suis quelqu'un.

Ugo… Ugo, réveille-toi. J'ai besoin de toi.

14

900

Lorsque j'ouvre les yeux, Camélia est assise face à moi, le dos contre le mur de pierre. Je ne sais pas comment elle m'a trouvée, moi-même je ne saurais pas situer la chambre dans laquelle j'ai atterri. Le sanctuaire est un labyrinthe.

— Ça va ? je murmure, enrouée.

— Ouais… On va bien.

La réponse en chœur des deux jumeaux me fait sursauter. Je tourne la tête et je les vois à mon chevet, eux aussi assis à même le sol, côte à côte, appuyés contre le mur.

Ils sont tous là, avec moi.

Une douce chaleur s'insinue en moi. Je ne suis pas seule. Ils sont là.

— Je ne veux pas vous oublier, murmure Simon.

— Moi non plus… souffle Camélia. Je ne veux pas non plus l'oublier *elle*…

Elle…

— Mary…

Son prénom est sorti de mes lèvres sans même que je le contrôle. Mary, c'est son nom, son identité. Rien d'autre.

— Qui portera son souvenir ? Si on fait ça, elle aura été morte dans l'ignorance, le silence. Je ne peux pas l'imaginer, c'est impensable pour moi… sanglote-t-elle, une larme dévalant sa joue. Mais merde, j'ai une famille. J'ai une vie, des parents, peut-être même des frères, des sœurs. J'ai une vie, bordel. Si Daniel suit notre plan, s'il y parvient, je ne peux pas prendre cette décision. C'est trop dur. J'ai l'impression qu'on me demande de choisir entre ma famille et… la fille que j'aime.

J'inspire profondément. Ça me tue de penser ça et pourtant je connais Mary par cœur. Du moins, la Mary de cette vie, la mienne. Ma meilleure amie.

— Tu as peut-être l'impression que prendre cette pilule serait la trahir, effacer son souvenir, la tuer une seconde fois. Mais, Camélia, elle est déjà partie, elle est déjà morte. Il n'y a pas meilleur moyen d'honorer sa mémoire que retrouver ta vie, la tienne, celle qu'elle aurait tant rêvé retrouver elle aussi. Elle ne souhaiterait que ton bonheur. Elle ne voudrait pas nous voir échouer. Elle n'aurait jamais échoué, elle.

— Tu as peut-être raison… Je ne sais pas. Je ne sais plus rien.

— Simon ?

Il lève la tête et ses yeux fatigués rencontrent les miens.

— C'est quoi ce plan, avec Daniel ?

Il se met debout, époussette son jean et s'assied près de moi, au bord du lit.

— On tente un premier plan seulement. Daniel nous aidera à sortir d'ici.

— Nous aider ? Comment ?

— Daniel doit convaincre les membres du Conseil de nous laisser partir. Il doit leur transmettre notre message. À savoir que, si nous ne quittons pas l'île, si nous ne savons pas quand et où le cargo accoste, nous tuerons le professeur. Et pour qu'ils acceptent, Daniel doit les convaincre que nous sommes tous prêts à oublier. À prendre leur comprimé. Ainsi, ils ne risqueraient rien. Tant que nous n'avons pas ces informations de notre côté, nous ne délivrerons pas le professeur Carter.

Pourquoi accepteraient-ils ? C'est trop risqué pour eux ! Notre parole ne vaut rien à leurs yeux. Rien ne leur assure que nous prendrons bien cette foutue pilule ! Rien ne prouve qu'on ne les livrera pas aux autorités sur le continent ! Puisque c'est ce que je ferai ! Je le ferai sans hésiter !

— Ça ne marchera pas, Simon.

— Je le sais. Et je sais que Daniel le sait aussi, bien qu'il nous ait dit le contraire. Ils procéderont à l'échange. Leur carte de l'île, les pilules, contre le professeur, et lorsque Carter sera de retour, à l'abri, ils nous attaqueront dans la seconde qui suit.

— C'est Daniel qui vous l'a dit ?

— Non. Il pense qu'on lui fait suffisamment confiance pour convaincre le Conseil. Mais nous savons que le Conseil, lui, n'a pas confiance en nous et qu'une fois les informations données, il se retournera contre nous. Daniel nous croit naïfs et pense que s'il parvient à nous aider il obtiendra de nous sa liberté. On simulera sa mort, de manière que le professeur Carter morde à l'hameçon, et il sera libre, comme nous.

— On ne peut pas faire ça ! je m'indigne. Il mérite d'être enfermé, il mérite la prison à laquelle son frère a échappé !

— On ne le fera pas, 900. Mais il ne doit pas le savoir. C'est le marché qu'on a conclu avec lui. Nous ne savons pas s'il compte l'honorer. Nous voulions juste lui offrir deux portes de sortie. La première, s'allier à nous, pour que l'échange ait lieu, en contrepartie nous lui offrons la liberté. La deuxième, s'allier au Conseil, comme il l'a toujours fait, procéder à l'échange et nous attaquer ensuite. Pour nous, c'est la même chose. Dans les deux cas, ils viennent jusqu'à nous, avec les pilules, la carte de l'île et l'horaire du cargo. C'est tout ce qui compte.

Un plan. Un plan d'évasion. La énième idée qui, je le crains, se retournera contre nous, comme toujours.

— Mais ils vont nous attaquer… Dans tous les cas.

— 900 ! Camélia ! David ! Simon ! Où êtes-vous ?!

Le couloir, une voix, la docteure Anand.

Mon cœur palpite, j'ai froid, soudainement froid.

Il se passe quelque chose.

Nous nous précipitons tous les quatre vers la porte et, lorsque nous atteignons le couloir, la docteure nous fait face, essoufflée, en sueur.

— Bon sang ! Où étiez-vous ? dit-elle, affolée.

Non… Non… Non…

Aucun de nous ne prononce un seul mot. Nous n'osons pas. Par peur ou peut-être par lâcheté.

— Ugo ! Il s'est réveillé !

Quoi ?!

Il ne m'en fallait pas plus pour perdre pied.

Il est réveillé…

Aussitôt, je m'écroule. Mes jambes ne me soutiennent plus. Je n'y croyais plus. Je ne l'attendais plus…

— Il veut vous voir, 900. Il vous réclame.

Je suis ailleurs. Je ne sais plus ce que je ressens. J'ai l'impression qu'un poids immense vient de me quitter, immédiatement remplacé par un autre. La tristesse et le chagrin envolés, remplacés par la peur, la culpabilité.

— 900 ! Il vous réclame ! répète la docteure Anand.

Aussitôt, Camélia me remet sur pied et me prend le visage entre ses deux mains.

— Tu vas le voir, maintenant ! La journée a été dure, 900. Tu n'as pas à t'en vouloir ! Retrouve-le ! N'attends plus ! S'il te plaît, dit-elle, fondant en larmes. Si tu savais combien j'aimerais vivre ce que tu es sur le point de vivre. Je rêverais de pouvoir retrouver Mary, l'embrasser, la prendre dans mes bras, lui crier combien je l'aime. Putain de merde ! On vit dans un chaos, 900 ! Tu t'attends à quoi ? À vivre une histoire sans encombre ? Tu ne peux pas ! C'est impossible ! Si tu attends que tout rentre dans l'ordre pour profiter de sa présence, tu feras la même erreur que moi ! Tu le perdras en réalisant tout ce que tu as manqué ! Tous les moments que tu as laissés filer ! Tout ce que tu as perdu ! Tout ça pour quoi ? Pour attendre le bon moment ? Ce ne sera jamais le bon moment ! Pas dans cette vie. Alors, ne fais pas la même erreur que moi !

Ses paroles sont comme une gifle pour moi.

Elle a raison. Elle a entièrement raison. Il m'en voudra peut-être, me détestera sûrement. Mais à quoi bon fuir ?

Il est en vie, il est là, il me pardonnera un jour, je ferai tout pour qu'il me pardonne. Alors je cours. De nouveau, je cours, mais cette fois ce n'est pas pour fuir. Non, je cours parce que j'accepte. J'accepterai tout. Il est en vie, c'est tout ce qui compte. Je n'ai plus de souffle, plus de force, mais je brûle de le retrouver, j'éprouve un tel besoin vital de le voir vivant que j'en oublie la douleur de mes muscles, la brûlure de mon souffle. Et lorsque j'arrive devant la porte de sa chambre, je ne freine pas mon ardeur. D'un geste brusque et maladroit, je pose la main sur la poignée et ouvre grand le battant.

Et il est là. Conscient. Vivant.

Assis, des coussins derrière son dos, il se passe les doigts dans les cheveux avant de lever les yeux vers moi. Il est beau. Merveilleusement beau, et son regard est tellement profond que je suis sur le point de tomber de nouveau par terre. Je suis figée devant lui et je ne peux m'empêcher de l'étudier. Il n'a plus besoin de machine pour respirer. Il porte un T-shirt propre, ses traits sont épuisés et pourtant magnifiques, comme s'il se réveillait tout juste d'une simple sieste. Son bandage autour du cou est immaculé, les draps recouvrent ses jambes, sa peau est redevenue dorée.

— Approche, chuchote-t-il avec difficulté.

Je m'exécute et, à chaque pas que je fais, mon cœur s'emballe plus encore, pulsant dans ma poitrine à m'en faire vomir. Je suis maintenant face à lui et son regard brûlant me noue l'estomac.

— Assieds-toi.

Sa voix est à peine audible. Il murmure, comme il le peut, pour se faire entendre. Tout ça, à cause de moi. Je m'installe sur le bord du lit, ma hanche frôlant sa peau, et je reste immobile. Il ne m'a pas quittée des yeux bien que ses paupières soient lourdes. Il me scrute longuement, plante ses prunelles dans les miennes avec tellement d'intensité que c'en est déstabilisant.

Ses poumons se gonflent et, très lentement, il expire.

D'un geste fragile, lent, il pose sa main sur ma nuque et m'attire à lui pour enfouir son visage dans mon cou.

Bon sang…

Mon cœur s'affole, palpite à toute allure. Je respire son parfum contre l'oreiller, tandis que lui inspire mon odeur à même ma peau, au creux de mon cou. De ses doigts, il resserre sa prise sur ma nuque, m'attirant plus encore contre lui, et de sa main libre enlace mon dos de toutes ses forces.

— Merci… Merci, merci, merci, 900. Merci du plus profond de mon cœur.

Son souffle caresse ma peau et il ne s'arrête pas. Des dizaines de mercis inaudibles franchissent ses lèvres, sans interruption.

— Pourquoi ? je sanglote. Pourquoi ne me détestes-tu pas ?

Ses mains quittent mon dos, ma nuque, et rejoignent mon visage, qu'il empoigne avant de river ses yeux aux miens.

— Parce que tu ne pouvais pas mieux faire pour nous sauver. Si tu savais comme je suis fier de toi, 900. Quand tu as pris ce couteau, que tu m'as mis à terre, j'ai su. J'ai su ce que tu avais en tête et je savais que tu irais jusqu'au bout. J'espérais que tu ailles jusqu'au bout, et c'est ce que tu as fait. Il n'y avait que toi qui pouvais le faire. Tu nous as sauvés.

Son regard est d'une sincérité à couper le souffle. Jamais il ne m'avait parlé avec autant d'émotion. Une larme m'échappe et, lentement, rejoint ma lèvre inférieure. Du pouce, il l'essuie et s'attarde sur cette petite parcelle de peau. Je me laisse faire et ma bouche s'entrouvre malgré moi.

— Non, je murmure tout en déglutissant péniblement. J'ai risqué ta vie. Le « nous », tu n'en faisais plus partie. Je ne *nous* ai pas sauvés, Ugo. J'espérais que tu t'en sortes, j'avais peur, j'étais effrayée de te perdre, mais j'ai risqué ta vie. J'ai joué avec ta vie. Je t'ai utilisé.

De ses deux mains, il approche mon visage plus encore du sien, m'obligeant à plonger mon regard dans ses yeux.

— Je mourrais pour chacun d'entre vous. Pour toi, je donnerais ma vie. Et tu le sais, c'est ce que tu as fait. Tu ne pouvais pas me rendre plus heureux qu'en exauçant ma volonté. Bien que non dite, c'était bien ma volonté. Quand je vous ai vus, que je t'ai vue derrière cette vitre, dans ce laboratoire, j'ai invoqué tout ce que je pouvais, je brûlais de prendre votre place. Je préférais mourir plutôt que d'oublier une nouvelle fois. Je voulais mourir plutôt que de revivre une réinsertion, encore et encore. Il m'était impossible de vivre si je vous savais morts. Et ce, même si, quelques minutes après, je n'en aurais plus eu aucun souvenir. Je ne veux plus oublier, je ne veux plus jamais être son pion, 900. Tu m'as sauvé, en même temps que vous. Tu m'as sauvé de ses mains, de ses dérives, de ses expériences. Tu m'as sorti du cauchemar qui m'attendait.

À la fin de ses paroles, des dizaines de larmes rejoignent la première et il n'y a plus rien à dire. Mon cœur s'allège et le poids de la culpabilité s'envole. Aucun mot ne pourrait traduire ce que je ressens. Ce que nous ressentons. Nos regards parlent pour nous. Son sourire m'aime, ses yeux me remercient. Son souffle caresse ma peau, ses lèvres effleurent les miennes.

Et la libération arrive enfin. Ses lèvres humides s'écrasent contre les miennes et, pour moi, c'est comme si c'était le premier baiser, tant il est urgent, tendre et désespéré à la fois. Chaque pression est une renaissance.

Je l'aime. Je l'aime de tout mon cœur.

De sa main, il presse ma nuque et colle plus encore sa bouche contre la mienne. Nos souffles se mêlent, sa langue caresse ma langue et je comprends les mots de Camélia. Ces moments, je veux les vivre.

Que je décide de les oublier ou pas, je veux les vivre.

Alors je pleure de nouveau, appuyant mes lèvres, cherchant les siennes, sa langue, désespérément. Ma poitrine rejoint son torse et nos deux souffles s'accordent.

J'ai besoin de lui et il est là. Maintenant, avec moi.

Aucun de nous ne rompt ce baiser. Il est infiniment bon. C'est comme s'il était vital pour l'un comme pour l'autre. Comme si on revivait un peu.

Sa main caresse le bas de mon dos, avant de rejoindre ma nuque, puis il empoigne mes cheveux, s'y agrippant avec force, à croire que sa vie en dépend. Et, de nouveau, il me remercie. Encore et encore, dès qu'il le peut. Dès que nos lèvres se séparent une fraction de seconde, il en profite pour me glisser ces mots.

J'ai l'impression de ne pas mériter son amour, mais je ne dois pas y penser. Notre vie est un chaos, elle n'est pas parfaite. Si je suis là, avec lui, qu'il me désire, me veut, c'est qu'il estime que je le mérite. Et si ce n'est pas le cas, je ferai tout pour être à la hauteur.

Lorsqu'il se fait plus doux, je crois que la fatigue l'emporte. Je ne sais pas depuis combien de temps nous nous embrassons, mais lorsque je recule et que je remarque ses lèvres rouges et humides, ses paupières mi-closes et son souffle court, je devine que c'est déjà trop pour un homme tout juste sorti du coma.

— Tu dois te reposer, Ugo. Tu es fatigué… je murmure, déposant un baiser léger sur ses lèvres.

— J'ai l'air fatigué ? sourit-il avant de discipliner sa chevelure en désordre d'une main ferme.

— Exténué, je souris à mon tour.

— Tu te trompes… Je crois que tu n'es pas encore capable de tout lire en moi.

Je fronce les sourcils un moment et je crois qu'il essaye de rire, mais aussitôt la douleur se rappelle à lui.

— Tu as peut-être raison finalement… Je vais me reposer un peu, reprend-il, une lueur amusée dans le regard.

15

Ugo

Lorsque j'ouvre les yeux une nouvelle fois, la réalité me frappe en pleine gueule. La douleur et la fatigue s'abattent sur moi, me paralysent. Je hais ce sentiment d'impuissance. J'aimerais être auprès de 900, Camélia, Simon et David. J'aimerais leur apporter mon aide, sortir de ce foutu lit et œuvrer avec eux pour notre liberté. Je ne sais combien de jours se sont écoulés, ni même depuis combien de temps je suis resté inconscient dans cette chambre. À mon réveil, la docteure Anand ne semblait pas en savoir plus que moi sur les jours à venir et, malgré ma frustration, je ne pouvais lui en vouloir. Elle a passé ses journées à veiller sur moi, à me maintenir en vie. J'ai au moins pris connaissance du principal, de ce qui compte réellement pour l'instant. David a retrouvé les survivants et 900, Camélia et Simon sont en vie.

J'inspire profondément, j'ai l'impression de sentir encore l'odeur de 900 flotter autour de moi. Depuis combien de temps a-t-elle quitté la chambre ?

Lorsque 900 a ouvert la porte brutalement et que son regard coupable a croisé le mien, j'ai compris. Mes sentiments m'ont sauté à la gorge, là où pourtant je porte les traces de ce qu'elle pense être une trahison. Non, elle ne m'a pas trahi. Bien au contraire, elle m'a sauvé. En sauvant mes amis, ma famille, et elle-même, elle m'a sauvé, moi. Si elle savait. Si elle avait pu s'immiscer dans mon esprit à l'instant où mes yeux se sont posés sur eux tous, derrière cette vitre, dans ce laboratoire, elle saurait que sa décision était la meilleure. J'avais été traité avec respect, bien que captif, par les gardes de mon père. Dès qu'ils ont réussi à éteindre l'arbre en flammes qui barrait la route, qu'ils ont pu rebrousser chemin en direction des quartiers du Conseil, je ne pensais qu'à eux, à elle. J'espérais qu'ils s'en sortent, qu'ils parviennent à obtenir nos réponses, à récupérer les dossiers dévoilant nos identités, qu'ils s'enfuient.

Je n'oserai jamais l'avouer, jamais l'admettre, mais lorsque j'ai réalisé que mes espoirs étaient morts, quand je les ai vus, tous, blessés pour certains, morts pour d'autres, derrière cette vitre, je ne voulais pas m'en sortir. Pas seul. Je n'aurais pas supporté une énième réinsertion, pas sans eux. J'aurais tout fait, tout donné, tout tenté, pour ne pas revivre ce cauchemar. Quitte à me donner la mort, d'une manière ou d'une autre. Je refusais d'être son fils, son protégé. Je ne voulais pas de ce traitement de faveur. S'ils mouraient, alors, moi aussi.

J'étais prêt.

Lorsque j'ai pu entrer dans cette salle et adresser mes adieux, lorsque j'ai serré 900 dans mes bras, je crois n'avoir jamais eu si mal. Pas même le couteau sous la gorge, ni les coups que j'ai reçus, ni le souvenir de toutes mes réinsertions n'avaient été si déchirants que ces adieux. Je n'aurais pas supporté de les voir mourir, d'en être témoin. Je n'aurais pas supporté de les perdre. Alors, je ne lui disais pas seulement adieu à elle, parce qu'elle allait mourir, mais je prononçais aussi mes propres adieux.

Je savais qu'après avoir inspiré une dernière fois son odeur, serré une dernière fois son corps contre le mien, moi aussi je partirais. Je prévoyais de m'emparer de l'arme d'un garde, de la diriger contre ma tempe, pour ne plus avoir à vivre ce cauchemar. Je ne méritais pas un meilleur destin que le leur.

Elle n'en a peut-être pas conscience, mais 900 m'a libéré. Elle nous a sauvés, tous. Moi y compris.

— Ugo ?

Alors que la porte de ma chambre s'entrouvre, je reconnais immédiatement David, et voir son visage, moi qui pensais ne plus jamais en avoir l'occasion, me redonne le sourire.

— J'ai l'air d'un con, hein ? je murmure, incapable d'élever la voix.

— Un peu… ricane-t-il. Mais un con en vie, alors ça rattrape le coup.

Il s'avance lentement et s'assied au sol, s'adossant au mur.

— C'est quoi, la suite ? je demande, me redressant.

— Que tu te reposes.

Malgré moi, je ne peux retenir un grognement de frustration.

Non… Le repos, j'en ai eu suffisamment. Je ne supporte plus d'être si apathique. Je dois bouger, m'occuper, agir.

— Ugo… poursuit-il avec sérieux. Il n'y a rien à faire pour l'instant. Rien qui ne t'épuiserait inutilement. Si tout se passe bien, dans quelques jours, on s'enfuit d'ici. Pour aller où ? Personne ne le sait. Mais on va devoir quitter le sanctuaire tôt ou tard. Et mieux vaudrait tôt que tard, si tu veux mon avis. D'ici là, il faut que tu sois remis. Complètement. À ce moment-là, on aura besoin de toi. Pas avant.

De nouveau, je soupire. Pourtant, il a raison. Quoi qu'ils aient prévu, si nous devons nous enfuir, je dois reprendre des forces. L'inertie me rend dingue, mais dans le fond, je sais que, dans cet état, je ne suis capable de rien.

— Les autres arrivent, on va t'expliquer. En attendant, mange.

Au même moment, David se lève et me tend une boîte de conserve tout juste ouverte dans laquelle est plongée une cuillère.

— C'est de la confiture. Y avait que ça pour toi, dit-il en souriant. Te plains pas, je suis pas sûr que dans ton état tu puisses manger autre chose que cette bouillie.

J'aimerais rire, mais j'en suis incapable.

Avaler cette purée d'abricots a été une torture. Déglutir est plus compliqué encore que de parler.

Camélia nous a rejoints, suivie de Simon.

Tous les trois sont là, et cette vision d'eux dans ma chambre renforce une nouvelle fois l'amour, le respect et l'admiration que je porte à la seule absente, la seule retardataire à notre réunion, 900. Celle sans qui ils ne seraient plus là, avec moi, vivants.

Et alors que tout le monde s'impatiente, elle arrive enfin. Habillée de noir, elle serait presque invisible dans cette obscurité et pourtant je ne vois qu'elle. Ses yeux rencontrent les miens et je ne peux m'empêcher de sourire. Sans que j'aie besoin de le lui demander, elle s'avance et s'assied à côté de moi sur le lit. C'est tout nouveau. Depuis la première extermination, elle et moi ne partageons plus aucun moment. C'est comme si, depuis cet instant horrible, l'un comme l'autre, il nous était interdit d'être heureux, ensemble.

Pourtant, là, maintenant, elle ne se cache plus.

Et je crois rêver lorsqu'elle glisse sa main dans la mienne.

Pourtant, je ne dis rien. À la place, je caresse doucement sa paume de mon pouce, attendant patiemment que l'un de mes amis rompe le silence.

— Ton père est retenu captif ici, annonce Camélia. Je tiens à te prévenir qu'on l'a bien amoché, Ugo.

— Camélia, je souffle, dévoilant une pointe de colère dans ma voix. Cet homme n'est pas mon père, pas pour moi. Alors quoi que tu comptes faire de lui, ou quoi que n'importe qui compte faire de lui, je m'en contrefiche, c'est clair ? Ne me parle pas comme si tu avais des comptes à me rendre le concernant.

Les doigts de 900 serrent plus fort ma main et je comprends qu'elle tente de me calmer.

— Je suis déjà assez frustré d'être sur ce putain de lit, je poursuis. Même si pour rien au monde je ne souhaiterais revenir en arrière et changer ce qui a été fait. Alors, me mets pas en colère, Camélia, et me parle pas comme si tu avais besoin d'une sorte d'approbation. Tu l'as bien amoché, d'accord, et ensuite ?

— C'est pas ce que je voulais dire, Ugo. Je voulais seulement te prévenir.

— Le docteur Stone est également notre prisonnier, nous interrompt Simon. C'est lui qui t'a opéré. On ne s'est pas occupés de lui. Nous n'aurons pas besoin de lui. Tu as été inconscient quatre jours, c'est peu par rapport à ce que tu as subi. Entre-temps, nous avons retrouvé l'un des hommes du Conseil, Daniel, et l'avons interrogé. Je t'expliquerai en détail plus tard. L'important, c'est que tu saches que nous avons peut-être un moyen de sortir d'ici, en vie.

Aussitôt, Simon a toute mon attention.

Je me redresse un peu plus et, à mon grand soulagement, 900 ne tente pas de m'apporter son aide. Elle ne me regarde pas et se contente de me presser la main.

— Nous sommes sur une île, Ugo.

— Quoi ?!

— La vie existe ailleurs, explique Simon. Nous venons tous des États-Unis, nous avons tous une famille qui nous croit morts. Il y a un moyen de retourner auprès d'eux.

— Vous avez trouvé les registres ? je m'étonne, passant une main nerveuse dans mes cheveux.

— Non. Mais il existe un comprimé. Il nous rendrait à tous le souvenir de nos vies passées. De nos familles, nos amis, notre foyer.

Je réalise, après avoir écouté Simon, que je souris. Ils peuvent retrouver leur vie. Si nous mettons la main sur ces comprimés, ils peuvent retrouver leur famille. Qu'importe si la mienne est en miettes. Ce qui compte, c'est qu'ils retrouvent la leur.

Simon m'adresse un regard fraternel et je réalise que dans le fond, même si je n'ai personne qui m'attend, personne qui me pleure, qui brûle de me retrouver, j'en ai une, de famille. Eux.

— Ugo, si on prend ce traitement, on oubliera tout de la réinsertion.

Soudain, tout s'écroule. Tout.

Je suis sans voix et ne laisse rien paraître. Je suis heureux malgré tout. Soulagé de savoir qu'il existe un moyen pour eux d'avoir la fin heureuse qu'ils méritent. Même si, au fond de moi, un sentiment égoïste me gagne. La peine me submerge, elle me serre le cœur. Les larmes me montent aux yeux. Je les retiens, de toutes mes forces.

Alors je les perdrai, eux aussi.

La main de 900 se crispe et je réalise qu'une fois de plus elle oubliera tout de moi. Si elle prend ce comprimé, je n'existerai plus à ses yeux. J'inspire profondément. Je crains de ne pas pouvoir me contenir, de vouloir tout foutre en l'air. 900 remarque que je tremble, que mon souffle est court, mais ne réagit pas. Elle sait qu'il n'y a rien à faire pour me calmer.

— Poursuis, je souffle, espérant clore ce sujet rapidement.

— Un bateau ravitaille l'île tous les mois. Daniel négocie avec le Conseil pour que nous puissions procéder à un échange. La carte de l'île, l'endroit où le bateau accoste et les pilules, contre le professeur Carter.

Le fait qu'il prononce son nom me calme aussitôt. Il n'a pas dit « ton père ». Simon enchaîne :

— Ils n'accepteront jamais ce deal dans les règles. Dès qu'ils récupéreront Carter, ils nous tueront. Mais c'est le seul moyen pour mettre la main sur cette carte et ces comprimés.

— Alors, quoi ? On attendra qu'ils nous tendent une embuscade sur le chemin du bateau ?

Simon s'approche et assène :

— Non, on les attaquera avant et, cette fois, on sera vraiment armés.

David s'approche à son tour et sourit.

— C'est pour ça qu'il faut que tu te reposes, Ugo. De l'action, tu vas en avoir bientôt, et pas qu'un peu.

— Tu comptes prendre cette pilule, 900 ?

Camélia, David et Simon viennent tout juste de quitter la chambre, nous laissant seuls, 900 et moi. 900 ferme les yeux quelques secondes et s'installe en tailleur au bout du lit, face à moi.

— Je ne sais pas, admet-elle, sans oser affronter mon regard.

— Prends-la.

— Quoi ? Mais…

— Prends-la, 900. Tu as une famille qui t'attend. Cette vie n'en est pas une. Ce n'est pas la tienne.

J'aimerais que les choses soient différentes. J'aimerais pouvoir l'avoir pour moi, la garder auprès de moi pour toujours, mais c'est impossible. Pas si la contrepartie est d'abandonner sa vie, la vraie. Je ne me le pardonnerais jamais, si elle faisait ce choix. Si, pour moi, elle sacrifiait tout.

— Je ne veux pas t'oublier, Ugo.

Ses larmes sont sur le point de couler et son chagrin me fend le cœur.

900… Moi je ne t'oublierai pas.

— Viens…

Elle ne se fait pas prier et plonge aussitôt dans mes bras, écrasant sa joue humide sur mon torse.

— Je ne peux pas t'oublier, Ugo.

Sa chevelure noire recouvre son visage et, même si je ne le vois pas, je sais qu'elle pleure à chaudes larmes. Alors, je l'oblige à me faire face.

— Tu as déjà su m'aimer à deux reprises, 900. Tu m'aimeras une troisième fois s'il le faut.

— Tu me le promets ? sanglote-t-elle. Si je prends ce comprimé, Ugo, que je rejoins ma famille, promets-moi de me retrouver.

Je souris. Je souris parce qu'elle est belle, parce que là, maintenant, elle est à mon côté, et que c'est tout ce qui compte.

— Je te le promets, je mens.

16

Ugo

Cela fait maintenant trois jours que je suis sorti du coma et j'ai la sensation d'être toujours aussi amorphe. J'aimerais quitter ce foutu lit, rejoindre les autres, me préparer pour me battre, mais je n'ai pas d'autre choix que d'attendre. Attendre de récupérer des forces, attendre de me remettre de mes blessures, même si, je le sais, je ne serai jamais réellement prêt. Daniel reviendra d'ici peu de temps. Il reviendra avec un accord ou non du Conseil. Si oui, il sera convenu d'une date pour l'échange. Le professeur Carter contre leur carte et leurs pilules. Et nous savons, moi autant que les survivants, que cette date ne doit pas tarder. Plus nous patientons, plus nous leur laissons une chance de s'organiser, de riposter avec encore plus de dommages que ce que nous craignons déjà.

Alors, je dois prendre sur moi et m'économiser au maximum. Ne pas m'épuiser. Juste dormir. Dormir malgré les cauchemars qui me hantent. Malgré toutes les images qui aujourd'hui me reviennent avec douleur. Malgré le souvenir de tous ceux que j'ai perdus. Seulement, à cet instant, après des heures interminables de sommeil agité, je sais qu'il est temps. Temps d'évacuer ma frustration. Temps d'avoir mes réponses. D'enfin obtenir les explications que je mérite.

900 est restée constamment à mon chevet depuis ma sortie du coma, s'éclipsant seulement quand la docteure Anand venait changer mon pansement et vérifier mes constantes. Celle-ci m'a dit que j'allais mieux. Beaucoup mieux de jour en jour. Je n'en crois pas un mot. J'ai beau avoir récupéré un semblant de voix, dès que je m'aventure à sortir de mon lit, mon corps me fait défaut. Il ne m'obéit plus, vacillant au moindre mouvement. Je ne suis pas prêt. Je suis incapable de me battre, je n'ai pas la force de quitter le sanctuaire, tout juste l'énergie de quitter ma chambre.

C'est fébrilement que je me risque à me lever. Une jambe après l'autre, la respiration calme et contrôlée, je me mets enfin debout. Je réprime un vertige, fermant les yeux quelques secondes pour me stabiliser. Sur le dossier de la chaise, mon jean m'attend. Je porte un pantalon lâche, une sorte de jogging informe, bien plus confortable qu'élégant. J'aurais été tenté de le garder, si seulement il n'en rajoutait pas à mon aspect déjà misérable. Je veux que mon père me voie comme un homme. Un homme robuste, un homme que les blessures n'auront pas brisé. Je veux qu'il réalise qu'il m'a perdu, pour toujours, et que je ne serai jamais aussi heureux que loin de lui.

Il me faut plusieurs minutes pour me vêtir. Cette putain de chemise noire a bien failli me faire tomber dans les pommes, tant les boutons sont nombreux et ma concentration encore très limitée. Tremblant, non pas de peur, mais bien à cause de mon corps faible et vidé, je traverse le couloir. Je sais où il est. Je sais où le trouver. Il agonise dans le bureau de Séraphine. Affamé, déshydraté, mutilé. Il n'a que ce qu'il mérite.

Il me faut plusieurs longues minutes pour rejoindre la grande salle tant je suis à bout de forces. Mon corps ne suit pas. Mes jambes se déplacent au ralenti et pourtant mon esprit est en surchauffe. Je suis en colère, je bous de l'intérieur, j'ai la rage. Et ma frustration me déstabilise encore plus. Mon corps n'est pas en accord avec mon esprit. Il ne m'écoute plus. Il n'est pas aussi brûlant que l'est ma colère. Il est faible.

Tout ce que je ne suis pas.

— Ugo ? m'interpelle Camélia, alors que je gagne enfin les marches menant au trône. Qu'est-ce que tu fais là ? Tu devrais te reposer !

Malgré moi, je lui adresse un regard noir. Je déteste qu'on me rappelle à quel point je suis un incapable, en ce moment. Suis-je si horrible à voir ? Aussi désespéré que son visage le reflète ?

— Je dois le voir.

Aussitôt, elle prend un air surpris. Je crois qu'elle a compris. Qu'elle réalise qu'il est hors de question de me barrer la route. J'ai beau le haïr, il est pourtant mon père. Et même si je suis loin de le considérer comme tel, je reste malgré tout le seul homme, ici, qui n'a pas d'explications à donner pour le voir. Alors Camélia recule, non sans m'adresser un sourire compréhensif. Je crois presque apercevoir des larmes au coin de ses yeux. Je ne sais pas à quoi elle pense. Ni même si elle a conscience de sa métamorphose.

Elle était impitoyable. Elle était sûre d'elle. Elle n'a jamais hésité une seule fois à me bousculer. Elle n'a jamais attendu de moi ni affection ni indulgence. Elle me comprenait, d'une certaine manière. Pourquoi est-elle aujourd'hui si protectrice ?

899… je songe alors.

Voilà ce qu'elle a. Ou plutôt, ce qu'elle n'a plus.

Alors je réalise et je me retourne.

— Camélia ! je clame, lui adressant un regard que je crois reconnaissant. Je sais que tu te fais du souci pour moi. Mais j'ai seulement besoin de lui parler. C'est le seul moment. Maintenant ou jamais.

Elle sourit de nouveau et hoche la tête avant de rejoindre les autres, plus loin.

Je prends sur moi pour me redresser, donner l'illusion de la force, m'apporter un peu d'assurance, et je me glisse vers le renfoncement du mur avant de presser la petite pierre grise me permettant d'accéder au bureau. À l'inverse de la première fois, j'ai l'impression qu'atteindre la pièce secrète dure une éternité. J'ai le temps de penser à lui, sa trahison, mon frère, ses meurtres, sa folie, la haine qu'il m'inspire, au dégoût que je ressens. J'ai le temps de canaliser ma rage, de me forger un sourire de façade et d'inspirer longuement, très longuement avant de me retrouver face à lui. Ou, devrais-je dire, face à son visage bouffi et écarlate. Face à son costume qui n'est aujourd'hui plus qu'une loque. Face à ses lèvres sèches, face à sa détermination perdue, face à son courage abandonné, face à sa détresse écœurante. Et malgré moi, cette vision me brise le cœur. Derrière l'éclat de folie que je lis à cet instant dans ses yeux, je me remémore l'amour qui s'en dégageait autrefois. Je le revois, lui, jeune père. Je ressens avec douleur les caresses réconfortantes qu'il m'avait autrefois données. Je ferme les yeux quelques secondes, échappant à son regard. Sous mes paupières, elle est là. Elle. Ma mère. Belle, heureuse, souriante. Lui aussi est là. Mon père. Fragile, doux, protecteur. Joris, lui, elle, moi. Nous. J'entends son rire, grave et sincère. Les mots d'un père pour ses fils. Les étreintes d'un homme encore bon, d'un homme guidé par l'amour. Il a existé, un jour. Et je me retiens de pleurer pour lui. De toutes mes forces. *Papa… Je t'aimais. Je le sais. Je t'ai aimé si fort. Toi et maman.*

— Mon fils… murmure-t-il d'une voix rocailleuse, sèche.

Oui, je t'ai aimé, il fut un temps. Mais mon père est mort. Il n'est plus là. Il est parti, il y a dix ans.

J'inspire profondément et ouvre enfin les yeux. Je le domine de toute ma hauteur et me surprends à aimer ça.

Pour une fois, c'est moi qui l'écrase, moi qui suis maître de la situation.

— Je ne vois aucun père dans cette pièce.

Un instant, il écarquille les yeux, surpris par ma réponse, et je crois voir une larme dans son œil prête à couler. J'aimerais rire. Rire parce que enfin il sait ce que ça fait que d'être piégé. Il sait ce que l'on ressent lorsqu'on est sur le point de mourir et que notre destin est entre les mains d'un autre.

— Je te demande pardon… balbutie-t-il d'une voix rauque, chevrotante.

— Pardon ? je m'étonne. Pardon pour quoi ? Je n'attends pas d'excuses. Pourquoi réclamerais-je les excuses d'un traître ?

Il reste muet. Il ne sait pas quoi dire. Il est à demi conscient, tiraillé par la faim, la soif, la douleur et la fatigue. Là, sur cette chaise, il rêve sûrement de soins, de sommeil, de son lit, de sa nourriture privilégiée, de son confort de roi.

Le désespoir nous fait tomber bien bas…

Je m'empare d'une chaise, sur laquelle je m'assieds à califourchon, les mains, tenant une pomme, en appui sur le dossier. Je crois que l'envie de le torturer me démange. Mais mes poings ne réclament pas justice. Non. Je veux simplement goûter à cette pomme verte et juteuse et dans laquelle je croque à pleines dents. Ses yeux brillent, s'enflamment, et je crois le voir déglutir à plusieurs reprises. Comme si la salive lui remontait jusqu'au palais. Je n'oublie pas de mâcher consciencieusement, évitant de m'étouffer devant ses yeux. Je ne veux pas qu'il se réjouisse de ce qui m'est arrivé. Le pansement camouflant ma cicatrice témoigne déjà de ce qu'il m'a fait subir, bien qu'indirectement. Je veux qu'il voie que ça ne m'a pas rendu moins fort.

Que je mange seul, marche seul, et l'affronte seul.

— N'as-tu pas mieux à confesser ? Mieux que des excuses ? Qu'as-tu à me dire, à moi ? Pourquoi m'avoir infligé cette existence ? Pourquoi m'avoir séparé de mon frère, si c'était pour me torturer avec son souvenir ?

Il inspire difficilement et le son rauque de sa respiration confirme qu'il est en sale état. Il est épuisé, entre la vie et la mort.

— Il s'est opposé à moi, lui aussi. Alors je l'ai intégré au programme, comme toi, mais au sein de la troisième génération. J'aurais pu te le faire oublier, qu'il ne connaisse pas ton existence. Mais je ne suis pas si horrible que tu le penses, Ugo. Jamais à l'un comme à l'autre je n'ai souhaité vous retirer ce que vous aviez de plus cher : une famille.

Soudain, je m'emporte. Ma voix n'est plus aussi calme et claire que je l'espérais.

— Tu n'es pas si horrible ? Mais tu es complètement dingue ! Le seul souvenir que je gardais de mon frère était qu'il avait complètement perdu la tête ! À lui aussi, tu lui as mis ça dans le crâne ? Que j'étais devenu fou ? Que j'avais été emmené loin d'ici parce que je n'étais devenu qu'une loque ?

Ma gorge me brûle. Je tousse, inspirant difficilement.

— Il connaît ton existence, si c'est ce que tu veux savoir, Ugo.

Je tremble de rage et m'en veux de ne pas réussir à me contenir. Puis, alors que je l'observe droit dans les yeux, je réalise une chose. Je prends conscience d'un élément essentiel.

— Pourquoi Joris a-t-il été atteint par le gaz ? Pourquoi moi, je suis immunisé ? Et pourquoi lui est-il dans ce putain de coma depuis votre attaque ? Pourquoi certains sont morts et d'autres encore en vie ? Pourquoi ?!

Soudain, son visage se décompose. Il est sous le choc. Et moi, je pense à 899, à Stefan, à 394, et à bien d'autres… Pourquoi eux et pas nous ? Pourquoi Joris et pas moi ?

— Qu'est-ce que tu racontes, Ugo ? Bien sûr qu'il est immunisé ! C'est impossible ! Non, il n'a pas pu être touché ! Toi et lui êtes immunisés ! Pour les autres, ce n'était qu'une question de temps. Quelques minutes de plus en contact avec ce gaz les auraient tous exterminés. Les plus faibles succombent en premier. Les plus forts résistent. C'est ainsi qu'est faite la nature…

À quelques minutes près, Camélia et les jumeaux mouraient eux aussi…

— Il est dans le coma… je lâche. Tu as failli tuer ton fils. À croire que ta science n'est pas parfaite ! Qu'elle est complètement insensée ! Pourquoi ne pas me dire jusqu'où va ta folie ?

— Je ne suis pas fou, gémit-il. J'essaye seulement de changer les choses, de rendre le monde meilleur !

Son regard semble sincère, vrai, concerné. Comment peut-il être si aveugle ?

— Meilleur ? Et alors que tu es sur le point de nous éradiquer, que ton énième réinsertion est en cours, quel est ton bilan ? Crois-tu avoir réussi à le rendre meilleur, ton monde ?

Mon ton est sarcastique et pourtant je me surprends à attendre sa réponse. Oui, ça m'intéresse. D'une certaine manière, malgré la colère que je ressens, malgré les amis que j'ai perdus, malgré mon frère qui n'est toujours pas sorti du coma, malgré mon rôle de pantin dans son projet, j'ai besoin, réellement besoin de comprendre. Jamais je n'aurais pu imaginer un scénario aussi ignoble que celui qui se profile peu à peu depuis quelques mois. Pourtant, ma curiosité, mon besoin de tout savoir est plus fort que celui de le détruire de mes poings.

Je croyais en ressentir l'envie, pourtant. Celle de l'exterminer à son tour. Le tuer, l'effacer à jamais de ce monde qu'il croit naïvement sauver. Mais nous avons d'autres projets. Les survivants s'en tiennent au plan, alors moi aussi.

— Je suis sur le point de réussir, marmonne-t-il d'une voix à peine audible.

— Réussir ? je m'emporte. Après tant de morts… Réussir quoi, bordel ?

Il est misérable. Lui qui a passé sa vie dans un costume hors de prix, apprêté, soigné mieux que quiconque, est à cet instant pathétique.

Une loque. Un moins que rien.

— Je suis sur le point de trouver le parfait équilibre. Le parfait dosage de pilules, de médicaments, pour que les hommes vivent enfin en paix. Il suffisait simplement d'intégrer dans vos souvenirs conscients et inconscients des données similaires, et ce même si chaque génération a une caractéristique dominante qui diffère de celle des autres.

— Tu te rends compte que ce que tu dis n'a aucun sens ? En as-tu au moins conscience ?

— Pour moi, ça en a un.

Ses yeux hagards plongent dans les miens et, pour la première fois, je vois autre chose qu'un monstre. Pour la première fois, j'ai la sensation de voir un enfant. Un gosse. Une cause perdue.

— Elle ne reviendra pas.

Ma voix est tranchante et je donne tout pour ne pas trembler, pour ne pas montrer combien j'ai mal, maintenant que j'ai retrouvé son souvenir. Ma mère.

— Sa mort n'aura pas été vaine, répond-il, avec le peu de colère qui lui reste.

— Ah oui… Parce que tu auras tenté de changer le monde ? Que doit-elle penser de toi ? Toi qui as tué des milliers d'enfants. Toi qui as privé des parents de ce qu'ils avaient de plus cher ! Que pense-t-elle de ce que tu nous as fait à nous ? À Joris et à moi ? Crois-tu qu'elle t'aime encore ? Elle doit te haïr, comme je te hais maintenant. Elle doit souhaiter ta mort du plus profond de son cœur comme je souhaite ta souffrance éternelle. Tu veux changer le monde ? Tu n'y arriveras pas. Et tu veux savoir pourquoi ? Parce que tu vas mourir, Bill. Tu vas mourir seul et en prison. Tu ne nous auras pas. Tu ne m'auras plus. Parce que je vais m'enfuir. Nous allons tous nous enfuir. C'est terminé pour toi et le Conseil. Qu'importe les sacrifices, qu'importe ce que vous pensez pouvoir encore accomplir, ça ne verra jamais le jour.

Ses yeux sont écarquillés et je réalise qu'il ne comprend pas.

— Oh… Je n'ai peut-être pas été suffisamment clair, je poursuis. C'est vrai que tu n'es pas au courant des dernières nouvelles. Le cargo ? Nous allons le prendre, rejoindre la côte américaine et vous dénoncer aux autorités. Tu croyais pouvoir contenir nos souvenirs jusqu'au bout, mais tu as échoué. Non, tu n'étais pas sur le point de réussir ton projet. Il a capoté. Complètement capoté. Nous savons tous que la vie existe. Que des parents, des familles nous attendent.

Ces derniers mots me brûlent la gorge.

Non, nous n'avons pas tous des parents qui nous attendent.

Mais j'ai Joris. Il est mon sang. Je ne suis pas seul. Je ne le serai jamais.

— Ceux du Conseil ne vous laisseront jamais faire, ricane-t-il, perdant tout à coup sa vulnérabilité, redevenant le monstre qu'il a toujours été. Personne ne vous laissera rejoindre la côte. Personne. Ils vous traqueront, jusqu'au bout.

— J'y compte bien… je souris. J'ai hâte. Hâte qu'ils nous traquent de nouveau.

Je n'attends pas sa réponse et me lève, jetant le trognon de pomme à ses pieds. Alors que je me retourne pour rejoindre le renfoncement de mur, je l'entends murmurer mon prénom. Je tente de l'ignorer, lorsque le seul mot qu'il ne fallait pas qu'il prononce franchit ses lèvres.

— 900…

Je me retourne alors, les poings serrés, le regard noir.

— Si je m'en sors, fils, je la tuerai de mes mains. Je la ferai souffrir des heures entières, je la torturerai. Je m'assurerai qu'elle crie si fort, si bruyamment pour que, où que tu te caches, tu puisses l'entendre.

Oh… Putain !

Mon poing rejoint immédiatement sa mâchoire, avec tellement de vitesse, de colère et de rage, qu'aussitôt sa tête tombe, ballottant sur son épaule.

Un long filet de sang s'étale sur sa chemise déchirée.

Mais le spectacle qu'il m'offre à cet instant est une piètre vengeance qui ne fait pas le poids avec les mots qu'il vient de prononcer.

— As-tu réellement confiance en tous tes petits camarades ? murmure-t-il, à demi conscient. Je surveillerais ta chère 900, si j'étais à ta place. Peut-être que l'un de tes survivants a prêté allégeance au Conseil. Peut-être est-il déjà en train de mettre en œuvre ce que je lui ai ordonné de faire.

Je tremble. Ma rage me consume.

Bordel, qu'est-ce qu'il est en train de dire ?!

— La tuer… termine-t-il.

Je ne peux plus l'entendre. Je ne peux plus !

Une seconde fois, je fais valser mon poing contre sa mâchoire et enfin il se tait. Il est inconscient et pourtant je tremble encore. La colère monte en moi. Un autre coup de poing vient s'écraser contre le mur, cette fois sur la pierre qui me permet de retourner dans la grande salle du sanctuaire.

Qu'est-ce qu'il a fait ?!

Non, il veut seulement me rendre fou ! Il veut seulement me déstabiliser ! Il n'a pas pu faire ça !

Comment aurait-il pu ?

Qui pourrait nous trahir ? Personne !

À quel moment aurait-il pu corrompre l'un d'entre nous ?

Non, non, non ! C'est impossible !

Dès que je suis dans la grande salle, je me mets à courir. Je n'ai plus de force, je suis totalement épuisé et pourtant l'adrénaline qui coule dans mes veines me maintient debout. Lorsque je croise Camélia, son regard me révèle l'image que je dois lui renvoyer à cet instant. Elle a peur. C'est indéniable.

— Où est-elle ?

— Qui ? Qu'est-ce qui se passe, Ugo ?

— 900 ! je hurle. Où est-elle ?

Je ne m'arrête pas de trembler.

Pourtant j'essaye ! J'essaye de me ressaisir !

— Elle est toujours dans sa chambre, elle ne s'est pas encore réveillée, tout va bien, Ugo !

Putain !

Immédiatement, je me mets à courir. Aussi vite que je le peux. Je file dans les interminables couloirs. Si jamais il lui est arrivé quelque chose… Bon sang ! Si jamais mon père disait vrai ! Je le tue !

De mes mains ! Je le tue !

Dans quelle chambre est-elle, maintenant ?

Elle dormait dans la mienne, dernièrement ! *Bon sang !*

J'ouvre chaque porte du couloir et chaque fois je me confronte à un lit vide.

Bordel !

Je continue, avec rage, à passer la tête dans chaque chambre et j'ai l'impression que je suis sur le point de m'évanouir. Les médicaments m'affaiblissent, ils m'empêchent d'être moi-même.

Putain de merde !

J'aimerais aller plus vite, mais mes membres sont soudainement ralentis, amorphes. Le couloir me paraît interminable, sans fin. Des dizaines et des dizaines de portes s'alignent de part et d'autre lorsque enfin, alors que j'appuie sur une énième poignée, son odeur, la sienne, me parvient.

Le cœur battant à tout rompre, je pénètre dans la petite pièce, et le corps allongé de 900 gît sur le matelas.

— Ugo ?

Oh bon sang…

17

900

— Ugo ?

Ugo se tient devant moi. Jamais je ne l'avais vu me porter un tel regard.

Il semble terrorisé.

Merde, mais qu'est-ce qui lui arrive ?

— Ugo ? Qu'est-ce qui se passe ? je demande, nerveuse, alors que je me lève de mon lit.

Il est debout, face à moi, et je crois voir ses yeux briller. A-t-il pleuré ?

Bon sang… J'aurais dû rester auprès de lui. Peut-être réalise-t-il que, finalement, je l'ai trahi ? Peut-être a-t-il maintenant les idées claires ? Que la plaie sur son cou ne représente rien d'autre qu'une trahison à ses yeux ? La mienne. Je n'aurais jamais dû m'isoler, passant la matinée dans cette chambre, seule, à réfléchir à ce satané comprimé, alors que lui souffrait encore de sa blessure. Celle que je lui ai infligée.

Comment puis-je être si égoïste ?

Plus les jours passent et plus Ugo perd pied. Son père, son implication au Conseil, toutes ces réinsertions, ces exterminations. Il a tout vécu. Il doit affronter les regards déçus et accusateurs des survivants. Ceux qui ont tout juste appris son lien de parenté avec le professeur Carter. Ceux qui remettent aujourd'hui en cause sa loyauté.

— Je… Rien… murmure-t-il, semblant reprendre ses esprits.

Et alors, sans même me laisser le temps de m'inquiéter de son état, Ugo s'avance vers moi et plaque ses lèvres contre les miennes. Je ne peux retenir un léger cri de surprise. Il m'embrasse tendrement, comme soulagé de rejoindre enfin mes bras. Ses baisers sont urgents et désespérés à la fois. L'intention qu'il met dans cet échange me bouleverse et me fait tout oublier l'espace d'un instant. La menace qui pèse sur nous. La mort. La douleur. Le Conseil. Il n'y a que ses lèvres, nos souffles erratiques, ses bras, ses caresses, et l'intensité de notre étreinte qui comptent. Mon ventre se serre, je me sens trembler contre lui. J'ai l'impression que d'une seconde à l'autre je pourrais m'écrouler, s'il ne me tenait pas si fort entre ses bras. Ugo passe une main sur ma nuque et glisse ses doigts fermes dans ma chevelure. Je suis à bout de souffle et je m'entends gémir de contentement lorsque sa langue vient à la rencontre de la mienne tendrement. C'est la deuxième fois qu'il m'embrasse de cette manière et à cet instant je réalise que jamais, jamais je ne serai en mesure de m'en passer. C'est tout naturellement qu'à mon tour je m'agrippe à sa nuque pour le rapprocher plus encore. Comme si notre étreinte ne me suffisait pas et que mon corps réclamait plus. Nos deux bouches sont scellées l'une à l'autre, urgentes, incapables de se détacher. J'aimerais reprendre mon souffle, mais le sentir aussi près de moi me fait oublier ce besoin pourtant vital.

Un grognement m'échappe lorsque Ugo libère mes lèvres des siennes. Je suis tellement frustrée que je ne peux m'empêcher de replonger immédiatement sur sa bouche. Il recule, me refusant ce baiser, sourit, et m'offre un regard qui aussitôt me fait fondre, intensifiant plus encore les battements de mon cœur. Ses yeux sont sombres, luisants et tendres. Il joue avec mes nerfs, avec mon désir.

— Je vais tout faire pour que, même si tu prends ce foutu comprimé, 900, tu n'oublies jamais cet instant.

Hein ? Quoi ?

Je suis incapable de respirer correctement tant il me rend folle. Je suis amoureuse d'Ugo jusqu'au plus profond de mon être. Ses yeux bleus, sa bouche humide, sa peau douce, la cicatrice sur sa lèvre supérieure, son regard sérieux et pourtant si joueur. Tout. Tout me fait perdre la tête.

Et lorsqu'il tire sur ma chevelure, inclinant ma tête en arrière, je ne peux m'empêcher de gémir de nouveau.

Et alors, je ne réponds plus de rien lorsque sa bouche s'écrase dans mon cou. Des milliers de frissons s'emparent de moi, me faisant gigoter tout contre lui. Sa langue se fraye un chemin le long de ma clavicule et mes jambes ne me portent bientôt plus. Ugo le remarque et, immédiatement, me soulève par la taille. Comme par réflexe, j'enroule mes jambes autour de ses hanches et cette proximité soudaine me fait tourner la tête. Des flashs dansent devant mes yeux, mon cœur pulse dans ma poitrine.

Mon ventre se tord, il fond et je frissonne plus encore. Ugo avance et j'étouffe un cri lorsqu'il me fait basculer sur le lit, me recouvrant maintenant de tout son corps.

— Tu es magnifique… murmure-t-il, ses yeux ancrés dans les miens.

— Je…

Je ne sais pas quoi dire, je me sens ailleurs, incapable de penser, de raisonner et c'est une délivrance lorsque, de nouveau, Ugo plonge sur ma bouche. Son torse rencontre le mien à chacune de ses inspirations profondes et, soudain, j'éprouve le besoin de le sentir plus près encore. De sentir sa peau sur la mienne. J'ai l'impression qu'il lit dans mes pensées, car Ugo glisse sa main sous ma chemise, caressant la peau nue de mon ventre.

Oh !

Je tremble sous lui et je me surprends à me coller plus encore contre son corps. Je me sens rougir jusqu'aux oreilles lorsque ses doigts frôlent mes seins par-dessus mon soutien-gorge. Il me regarde et moi, je suis rivée à ses yeux. Je frissonne de nouveau lorsqu'il dégage sa main pour défaire un premier bouton de ma chemise, dévoilant le tissu de mon soutien-gorge.

Puis un deuxième.

Puis un troisième.

Et enfin le dernier.

Je baisse les yeux sur sa main.

Ses gestes sont tendres, experts, doux.

Je frémis alors que, d'une caresse, il écarte les pans de ma chemise, dévoilant ma peau.

Ses yeux parcourent mon ventre nu, puis ma poitrine encore couverte de mon soutien-gorge. Son souffle lourd et rauque caresse ma peau et, sans même m'en rendre compte, je me mets à remuer sous lui.

Quoi que j'attende, je ne peux patienter plus longtemps…

Ugo m'observe, prend son temps, ne me quitte pas des yeux, alors que moi, je rêve qu'il m'embrasse, me touche plus encore. Il me sourit, non sans soupirer longuement avant d'empoigner mes hanches de ses deux mains.

Oh bon sang…

Il s'abaisse, pose un baiser sur ma clavicule puis entre mes deux seins. Il m'offre un regard, comme s'il s'assurait de mon approbation, et il comprend très vite qu'il n'a pas besoin de m'entendre la donner, alors que je suffoque, les yeux mi-clos. Il descend encore et dépose ses lèvres sur mon nombril, puis plus bas encore sur mon ventre. Son dernier baiser me fait sursauter. La sensation est tellement étonnante, que je ne peux retenir un hoquet de surprise.

— Ugo ? 900 ?

Oh, putain !

La porte s'ouvre en grand sur Camélia.

Ugo a à peine le temps de me recouvrir de ma chemise que je croise le regard amusé de Camélia.

— Oh, merde ! marmonne-t-elle, retenant son fou rire, une main plaquée sur ses paupières. Écoutez, dans d'autres circonstances je me serais barrée discrètement. Sauf que là, Daniel est arrivé et on vous attend pour entendre ce qu'il a à nous dire.

Putain, putain, putain !

— On arrive… annonce posément Ugo, comme si la situation que nous étions en train de vivre n'était pas la plus humiliante de toute notre vie.

Lorsqu'elle repart en fermant la porte, je retrouve enfin mon souffle.

— Je ne sais plus où me mettre…

Pour toute réponse, Ugo me sourit avant de déposer un baiser sur mes lèvres. Je suis totalement sous le choc. Sous le choc de ce que je viens de vivre avec lui et de ce qui se serait sûrement passé si nous n'avions pas été interrompus. Tellement sous le choc que, lorsque je suis debout, c'est Ugo, face à moi, qui prend le soin de reboutonner ma chemise maintenant froissée.

— 900 ?

Ugo m'adresse un regard indéchiffrable, et le ton de sa voix ne me dit rien qui vaille.

— Fais attention à toi, s'il te plaît. Reste sur tes gardes, juste au cas où, me conseille-t-il, sans que je comprenne vraiment le sens de ces mots. Allons-y… Ce qui va suivre risque de nous faire rapidement revenir sur terre.

Lorsque nous rejoignons la grande salle, je me sens rougir. J'ai l'impression que tout le monde sait. Que, sur mon visage, on peut lire tout ce que je m'apprêtais à faire quelques minutes plus tôt. Ugo m'offre un sourire confiant avant de glisser sa main dans la mienne. Je me sens gênée et en même temps heureuse.

Je déglutis bruyamment lorsque nous arrivons à hauteur de nos camarades.

Fred, Stan, Mickey, Chloé, Rob, Roger, David, Simon et Camélia nous attendent et lorsque je croise le regard de Daniel, assis sur l'un des bancs de la grande salle, mon petit nuage se dissipe. La réalité me revient en pleine face. La dernière heure d'insouciance, où je n'étais rien d'autre qu'une fille de mon âge, s'efface, se désintègre.

Revoir son visage me fait l'effet d'une claque.

Nous sommes en pleine guerre. Encerclés, cernés par des hommes impitoyables qui ont toujours souhaité notre mort et qui donneront tout, même leur propre vie, pour arriver à cet objectif. En l'espace de quelques secondes, mon bonheur s'envole. J'ai l'impression d'être deux personnes en même temps. La première a des rêves d'amour et d'insouciance, la seconde, des rêves de destruction, de vengeance. Et à cet instant, cette dernière est de retour. En un claquement de doigts, sans lutter, elle a bouffé la première, lui volant sa place brutalement.

Je ne sais pas si c'est pour l'intimider ou simplement par réflexe, mais peu à peu nous formons un cercle autour de l'homme. Daniel se sent acculé, pris au piège. Il nous voit comme des jeunes violents et sans cervelle. Incapables de réagir autrement que par la force. Mais c'est eux qui nous ont créés ainsi.

Et plus il nous craindra, mieux nous pourrons lire en lui.

— Alors ? Quelle est la décision du Conseil ? interroge Fred, sans préambule.

— Ils acceptent ! Nous avons procédé à un vote hier soir, la majorité a validé l'échange. La carte de l'île avec l'emplacement du cargo ainsi que les pilules !

C'est avec précipitation qu'il répond, comme s'il craignait, dans le fond, que la partie ne se déroule pas comme prévu. Oui, Daniel, elle ne se déroulera pas comme prévu, d'un côté comme de l'autre. L'avantage, c'est qu'il nous pense assez naïfs pour lui faire confiance. Il est persuadé que nous croyons dur comme fer à ce troc, à cet échange monté de toutes pièces. Il nous imagine assez désespérés, assez effrayés, pour accepter ce stupide accord sans même nous douter de ce que le Conseil préparera réellement contre nous. Nous savons très bien que l'armée nous attaquera dans la seconde où le professeur sera entre leurs mains. Elle n'attendra pas le lendemain ni les heures qui suivent. Le Conseil nous laissera encore moins quitter l'île, avec la simple assurance que nous prendrons tous ces comprimés pour oublier.

Les affidés de Carter nous traqueront jusqu'au bout. Ils n'abandonneront pas. Jamais.

Mais, pour jouer le jeu, nous feignons l'ignorance.

— Ils acceptent donc que nous prenions ces comprimés ? Nous pourrons ensuite partir sans craindre leur riposte ? je demande, d'une voix que j'espère équilibrée entre assurance et espoir.

— Oui. Ils acceptent ! Si c'est le prix à payer pour récupérer le professeur, alors ils acceptent.

Comment peut-il s'imaginer que nous marchons dans la combine ?

C'est impossible qu'il nous croie si naïfs !

Soudain, j'ai un doute.

La mission m'apparaît trop simple.

— Alors, il ne reste plus qu'à fixer le rendez-vous, conclut Fred. Nous avons nos conditions. L'échange se déroulera ici, dans cette salle. Il est hors de question qu'il ait lieu dehors. Vous nous avez déjà trahis plusieurs fois, rien ne nous prouve que vous ne le ferez pas de nouveau et que vos troupes ne nous tendront pas une embuscade. Venez demain, à midi. On vous attendra dans la grande salle. Soyez tous présents. Si ce n'est pas le cas, il n'y aura pas d'échange.

Fred n'attend pas de réponse et se retire, faisant clairement comprendre à l'homme que les négociations sont officiellement terminées.

— Partez, intime Camélia à Daniel alors que nous quittons déjà tous la grande salle pour rejoindre nos chambres.

Du coin de l'œil, j'observe l'homme se lever, puis passer l'immense porte menant à l'extérieur. Le soleil me nargue, alors qu'il s'infiltre jusque dans la salle. Cela fait maintenant près d'une semaine que nous n'avons pas mis un pied à l'extérieur et ce confinement forcé est de plus en plus pesant pour chacun d'entre nous. Le sanctuaire est froid, austère et vide. Cette oppression constante ne renforce que plus encore mon désir d'en finir. Qu'importe l'issue. Qu'importe si on y parvient, si on survit à ce qui se prépare pour demain. Cette vie n'en est pas une. Et même la mort sera plus confortable que cette incertitude, ce contexte glacial, cette inertie.

— Tu crois qu'il a gobé notre histoire ?

Simon s'approche de moi et pose une main amicale et douce sur mon épaule. Ugo ne m'a pas lâché la main, et comme je reste silencieuse, encore trop incertaine pour émettre un avis, il répond, non sans faire naître en moi un frisson d'effroi :

— L'important, c'est que les pilules et la carte viennent jusqu'à nous demain. Pour le reste, ce sera quitte ou double. Soit on crève, soit on survit.

18

900

— Qui crois-tu que tu es ? me demande Camélia, allongée dans mon lit, les yeux rivés au plafond, alors que je suis assis par terre.

Je ne sais pas depuis combien de temps je suis ici, avec elle, dans cette chambre. Cet endroit que j'ai occupé, durant une courte période. Ainsi que tant d'autres l'ont occupé avant moi. Combien ont déjà dormi dans ce lit, paisiblement, sans jamais savoir que la mort les attendait le jour suivant ? Combien sont tombés amoureux ici ? Combien ont ri ? Pleuré ? Rêvé ?

— Je ne sais pas. Une jeune fille rebelle et impétueuse, dis-je en souriant. Je suis peut-être une sœur, une amie, une fille.

Ces hypothèses me créent soudain un vertige. Jamais je ne m'étais autorisée à songer à ma vie. La mienne. À tout ce que je suis. À tous ceux qui m'aiment certainement, et dont je ne garde aucun souvenir. J'ai été quelqu'un, il fut un temps. J'existe. Aux yeux d'un monde inconnu, je compte.

— Et elle… je demande. Mary, qui était-elle ?

Un long silence pèse tout à coup.

— La femme de ma vie…

Jamais Camélia n'avait encore osé poser de mots sur ce que je savais pourtant. Les larmes me montent aux yeux. Quelque part, je suis soulagée que 899 ait été aimée. Plus encore par une femme comme Camélia. Je repense à l'une de nos soirées, dans mon appartement, les premiers jours de notre réinsertion. Je me souviens du film que nous avions regardé et de la discussion qui avait suivi.

Est-ce que tu crois qu'on trouvera l'amour, nous aussi ? m'avait-elle demandé.

Oui, 899… Aussi court cet amour fut-il. Tu l'as trouvé. Il a bien existé. Et il existe encore…

— Merci… je murmure, captant le regard de Camélia. Merci de l'avoir aimée.

Elle me sourit et je me lève alors, quittant ce sol de pierre, froid et humide, pour m'installer auprès d'elle. Je glisse ma main dans la sienne, et penche ma tête sur son épaule, observant le plafond. Je me dis que 899 serait heureuse de nous voir ainsi. Moi, sa meilleure amie, à côté de Camélia, celle qu'elle aimait, et qu'elle a aimée dès le premier jour.

Après plusieurs minutes de silence, la porte s'ouvre. Simon et David nous rejoignent les bras chargés de victuailles. Leur bonne humeur me réchauffe immédiatement le cœur.

David, discret, récupère quelques coussins de mon lit, donnant une tape amicale sur la cuisse de Camélia avant de lui sourire. Il les dispose à même le sol, autour de dizaines de paquets de chips et de boîtes de conserve que Simon a réunis sur un drap. Camélia et moi observons les garçons, surprises, presque suspicieuses, sans les questionner pour autant.

— Demain est incertain, mais cette soirée existe, sourit Simon. Camélia, viens là…

Sans attendre, Camélia se rue auprès de Simon et vient s'installer en tailleur à côté de lui.

Au même moment, la porte s'ouvre, une fois de plus, révélant Ugo.

Ugo…

Un doux sourire aux lèvres, il pénètre dans la petite chambre, une tablette dans une main et une épaisse couverture dans l'autre. Du bout des doigts, il éteint la lumière, nous plongeant dans la pénombre. D'un signe de tête, il me fait comprendre de me lever du lit. J'obéis, curieuse. Il installe la tablette au centre de la pièce et du bout des doigts allume l'écran lumineux. Il rejoint alors le fond de la chambre et s'assied sur le sol, dos au mur. Il tend une main dans ma direction, et je le rejoins alors, glissant mes doigts entre les siens. Il me tire légèrement à lui, m'incitant à m'asseoir entre ses jambes. Alors je m'installe, tout contre lui, mon dos reposant contre son torse dur et brûlant. Je repose ma nuque sur son épaule, et ses lèvres effleurent la peau fine de mon cou, me faisant frissonner. Il me couvre de la couverture et me serre dans ses bras, son souffle chatouillant ma joue.

— Choisis le dossier que tu veux, murmure Ugo à l'intention de David.

David s'exécute et en sélectionne un sur la tablette.

Aussitôt, l'écran devient noir et je comprends. Mon sourire renaît tout à coup dans la pénombre. Je ferme les yeux, émue, me nourrissant de cet état de bonheur que je ressens tout à coup.

Je t'aime, Ugo…

Le film démarre, en noir et blanc, comme toujours.

Ses bras se referment autour de moi, et ses lèvres rejoignent mon cou, puis ma joue brûlante. Il inspire mon parfum, caresse ma main tremblante.

Simon est agacé par Camélia qui fait beaucoup trop de bruit en mâchant les chips. David rit et sort une bouteille de vodka de sous sa veste. Il en avale une gorgée et la passe à son frère. J'embrasse la paume, puis le creux du poignet d'Ugo. Camélia s'allonge à même le sol, le visage à quelques centimètres de l'écran. David se rapproche de son frère et pose sa nuque contre sa cuisse, sa main retombant sur le pied de Camélia. Simon m'adresse un regard complice, me tendant la bouteille de vodka. J'en avale une gorgée, puis souris. Ugo caresse mes cheveux, et tend une cigarette à David, qui l'allume et expire une si longue bouffée qu'un nuage épais brouille l'écran plusieurs secondes. Camélia ronchonne et Ugo rit, son torse vibrant tout contre moi. Simon, proche d'Ugo, pose une main sur son épaule, et serre fort. Le regard qu'il lui adresse est tendre, rempli de promesses. Camélia pousse un cri de surprise, le nez collé à l'écran. Tous focalisent leur attention sur le film. Quand j'observe leur regard, je comprends que la scène qui se joue sous leurs yeux est poignante.

Celle qui se joue sous les miens l'est bien plus encore…

19

Ugo

Je ne sais pas quelle heure il est, ni même s'il fait jour. Les chambres que nous occupons au sanctuaire sont dépourvues de fenêtres. Et alors que le souffle profond et lent de 900 frôle mon torse, je prie pour que le soleil ne se soit pas encore levé.

Dans quelques heures, notre destin sera scellé. Aussi, j'aimerais que cet instant dure une éternité. Cet instant où 900, blottie dans mes bras, respire mon odeur, un parfum qui lui est encore familier. Cet instant où rien ne compte si ce n'est cette nuit, douce et innocente, que nous avons passée ensemble. L'étape que nous avons failli franchir la veille a été la plus délicieuse de toute ma vie, bien qu'un arrière-goût de regret subsiste au fond de ma gorge.

Ce n'était pas le moment, et je crois que je suis reconnaissant que Camélia nous ait arrêtés à temps. Je ne veux pas faire vivre ça à 900 dans de telles conditions. J'aurais l'impression de lui dire adieu, la sensation de profiter d'elle avant qu'il ne soit trop tard. Non. Je veux pouvoir me dire que ce ne sera pas la dernière. Je veux, au contraire, que ça signe le début de tout.

Je ne sais pas d'où me vient ce soudain souci de bien faire, ce brusque revirement de situation. Moi qui n'avais jamais considéré l'amour, j'en suis aujourd'hui complètement dépendant. Pourtant, lorsque je considère les autres femmes, celles qui, si on s'en sort, si 900 prend ce cachet, croiseront forcément ma route, c'est l'indifférence qui me submerge. Il n'y a que 900, elle, uniquement elle, qui réveille en moi ce sentiment que je ne connaissais pas jusqu'alors.

Un ronronnement m'indique que 900 n'est pas loin de se réveiller et cette sonorité me fait sourire. Comment puis-je être si insouciant dans un moment aussi décisif de notre vie ?

Je crois que je ne veux pas le comprendre, ni même combattre cet état de plénitude, de bonheur qui, je le sais, ne durera pas. Et c'est bien parce qu'il est éphémère que je donne tout pour le préserver. Alors, doucement, j'enroule un bras autour de son corps frêle, appuyant de l'autre main son visage plus encore contre mon torse, caressant sa nuque, son épaule, ses cheveux. Elle avale bruyamment sa salive et s'humidifie lentement les lèvres avant d'ouvrir un œil. Je plonge directement dans le bleu clair de son iris et j'ai l'impression d'y voir tout ce qu'on a vécu. Les sentiments qui accompagnent cette courte année qui pourtant a paru être une décennie. La peine, la désillusion, le courage, la détermination et l'amour.

— Salut toi… je murmure alors qu'elle commence tout juste à s'éveiller.

Son doux grognement en guise de réponse me fait à nouveau sourire et je ne peux m'empêcher de penser à ce qu'aurait été notre vie, loin d'ici. À tous les réveils que nous aurions pu partager. À toutes ces journées simples et ordinaires qui auraient, j'en suis sûr, été suffisantes à notre bonheur. Durant un instant, je m'autorise cette utopie. Songeant à tout ce que la vie aurait pu nous offrir si nous avions été chanceux. Plus les secondes s'égrènent et plus je réalise que le rêve se termine, prend fin. Un dernier regard, une dernière caresse, un dernier baiser sur sa chevelure sombre et je me retire du lit, abandonnant le corps chaud de 900 au profit d'une douche. Peut-être la dernière, sur cette île.

Elle me voit me préparant à la chambre et je crois qu'elle non plus ne veut pas mettre de mots sur les heures à venir. Alors elle m'observe, parcourant mon torse de ses yeux curieux avant de plonger dans les miens intensément. J'ai l'impression de mettre plusieurs minutes à récupérer mes affaires, puis à fermer cette porte qui clôture une fois pour toutes l'instant d'insouciance que nous partagions.

Il me suffit de poser le pied sur le sol froid du couloir du sanctuaire pour que la réalité me revienne. Elle refait surface en une fraction de seconde, avec brutalité. Des centaines de survivants parcourent l'enceinte au pas de course. La plupart sont déjà sur le qui-vive, prêts, habillés, armés, conditionnés, et cette simple vision d'urgence et de chaos me pousse à les imiter.

Je n'ai pas besoin de faire grand-chose pour me calquer sur leur pas. D'eux-mêmes, mes membres se raidissent, mon souffle s'accélère, et ma fureur, ma combativité et ma détermination reprennent le dessus. En quelques secondes, je rejoins l'une des salles de douches et me glisse dans une des cabines libres. Il me faut plusieurs secondes pour, une fois déshabillé, me réchauffer sous le jet brûlant qui ravive la flamme furieuse qui parcourt si souvent mes veines.

Je ne traîne pas et me savonne à l'aide d'un petit bloc à l'odeur fleurie. Une fois séché et habillé de mon pantalon noir ainsi que de ma veste de la même couleur, je n'accorde pas même une seconde à mon reflet dans l'unique miroir et rejoins la grande salle, là où les regards seront focalisés sur moi, le traître, le fils de notre bourreau.

Alors que j'atteins le groupe déjà prêt, composé de plus de la moitié des survivants, je repère David et Simon, qui sans attendre viennent à ma rencontre avec une excitation que je ne comprends pas, sachant ce qui nous attend.

— Putain, Ugo ! On t'a cherché partout ! 900 nous a dit que tu étais déjà debout ! Ton frère, il est réveillé ! Il a choisi son jour, putain !

Quoi ?

— Où est la docteure Anand ?

— Elle t'attend dans sa chambre ! Dépêche-toi ! Le briefing est dans quelques minutes !

Aussitôt je me dirige en direction des dortoirs. Mon cœur bat à cent à l'heure, j'ai l'impression de rêver, d'être à mille lieues d'ici. J'ai une famille. Ma famille est en vie. Mon frère. Joris.

Bordel !

Je cours. Je le réalise seulement maintenant, mais je cours à toute vitesse et pour la première fois depuis plusieurs jours je ne ressens ni la fatigue ni les effets abrutissants des médicaments. Non, cette fois, je suis dans l'entière possession de mon corps, je retrouve toute la maîtrise de mes gestes. Je vais tellement vite, parcourant les couloirs avec tant de puissance, qu'en à peine quelques secondes je me retrouve devant sa chambre, pétrifié.

Bon sang… Et s'il ne savait rien de moi ?

J'inspire profondément et l'air est tellement lourd autour de moi que j'ai l'impression d'étouffer.

Ouvre cette fichue porte, Ugo !

J'ai les mains qui tremblent. Après tout ce que j'ai appris, tout ce que mon père m'a fait endurer, je sais aujourd'hui que je ne suis plus seul. J'ai beau être entouré, rien ne vaut une famille, une vraie. Rien ne vaut son sang, sa chair.

Ouvre, bordel !

Je n'ai même pas encore posé la main sur la poignée que la porte s'ouvre en grand, la docteure Anand me faisant face, un sourire sur le visage.

— Vous êtes là… constate-t-elle, ravie, alors que je suis trop sonné pour comprendre. Il est vraiment en pleine forme, Ugo. Vraiment, c'est… surprenant.

Je l'écoute et pourtant ses paroles ne vont pas jusqu'à moi. La seule chose que je capte, ce sont les yeux de Joris, en arrière-plan, plongés dans les miens avec un mélange de surprise, de choc et de soulagement.

— Ugo… souffle-t-il, je te croyais mort. Je…

La docteure Anand se faufile en dehors de la chambre, laissant à mon frère et moi les retrouvailles que nous n'espérions plus.

— Putain, je… Moi aussi.

J'avance doucement dans sa direction et un long soupir de soulagement m'échappe quand je réalise qu'il est le même. Le même que dans les souvenirs que Séraphine m'a permis de retrouver. Sauf que cette fois, c'est un homme. Un jeune homme. Et sa ressemblance avec moi, son grand frère, me déstabilise, me fait frissonner.

Depuis tout ce temps, il était là…

Ses yeux sont aussi bleus que les miens, quoique légèrement plus vifs. Ses cheveux noirs sont légèrement plus longs que les miens. J'ai l'impression de me revoir, quelques années en arrière.

— Nous avons été manipulés par notre père, Joris. J'aimerais t'accorder le temps que tu souhaites, te donner le souffle dont tu as besoin, mais nous n'avons pas ce luxe. Je n'ai pas le loisir d'attendre, de me taire pour ne profiter que de nos retrouvailles. Si tu savais à quel point j'attendais ce jour…

J'inspire longuement, perturbé par son regard soulagé, admiratif, un regard que je ne pensais plus jamais voir.

— Je te promets que nous rattraperons le temps perdu. Chaque minute manquée, chaque instant, mais aujourd'hui nous devons fuir. Fuir, mais avant nous devons nous battre.

Sans attendre la fin de ma phrase, il me prend la main, avec une fermeté qui me surprend.

— Je me souviens de tout.

Tout ?

Mon ventre se tord à l'idée qu'il puisse porter les mêmes démons que moi. Ceux qui hantent sans cesse mes nuits, me rappelant chaque réinsertion, chaque génération, chaque ami mort.

— L'hôtel de ville… poursuit-il, d'une voix rauque. Je me souviens de chaque seconde. Le gaz, les morts autour de nous, le professeur Carter, ses aveux. Cet homme est un monstre. Cet homme s'est servi de nous. Si c'est contre lui que nous devons nous battre, alors je serai sur pied dans la minute et je te jure que je lui ferai payer ses crimes.

Bordel… Comment lui annoncer ?

J'inspire de nouveau, espérant gagner des secondes, éviter cet instant pourtant inéluctable.

— Joris, le professeur, c'est notre père.

Il ne cille pas. Ne sursaute pas. Ne s'effondre pas. Non, il est stoïque.

— Tu lui ressembles…

Voilà pourquoi il n'est pas surpris ? Je ressemble à cet enfoiré ? Il s'en était douté ?

— Et toi, tu ressembles à notre mère… Bien que tu aies les mêmes yeux que moi, la même chevelure, tu as la douceur de ses traits.

Là, sa réaction ne se fait pas attendre. Il se redresse sur son lit, les sourcils sévèrement froncés.

— Je n'ai aucun souvenir d'elle.

Ses yeux s'humidifient et enfin je lis l'innocence sur les traits de mon frère.

— Il nous a volé chacun de nos souvenirs. À tous. Pas seulement à toi et moi, Joris. Notre vie d'avant nous attend.

Et, bien que tout le monde nous attende sûrement dans la grande salle, je m'installe sur son lit, et tant pis si je dois y passer une heure entière, il a le droit de tout savoir.

C'est la main sur l'épaule de Joris qui, malgré des jours de coma, est dans une forme olympique, que je traverse la grande salle du sanctuaire, là où chaque survivant nous attend, dans un silence et une concentration déconcertants. À ma grande surprise, nous ne subissons pas de regards de mépris, seulement de l'indifférence. Et cette dernière me convient. Je ne souhaite pas voir Joris payer à la place d'un homme qui se prétend être notre père.

Moi, je peux encaisser, lui, je n'en suis pas sûr.

— Vous connaissez tous le plan et il n'est pas sans danger, annonce Fred, qui malgré son jeune âge mérite cette nouvelle place de leader.

Je balaye la foule du regard et, quelques dizaines de mètres plus loin, je repère 900, qui m'observe de ses grands yeux bleus, un sourire aux lèvres. Elle est heureuse, je remarque son regard osciller entre Joris et moi. Je sais ce qu'elle pense à cet instant. Que la ressemblance est frappante. Et même si elle l'a déjà vu, bien qu'endormi, elle ne constate que maintenant à quel point nous sommes les mêmes.

Alors à mon tour, je souris.

« Je voudrais te parler après », articule-t-elle en silence.

Et, d'un bref hochement de tête, j'accepte.

— J'ai besoin que quelqu'un se dévoue pour prendre un cachet. S'assurer qu'il fonctionne. Qu'ils ne nous ont pas menti. Nous n'avons aucun moyen de vérifier que la carte est fidèle à la réalité, si elle nous indique réellement l'horaire et la localisation du bateau. Si la pilule s'avère efficace, nous avons de grandes chances pour que le reste ne soit pas un mensonge. Que la carte soit fiable.

Fred inspire profondément ; les survivants sont suspendus à ses lèvres.

— Si personne ne veut prendre le risque, la pilule pouvant être mortelle, alors je serai cet homme.

— Ce n'est pas la peine, interrompt une voix que je reconnais.

Aussitôt, la silhouette fine et chétive de Chloé s'avance, s'écartant de la foule pour s'approcher de Fred.

— Je prendrai le comprimé. Je veux oublier, et si nous n'avons aucune chance d'oublier alors je préfère encore mourir.

Le silence est pesant et je me surprends à avoir de la peine pour elle. Chloé. Elle qui aimait tant 394 et qui aujourd'hui préférerait tirer un trait sur sa vie plutôt que de garder le souvenir de sa mort.

Je ne la comprends que trop bien. Il y a encore quelques jours, alors que 900 et tous mes amis étaient sur le point de se faire tuer, je souhaitais la mort plus que tout.

— Es-tu sûre ? demande Fred, le regard sérieux, imperturbable, plongé dans celui, vide, de Chloé.

— Certaine.

— Alors, si la pilule fait réellement effet, je te promets de m'occuper de toi. De te sortir d'ici. Que tu sois consciente ou non. Je t'emmènerai de toute façon.

— Merci… murmure-t-elle, avant de s'enfuir, quittant les regards de pitié braqués sur elle.

Personne n'ose parler. Le simple fait de respirer nous paraît déjà trop bruyant en cet instant d'une tension éprouvante.

— Camouflez bien vos armes. Elles doivent être invisibles. Sous les bancs, nous avons fixé les fusils, les mitraillettes. Nous n'en aurons pas assez pour tout le monde, alors les premiers servis doivent être sûrs de ce qu'ils font. Nous n'aurons pas de deuxième chance. Dans une heure, nous serons morts ou vifs. Et cette fois, c'est véridique. Car moi, Fred, je ne les laisserai pas me tuer sans résister. Je préfère mourir en me battant.

J'ai l'impression que chaque mot de Fred sort de ma bouche. J'ai beau être muet, les lèvres pincées, chacune de ses phrases trouvé écho en moi.

Non, je ne serai pas captif de mon père. Je serai libre, ou mort.

La foule se dissipe peu à peu. Il nous reste exactement une heure avant que le Conseil ne débarque. Avant que nous ne procédions à l'échange. Et alors que ma main est toujours fermement agrippée à l'épaule de Joris, 900 s'avance vers nous, avec une timidité que je n'avais plus vue depuis plusieurs mois.

— Joris, voici 900. 900, je te présente Joris, mon frère.

Elle baisse rapidement les yeux, avant de lui tendre la main. Mon frère ricane et, si je n'étais pas si heureux de nos retrouvailles, je lui aurais sûrement planté mon coude dans les côtes.

— Enchanté, s'exclame-t-il avec gentillesse.

— Ravie de te voir pleinement conscient.

900 tourne ensuite son regard vers moi et je crois lire dans ses yeux une certaine excitation.

— Je peux te voir deux minutes ?

Sans un mot, Joris presse ma nuque et se retire, nous laissant seuls.

— Je t'écoute, je murmure alors qu'elle me sourit enfin.

— Ugo… Je… je ne sais pas encore si je prendrai cette pilule. Mais j'ai besoin qu'on en parle une bonne fois pour toutes. J'ai une idée.

À la simple mention de cette satanée pilule, mon corps se crispe et, même si je m'efforce de le dissimuler, je sais qu'elle le remarque. Je suis incapable, aujourd'hui, de lui cacher quoi que ce soit.

— Je sais que tu appréhendes, poursuit-elle. Et moi aussi. Je t'ai dit que je n'avais encore pris aucune décision et je crois que je ne suis pas encore prête à faire ce choix, mais…

Elle inspire profondément et sort de sous son pull trois carnets et un stylo. Je crois comprendre, mais elle s'explique aussitôt sans me laisser le temps de parler :

— Je vais tout écrire, Ugo. Tout. Les bons, les mauvais moments. Notre rencontre, notre amour. Nos amis. 899, même 410. Damien, sa torture. Le Conseil, l'extermination. Je vais tout écrire. Tout. Car même si je veux pouvoir me souvenir de ma famille, de mon enfance, je ne veux pas oublier cette partie-là de ma vie. Qu'importe mon choix, je ne t'oublierai pas.

J'aimerais parler, mais j'en suis incapable. Je hais cette pilule. J'aimerais qu'elle n'ait jamais existé. Mais maintenant que nous en connaissons l'existence, il est impensable à mes yeux que 900 ne profite pas de cette chance. Je ne veux pas être l'unique raison de ses doutes. Je ne veux pas être celui qui lui ferait renoncer à sa famille.

Écrire cette partie de notre vie ? L'idée semble la ravir, lui redonner espoir, quand moi, elle me détruit.

Ne voit-elle pas que rien, rien ne remplacera jamais ce que l'on a vécu ? Entre le lire et le vivre, il y a un monde, un monde infini. Je crois que je préférerais encore qu'elle m'oublie plutôt qu'elle garde de moi le souvenir d'un homme décrit sur papier, un homme de l'imaginaire, un personnage de fiction, un mythe.

J'existe, bordel ! Je suis vivant !

J'inspire doucement, espérant cacher la douleur que je ressens au plus profond de moi. J'aimerais fuir, éviter cette discussion, lâcher son regard qui, par son intensité, prouve combien elle est impatiente de voir ma réaction. Mais je ne fais rien. Stoïque, je m'efforce avec une peine infinie de ne pas détourner les yeux.

— C'est une excellente idée, 900, je souris. Je suis content que tu aies trouvé une solution.

Son corps se relâche immédiatement, comme si mon approbation était, pour elle, essentielle.

J'approuverai toujours…

20

900

Je ne sais pas. Je ne sais toujours pas ce que je ferai de ce comprimé lorsqu'il se trouvera au creux de ma paume. Le prendrai-je sans réfléchir ? Le jetterai-je dans l'océan une fois que nous aurons enfin embarqué sur ce bateau ?

Ni le Conseil ni leur désir de nous exterminer ne me perturbe plus que l'idée de faire un choix. Ce choix.

Ma famille, ou lui.

Je soupire longuement, remplissant mon sac à dos des trois carnets vierges, de quelques boîtes de conserve et d'eau. J'ai quitté Ugo très vite. Je le sentais impatient de partir. Sûrement pour retrouver son frère, Joris. Aussi, lorsqu'il a émis son avis, que l'idée d'écrire cette partie de ma vie lui semblait bonne, je me suis enfuie jusqu'à ma chambre. Notre chambre.

Dans moins de dix minutes, le Conseil sera dans la grande salle, au complet. Je ne suis pas prête. J'ai l'impression d'être loin, à mille lieues de tout ça. Je n'ai pas la force de me battre ni le courage de subir de nouvelles pertes. Car c'est indéniable, nous n'en sortirons pas tous indemnes. Les minutes qui vont suivre vont être les plus dures de toute ma vie. Elles signent la fin de l'espoir ou le début de tout.

J'attache mes cheveux grossièrement, resserre les lacets de mes bottines et camoufle mon couteau dans mon dos, entre mon jean et ma chemise ample. J'ai l'air prête, oui. Seulement l'air.

Alors que je m'apprête à sortir de ma chambre et rejoindre la grande salle du sanctuaire, la porte s'ouvre en grand, dévoilant Ugo qui, de son regard noir, animal, me jauge. Son visage est des plus effrayants. Bien qu'il soit beau, il me fait peur. Et dans un autre contexte, je partirais en courant. Là, je suis soulagée. Soulagée parce que lui est prêt. Ugo est conditionné. Ugo n'est plus que destruction et chaos.

— Il est hors de question qu'il t'arrive quelque chose… grogne-t-il d'une voix rauque et autoritaire, avant de poser ses deux paumes contre mes joues. Tu vas te battre comme jamais, 900. Tout ça est trop soudain. Tu n'es pas la seule à avoir envie de reculer, reprendre tes esprits. Il ne s'est écoulé que quelques jours entre leur énième extermination et aujourd'hui, mais si nous ne voulons pas revivre ça, nous devons taire nos peurs.

Il a raison, mais c'est trop dur. Infiniment dur.

— Ils ont tué 899… souffle-t-il.

Je tremble.

— Je me rappelle tout, 900…

— Quoi ?

Sa voix n'est plus qu'un souffle, une plainte.

— Chaque réinsertion. Tout. Chaque personne. Chaque extermination. Des milliers d'images me hantent chaque nuit, j'y pense chaque seconde. Tellement souvent que je n'arrive plus à respirer.

Je suis sous le choc. Je savais qu'il avait enduré chaque réinsertion. J'ignorais qu'il en gardait un souvenir clair, parfait.

— Oh non… Je suis tellement désolée.

Ugo… Comment fait-il pour survivre ? Comment peut-il être si courageux après tout ce qu'il a vécu ?

Je n'arrête pas de trembler et, bientôt, mon souffle se coupe.

— Denver… C'était mon meilleur ami. J'en garde un souvenir indélébile.

Il inspire doucement et je crois voir le trouble dans ses yeux.

— Delphine… souffle-t-il.

— Delphine ?

Ma voix est presque inaudible. Je suis sur le point de fondre en larmes. Je sais ce qu'il va dire. Je crains ses mots.

— Je n'étais pas amoureux, 900… Elle n'est pas même un centième de ce que tu représentes pour moi. Mais elle était ma petite amie, dans l'une de ces réinsertions.

— Pourquoi me dire tout ça maintenant, Ugo ?

Cette fois, malgré le chagrin que j'ai pour cette femme, je ressens de la haine. Pas contre elle ni contre Ugo. Elle n'est pointée vers personne. Elle est seulement là, m'étouffant peu à peu, s'enroulant autour de ma gorge.

— Parce que je veux que tu sois en colère… grogne-t-il. Je veux que tu sois en colère parce qu'on t'a volé 899. Que tu aies la rage pour ce qu'ils m'ont fait. Je veux que, pour les heures à venir, tu ne sois plus toi. J'ai vu des morts, 900. Des milliers de filles qui auraient pu être toi. J'ai eu des aventures, des petites amies, elles sont mortes. J'ai eu des amis, des dizaines et des dizaines, qui ne sont plus que des cadavres perdus sur cette île. Souillés, délaissés, abandonnés. Je sais que tu ne crains pas ta propre mort, 900. Mais qu'en est-il de nous ?

Ugo joue avec mon point faible, ma corde sensible. Il sait que je n'ai aucun instinct de survie. Aussi, lorsqu'il est question des autres, de lui, de Camélia, de Simon, de David et de tous les survivants, je peux lutter comme un fauve.

Il essaye et il y parvient. Peu à peu, la colère s'insinue en moi. Doucement, calmement, lentement, elle arrive.

— Donne tout ce que tu as, ma chérie. Tout.

Soudain, sa bestialité s'envole. Une unique seconde, un instant fugace, presque imperceptible. Juste le temps de poser ses lèvres, douces et tremblantes, sur les miennes, avant qu'il ne reprenne son masque imperturbable d'homme indestructible.

Nous sommes environ trois cents. Trois cents survivants sur le qui-vive, droits, raides, parfaitement alignés, les yeux rivés sur l'entrée du sanctuaire, telle une armée prête à bondir. Une armée de gamins, pressée de faire couler le sang. La porte est grande ouverte et, même si nous ne le voyons pas de l'intérieur, nous le savons, le soleil est à son zénith. Midi pile.

Fred, Ugo, Camélia, Joris, David, Simon et moi-même sommes en première ligne. À côté, les hommes de Fred sont imperturbables, protégeant Chloé par leur large stature. Une allée de deux mètres de large sépare notre armée en deux groupes. Ce petit chemin mène au trône, là où le professeur Carter, à moitié inconscient, et le docteur Stone tiennent à peine debout.

Tout est calme, silencieux. Je n'entends que les battements de mon cœur, qui sans relâche cogne dans ma poitrine. Des pas. Des pas par centaines se joignent aux pulsations de mon cœur. À contretemps, ce rythme clair, parfait, remplace bientôt le moindre bruit.

Ils approchent. Ils sont là.

Une première silhouette s'engouffre dans le sanctuaire, Daniel. Puis une seconde, la femme. Celle qui avait accompagné Daniel au hangar. Elle a une prestance et un charisme qui me fascinent autant qu'ils me dégoûtent. Aussitôt, alors que les deux avancent jusqu'à nous, des centaines d'individus armés pénètrent à leur tour dans l'édifice, suivis de quelques dizaines de scientifiques.

Bientôt, ils sont près de cinq cents hommes et femmes face à nous. Presque le double de nos effectifs. Il y a encore une heure, je n'aurais pas été prête à encaisser ; maintenant, j'y crois. Nous y arriverons. L'espace est immensément grand et pourtant, à cet instant, j'ai l'impression d'étouffer dans cette multitude.

— Sont-ils au complet ? demande discrètement Fred à l'oreille d'Ugo.

S'il y en a bien un qui sait, qui a le souvenir du nombre de membres au Conseil, c'est bien Ugo. Et alors qu'il réfléchit, balayant du regard l'armée qui nous fait face, je prie pour que la réponse soit positive.

— Je dirais que oui… Mais rien ne dit qu'il n'y a pas quelques types du Conseil à la sortie.

Fred hoche la tête et, alors que je m'attendais à ce qu'il prenne la parole haut et fort, il chuchote de nouveau quelques mots à Ugo :

— Ils ne te tueront pas, Ugo. C'est à toi de le faire.

Soudain, mon souffle se coupe et, sans même réaliser, j'agrippe la main d'Ugo et la presse fermement.

— J'y comptais bien… souffle-t-il.

Et après avoir caressé le dos de ma main, il se libère et s'avance à la rencontre de Daniel.

— Avez-vous la carte et les pilules ? demande Ugo, suffisamment fort pour que nous entendions tous.

Sa voix résonne entre les murs de pierre.

Je suis tendue et, peu à peu, mes tremblements se réveillent. Je perçois tout. Chaque crispation des assaillants. J'observe leurs mains qui, malgré l'absence d'arme visible, semblent prêtes à dégainer. J'ai conscience du métal froid de ma lame appuyé contre ma peau maintenant humide. Un long frisson me traverse et je lutte pour rester stoïque.

— Nous les avons ! répond la femme. Rendez-nous d'abord le professeur Carter et le docteur Stone.

— Pas avant d'avoir la preuve que ces pilules ne nous tueront pas !

La femme observe alors Ugo, balayant son regard de haut en bas. Il est imperturbable. Fier, il ne cille pas. Il ne rentre pas dans son jeu visant à intimider.

— Vous n'avez qu'à voir par vous-même… l'incite-t-elle alors, tendant de sa main ridée un large bocal contenant une multitude de petits cachets.

Ugo n'hésite pas et plonge sa main, pas le moins du monde tremblante, dans le pot en verre, récupérant une seule et unique pastille. Sans même adresser un regard en arrière, vers nous, il tend l'objet de notre liberté dans notre direction. Fred s'avance alors, frôle les doigts d'Ugo et rejoint Chloé qui, de son regard déterminé, prouve qu'elle n'a aucunement l'intention de faire marche arrière.

Je n'entends pas ce qu'ils se disent, mais Fred parle à l'oreille de Chloé, qui répond par un simple hochement de tête. Et je crois que nos souffles se suspendent alors tous, à l'unisson, lorsque Chloé porte la pilule à ses lèvres. Le silence nous enveloppe. Nos yeux sont rivés sur elle. Je la vois déglutir et, même si elle se trouve à plusieurs mètres de moi, j'ai presque l'impression de voir la petite forme ovale passer sa gorge.

Ça y est, le comprimé doit être dans son estomac.

Quelques secondes se sont écoulées, et rien. Rien. Chloé est consciente. Ni morte, ni perdue. Elle est simplement elle, seulement elle.

Ils ont menti.

L'attente est longue, trop longue. C'est tout juste si elle vient d'avaler et pourtant nous sommes suspendus à la moindre réaction.

Oui, ils ont menti.

J'ose un regard en direction d'Ugo, toujours de dos, n'accordant aucun intérêt à Chloé ni à la scène dont nous sommes tous témoins. Soudain, un bruit mat puis un cri retentissent, suivis de plusieurs exclamations de surprise.

Chloé est au sol. Sa chevelure blonde recouvre son visage.

Ils ont menti. La pilule est mortelle.

Je retiens mon cri, pourtant mon corps, lui, ne tient plus. Je brûle d'agir, de me battre, de les tuer, de me venger.

Ma main me démange, je suis à deux doigts de m'emparer de mon couteau.

— Vous pensiez nous berner ? hurle Camélia, s'avançant d'un pas, tremblante de rage.

Mickey, Fred et les jumeaux s'avancent à leur tour, suivis de dizaines d'autres. Chacun est prêt à dégainer son arme.

— Attendez ! crie Ugo. Ne bougez pas !

Ugo s'est retourné et observe Chloé, inerte, au sol.

Sa voix, sa seule décision, me retient d'agir à mon tour. J'aimerais pourtant, mais Ugo sait ce qu'il fait.

Du moins, je l'espère.

Sa main est suspendue en arrière, figée devant nous, comme si elle formait une barrière suffisante pour nous empêcher de sauter sur les membres du Conseil.

Nous sommes immobiles, à l'affût du moindre ordre d'Ugo.

L'air est soudain glacial et nos yeux sont braqués sur nos adversaires. Si nos regards étaient des armes, ils agoniseraient déjà dans leur sang.

Malgré mon stoïcisme, j'ai l'impression d'être un animal. Un animal que l'on retient par une laisse pour l'empêcher de se jeter sur sa proie. Un animal brûlant de bondir, bavant, grognant, forçant sur son collier pourtant bien maintenu. Je n'attends qu'un signal pour dégainer mon couteau et le planter dans le premier venu.

Ils nous ont menti. Qu'espérions-nous d'autre ?

Une bruyante inspiration me fait lâcher cette meute de barbares du regard et je crois rêver lorsque la silhouette de Chloé tressaute.

Bordel, elle est en vie.

Fred la soulève, la remet sur pied et, alors que le silence était déjà oppressant, le cri strident de Chloé nous souffle tous :

— Mon Dieu ! Où suis-je !? Au secours ! Lâchez-moi !

Je ne reconnais plus sa voix. Je ne retrouve plus son regard. Elle est terrorisée. Ses traits se tordent de douleur, de peur. La pilule fonctionne. Elle fonctionne peut-être trop bien.

— Qui êtes-vous ? hurle-t-elle. Qui êtes-vous ? Où suis-je ?

Peu à peu, sa voix s'éteint, doucement, calmement.

— Lâchez-moi… murmure-t-elle avant de sombrer dans les bras de Fred.

Fred tient sa promesse et, sans perdre de temps, il l'écarte du groupe, rejoignant nos derniers rangs.

— Vous avez maintenant la preuve de notre bonne foi, lâche la femme d'une voix satisfaite.

Ce que je pensais être encore un mythe est aujourd'hui bien réel. J'ai une chance de retrouver mes souvenirs.

— La carte ?! assène Ugo. Dépliez-la.

C'est avec un sourire provocateur qu'elle s'exécute, affichant un plan de près d'un mètre carré, rempli d'informations, d'indications impossibles à lire de là où je me trouve.

— Bien… poursuit Ugo. Procédons à l'échange…

Aussitôt, chacun est sur le qui-vive. De notre côté comme du leur, nous sommes tous crispés, dans l'attente du moindre geste, de la moindre erreur pour agir, riposter, tuer. Un groupe de survivants mène le professeur Carter et le docteur Stone en les soutenant jusqu'à l'armée du Conseil. C'est au milieu de l'allée qui sépare l'armée du Conseil de nos rangs qu'ils traversent la grande salle.

Le professeur est tellement à bout de forces que ses pieds traînent sur le sol.

Impassible, Ugo empoigne son père par le col de sa chemise.

— Donnez-nous les pilules et la carte.

La femme n'hésite pas une seconde, et cette fois c'est David qui s'avance, récupérant le plan ainsi que le bocal. Il reprend sa place à reculons, parmi nous, les mains chargées de notre trésor.

C'est maintenant…

Prépare-toi, 900…

David transmet notre monnaie d'échange à l'arrière, pour que, en passant de mains en mains, elle arrive à destination, auprès de la docteure Anand. C'est elle qui, en dernière ligne, s'en est vu confier la garde. Discrètement, je repère un banc à ma gauche, sous lequel je sais avec certitude que je trouverai un fusil.

J'inspire un grand coup pour affermir mon courage et mes forces.

— À votre tour…

Doucement, je prends appui sur mon pied droit, prête à bondir en direction du banc. Je retiens mon souffle. Celui qui m'apportera l'impulsion dont j'ai besoin, le cri nécessaire pour me propulser jusqu'à mon but.

Nous attendons ton signal, Ugo…

À ma droite, David serre les poings tandis que Simon glisse sa main dans son dos, lentement, imperceptiblement. Camélia, elle, caresse de ses doigts le manche invisible de son couteau, camouflé sous son T-shirt ample. Ugo tient toujours son père par le col. Le temps semble long, infiniment long, et pourtant seule une poignée de secondes s'est écoulée depuis l'instant où nous avons récupéré la carte et le bocal.

D'un geste brusque, Ugo balance son père du côté de l'armée du Conseil, Mickey l'imitant avec le docteur Stone.

C'est maintenant... Bordel, c'est maintenant.

— MAINTENANT ! hurle Ugo.

Et là... tout va très vite.

Les portes du sanctuaire se referment et je cours à toute vitesse récupérer l'arme qui, d'une seule impulsion de l'index, accomplit son travail, sa seule et unique fonction : tuer.

Je n'ai pas de cible particulière, mon instinct me dicte seulement de tirer. Encore et encore.

Tirer pour semer la panique, le chaos.

Tout le monde se bouscule, la grande salle du sanctuaire est emplie de cris, de gémissements, de détonations et de sang. Ugo, à ma gauche, a récupéré lui aussi une arme. C'est sans hésitation qu'il tire au hasard, dans le tas, en plein dans l'armée du Conseil. Nous avons l'avantage de l'effet de surprise, mais très vite, ils dégainent leurs armes et, à notre tour, nous sommes confrontés à leurs balles meurtrières. Je ne comprends pas ce qu'il m'arrive lorsqu'une main ferme agrippe mon col et me propulse en arrière. En quelques secondes, je me retrouve allongée derrière un banc renversé et il me faut reprendre mes esprits pour réaliser qu'il s'agit de Camélia, qui déjà, à l'abri de l'assise du banc, tire sans interruption vers nos assaillants.

À l'aide d'une longue inspiration, je me redresse. Seuls mes yeux dépassent de notre bouclier de fortune et alors je l'imite, tirant à mon tour à tout-va. J'ai beau ne pas viser, tirer dans le vide, je ne peux m'empêcher d'observer la grande porte, close, fermée droit devant moi. Des hommes essayent par tous les moyens de la faire céder pour sauver les scientifiques qui, couchés au sol, tentent d'éviter nos balles.

Ils n'y arriveront pas. Jamais. Dès le signal d'Ugo, un groupe de survivants s'est chargé de bloquer l'issue depuis l'extérieur.

Ceux du Conseil sont bloqués avec nous. Pour le moment.

Alors que je continue de tirer, mon arme est soudain muette. Je n'ai plus de munitions.

— Replie-toi ! hurle Camélia, rejoins les autres !

Je ne comprends rien. Pourtant, la salle n'est plus que hurlements. Le sol initialement blanc est couvert de giclées de sang.

— C'est le moment ! hurle alors Ugo, que je repère tout juste à ma droite, camouflé lui aussi derrière un banc.

Plusieurs survivants relayent l'information, le cri d'Ugo se fondant parmi tant d'autres dans cette scène chaotique.

— Replie-toi, 900 ! crie Camélia de nouveau.

Et cette fois, je l'écoute. Il n'y a rien d'autre que je puisse faire ici.

Alors, courbée, pensant naïvement éviter les balles en adoptant cette position, je slalome entre les bancs et, tandis que la majorité des survivants se sont déjà retranchés vers l'entrée des dortoirs, je rejoins finalement Ugo qui, bien qu'ayant reculé, reste en première ligne.

— Qu'est-ce que tu fous ? hurle-t-il entre deux rafales de balles.

Il ne me regarde pas, trop concentré pour viser.

— Il faut y aller ! je m'époumone. Tu as donné l'ordre ! Tu dois le suivre, toi aussi !

J'ai l'impression de parler à une machine. Il ne m'entend pas. Ne me regarde plus. Je hasarde un regard sur la gauche : Camélia a déserté, elle s'est repliée, elle aussi.

Il ne reste plus qu'Ugo et moi.

Je sais que je risque de le mettre en colère plus qu'il ne l'est déjà, mais il est question de notre vie. Nous sommes sur le point de réussir notre mission. Sur le point d'y arriver. On ne peut pas tout gâcher maintenant. Alors j'attrape sa main libre, la glisse dans la mienne et, d'une violente impulsion, je le propulse vers l'arrière, l'emmenant avec moi jusqu'aux couloirs. Son arme tombe au sol dans le feu de l'action et les secondes suivantes m'apparaissent comme les dernières de ma vie.

Dos aux centaines d'ennemis, nous courons comme jamais. Chaque seconde, je crains de recevoir une balle. J'en vois filer tout autour de nous. Certains de nos compagnons tentent de nous couvrir depuis l'entrée des dortoirs, tirant à tout-va, et même si nous n'avons qu'une vingtaine de mètres à parcourir, le temps s'étire interminablement. Ces quelques secondes sont un supplice. Mon cœur explose dans ma poitrine, je m'entends crier mais je ne contrôle rien.

À cet instant, c'est Ugo qui, maintenant plus rapide que moi, me propulse vers l'avant, accélérant ma course, boostant ma force de la sienne. Et même s'il fait barrière avec son corps, notre survie ne repose que sur la volonté du professeur Carter à garder son fils en vie malgré sa trahison.

Malgré moi, je souris. Je vais peut-être mourir, tuée lâchement, d'une balle dans le dos, sans même voir le visage de l'homme qui aura décidé de mon sort. Mais qu'importe, je sais au moins que, pour l'instant, les nôtres sont sains et saufs, pour la plupart.

Oui, c'est peut-être mon dernier instant.

Un instant où la main d'Ugo dans la mienne aura été mon ultime ancrage, où ses yeux, rivés aux miens, auront été l'ultime vision que j'aurais eue du monde, où sa voix, bien que lointaine dans tout ce vacarme, me hurlant de ne pas m'arrêter, de courir encore et encore, aura été l'ultime mélodie filant jusqu'à mes oreilles.

Il ne nous reste qu'une dizaine de mètres à parcourir. Le salut est à notre portée. La libération arrive, elle est là, si proche, si réelle.

— Ne t'arrête pas ! hurle-t-il.

Mes yeux sont focalisés sur sa bouche, qui, humide et magnifique, au ralenti, s'adresse à moi.

Je rêve de l'embrasser, durant des heures, des jours, des années entières.

En aurai-je l'occasion ?

Je m'écroule au sol. Je hurle.

Du sang… Je saigne. Mon T-shirt en est imbibé.

Quelle ironie !

J'ouvre les yeux avec difficulté. Ma vision floue, remplie de larmes, tente de discerner cette porte, cette foutue porte menant au dortoir, qui n'est qu'à quelques pas de moi. À cinq minuscules mètres. Juste cinq. Jusqu'au bout, la chance se sera jouée de moi. Elle m'aura fait croire que, pour une fois, une seule, elle était avec moi.

Elle ne l'a jamais été. Elle m'a toujours fait défaut.

— 900 ! hurle Ugo alors qu'il s'allonge à côté de moi.

Non…

J'aimerais lui crier de partir. Il est à découvert. Les troupes du Conseil arrivent, je les entends.

— Arrêtez-les ! ordonne le professeur Carter d'une voix à peine audible.

Fred, Mickey, les jumeaux, Camélia ont beau leur tirer dessus de derrière la porte pour les ralentir, nos ennemis sont redoutables, déterminés, rien ne les fera reculer.

— Dis-moi où tu as mal ? Ma chérie, lève-toi. Essaye, s'il te plaît.

Ugo… Il pleure, il est en larmes.

Je veux qu'il parte, mais je le sais, je l'ai toujours su, il ne partira jamais sans moi. Il se fera enlever, et subira le même sort inlassablement. Je ne le permettrai jamais. Et voir ses yeux rouges baignés de larmes, entendre ses sanglots, sa respiration saccadée, désespérée me fait perdre le contrôle. Je ne suis plus maîtresse de rien. Je ne comprends pas comment je trouve cette force, mais je hurle, me relevant, posant mon poing contre mon ventre à vif. La douleur est insupportable, mais j'y arrive. Et lorsque je suis sur pied, Ugo inspire profondément et glisse un bras sous mes genoux, l'autre dans mon dos et me porte, non sans crier sous l'effort.

— Ne tuez pas mon fils ! Tuez-la, elle !

Les rafales reprennent de plus belle. Je ne parviens pas à en déterminer l'origine. Viennent-elles de mon camp ? Ou de celui du Conseil ?

Ma vision devient encore plus floue, la seule chose que je distingue, sur laquelle je suis focalisée, c'est ce plafond.

Ce haut plafond de plusieurs dizaines de mètres au-dessus de moi, qui n'arrête pas de vaciller.

— Ferme la porte ! hurle Ugo.

Je ne vois rien de ce qui se passe, mais j'entends Camélia et les jumeaux qui bloquent l'issue à l'aide de planches. Cette porte en bois nous séparant de la grande salle mais qui ne tiendra pas longtemps. Au moins m'offre-t-elle, une fois close, la paix et la quiétude du silence, ne serait-ce que pour un court instant.

Je suis trimballée dans les bras d'Ugo qui à ma grande surprise ne perd ni de sa force ni de sa détermination.

— Le souterrain est par là ! crie Camélia. Ils doivent déjà tous y être ! Ils ne vont pas nous attendre longtemps !

Ils courent. Tous. Et je prie pour ne pas être celle qui les ralentira. Car si je freine leur course, ils mourront. Tout tourne autour de moi. Je ne sais même pas dans quel couloir nous sommes, ni même si nous avons passé les dortoirs. La seule chose que j'entends, c'est la porte en bois qui cède sous les coups de nos adversaires à quelques centaines de mètres derrière nous.

— Plus vite ! hurle Simon. Je peux la porter, Ugo !

— Non ! On y est bientôt !

Mon poing toujours fermement maintenu contre mon ventre, là où la plaie n'arrête pas de suinter, je suis sur le point de tourner de l'œil.

Ma bouche est pâteuse. Je me sens déshydratée, vidée.

— Ici !

De nouvelles balles fusent dans notre direction, mais ne nous atteignent pas. Pourtant, je le sais, je suis un poids pour eux. L'avance que l'on a sur l'armée du Conseil ne va pas durer. D'ici quelques secondes, ces tirs seront en mesure de nous atteindre.

— Encore quelques mètres ! s'époumone David. 900, reste consciente !

J'essaye. Je déploie toutes mes forces pour ne pas sombrer. Le noir est attirant, tellement séduisant que je serais tentée d'y plonger. Mais je n'ai pas le droit. Je me l'interdis.

— Fred ! hurle Camélia.

Fred est avec nous ?

— Prépare-toi, Fred !

Non… Fred nous attend à l'entrée du souterrain. C'est lui qui doit être le dernier. Il s'est désigné pour l'être. Les ennemis se rapprochent, je les entends, mais ça y est, nous y sommes presque. La voix de Fred devient plus claire, plus définie.

— 900 est blessée ! s'exclame Ugo.

À ses mots, je comprends que nous avons rejoint Fred et pénétré dans le souterrain. Ce souterrain qui voilà des années avait été condamné et que Séraphine avait commencé à déblayer il y a plusieurs semaines. Nous avons terminé son travail, creusant sans relâche depuis notre arrivée au sanctuaire. La galerie est libre depuis maintenant deux jours, mais pas pour longtemps.

Soudain, nous nous arrêtons.

C'est le moment. C'est là que tout doit se décider.

— Fais vite ! hurle Camélia à Fred. Ils arrivent ! On doit emmener 900 auprès de la docteure Anand. On ne doit pas traîner !

— Il n'y a plus personne ? demande Fred avec inquiétude.

— Personne ! On est les derniers !

Le martèlement des pas se rapproche, dans quelques secondes nos poursuivants seront là.

— Alors, c'est parti ! Bouchez vos oreilles !

Aussitôt, Ugo me serre contre lui, enfouissant mon visage dans son cou, se recroquevillant sur moi pour me protéger, et une seconde plus tard l'explosion est si forte que chacun de nous perçoit la décharge jusque dans sa poitrine. Ugo est violemment projeté vers l'avant. Son souffle se coupe, il étouffe une plainte. Il ne m'a pas lâchée un instant, étreignant plus encore mon corps entre ses bras. Le son est assourdissant. Mes oreilles sifflent, mon cœur bat à toute vitesse. Des pierres s'écroulent et s'écrasent au sol. Tout tremble autour de nous. Un nuage de poussière se soulève et nous enveloppe, nous faisant tousser, cracher nos poumons.

C'est terminé. Ils sont piégés. Le Conseil est bloqué à l'intérieur du sanctuaire. Il ne peut plus sortir, ne peut plus nous pourchasser.

Si je n'étais pas si mal en point, je rirais de soulagement. Mais je parviens seulement à sourire, les larmes aux yeux.

On a réussi.

Putain, on a réussi !

Je ne le réalise pas tout de suite, mais Camélia, Ugo, les jumeaux et Fred ont repris la course, remontant la galerie. Ma joie est tellement énorme que je ne ressens presque plus la douleur, ballottée dans les bras d'Ugo. Et lorsque la lumière du jour nous aveugle enfin, signe que nous avons rejoint l'extérieur, cette fois je ris. Fort.

— On a réussi, putain de merde ! s'écrie Camélia.

21

Ugo

Nous n'avons pas fait de pause depuis plus de cinq heures. Sans relâche, nous traversons l'île, suivant la carte du mieux possible. Même si chacun de nous a exprimé sa joie, hurlant, criant, riant, euphorique, alors que le Conseil était pris au piège, à cet instant nous sommes épuisés. La route est longue, trop longue.

La docteure Anand a tout de suite soigné 900. Nous avons été forcés de l'attendre alors qu'elle extrayait la balle. La blessure est sans gravité, aucun organe vital n'était touché et, aux dires de la docteure, 900 s'en remettra rapidement. Elle a nettoyé la plaie avec un antiseptique. C'est lorsqu'elle a versé le produit sur sa chair que 900 a repris conscience, hurlant sous la douleur. Il n'a pas fallu plus de deux minutes pour qu'elle se rendorme, après que la docteure Anand lui a injecté un somnifère doublé d'un antidouleur. Celle-ci a pu alors recoudre la plaie. Je crois que 900 comme moi avons eu de la chance. Nos poursuivants auraient pu nous tuer s'ils en avaient réellement eu l'intention. Nous étions, 900 et moi, a découvert, de dos, à la merci de leurs balles et aucune ne nous a été fatale.

Ils n'ont pas osé. Ils n'ont pas pris le risque de tuer le fils de leur chef. Là est finalement le seul avantage d'être son fils. Et malgré l'ordre de mon père de tuer 900, celle-ci a pu bénéficier de ma protection. Même si elle a été blessée, c'est un moindre mal.

Quant à moi, une balle m'a seulement frôlé l'épaule. Une minuscule entaille, très vite soignée par un bandage de fortune. Une écorchure qui ne m'empêche pas de porter la civière de 900, avec Joris, mon frère.

C'est ainsi que, depuis plus de cinq heures, nous avançons. Je sais que Joris est épuisé et que, malgré le corps frêle de 900, le poids est pour lui insoutenable. Si la première heure la charge était supportable, à cet instant, nous ne pouvons plus nous leurrer, il faut passer la main. Il me suffit d'un seul regard en direction de Simon pour qu'il comprenne qu'il est temps pour lui et son frère de prendre la relève. Alors que David glisse ses deux mains sous mes doigts, agrippant les extrémités des barres en bois, Simon, l'imite, à l'avant.

— Merci... je murmure, alors que je m'étire longuement pour réveiller mes bras endoloris.

Je regarde 900, qui dort paisiblement. Son visage semble serein, libéré de toute douleur. Doucement, je lui caresse les cheveux avant de retrouver mon frère au côté de la docteure Anand.

— On va bientôt faire une pause, j'annonce, essoufflé. Il faudra transmettre le message à Fred à l'avant.

Camélia m'entend, et sans même m'adresser un mot, juste un hochement de tête, elle accélère la cadence pour rejoindre le début du cortège.

— Qu'est-ce qu'on va faire ? s'inquiète Joris qui, de ses yeux bleus injectés de sang, m'observe intensément, perturbé.

Je sais ce qu'il a à l'esprit. Ses craintes sont les miennes.

— Nous n'avons pas de famille. Où allons-nous vivre si nous parvenons à quitter l'île ? poursuit-il, sans attendre ma réponse.

J'aimerais le rassurer. Lui dire que j'ai un plan, que tout est calculé, que nous avons une maison quelque part, une ville prête à nous accueillir, des proches qui n'attendent que nous.

Mais je n'en sais pas plus que lui. Là est la différence entre nous et le reste des survivants. Nous n'avons pas de vie au-delà de cette île. Personne ne nous pleure. Personne ne sait même que nous existons. Nous sommes des étrangers et cette solitude me pèse, me tourmente chaque nuit, chaque jour depuis maintenant une semaine.

Qu'allons-nous faire ?

— Vous resterez avec moi…

Hein ?

La voix de la docteure s'élève, elle qui, sans bruit, marche à nos côtés depuis plus de cinq heures, veillant sur 900.

Joris et moi restons sans voix. Que veut-elle dire ?

Soudain, de ses doigts tremblants, elle sort un morceau de papier froissé de sa poche et me le tend. Je mets plusieurs secondes avant de réaliser qu'il s'agit d'une photographie. Je plisse les yeux, comme si ma vision me jouait des tours. Mais oui, il s'agit bien d'elle, plus jeune.

— Qui est-ce ? je demande en pointant du doigt l'homme qui l'accompagne et l'enfant qu'elle porte dans ses bras.

— Mon mari. Du moins, c'est le souvenir que j'en ai. Et mon fils.

Je lui adresse un regard interrogateur.

— J'ai été enlevée comme vous, Ugo… Du moins, c'est ce que Daniel semblait sous-entendre. Le Conseil n'a pas effacé tous mes souvenirs, mais m'a fait croire à la même histoire que vous. Une épidémie. Je les croyais morts. Lui et mon fils. Comme tous les habitants de la terre. J'y croyais dur comme fer. Mais… je crois qu'ils sont toujours en vie, Ugo. Enfin, c'est une certitude. Ils sont toujours là. Je ne prendrai pas ce comprimé. Je n'en ai pas besoin. Je sais quelle a été ma vie.

Soudain, malgré son air impassible, quelques larmes lui échappent. Des larmes qu'elle refoule très vite, frottant sa manche contre ses joues.

— Retournez la photographie, Ugo…

Je m'exécute et déchiffre les mots manuscrits.

— Une adresse ? À New York ?

Elle hoche la tête, sans m'adresser un seul regard.

— C'est là que je vivais. Du moins, si mes souvenirs sont bons. J'ai toujours eu cette photo avec moi. Pendant tout ce temps, elle était pour moi le seul souvenir auquel je pouvais me raccrocher. C'est eux qui me gardaient en vie. L'idée que repeupler la terre était le meilleur moyen de leur rendre hommage. Quelle mascarade !

Elle souffle longuement, perdant pour la première fois le self-control que je lui connais.

— Vous vous rendez compte ? J'ai toujours cru être la seule à avoir survécu. J'ai toujours pensé avoir perdu tous ceux qui m'étaient chers. C'est faux. C'est même l'inverse. C'est eux qui m'ont perdue. C'est eux qui ont dû me pleurer jour après jour. C'est mon fils qui a grandi sans sa mère. Pas moi qui ai vécu pour son souvenir. Et s'ils avaient refait leur vie ?

Joris, muet, glisse sa main dans celle de la docteure et embrasse le bout de ses doigts.

— Je suis désolé… murmure-t-il, réellement touché.

— Je me suis beaucoup attachée à vous… sanglote-t-elle, alors qu'elle glisse sa main dans la mienne, nous maintenant l'un et l'autre. Ugo… permets-moi de te tutoyer… j'ai passé beaucoup de temps avec toi, je t'aime comme un fils. Ça te paraît peut-être exagéré, peut-être précipité, peut-être trop fort comme terme alors que tu as perdu ta mère, mais c'est pourtant ce que je ressens. En l'espace de quelques mois, nous avons vécu bien plus que nous devrions en une seule vie. Les sentiments que j'éprouve pour tous sont authentiques. Et jamais personne ne pourra comprendre notre combat. J'ai eu confiance en toi à la seconde où je t'ai croisé. Je n'ai jamais douté de ton courage. Joris, même si tu ne me connais pas et que je suis une étrangère pour toi, je n'ai cessé de veiller sur toi depuis plusieurs semaines. Je me suis battue chaque jour pour que tu survives, comme si tu étais mon propre fils. Nous venions de subir le pire, et ton réveil a été pour moi la plus belle récompense. Je veux être votre tutrice. Une fois libres, je veux prendre soin de vous. J'y arriverai. J'ai une maison. Cette adresse, c'est la mienne. Vous avez l'âge de vous envoler de vos propres ailes, mais… laissez-moi faire ça pour vous. Vous avez tellement fait pour moi.

Sur les derniers mots, sa voix se brise. La docteure et moi avons, depuis notre rencontre, une relation de confiance. Nous n'avons pas besoin d'échanger des milliers de mots, ni même d'en mettre sur notre affection. Je n'ai cessé de veiller sur elle, comme elle a veillé sur moi. Nous avons tout partagé. Chaque faiblesse, chaque victoire, chaque blessure. Elle gardait pourtant toujours un certain recul, n'envahissant jamais l'intimité que je partageais avec les jumeaux, Camélia, 900, 899. Pourtant, bien qu'en retrait, elle avait toujours un œil sur nous. Comme nous, nous gardions un œil sur elle. Nous avons vaincu les mêmes peurs, les mêmes obstacles. Elle était une mère, pour nous tous, gamins perdus.

Je retiens mes larmes. Moi, Ugo, je n'ai pas l'habitude de pleurer. Seulement, je réalise combien cette femme est belle et bienveillante. Sa proposition diffuse une onde de chaleur dans tout mon corps.

Moi, l'aîné de notre réinsertion. Celui qui, malgré lui, se devait d'être fort, combatif et audacieux. Celui qui, bien souvent, a dû taire ses faiblesses pour le bien des autres. Ce grand frère qui était là pour montrer l'exemple. Cet homme a pour une fois une aînée sur qui compter, se reposer.

Alors, je n'ai pas besoin de réfléchir plus longtemps. C'est le plus beau cadeau qu'elle pouvait nous faire, à mon frère et moi. La promesse d'une vie. Une vraie.

— D'accord…

Je prends alors sa main entre les miennes, caressant timidement sa peau de mon pouce.

— Tu ne pouvais pas nous rendre plus heureux… je poursuis, capturant son regard du mien, et adoptant aussi le tutoiement.

Et alors que nos yeux se croisent, un lien puissant se crée. La lueur déterminée de ses iris et la tendresse des miennes témoignent de tout ce que nous ressentons l'un pour l'autre.

Une affection forte, un respect sans faille, et une loyauté éternelle.

Elle, comme nous, n'oublierons pas. Jamais.

Nous trois. Joris, elle et moi.

— HALTE ! hurle Fred à l'avant.

Aussitôt, la troupe s'arrête. Malgré moi, mon cœur s'emballe, trop longtemps habitué aux embuscades. Mais je comprends vite que c'est le moment de la pause. Alors que j'offre un dernier regard à la docteure et Joris, je remonte le cortège, retrouvant après quelques secondes Fred à la tête, tout aussi essoufflé que nous et déclare :

— Le soleil va se coucher d'ici peu… Il faut qu'on établisse un campement pour la nuit.

Fred s'assied sur une grosse pierre et acquiesce.

— Tu as raison… On va faire ça. Mickey, passe le mot ! On reste ici pour la nuit !

Aussitôt, Mickey se charge de la mission et je m'installe alors dos à un arbre, face à Fred. Je sors mon paquet de cigarettes de ma poche et en sors deux. Une que je lui tends, l'autre que je glisse entre mes lèvres.

— Comment va Chloé ? je demande, allumant ma cigarette et inspirant une grande bouffée réconfortante.

— J'ai demandé à la docteure Anand de lui filer un cachet si jamais ce truc était efficace. De quoi la mettre stone plusieurs heures. Du coup, elle suit le mouvement sans comprendre ni s'opposer.

— Ouais… Je crois que c'était la meilleure solution.

Je m'allonge à moitié au pied du tronc d'arbre et, observant le ciel, repense à la réaction de Chloé, perdue, se croyant au milieu d'étrangers. Je ne l'ai pas regardée, du moins, le moins possible. Mais j'ai entendu. Chacun de ses cris, chacune de ses plaintes effrayées. Et malgré moi, je ne peux m'empêcher de penser à 900. Aura-t-elle la même réaction, face à moi, lorsqu'elle prendra cette putain de pilule ? Hurlera-t-elle, elle aussi ? Me considérera-t-elle comme un inconnu ? Pire, comme une menace ?

Posera-t-elle sur moi le regard que je redoute tant ? Cette lueur sombre, impersonnelle, étrangère. Celle qui n'est pas la sienne ? Celle qui ne m'a jamais été adressée, sauf lorsque je l'ai retrouvée dans son orphelinat ?

Serai-je capable de revivre ça ?

— Comment va-t-elle ? demande Fred, comme s'il lisait dans mes pensées.

— Elle va s'en remettre… Et Séraphine ? je demande. Elle est presque invisible depuis la révélation de Daniel.

— Elle compte se rendre. Elle se rendra aux autorités, une fois sur le continent.

— Bien.

Fred m'adresse un regard satisfait. Le sujet Séraphine en perturbait plus d'un depuis quelques jours. Moi y compris.

Alors son choix nous libère un peu. En se rendant aux autorités, Séraphine nous épargne une lourde décision. Fred n'en dit pas plus. Nous ne sommes pas d'humeur bavarde. Ni lui ni moi. Nous voulons juste profiter du calme, du repos. C'est particulier, cette sensation. Cette impression d'être à contretemps de tous. En décalage. Quand chacun des survivants a hâte de rejoindre ce cargo, moi, je prie pour que la route soit longue. Je prie pour que chaque jour s'écoule aussi lentement qu'une année. C'est tellement contradictoire que c'en est perturbant. Je prie pour que chacun retrouve sa vie, mais je désire rester auprès d'eux, encore un peu. Auprès de Cam, de Simon, de David, mon meilleur ami, et surtout… de 900.

J'inspire une dernière bouffée de ma cigarette, expire une épaisse fumée dans le ciel maintenant assombri et écrase le mégot sans ménagement contre le tronc d'arbre sur lequel je suis appuyé.

— Le cargo est censé arriver quand ?

Fred m'imite, avant de sortir la carte de son sac. Il la déplie lentement et pointe du doigt le chemin à parcourir.

— S'ils ne nous ont pas menti, le cargo arrive dans quatre jours.

— On y sera à temps ?

— Tout juste…

— Comment vas-tu, ma chérie ?

900 est allongée sur une couverture, la nôtre. Le temps s'est rafraîchi, mais malgré tout l'air de la nuit reste doux. Elle vient tout juste d'ouvrir les yeux et son regard bleu se scelle immédiatement dans le mien.

— Je vais bien… sourit-elle. Je n'ai mal nulle part. Par contre, j'ai l'impression d'avoir bu de l'alcool. Beaucoup trop d'alcool.

Je ne peux m'empêcher de rire à son ton amusé.

— Les médicaments… C'est ça ?

Je hoche la tête, incapable de dire un mot, alors qu'elle me regarde avec des yeux admiratifs.

— Tu m'as sauvée…

— Je crois qu'on va arrêter de compter le nombre de fois où on s'est sauvés mutuellement, non ?

— Tu… tu as raison… bredouille-t-elle, les yeux mi-clos, réprimant de justesse un bâillement.

Doucement, je lui caresse les cheveux, observant sa bouche humide. Bien qu'elle soit dans un état second, je ne peux résister à cet appel. Celui de goûter à ses lèvres, tant que je le peux encore. Alors je m'exécute, m'autorise ce tendre échange. Elle y répond, me pressant faiblement les lèvres, à deux doigts de se rendormir. Et de nouveau, je souris alors que je m'écarte, toujours assis près d'elle.

Elle dort. Du moins, je crois.

— Allonge-toi avec moi… marmonne-t-elle d'une voix presque inaudible.

Je ne me fais pas prier et m'installe sur le dos, à côté d'elle, étalant mes jambes sur la couverture. Je glisse un bras sous sa nuque et aussitôt elle enfouit son visage dans mon cou. Je ne peux m'empêcher de frissonner alors que son souffle m'effleure la peau, sa bouche posée, immobile, sur ce petit endroit sous mon menton, là où mon pouls s'enflamme et pulse à toute allure. Je mets ma main libre sous ma tête et observe les étoiles. Du moins, ce que la forêt dense m'autorise à voir au-delà de ses arbres touffus et hauts. Ces instants sont les derniers, peut-être, où elle sera dans mes bras. J'aimerais veiller toute la nuit, me nourrir de sa présence encore et encore, pour en être suffisamment repu et ainsi ne pas ressentir le manque d'elle pour le reste de ma vie. Mais même si je parvenais à garder les yeux ouverts, à profiter de chaque seconde auprès d'elle, ces quatre jours ne suffiront jamais. Jamais.

22

900

J'ai l'impression qu'un arbre m'est tombé sur la tête lorsque j'ouvre les yeux. La douleur est lancinante, elle pulse contre mon crâne à la vitesse de mon pouls qui, lui, s'emballe subitement. Tout est noir, sombre, et la fraîcheur de la nuit me provoque un long frisson. Pourtant, une douce chaleur m'enveloppe, me retient prisonnière, délicieusement. Et je souris lorsque je réalise qu'il s'agit d'Ugo. De ses bras, il me tient enlacée, me capture fermement. Son souffle est lourd, lent. Il dort, profondément. J'aimerais rester là indéfiniment, car c'est ici qu'est ma place, dans ses bras. Mais j'ai un travail à accomplir.

Je me redresse avec précaution et ravale un gémissement de justesse alors que la douleur de mon ventre se réveille. Ma peau me brûle, me tire, tandis que je tente de m'extraire des bras d'Ugo. Je redouble d'efforts pour ne pas le réveiller. Il marmonne, gesticule quelques secondes, avant de replonger dans le sommeil.

Je retiens mon souffle, autant pour ne pas faire de bruit que pour taire les plaintes qui menacent de m'échapper. J'ai l'impression d'avoir été jetée d'une falaise tant mes membres sont engourdis, désarticulés et la douleur insupportable. Une fois sur mes deux pieds, je slalome entre les corps endormis ou les enjambe.

Camélia n'est pas loin, sa tête repose sur le torse de Simon, qui lui dort à côté de son frère. Cet instant est d'une sérénité troublante. Aucun sommeil ne semble agité, du moins pas comme je l'aurais cru.

J'imaginais que nous subirions chacun nos cauchemars, que nous évacuerions nos pleurs. Le sommeil nous rend vulnérables. Bizarrement, là, c'est tout l'inverse. Peut-être que justement, ce qui apaise nos terreurs, c'est de se savoir unis, en groupe. Peut-être que pour une fois, malgré un sol dur et une température fraîche, ils dorment enfin. Vraiment. Profondément. Sans doute que ce qui fait la quiétude et la sérénité d'une nuit ce n'est pas un lit, quatre murs et un toit, mais bien des amis qui nous comprennent, qui nous entourent et nous protègent de par leur présence.

Je ne peux m'empêcher de sourire, malgré mon état, alors que je constate ce que nous sommes devenus. Cette grande famille éphémère, dont la plupart des membres ne garderont plus aucun souvenir, et qui pourtant aura été soudée jusqu'au bout. Cette famille dans laquelle, peu importe l'issue, chacun aura donné de sa personne pour sauver son prochain. Cette fratrie, d'une courte vie, n'est comparable à aucune autre. Quelque part, il a réussi son projet, le professeur Carter. Il a fait de nous une communauté unie. Unie contre un même ennemi. Unie pour une seule et même finalité : la liberté.

Une fois que j'ai récupéré mon sac là où nous avons réuni nos affaires, je continue de marcher dans la forêt obscure, évitant les obstacles du mieux que je peux. Peu à peu, ma vision s'accommode aux ténèbres et je m'autorise à aller plus vite. Je repère une petite clairière cent mètres plus loin et m'y dirige, malgré quelques vertiges. Je m'assieds dans ce petit espace dégagé baignant dans le clair de lune. Je me sens bien malgré la douleur. J'ai l'impression que tout ira mieux à partir de maintenant.

La haine semble m'avoir quittée. La peur et le chagrin aussi. Je comprends que durant ces derniers événements j'ai fait mon deuil. Je songe à 899, ma meilleure amie, et je réalise que je ne fonds plus en larmes en pensant à elle. Du moins, ce ne sont plus les larmes désespérées et abattues. Seulement celles dues à son souvenir, un beau souvenir, chaleureux, réconfortant.

Et alors que tous ces sentiments s'emparent de moi et me submergent, un sourire aux lèvres, un doux frisson au cœur, je sais que c'est le moment pour moi. J'ouvre mon sac à dos, sors un premier carnet, le stylo, et me concentre…

Mon dernier souvenir ? Quel est donc… le plus lointain de mes souvenirs ?

L'orphelinat, les cours ?

Non… Un rêve.

Je me souviens d'un rêve.

Il me revient soudainement, comme si tout ce temps je l'avais occulté, nié. Il m'apparaît aussi clairement que si je venais tout juste de le vivre, dans mes songes, cette nuit.

Alors je m'empare de mon stylo et fais glisser la plume sur la page.

Je marche le long d'une rivière au cœur de la forêt. Le spectacle est magnifique, le soleil se lève lentement et parsème les bois de sa douce lumière. L'herbe haute, encore humide sous mes pieds nus, me caresse agréablement et je sens chaque goutte d'eau glisser le long de mes chevilles. Le vent frais ébouriffe ma chevelure noire et je savoure dans son voyage le doux parfum de la sève.

Une voix m'interpelle.

Je n'entends pas le prénom, mais je devine qu'il s'agit du mien, et que l'on me cherche. J'accélère l'allure et me rapproche de l'endroit d'où provenait la voix. Ma robe blanche virevolte au rythme de mes pas et le décor devient flou à mesure que j'accélère.

Une femme se tient devant moi. Je m'arrête immédiatement.

Elle est tellement splendide que j'en ai le souffle coupé. Le sourire aux lèvres et le regard rempli d'amour, elle m'intime de m'approcher. C'est ma mère. Je ne reconnais pas son visage, mais je sais que c'est elle. J'en ai la certitude.

Je l'observe plusieurs secondes, curieuse. Elle porte la même robe que moi, elle me ressemble. Son teint est pâle et ses yeux sont aussi clairs que les miens. La chevelure sombre tombant sur ses épaules encadre parfaitement son visage. Un visage angélique. Je l'examine avec attention, intriguée, puis elle me tend les bras pour que je m'y blottisse.

J'hésite quelques instants, intimidée, avant de m'y lancer avec fougue…

J'ai passé la nuit à écrire. À transcrire chaque souvenir, chronologiquement, ma vie, telle que je m'en souviens. Je la conte, à la manière de l'histoire de Rose et de sa douce existence. À la première personne, sans mentir ni enjoliver mon histoire, j'ai dépeint cette première partie avec sincérité, sans filtre. J'y ai ajouté mon état d'esprit, ce que je ressentais, ce que je craignais, même ce qu'aujourd'hui je n'assume pas avoir été. Je me suis plongée dans mes souvenirs les plus lointains, retrouvant mes impressions, mes faiblesses, ma naïveté. Je voulais être sûre, au cas où je prendrais cette pilule, de pouvoir m'immerger dans cette histoire comme si j'y étais. Parce que j'y étais. J'y étais vraiment !

J'avais besoin que la future 900, celle qui portera un prénom, puisse revivre chaque moment de la manière la plus réaliste possible. Je voulais être sûre que le jour où je survolerais la dernière page, 899 et tous les autres adolescents perdus reprendraient leur place dans mon cœur et que ce dernier me mènerait tout droit vers Ugo, comme une nécessité, un besoin vital, une destinée. J'espérais que celle que je vais être le comprenne, me comprenne. Qu'elle me suive, me croie, m'entende. Je voulais qu'elle sache qu'elle et moi ne faisons qu'un. Que ces mots sont les siens.

Le soleil s'est levé depuis plusieurs heures maintenant et, même si j'ai réussi à marcher quelques centaines de mètres cette nuit pour gagner cette clairière et revenir, je sais pertinemment que je suis incapable de faire le reste du voyage à pied. Alors, c'est sur la même civière qu'hier que je suis transportée. J'ouvre grand les yeux, parfois éblouie par le soleil, parfois par le visage d'Ugo, juste au-dessus du mien, crispé par l'effort. De temps à autre, il me regarde et ses traits s'adoucissent. Il prétend au travers de son sourire que le chemin est facile, que me porter n'est pas un problème. Mais je sais, lorsqu'il s'extrait de mon regard, qu'il est épuisé.

Je le regarde, l'observe, le mémorise. Je m'ordonne de retenir chacun de ses traits pour en faire une description parfaite sur le papier. Si j'étais assez douée, je l'aurais dessiné, mais je dois me contenter des mots. Alors je retiens la forme de son visage, sa mâchoire carrée, ses pommettes rosies par l'énergie qu'il déploie. Je souligne cette cicatrice que j'adore, ce trait fin et plus clair que la carnation de sa peau, juste à droite, sur sa lèvre supérieure. J'observe ses yeux d'un bleu extraordinaire, rare, frangé de longs cils noirs, puis ses sourcils toujours froncés, qu'il rie ou qu'il soit en colère. Sa chevelure, tantôt courte, presque rasée selon les périodes, est à cet instant ébouriffée sur le dessus de son crâne. Cette chevelure brune que le soleil s'amuse à illuminer sous mon regard. Puis je détaille son cou, les quelques grains de beauté qui le parsèment, la longue veine qui pulse vers sa gorge, là où inévitablement il porte ma marque. Cette longue entaille encore rouge vif. Puis je reviens sur ses lèvres. Le centre de mes désirs. Cette bouche parfaite. Lorsqu'elle se pince alors qu'il garde son sérieux. Lorsqu'elle se crispe alors qu'il retient sa colère. Lorsqu'elle se détend et esquisse un faible sourire alors qu'il ne parvient plus à cacher son amusement, son bonheur. Puis lorsqu'elle se laisse enfin aller, dans un éclat de rire, rare, exceptionnel, alors qu'il retrouve son insouciance, lui qui a trop longtemps dû tenir son rôle d'aîné.

Je mémorise tout, encore une fois. Car je prends conscience que la fin est peut-être proche. Pas la mort cette fois, mais la fin de cette vie. La fin de cette vie avec lui, avec eux. De cette réinsertion, cette imposture qui n'aura finalement jamais été aussi réelle que n'importe quelle vérité. Car même si cette vie n'est pas la nôtre, même si elle est basée sur un horrible mensonge, tout ce qui est sorti de chacun de nous n'est que pure vérité. Une sincérité brutale, une profondeur violente. Car tout ce que nous avons ressenti venait du plus profond de nous, de ce que nous avions de plus authentique. La vérité de la mort, la vérité de la survie, la vérité de la haine, la vérité de l'amour. Mon amour pour Ugo, plus réel, plus tangible, plus véridique, plus profond que n'importe quel amour. Car c'est un amour né du pire, un amour qui a survécu à tout.

23

Ugo

Nous avons marché sans relâche durant de longues heures encore. Même si nous avons quitté le sanctuaire il y a deux jours, j'ai l'impression que cela fait plusieurs semaines que nous traversons cette forêt. Bientôt, nous manquerons de provisions. Nos dernières forces sont tellement sollicitées que nos besoins en eau et en nourriture sont démesurés. À défaut de repos, nous compensons en avalant les maigres denrées qu'il nous reste, espérant combler nos carences.

900 s'est endormie. Elle se remet bien de ses blessures, et ce, de manière très rapide. Il faut dire que nous n'avons pas d'autre choix que d'accepter notre sort, nos blessures, nos douleurs, et d'avancer. J'imagine que, pour le commun des mortels, une telle épreuve nécessiterait des jours et des nuits de convalescence. Nous, nous n'avons pas ce luxe,

pas ce temps. Et ce, depuis plusieurs mois déjà. À peine reprenons-nous notre souffle qu'une seconde épreuve se dresse sur notre chemin.

La nuit dernière, 900 et moi avons longuement parlé. J'ai remarqué qu'elle vivait à contre-courant. La journée, sur sa civière, elle se repose, quand la nuit, elle n'est qu'une boule de nerfs, à écrire sans relâche.

— J'aimerais que tu fasses quelque chose pour moi, m'a-t-elle demandé alors que nous observions le soleil couchant.

J'ai quitté ce ciel rougeoyant des yeux, pour l'observer, curieux.

— Je veux que tu écrives ta version de notre histoire, Ugo. Je veux pouvoir te lire.

Aussitôt, elle m'a tendu un carnet, partiellement rempli.

— J'ai laissé quelques pages vides, un peu partout, pour que tu y mettes tes propres souvenirs. Je veux me rappeler de toi et, pour ça, j'ai besoin de ton histoire. Ta version.

Pris de court, j'ai songé à refuser. Avais-je réellement envie de tout ressasser ?

Après quelques secondes, j'ai dû m'y résoudre. Je ferais n'importe quoi pour elle. Même revivre le plus dur. J'ai simplement hoché la tête, incapable d'en dire plus, puis elle est partie, me laissant seul. Je suis resté plusieurs minutes, les yeux fixés sur ces nombreuses pages blanches. Par où commencer ?

Au terme de près d'une heure de réflexion, j'ai enfin posé la pointe du stylo sur le papier et, une fois que j'ai commencé, fébrilement, très vite, plus rien ne pouvait m'arrêter.

Le soleil se couche lentement et, de nouveau, nous nous approprions un coin de forêt favorable, où le terrain est suffisamment plat et à l'abri pour nous accueillir pour la nuit. C'est les bras tremblants que je dépose 900 au sol, David m'imitant maladroitement. J'ai les muscles en feu, les biceps endoloris et les épaules tétanisées, et pourtant pour rien au monde je n'aurais laissé cette tâche à un autre.

Alors que durant notre escapade nous sommes silencieux, dès que le cortège s'arrête, les voix reprennent, mêlées aux soupirs las et aux plaintes.

Nous sommes tous épuisés.

— Je crois que je n'ai même pas faim, s'énerve Camélia tout en se laissant violemment tomber au sol. J'ai juste besoin de sommeil. Est-ce que c'est encore loin, Ugo ?

Jamais je n'avais vu Camélia aussi fatiguée, aussi livide.

— Un jour de marche, peut-être deux, si nous sommes suffisamment rapides. Dans tous les cas, nous ne pouvons dépasser les deux jours, sinon, nous manquerons le cargo.

Autour de nous, tout le monde est assis, entassé. Quelques jeunes vaillants s'occupent du feu, tandis que d'autres distribuent de quoi nous nourrir. Des barres de céréales arrivent jusqu'à nous.

— M'en voudras-tu ? chuchote Camélia, alors qu'elle pose sa nuque contre ma cuisse, pour s'allonger quelques instants.

Son visage est dirigé vers moi et elle m'observe, un doux sourire sur les lèvres. Tout à coup, ses yeux se mettent à briller et je crois voir une larme près de quitter ses paupières.

— Pourquoi t'en voudrais-je ?

— La pilule… souffle-t-elle. Si je la prends.

Je secoue la tête et me surprends à déposer ma paume sur ses cheveux courts. J'y glisse les doigts, lentement, et caresse son front. Je ne sais pas pourquoi je suis aussi tendre avec elle, je ne l'ai pourtant jamais été. Camélia et moi sommes de grands amis. Elle m'est chère comme si c'était ma propre sœur. Sur bien des points, elle me ressemble, quand sur d'autres elle est mon exact opposé. Mais c'est là le rôle d'une sœur. Qu'importe qu'elle nous agace, qu'elle nous sermonne, nous ne cesserons jamais de l'aimer. Et, quand j'y pense, elle m'en a fait voir de toutes les couleurs. Elle a été la seule à ne pas me ménager. Hurlant contre moi, m'accusant, me mettant face à mes propres démons. Elle n'a jamais eu peur de m'exposer le fond de sa pensée, n'a jamais craint de me bousculer. Et derrière toute cette authenticité qui la compose – son caractère dur et compliqué, ses choix parfois irréfléchis, sa personnalité de feu –, elle n'a jamais cessé, à son tour, de m'aimer. Veillant sur moi chaque seconde, anticipant chacun de mes faux pas. Elle a beau m'en avoir voulu à de nombreuses reprises alors que je m'étais perdu, c'est elle qui a toujours su me remettre dans le droit chemin. Elle m'a sauvé, et ce, de toutes les manières possibles.

— Jamais je ne t'en voudrai, Cam… Tu mérites tellement d'être heureuse, de retrouver ta vie.

Cette fois, elle ne contrôle plus ses larmes et c'est sans retenue qu'elles se déversent, silencieusement.

— Tu penseras à nous ?

— Tous les jours… j'affirme, la gorge serrée.

Soudain, elle ne peut retenir un sanglot et se presse plus encore contre ma cuisse, levant sa main pour caresser ma joue.

— Je t'ai vu, la nuit dernière… Tu écrivais. Pourquoi ?

Son souffle est bruyant, profond.

— Pour qu'elle se souvienne… Si jamais…

Son sourire me fait monter les larmes aux yeux.

— Y arrives-tu ? À tout raconter ?

— C'est dur… Mais je crois que, quelque part, ça m'aide, je lui avoue. Il y a un effet libérateur, dans l'écriture.

Elle soupire, et je perçois dans son souffle un sanglot tout juste retenu.

— Accepterais-tu que j'y ajoute quelques mots ? Il y a des choses dont je suis incapable de parler… Des choses que j'aimerais qu'elle sache…

Alors je souris. Bien sûr, qu'elle peut. Je fouille à l'intérieur de mon sac et en ressors un carnet puis un stylo.

— Tiens…

Puis je l'observe, allongée sur moi, le carnet en main. Il lui faut plusieurs minutes avant de se lancer. Lorsqu'elle pose son premier mot, je m'allonge, glissant ma main dans ses cheveux pour lui apporter mon réconfort. Je perçois les légers mouvements de son corps sur moi. Elle tressaille, respire fort. J'observe les étoiles, caressant sa chevelure, puis ses joues humides, sans jamais baisser les yeux vers elle. Elle souffle, sanglote. Je l'entends. Et chaque seconde me fait souffrir le martyre. Les minutes s'écoulent, puis bientôt, son corps se détend, il lâche, épuisé. Je me redresse alors un peu et récupère le petit carnet posé sur sa poitrine.

Camélia est endormie, un sourire timide sur les lèvres. J'espère qu'elle rêve, qu'elle s'invente son monde, tant qu'elle se souvient encore d'*elle*.

Et malgré moi, alors que je l'observe, caressant toujours sa courte chevelure, une larme m'échappe, seule, unique.

Elle m'oubliera. Elle et tous les autres.

Moi je n'oublierai jamais, pour eux.

Je lève le menton, et croise immédiatement le regard de Simon qui, discrètement, me sourit. Il ne dira rien. Jamais. Il ne me formulera pas d'adieu, du moins, pas avant que nous soyons sur ce cargo, prêts à nous séparer. Nous n'avons pas besoin, lui, David et moi, d'en dire plus, puisque nous savons. J'ai peut-être été le grand frère qu'ils n'ont jamais eu. Je n'en sais rien, pour l'instant. Quoi qu'il arrive, eux ont été mes frères, au même titre que Joris. Avec autant de force, d'amour et de loyauté.

Je soutiens son regard plusieurs secondes et lui rends son sourire.

— Il y a un étang à quelques centaines de mètres, si certains veulent se débarbouiller ! s'exclame un homme, revenant les cheveux humides. Par là !

Du doigt, il indique le chemin à la foule et aussitôt une bonne part s'y précipite.

D'un coup, tout est calme. Même David et Simon ont pris le sentier menant vers l'étang. Moi, je reste assis, pour l'instant, le visage de Camélia toujours sur mes genoux, 900 à côté de moi. Entouré des deux femmes que j'aime. Je m'allonge totalement quelques minutes, veillant à ne pas réveiller Camélia, et tends la main pour la glisser dans celle de 900, puis je plonge dans le sommeil.

Lorsque je me réveille, il fait nuit noire et tous les survivants dorment profondément. Je n'ai pas bougé d'un pouce et, même si ma fatigue est encore pesante, je ressens le besoin de marcher. Je m'extrais rapidement de Camélia, puis lâche la main de 900 et, une fois sur pied, prends la direction de l'étang. Je m'applique à faire le moins de bruit possible et m'éloigne peu à peu du groupe. En quelques minutes, j'ai atteint l'étang et je ne peux retenir un sourire. C'est d'une telle beauté que c'en est perturbant.

Devant ce paysage calme, je m'assieds quelques instants, observant, rêveur, cet endroit paradisiaque. Le carnet de 900 est maintenu fermement entre mes doigts et, peu à peu, je me détends, l'ouvrant à la page même où je m'étais arrêté la veille. Des mots ont été ajouté, à ma suite. Ceux de Camélia. Par respect, je tourne les pages. Ses mots ne me sont pas dédiés. Ils sont pour 900. Je récupère le stylo dans ma poche et reprends, non sans amertume, mon histoire, ma version.

Je n'ai pas vu les heures filer et, balayant le paysage du regard, je pose le carnet sur la rive. Une fois de plus, je ne peux m'empêcher d'être émerveillé. Et ce constat, malgré moi, me rappelle que, malgré toutes les horreurs que nous avons vécues, il y a tout de même du beau dans mon histoire. Pas seulement cet étang, mais aussi 900, Cam, David, Simon et 899, la ville, à ses débuts, les clubs dans lesquels nous nous amusions sans compter les heures, ces soirées chez Camélia, les retrouvailles avec mon frère, nos rires, nos étreintes…

Et alors que je me défais de mes chaussures, de mon pantalon, que je retire mon T-shirt et avance lentement dans l'eau fraîche, j'espère qu'avec le temps seuls ces souvenirs-là persisteront.

Je m'immerge entièrement sous la surface et reste plusieurs secondes ainsi, profitant de ce calme. Lorsque je me redresse pour reprendre mon souffle, et que je me passe une main sur le visage, je croise deux yeux bleus sur le rivage qui m'observent intensément.

Ses yeux, les siens, 900.

24

900

Ugo est là. Seul, au milieu de cet étang. Je l'observe, alors qu'il ne me voit pas encore. Son torse nu luit sous la lune. C'est comme si son éclat se concentrait sur lui, uniquement lui. Sous ses rayons blancs, Ugo est magnifique. Au-delà de son physique, il a cette insouciance, cette paix momentanée. Être ici, seul, semble l'apaiser, lui redonner des forces, de l'espoir.

Dois-je troubler cet instant ?

J'hésite à faire demi-tour. Il semble si serein. Je ne voudrais pas le priver de cette quiétude. Malheureusement, alors que j'étais sur le point de partir, de rebrousser chemin, Ugo me remarque. Ses yeux sont intenses, plongés dans les miens avec une telle profondeur que je manque de sursauter.

Son visage est humide, des perles d'eau glissent de ses cheveux à sa bouche avant d'atterrir sur son torse. Doucement, il s'humidifie les lèvres sans me quitter des yeux. Le temps est suspendu entre nous. La forêt est calme, silencieuse. Tout le monde dort. Il n'y a que lui et moi. Nous sommes seuls au monde, une dernière fois.

Alors sans réfléchir, je tire mon pull par-dessus ma tête, tâchant de ne pas m'extraire de son regard. Très vite, je me défais de mes chaussures, de mes chaussettes, puis de mon pantalon. C'est la première fois qu'il me voit ainsi. Aussi peu vêtue. En sous-vêtements. Quelques secondes, je reste immobile et l'éclat de ses yeux est troublant alors qu'il me détaille de la tête aux pieds, lentement. Je pourrais vouloir me cacher, mais au contraire, je reste droite, fière, me soumettant à son regard. J'aime qu'il m'observe. C'est si intense que je peine à déglutir.

Soudain, alors qu'une légère brise me fait frissonner, je décide de le rejoindre. Lentement, j'avance, mettant un pied devant l'autre maladroitement. Peu à peu, l'eau m'engloutit. D'abord mes chevilles, mes cuisses puis mon ventre, qui se serre douloureusement.

Il ne me reste que quelques mètres à parcourir pour le rejoindre, et Ugo, patient, m'attend, immobile, un sourire aux lèvres. Je parcours la courte distance qui nous sépare et me retrouve tout près de lui. Nous nous regardons longuement, face à face à quelques millimètres l'un de l'autre.

— Tu es magnifique… souffle-t-il, rompant enfin le silence de la nuit.

Aussitôt, je rougis, tête baissée.

Mes mains me démangent. Je rêve de les poser sur son torse, de les passer dans ses cheveux en bataille, de l'enlacer, le serrer fort contre moi. Et je n'hésite pas. C'est peut-être la dernière fois que j'en aurai l'occasion, aussi intimement.

Alors, lentement, je m'approche, collant mon buste contre le sien. Je l'entends soupirer tandis que je m'agrippe à son cou, et cette sonorité rauque et étouffée me vaut un long frisson dans tout le corps. Durant plusieurs secondes, nous partageons une étreinte en silence. Son corps est brûlant et c'est la première fois que je suis aussi proche de lui. Peau contre peau. Cette sensation est si étrange, si forte, que je me retiens de justesse de ne pas fondre en larmes.

Ugo inspire profondément au creux de mon cou avant d'y déposer de doux baisers. Je ne peux retenir un gémissement tant la sensation est incroyable.

— Continue… je murmure, étourdie.

Il s'écarte de quelques centimètres, son visage au-dessus du mien. Du pouce, il relève mon menton et aussitôt je suis confrontée à son regard animal, empli de désir. Jamais je ne l'avais vu aussi beau, aussi sûr de lui et vulnérable à la fois. J'ai un hoquet de surprise lorsque, du bout des doigts, il emprisonne ma mâchoire. Je crois qu'il est sur le point de dire quelque chose, son regard ancré dans le mien. Il hésite, déglutit bruyamment, ouvre la bouche et se ravise avant d'écraser ses lèvres sur les miennes.

Je ne m'y attendais pas et alors un gémissement m'échappe, immédiatement suivi du sien, rauque. Son baiser est doux, intense. Ses lèvres cherchent les miennes avec désespoir. J'ai l'impression qu'il veille à ce que mon corps n'oublie pas, jamais. Et je crois… non, je sais que ça, je ne l'oublierai jamais. C'est tellement bon, fort, que je ne peux que m'en souvenir, quoi qu'il arrive.

Alors à mon tour, je m'abandonne à lui. Je presse ma main contre sa nuque pour intensifier plus encore nos baisers. Comme un réflexe, comme si ma vie en dépendait, j'enroule mes jambes autour de sa taille et me serre contre lui, comme si nous ne faisions plus qu'un. Sa langue vient trouver la mienne et je crois fondre, me dissoudre dans l'eau de l'étang. Ugo libère ma bouche, rapidement, pour reprendre son souffle, avant de replonger sur mes lèvres immédiatement. En quelques secondes à peine de privation, j'ai eu l'impression de défaillir tant il me manquait déjà. Alors que nous nous embrassons sans interruption, ses mains empoignent mes fesses pour me maintenir plus encore contre lui et une violente brûlure s'empare de tout mon bas-ventre. Aussitôt, je me mets à trembler, la sensation est incroyable. Et alors que l'un comme l'autre nous sommes à bout de souffle, brûlants, Ugo glisse une main dans mon dos et nous entraîne sous l'eau, nous immergeant entièrement. La sensation est extraordinaire. J'ouvre les yeux et croise ses iris enflammés. De fines bulles nous encerclent, faiblement éclairées par la lune. Je retiens l'air dans mes poumons et pourtant j'ai l'impression que je pourrais rester une éternité ainsi. Sous cette eau, seuls Ugo et moi existons. Seul cet instant compte. Nous deux. Lui, moi, au milieu de nulle part. Plus aucun son ne me parvient si ce n'est les battements effrénés de mon cœur.

Et à cet instant, je réalise. Je comprends. Que je l'aime. Que je l'aime plus que tout. Et que jamais, jamais je ne prendrai cette pilule. Jamais je ne l'abandonnerai. J'en suis incapable.

Je ne sais pas depuis combien de secondes nous sommes ainsi, mais soudain, Ugo nous ramène à la surface. L'un comme l'autre, nous reprenons notre respiration. Et à cet instant, tout a changé. Tout. L'atmosphère n'est plus la même. L'air est brûlant, nos corps sont tremblants, impatients. Je l'observe, il ressent la même chose. Et portés par notre amour, avec urgence, dans un même élan, nous fondons l'un sur l'autre. Ses mains caressent chaque parcelle de mon corps. Mes doigts parcourent chaque centimètre de sa peau. L'amour est là. Violent, impatient, pressé, désespéré. Il nous enveloppe et nous guide avec naturel, vers la plus belle des preuves. Une démonstration que je ne connaissais pas encore, que je n'avais jamais expérimentée et que, je sais, je n'aurais offerte à personne d'autre qu'à lui.

Ugo dort profondément sur une couverture qu'il a récupérée près de notre camp alors que nous sortions de l'eau. Je n'ai pas dormi. Comment le pourrais-je après ce que nous venons de vivre ? Ugo et moi, cette symbiose parfaite, cet échange unique. Jamais je ne veux l'oublier. Ses caresses, son regard alors qu'il se perdait en moi. Les sensations qu'il m'a fait connaître.

Jamais nous n'avions été si proches et cet acte, cette communion, scelle notre relation. Nous avons franchi un cap, et pour rien au monde je ne voudrais revenir en arrière. Pour rien au monde je ne voudrais l'oublier. Je ne prendrai pas ce comprimé. Jamais. Et je n'attends qu'une seule chose, qu'il se réveille pour le lui dire. Qu'il sache que je serai à son côté, pour toujours.

Malgré tout, je ne peux m'empêcher de poursuivre mon histoire sur ces carnets. Cette fois, ils n'ont plus cette symbolique déchirante. Ce n'est plus avec le cœur en lambeaux que je les remplis. Ils sont une sorte de journal intime, rien de plus. Juste un moyen pour moi de rendre hommage à ceux qui nous ont quittés.

À Mary.

Alors je passe près de tout le reste de la nuit à écrire, au bord de cet étang, Ugo m'enlaçant avec force, quand moi, allongée sur le côté, je trace mot après mot, ligne après ligne, jusqu'à ce que la fatigue m'emporte.

25

Ugo

Nous progressons péniblement au cœur de la forêt, là où les arbres et la végétation sont si denses qu'il nous est impossible d'avancer à vive allure. Il ne nous reste qu'une demi-journée avant que le cargo n'arrive et plus les minutes s'égrènent, plus le stress nous envahit, tous.

Fred tient toujours la carte entre ses mains et, bien qu'il ait un sens de l'orientation infaillible, nous ne savons pas si nous sommes encore loin. Nous suivons la bonne direction, ça, c'est une certitude, mais notre position nous est inconnue. Nous n'avons pas la notion de la distance parcourue, pas plus que la notion du temps. Avons-nous traversé les trois quarts de la forêt ? Ou en sommes-nous uniquement à la moitié ?

Nous n'avons pas les réponses.

— Il faut aller plus vite ! hurle Fred, sa voix résonnant entre les arbres.

Nous accélérons, non sans fatigue ni grognements. C'est un supplice, d'autant que 900 est toujours dépendante de David et moi, allongée sur cette civière qui, malheureusement, nous ralentit.

Elle a une fois de plus veillé toute la nuit, une nuit que je n'oublierai jamais. Je ne l'oublierai jamais, car c'est pour moi le plus beau moment de ma vie. Je revois encore ses joues roses, ses yeux mi-clos, son souffle saccadé. Ses courbes magnifiques, sa peau douce, son corps brûlant alors qu'elle s'abandonnait à moi. Jamais elle n'a été si belle, jamais. Pourtant, alors que je m'éveillais en même temps que le soleil se levait, la douleur a repris sa place. Cet instant-là, elle l'oubliera. Comment chérir un moment partagé lorsqu'on est le seul à s'en souvenir ? Je croyais presque l'avoir imaginé tant ça semblait irréel. Mais ce rêve s'est transformé en réalité lorsqu'elle m'a confié ne plus vouloir prendre ce cachet. Je pense ne jamais l'avoir embrassée avec autant de passion. J'ai tout fait pour dissimuler ma joie, mais mon amour, lui, j'étais incapable de le retenir.

Je l'ai prise dans mes bras, la serrant longtemps contre moi, autant que possible, jusqu'à ce qu'on doive rejoindre le groupe.

Alors que nous nous détachions l'un de l'autre, à contrecœur, 900 tremblant soudain de froid, je l'ai aidée à enfiler mon pull, heureux qu'elle m'appartienne pour toujours. Cet acte anodin m'a pourtant gonflé de fierté. 900 était à moi.

C'est lorsque je me sens faible et vacillant que je passe le relais à Mickey, qui de ses larges mains empoigne la civière sans difficulté. À son tour, David se décharge auprès d'un survivant et se joint à moi, essoufflé.

— As-tu suffisamment de forces, Ugo ? hoquette-t-il, l'air d'avoir une idée derrière la tête.

— Ça dépend pour quoi, Dav…

Il ne répond pas, me fait signe qu'il revient et se dirige vers Fred, qui nous devance de quelques mètres.

— La direction est la même ? je l'entends demander.

Fred hoche la tête, concentré sur la carte et le chemin. D'un geste las, il pointe du doigt l'horizon : le cap que nous devons conserver. David acquiesce.

Qu'est-ce qu'il trame ?

Aussitôt, il revient vers moi, s'empare de sa bouteille d'eau pour en boire de longues gorgées et poursuit :

— Es-tu prêt à taper un sprint ? Il faut qu'on sache si nous y sommes presque. C'est notre dernière chance de motiver les troupes, Ugo.

Courir ? Dans cet état ?

— Et si c'est encore loin ?

— Alors, on le saura…

Il me tend sa bouteille d'eau et je l'accepte, en vidant le reste d'une traite.

— OK ! je clame, déterminé. C'est par où ?

— Par là ! m'indique-t-il, tendant le doigt, le regard ancré dans le mien.

Je hoche alors la tête, inspire profondément et me mets à courir à toutes jambes. Aussitôt, David me suit et c'est dans une concentration extrême que, lui comme moi, nous filons à toute vitesse. L'air dans mes poumons me brûle, pourtant je continue, coûte que coûte, survolant les obstacles que la nature dresse devant nous, évitant les chutes certaines. Mon pouls s'emballe et mes jambes deviennent tout à coup douloureuses et lourdes, mais je n'arrête pas. Pour rien au monde, je ne m'arrêterais. Pas avant d'avoir trouvé la côte. Foulée après foulée, les yeux rivés au sol, je contourne les arbres, évite les branches épaisses, à une allure que je ne me croyais pas capable d'atteindre un jour. Tout va très vite, trop vite, si bien que je ne vois plus rien autour de moi. Tout est flou, un mélange de couleurs passant par toutes les nuances de vert et de brun. Rien ne m'apparaît avec plus de netteté que mes pieds qui, sans relâche, martèlent la terre et la végétation.

Je n'ai plus de souffle. Il est totalement saccadé, haché. Si l'adrénaline ne nous portait pas à cet instant, David comme moi serions déjà au sol à cracher nos poumons. Il ne nous reste qu'une seule chance de survie, une seule. Je ne la gâcherai jamais ! Surtout pas par lâcheté ou par manque de force. Alors je continue, sans relâche, déterminé. Déterminé car, maintenant, je sais que rejoindre la côte ne signifie pas les perdre tous. Quitter cette île, c'est vivre une nouvelle vie au côté de celle que j'aime. Bientôt, je suis comme en transe, si bien que je ne ressens plus la douleur dans mes membres. Je n'entends presque plus rien, si ce n'est le bruit étouffé de nos plaintes, nos rugissements. Nous sommes comme transformés, telles deux bêtes féroces.

Au bout d'un certain temps, la forêt devient plus dégagée, nous permettant à lui comme à moi de circuler avec plus d'adresse encore. Je ne saurais dire depuis quand nous courons, ni même combien de kilomètres nous avons parcourus, mais je crois rêver lorsque j'entends un bruit, un son violent, comme plusieurs chocs successifs, se répétant inlassablement.

Je reconnais ce son. Je l'associe immédiatement à la mer.

— Tu entends ? je m'écrie alors que je suis sur le point d'éclater de rire, à bout de nerfs.

— Qu'est-ce que c'est ? m'interroge David.

— L'océan, Dav ! C'est l'océan !

Et alors que je ne peux pas m'empêcher de rire, David m'imite, riant à s'essouffler plus encore que la course ne nous fatigue.

— Ne t'arrête pas !

Et alors que nous poursuivons nos foulées, sans rien perdre de notre hargne, slalomant entre les derniers arbres devenus rares, je n'en crois pas mes yeux. Le sable a remplacé la terre, et la verdure sombre et étouffante a laissé place à l'infini. L'océan est droit devant nous. Déchaîné, en colère, furieux. Les vagues cognent contre les rochers, le vent nous gifle, et alors que David s'avance, lentement, ses poumons sifflant aussi fort que les rafales, ses genoux cèdent, il s'écroule sur le sable, un sourire béat sur son visage.

— On a réussi, bordel ! Ugo ! On va rentrer chez nous !

Je savoure quelques secondes cet instant, reprenant mon souffle, retrouvant un pouls stable, les yeux pointés vers le large, lorsque soudain un bruit assourdissant manque de me faire tomber à la renverse. Aussitôt, je pose mes mains contre mes oreilles, étouffant ce son insupportable. Ce bruit semblable à une longue plainte triste, puissante et douloureuse.

— Le cargo ! hurle David, alors qu'il tend son index en direction de l'horizon.

Oh, bon sang ! Il arrive !

Je n'en reviens pas. Ils nous ont donné une carte fiable. Les coordonnées étaient justes. Ceux du Conseil ne pensaient pas une seule seconde se faire prendre au piège dans ce sanctuaire ! Comment ont-ils pu être aussi naïfs pour ne pas songer à cette éventualité ?

Je fixe le bateau des yeux un instant puis, alors que je parcours la côte du regard, je remarque un immense terre-plein surélevé, en pierre, à plusieurs centaines de mètres sur notre droite.

— Demi-tour, Dave ! je hurle alors que je suis déjà reparti. Il faut prévenir tout le monde !

Le cargo va amarrer d'une minute à l'autre sur cette plate-forme ! Nous devons absolument l'atteindre à temps !

Alors je cours, sans m'arrêter, avec encore plus d'ardeur qu'à l'aller. Je ne prête aucune attention à David, me concentrant sur mon seul et unique objectif : les sauver.

— L'océan n'est pas loin ! je hurle de toutes mes forces, conscient qu'ils sont encore bien trop éloignés pour m'entendre. Le cargo est arrivé !

Je ne m'arrête pas de crier, inlassablement, et aussitôt David m'imite.

— Venez ! crie-t-il. Si vous nous entendez, venez tous en courant !

Cette fois, mon cœur s'emballe, pulse à mille à l'heure et pour la première fois de ma vie j'ai peur. Peur d'échouer. Peur de ne pas arriver à temps.

— Venez vite ! Le bateau est là ! hurle David, encore et encore.

Jusqu'à ce que la voix de Fred nous parvienne à son tour :

— On arrive !

Aussitôt, à sa voix s'ajoutent des tremblements, le bruit assourdissant de centaines de pas urgents, violents. Et alors se joint enfin l'image. L'image des survivants courant avec fougue, eux qui n'ont jamais baissé les bras. Cette image forte, magique, que je n'oublierai jamais. Cette unicité poignante, bouleversante. Ce groupe soudé, qui de toutes ses forces se bat pour s'en sortir. Chaque visage est tordu de douleur, chaque regard est empreint de détermination, chaque geste est empli de rage, de combativité.

Ils arrivent à notre hauteur et, pour la énième fois, je fais demi-tour, prenant la tête de la marche, les menant tout droit vers la plate-forme.

— Allez ! je hurle, espérant les motiver jusqu'à la dernière seconde.

Je jette un coup d'œil rapide en direction de 900, dans les bras de Mickey. Ils ont abandonné sa civière pour pouvoir courir plus vite. Elle s'accroche à son cou et lui ne perd pas de sa force. Il est robuste et, bien que freiné par ce poids, il n'est pas moins rapide que les autres. Nous courons sans relâche, jusqu'à entendre la plainte du cargo qui, brutalement, résonne dans la forêt.

— On y est presque !

Et alors que nous ne ralentissons pas, je repère au loin l'océan, derrière le rideau d'arbres.

— Préparez vos armes ! On ne sait jamais !

Aussitôt, les cliquetis tintent. Les armes subtilisées aux gardes du Conseil sont prêtes à être utilisées. Et là, le fracas des vagues retentit et c'est le choc ultime pour chaque survivant. Ils n'ont jamais vu l'océan, du moins, ils n'en ont aucun souvenir et, à cet instant, il s'étale devant leurs yeux ébahis.

— Là ! je crie en prenant la direction de la plate-forme, là où le cargo vient tout juste de terminer son voyage.

Il ne nous faut que quelques minutes pour atteindre l'escalier qui mène à cette surface en surplomb, que je gravis aussitôt, suivi des centaines de mes compagnons. Et enfin, à bout de souffle, nous nous arrêtons.

26

Ugo

De là où nous sommes, sur ce terre-plein de plusieurs dizaines de mètres de haut, nous dominons l'océan, qui s'étend à perte de vue sous nos yeux. Je hasarde un regard en arrière, sur cette forêt, en contrebas, qui nous a fait souffrir durant plusieurs jours, mais qui pourtant n'aura pas réussi à nous vaincre. Les sentiments qui m'animent sont troublants. Cette sensation de fin, d'aboutissement. Je ne sais pas si je suis heureux ou triste. Si je ressens l'envie de rire ou de pleurer.

Tout ce que je sais, c'est qu'enfin nous avons réussi.

Le cargo se dresse devant nous tel un immense monstre d'acier. Il est énorme, gigantesque, impressionnant. Aucun de nous n'ose s'en approcher et pourtant il va falloir y accéder.

Camélia, Simon, David et Joris me rejoignent, puis 900, qui se faufile à ma droite, non sans difficulté. Elle tient debout, elle y arrive pour les courtes distances, et à cet instant, tous côte à côte, nous marquons une pause. Un court arrêt. 900 glisse sa main dans la mienne, caressant le creux de mon poignet, quand Camélia, elle, pose sa paume sur mon épaule.

— On va rentrer chez nous… murmure-t-elle, les larmes aux yeux.

— Oui, Cam, je réponds, ému pour elle, pour tous.

900 dépose un baiser dans mon cou, qui me fait frissonner.

— Et nous… glisse-t-elle à mon oreille. On rentre ensemble, Ugo.

Depuis que 900 a pris la décision de ne pas avaler cette pilule, un poids de plusieurs tonnes s'est ôté de mes épaules. Pour la première fois depuis des jours, j'ai la sensation de respirer enfin.

Pour moi, 900 est prête à oublier les membres de sa famille. Non pas qu'elle ne les retrouvera pas, elle a seulement préféré recommencer de zéro avec eux, plutôt qu'avec moi. Je sais que derrière ce choix se cache également un besoin. Comme un devoir de mémoire. Maintenant qu'elle a fait le deuil de tous nos morts, de nos tortures, de nos chagrins et surtout de Mary, 900 se sent l'obligation de ne pas les oublier. Avaler cette pilule reviendrait, pour elle, à les tuer une seconde fois.

Alors j'ai acquiescé. J'aurais voulu sauter de joie, pleurer de rire, la prendre dans mes bras et lui exprimer combien je la remerciais de faire ce choix, mais quel genre d'homme serais-je si je m'en réjouissais ouvertement ?

C'est pourtant ce que j'ai ressenti. Au plus profond de mon être. J'ai remercié le ciel toute la nuit de m'avoir offert cette chance. Celle de l'avoir pour toujours à mon côté.

Soudain, le cargo tremble et je remarque tout juste que chacun de nous était silencieux, subjugué. Mais alors que le monstre d'acier grince plus encore, une large plaque de métal se décroche du bateau et tombe en un fracas assourdissant sur la plate-forme. Et alors que j'étais sur un nuage, notre rêve à tous se transforme aussitôt en cauchemar.

Des hommes sortent par dizaines, armés de fusils, tirant sur nous tous.

Le Conseil les a prévenus.

Là, mon sang ne fait qu'un tour, j'agrippe la crosse du fusil sortant de mon sac et, tel un animal furieux, me dirige dans le tas, tirant, criblant de balles ces assaillants qui nous mitraillent sans pitié. Un homme, puis un deuxième. Je vise et cours en même temps jusqu'à atteindre la passerelle qui mène au bateau. Je ne m'arrête pas, en transe, hurlant, criant de toutes mes forces. C'est la haine qui tout à coup m'anime, faisant de moi cette bête redoutable, sans peur.

Je monte sur le cargo, et là, des dizaines de gardes sortent de derrière des conteneurs, tirant à tout-va. Voyant un homme pointer son arme sur moi, je sais que je n'ai pas le temps de riposter. Je suis prêt à mourir, lui offrant un sourire, preuve que jusqu'à mon dernier souffle il n'aura pas eu ma peur. Il tire, mais une balle se loge en plein milieu de son front. J'ai à peine le temps de comprendre ce qui se passe que l'on me propulse au sol, m'évitant cette balle que je me croyais fatale.

— Ugo ! Relève-toi ! hurle alors Simon.

Il m'a sauvé.

Je ne perds pas une seconde et vais à l'assaut vers l'arrière, plus déterminé que jamais. Les gardes n'en finissent pas de sortir, de venir jusqu'à nous, mais à notre tour, nous sommes des centaines à les prendre en chasse. Je ne saurais faire un premier bilan. Sommes-nous finis ? Y a-t-il encore de l'espoir ? Sont-ils plus nombreux ?

Toutes ces questions m'importent peu. À moi, comme à chacun des survivants. Car nous savons tous que cette mission était notre dernier espoir de survie. Quitte à trouver la mort, on ne mourra pas à genoux. Nous ne périrons pas sans avoir épuisé toutes nos forces. Le sang s'écoule de partout. Nous sommes cernés de cris, de grognements et de plaintes. Je pense à 900, à Joris, à Camélia, à David, à Simon et même à Chloé, à Fred, à Mickey, à Rob, à Roger, à Stan. Je pense à la docteur Anand, à Séraphine, et ils me donnent tous la force de poursuivre. Qu'importe si je meurs, je donnerai tout pour les sauver. Ils m'oublieront, ils ne pleureront pas ma mort longtemps.

Un garde me prend par surprise et balance le canon de son arme dans ma mâchoire. Je ne vois plus rien, des flashs dansent devant mes yeux et pourtant, malgré mon vertige, j'agrippe l'homme par la gorge et lui ôte son arme. Je ne le vois pas tant ma vision est floue, mais je ne cesse de serrer sa gorge entre mes doigts.

— Ugo, je t'en prie, ne me tue pas… geint l'homme à demi étouffé.

Oh, bordel !

Soudain, ma vue s'éclaircit et je crois que, de ma vie, je n'ai jamais éprouvé une telle envie de tuer.

— 410 ! je grince, le souffle court.

— Je t'en prie… répète-t-il alors que ma main se fait de plus en plus écrasante autour de son cou. Je suis le seul capable de vous conduire jusqu'au continent. Je sais piloter le bateau.

Et alors, je ne sais pas ce qui me prend, mais je ne le tue pas. À la place, je lui adresse un coup en pleine tempe et il s'effondre sur le pont. Je reviens à la réalité et je constate que plus aucune balle ne fuse. Les munitions doivent être épuisées dans les deux camps. À bout de souffle, je m'autorise à regarder le champ de bataille.

Les gardes sont pour la plupart vaincus, au sol, baignant dans leur sang, achevés par nos balles.

Nous avons gagné.

Nous avons gagné, et pourtant cette victoire me donne envie de vomir, de hurler, de cogner mes poings contre l'acier. Les nôtres ne sont pas indemnes, certains sont morts, eux aussi.

Aussitôt, je me précipite à l'avant du bateau, en proie à la panique.

Joris, Camélia, les jumeaux, 900 !

Mon pouls s'emballe, je manque de m'effondrer, mais je ne m'arrête pas. J'enjambe les corps, évitant de regarder ceux qui me sont familiers. Priant de toutes mes forces qu'aucun ne soit *elle*, *eux*…

— Ugo ! hurle Camélia alors qu'elle s'élance jusqu'à moi. Tu es vivant !

Brutalement, elle se jette dans mes bras et pleure, suffoque.

— 900, ton frère, David, Simon… Ils sont en vie, Ugo ! Ils sont en vie !

Et alors que ses bras m'étreignent avec force, je ferme les yeux un instant, me délectant de son parfum si particulier. Camélia, ma sœur. J'ai tenu ma promesse, elle rentrera chez elle. Alors que j'ouvre les paupières, le sourire aux lèvres, j'aperçois 900, plus loin, vacillante, s'avançant jusqu'à moi. Camélia s'écarte, séchant ses larmes du mieux qu'elle peut, et enfin, 900 se glisse contre moi, m'enlaçant avec tellement de force que je suis sur le point d'étouffer. Je resserre à mon tour notre étreinte, imprimant mon corps tout contre le sien, respirant sa chevelure, caressant sa peau glacée. C'est tellement bon que c'en est douloureux. Je croyais la perdre, mais non, 900 sera avec moi, pour longtemps, très longtemps.

— Quelle est la première chose que tu voudras qu'on fasse, toi et moi ? murmure-t-elle à mon oreille, d'une voix tremblante.

— Je veux rencontrer ta famille, partager un repas avec toi, que tu dormes dans mes bras, que nous nous promenions main dans la main. Je ne peux même pas choisir une seule et unique première chose, ma chérie. Je veux accomplir tellement de choses avec toi que tout s'embrouille dans ma tête.

Elle rit, doucement, son buste tremblant contre mon torse.

— On aura tout le temps pour ça, Ugo…

Et alors, elle s'écarte de mes bras, pose une main sur ma nuque et joint ses lèvres aux miennes. Son baiser est fort, rempli de promesses. Un baiser sans retenue, sans peur, sans désespoir. Il est simplement puissant. Si puissant que des centaines de décharges me traversent le corps.

Tout à coup, je la sens sourire contre mes lèvres et, à mon tour, je souris.

— Ugo… souffle la docteure Anand, approchant de nous.

Je me détache de 900, non sans garder sa main prisonnière de la mienne, et adresse un sourire à cette femme qui nous offre tant à mon frère et moi. Cette fois, c'est Joris qui nous rejoint et je ne peux m'empêcher de quitter la main de 900 pour le serrer lui aussi dans mes bras.

Passé l'euphorie, le silence pèse alors. Fred est vivant lui aussi, mais son visage est d'une dureté effrayante. Alors que je le suis du regard, je le vois s'agenouiller devant un corps. Je quitte les miens pour aller vers Fred et un pincement m'oppresse la poitrine quand je reconnais Mickey.

— Je suis désolé… je murmure, déboussolé.

J'ai beau ne pas avoir été très proche de Mickey, j'avais une réelle affection pour lui. Il n'était peut-être pas le plus bavard ni le plus chaleureux, pourtant il n'a jamais cessé de nous apporter son aide. Il n'a jamais contesté un seul ordre, une seule mission. Il a mené 900 jusqu'au cargo, la soulevant dans ses bras sans faiblir. Il a toujours fait partie de ces quelques survivants qui, jamais, pas une seule fois, n'ont baissé les bras.

— Si près du but… grogne Fred. Aide-moi à les regrouper dans l'une des salles du navire. Et virons ces putains de gardes de ce cargo ! Que leurs cadavres pourrissent sur cette île !

— Lorsqu'on aura fini… Retrouve 410 sur le pont, je l'ai assommé. Il sait naviguer. Une fois qu'il nous aura aidés, tu feras ce que tu veux de ce traître.

Aussitôt, je passe le mot aux survivants et très vite ils s'attellent à la tâche. C'est dans une synchronisation parfaite que nous déplaçons les corps. L'heure n'est plus aux sourires, ni aux réjouissances de cette dernière victoire, mais bien au recueillement. Un moment qui se doit d'être rapide et qui pourtant traîne, tant nous sommes abattus.

Fred l'a dit lui-même. Ils étaient tous si près du but…

Tout à coup, je repense à 410… 410 était là. Oui. Il était dans ce bateau.

Bon sang ! Il était là. Et s'il était là, ce n'était certainement pas sans…

— 900 ! hurle Simon de toutes ses forces.

Aussitôt, je me retourne et mon cœur s'accélère douloureusement.

Non, non, non, non !

Une femme, sortie d'une cabine du bateau, pointe une arme en direction de 900.

— Régente… j'entends murmurer celle que j'aime, la rage s'imprimant dans sa voix.

— Comme on se retrouve !

Je ne peux pas y croire. Je ne veux pas. Dans la panique, j'observe autour de moi, à la recherche d'une arme encore chargée de munitions.

Faites que quelqu'un ait encore des balles pour l'achever !

Aucun de nous ne bouge, à l'image de 900 qui, elle, est tétanisée, mains en l'air.

Putain, nous n'avons plus de munitions !

Je dois intervenir ! Il le faut !

— Tuez-moi ! je hurle, m'approchant peu à peu de 900 qui, à quelques dizaines de mètres de moi, me semble si loin, impossible à atteindre. Tuez-moi à sa place !

— Ne bougez pas ! ordonne-t-elle sans même me regarder, les yeux fixés sur 900.

— Je ne bougerai plus ! D'accord !

Ma voix est tremblante, j'ai peur, terriblement peur… pour elle.

Je dois faire quelque chose, bordel ! Je dois agir !

J'ose un regard vers Simon, qui lui est autant paniqué que moi, que nous tous. Nous sommes démunis, incapables d'agir.

— Tuez-moi à la place, bordel !

Cette fois, ma voix est violente, menaçante. Je panique.

— Fermez-la, Ugo !

Bon sang… Je vais la tuer !

Mais si elle presse cette détente, si elle tue 900, elle me tuera moi aussi.

— 900… grogne-t-elle avec un regard de défi. Tu as tout gâché ! Tu n'avais qu'une seule chose à faire ! Trouver les documents compromettant le Conseil. Il me fallait un moyen de pression contre lui. J'ai suffisamment payé ma dette ! Je méritais de retrouver ma vie ! Et tu as tout ruiné par ton égoïsme ! Je te croyais suffisamment docile et idiote pour te plier à mes volontés. Mais il faut croire que j'avais misé sur le mauvais cheval… Tu as tout gâché ! Jamais je ne t'accorderai cette victoire !

Et là, je sais que rien ne pourra jamais l'arrêter. Tremblant, je cours de toutes mes forces, mais c'est trop tard, elle va tirer. Je vois son doigt presser lentement la détente. Alors, je me précipite. Tout me semble ralenti, j'ai l'impression de vivre un cauchemar. Je voudrais arriver à temps, mais c'est impossible. Je cours, m'apprête à arracher l'arme des mains de la régente lorsque, soudain, je remarque Camélia, tout près de 900, qui s'élance et plonge devant elle.

Le coup part, assourdissant.

— CAMÉLIA !

Aussitôt, une deuxième détonation me fait vaciller et je crois voir Simon, l'arme fumante entre les doigts et la régente couchée au sol, inerte.

Je ne cesse de courir et, alors que j'arrive auprès de 900 et de Camélia, mes genoux cèdent et je m'effondre sur le pont.

— Camélia, bordel ! Cam !

Elle est étendue, inerte, une balle logée en pleine poitrine. Je remarque à peine 900, assise, tremblante, suffocante, choquée, à quelques mètres de là. Je crois qu'elle crie. Je perçois des hurlements d'horreur, mais rien ne me détourne de Camélia. Rien.

— Camélia ! Ma sœur… Ça va aller…

Je tremble, le souffle court, et passe une main sous sa nuque, puis l'autre sous ses cuisses et la prends tout contre moi.

— Ugo… souffle-t-elle, le sang coulant entre ses lèvres.

— Je suis là… Cam, je suis avec toi…

Elle tente d'ouvrir les yeux, mais cet effort lui coûte beaucoup trop. Mes larmes coulent, je veux crier, hurler, mais j'en suis incapable. Je suis sous le choc. C'est trop. Bien trop pour un seul homme.

Camélia, ma sœur.

Je la serre fort contre moi, tellement fort que cette fois je sanglote.

— Penseras-tu à elle ? Pour moi… À ma place.

J'inspire profondément et retiens mes plaintes autant que possible. Mes tremblements s'intensifient, j'ai l'impression que mon corps ne m'appartient plus. Je m'ordonne de rester fort, séchant mes larmes de mes poings avec rage. Je n'ai pas le droit de m'effondrer, pas maintenant !

— Elle ne sera pas oubliée, Cam. Sois sereine, je penserai à vous deux, à 899 et à toi.

— À quoi songeras-tu ? murmure-t-elle, les yeux mi-clos, à deux doigts de rendre l'âme, de me quitter pour toujours. Raconte-moi, Ugo, dis-moi, à quoi ça aurait pu ressembler, si elle avait été là.

J'inspire de toutes mes forces, avec douleur, et retiens un cri de rage. Je caresse ses cheveux de mes mains ensanglantées, tremblant, je ferme les yeux et m'éclaircis la gorge.

— Je t'imagine toi, dans un treillis rouge, avec une coupe de cheveux bien trop étrange à mon goût, derrière le bar d'un club, je ris, ou plutôt sanglote. Tu habiterais une grande ville, une ville immense où tout va à mille à l'heure. Tu servirais de nombreux clients et en profiterais pour partager des verres avec certains d'entre eux. Tu rirais souvent et passerais tes soirées à observer les jeunes danseurs se dépenser sur la piste. Parfois, à la fin de ton service, tu les rejoindrais, te glissant entre les corps chauds et surexcités, te mêlant à leurs pas, à leurs mouvements gracieux, comme tu as toujours su le faire. Jusqu'au jour où, au milieu de cette piste, un soir comme les autres, tu l'aurais vue, elle, Mary… Sa longue chevelure brune virevoltant autour de son visage et ses jolis yeux curieux n'observant que toi. Ses traits innocents n'auraient rien à faire là, au milieu de cette débauche. Et pourtant, pour toi, ce serait une évidence. Ton évidence. Tu t'approcherais d'elle, avec la fougue que je te connais, sans retenue, sans pudeur, et tu aurais glissé quelques mots à son oreille. Elle aurait ri aux éclats, déjà sous ton charme, et vous auriez dansé jusqu'au petit matin. Et à partir de cette nuit-là, elle et toi ne vous seriez plus jamais quittées.

Je rouvre les yeux, craignant le pire, et alors que mes yeux se posent sur son doux visage, je fonds en larme.

Je l'embrasse. Son front, ses joues, ses mains glacées et je ne sais combien de temps je reste ainsi, libérant ce que je retenais avec tant d'orgueil. Ces larmes douloureuses que je m'autorise à verser à flots.

27

Ugo

Il s'est écoulé plusieurs heures avant que je n'ose enfin ouvrir les yeux. Camélia est encore au creux de mes bras, livide, sans vie. Lorsque je lève la tête, je repère aussitôt David, à côté de moi, les yeux brillants de colère. Je balaye les alentours du regard et le bateau est en plein milieu de l'océan. Derrière moi, l'île n'est plus qu'un minuscule point sombre à l'horizon.

— Où est 900 ? je demande aussitôt.

Je ne l'ai pas vue, n'ai même pas pris soin d'elle.

— Ugo… souffle David, l'air inquiet.

— Quoi ? Bordel ! Qu'est-ce qui se passe ?

David s'approche alors de moi, le visage triste, désolé, et glisse ses bras sous Camélia pour la dégager de moi et la déposer sur le sol.

— Elle va bien ?! David ! Parle, merde ! Où est-elle ?

Quelque chose ne va pas. Je le sens !

Je me lève alors avec précipitation.

— Où est-elle ?!

Je me mets à courir, David me suivant.

— Bordel ! Tu vas parler ? je hurle alors que je me retourne dans sa direction.

— Elle est à l'avant du bateau, mais…

Je ne l'écoute plus et me rue jusqu'à la proue.

Alors que j'y arrive, Simon accourt jusqu'à moi et me bloque le passage.

— Ugo ! Attends !

Je vois 900 au loin, dévastée, en larmes.

— Lâche-moi !

Je dois la réconforter ! Il faut que je la prenne dans mes bras ! Que je lui promette que tout ira bien ! Elle a déjà su guérir de la mort de 899, elle y parviendra pour Camélia ! On y arrivera, ensemble !

— Ugo.

Cette fois, la voix de Simon est d'un sérieux troublant et, alors que son regard est plongé dans le mien, je lui accorde mon attention.

— 900 était dévastée… Sous le choc. Jamais je ne l'ai vue dans cet état. La mort de Camélia était trop dure à supporter. Si tu l'avais entendue pleurer, si tu avais vu à quel point elle était atterrée. Ugo, elle était vraiment traumatisée. Elle tremblait, suffoquait. Je l'ai tout de suite prise dans mes bras, je l'ai réconfortée autant que je pouvais malgré mon propre chagrin, mais elle ne voulait rien entendre, Ugo… C'était trop pour elle. Le coup de grâce, la mort de trop.

Soudain, mon cœur palpite, mes membres se mettent à trembler.

Non… Non, non, non !

— Qu'est-ce que tu essayes de me dire, Simon ?

Il inspire, le regard désolé.

— Elle va prendre ce comprimé, Ugo.

Quoi ?!

— Elle ne peut pas supporter autant de souvenirs horribles…

Non… Elle ne va pas m'abandonner, elle aussi.

— Elle veut que tu viennes la voir, mais après… Après que j'aurai terminé de te parler.

Mais pourquoi ?

— Ugo… reprend-il, les larmes aux yeux. Tu es resté près de six heures auprès de Camélia, bientôt, nous atteindrons le continent.

Apathique, totalement amorphe, je regarde l'horizon et repère tout juste la côte. Je ne pense plus, ne respire plus, ne vis plus. Je ne suis plus capable de rien. Aussitôt, la main de Joris se pose sur mon épaule, et il se penche à mon oreille :

— On va y arriver, toi et moi.

Je l'entends, mais je ne réagis pas. La réalité est trop brutale.

— C'est notre tour, Ugo… À tous, reprend Simon, une larme dévalant sa joue. Je t'aime tellement, mon frère.

Les yeux exorbités, je l'observe, incapable de lui répondre.

C'est trop tôt ! Bon sang !

Lorsque je baisse le regard, je vois que Simon triture la pilule du bout des doigts. Au même moment, David s'avance et pose son front contre le mien.

— Mon frère… Tu as tellement fait pour moi. Je t'aime tellement fort. J'aurais voulu ne pas prendre ce cachet, mais j'ai une famille… Une vie… N'oublie jamais combien tu es fort, audacieux. Pense à tout ce qu'on a traversé. Le reste ne sera que de la putain de merde à côté de tout ça… Tu as vécu le pire, le plus beau reste à venir.

Je ferme les paupières, mon front contre le sien, et une larme m'échappe, lourde et douloureuse.

— Merci, compagnon… murmure Fred en m'adressant une légère tape sur la nuque, qui aussitôt fait reculer David de quelques pas.

Au même instant, la docteure Anand se poste à ma droite et glisse sa main dans la mienne.

— Je suis là, moi aussi. N'oublie pas, Ugo, on reste tous les trois ensemble. Tous les trois, nous nous souviendrons d'eux. Je ne vous lâcherai jamais.

Puis elle s'approche de mon oreille et glisse ces mots :

— Dis-leur adieu, Ugo, reprends-toi, réveille-toi quelques secondes. Nous savions qu'ils prendraient cette pilule, rends-leur la tâche moins difficile. Si tu sombres, je serai là pour te relever.

Je lance un regard à la docteure qui, par ses paroles, me réchauffe le cœur, me redonne vie.

Je ne serai pas seul. Jamais.

Alors j'écarte les bras et m'avance vers David et Simon. Tous les trois, nous partageons une étreinte déchirante, douloureuse. Leurs bras s'enroulent autour de moi, me capturent, m'emprisonnent. Dans leurs gestes, je ressens tout l'amour, toute l'admiration, la confiance qu'ils me portent. Je sais que je suis leur frère, à présent. Ils ne s'en souviendront plus, mais moi, si. Je pourrai me vanter d'avoir, en plus de Joris, deux frères, des jumeaux. De beaux, forts, et courageux jumeaux. Ils se mettent subitement à pleurer, ce qui déclenche immédiatement mes larmes. J'ai l'impression d'être redevenu un adolescent, un enfant, et très vite nous rions fort, aux éclats.

— Je ne vous oublierai jamais… Mes jumeaux, mes petits frères.

— Va la voir, Ugo. Joris et la docteure Anand vont s'occuper de nous, à notre réveil.

Soudain, un nœud immense se loge dans ma gorge à m'en faire suffoquer. J'ose un regard derrière eux, et je repère 900, seule, les yeux rivés sur la côte qui se précise peu à peu.

De nouveau, je pose mes yeux sur les jumeaux, imprimant leurs visages, leurs sourires, et je n'ai pas besoin d'émettre un dernier mot. Tout passe dans l'ultime regard que je leur porte.

Je vous aime.

Derrière moi, j'entends des mercis par centaines, venus des derniers survivants. Je suis incapable de me retourner.

Puis, passant entre mes deux frères, je serre rapidement leurs mains, avant de les quitter, à jamais.

Adieu…

Cette fois, le plus dur reste à venir. Le plus déchirant. 900, ma chérie, mon tout. J'avance lentement, très lentement. Parce que j'ai peur que tout aille trop vite. Lorsque j'arrive à sa hauteur, elle me tourne le dos, le visage face au vent, face à la mer, face à la côte.

— Je suis désolée… sanglote-t-elle. Je t'aime tellement fort, Ugo, mais c'est trop dur.

Alors qu'elle pivote pour me faire face, sa mine me déchire le cœur. Elle est effondrée, à bout de forces, anéantie. Jamais je ne l'avais vue avec des traits aussi abattus, aussi torturés. Comment lui en vouloir ? Comment lui reprocher de préférer tout oublier ?

— Ma chérie… je murmure, relevant son menton tremblant du bout des doigts. Prends ce cachet. Prends-le, je ne t'en voudrai jamais.

— Mais je ne veux pas t'oublier ! s'exclame-t-elle, les yeux remplis de larmes. Je veux pouvoir TOUT effacer, Ugo, tout sauf toi…

— Mais c'est impossible… je conclus à sa place.

Elle plonge alors dans mes bras, enroulant ses jambes autour de ma taille, capturant ma nuque de ses doigts. À mon tour, je la serre fort, très fort.

Je ferme les yeux, pressant violemment mes paupières pour ne pas pleurer. Je respire son parfum encore et encore. Je retiens chacune de ses courbes alors que je la caresse furieusement. Ses bras, ses cuisses, ses cheveux, son dos, ses joues.

— Tu me manqueras toujours, Ugo, je le sais… Même si je n'en aurai pas conscience, j'aurai un vide, toujours.

Je ne dis rien, incapable d'exprimer quoi que ce soit. Il n'y a rien qu'on ne se soit pas déjà dit. Rien, à part ces trois petits mots. Trois mots qui me brûlent les lèvres, que je voudrais crier, mais qui ne veulent pas sortir. Je n'y parviens pas. Je suis muet. Silencieux. Les yeux fermés, je sais que seul cet instant compte.

— Je te retrouverai, Ugo… Je lirai chacun de mes mots et je te promets de venir un jour frapper à ta porte…

J'aimerais y croire. J'aimerais tellement y croire. Mais je sais que jamais elle ne viendra. Qui rejoindrait un étranger ? Quelques mots sur du papier ne suffiront jamais à me la rendre.

Elle se serre plus encore contre moi et, cette fois, elle craque. Elle pleure, s'étouffant dans ses sanglots. Son désespoir me noue le ventre, me brûle la poitrine. Il me fait mal, terriblement mal. Et alors qu'elle se détend, je m'accroche soudain à elle, agrippant désespérément son pull de peur qu'elle ne m'échappe.

Non… Pas tout de suite !

Non !

Mais elle se libère, reposant les pieds au sol. Elle m'offre un regard coupable, désolé, triste et infiniment amoureux. Elle tend la main et caresse ma joue tendrement. De son autre main, elle dévoile la pilule, au creux de sa paume.

Son regard ne quitte pas le mien et, lentement, elle porte la main à sa bouche.

Mon cœur s'arrête de battre. Mon souffle se coupe.

Elle pose la pilule sur sa langue, ferme les yeux un instant et déglutit.

C'est terminé. Elle m'abandonne. Elle m'échappe.

Machinalement, à partir de cinq, je compte les secondes à rebours, un décompte qui me déchire le cœur, me coupe le souffle :

Cinq.

L'instant dure une éternité. Les paupières fermées, 900 reste immobile. Une bourrasque nous enveloppe, fouettant sa chevelure brune, qui virevolte violemment tout autour d'elle.

Quatre.

La seconde d'après, les yeux toujours clos, elle se dresse sur la pointe des pieds et dépose un baiser sur mes lèvres immobiles.

Trois.

— Je t'aime, mon amour… murmure-t-elle.

Deux.

Ma gorge se serre. Je voudrais lui hurler que je l'aime, moi aussi. Mais je n'en ai pas la force.

Ces mots causeraient ma perte.

— Tu n'as pas besoin de le dire… poursuit-elle, une larme roulant sur sa joue. Je le sais déjà.

Un.

Soudain, je me mets à trembler, comme pris de convulsions.

Zéro.

C'est terminé.

28

Ugo

J'ai le cœur en miettes. Dévasté. Sur ce bateau, à quelques minutes de rejoindre la côte, je suis auprès de la docteure Anand et de Joris, mon frère.

Les regards sont braqués sur nous. Joris, la docteure et moi. Chaque paire d'yeux renvoie la terreur, l'incompréhension, parfois la colère. Mon frère presse sa main sur mon épaule et, malgré le chagrin qui me ronge, je lui souris, sincèrement. Je suis un inconnu pour tous ces gens que j'aime et pourtant je les porterai dans mon cœur jusqu'à mon dernier souffle. Ils sont ma famille quoi qu'on en dise. J'ai vu et vécu des choses horribles que je ne souhaite à personne, mais pour rien au monde je ne reviendrai en arrière. Ils m'ont oublié, tous, mais moi je ne les oublierai pas. Ils sont ma famille, mes frères, mes sœurs, mes amis, et parmi eux, tu es là, ma femme, celle de ma vie.

Après des centaines de pages, des milliers de lignes, il est temps, cette fois, au lieu de raconter mon histoire, que je m'adresse à toi, l'**unique**. Oui, à toi, 900, à toi, Lana, ma belle. À toi qui lis ces mots, sans peut-être avoir compris que depuis le début ils t'étaient destinés. Ces lignes, ces phrases, ces états d'âme, ces douleurs, ces joies ne sont rien d'autre que les tiens. Cette histoire, ton histoire, la nôtre, elle t'appartient. C'est toi, qui as souhaité qu'on l'écrive.

Nous prenons le bateau en ce moment même. Ces instants sont les seuls dont tu te souviendras toujours. Moi, l'inconnu, celui qui, quand tu as ouvert les yeux après avoir perdu connaissance quelques secondes, t'a souri sans que tu comprennes pourquoi. Une fois de plus, c'est un regard curieux que tu as porté sur moi, mais là, tu n'avais pas peur. La crainte n'a finalement jamais fait partie de toi, je crois. Tu es cette fille audacieuse et forte que j'ai mis du temps à comprendre. Il faut dire que le Conseil t'avait bien changée.

David et Simon semblent totalement perdus à ton côté, assis sur le conteneur où toi-même tu es installée, les yeux pointés sur l'horizon. C'est surprenant, vous ne vous connaissez plus, tu n'as aucune idée des deux amis chers qui se tiennent à quelques centimètres de toi et pourtant, bien que tu ne leur adresses pas la parole, c'est près d'eux que tu as choisi ta place dans cet immense bateau.

À croire que notre instinct est plus fort. Je l'espère sincèrement.

À l'inverse, le Conseil a fait d'eux des êtres parfois sans pitié, souvent impulsifs, alors qu'ils n'ont jamais été que deux garçons doux et infiniment bons. Ils sont mes frères, les tiens.

Ils ne feraient pas de mal à une mouche, mais les membres du Conseil ont voulu les corrompre et je me plais à penser qu'ils n'ont jamais réussi.

Dans le fond, je suis heureux que vous ne vous souveniez pas de cette partie de votre vie. Elle n'est pas vous.

Même si, à moi, Ugo, c'est mon histoire.

899 nous a quittés, Camélia, elle, s'est sacrifiée pour te sauver. Tu ne savais pas encore qui elles étaient il y a quelques jours, mais maintenant que tu as lu ces milliers de lignes, tu sais qu'elles ont été les plus courageuses et que, sans elles, nous ne rentrerions pas chez nous.

En ce moment même, vous avez tous décidé de me faire confiance. Je n'arrive pas à comprendre comment ni pourquoi. Vous ne me connaissez pas. Vous êtes trois cents à suivre un inconnu et pourtant, moi, je vous connais tous par cœur.

Tu n'as pas croisé mon regard depuis tout à l'heure. Depuis que tu as finalement ouvert les yeux et que tu m'as murmuré ton prénom alors que je te le demandais. Tu portes encore mon odeur sur toi sans même en avoir conscience. Le pull gris que tu portes, retroussé aux manches, c'est le mien. Tu ne t'en doutes pas et, pourtant, je te surprends à en respirer le col de temps à autre.

Quelque part, ça me rassure. Je me dis que cette odeur te fait du bien, qu'elle t'apaise. Même si tu ne saisis pas encore pourquoi.

Je ne sais pas si, en recouvrant tes souvenirs d'enfance, tu as réalisé que quelqu'un t'attendait chez toi, en dehors de ta famille.

Peut-être y a-t-il un homme et que ton cœur, celui que je connais tant, celui qui a tant battu pour nous tous, pour moi, est pris depuis longtemps. Je n'ose pas te demander si cet homme existe, de peur de t'effrayer. Pourquoi un inconnu poserait-il une question si personnelle ?

Je t'observe, te regarde sans arrêt. J'espère ne pas t'avoir fait peur ce jour-là, toi qui lis ces lignes peut-être des mois après, mais je ne peux détacher mes yeux de ton visage à l'instant où je t'écris. Autant que possible, j'essaye de me nourrir de chacun de tes traits, de tes courbes, de tes mimiques, avant que tout ne m'échappe et que ce visage que j'aime tant ne disparaisse à jamais.

Dans quelques minutes, tu retrouveras ta vie. Tu pleureras dans les bras d'une famille qu'on ne pensait pas avoir.

Le rivage est proche, seules quelques minutes me séparent de mes adieux. Nous avons communiqué par radio avec les autorités côtières, la docteure et moi. Le peu d'informations que nous avons pu leur transmettre a été suffisant pour qu'ils saisissent l'ampleur de ce que nous venions tous de vivre. Les hommes sont formels, ces révélations marqueront l'histoire à jamais. Plusieurs milliers d'enfants ont péri avant nous et nous pouvons être fiers d'avoir brisé la chaîne. Grâce à toi, et à ton courage, ils savent que d'autres sur l'île attendent d'être à leur tour secourus. C'est terminé, Lana. Tu ne t'en rends pas compte, mais la joie que j'éprouve est immense. Je ne sens pas seulement la mienne, mais celle de tous ceux qui nous ont quittés. J'imagine le rire de Camélia, celui de 899, Mary. Celui de Stefan, de Mickey, de 394… J'entends leur souffle de soulagement, j'entends leurs remerciements, j'entends la mélodie calme et sereine de leur paix enfin retrouvée.

Je les vois d'ici, les sirènes des secours, les milliers de personnes qui nous attendent. Je crois voir des flashs, des journalistes par centaines. Ils n'imaginent pas combien ce qu'on a vécu est incroyable. Je ne sais pas encore ce que nous allons faire de notre vie, mon frère et moi. Pour l'instant, nous suivons Célina Anand. Elle n'a pas pris ce comprimé, elle, mais elle a gardé une adresse postale derrière une photo d'elle entourée de son mari et son fils.

Elle en garde un souvenir différent. C'est là que nous logerons un temps.

J'espère que tu m'y retrouveras un jour prochain : je t'ai noté l'adresse au bas de la page. Je me dis que, si tu as réussi à tomber amoureuse de moi une première fois, puis une deuxième, c'est que, dans le fond, tu en es encore capable.

Offre-moi cette troisième chance, Lana. Tiens ta promesse, viens frapper à ma porte.

Dans quelques secondes, je te tendrai ces carnets noircis jusqu'à la dernière page, celle sur laquelle je griffonne à cet instant avec minutie malgré une mer déchaînée. Tu les accepteras sans comprendre et je te dirai de les lire, un jour, lorsque tu te sentiras prête.

Mais avant de mettre un point final à notre histoire et de te confier ce morceau de nous, je voulais que tu saches ce que je n'ai jamais osé te dire.

Je t'aime, Lana. Je t'aime infiniment, à en crever, et je t'attendrai, toujours.

29

Un cri fend l'air. Il est douloureux, empli de souffrance. C'est le cri de Lana. Le cri cassé qui franchit brutalement ses lèvres alors qu'elle parcourt des yeux ces derniers mots.

Je t'aime, Lana. Je t'aime infiniment, à en crever, et je t'attendrai, toujours.

C'était il y a deux ans, jour pour jour.

Les yeux fixés sur cette écriture fine et masculine, Lana pleure, sans interruption. Ses plaintes lui brûlent la gorge, elle n'arrive plus à respirer. Dans cette maison en bordure de forêt, où Lana a passé tout son temps, coupé du monde, au côté de sa mère. Elle n'a pas de frère, pas de sœur, mais un père qui est parti pour une autre femme et qui a été à l'origine de sa délinquance passée. Depuis son amnésie, pourtant, elle est différente. Autrefois rebelle, cette expérience horrible dont elle ne garde aucun souvenir lui a rendu sa sagesse.

Le carnet au creux de ses mains tremblantes, son corps frêle et las tremble sous la violence de ses sanglots. Et alors que ses yeux parcourent, hébétés, cette dernière page lue et relue, ces derniers mots qui, à l'inverse du reste des carnets, lui sont personnellement adressés, Lana remarque une petite tache, vieille, fondue dans l'encre, éparpillant le noir sur plusieurs centimètres tout autour. Une larme. Cette larme qu'elle comprend appartenir à Ugo. Ugo…

Aussitôt, sans même qu'elle puisse se retenir, l'une des siennes vient rejoindre la première, la recouvrant.

Son histoire tient entre ces lignes. La seule partie qui avait réellement compté s'étale sur les pages qu'elle vient tout juste de déchiffrer.

La réinsertion, ses amis, ses rencontres, ses combats, ses batailles, sa vie.

Son cœur est brisé, son existence ne vaut soudain plus rien.

Portée disparue pendant un an, Lana ne garde aucun souvenir. Du jour même où des hommes l'ont arrachée à sa vie à l'âge de dix-sept ans alors qu'elle séjournait en maison de redressement, le temps d'un éclair elle s'est retrouvée sur ce bateau, entourée de trois cents autres disparus, comme elle.

Une seconde s'était écoulée. Un battement de cils. Une seule inspiration. Une année perdue, sans même la voir filer.

Pourtant, après ce retour en cargo, après l'enregistrement des identités de chacun par les autorités américaines, lorsque, quelques heures plus tard, Lana a retrouvé sa mère, celle-ci, qui se tenait, tremblante, sous le choc, devant elle, paraissait avoir pris dix ans. Dans ses bras, Lana perçut cette odeur citronnée qui la caractérisait tant et qui n'avait pas changé. Sa longue chevelure noire, elle, avait perdu de son éclat. Quelques mèches grisâtres en avaient terni la couleur. Ses beaux yeux bleus baignés de larmes n'avaient pas la même teinte que lorsqu'elle l'avait quittée, ce qui semblait être, pour Lana, quelques heures auparavant.

Le temps avait avancé, sans elle, et, depuis deux ans, sa vie ne tournait plus autour que d'une seule chose, le procès de ces hommes et femmes qui l'avaient enlevée.

Bien qu'elle n'ait jamais assisté à une seule audience, Lana sait qu'elle a fait l'objet d'une expérience sanglante. Une expérimentation dont les détails se sont, au fil du temps, inévitablement imposés à elle. Cette enquête n'avait jamais cessé de faire la une jusqu'au procès. Chaque jour, un nouveau nom était cité. Une énième victime. Et chaque jour, elle les notait dans un livre et priait pour ces malheureux.

Même si elle l'avait voulu, ce qu'elle tenait entre ses mains à cet instant, ces trois carnets, n'aurait jamais pu arriver jusqu'à elle avant la fin du procès, la semaine dernière. Pour le bien de l'enquête, tous leurs effets avaient été confisqués.

Ce n'est que lorsqu'un colis lui était arrivé il y a quelques jours qu'elle s'est souvenue de leur existence. Ces trois carnets qu'elle avait bien vite oubliés. Ces trois carnets et ce pull, qu'à cet instant elle respire profondément, espérant naïvement en capter l'odeur.

Ugo.

À cet instant, tout lui revient, sans qu'elle le maîtrise. Non pas son histoire, mais le trajet, ce voyage en bateau où la peur qu'elle ressentait s'insinuait partout en elle. Des flashs dansent devant ses yeux, lui imposant des images qui aujourd'hui encore la terrorisent. Elle se remémore cet instant, où, sur ce bateau, elle était désorientée, réveillée d'un long sommeil qui n'avait pourtant paru duré que quelques minutes. La sensation d'étouffement s'enroulant autour de sa gorge refait surface, alors qu'une centaine d'inconnus, dans le même état qu'elle, luttaient contre la peur. Elle se revoit sur le quai, poser un pied sur la terre ferme, tremblante, suffocante, alors qu'une horde de journalistes les assaillaient de questions auxquelles aucun n'avait de réponses, tandis que des policiers par centaines tentaient de les repousser, organisant du mieux possible leur sauvetage. Elle revoit les lumières clignotantes des ambulances les aveuglant tous, au milieu des flashs d'appareils photo. Elle entend de nouveau les cris des parents désespérés, cherchant leurs enfants, espérant voir l'un d'eux au milieu d'une poignée de rescapés. Les hurlements, les sirènes, la foule, les bousculades. Tout était désordonné, bruyant, traumatisant, hostile. Pourtant, ils ont fait de leur mieux. Ils ont fait ce qu'ils pouvaient.

Lana ferme les yeux, serrant violemment ses paupières, souhaitant naïvement noyer ces visions dans l'obscurité. Mais rien n'y fait. Même dans le noir, elle revoit tout. Les images défilent toujours.

Elle savait que lire ces carnets la renverrait à ce jour. Mais il était temps. Le procès était terminé. Tous ceux qui l'avaient fait souffrir ne pouvaient plus rien contre elle. C'était terminé. C'est terminé.

Un prénom lui revient pourtant en tête : Damien. Ce nom, bien avant de le lire, elle l'avait entendu aux infos. Le sien et celui de milliers d'autres. Lui aussi avait été retrouvé mort sur l'île, assassiné d'une balle en pleine tête. Pour lui aussi, elle avait prié, sans savoir qu'il avait été son bourreau. Il avait été à la fois victime et tortionnaire. Comment le haïr ? Combien de jour avait-il survécu lorsque les sympathisants les avaient bannis de la ville, lui et ses hommes ? Combien de temps avant que le conseil ne les retrouve ? Était-il déjà mort, à l'instant où 899, Mary, celle qui avait été sa meilleure amie, succombait dans les bras de Camélia ?

Camélia, Mary… Ces autres prénoms qui la hantaient…

Un frisson d'horreur dévale sa nuque. Comment les décrire tous ? Leurs visages lui sont inconnus, quand d'autres se révèlent à elle. Un à un. Et cette fois, avec plus de précision qu'auparavant. Elle revoit les deux jeunes hommes, assis à côté d'elle, ces deux frères aux traits identiques et qui maintenant, elle le sait, portent des noms qui lui sont familiers. Simon. David. C'était eux. Ces deux amis chers, qui, dans ses écrits, semblaient avoir eu une grande place. Dans son histoire oubliée, cette partie de sa vie enfouie, ils étaient ses frères. Ils étaient sa famille. Et, tout à coup, c'est comme si elle le ressentait au plus profond d'elle.

Une larme coule, alors qu'elle ouvre enfin les yeux.

Comment a-t-elle pu les oublier ?

Comment a-t-elle pu tirer un trait sur cette partie de sa vie ? Sur ces jeunes hommes et jeunes femmes qu'elle sait avoir aimés à en mourir.

Comment a-t-elle pu l'oublier, *lui* ?

De nouveau, elle ferme les yeux, et une nouvelle scène prend vie. La seule qui, aujourd'hui, peut être qualifiée de vrai souvenir. Un vrai souvenir de *lui*. Le temps l'avait effacé, occulté, et pourtant, depuis l'instant où elle a lu ces carnets, elle se souvient de lui comme si c'était hier.

L'homme, grand, brun, qui de son regard triste d'un bleu enivrant l'a observée sur ce bateau, lui glissant quelques mots d'une voix faible.

— Quel est ton nom ? avait-il murmuré, l'air anéanti, alors qu'elle s'éveillait tout juste.

— Lana… avait-elle répondu, la peur au ventre.

Puis cet homme, dont elle ne revoyait plus clairement les traits, avait pris la parole publiquement, longuement, pour tout le monde.

Sa voix avait perdu sa vulnérabilité. Elle était puissante, forte, intimidante.

Il leur avait demandé de rester calmes, de lui faire confiance, et c'est ce qu'ils avaient fait, tous. Comment avait-elle pu oublier cet homme ? Lui qui avait posé un regard sur elle comme personne d'autre auparavant.

C'est lui, Ugo.

Soudain, un nouveau souvenir s'empare d'elle. Plus qu'une image, un son, une voix. La sienne, de nouveau.

Il avait été là à son réveil pour lui demander son nom, et avait encore été là à son départ, alors que le bateau était amarré et qu'elle s'apprêtait à débarquer.

Lis ces quelques mots, lorsque tu te sentiras prête.

Sa *voix*…

Ses yeux…

Cette teinte d'un bleu si singulier. Cette nuance si unique.

Son regard soucieux, qui derrière la crainte cachait quelque chose de plus percutant encore. Quelque chose qui, aujourd'hui, lui apparaît comme une évidence. Du chagrin.

Il avait beau sourire, se montrer confiant, se présenter à elle avec prudence, respect et tendresse, elle entrevoit maintenant la détresse et le désespoir enfouis au fond de lui. Il avait scruté son visage longuement à cet instant.

Elle l'avait à peine regardé quand il avait déposé entre ses mains tremblantes trois carnets. Comment aurait-elle pu s'attarder à lui répondre, alors que des journalistes par centaines les cernaient de toute part et que des médecins couraient à leur rencontre ?

Elle ne les avait pas lâchés, ces carnets. Pas avant qu'une femme ne s'occupe d'elle et réquisitionne le peu d'affaires qu'elle possédait pour les mettre sous scellés.

Mais elle sait, aujourd'hui, combien il la suppliait de le retenir. Combien il souhaitait de toute son âme qu'elle le reconnaisse.

Ugo.

Cette partie manquante de sa vie. Cet homme dont elle ne garde aucun souvenir et pour qui, pourtant, son cœur bat à tout rompre.

Pour la première fois depuis deux ans, tout prend sens. Le vide dans son cœur a enfin trouvé l'explication qui lui faisait cruellement défaut. Ses rêves agités, où elle cherchait désespérément une main à laquelle se raccrocher. Une main qu'elle ne connaissait pas.

Les yeux dans lesquels elle espérait tant plonger lorsque la tristesse la submergeait jusque dans ses tripes. Des yeux sans dessin, sans forme, sans réel propriétaire.

Elle sait aujourd'hui. Elle sait que ce vide n'était rien d'autre que l'absence de cet homme. Cet homme qu'elle ne saurait décrire.

Alors qu'elle pose ses doigts le long de son cou, sur les quatre cicatrices qui, aujourd'hui, après ces heures de lecture, ont un sens pour elle, Lana libère une dernière larme, une unique, et, sans réfléchir, s'enfuit en courant jusque dans sa chambre, prête à exécuter ce que son cœur ne cesse de lui hurler de faire.

Épilogue

Tremblante, frigorifiée, Lana attend devant la porte d'un appartement new-yorkais.

Elle porte le pull d'Ugo, le même que le jour de son retour à la réalité. Ce lainage aussi était dans cette boîte. Lui aussi avait été laissé à l'abandon.

Deux ans. Deux longues années se sont écoulées.

Les larmes aux yeux, elle attend. Depuis près d'une heure maintenant.

Elle a fait deux mille kilomètres pour arriver jusqu'ici.

Elle a beau avoir lu ces lignes, ces carnets, les avoir relus des dizaines de fois, s'en être imprégnée, elle n'a pourtant jamais autant eu la boule au ventre qu'à cet instant.

Elle ne le connaît pas, pas directement, et pourtant, c'est comme si cet homme était son âme sœur. Elle le sait, aujourd'hui. Elle sait que ce vide n'était rien d'autre que l'absence de cet homme. Cet homme qu'elle ne saurait décrire.

Le souvenir de son visage sur le bateau est trop lointain. Elle était sous le choc ce jour-là, comment aurait-elle pu imprimer ses traits ?

La description selon ses propres mots a beau être précise, détaillée, elle reste pourtant floue, subjective.

Lana tremble, suffoque. Elle est sur le point de faire une crise de panique tant elle redoute cet instant.

Deux années se sont écoulées. Se souviendra-t-il d'elle ?

Elle inspire profondément et passe une main nerveuse dans ses cheveux.

Il y a deux heures, elle a sonné à l'appartement de Célina Anand. Là aussi, elle avait attendu plus d'une heure avant de sauter le pas. Elle pensait tomber sur lui, enfin. Seulement, elle n'a rencontré que cette chevelure rousse étincelante entourant le visage sous le choc, heureux, soulagé, de cette femme. La docteure Anand.

Célina aurait tout donné pour passer des heures avec Lana. Elle aurait aimé tout savoir de sa vie, tout apprendre de ces deux longues dernières années. Mais elle savait. Elle savait qu'elle n'était pas la raison de sa présence.

Elle s'est alors contentée de lui sourire, attrapant le premier stylo venu, gribouillant une adresse, située non loin de là.

— C'est ici que tu le trouveras… avait-elle alors murmuré, émue.

Lana n'avait pas prononcé un seul mot. Pour toute réponse, elle avait lentement récupéré le morceau de papier, avant de sourire à son tour, fébrilement. Cette femme l'avait pourtant aidée des dizaines de fois. Dans les carnets, elle avait une place importante. Elle aurait aimé la remercier, l'enlacer, pleurer dans ses bras. Mais tout paraissait tellement flou, tellement irréel, que son état de choc l'empêcha de s'ouvrir à elle.

Lana avait alors quitté le couloir, non sans lui adresser un long regard.

Elle espérait que Célina y voie une promesse. Celle de revenir bientôt, lorsqu'elle se sentirait prête.

Lana dévala les marches, sortit son téléphone portable, y entra l'adresse notée sur le papier et parcourut la faible distance à pied, d'une démarche lente et hésitante.

Cette fois, c'était la bonne. C'était sûr. Elle le savait.

Elle n'avait plus peur. Si bien que les derniers pas, elle les fit en courant.

Une heure et demie s'est écoulée. Lana n'a toujours pas osé sonner.

Elle sait qu'il est temps. Que, si elle patiente trop, l'instant sera d'autant plus dur, plus difficile à affronter. Elle le doit. Deux ans, c'est long. Trop long pour lui. Pour cet homme qu'elle connaît sans le connaître.

Comment peut-elle le torturer encore plus ?

Peut-être a-t-il refait sa vie ?

Elle n'en sait rien. Mais comment le savoir si elle ne franchit pas le pas ?

Lana inspire lourdement et une larme perle au coin de son œil.

Elle n'essaye pas de la camoufler ni de la retenir.

Non, à l'inverse, elle lève son poing et vide ses poumons avant de cogner trois coups contre la porte.

Ça y est, elle l'a fait. Elle a frappé à sa porte, comme promis.

Son cœur semble exploser dans sa poitrine. Le rythme est effrayant. Son thorax se soulève et s'abaisse lourdement. Elle est sur le point de se laisser tomber sur le sol, en plein milieu du couloir.

Ça fait à peine quelques secondes et pourtant elle a la sensation d'avoir frappé depuis une éternité. L'attente est douloureuse, insoutenable, et son cœur s'emballe, tambourine frénétiquement contre ses côtes, lorsque la porte s'ouvre en grand.

Ugo…

Il est là, immense, sombre, vulnérable, sous le choc.

— 900… ? L… Lana…

— Salut… Toi…

Les battements du cœur de Lana s'adoucissent, se calment. Sur le point de s'arrêter totalement. Elle ne voit que lui, plongeant ses yeux dans les siens, imprimant chacun des traits de son visage.

Il est comme elle l'imaginait. Son cœur se gonfle, s'emplit enfin. Le vide est comblé, tellement comblé que c'en est douloureux. Ugo est face à elle, interdit, incapable d'effectuer le moindre mouvement. Bien sûr qu'il l'a attendue. Il aurait pu l'attendre jusqu'à sa mort. Personne, à ses yeux, n'aurait jamais pu remplacer 900, Lana.

Il aimerait parler, dire quelque chose, la prendre dans ses bras, l'embrasser, caresser la chevelure noire dont il rêve chaque nuit. Il aimerait hurler, rire, la plaquer contre le mur du couloir pour goûter enfin à ses lèvres. Il souhaiterait lui crier combien il l'aime, combien elle lui a manqué, combien il meurt un peu plus chaque jour depuis qu'elle est partie.

Mais rien ne sort. Rien. Rien du tout. À l'exception de ses larmes.

Ugo.

Ugo pleure. En silence, impassible comme toujours. Son visage est de marbre, ses yeux sont scellés dans ceux de Lana, mais il pleure. Tout son chagrin, son manque, se libère de ses deux iris bleus. Tout ce qu'il a vécu, le père qu'il a rejeté, sa défunte mère, ses amis morts, blessés. Camélia, 899, enterrées dans l'oubli, le silence, la solitude. Tout remonte.

Il avait besoin d'elle, de 900, de Lana. Et aujourd'hui, enfin, elle est là.

En voyant ses larmes, Lana ne peut retenir les siennes. Abondamment, elles coulent, se libèrent elles aussi. Elle n'a peut-être plus de souvenirs et, pourtant, ces carnets sont encore frais dans sa mémoire et, même si elle ne peut mettre des images sur leurs mots, elle sait, elle sait ce qu'il a traversé. Ce qu'ils ont traversé ensemble.

Alors qu'elle tentait de se retenir, Lana s'effondre, laissant enfin s'échapper les sanglots qu'elle retenait depuis plusieurs jours maintenant.

Comment a-t-elle pu faire une chose pareille ?

Comment a-t-elle pu l'abandonner ?

— Je te demande pardon… murmure-t-elle, d'une voix étouffée. Je n'aurais jamais dû prendre ce comprimé. Je n'aurais jamais dû vous oublier.

Ses yeux sont baignés de larmes, brillants, luisants. Lana tremble, suffoque tandis qu'Ugo, lui, est sous le choc, de marbre.

— Est-ce que je peux te demander quelque chose ? murmure-t-il enfin, les poings serrés.

Lana lève la tête, essuyant ses larmes de ses manches déjà trop humides.

— Tu n'as pas besoin de le demander, sanglote-t-elle, avant de plonger désespérément dans ses bras.

Et enfin, Ugo voit se réaliser ce qu'il espérait le plus au monde… Après deux longues années. Cette fois, il n'attend pas, n'hésite pas. Il détend ses deux poings avant de presser le corps de Lana contre le sien.

Ce n'est plus un rêve, plus une machination, plus une imposture. C'est la vie. La vraie. La leur. Sans meurtre, sans mensonge, sans sursis, sans risque, sans bourreau.

De loin, ils sont juste un homme et une femme se retrouvant dans la ville de New York après deux longues années.

Juste Ugo et Lana, deux âmes torturées.

Mais ils sont bien plus que ça.

Ils sont Ugo et 900, deux êtres qui, dans leur cœur, portent le souvenir de milliers d'adolescents, dont l'histoire ne ressemble à celle de personne, et que le destin, bien qu'horrible, n'aura jamais détruits.

Ugo et 900, deux survivants aujourd'hui inconnus.

Ugo et 900, vivant un amour qu'aucun ne comprendra jamais.

Ugo et 900.

Remerciements

Je remercie Angéline, Isabel, Zélie, Marie, Elena, Anissia et le reste de la famille Hachette pour cette magnifique aventure que je vis depuis bientôt deux ans. C'est le début d'un rêve et je vous suis reconnaissante de m'avoir fait confiance pour le réaliser. Merci !

Je remercie également ma maman, dit « Moumouss », d'avoir été ma première bêtalectrice. J'espère que l'on écrira bientôt notre super-polar à quatre mains « l'homme à la hanche qui couine » :D

Merci à mes proches. Je vous apprécie :D

Et enfin… Enfin… Comme à chaque fois, je remercie profondément mes lecteurs/lectrices Wattpad. 900 est enfin là ! En version papier ! On l'a fait ! Il est dans nos bibliothèques ! Sachez que je vous garde précieusement dans mon cœur. Vous êtes une vraie motivation. Je crois que c'est grâce à vous que j'ai pu aller au bout. On a souffert et rit ensemble tout le long de cette trilogie. Vous n'avez jamais cessé de m'encourager à poursuivre. Merci pour votre soutien sans faille depuis toutes ces années. Merci d'avoir partagé et de continuer à partager 900 autour de vous. Merci d'avoir tant aimé 900, Ugo, Camélia, 899, Simon, David et toutes les autres générations… J'espère que je saurais vous faire aimer mes prochaines aventures !

Oh… Et merci à *toi*, de m'avoir lue.

Si tu veux en apprendre plus sur moi… Retrouve-moi sur instagram @maellepoe.

hachette s'engage pour l'environnement en réduisant l'empreinte carbone de ses livres. Celle de cet exemplaire est de :
950 g éq. CO_2
Rendez-vous sur www.hachette-durable.fr

PAPIER À BASE DE FIBRES CERTIFIÉES

« Pour l'éditeur, le principe est d'utiliser des papiers composés de fibres naturelles, renouvelables, recyclables et fabriquées à partir de bois issus de forêts qui adoptent un système d'aménagement durable. En outre, l'éditeur attend de ses fournisseurs de papier qu'ils s'inscrivent dans une démarche de certification environnementale reconnue. »

Édité par la Librairie Générale Française – LPJ
(58, rue Jean-Bleuzen, 92170 Vanves)

Composition : Nord Compo
Achevé d'imprimer en Espagne par Liberdúplex
Dépôt légal 1re publication : août 2023
61-7195-1 – ISBN : 978-2-01-724009-9
Dépôt légal : août 2023